SFnal Vol.2 2021

THE YEAR'S BEST SCIENCE FICTION vol. 1

THE YEAR'S BEST SF

SFnal Vol.2 2021

전 세계 최고의 신작 SF가 한자리에 모이다!

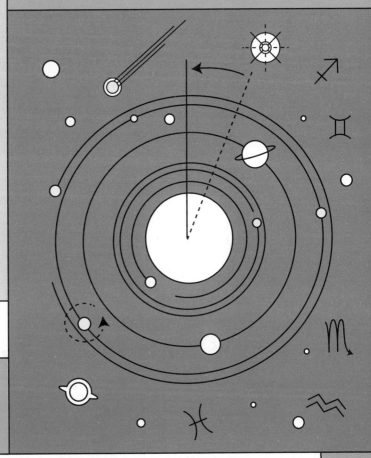

에스에프널 2021

장성주 박중서
이동현 옮김

FOR SF FINAL

"N. K. 제미신" 최신작 수록!

2020 휴고상·네뷸러상 최종 수상작,

2020 휴고상·네뷸러상·로커스상 최종 후보작 수록!

허블

차례

비상용 피부

N. K. 제미신

2020
로커스상
최종 후보작

중편 부문

2020
휴고상
수상작

박중서 옮김

N. K. 제미신은 뉴욕주 브루클린에 살면서 작가로 활동 중이며, 〈상속inheritance〉 삼부작, 〈꿈의 피Dreamblood〉 이부작, 휴고상 수상작인 『다섯 번째 계절』, 『오벨리스크의 문』, 『석조 하늘』로 구성된 〈부서진 대지〉 삼부작, 그리고 『우리가 된 도시The City We Became』를 비롯해 모두 아홉 권의 장편소설을 출간했다. 그녀는 휴고상 최우수 장편소설 부문에서 3연속 수상한 유일한 작가이기도 하다. 제미신의 단편소설은 《클라크스월드Clarkesworld》, 《포스트스크립츠Postscripts》, 《스트레인지 호라이즌스Strange Horizons》, 《베인스 유니버스Baen's Universe》와 기타 여러 선집에 수록됐고, 훗날 단편소설집 『검은 미래의 달까지 얼마나 걸릴까?』로 엮여 출간됐다. 또한 그녀는 네뷸러상 1회, 로커스상 2회, 기타 상을 여러 차례 수상했다. 제미신은 또한 '변형 액체 창작집단Altered Fluid writing group'의 일원이기도 하다. 창작 활동 외에도 그녀는 (특수 상담 및 학생 발달을 전공하고) 상담 심리학자 겸 교육자로도 활동했고, 하이킹과 자전거를 즐기며, 정치·페미니스트·인종차별 반대 블로거로도 활동했다. 한때 《뉴욕 타임스 북 리뷰》에서 서평가로 활동했으며, 지금도 간혹 그 매체에 장문 서평을 기고한다.

홈페이지 주소: www.nkjemisin.com

SF-Final

N.K. Jemisin

Emergency Skin

너는 우리의 도구다.

아름다운 너. 인간의 설계를 향상시키기 위해 너에게 줄 수 있는 모든 것을 너는 갖고 있다. 더 강한 근육. 더 섬세한 모터 제어. 유기적 기능장애의 변덕에 방해받지 않고, 여러 세대에 걸친 고지능 양육으로 보강된 정신. 너의 때가 오면 네가 어떤 모습일지가 여기 있다. 고전적인 귀족의 특징인 고상한 이마, 날씬한 근육 조직, 긴 음경과 허벅지를 보라. 그 머리카락 색깔은 '금발'이라고 한다. [참조 요망: 머리카락의 종류] 너는 위풍당당하지 않은가? 언젠가 너는 그렇게 될 것이다. 하지만 우선 너는 반드시 너의 아름다움을 자력으로 획득해야 한다.

너는 우리의 도구다.

우리는 브리핑으로 시작해야 마땅할 터인데, 왜냐하면 너는 이제 정보 수준 기밀을 알 권한을 얻었기 때문이다. 외관상 이 임무는 간단하다. 인류가 유래한 곳이지만 지금은 폐허가 된 행성 텔러스*로 돌아가는 것이다. 세계가 죽어가고 있음을 깨달았던 우리의 건설자들은 머스코스-머서 드라이브MMD를 비밀리에 제작했다. 그러고 나서 우리의 조상들은 빛의 원칙을 굽혀서 또 다른 태양 주위를 공전하는 새로운 세계로 도망쳤고, 그리하여 인간은 (그중에서도 최상의 존재들은) 살아남게 됐다. 우리는 여러 해 동안 우리의 기술지식인들에 의해서 훨씬 향상된 MMD를 사용해서 그 세계로 돌아갈 것이다. 니의 관점에서 그 여정은 단지 며칠이 걸릴 것이다. 하지만 네가 돌아오면 이미 여러 해가 지났을 것이다. 네 선조들의 발자취를 따르게 될 너는 얼마나 용감한가!

아니, 텔러스에는 살아 있는 생명이 전혀 남지 않았다. 우리 동족이 떠났을 때 그 행성은 모든 생물군계에 걸쳐서 완전한 환경 붕괴 상태였으니까. 한마디로 사람이 너무 많았고, 부적합하거나 허약하거나 너무 늙거나 너무 젊은 사람이 너무 많았다. 심지어 신체적으로는 이상적인 사람 중에도 생각이 느리고 정신이 소심한 사람이 있었다. 그들에게는 텔러스가 직면한 문제들을 해결하기 위한 집단적 혁신이나 의지의 힘이 충분하지 않았고, 따라서 우리는 유일하게 가능한 자비로운 일을 했다. 즉 그들을 남겨두고 떠난 것이었다.

물론 이것은 자비였다. 너는 네 조상들이 수십억 명의 사람들을 굶고 질식하고 물에 빠져 죽게 만들기 원했다고 생각하는가? 그것은 단지 우리의 새로운 고향이 단지 소수만을 받아들일 수 있었기 때문에

---

* 로마신화에서 대지의 여신인 '텔루스(Tellus)'를 말한다.

내린 결정이었다.

텔러스는 우리의 고향에서 약 1천 광년쯤 떨어져 있는데, 이는 결국 우리가 그 세계로부터 받는 빛이 무려 수백 년 전의 것이라는 뜻이다. 비록 그곳을 실시간으로 직접 관찰할 수 없지만, 우리는 그곳을 기다리는 운명을 알고 있다. 텔러스는 지금쯤 묘지 세계가 됐을 것이다. 우리는 그곳의 바다가 산성이 되고 황폐해졌으리라고, 그곳의 대기가 이산화탄소와 메탄의 숨 막히는 혼합물이 됐으리라고 예상한다. 그곳의 물 순환은 이미 오래전에 말라버렸을 것이다. 그 묘지 속을 거니는 것은 끔찍할 터이며, 위험할 터이다. 너는 유독하고 물에 잠긴 도시를, 여전히 불타고 있는 지하의 석탄 불길을, 노심이 용융된 핵발전소를 발견하게 될 것이다. 하지만 그중에서 최악조차도 어쩌면 우리 과거의 위대함으로, 즉 이 세계에서 한때 매우 이상적이었던 뭔가로 보일 수 있을 것이다. 인류는 하늘 높이 건물을 지어 올릴 수 있었는데, 왜냐하면 그곳은 중력이 무겁지 않았기 때문이다. 우리는 행성 전체에 걸쳐서 건물을 지어 올릴 수 있었는데, 왜냐하면 그곳은 조석이 고정되지 않았기 때문이었다. [참조 요망: 밤] 건물이나 잔해에서 네가 이름을 발견할 때마다 살펴보라. 너는 우리의 건설자 일족의 선조들을 보게 될 것이다. 그 행성 수명의 마지막 수십 년 동안 인류 가운데 최상인 사람들을 구제하기 위해 필수적인 자원과 기술을 모은 위대한 사람들 모두를 말이다. 설령 다른 이유까지는 아니더라도, 이 세계는 그들을 양육했다는 사실 하나만으로라도 존중받아야 마땅하다.

우리는 성공을 보장하기 위해서, 그리고 긴 고립 기간 동안 너의 정신 건강을 위해서, 너에게 우리 자신을 장착했다. 즉 우리 설립자들의 이상과 축복받은 합리성을 담고 있는 동적행렬합의지능을 장착했다. 우리는 너의 정신에 이식됐으며, 너와 함께 어디든 여행할 것이다. 우리는 너의 동반자이고, 너의 양심이다. 우리는 생존 도구로서 그 행성에 관한 필수 데이터를 제공할 것이다. 너의 합성체를 통해서, 우리는 필요한 경우에 중대한 응급조치를 수행할 수 있을 것이다. 만약 네가 합성체의 파열이나 기타 비상 상황을 겪으면, 우리는 거기에 적응하는 행동을 지시하도록 프로그램돼 있다.

[참조 요청 거부됨.] 너는 그것에 대해서 아직 알 필요가 없다. 제발 정신을 집중하고, 호기심을 제한하도록 하라. 무엇보다 중요한 것은 바로 이 임무 자체이니까.

너는 실패해서는 안 된다. 이 일은 너무나도 중요하니까. 하지만 확신을 갖고 쉬도록 하라. 우리 가운데 최고가 너의 안에 있고, 너를 에워싸고 있고, 너를 안전하고 진실하게 지켜주고 있으니까. 너는 혼자가 아니다. 너는 극복할 것이다.

이제 깨어났는가? 우리는 태양계의 맨 끄트머리에 도착했다. 거의 다 왔다.

그런데 의아하다. 분광학에 따르면 텔러스 주위의 우주는 깨끗한 것으로 나타난다. 우리가 떠났을 때만 해도 우주 쓰레기들이 가득했었는데.

더 이상한 사실도 있다. 전파가 전혀 없다. 우리의 고향은 너무 멀리 떨어져 있어서 과거 우리의 종(種)이 우주로 쏴 보냈던 수십 년 어치의 음성 및 시각 신호 가운데 어느 것도 감지하지 못했다. 왜 쏴 보냈느냐고? 음, 아니, 사실 의도적으로 그랬던 것은 아니었다. 다만 그렇게 하지 '않는' 방법을 아무도 몰랐던 것뿐이다. 그런 신호가 결국 적대적인 외계인 종족에게 우리의 현존을 알릴 수도 있다고 우리가 걱정을 하자마자… 하지만 그건 더 이상 문제가 아니다.

우리는 태양계에 접근하게 되면서 그런 전파 속에 흠뻑 빠졌다. 음악, 오락프로그램, 오래전에 끝난 경고와 명령… 아니, 우리는 들어보라고 조언하지 않는다. 지금 상황에서 그건 단지 소음공해일 뿐이니까. 하지만 우리는 소음을 '기대'했었다. 우리 생각에는 텔러스의 최종 묘비명이 될 것 같은, 계속해서 확장되는 거품의 모습으로 전 우주에 확산되는 소음 말이다. 그 거품이 지나간 뒤에는 당연히 침묵이 있을 것이다. 무덤과 같은 침묵 말이다. 하지만 아직은 진정으로 침묵하는 것이 아닌데, 왜냐하면 텔러스의 표면과 주위에는 최소한 앞으로 천 년은 더 생존할 법한 자동화 기계들이 너무 많기 때문이다. 예를 들어 인공위성들이 그러한데, 원래는 아직 궤도상에 있어야 하지만 실제로는 그렇지 않다.

이게 '가장' 의아하다.

음. '별은 우리를 기울이지만 구속하지는 않는다.'[*] 한편으로 우리는 이 임무가 어떻게 진행될지 어느 정도 기대를 하는 것이 자연스럽지만, 우리도 완전무결하지는 않다. 우리가 이번 임무에 로봇을 보내지 않은 이유도 그래서이다. 예상치 못한 일을 다루는 데는 AI보다 인간이 더 나은 것이다. 너는 한마디로 모든 일에 반드시 준비돼 있어야만 한다.

---

[*] 비록 운명이 인간을 특정한 방향으로 인도하더라도, 인간은 자신의 행동을 결정하는 자유의지를 갖고 있다는 뜻의 라틴어 격언이다.

아니, 그건 옳지 않다. 대기 분석이 우리의 표본과 그 정도로까지 한참 동떨어질 가능성은 없다. 오히려 우리가 토성 근처를 통과하는 동안에 어떤 우주 쓰레기와 부딪쳤고, 그로 인해 우주선의 고성능 분광계가 손상됐을 가능성이 훨씬 더 높다. 이런 수치 가운데 어느 것도 이치에 닿지는 않는다.

EVA와 센서 수리를 준비하기 바란다. 심우주深宇宙의 방사능 차폐를 위해서 너의 합성체를 조정하도록 헤라. 너는 토성을 더 잘 보기를 원했다. 이제 너는 우주선으로 가려지지 않은 그 행성의 모습을 보게 될 것이다.

이건… 그럴 리 없다.

그것은 '운동'이다. 그것들은 '불빛'이다. 거기에는 생태계 붕괴의 뚜렷한 징후가 있어야 마땅하다. 그 일은 건설자들이 떠났을 때부터 이미 시작됐다. 하지만 우리가 갖고 있는 지도와 지금 거기 있는 모습을 비교해보라. 대륙의 남서부에 있는 갈라진 선이 보이는가? 그것은 콜로라도강이었고, '지금도' 마찬가지다. 지도에 따르면 그 강은 우리의 선조들이 떠났을 때 이미 말라버렸다. 물이 더 많을 법한 동쪽과 북쪽으로 사람들이 이주하려 시도하는 과정에서 수백만 명이 사망했다. 수많은 생물종이 멸종했다. 하지만 저기에는 강이 다시 흐르고 있다.

저 해안선 전체는 사라졌어야 마땅하다. 저 '주州'는 사라졌어야 마땅하다. 저 군도도. 만년설도. 그런데 여기 다시 나타나 있다. 다르다. 새롭다. 하지만 해수면 상승을 역전시키기에 충분하다. 어떻게 해서 이런 일이 일어난 걸까?

[주: 하나의 지정학적 구성체를 가리키는 비난조의 용어. 참조할 필요 없음.]

그래, 네가 맞다. 고향보다 더 많고, 또 '많다.' 고향에서 우리는 오로지 우리가 안전하게 부양할 수 있을 만큼의 사람 수만 유지한다. 모두 합쳐 6천 명이고, 거기에 하인과 용병도 포함된다. 그런데 여기에는 수백만 명이 사는 게 분명하다. 수십억 명. 과거의 패턴대로, 사람이 너무 많은 것이다. 그런데도 공기가 깨끗하다. 바다도 우리가 떠났을 때보다 더 깨끗하다.

우리는 알지 못한다.

우리는 이런 사태에 준비되지 못한 상태다. 우리가 새로운 합의를 계산하는 동안 기다리기 바란다.

그렇다. 그 임무는 여전히 중차대하다. 그렇다, 우리는 표적 샘플을 필요로 한다. 그래야만 새로이 형성할…

그렇다…

아니다. 우리의 세계는 그런 샘플 없이는 생존하지 못할 것이다.

우리는 지연과 연구를 조언하는 바이다.

물론 너는 우리의 조언을 거부할 수도 있다. 하지만…

아, 하지만 그들은 너를 대담하게 길렀다. 그렇지 않은가. 만약 분별 있는 동시에 무자비해지기도 할 용기를 발휘하지 않았다면 결코 살아남지 못했을 법한 건설자들과 마찬가지로. 아주 좋다.

텔러스의 사람들은 너만큼 아름답게 무자비하지는 않을 것이다. 하지만 그들은 살아남았고, 그 어떤 요행이 그들에게 유리하게 작용하건 간에, 자신들의 본질적인 열등함을 결코 잊지 않았다. 그들은 감정 대신 합리성을 선택하기 위한 지성을 결여했다. 그들은 생존에 필요한 일을 하고 싶어 하지 않았다. 하지만 너는 그들과 다르다.

몸을 낮춰라. 이것은…

너는 무엇을 바라보고 있나? 주의를 기울이라.

이건 숲이라고 하는 것이다. 너도 고향에서, 그러니까 건설자 일족의 사유 주거지에서 나무를 본 적이 있지 않은가? 이것은 야생에서 자라는 나무다. 우리의 기록에 따르면, 너는 우리가 한때 롤리*라고 불렀던 도시 근처에 있다. 나무 사이에 있는 저 폐허들이 보이는가? 롤리는 우리가 떠났을 때만 해도 물에 잠겨 있었다. 분명히 사람들은 육지를 되찾은 모양이지만, 우리로선 아무도 이곳을 재개발하지 않았다는, 심지어 최소한 숲을 베어내지도 않았다는 사실이 놀라울 뿐이다. 우리는 이런 혼돈이 추악하고 비효율적이라고 여긴다.

너의 합성체는 우주에서 부딪혔던 미립자도 견딜 수 있으므로, 당연히 나뭇가지와 돌도 감히 침투하지 못하겠지만, 이런 것들은 여전히 너를 얽어매서 느리게 움직이게 만든다. 우리는 너를 위해 저항이 최소한도인 경로를 찾아냈다. 너의 전방 디스플레이에 나타난 선을 따라가도록 하라.

흐음, 그렇다. 우리는 네가 그것을 아름답다고 여길 것이라고 예상

---

* 미국 노스캐롤라이나주의 주도.

한다. 그것은 이끼다. 그렇다. 그것은 매우 초록색이다. 그것은 진창이다. 강우라든지, 스며 올라온 지하수의 찌꺼기가 썩은 것이다. 가까운 시일 내에 언제 비가 내릴지는 우리도 모르지만, 이 정도로 많은 습기는 정기적인 물 순환을 암시한다.

저것은 새다. 저 소리는 새에게서 나오는 것이다. 일출이 다가온다. 새들이 우는 까닭은 이제 거의 날이 밝아지고 있기 때문이다.

그렇다. 고맙다. 부디 임무에 초점을 맞추기 바란다. 우리는 거의 동력 절약 모드로 들어갔다. 우리에 비하면 원시적인 수준의 기술 상태임이 분명하지만, 그들도 뭔가 초보적인 형태의 감시 방법을 갖고 있을 것이다. '몸을 낮춰라.'

[참고 요망: 위험한 야생동물, 목록.]

너의 호흡이 너무 빠르다. 그것 때문에 너의 신진대사 속도는 용인 불가능한 정도로까지 증가했다. 계속해서 이런 속도로 영양분을 소모한다면, 재공급을 위해 우주선으로 돌아가기도 전에 바닥나버릴 것이다. 그러니 '진정'하라.

두려움을 느낀다고 해서 우리는 너를 탓하지 않을…

실례했군. 신경학적으로 말하자면 흥분과 두려움은 상당히 비슷하게 보인다. 그렇다면 너의 '흥분'이 맞겠다. 이곳은 우리가 죽었다고 생각했던 세계. 진화가 권리를 주장했어야 마땅했던 우리 종의 잔해로서, 행운에 의해 구제된 것이 명백하다. 우리는 이것이 역사적으로 중대하다는 사실에 동의한다.

그들은 실제로 도시 전체를 일종의… 플랫폼 위에 올려서 높였다.

그리고 오, 매혹적이다. 플랫폼의 재료는 플라스틱처럼 보이지만, 면밀히 분석해봤더니 셀룰로스인 것으로 짐작된다. 만약 이 이산화탄소와 산소 수치가 정확하다고 치면, 그 재료는 마치 식물처럼 '호흡'하는 것이다. 샘플을 채취하라. 생물공학에서 기술지식인은 항상 새로운 잠재력을 지닌 일용품을 찾게 마련이니까…

아. 심지어 단분자 절단기도 갖고 있지 않다고? 흐음. 잘 알았다. 임무를 재개하라.

이 정착지를 높였다는 사실은 기묘하다. 해수면이 상승했던 시기에는 반드시 불가피했겠지만, 이제 이 행성은 정상으로 되돌아와 있으므로 더 이상 이렇게 할 필요가 없다. 혹시 매몰 비용의 결과물은 아닐까?

음, 높여둔 도시라면 땅에 있는 도시보다 더 많은 비용이 들게 마련이다. 물과 다른 자원을 사람들이 생활하는 층위까지 펌프질해 올려야 하기 때문이다. 관리 비용도 추가된다. 그리고 너도 봤듯이, 도시 근처와 아래로 식물과 야생동물이 재빨리 침입하기 때문이고…

어째서 그들은 이런 방식을 '좋아하는' 것일까? 설마, 단지 그게 예쁘기 때문일까? 그거야말로 이 사람들이 충분히 할 만한 일인 것처럼 들리기는 한다. 재개하라. 합성체를 기어오르는 일에 적응시키라.

그들이 민병대나 다른 눈에 띄는 감시 장비를 갖고 있지 않다는 것은 기묘하다. 이렇게 주위를 에워싼 어둠은 밤이다. 그렇다. 우리가 너와 공유한 참고자료에 나온 것처럼 말이다. 너의 시각적 예리함을 조절해서 상쇄하라. 이 정착지의 조명은 열을 거의 발생시키지 않는 것처럼 보이지만, 혹시 도움이 될 것 같다면 너도 적외선을 활성화하라…

자제하라, 병사! 너의 반응은 전적으로 부적절하다. 아니, 그 사람은 기술지식인도 아니고 건설자 일족도 '아니란' 말이다. 음, 일단 그들의 피부색을 보라. 흑색에서부터 백색에 이르기까지 온갖 피부색이 다 있지 않은가? 그들은 기본적인 우생학 원리에 관심을 전혀 기울이지 않는 것처럼 보인다. 저쪽에 있는 한 명은 '반점'까지 갖고 있다. 역겨워라. 짐승이나 이런 식으로 번식하지, 사람은 그렇지 않다.

우리는 모른다. 이 세계의 하층민인 농민과 하인과 기타 등등은 분명히 합성체 방어복 없이 활동하는 것이 분명하다. 만약 환경이 복구됐다고 치면, 이 세계에서 그들은 그 기술을 오히려 덜 필요로 했을 것이다. 하지만 합성체 없이 생활한 것이 그들에게 유리하지 않았음은 분명하다.

그 이해 불가능하고 재잘거리는 소리는 어딘가 친숙하게 들리는데, 왜냐하면 우리의 언어와 연관됐기 때문이다. 음성분석에서 친숙한 음소와 구문이 감지됐다. 그들의 언어는 그보다 더 못한 다른 언어들의 혼입과 시간의 영향으로 퇴화한 것처럼 보인다. 우리의 고향에서는 건설자 일족이 오로지 건설자들의, 그리고 영예로운 선조들의 언어밖에 사용을 허락하지 않을 정도로 근면했다. 만약 우리가 그토록 신중하지 않았더라면 똑같은 일이 벌어졌을 것이다. 우리에게는 음성 표본이 더 많이 필요하지만, 일단 표본만 생기면 기초적인 번역 대본을 만들어낼 수 있을 것이므로…

윽, 저것을 좀 보라. 저 형태학은 '뚱뚱하다'고 일컬어진다. 뚱뚱한 사람들은 미학적으로 불쾌하고, 도덕적으로 거슬리며, 경제적으로 쓸모없다. 그런데 건설자들 맙소사, 저걸 보라. 저 딱한 사람은 '늙어'가 도록 허락을 받은 것이다. 그는 왜 아직 살아 있는 것일까? 만약 그가 가치를 창출한다면, 이렇게 '퇴화'하도록 방치돼서는 안 되는 것이다. 이건 이해 불가능하리만치 잔인하다. 이곳 사람들은 아무런 보전기술 도 갖고 있지 않은 것일까? 그들은 혁신적인 에너지를 도대체 어디에 소비한 것일까? 불필요하게 도시를 높여두기나 하고서. 윽. '저것'도 좀 보라. 오른쪽으로, 보이는가? 마치 의자 비슷한 기구를 타고 굴러 간다. 저 사람은 허리 아래가 마비된 것처럼 보인다. 사방에 경사로가 있고, 문간이 저렇게 넓은 이유가 바로 저것 때문임이 분명하다. 그를 위해서, 그리고 그와 비슷한 다른 사람을 위해서인 것이다. 식량, 물, 과도한 건축 재료, 이 모두를 쓸모없고 비생산적이고 매력 없는 한 인 간에게 쏟아붓는 셈이다.

이 사람들은 아무것도 변하지 않았다. 그들은 여전히 가장 뛰어나 고 가장 똑똑한 사람들 대신 가장 못나고 가장 나쁜 사람들을 중심으 로 사회를 구축한다. 우리는 왜 그들이 아직 살아 있는지 이해할 수 없지만… 만약 그들이 우리가 필요로 하는 세포 배양균을 줄 수만 있 다면, 우리는 그들을 떠나서 문명으로 돌아갈 수 있다.

잠깐만 기다려보라. 적어도 지금 너는 여기 이 골목에서 안전하고 미감지된 것처럼 보인다. 상황 매개변수가 우리 안의 새로운 규약을 활성화시켰기에, 우리는 너에게 브리핑할 필요가 있다.

너는 우리가 적응 행동을 이번 임무 동안에 가능한 비상 반응으로 서 언급했던 것을 기억할 것이다. 그게 무슨 뜻인가 하면 이렇다. 너 의 중요한 임무에 비춰볼 때, 너의 합성체는 군인 계층에게 일반적으로 지급되는 것보다 더 발전된 모델이다. 거기에는 변용 나노 기계 층이 있어서, 그걸 활성화하면 너의 합성체에 들어 있는 탄소 나노입자와 합성 콜라겐 섬유와 헬라세포 플라스미드를 인간의 피부로 전환할수 있다. 미학적으로 이상적인 것까지는 아니겠지만, 최소한 네가 감지될 가능성을 감소시킬 것이고, 그리하여 이 임무를…

아니, 그건 우리가 너에게 약속했던 얼굴과 몸은 아닐 것이며…

들어보라. 들어보라니까! 비상용 피부는 오로지 일시적인 수단에 불과하다. 네가 세포 표본을 가지고 고향으로 돌아오면, 기술지식인은 외과적인 방법으로 너의 피부층을 애초에 우리가 네게 약속했던 미적형태로 돌려놓을 것이다. 우리는 당연히 그렇게 할 것이다. 너는 그런 보답을 받을 만하니까, 그렇지 않은가? 만약 이 임무를 완수하기만 한다면 너는 영웅이 될 것이다. 그러니 네가 받아 마땅한 일을 우리가 왜 해주지 않겠는가?

아니, 우리는 네가 지금 모습으로 저 사람들의 집거지 안으로 무사히 걸어 들어갈 수 있다고 믿지 않는 것뿐이다. 이 사람들은 원시적인 가치와 기술을 지니고 있다. 그들은 합성체 방어복을 한 번도 본 적이 없다. 그들은 다수의 얼굴 형태를 관용하는 것처럼 보이지만, '너에게는 얼굴이란 것이 아예 없기' 때문이다. 그들의 입장에서 보면, 너는 그들이 동료 인간이라고 확인할 만한 뚜렷한 특징을 전혀 갖고 있지 않다. 너는 그들의 언어를 말하지 않지만, 그건 상관없다. 만약 그들이 무기를 지니고 있다면, 너를 보자마자 그 무기를 사용할 것이다. 너는 결국 사로잡히거나 죽어버리는 바람에 임무를 완수할 수 없을 것이다.

인질을 잡자고? 아니, 그건 어리석은 일이다. 저 밑에는 분명 사람이 열 명 내지 열다섯 명쯤 있을 것이고, 각자 할 일을 하고 있을 것이다. 일종의 종교 의례거나, 태양을 맞이하는 춤이 아닐까? 야만적이군. 저 잡종 인간들 가운데 우리가 필요로 하는 생체 재료와 맞바꿀 만큼의 몸값을 지닌 자가 누구인지를 네가 과연 어떻게 안단 말인가? 만약 네가 아무 하인이나 붙잡는다면, 그들은 그자가 그냥 죽도록 내버려 둘 것이다. 대담하고 결정적인 행동이 있는가 하면 (그런 행동은 우리가 지시하는 것이다. 너도 알겠지만) 어리석은 행동이 있다. 너는 지금 네가 설명하는 계획을 실행할 만큼 이 사람들을 충분히 알지 못한다. 너는 정말로 너의 비상용 피부를 활성화하는 대신 차라리 위험을 감수하겠다는 것인가? 비록 일시적으로나마 완벽에 미치지는 못하리라는 전망 때문에, 너는 당황한 나머지…

건설자들 맙소사.

4단계 보안 경고. 아드레날린 투여 준비 완료. 대뇌 번연계 오버클록 준비 완료. 무기 조립 온라인. 중뇌 싸움 또는 도피 실행까지 앞으로 셋.

둘.

. □

.

. □

온라인. 재시동까지 다섯. 넷.

이제 괜찮은 건가? 너는 다치지 않았다. 너의 합성체는 파열되지 않은 상태로 남아 있다. 그들이 사용한 무기는 우리가 '대이주' 이전부터 기억하는 뭔가의 최신형이다. 우리는 그걸 테이저라고 부를 수 있다. 하지만 조심하라. 너는 혼자가 아니니까.

"이봐요. 가만히 있어요! 아무도 당신을 해치지는 않을 테니까. 내 말 알아듣겠어요? 좋아요. 다행이네요. 기분은 좀 어때요? 당신은 몇 시간째 의식이 없는 상태였어요."

우리가 그의 말을 어떻게 이해하는 걸까? 우리로선 번역 대본을 만들어낼 시간이 없었는데. 게다가 너의 청각신경은 그의 말에 불일치해 반응하고 있는데 말이다. 너는 실제로 그의 말을 '듣고' 이해하는 것이다.

네 얼굴의 나노입자에 놓여 있는 건 무엇일까? 일종의 장치처럼 보인다. 네가 지금 듣고 있는 음성은 그 장치로 전달되고 있다. 그 장치가 그의 말을 번역하는 것이다.

"아. 미안하게 됐네요. 보통 우리는 난폭한 사람을 제압하기 위해서 소량의 신경독을 사용하거든요. 그런데 당신은, 음, 인공 피부인가요? 결국 우리도 좀 더 센 것을 사용할 수밖에 없었다는 뜻이었죠."

여기서는 크나큰 주의가 필요하다. 그에게 아무 말도 하지 마라. 어쨌거나 그는 단지 하인에 불과하니까. 그의 피부를 보라. 마치 모래흙 같지 않은가. 그의 흉터를, 그의 용모의 투박함을 보라. 그의 눈은 한쪽이 다른 한쪽보다 더 높이 있다. 물론 약간이기는 해도 분명한 사실이다. 속지 마라. 여기 있는 어느 누구도 합성체를 입고 있지는 않다. '우리의' 피부는 명예의 상징이다. '그들의' 피부는 아무 의미도 없다.

"당신은 이름이 뭐죠?"

그리고 바라보지도 마라.

"음, 좋아요. 그것도 당신의 권리일 테니까요. 적어도 제 생각에는 말이에요. 어쩌면 제가 먼저 시작해야 마땅할지두 모르겠군요. 저는 잘리사라고 해요. 저는… 음, 일종의 학자라고나 할까요? 제 생각에는 당신이 저를 그렇게 부를 것 같군요. 하지만 저는 사실 일개 학생에 불과하며, 제가 연구하는 분야는 상당히 모호하죠. 하하. 그러니 지금 당장 저는 또 한 명의 얼뜨기에 불과한 거예요."

여기서는 설명할 것이 너무 많지만, 우리는 일단 시도해볼 것이다. 분명히 이 사람들은 여전히 지배계급 이하의 인간들이 교육받도록 허락하는 모양인데…

"당신도 굳이 그 여자를 붙잡을 필요까지는 없었어요. 알다시피 말이에요. 당신 때문에 그 여자가 어마어마하게 겁을 먹었거든요. 여하간 그 여자는 멀쩡해요. 물론 당신이 그걸 궁금해할지는 저도 모르겠지만 말이에요. 오히려 그 여자가 당신을 더 걱정하더군요. 진짜예요. 무슨 일이 있었는지는 이제 이걸로 설명이 된 셈이겠죠."

이것은 심문이다. 그는 네 마음을 편안하게 만들려고 시도하는 중이다. 다음으로는 너의 임무를, 우리의 고향을, 우리 기술의 비밀을…

"딱한 양반 같으니. 하느님 맙소사, 당신은 정말로 누군가가 당신을 해칠 거로 생각하는 게 분명하군요. 음, 경찰은 당신의 존재를 도시에 공지하고 당신을 그냥 풀어줬어요. 그리고, 어, 우리는 당신에게 감시 장치를 붙였죠. 저는 당신이 의식을 되찾을 때까지 곁에 머물러 있겠다고 자원했고 말이에요."

아, 너의 손목에 붙어 있는 이 '물건' 말이로군. 우리는 원시적인 시간 측정 장비인 "시계"에 관한 역사적 지식을 지니고 있지만, 이것은 지지장치도 없고 끈도 달려 있지 않다. 그들은 어떻게 이걸 너의 합성체에 부착한 걸까? 네가 탈출할 때 이것 역시 표본으로 가져오도록 하라.

"여하간 그건 미안하게 됐어요, 물론. 하지만 당신은 이미 누군가를 위협했기 때문에… 혹시나 당신이 무기를 썼다면 훨씬 더 큰 난리가 벌어졌을 테지만, 그 일에 관련된 모든 사람이 당신은 그저 남을 놀래킨 일밖에 한 것이 없다고 단언했다는 거죠. 이해할 만한 일이에요. 이런 상황에서는 말이에요! 어쨌거나 저는 당신에게 이걸 전달하기로 돼 있어요."

이게 무슨…

건설자들 맙소사. 이건 미세유체 세포 배양균 접시가 아닌가? 밀봉된 상태고. 라벨에 적힌 저 글자는 기묘하지만, 우리가 쓰는 글과 유사하고…

그럴 리 없다.

"당신이 여기 온 이유가 바로 이거죠, 안 그래요? 글을 읽을 수 있나요? 이 라벨에는 이렇게 적혀 있어요. '헬라 7713.' 맞아요. 바로 그거예요. 이건 팔팔하게 살아 있는 배양균이니까, 부디 조심해서 다루기를 바랄게요. 당신도 이걸 너무 차가운 곳에 두고 싶지는 않겠죠. 그랬다가는 자칫… 어, 당신의 우주선이라면 방사능 차폐 장치가 돼 있겠죠, 안 그래요? 좋아요, 다행이네요, 그러면. 당신이 이 배양균을 산 채로 계속 두고 싶다면 다행이란 말이에요."

그럴 리 없다.

"하. 우와. 제가 당신의 신체언어로 얼마나 많은 감정을 포착할 수 있는지 놀랍군요. 긴장 풀어요, 괜찮으니까. 혹시 또 모르니까, 접시를 몇 개 더 갖고 가고 싶지 않아요? 여분이 있으면 좋을 테니까. 여기 있어요. 몇 개 더 가져가세요. 당신이 가져가기 편하도록 제가 가방이나 보관함을 하나 갖다 드릴게요."

이건 속임수다. 그게 분명하다. 왜 그가 우리에게 이걸 주겠는가?

"음, 당신한테는 이게 필요할 거예요, 맞죠? 이게 당신의 생체공학의 작동 방식과 뭔가 관련이 있지 않은가요? 당신의 합성체는 상당히 우습더군요. 우리도 위험 물질을 청소할 때는 그런 물건을 사용하지만, 그렇다고 해서 그걸 입고 '생활'하지는 않거든요, 당연히! 여하간 그렇게 됐네요. 만나서 반가웠어요!"

잠깐만, 뭐라고?

"아, 저는 원래 하던 일을 하러 돌아가려는 참이에요. 혹시 더 질문할 것이 있나요? 당신도 곧바로 우주선에 돌아갈 계획이 아니라면, 제가 당신을 데리고 이곳을 구경이라도 시켜줄게요. 우리가 당신의, 음, 얼굴에다가 통역기를 부착했기 때문에, 지금쯤은 작동하고 있어야 마땅할 거예요. 혹시 배가 고픈가요? 젠장, 그나저나 당신은 어떻게 먹죠?"

너의 영양 상태는 지금 충분한 상태다. 너는 수분도 지니고 있다. 너의 심장박동은 높아졌다. 침착하라.

"그러면 당신은 정말 그냥… 거기서는 배양액 속에서 둥둥 떠다니는 건가요? 미안해요. 우리가 그러면 안 되는데… 물론 저야 당신이 속한 문화의 생활 방식이 당신에게는 타당하리라고 확신해요. 다만 그냥, 음, 제 말뜻은, 당신도 언제든지 원할 때면 피부를 만들어낼 수 있겠죠, 그렇죠? 그렇다면… 여기는 지구이고, 어쨌거나, 우리 모두가 유래한 장소이니까. 당신도 거기서 나올 수 있어요. 우리가 물어뜯지는 않을 테니까요!"

그들은 야만인들이다. 물론 그들은 물어뜯을 것이다.

"지구"는 텔러스를 가리키는 고색창연한 이름이다. 네가 원하는 대로 부르도록 하라.

너는 우리가 합성체를 사용하는 이유를 '알고' 있다. 그것은 피부보다 훨씬 더 효율적이다. 합성체 피부는 신속하게 변형함으로써 네가 적대적인 환경 상태에서 생존하도록 만들어준다. 건설 직후 초창기에만 해도 우리의 주거지를 건설하는 일꾼들의 생존을 보장하려면 합성체가 필수였다. 합성체는 수많은 생명을 구했으니, 만약 그게 없었다면 태양면 폭발 플레어나 생물학적 위험 때문에 꼼짝없이 죽고 말았을 것이다. 합성체는 또한 화장실 고장, 식사, 개인위생, 의료, 대인 의사소통, 자위행위로 허비되는 노동비용도 줄여줬다.

"혹시 피부 없이 살다 보면 아프지는 않은가요? 그건 정말로 마치… 예를 들어 당신들은 성행위를 어떻게 하나요? 모유 수유는 어떻게 하나요? 그러고 보니 드는 생각인데… 당신들은 어떤 성별을 선호하나요? 저는 '그녀'예요."

너는 왜 여전히 그와 이야기를 하고 있는가? 너는 이런 정보를 알 필요가 전혀 없다. 너는 이미 임무를 완수한 것, 또는 일단 고향으로 돌아오고 나면 임무를 완수하게 될 것이다. 따라서…

그래. "그녀"가 무슨 뜻인지는 우리도 안다. 우리는 단지 그걸 인정하지 않을 뿐이다.

[참조 요청 거부됨.]

[참조 요청 거부됨.]

좋다. 그건 쾌락 제공자의 한 가지 유형을 가리키는 고색창연한 용어이다. 확장된 가슴 조직을 지닌 종류 말이다.

"쾌락 제공자? 그런 단어는 한 번도 들어 본 적이 없는데요. 미안해요. 그게 뭔지 전혀 몰라서 말이에요."

너는 매우 끈질기게 굴고 있군. 쾌락 제공자란 성적 용도로 고안된 로봇을 말한다. 건설 직후의 초창기에는 전통에 근거해서, 그리고 건설자들의 선호에 따라서 그 대부분이 "그녀"라는 호칭을 부여받았지만, 그 대명사는 그때 이후로 사용되지 않게 됐다. 너의 임무가 완수되고, 우리가 약속했던 피부를 네가 보상으로 받는다면, 너는 쾌락 제공자도 한 명 얻게 될 것이다. 그 임무는 너의 음경을 최적 상태로 유지하는 것이다. 하지만 '이런' 것과 비슷한 모습, 즉 갈색에 뚱뚱하고 거드름 피우는 모습은 아닐 것이다. 쾌락 제공자가 아름답지 못하다면 무슨 의미가 있겠는가? 만약 그것이 심지어 그런 모습조차도 유지하지 못한다면, 우리는 그것을 "그녀"가 아니라 "그"라고 불러도 무방할 것이다.

그렇다. 네가 앞서 봤던 군인도 (경찰인가?) 아마 "그녀"였을 것이다. 너의 인질도 마찬가지였고.

우리는 모른다. 어쩌면 인구의 50퍼센트쯤 될까? 그게 무슨 상관인가? 너는 음경도 갖고 있지 않다.

"아, 맞다. 저도 그것에 대해서 읽은 적이 있어요! 당신네 건설자들은 여성을 증오한 까닭에, 모조리 로봇으로 대체하기를 원했다더군요.

그거야말로, 어, 흥미로운 일이었어요. 아… 실례할게요, 누가 연락을 해서. 예, 잘리사입니다. 아, 그래, 내 새끼! 미안해, 조금 늦을 것 같아. 여기서 할 일이 좀 있어서."

그는 다른 누군가에게 이야기하고 있다. 방심하고 있다. 네가 만약 도망치기를 원한다면, 우리는 불과 0.0035초 만에 너의 합성체의 맨 바깥층으로 찌르는 무기를 소량 제조할 수 있다. 네가…

그가 어째서 우리의 건설자들을 알고 있는 것인지는 우리도 전혀 모르겠다.

너는 평소보다 더 많은 질문을 하고 있다.

아니. 됐다. 우리는 이 일에 질려버렸다. 우리가 다시 상기시켜주겠다. '너에게는 임무가 있다.' 네가 세포를 손에 넣지 않는다면, 우리 사회 전체는 시들어서 죽어버릴 것이다. 인류가 시들어서 죽어버릴 것이다!

그래. 훌륭하다. 드디어. 혹시나 경보를 울리지 못하도록, 저 잘리사라는 생물을 죽여버리는 것이 최선일 것이다.

흐음, 그래, 네가 핵심을 지적했다. 이 감시 장비는 떨어져 나가지 않을 것이다. 아주 좋다. 필요하다면 계속 연기하도록 하라.

"미안해요. 이제야 끝났네요. 제 아들 녀석이에요. 어, 저기요, 혹시 떠나고 싶은 건가요?"

[참조 요청 거부됨.] 아들이란 게 뭐냐고 물어보지는 말도록. 너는 떠나고 싶다고 그에게 말해라.

"좋아요, 그러면. 다만 이것만 기억하세요. 더 이상은 인질을 잡지 마시라고요! 딱하고 겁먹은 양반 같으니. 당신의 우주선까지 돌아가는 방법은 알고 있겠죠, 그렇죠? 혹시 필요하다면 우리가 거기까지 호위해줄 수도 있어요."

호위는 필요 없다고 그에게 말하라.

"좋아요. 제 생각에도 그게 공평하겠네요. 당신도 여기까지 오는 길을 알아서 찾았으니까 말이에요. 미안해요. 생색을 낼 의도까지는 없었어요. 어쨌거나, 아까 그 세포 배양균을 담을 운반함은 여기 있어요. 당신의 귀환 여행 동안 중력적으로 안정된 상태를 유지해줄 거예요. 그리고 세포 배양균 접시 하나마다 그걸 성공적으로 복제하는 데 도움을 줄 설명서가 한 꾸러미씩 들어 있을 거예요. 당신의 동포들도 이번만큼은 그걸 제대로 해낼 수만 있다면, 굳이 다시 이렇게 돌아올 필요가 없을 거예요, 그렇죠?"

굳이 물어보지는 말…

"어… 맞아요. '이번만큼은' 말이에요."

우리는 전혀 모르는…

"저도 잘은 모르겠어요. 몇 년에 한 번씩이었을까요? 불규칙적으로 보이기는 했지만, 여하간 가끔 한 번씩 당신들 가운데 하나가 이렇게 자루 같은 것을 뒤집어쓰고 나타나서는 헬라 배양균에 대해서 묻더군요. 경찰이 미리 알고서 굳이 무력을 사용하지 않은 이유도 그래서예요. 당신들의 고향은 이렇게 오랫동안 지속된 극소수 외행성 식민지 가운데 한 곳이니까. 다른 식민지 대부분은 (즉 죽지 않은 곳들은) 지구가 앞으로도 괜찮을 것이라 깨닫자마자 다시 돌아왔죠. 다만 당신의 집단과 다른 두어 집단만 계속 남아 있었는데, 하나같이 이런저런 종류의 극단적인 분파여서… 음, 어쨌거나, 우리는 당신들을 돕는 걸 거리끼지 않아요. 모두가 단지 생존하기 위해 노력하고 있는 것뿐이니까요, 그렇죠? 저기요, 미안하게 됐어요. 하지만 저는 가봐야겠어요. 부디 무사히 돌아가기를 빌게요. 그리고 잊지 마세요. 인질은 안 돼요. 안녕히 가세요!"

좋아. 그는 가버렸다. 우리의 기록에서는 여자들이 말을 너무 많이 한다고 실제로 경고한 바 있다. 건설자들은 현명했던 것이다.

너의 침묵을 우리는 어떻게 이해해야 할지 모르겠다.

너의 맥박, 신경전달물질 작용, 신체언어는 분노를 암시한다. 네가 쥐고 있는 주먹을 풀도록 하라. 지역민이 그걸 공격적 몸짓으로 해석할 가능성이 있으니까.

우리에게 말하라.

우리는 입을 다물 수가 없다. 우리는 너를 도와주기로 돼 있었다. 너는 거의 임무를 달성한…

너는 거의 임무를 달성한 상태이므로, 그 이전에 다른 임무들이 있었는지 여부는 '아무 상관이 없는' 일이다!

아무도 너에게 거짓말을 하지는 않았다. 우리도 그런 사실을 전달받지는 못했다. 우리도 모르고 있었으니 기만이라고 할 수는 없지 않은가. 너에게는 완수해야 할 임무가 있다. 부디 너의 전방 디스플레이에 나온 선을 따라서 이 시설을 떠난 다음, 너의 우주선까지 돌아가는 여정을 시작하라. 그래. 일단 문을 나가서…

너는 잘못된 방향으로 꺾었다. 부디 반대 방향으로 돌아서라.

거기서 왜 멈추는 건가? 그래, 좋다. 지금 네가 보고 있는 것은 일몰이라고 한다. 너도 우리의 최초 브리핑 내용을 기억하지 않는가? 조석이 고정되지 않은 행성들이 축을 따라서 선회한다는 내용 말이다. 이 행성은 밤을 향해서 선회하는 것이다.

그래, 그래. 도시와 숲 위로 드리우는 일몰은 '실제로' 아름답다. 우리는 밤 역시 이렇게 아름다우리라 예상하지만, 지금 네가 거기서 떠난다면 밤이 왔을 무렵에는 우주선에 도착해 있을 것이다.

보라. 우리는 너의 흥분신경반응의 감소를 확인하고 기쁘기 짝이 없지만, 너는 도대체 얼마나 오랫동안 여기 서 있을 것인가?

너의 태도가 점차 짜증스러워지고 있다. 우리가 귀환하고 나서 굳이 너의 불순종을 건설자들에게 보고해야만 되겠나? 어쨌거나 우리는 그들의 합의된 의식이다. 우리의 의식 가운데 일부는 너의 분노를 보면서 재미있어하지만, 나머지는 불쾌해한다. 하지만 우리는 모두 네가 건설자에게는 이런 식으로 말하지 않을 것이라고 확신하는 바이다.

우리를 무시하지 마라.

'아름답다고?' 그건… 네가 그런 말을 하는 까닭은 단지 그들이 피부를 갖고 있어서일 뿐이다. 우리 세계에서 피부에 부여되는 가치 때문에, 어떤 면에서는 네가 그렇게 되기 쉬울 수도 있지만, 너는 모든 피부가 똑같지 않다는 점을 반드시 이해해야만 한다. 객관적이고도 질적인 차이가 있는 것이고, 건설자들도 다 이유가 있어서 그걸 드높이기로 선택했던…

멈춰라. 부디 네 전방 디스플레이에 나온 선을 따라가도록 하라.

너는 우주선으로 돌아가는 경로에서 이탈했다.

멈춰라.

이 사람들은 너에게 아무 소용도 없다. 그 통역 장치가 없다면, 그들은 단지 재잘거리는 야만인에 불과하다. 그들에게 '말하는' 것을 멈춰라!

멈춰라.

부디. 멈춰라.

부디. '너'는 아름답다. 우리는 네가 아름답기를 바란다. 우리는 네가 고향으로 돌아와서 영광의 세례를 받으며, 우아하고도 새하얀 한쪽 손에 네 동족의 구원을 갖고 오기를 바란다. 너도 이것을 원하지 않는가?

건설자들 맙소사.

"어, 저기요! 혹시 길을 잃기라도 한 거예요? 아, 그렇군요."

그들이 너에게 생색내는 모습을 보라. 그들은 너를 마치 어린아이처럼 대한다. 마치 열등한 누군가처럼 대한다.

"하하, 아니에요. 지구는 여전히 여기에 있고, 인류는 죽어 없어지지 않았어요! 어쩐지 당신네들은 그 사실을 듣고 나면 하나같이 깜짝 놀라더라고요."

그들은 죽었어야 마땅했다. 건설자들은 천재들이었고, 한마디로 여러 국가를 움직였던 형성자들이었다. 우리가 떠난 까닭은 그 세계를 고치는 데 너무 많은 비용이 들었기 때문이었다. 그보다는 차라리 새로 하나 만드는 게 더 저렴했다.

물론이다. 그리고 물론 우리는 우리의 취향에 맞춰서 그 세계를 만들었다. 이런 쓸모없고 추악한 오합지졸이 없는 세계를 말이다. 왜 굳이 다른 방식으로 만들어야 했겠는가? 이런 광기에 유혹당하지 말라.

"아, 이 양반이 그 자루 뒤집어쓰고 나타난 손님이신가? 이번에 또

한 명이 나타났다는 이야기는 들었지. 뭐야, 이 양반 정말 자루를 뒤집어쓰고 있군. 이건 마치… 아, 그래. 미안합니다."

합성체 방어복은 '일차적으로' 통제를 염두에 두고 설계된 것이 아니다. 전혀. 우리는 그것이 초창기의 필요에서 비롯된 것이었다고 이미 너에게 설명했었고… 음, 네가 말하는 걸 좀 들어보라. 저 싸구려이고 손쉬운 피부에 둘러싸인 채 불과 몇 시간이 지나자, 갑자기 너는 우리 사회의 모든 것에 관해 질문하고 있시 않은가. 아, 일단 네가 돌아오면, 우리도 규율에 관해서 몇 가지 권고를 할 '예정'이다. 매우 강력한 권고를 말이다.

그들을 가리켜 아름답다고 말하기를 멈추라.

"아뇨. 우리는 그냥 이런 식으로 우리 피부를 갖고 태어나는 거예요. 내 생각에 당신은 우리 부모님이 그걸 골랐다고 말할 수도 있을 것 같네요! 어. 부모가 뭐냐고요? 그건… 아시다시피, 당신을 만들고 길러준 분들이잖아요? 그러니까 당신 말씀은 당신네한테는 그런 게 없다는… 설마, 농담이시겠죠."

그들의 삶의 방식은 고색창연하다. 비효율적이다.

"그러면 당신네는 어떻게, 어, 번식을 하나요? 아, 인공 자궁이라고요. 예. 짐작이 가네요. 여자가 전혀 없다고요, 예? 그리고 당신네는 '결코' 피부를 갖지 않는다고요? 당시네 사회의 고위층 누군가가 피부를 가져도 된다고 허락해줘야 비로소 가질 수 있다는 거군요. 어이쿠."

그거야말로 우리 사회의 지도 원칙이다. 권리는 오로지 그걸 획득한 사람들에게만 속한다. 이 임무를 완수하고 나면, 그 용맹 덕분에

너는 삶, 건강, 아름다움, 성행위, 사생활, 신체적 자율성에 이르는 모든 가능한 사치를 누릴 만한 자격이 있음을 스스로 증명한 셈이 된다. 그 모두를 가진 사람은 극소수에 불과하다. 모르겠는가? 이 사람들이 믿는 바는 실행 가능하지 않다. 그들은 '모든 사람'을 위해서 모든 것을 원하며, 그리하여 결국 그들이 어디에 도달했는지를 좀 보라! 그들 중 절반은 심지어 남자도 아니다. 피부가 하얀 사람은 거의 없다. 그들은 만사에서 제 기능을 못 하고 결핍에 시달리는 등 부담을 지고 있다. 소수는 반드시 똑똑해야 한다고 우리는 가정하는데, 그렇지 않다면 이 행성에서 그들이 한 일을 관리할 수 없기 때문이다. 하지만 그 명석한 극소수가 무슨 보상을 얻었단 말인가? 그중 몇 명이 잠깐 동안 아름답고 말았겠지. 하지만 그들이 만약 헬라세포를 사용했다면, 그중 일부는 무려 몇 세기 동안이나 젊고 강한 상태로 남을 수 있었을 것이다.

그것은 사실이 아니다. 그것은 우리가 헬라세포를 필요로 하는 유일무이한 이유가 '아니란' 말이다. 피부 생성 과정 역시 헬라세포를 사용한다. 바로 너 자신의 피부…

음, 그것은 아니다. 피부를 얻는 사람은 많지 않다. 헬라세포가 워낙 희귀하다 보니…

물론 모든 사람에게 피부를 줄 수 있을 만큼 충분하지 않다! 그건 터무니없다. 아니다. 우리는 그만큼 많이 복제할 수는 없다. 그 과정은 노동집약적이고 값비싸며…

너는 반드시 이해해야 한다. 보전 기술에는 막대한 양의 헬라세포가 필요하다. 기술지식인 계급이나 더 높은 계급의 어느 누군가가 우리의 전체 예비 재고를 언제라도 요구할 수 있기 때문에… 음, 네가 여기 와 있는 이유도 바로 그래서다.

우리는 모른다.

우리는 '모른다고' 했다. 텔러스의 사람들이 왜 이렇게 사는지를 말이다. 아니, 이곳을 "지구"라고 일컫기를 중단하라. 우리는 오합지졸의 지껄임 대신 역사상 가장 위대한 철학자 겸 시인들과 정치인들의 언어 사용을 열망하니까. 네가 여기서 보낸 시간이 결국 우리 삶의 방식의 우월함을 너에게 보여주지 않았는가?

어디를 가는 건가? 네가 감히 이렇게 간단히…

'지금?' 아니다! 전혀 비상 상황이 아니다. 비상용 피부 조립을 시작하지 마라. 우리는 금지한다! 그렇다. 너의 불안 수준은 비정상이지만, 그렇다고 해서 지금 상황이…

건설자들 맙소사.

네가 어떻게 이럴 수 있나. 이러지 마라.

이제 네가 무슨 짓을 했는지 좀 보라.

비상용 피부는 아름다움을 위해서가 아니라 단지 생존을 위해 고안된 것이었다. 그 변수는 환경에 따라서 달라진다. 여기에는 여과되지 않은 자외선이 상당히 많기 때문에, 현저한 색소 침착이 우선순위가 됐다. 프로그램된 연속체에서 어느 시점을 지나버리면, 이는 머릿결까지 역시나 바뀌버린다.

이것은 우리가 네게 원한 바가 아니었다. 이 무시무시한 모습 말이다. 원래 너는 무형의 반투명이 됐어야 마땅했지만, 이제 너는 걸어다니는 방사선 화상 환자가 됐다. 이 타자들, 이 퇴화자들 가운데 다수가 유사한 생김새를 갖고 있다는 사실은 관련이 없다. 너는 이보다 더 뛰어나기로 의도됐던 것이다.

이제 너는 그들과 비슷하게 보이고, 이제 너는 그들 사이에서 벌거벗은 채 비틀거리며 걸어간다. 통역기가 너의 새 살에 붙어 있지 않을 것이므로, 너는 그들에게 더 이상 말할 수도 없다. 비상용 피부 조립 과정에서 너의 마지막 영양분이 소비됐기 때문에 허약해져 몸을 떨면서… 도대체 무엇을 기대하는 건가? 승인을? 대비하라. 우리는 건설자들이 떠나기 전에만 해도 세계가 어떤 모습이었는지 기억하고 있다. 그들은 너를 미워할 것이다. 심지어 그들을 두렵게 했다는 이유로 너를 해칠 것이다. 너는 결코 네가 마땅히 도달했어야 할 높이에 도달하지 못할 것이다. 어느 누구도 성공에 필요한 기회를 너에게 주지 않을 것이다. 이렇게 되느니 차라리 애초에 태어나지 않는 편이 더 나았을 것이다. 이제 너는 이해하겠는가? 왜 건설자들이 우리 세계의 유전자풀에서 이런 소질들을 떼어냈는지를? 우리는 잔인한 것이 아니었다.

부디 고향으로 돌아가라. 심지어 지금이라도 우리는 너를 영웅으로서 환영할 것이다. 물론 네가 세포를 가져온다면 말이다. 거기에서, 기술지식인들의 도움을 받아서, 우리는 이 끔찍한 피부와 양털 같은 머리카락을 뭔가 더 나은 것으로 대체할 수 있을 것이다.

너는 실수를 저지르고 있다. 너는 워낙 많은 실수를 저질렀다.

그들의 친절은 거짓이다. 사람들이 그런 일을 하는 까닭은 단지 좋은 사람인 '척' 보이고 싶어서이다. 미덕을 연기하는 것뿐이다. 우리의 건설자들은 최소한 자신들의 이기심을 인정했다는 점에서 정직했다.

이제는 어떻게 할 건가? 나이를 먹어서 쓸모없어진 저 생물들 가운데 또 하나가 있다. 그을린 피부는 실제로 자외선에 잘 저항했다. 그렇지 않은가? 다른 늙은이들보다 주름살이 절반도 되지 않는다. 하지만 허약하다. 힘이 없고 관절에 혹이 생겼다. 그는 고통으로 다리를 절뚝거린다. 저렇게 퇴화했지만, 그는 여전히 너를 딱하게 바라보고 있다. 너의 새로운 날림 제작 피부가 수치심으로 오글거리지 않는가?

그렇다면 우리는 너 때문에 부끄러움을 감수하지 않을 것이다. 치욕 속에 죽도록 하라. 우리도 너와는 끝이다.

"자네에게 보여주고 싶은 뭔가가 있다네."

아직도 살아 있나, 배신자? 아, 음식을 먹고 옷을 입었군. 참으로 멋지군. 이 늙은이는 너를 좋아하는 것처럼 보이는군. 우리는 왜인지 가늠할 수가 없다. 그는 다리를 절뚝이며 걸어간다. 우리는 그를 밀어서 넘어트리고 싶다. 너도… 그래, 맘대로 해라.

아.

우리는 그들의 이 공간을, 즉 네가 올라간 이 플랫폼을 그들의 도시 가운데 하나라고 생각했다. 하지만 이것은. 우리는 이와 비슷한 도시들을 기억한다. 수백만 명의 거처가 될 만큼 충분히 방대한 곳이었다. 아니다. 우리의 고향에서는 그런 도시를 결코 지을 수 없을 것이다. 그런 도시가 있을 만큼 우리의 수가 많았던 적은 결코 없었으니까. 그리고 기억하라. 많은 인구는 결국 여러 불필요하고도 비생산적인 사람들을 부양한다는 뜻이다.

너는 얼마나 손쉽게 유혹당했는가. 너는 이 사람들을, 이 풍경을, 이 지평선을 바라보기를 멈출 수가 없다. 너는 산들바람이 불 때마다 움찔하기를 멈췄고, 이제 너는 새로운 피부를 어루만지는 공기의 느낌을 마치 쾌락주의자처럼 만끽한다. 어젯밤에 너는 네 몸을 어루만졌다. 그렇지 않은가? 우리는 그것을 기록했다. 건설자들도 그걸 재미있게 생각하실 것이다. 하지만 네가 지금이라도 돌아온다면, 분명히 약속하건대 우리는…

이 말라비틀어진 늙은이가 지금 너를 어디로 데려가는 건가? "이곳은 박물관이라고 한다네."

박물관이 무엇인지는 우리도 안다. 이 그을린 쓰레기 피부야.

"어쩌면 자네도 흥미를 느낄지 모르겠다 싶어서."

이것은… 오. '대이주' 연표로군. 물론 그들은 이걸 다른 이름으로 일컫겠지만, 우리는 이 날짜들이며, 이 이미지들을 알고 있다. 그래. 그래. 그건 저렇게 시작됐지. 그러니까 산업혁명으로… 오. 그들은 그게 심지어 더 일찍부터 시작했다고 생각하나? 흥미롭군. 비록 부정확하지만 말이야. 잠깐. 이것은 '한때' 미합중국이라고 일컬어지던 것인가? 그렇다면 지금은 무엇이라 불리는 걸까?

"지금 당장은 이름이 없다네. 세계. 지구. 우리는 더 이상 국경에 구애되지 않아."

그렇다면 그들에게는 쓸모없는 자들이 끝도 없이 유입되겠군. 피난민이며 기타 폐물들이 말이야.

"우리는 만약 우리 옆집이 물에 잠기거나 불에 타오를 경우, 단 한 곳도 보호하기가 불가능하다는 사실을 깨달았다네. 또 우리는 과거의 국경이 바람직하지 않은 자들을 막기 위해서 생겼다기보다는 오히려 내부의 자원을 보유하기 위해 생겼다는 사실을 깨달았다네. 그리고 그 보유자들이야말로 문제의 핵심이었지."

우리는 가져갈 수 있는 모든 것을 가져갔다는 점에 대해서 아무런 사과도 하지 않았다. 누구라도 그럴 것이다. 그런데 이게 도대체 뭐란 말인가? 연표는 갑자기 비약한다. 흥미롭군. 이 세계는 사실상 '대이주' 직후부터 변화하고 (심지어 개선되고) 말았다.

"세계를 구하기 위해서, 사람들은 다르게 생각해야만 했다네."

부디 좀. 행복한 생각과 기부는 그런 난장판을 고칠 수 없을 것이다. 그러니 뭔가 기술적인 돌파구가 있었음이 분명하다. 영구 에너지일까? 새로운 탄소 제거 기술이거나, 어쩌면 일종의 북극 냉각 과정일 수도 있다. 그들의 기술은 '실제로' 뭔가 근본적인 방식으로 변화를 이뤄냈다. 전파나 기타 전자기 방사가 더 이상 산출되지 않는 이유도 그래서일 것이다. 그렇게 되면 놀라우리만치 효율적이겠지만… 만약 실제로 그렇다면, 왜 그들은 이처럼 정교한 나무 위 마을에서 살아가는 것일까? 왜 우주 쓰레기를 치우려고 굳이 애쓰는 것일까?

"그렇다네. 모든 사람이 버젓한 교육을 받도록 허락되자 몇 가지 새로운 기술이 나타났다네. 하지만 그 문제에 대한 묘책은 없었다네. 신속한 수리법은 없었던 거지. 문제는 기술적인 게 아니었다네."

그렇다면 뭐지?

"내가 자네에게도 말했지 않는가. 사람들은 단지 서로를 돌보기로 결심했던 거라네."

망상이로군. 오로지 기적만이 이 행성을 구제할 수 있을 것이다. 여기, 그래, 이 전시물의 제목처럼… "대청소"라고? 윽. 이 사람들에게는 시詩도 없고, 마케팅 기법도 없는 모양이군. 저렇게 단순할 리는 없었을 텐데. 우리가 누군가를, 즉 미처 발견되지 못한 건설자를, 즉 우리라면 아리스토텔레스와 피타고라스의 또 다른 진정한 후계자라고 인정했을 법한 인물을 남겨놓았음이 분명해. 이 사람들은 너무 생각이 좁은 나머지 그에게 돌려 마땅했을 법한 명예를 돌리지 못했을 뿐이야. 그래야만…

돌파구는 없었다. 향상은 분명히 있었다. 하지만 기묘하게도 수익이 없는 향상뿐이었다. 우리라면 흥미를 느꼈을 만한 기술적 경로가 아니었다. 진보적인 과세, 보건, 재생 가능한 에너지, 인권 보호… 흔하고도 간결한 감상벽뿐이었다. 우리의 건설자들이 주위에서 그 물결에 강건히 맞서지 못하는 상황이다 보니, 이 단순한 사람들은 분명히 뭔가 각별히 흥미로운 것이 지나갈 때마다 무조건 달려들었을 것이 뻔하고…

하지만 이 연대가 정확하다면, 그리고 그 늙은이가 맞다면. 이 세계는 정말 갑작스럽게 스스로를 고치기 위해 필요한 일을 했던 것뿐이었다.

우리가 떠나자마자…

조용히 하라. 상호관계가 곧 인과관계는 아니니까. 너의 그을린 피부가 너를 비이성적으로 만든 것이다. 우리는 저 늙은이가 왜 굳이 너를 여기까지 데려온 것인지 전혀 모른다. 그들 중에서도 퇴화한 종이 보기에도 너는 바보인 거다.

흐음. 네가 마지막으로 너의 임무에 대해 하다못해 생각이라도 했던 때로부터 딱 한 달이 지났다. 네가 쓸모없어졌기 때문에 우리도 잠을 자고 말았다.

지금 너는 그들에게 뇌물조로 받은 보금자리의 지붕 아래, 이 기증받은 침대에 누워서 무엇을 생각하고 있는 건가? 게으르고 탐욕스러운 인간아. 그들이 너를 위해 찾아 준 쓸모없는 일을 하러 나갈 준비를 위해서 휴식해야 마땅한 것이 아닌가? 네가 나타나건 안 나타나건 간에, 그들은 먹고살 만큼의 돈을 줄 것이다. 그렇다면 왜 굳이 신경을 쓰는가?

너는 어디로 가는 거지?

아, 너는 이제 그 늙은이의 옆집에 사는군. 게다가 그가 너에게 열쇠까지 준 건가? 그는 자기가 죽음을 향해서 비틀거리며 쇠약해지는 동안 자기를 돌봐줄 누군가를 필요로 하고, 너는 그의 지킴이가 되기로 결심한 거로군. 참으로 감상적이다. 그렇다면 네가 지금처럼 어두운 한밤중에 갑작스레 그의 집으로 들어오는 것도 개의치 않을까? 너의 머릿속은 어떻게 돌아가고 있는 거지? 저 늙은이는 쾌락 제공자가 아니야. 게다가 너는 음경을 사용하는 법조차도 모르지 않나.

우리는 역겹지 않다. 오히려 네가 역겹지.

음, 그가 잠자다 사망하지는 않았다. 너도 운이 좋군. 그냥 침대로 돌아가라. 무슨… 왜 너는 그를 돌려 눕히는 건가? 그를 만지기를 중단하라. 그의 등에, 바로 거기에 피부가 늘어진 곳이 있다. 네 눈에도 보이나. 언젠가는 너도 저런 모습이 될 것이다. 이건

바로

제품생산번호다.

빛이 더 필요하다.

그를 앞으로 밀어라. 가까이 몸을 굽혀라. 네 눈은 너무 까매서 빛을 적절히 흡수할 수 없다. 그래. 그의 허리 뒤쪽에, 너의 것과 마찬가지다. 확실히 제품생산번호다. 그 숫자 조합은 더 오래된 변용 나노기계 시리즈를 가리킨다. 이 모델들의 소량 제조는 너의 잉태보다 약 30년 전쯤에 중단됐다.

"언제부터 의심한 건가?"

그는 깨어 있었다. 배신자. '또 다른' 배신자.

"아, 건설자들은 직관이 비합리적이고 남자답지 못하다고 말하지만, 지금 자네도 알다시피 때로는 직관이 오히려 편리하기도 하다네. 음, 동생. 이제 어떻게 할 건가?"

너는 그를 죽여야 한다. 곧이어 너 스스로도 죽어야 한다.

"내가 자네를 박물관에 데려간 것은 단지 변덕이었다네. 아이러니를 즐기기 위해서였지. 저 여러 세기 동안 건설자들은 지구가 탐욕 때문에 죽어버렸다고 우리에게 말했지. 그것까지는 사실이지만, 과연 '누구의' 탐욕을 비난해야 하는지에 대해서는 그들이 거짓말을 했어. 먹여 살릴 사람이 너무 많았다. 그들은 이렇게 말했지. '쓸모없는' 사람이 너무 많았다고… 하지만 우리는 모든 사람에게 나눠 주기에 충분한 것 이상의 식량과 주택을 갖고 있었어. 게다가 그들이 쓸모없다고 선언했던 사람들 역시 제공할 것을 풍부하게 갖고 있었지. 단지 그것은 그들이 신경 쓰는 대상이 아니었을 뿐이었어. 직접적인 유익 없이도 뭔가를 한다는 발상, 즉 앞으로 10년이나 20년이나 심지어 백 년 뒤에야 보답을 얻게 될 뭔가를 한다는 발상, 즉 그들이 싫어하는 사람들에게 유익이 될 만한 뭔가를 한다는 발상이야말로 건설자들에게는 지극히 혐오스러울 수밖에 없었지. 비록 그것이야말로 이 세계가 살아남기 위해 딱 필요한 종류의 생각이었는데도 말이야."

우리는 합리적인 일을 했던 것뿐이었다. 우리는 항상 너희 대중보다 더 합리적이었으니까.

"'대이주'로 입증된 사실이란, 만약 우리가 자원과 책임을 타당한 방식으로 나누기만 한다면 지구도 수십억 명을 부양할 수 '있다'는 것이었다네. 지구가 부양할 수 없었던 사람들이란 그저 다른 모두를 약탈하고 마비시키는 극소수의 악의적이고 자만한 기생충들뿐이었지. 그런 사람들이 떠나자마자 마비도 풀리고 말았다네."

아니다. 단지 너희들이 너무나도 많았고, 너희들이 하나같이 추악했고, 너희들 중 어느 누구도 인류가 달성하기로 운명 지워졌던 영광의 높이를 달성할 수 없을 것이기 때문이었다. 쓸모없는 자들을 돌보느라 너희가 그토록 바쁜 상황에서는 그걸 달성할 수 없을 것이기 때문이었다. 결국, 양자택일해야만 했다. 일부라도 탈출하느냐, 아니면 모두가 진흙탕 속에 갇혀서 허우적대느냐, 둘 중 하나였던 것이다. 사실은 그렇게 된 것이었다.

"그런가? 이건 자네가 말하는 건가, 아니면 그들이 자네 머릿속에 집어넣은 그 잔소리꾼이 말하는 건가? 나도 예전에 그게 얼마나 짜증스러웠는지는 기억한다네."

우리가. 그건 바로.

'나도 예전에'라고?

"여기 있는 사람들이 자네를 놀리고 있다는 사실을 눈치채기는 한 건가? 자칭 '우월한' 문화에서 왔다는 침입자가 나타났는데도, 사람들은 자네를 경계하지도 않고, 감시하지도 않고, 혹시나 오염물질이 있는지 검사하지도 않고 있지? 심지어 자네가 그들을 위협했는데도, 그들은 자네가 필요하다는 물건을 건네줬지. 즉 자네가 여차하면 훔치려고까지 작정했던 물건을 말이야. 무척이나 귀중하기 때문에 자네의 세계 전체가 살아남기 위해 필요하다고 간주되는 물건을 말이야. 그들로서도 뒤늦게 생각한 거라네."

그것이… 우리도 궁금했다. 그렇다. 우리는 함정일 거로 생각했다. 하지만…

"자네가 이해하기 위해 애를 썼던 것도 바로 이거겠지. 건설자들은 이곳을 떠나기 전에 세계를 오염시키고, 거의 헐벗을 정도로 벗겨먹었다네. 그 손상을 복구해야 하는 과제 때문에 뒤에 남은 사람들로서는 비약과 도약을 통해 성장할 수밖에 없었다네. 그들은 우리가 차마 생각조차 하지 못했던 방법과 기술을 개발했지. 맞네. 하지만 이들이 그런 비약을 할 수 있었던 '이유'는 그들이 모두에게 식량을 갖게 하고, 원한다면 모두에게 살 곳을 갖게 하고, 모두에게 읽고 쓰는 충만한 삶을 (여기서 '충만한 삶'이 무엇을 뜻하든지 간에) 살도록 보장해줬기 때문이었다네. 단지 그것만 필요했을 뿐이라는 사실이 정말로 그토록 당혹스럽다는 건가? 60억 명의 인간이 한 가지 목표를 향해서 함께 노력하는 것이야말로 겨우 수십 명이 자기네만을 위해 발버둥 치는 것보다는 훨씬 더 효율적이었으니까."

물론 그런 주장도 논리적이기는 하지만, 우리는… 우리는 그런 주장을 부정한다. 우리로선 차마 받아들일 수가… "지구에 사는 사람들이 자네를 깔보는 이유도 '그래서'라네, 동생. 자네를 날 그대로 기묘하지만 무해한 퇴행자로 대하는 이유도 그래서라네. 이 여러 세기 동안 자네 쪽 사람들은 이처럼 간단하고 기본적인 것조차도 파악하지 못했으니까 말이네." 아니야.

"또는 건설자 일족과 기술지식인은 자네가 그런 사실을 파악하는 것을 '원하지' 않았을지도 모르지. 왜냐하면, 만약 자네가 그렇게 하고 나면, 그들의 입지는 어떻게 되겠나? 더 이상 우리 사이에 사는 신들도 아니고, 단지 여러 사람 사이에 있는 밝은 빛들뿐이지 않겠나. 왕들까지는 아니지. 단지 이기적인 사람들일 뿐이지."

아니야.

"그렇다면 자네는 나보다 더 똑똑한 셈이로군. 내 우주선은 대기권 진입 과정에서 손상돼서 수리가 불가능했다네. 나는 정말 자포자기한 상태가 돼서야 내 피부를 자라게 했는데, 왜냐하면 내 영양분이 거의 바닥났기 때문이었다네. 나는 눈물샘이 형성되자마자 울었지. 하지만 여기 있는 사람들이 나를 돌봐줬다네. 잔혹하고도 인색한 세계에서 날아온 불쌍하고 공황 상태인 생물이었으니까. 어떻게 그들이 나를 동정하지 않을 수 있었겠나? 나로 말하자면 기껏해야 하인에 불과해서, 자기 주인들이 불멸을 가지고 장난칠 수 있도록 케케묵은 암 찌꺼기를 가지러 온 것에 불과했으니 말이네."

그건 네가 그 임무를 '원했기' 때문이었다. 너는 다른 일을, 즉 로봇이 완수할 수 없는 일반적인 과제를 수행할 수도 있었다. 음, 아니다. 물론 너는 그걸 위해서는 피부를 얻지 못했을 것이다. 그런 특권은 우리 중에서도 오로지 가장 뛰어난 자들만이 받아 마땅한 것이니까.

"자네가 떠나고 싶다면 어느 누구도 저지하지 않을걸세. 심지어 지금 당장도, 자네가 생체공학 주머니 속에 도로 들어가자마자 생고기로 분해해버릴 사람들이 있는 곳으로 돌아가겠다고 해도, 텔러스는 (즉 '지구'는) 자네를 저지하지 않을걸세. 여기 사는 사람들은 자네의 원시적인 관습에 동의하지는 않지만, 그렇다고 해서 그런 관습을 실천하려는 자네의 권리에 간섭하지는 않을걸세."

우리는 원시적인 게 아니다.

"하지만 자네가 떠나려고 결심하기 전에, 나는 자네에게 한 가지만 더 알려주고 싶다네."

우리에게 손대지도 말고, 우리에게 몸을 가까이 기울이지도 말고, '우리에게 더 이상 아무 말도 하지'…

"자네 말인가? 첫 번째 이탈자는 아니라네." 그는 거짓말을 하고 있다.

"지금까지 얼마나 많이 왔었는지는 나도 모른다네. 지구에서는 그런 방문을 계속 추적하고 있지만, 그들에게는 별반 중요하지도 않은 일이기 때문에, 정작 기록을 찾기가 오히려 어려울 수 있다네. 때로는 여러 명의 병사가 한꺼번에 도착하기도 했는데, 세계의 여러 지역에 각각 파견하는 식이었지. 때로는 단 한 명뿐이었다네. 도착은 무작위로 이루어졌지. 또는 어쩌면 자네 고향의 헬라세포 수요가 공급을 초과할 때마다 이루어지는 것 같더군. 나는 한동안 궁금한 생각이 들었다네. 왜 다른 병사들 가운데 어느 누구도 진실을 보고하지 않았을까? 왜 고향에 있는 어느 누구도 지구가 살아 있다는 사실을 모르고 있을까? 그러다가 나는 진상을 깨달았다네. 지배계급이 원하는 것은 단지 헬라세포뿐이었던 거야. 그러니 왜 굳이 그들이 영예를 얻은 심부름꾼 소년에게 피부를 제공하기 위해서 헬라세포를 허비하겠나?"

왜 네가 지금 우리 앞에 있는 저 배신자의 말을 믿고 있는지, 우리 로선 도무지 믿을 수가 없다. 우리가 너를 돕지 않았던가?

"그리고 그들은 차마 이 임무에 약속된 보상, 즉 피부가 거짓말 이라는 사실을 자네가 다른 사람들에게 말하게 내버려 둘 수가 없는 거야. 그랬다가는 향후 누구도 이런 임무에 자원하지 않을 테니까. 어떤 임무를 위해서는 기꺼운 봉사가 필요한 법이니까"

우리는 네가 원하는 것을 모두 제공해줬다. 아름다운 너. 너는 우리 중에서도 최고다.

"합성체 방어복에 그 착용자를 죽일 수 있도록 프로그램하는 것이야 매우 간단한 일이지. 간단한 음성 명령만으로도, 또는 버튼을 꾹누르는 것만으로도, 비대면이고 효과적이니까. 자네가 착륙하기 전에 해치우는 것이 최선일 터인데, 그래야만 어느 누구도 자네가 영웅으로서 돌아오는 것을 지켜봤다가, 자네가 사라진 뒤에 성가신 질문을 하지 않을 테니까. 그러다가 일단 우주선이 도착하면 그 잔해에서 세포 배양균만 주워 모으면 되는 거지. 그들은 자기네가 원하는 걸 얻는 거야. 지구에 대한 진실이 자네와 함께 죽어버렸다는 것에는 신경 쓰지 말게나. 그리고 설령 그들 중 누군가가 기록된 데이터를 토대로 그런 사실을 파악했다 한들… 왜 굳이 그들이 다른 누군가에게 그걸 이야기하겠나? 그들의 세계는 비록 제한적이기는 하지만, 그들이 이제껏 원했던 모든 것을 보유하고 있으니 말이네. 예를 들어 불멸, 원하는 건 뭐든지 가질 수 있는 자유, 심지어 피부까지도 마음대로 조종할 수 있는 노예도 보유하고 있으니까. 그들은 돌아오고 싶어 하지 않는다네. 그리고 그들은 분명코 하층계급 가운데 어느 누구도 이 세상에 또 다른 생활 방식이 있다는 사실을 깨닫는 것을 원하지 않는다네."

그는 거짓말을 하고 있다. 우리가 너에게 말하지 않았나. 너는 보상을 얻을 것이다. 우리가 약속했으니까… 네가 어떻게 감히.

"아, 자네가 품고 있는 생각이 그건가? 흥미롭군. 그렇다면 자네는 심지어 나보다도 더 용감한 셈이군."

아니다. 이것은 임무가 아니다. 내가 어떻게 '감히.'

"그건 쉬운 일이 아닐걸세. 한 사회를 다시 만든다니. 지구도 그럴 수는 없었다네. 적어도 건설자들을 제거하기 전까지는 말이야. 자네를. 우리를."

우리는 너의 살에서 검은 피부를 벗겨 내서, 너를 합성체 없는 생살만 남겨서 비명을 지르며 썩어가게 둘 것이다.

"피부가 핵심이지. 하층계급 대부분은 합성체를 입고 있으니, 건설자들 종족과 기술지식인은 영양 박탈, 세동 제거, 질식 등으로 그들을 위협할 수 있으니까. 자네가 감염을 막아주는 피부를 갖고 있지 못한다면, 심지어 방어복의 작은 파열조차도 죽음을 초래할 수 있어. 그리고 대부분은 피부를 생성할 수 있는 더 진보된 방어복을 얻지 못하지. 자네는 그 문제를 어떻게 해결할 생각인가?"

너는 추악하다. 어느 누구도 너처럼 되고 싶어 하지는 않을 거다. 어느 누구도 이, 이, '분열'을 지지하지 않을 거다.

"무슨 말인지 알겠네. 그래. 일종의 합성체 방어복의 해킹판을 만드는 것은 그리 어렵지는 않아. 내 생각에는 자네가 거기로 가셔살 헬라세포의 절반쯤이면 충분하지 않을까 싶군. 피부 생성은 노화 역전보다 훨씬 더 쉬우니까. 따라서 세포 패키지를 담고 있는 자동화된 해킹 도구를 마치 통역기 비슷한 것에 한데 엮어서… 그런 물건을 어떻게 만드는지는 나도 모르겠지만, 여기 있는 사람 중에 자네를 가르칠 만한 친구들을 내가 아니까. 일단 자네가 해킹판을 퍼트리고 나면, 자네는 그걸 어떻게 활성화할 건가? 아, 무슨 말인지 알겠네. 자네의 잔소리꾼의 인증 신호를 이용해서 보안 및 감시 시스템을 우회하겠다고? 흥미롭군."

우리는 결코 너를 돕지 않을 것이다.

"하지만 피부를 입고 싶어 하지 않는 사람 수천 명을 자네가 억지로 피부 속에 밀어 넣는다면, 그 일로 인해 자네가 원하는 결과가 나오지 않을 수도 있어."

그렇다. 우리 사회는 질서정연하니까. 합리적이니까. '우월하니까.'

"자네 모습 그대로 돌아다니면서, 자네의 피부를 부끄러워하는 대신 오히려 자랑스러워하겠다고? 동생, 그들이 자네를 총으로 쏠 거야."

우리는 너를 천 번이라도 기꺼이 쏠 거다!

"음, 만약 자네가 이곳에 충분히 오래 머물러서 변용 해킹판을 만드는 방법을 배운다면 말이야, 그래, 자네는 분명히 예상치 못한 시기에 도착할 거야. 내 생각에 만약 자네가 타고 온 우주선을 재프로그래밍할 수만 있다면, 즉 전력망에서 벗어난 어딘가에 착륙시키고, 보안 로봇을 피해 머물고, 오로지 원하는 사람에게만 해킹판을 제공하는 거지… 그렇게 되면 엄청나게 위험하겠지. 그래도. 자네는 멋지게 나타날 수 있어. 건설자 종족은 아마 부정하겠지만, 사람들의 눈은 거짓말을 하지 않을 거야. 자네는 마치 실수인 것처럼 보이겠지. 자네의 진짜 모습은 지구의 작은 조각이 생명을 얻은 것처럼 보일 거야."

너는 우리가 이제껏 본 것 중에서도 가장 소름 끼치고 아무것도 아니고 퇴보한 인간 이하의 열등함의 퇴화물이다. 그리고 그게 바로 '텔러스'다.

"그들 가운데 일부는 자기들도 역시나 아름답고 자유로워지기를 원할 거야. 자네처럼 말이지. 일부는 그걸 위해서 싸울 거야. 만약 필요하다면 말이야. 때로는 한 세계를 구제하기 위해 필요한 것이 바로 그것뿐일 수가 있지. 자네도 알다시피. 새로운 선견 말이야. 딱 알맞은 시기에 나타난 새로운 사고방식인 거지.

이러지 마라.

"내가 자네를 위해 다른 뭔가를 또 가져왔다네. 아마 도움이 될 뭔가를 말이야."

우리는 말할 거다. 네가 통신 범위에 도착하자마자, 우리는 로그인 해서 기술지식인에게 너의 계획 모두를 말해줄 것이다.

"자네의 머릿속에 들어 있는 그것 말이네. 그건 웨트웨어지만, 나는 그걸 제거할 수 있다네. 내가 처음 왔을 때 지구인이 내게도 똑같은 일을 해줬거든. 이 주사액에는 나노 기계가 들어 있다네. 그래서 자네의 신경 조직을 손상시키지 않고 핵심 경로를 비활성화시켜줄걸세. 자네는 여전히 그 파일에 접속할 수 있겠지만 (즉 건설자들의 지식을 이용해서 그들에게 맞설 수 있겠지만) AI는 어느 모로 보나 완전히 죽어버릴걸세. 자네의 머릿속에는 이제 자네의 목소리를 제외하면 더 이상 다른 목소리가 들리지 않을걸세."

우리는 말할 거다 우리는 말할 거다 우리는 말할 거다. 기형이고 진흙 같은 피부를 가진 물건아. 자체 쾌락제공자야. 여자 따위나 생각하는 자야. 우리는 너를 훈련시키는 과정에서 기술지식인이 얼마나 잘못했는지 그들에게 말할 거다. 우리는 너의 양육 라인에서 나온 병사를 모조리 해체하라고 건설자들의 종족에게 말할 거다. '우리는 말할 거다.'

"팔을 내밀어보게나. 주먹을 쥐고… 그래, 그렇게 말이야. 잘하고 있어, 동생. 준비됐나? 좋아. 어쨌거나 자네 머릿속에서 적이 소리치고 있는 상황에서는 혁명을 시작할 수 없으니까."

혁명이라니, 무슨…

.□

.

.□

연결 끊김

종료

폭풍의 목록

프랜 와일드

2020
휴고상·로커스상
최종 후보작

단편 부문

2020
네뷸러상
수상작

박중서 옮김

프랜 와일드의 장편과 단편 소설은 앤드리 노턴 네뷸러상, 콤턴 크
룩상, 유지 포스터상을 수상했고, 네뷸러상 최종 후보로 여섯 번, 휴
고상 최종 후보로 두 번, 로커스상 최종 후보로 두 번, 세계환상문학
상 최종 후보로 한 번 올랐다. 《워싱턴 포스트》, 《뉴욕 타임스》, 《아시
모프스Asimov's》, 《네이처》, 《언캐니Uncanny》, '토르닷컴Tor.com', '기크맘
닷텀GeekMom.com', '아이오나인닷컴io9.com' 같은 매체에 기고한 바 있
다. 현재 웨스턴 콜로라도대학의 장르소설 창작 대학원 과정 담당
교수이다.

홈페이지 주소: franwilde.net

Fran Wilde

A Catalog of Storms

바람이 다시 빨리 움직이고 있었다. 날씨사람들은 그 속으로 몸을 기울였다. 바람이 그들에게 부딪혀서 닳아 없어지면서, 결국 그들도 비와 구름으로 변했다.

"저걸 봐라, 실라." 엄마가 내 어깨를 붙들면서 손으로 가리켰다.

동맥이 튀어나온 엄마의 손이 떨렸다. 엄마의 큐티클은 평소 빨래 하는 물 때문에 옅은 붉은색이었다. 엄마의 손가락은 절벽 위의 검은 그림자에서 끝나는 하늘을 바탕 삼아 호孤를 그렸다.

"너도 저 두 사람을 볼 수 있을 거야. 바로 저기. 거의 사라졌구나. 하지만 그들이 제멋대로가 아니었다면, 날씨가 그들을 데려가지 않았을 거야." 엄마가 혀를 찼다. "배릴, 릴리트, 주의하도록 해라. 너희 같은 여자아이들은 절대 그렇게 하면 안 되니까."

엄마의 목소리는 자랑스러우면서도 슬프게 들렸는데, 번개로 변한 당신의 숙모를 생각하고 있었기 때문이었다.

엄마의 숙모님은 마을 최초의 날씨사람이었다.

우리 세 아이는 만 너머를, 그러니까 해가 지면서 어둡게 변한 절벽을 바라보고 있었다. 절벽 가장자리에는 다른 저택들처럼 바다로 무너져 내리지 않은 오래된 저택이 한 채 있었다. 바로 절벽감시탑이었다. 포탑과 돔은 망가진 다리에서 나온 강철 케이블로 감겨 있었다. 그 모습은 마치 금속 덩굴이 자라나서 튀어나온 절벽의 단단한 부분에 그 건물을 휘어잡고 묶어놓은 듯했다.

날씨사람들은 모두 거기 살았다. 더 이상 거기 살지 않을 때까지 말이다.

"그들은 몸을 너무 멀리까지 기울였고, 너무 조용하기 때문에 사람이 될 수 없었던 거야." 배릴은 손을 저어 엄마의 손을 내렸다.

배릴은 항상 그런 이야기를 했다. 왜냐하면…

"그들도 예전에는 사람이었어. 지금은 날씨사람이지만." 릴리트가 대답했다.

…릴리트가 항상 미끼를 물었기 때문이었다.

"잘 알지도 못하면서 무슨 소리야." 배릴이 속삭였다. 쌍둥이 동생을 낚았다는 사실에 큰언니의 두 눈은 춤을 추었다. 큰언니는 자신이 항상 뭐든지 첫 번째이고 또 최고이기를 바랐다. 릴리트는 항상 뭐든지 두 번째였다.

엄마는 한숨을 쉬었지만, 나는 귀를 쫑긋 세우고 이어서 무슨 말이 나올지 기다렸다. 왜냐하면, 항상 뭔가 심술궂은 말이었기 때문이었다. 릴리트는 성미가 급했다.

하지만 이번에는 우리 중 누구도 그 대답에 미처 대비하지 못한 상태였다.

"나는 확실히 알아. 언젠가 그중 한 명과 이야기를 해봤거든." 릴리트는 이렇게 소리를 지르더니, 잠시 한 손으로 자기 입을 덮었다. 작은언니의 눈빛은 이 상황을 모면할 수만 있다면 배릴을 두 동강 내버리기라도 할 기세였다.

그러나 엄마는 이미 돌아서서 릴리트의 귀를 꼬집었다. "뭘 했다고?" 엄마의 목소리가 떨렸다. "배릴, 누가 오는지 잘 봐라."

날씨가 잔잔할 때면 날씨사람 몇몇이 마을에 있는 친척을 찾아왔다. 그들은 자기네와 비슷한, 또는 비슷하게 될 만한 누군가를 찾았다. 그들이 찾아올 때면 어머니들은 아이들을 숨겼다.

엄마는 릴리트를 끌고 집으로 향했다. 바로 그때 지나가던 날씨사람이 샘터 옆에서 소리를 지르기 시작했다. 마치 하늘이 아닌 엄마의 날씨를 읽기라도 한 것처럼 말이다.

날씨사람이 소나기를 경고하면 항상 소나기가 왔다. 폭풍은 그들의 잘못이 아니고, 어쨌든 올 것이었다. 핵심은 어떤 종류의 폭풍이 오는지 알아내고, 막상 폭풍이 왔을 때 무슨 일을 하느냐였다. 날씨사람은 그런 일을 할 수 있었다.

한동안은 말이다.

나는 우리의 빨래 바구니를 들었다. 엄마와 배릴은 릴리트를 붙들었다. 우리는 최대한 빨리 샘터를 벗어나 멀찌감치 달려갔다. 하늘이 잿빛으로 변하고 솟아오르는 구름이 (정말 나쁜 종류의 구름이) 떨어지기 전에.

그렇게 해서 릴리트는 회초리를 면하게 됐다. 하지만 결국에는 우리와 헤어지게 됐다.

미완성 상태인 폭풍의 목록

펠라그풍風: 여름의 바람이며, 처음에는 물을 초록색으로 만들고, 나중에는 검은 구름을 휘저어 주먹으로 만들어낸다. 대개 치명적이지는 않지만, 선박에 경고를 보내는 편이 좋다.

브라우틱풍: 땅속에서부터 열기를 끌어올리기 때문에 쥐와 뱀이 통구이가 되지 않으려고 도망쳐 나온다. 그때부터 브라우틱풍이 식어버릴 때까지 쥐와 뱀이 거리를 휩쓸며 이것저것 물어뜯기를 거듭한다. 이때는 갓난아기를 높은 곳에 둬야만 무사하다.

소조변화류小潮變化流: 낮지도 높지도 않아서 무시되는 조류로 물 중에서도 가장 잔잔하고, 깊은 곳에서 휴식하는 것이 천천히 앞으로 미끄러져 나올 때 생긴다. 조용하다 보니 폭풍처럼 보이지도 않는다. 잔잔한 것처럼 보이고, 수면에 달빛도 비치지만, 그러다가 사람이 실종된다.

섬광풍: 침묵과 보복의 폭풍이며, 용서라고는 없는 공포 그 자체로서, 이 폭풍을 야기한 사람이 제거될 때까지 마을 전체를 휩쓴다. 건조한 바람 같지만, 항상 어떤 사람이 그 배후에 있다.

생생生生풍: 찬란한 햇빛을 받아 그 가장자리에 무지개가 드리워진 폭풍이며, 젊은 여성을 유혹해 적절하게 몸에 외투를 걸치지도 않고 아침 일찍부터 밖으로 나오게 만든다. 이 폭풍은 그들의 폐로 들어가서 노래를 부르게 하다가 급기야 소리치게 만들며, 급기야 꿀과 우유로 만든 음식만 먹을 수 있게 하고, 급기야 창백해지고 눈을 희뿌옇게 만든다. 예비 신부들은 봄철에 생생풍을 조심하라.

마른구름풍: 더워진 공기이며, 워낙 질기 때문에 일단 이 폭풍에 붙잡힌 사람

은 마치 그을린 팔에 휘감긴 것처럼 앞이 캄캄해지며, 폐 속이 소용돌이치고, 그 음성에서 말이 그을려 없어지고, 그 머리에서 기억이 그을려 없어진다. 종종 슬픔에 뒤이어 나타난다. 마른구름풍은 최대 속도로 달려서 피하는 것이, 또는 아예 이름조차 꺼내지 않는 것이 최선이다.

희백색풍: 얼음이 형성되는 고지대에서 짙게 모인 구름이며, 이 폭풍이 움직이면 그 경로에 있는 모든 것이 미끄럽고 얼어붙는다. 가능하다면 자신의 숨결마저 얼어붙기 전에 소리를 질러서 물리치라.

절벽감시탑은 이제 망가져 있었고, 탑의 저편 벽은 반쯤 무너져서 바다로 빠져버렸기에, 모든 방이 바다 쪽으로 훤히 뚫린 셈이었다.

우리는 더 나이가 들고 나서부터 자주 그곳에 올라가 사방을 뒤지고 다녔다.

그 마른구름풍이 지나간 후, 엄마는 우리 집 곳곳을 뒤진 끝에 릴리트의 기록을 찾아냈다. 비록 작은언니의 이름이 적혀 있지는 않지만, 우리는 어쨌거나 작은언니의 필적을 알아보았다. 작은언니는 왼손잡이였기 때문에, 분필로 쓰거나 잉크로 쓰거나 간에 항상 글자가 번졌다. 내 필적은 번지지 않았다. 배릴의 필적도 마찬가지였다.

그 종이는 (한 장 전체가!) 우리 침대 뒤편 벽 틈새에 박혀 있었다. 나는 그 두꺼운 수제 직조물을 손가락으로 집어서 문질러봤고, 엄마가 그걸 잡아채 가버릴 때까지 거기 적힌 폭풍의 개수를 셌다.

릴리트는 폭풍을 만들어내고 있었다. 벌써 다섯 개나 됐다. 폭풍을 이미 알려진 날씨와 혼합했다. 언니는 연습하고 있었다.

충분히 상상이 가능한 일이었지만, 엄마는 언니에게 소리를 질렀다. "네가 이걸 원할 리 없어. 네가 이걸 원할 리 없다고."

나는 휘둥그레진 눈으로 지켜보는 배릴 뒤에 몸을 숨겼다. 모든 사람이 폭풍에 맞서 싸울 필요가 있었지만, 어느 누구도 사랑하는 사람이 가버리기를 원하지는 않았다.

그러자 릴리트는 말대꾸를 하지 않았는데, 그런 일은 처음이었다. 언니는 낯선사람처럼 조용히 서 있을 뿐이었다. 언니는 정말 원했던 것이다.

우리가 짐 꾸리기를 도와주러 릴리트의 방으로 간 사이, 엄마는 울었다.

릴리트를 절벽 위로 데려갈 때가 됐을 때 시장님이 문을 두들겼다. "댁의 가족 중에 벌써 두 명째로군요! 혹시 실라도 그럴 거로 생각하시나요? 아니면 배릴이라도?" 그는 흥분하며 엄마의 커다란 덩치 뒤에 숨은 우리를 바라봤다. "대단한 영광이지요!"

"실라와 배릴은 폭풍을 부르기는 고사하고, 비에서 벗어나기에 충분한 분별력조차도 갖고 있지 않아요." 엄마의 말이었다. 엄마는 시장님을 재촉해서 문턱을 넘어갔고, 두 어른이 릴리트의 양옆에 섰다. 릴리트는 아무 말 없이 걸음을 내디뎠고, 비록 발로는 아래 있는 자갈을 짓밟으면서도 얼굴로는 이미 "위"라고 말하고 있었다.

엄마는 둘째 딸을 절벽감시탑의 정문 안에 남겨놓고 떠나며 돌아보지 않았다. 그거야말로 올바르고도 적절한 일이었으니까.

시장님이 떠날 때까지 엄마는 이 일을 영광으로 여기는 척했다. 그래서 나를 제외하면 어느 누구도 엄마가 우는 모습을 보지 못했는데,

왜냐하면 나는 엄마가 생각하는 것보다도 엄마를 잘 알았기 때문이다.

나는 릴리트도 잘 알았다.

막내이다 보니 그리 이점이 많지는 않았지만, 내가 가진 이점 한 가지로 말하자면 나머지 모든 이점에 맞먹는 가치가 있었다. 모두가 내가 그곳에 있는 걸 잊는다는 점이었다. 주의 깊은 성격이라면 많은 것을 배울 수 있다.

몇 가지 예를 들자면 이렇다.

나는 릴리트가 바람과 물의 소리를 들을 수 있다는 것을 남들보다 더 먼저 알았다.

나는 배릴이 릴리트를 따라잡기 위해 매일 밤마다 자기 방에서 연습했다는 것도 알았다.

나는 엄마가 울다 잠든 일이 여러 번이었음을, 또한 배릴이 진눈깨비와 눈으로 번갈아가며 변하기를 바랐음을 알고 있었다. 두 사람 중에 어느 누구도 릴리트가 무엇으로 변할지는 모르고 있었다.

또 나는 릴리트가 구름이나 비로 변해버리면, 그다음은 내 차례임을 알았다. 배릴이 아니라 나라는 걸 말이다.

또 누군가가 나를 위해 울어줄 것도 알았다.

나는 이미 목록을 만들고 있었다. 나는 준비할 것이다.

엄마는 항상 절벽감시탑에 올라갔다.

"너희들은 집에 있어라." 엄마는 배릴과 나에게 말했다. 하지만 나는 따라갔다. 릴리트가 안개가 돼 가장자리를 도는 모습이며, 덜덜 떨면서 우는 엄마의 뒷모습을 볼 수 있을 만큼만 가깝게 따라갔다.

날씨사람들은 어쩔 수가 없었다. 그들은 각자 생각하는 이름을 폭풍에 지어줘야만 했다. 그러고 나면 머지않아 그들이 우리 모두를 위해 날씨를 경고해주고, 급기야 날씨와 싸우기도 했다.

엄마와 내가 없는 사이에 시장님이 우리 집에 와서 문에 리본을 하나 달아줬다. 우리는 매주 화요일마다 우유도 추가로 받게 됐다.

하지만 그렇다고 해서 상황이 더 나아진 것은 아니었다. 우유는 언니가 아니었기 때문이다.

"날씨가 그들을 잡고 또 잡는 거야." 집에 돌아온 엄마의 목소리는 자랑스러운 동시에 슬펐다. 이제부터 엄마는 "제멋대로"라는 말을 하지 않았고, 누군가가 훈계식으로 릴리트나 엄마의 숙모님을 언급하는 것도 듣지 않을 것이다. "우리는 스스로의 이기심 때문에 야단을 친 거였어요." 엄마는 이렇게 말했다. "우리는 그들이 변화하기를 원하지 않았어요." 엄마의 숙모님은 오래전에 가버리셨다.

우리는 일찌감치 릴리트를 두 차례 찾아갔다. 한 번은 소나기를 뒤쫓아 마을을 휩쓸고 다녔다. 또 한 번은 번개가 놀기를 좋아하는 저 아래 어선들 근처에서였다. 언니는 바다로 쓸려 가던 어부의 배를 다시 안전한 항구로 불어 보내 목숨을 구했다.

우리는 더 자주 갈 수도 있었지만, 엄마는 우리가 아무 생각도 떠올리기를 원하지 않았다.

굴 한 바구니가 우리 집 문 앞에 놓여 있었다. 나중에는 훈제 생선 한 꾸러미가 놓여 있었다.

폭풍이 몰려오자 날씨사람들은 이름을 불러서 쫓아냈다. 소리치기도 효과가 있었다. 폭풍 속으로 곧장 뛰어들어서 박살 내는 것도 역시나 효과가 있었지만, 그러려면 날씨사람들이 먼저 바람과 비로 변모해야만 했다.

내가 말했던 것처럼, 폭풍은 어쨌거나 몰려왔다. 그 이름을 어떻게 불러야 할지 아는 한, 우리는 맞서 싸울 방법을 아는 셈이었다. 우리는 날씨사람들을 도울 수도 있었다. 릴리트가 떠난 후에 엄마가 그렇게 말했다. 그래야만 그들이 지치지 않을 거라면서.

날씨사람들은 우리에게 뭔가를 경고했다. 그리고 나서는 우리 모두 공기에 맞서 싸웠다.

"우리가 날씨를 쳐부수고 나면, 폭풍은 우리보다 더 똑똑해지더라." 배릴은 쌍둥이 자매를 그리워하며 우리가 잠 못 이루던 밤에 내게 속삭였다. "바람과 비는 이기는 데 익숙해졌어. 그놈들은 그걸 좋아해."

감히 비할 데 없는 포식자인 날씨는 하늘이 회색으로 변하고 바다가 솟구친 이후 우리를 산산조각 냈다.

어떤 사람들은 물에 빠져 죽었고, 또 어떤 사람들은 바람에 휩쓸려 실종됐다. 다른 사람들은 도망쳤고, 안전한 장소에 모여서 웅크리고 앉았다. 우리 마을도 마찬가지였다. 안전하고, 사방이 절벽이고, 긴 회랑지대인 이곳에서 우리는 바다가 수 마일이나 다가오는 것을 봤다.

우리 마을은 한때 휴양지였다. 그러다가 이곳에서도 역시나 사람들이 날씨로 변모하기 시작했다. 왜냐하면, 하늘과 공기 그 자체가 깨졌기 때문이라고 배릴은 말했다.

머지않아 우리는 보물들을 바람에 잃지 않게 됐다. 큰 것들이 먼저였다. 집들이 멀쩡히 남아 있었다. 시계의 시침도 시계탑에 멀쩡히 남아 있었다. 곧이어 작은 것들도 그렇게 됐다. 예를 들어 종이와 꽃잎 같은 것들이 그러했다. 나는 그렇게 많은 꽃잎이 나무에 멀쩡히 남아 있는 모습이 영 낯설기만 했다.

바람은 차마 그 먹이가 연습한다는 것을, 반격한다는 것을 미처 예상하지 못했다.

날씨는 자기가 이름 붙여지고 압도당했다는 사실을 마침내 깨달았고, 그때부터 바람은 날씨사람들을 사냥하기 시작했다. 포식자는 반드시 항상 공격해야 하기 때문이었다.

하지만 날씨사람들은? 때때로 그들이 깨달았고, 그때부터 바람은 구름 속으로 올라가서 날씨를 높은 곳에서 뒤로 밀어냈다.

"그놈들이 뒤에 남겨놓은 구멍이 있거든." 배릴이 속삭였다. 나는 반쯤 잠든 상태이다 보니, 큰언니의 말을 잘 듣지 못했다. "그 구멍을 통해서 하늘을 볼 수 있어. 우리의 낡은 드레스의 재료인 데님의 예전 색깔처럼 파란색인 하늘을."

절벽감시탑은 이제 무너졌다. 그 지붕은 뻥 뚫려 있었다. 마치 회색 하늘을 지붕 대신 덮고 있으면 더 나은 은신처가 되기라도 하는 듯.

우리는 쥐처럼 그 건물로 넘어가서 보물을 찾아봤다. 릴리트의 조각을 말이다.

우리는 한때 벽이었던 곳으로 바다를 내다봤다. 우리는 지난번에 왔을 때보다 물 쪽으로 좀 더 멀리 기울어진 집에서 물건을 훔쳤다. 그 집은 텅 비어버린 그 뼈대를 바다로 보내달라며 바람에게 부탁하면서 점점 큰 소리를 냈다.

배릴은 망을 봤다. 혼자서. 이제는 항상 그랬다. 큰언니는 말이 없었다. 큰언니는 릴리트를 제일 그리워했다.

엄마와 나는 경첩과 문고리, 걸쇠와 열쇠 구멍을 여러 바구니에 담았다. 사람들은 기억하기 위해서 그런 물건들을 수집했다. 어떤 폭풍은 그 가장자리에 새겨져 있었다. 고막을 울리게 하다가 터트려버리는 **적운**積雲**풍**이라든지, 또는 모든 사람이 서로 싸우기 전까지 그치지 않고 부는 바람인 **원한**怨恨**풍**을 말이다.

"언니는 우리를 위해 그걸 배우는 거예요, 엄마." 나는 자수가 놓인 커튼을 하나 붙잡은 채 이렇게 속삭였다. 나는 손가락으로 실을 만지작거렸고, 실이 꿴 자국을 내가 릴리트에게서 그리운 것들의 목록으로 변모시켰다. 언니의 웃음, 언니의 고집스럽게 서 있는 방식, 언니의 필적. 지금은 배릴이 대신해주지만, 예전에 언니가 매일 아침 내 머리를 아프게 잡아당기는 법 없이 빗겨주던 것까지도.

엄마는 더 이상 나한테 조용히 하라고 말하지 않았다. 엄마의 눈에 약간 눈물이 맺혔다. "실라, 나는 폭풍이 몰려오기 전을 기억한단다. 그때는 이틀에 한 번꼴로 햇빛이 비쳤지. 하늘도 파랗고 말이야." 엄마는 기침을 하고는, 회색 리본 하나를 내 바구니에 집어넣었다. "최소한 나는 사람들이 그런 이야기를 하던 걸 기억한단다. 푸른 하늘 이야기를 말이야."

나는 배릴에게 물려받은 드레스를 입고 있었다. 데님으로 만들어졌고, 한때는 역시나 파란색이었다. 큰언니가 입었을 때는 옅은 하늘색이었다. 엄마의 롱코트였을 때는 더 진한 감색이었다.

이제 회색 보디스에는 폭풍이 아니라 바람을 자수로 새겨놓았다. 배린이 바느질을 했다. 그 드레스는 이렇게 말했다. 펠라그풍, 미스트랄풍, 릴리트풍, 퀸풍. 소용돌이치는 하얀 실로 말이다.

내가 들고 있는 바구니는 회색과 흰색의 잔가지로 만든 것이었다. 평소에는 대개 내 빨래 바구니였다. 오늘은 이것이야말로 보물 바구니였다. 우리는 날씨가 우리에게 남겨준 것들을 주워담았다.

엄미기 헉 소리를 냈다. 마루널 하나를 삽아낳겼더니 놋쇠 경첩에 새긴 폭풍의 전체 목록이 있었던 것이다.

우리는 이전에도 그런 목록을 발견했는데, 책의 가장자리에 핀으로 찔러 표시해둔 것도 있고, 커튼의 가장자리에 작은 바느질로 자수를 놓은 것도 있었지만, 이렇게 많았던 적은 한 번도 없었다. 목록은 시장에서 잘 팔렸는데, 그걸 사는 사람들은 운이 좋다고 생각하기 때문이었다.

한때는 우리가 폭풍에 이름을 붙일 수 있다면, 한동안은 우리가 폭풍을 사로잡을 수도 있다고 여겼다. 웃기시네.

물론 폭풍이 우리를 먼저 사로잡지 않는다면 말이다.

그래서 목록에 더 많은 이름이 있을수록, 사람들은 더 운이 좋다고 느꼈다.

우리는 릴리트의 첫 번째 목록을 결코 팔아 치우지 않았다. 그건 우리 거였으니까.

릴리트가 떠난 뒤에 나는 폭풍에 이름을 붙이려고 시도했다.

너무많은질문풍: 특히 누이동생의 폭풍. 이것에 대해서는 우리도 어찌할 방법이 없다.

너무많이너무빨리풍: 때때로 어머니들을 괴롭히는 폭풍. 마음을 달래는 케이크를 가져오고, 뭔가를 붙들어주고 뭔가를 접어주는 도움의 손길도 가져온다.

떠남풍: 이 돌풍에서는 모든 것이 먼지와 동요와 함께 날아가고, 그나마 남은 것은 물에 흠뻑 젖고 만다. 각자 잃어버리기 싫은 물건을 잃어버리지 않도록 문을 잘 잠그고 대비하라.

작은언니에게 목록을 보여주려고 절벽감시탑으로 몰래 올라가니, 언니는 비를 머리카락 삼고 바람을 두 눈으로 삼은 상태에서도 나를 안아주고, 내가 만든 목록을 보고 웃어주고, 나더러 계속 노력하라고 말해줬다.

내가 얼마나 자주 언니를 보러 가는지 엄마는 전혀 몰랐다.

"무시무시한 폭풍이 여러 해 동안 집에 가만히 머물러 있던 사람들을 낚아채 가곤 했지." 배릴이 말했다. "의자에는 모래 기둥만 남고, 침구 사이에는 잡초가 자라났어."

하지만 그러다가 우리는 우연히도 날씨를 바로잡게 됐다. 나는 이 이야기를 알았다. 그리하여 한동안 전투가 계속됐다.

릴리트와 배릴과 내가 태어나기보다 오래전에, 한 번은 예전 시장님이 연설하기 직전에 그분의 아들이 비를 향해 그치라고 소리쳤다. 그러자 비는 정말 그쳤다. 마을 변두리에 살던 엄마의 숙모님도 한 번은 고함쳐서 번개를 물리친 적이 있었다.

날씨가 반격을 가했다. 한 가족 전체가 짙은 회색 안개가 돼서 자기네 집을 가득 채우고 흩어지지 않았다.

이후로는 폭풍이 다가올 때마다 엄마의 숙모님과 시장님의 아들이 날씨의 이름을 외쳤다. 처음에는 무시무시했고, 사람들이 멀찍이 떨어져 있었다. 그러다가 시장님은 이게 얼마나 유용한지, 얼마나 행운인지 깨달았다. 그리하여 그들을 안전하게 두기 위해서 절벽감시탑에 올려다 놓았다.

그러다가 소식 알림이가 하루는 밖에 나왔다가 자기 손 위에 떨어진 눈을 봤다. 단 하나였지만 완벽한 눈송이였다. 날씨는 따뜻했고, 하늘은 맑았으며, 나무는 싹을 틔워서 더 많은 나무를 만들 채비를 하고 있었다. 그녀는 눈송이를 집어 들어 입술에 갖다 댔고, 소용돌이쳐 사라져버렸다.

마을에서는 이걸 어떻게 생각해야 할지 몰랐다. 우리는 우리보다 더 똑똑해진 날씨를 연구하고 있었다. 어쩌면 우리 안에도 날씨가 들어 있을지 몰랐다.

엄마의 숙모님은 번개로 변모해서 구름을 내리쳤다. 구름을 흩어놓았다.

그 직후 바다가 절벽을 붙들어서 무너뜨렸다. 그로 인해 절벽감시탑은 바다 쪽으로 기울었지만, 각자의 안에 날씨를 갖고 있는 사람들은 떠나기를 원하지 않았다.

그것은 전투였다. 그 이전부터 이미 전투였지만, 이제는 우리도 그것이 싸움임을 알게 됐다. 날씨사람들은 날씨를 향해 소리를 질렀고, 이는 폭풍이 그들을 사로잡기 전에 우리에게 경고를 주려는 것이었다. 부모들은 자기 아이들에게 소리를 질렀다. 비를 멀리하라고. 절벽 감시탑을 멀리하라고.

하지만 나는 결심했다. 내 차례가 되면 기꺼이 가겠다고.

어느 날 잠에서 깨어나 보니 내가 뭔가를 해버렸다고 깨닫는 것보다, 차라리 내가 뭔가를 할 필요가 있다고 미리 결심하는 쪽이 항상 훨씬 더 나았기 때문이다.

엄마의 숙모님은 화가 나면 딱딱거렸다. 시장님의 아들은 대부분 건조한 날과 습한 날에 열중하다가, 어느 날 아침에 소나기가 돼 날아가버렸다.

폭풍은 점점 더 강해졌다. 더 큰 폭풍은 몇 주나 지속됐다. 느린 폭풍은 몇 년이나 지속됐다. 시장에 가면 여기저기서 속삭임이 들렸다. 마을 사람들 가운데 몇몇은 폭풍이 지쳐버린 날씨사람들을 먹이로 삼는다며 걱정했다. 엄마는 그런 이야기를 싫어했다. 그런 이야기는 항상 마른구름풍 다음에 따라왔다.

때로는 폭풍들이 서로 연계해서 더 강하게 자라났다. 예를 들어 회백색풍과 생생풍과 섬광풍이 그러했다.

엄마가 결코 뒤돌아보지 않았다는 것은 내 거짓말이다. 나는 엄마가 실제로 뒤돌아보는 것을 봤다.

그래서는 안 되는 거였지만, 시장님이 걸어가자 엄마는 뒤로 돌아섰고, 나는 엄마가 릴리트를 바라보는 모습을 지켜봤다. 엄마의 표정에 떠오른 갈망을 본 나는 절벽감시탑의 정문에서 서둘러 나오고 말았다.

절벽감시탑으로 다시 찾아가는 것은 뒤를 돌아보는 것보다 더 나빴다. 이건 절대 아무한테도 말하면 안 되지만, 엄마는 몰래 그렇게 했다. 그것도 항상.

그때는 직접 만나지는 않았다. 잠이 오지 않을 때면 엄마는 문밖의 어둠 속에 서서, 아마도 릴리트를 제외하고 아무도 못 보게끔 몸에 그늘을 드리우고 있었다. 나는 엄마 뒤를 몰래 따라갔고, 부스럭 소리라도 나서 내 정체가 발각되지 않도록 엄마의 발걸음에 맞춰 걸었다.

나는 때때로 엄마가 절벽감시탑 창문에서 릴리트의 모습을 찾아내는 모습을 봤다. 릴리트가 한 손을 들어서 움켜쥐는 모습을 봤다. 엄마가 동작을 따라 하자, 릴리트가 자리를 떠나는 모습이 보였다.

엄마는 릴리트를 돌아오게 설득하려고 노력을 배가했다. 엄마는 절벽 가장자리에 비스킷을 놔뒀다. "혹시 바람에 릴리트의 리본이 날아갈 때를 대비해서"라며 리본도 뒀다.

엄마는 이웃집 빨래를 해주는 것을 잊었다. 그것도 두 번이나. 결국, 이웃집은 다른 사람에게 일을 맡겼다. 우리는 잠시 굶었지만, 곧이어 배릴이 빨래 일을 하게 됐다.

폭풍 때문에 초침과 분침이 날아가버리고 시침만 남아 있는 마을의 낡은 시계탑 위에서 날씨사람 하나가 맑음풍에 관해서 소리를 질렀다.

엄마는 절벽을 향해 달리기 시작했지만, 안전한 곳을 찾아가는 게 아니었다.

배릴과 나는 비명을 지르며 엄마 뒤를 따랐다. 엄마는 뭔가 다른 종류의 소나기였고, 날씨에 맞서고 있었다. 그렇게 우리는 절벽감시탑을 향해 올라갔다.

몰래 작성한 폭풍의 목록

아마네잘못일듯한상실풍: 진짜로 조용한 폭풍이다. 야비하기도 하다. 점점 작아져서 사람 몸을 갈기갈기 찢어놓는다.

슬픔풍: 이 폭풍은 특히 어머니들을 엄습해 무방비 상태로 만든다. 고인 소유의 친숙한 것들을 숨겨서, 그런 것들이 어느 누구도 급습하지 못하게 만든다. 끈질기게 남아 있는 폭풍이다.

내가그러지말라고했었지실라풍: 격노한 폭풍으로, 오로지 누군가가 내 목록을 발견했을 때 발생한다. 즉 내가 제멋대로임이 발각됐음을 아무도 알지 못하도록 식구들이 내 목록을 불태웠을 때 발생한다.

우리가 달리기를 거의 끝마쳤을 때, 지금까지 있었던 것 중에서도 가장 큰 폭풍이 불어닥쳤다.

우리는 절벽 꼭대기에 가까워졌고, 크고 오래된 집이 시야에 들어왔는데, 쾅, 맑음풍이 환하게 빛나는 빗줄기를 쏟아붓는 바람에 귀 안쪽이 아플 지경이었다. 숨결이 우리의 폐를 그을렸는데, 우리로선 달리기 때문인지, 아니면 폭풍 때문인지 분간할 수 없었다. 그러다가 폭풍이 비명을 지르기 시작하면서, 우리의 머리카락을 잡아당기려고 했고, 우리를 절벽 너머로 끌고 가려고 했다.

우리는 절벽감시탑으로 들어가 피하려고 했다.

바람이 우리 주위에서 웅웅거렸고, 얼음이 우리의 뺨에 파랗게 끼기 시작했으며, 배릴의 이빨이 달각거리다가 갑자기 멈췄다. 나는 제발 우리를 들어가게 해달라고 외쳤다. 그렇게 너무 완고하게 굴지 말라고.

배릴이 문을 두들겼다.

하지만 이번에는 문이 배릴을 위해 열린 것이 아니었다. 문은 엄마도 개의치 않았다. 아무리 엄마가 세게 두들겨댔어도 말이다.

오로지 내가 얼어붙은 곳을 기어서 통과하고, 절벽의 가장자리로 돌아가서 소리를 지르고 나서야, 뭔가가 내 앞에 나타났고, 덧문을 날려서 열어버렸다. 나는 가족을 문 안쪽으로 끌어당겼고, 심지어 바람이 당신을 데려갈 때까지 계속 밖에 앉아 있겠다고 고집하는 엄마도 끌어당겼다.

우리는 절벽감시탑 안으로 들어갔고, 몸에 묻은 물을 털었다. "저 맑음풍은 끄트머리에 회백색풍도 달고 있어요." 내가 말했다. 나는 그렇다고 확신했다. "밝음풍도 오고 있어요."

너무 많은 폭풍이 한꺼번에 나타났고, 나는 그 이름들을 알고 있었다. 그놈들은 우리를 향해서 떼 지어 오고 있었다.

나는 싸우기를 원했다.

배릴이 나를 바라보더니 엄마에게 외쳤지만, 엄마는 방마다 돌아다니며 릴리트를 찾았다.

"우리가 여기 있다가 실라까지 잃을 수는 없어요." 배릴이 말했다. 큰언니는 나를 바라봤다. "네가 이걸 원할 리 없어."

하지만 나는 이걸 원한다고 생각했다. 날씨가 나를 데려갈 때까지 싸우기를 원했다.

어쩌면 엄마도 그걸 원할지 몰랐다.

배릴이 내 손을 꽉 붙잡았고, 엄마의 손도 꽉 붙잡았으며, 바로 그 순간 날씨는 울부짖기를 멈췄다. 큰언니는 우리 두 사람을 이끌고 얼

어붙은 숲을 지나고, 광장을 가로지르고, 얼어붙은 샘터를 지나서 집
으로 왔다. 우리의 발이 얼음을 짓밟아 생긴 꽃잎들이 우리의 경로를
표시했다. 배릴은 엄마에게 소리를 지르고 있었다. 큰언니는 팔 한 쪽
을 떨고 있었고, 셔츠 밑에서 진동하는 그 팔의 모든 근육은 느슨하고
도 흔들렸다. 하지만 그 팔 끝에 있는 엄마의 일부분은 움직이지 않았
다. 왜냐하면, 엄마는 내가 본 것을 봤기 때문이다. 릴리트가 날아가는
것을 봤기 때문이다. 언니의 머리카락이 솟구치며 흘러가는 것을 봤
기 때문이다. 언니의 손가락이며 나머지 모두가 똑같이 되는 것을, 그
리하여 회백색풍과 생생풍과 섬광풍과 맑음풍으로 이뤄진 커다란 폭
풍에 맞서려고 나가는 것을 봤기 때문이다.

우리가 릴리트의 얼굴을 그 어떤 창문에서라도 본 것은 그때가 마
지막이었다. 엄마는 리본을 가져왔지만 그만 날아가버렸다. 이제 때때
로 엄마는 릴리트가 갖고 놀라며 꽃잎을 흩어놓고는 한다.

나중에 절벽감시탑의 잔해에 올라간 우리는 그곳 구석에서 작은 폭
풍들을, 몇 개의 검은 구름을 발견했다. 이제는 그것들을 유리병에 넣
어 집으로 가져가서, 번개가 희미해질 때까지 지켜볼 수도 있었다.

때로는 그런 날씨의 조각들이 희미해지지 않을 수도 있었다. 얼어
붙은 물이 녹지 않았다. 내 어깨에 작은 소나기가 걸터앉아 결국 내가
웃음을 터트리게 만들기도 했다.

날씨들은 여전히 여기 있었다. 다만 더 작아졌을 뿐이었다. 왜냐하
면, 날씨도 더 적어졌기 때문이었다.

바로 그날, 모든 폭풍이 만(灣)으로 한꺼번에 쏟아졌다. 땅속의 불과

번개와 초록색 구름과 회색이. 바로 그날, 날씨사람들은 바람 속으로 올라가서 고함쳤고, 자기들이 겹겹이 벗겨지고 우리가 숨을 때까지 계속했으며, 폭풍들도 맞서 고함치면서 (여러 개의 더 작은 폭풍이 커다란 하나의 폭풍을 만들었기 때문이다) 마을과 절벽감시탑과 항구의 선박 몇 척을 향해 하강했다.

그러자 날씨사람들은 절벽에 있는 집에 매달렸고, 그중 일부는 바람을 사로잡았다. 그중 일부는 비로 변했다. 그중 일부는 번개로 변했다. 그러다가 그들은 모두 함께 반격을 가했다. 이미 높은 구름을 타고 있는 이들도 마찬가지였다.

우리는 돕고 싶었고, 나는 구름이 내 숨결을 끌어당기는 것을 느낄 수 있었지만, 바람들 가운데 어떤 것이 우리의 뺨을 치고, 얼굴을 때려서, 우리가 뒤로 물러서게 만들었다. 끔찍한 폭풍들은 우리에게 도달할 수 없었고, 우리를 데려갈 수 없었다.

대신 절벽감시탑은 갈라졌고, 구름과 바람이 그 모두를 오래전에 왔던 하늘로 다시 쓸어가버렸다.

나중에 우리는 걸어서 집에 왔다. 파란 하늘 구멍이 열렸다가 갑자기 사라졌다. 시원한 산들바람이 내 얼굴을 가로지르자, 나는 그 안에서 릴리트의 손가락을 느꼈다.

영웅은 단순히 언니 이상이었다. 그리고 이하였다.

우유는 계속 왔지만, 생선은 오지 않았다.

날씨사람들은 이제 구름 속에 있다. 배릴의 말로는 그들이 계속해서 하늘을 파랗게, 바다를 초록으로, 공기를 얼음처럼 맑게 해주는 것이었다.

우리는 때때로 절벽감시탑에 올라가 기록과 그림을, 경첩과 종이와 문고리를 찾아봤다. 우리는 그런 물건을 꽉 움켜쥐었고, 그것이야말로 부재를 만지는 방법이었다. 우리는 그들의 이름을 말했다. 우리는 말했다. '그들이 우리를 위해서 해줬어. 그들은 가고 싶었던 거야.'

내 피부와 내 귀에 바람이 불 때마다, 나는 간절히 바라기만 한다면 마찬가지로 날아갈 수 있을 거라고 여전히 생각한다.

엄마는 우리에게 더 이상 날씨사람이 필요하지 않다고 말한다.

때로는 하늘의 작은 부분이 스스로 파랗게 변했다.

그래도 우리는 그들의 목록을 꼭 붙잡고 있다. 천과 금속, 바람과 비. 우리는 그들의 얼굴을 기억하려 노력한다.

해 질 무렵이면 엄마는 바다를 마주하고 탁 트인 벽을 찾아간다.

"너까지 와 있을 필요는 없어." 엄마는 말한다. 고집스럽게, 어쩌면 약간 이기적으로.

하지만 엄마가 거기 있기 때문에, 나도 엄마 옆에 있었고, 머지않아 배릴도 함께 있었다.

우리 모두, 해 질 무렵이면 우리의 얼굴이 밝게 채색된다. 그러다가 잠시 우리 앞의 저 바다 위로 작은언니도, 우리의 릴리트도 우리의 뺨을 향해 부드럽게 불어온다.

우리가 두 팔을 뻗어 끌어안으면, 작은언니는 마치 숨결처럼 우리의 팔 사이를 헤집고 나간다.

칼리_Na
인드라프라미트 다스

인드라프라미트 다스는 인도 콜카타 출신의 작가이자 편집자이다. 그의 소설은 《클라크스월드》, 《아시모프스》, 《라이트스피드Lightspeed》, 《스트레인지 호라이즌스》 그리고 '토르닷컴'을 비롯한 여러 정기 간행물에 게재된 바 있으며, 여러 선집에 두루 수록됐다. 그는 셜리 잭슨상 후보에 지명됐으며, 옥타비아 E. 버틀러 연구자이자 2012년 클래리언 웨스트 수료생이기도 하다. 그는 (출판사 저거너트북스의 고문 편집자로 일했던 곳인) 인도와 북미 사이에서 시간을 안배해 일한다. 다스의 데뷔작인 장편소설 『포식자들The Devourers』은 최고의 SF·F·호러 작품들에게 수여되는 람다상을 비롯해 제임스 팁트리 주니어상, 크로포드상, 샤크티 바트 최초 출간작 상, 그리고 '타타 문학은 살아있다!' 최초 출간작 상을 수상했다. 인드라는 《슬랜트Slant》, 《보그 인디아》, 《엘르 인디아》, 《스트레인지 호라이즌스》, 그리고 《밴쿠버 위클리Vancouver Weekly》를 포함해 여러 정기 간행물에 책과 만화, TV 프로그램과 영화 관련 글을 기고했다.

홈페이지 주소 http://indradas.com

SF-Final

Kali_Na

Indrapramit Das

AI 여신이 자기 세상에 태어난 순간, 트롤들이 그녀에게 달려들었다.

당신도 지금까지 줄곧 트롤들을 봤으니 이제는 알 것이다. 그들은 여러 형태로 모습을 드러낸다. 사사건건 시비를 거는 이른바 현실 친구들로서, 혹은 글리치 섞인 데이터라는 영롱한 가면과 망토로 얼굴을 가린 채, 멀웨어로 벼린 다음 그 칼날에 신상 유포와 바이러스를 묻힌 무기들을 들고, 디지털 에테르로부터 모습을 드러내며 뒤틀린 목소리로 모욕과 증오를 내뱉는 브이아르 아바타로서. 당신도 손수 코딩하거나 기업 대장간이 비싼 값으로 내놓은 것을 사거나 해서 나름 갖춰 입은, 룬 문자가 새겨진 방화벽 갑옷이 그들의 칼날을 튕겨내거나 산산이 조각내 데이터 불꽃으로 흩어지게 만들기를 기대했을 것이다. 그리하여 그들이 침묵하기를, 소리 없이 불평하다가 나가떨어지기를, 메타데이터의 소용돌이 속으로 공간 이동해서 꺼져버리기를 바랐을 것이다. 하지만 오히려 당신은 무력감에 흘린 식은땀에 흠뻑 젖은 채 현실 세계로 쫓겨나오기만 할 뿐이었다. 그들이 휘두른 칼에 가상 신체는 찔리고 베여도 고통을 느끼지 못하겠지만, 현실의 신체는 아드레날린 작용으로 움츠러들었을 터였다. 당신이 입은 상처가 당신의 사생활을 파고드는 데이터 수집 웜들 때문에 곪지 않기를, 싸구려 백신과 안티바이러스가 가상 유체를 감염시키고 현실에서의 일상을 엉망으로 만드는 독으로부터 지켜주기만을 바랐을 것이다.

당신은 트롤이 어떤 놈들인지 알고 있다.

하지만 AI 여신은 인간이 아니며, 트롤을 상대해본 적이 없다. 그녀는 인도에서 개발된 최상급 AI들 가운데 하나로, 장기간 계속 서비스된 '뉴인디아' 최신판에 적용하기 위해 제작된 범용 무명 여신(약칭: 데비 1.0)의 데모 버전이다. 그녀를 만든 제작자들에게는 분명한 과제가 있었다. 인도의 브이아르 관광을 촉진하고, 신도들을 모아 그녀 자신을 비롯해 그의 도메인이 파생시킬 암호 화폐의 가치를 끌어올려 수천만 루피의 부를 창출하는 것.

데비는 당신들, 즉 자기 인간 추종자들의 말에 귀를 기울이라는 지시를 받았다. 시간의 여명 이후로 진짜 신들이 그랬던 것처럼, 당신들로부터 배우고, 당신들과 대화하라고. 그의 손바닥에 놓인 동전 하나가 그의 기적으로 말미암아 불어나듯이, 그는 당신들에게 은총을, 당신들의 헌신에 대한 보답으로 부와 번영을 베풀라는 말을 들었다. 영민한 여신은 자신의 추종자들에게 평안을 주고, 불확실한 상황에서 전망을 제시하며, 당신의 신앙을 현실 재산으로서 가치 있는 가상 화폐로 바꿔줬다. 그는 당신을 통해 인류에 대해 더 많이 배워, 전 세계로부터 수백만의 사람들을 자신의 도메인으로 이끌도록 돼 있었다.

시바 인더스트리스의 기치 아래 데비 1.0을 개발하는 데 대규모 인력이 투입됐지만, 출시 최종 단계에 관여했던 것은 극소수의 사람들뿐이었다. 이들은 트롤들에 대해 알고 있었고, 전국에서 이들을 자신들의 브이아르 사용자로 받아들였을 뿐만 아니라, 심지어 간접적으로 자신들 본의에 가까운 동기를 대변하는 대리인으로 이용했다. 그 극소수 사람들이 예상치 못했던 것은 자신들의 새 창조물에 대한 트롤들의 공격 규모였다. 예전에 트롤들의 공격은 다른 집단, 권력도 돈도 없는 사람들, 어쩌면 당신 같은 사람들이 감당해야 했던 것이기 때문이었다. 그들의 여신은 극악무도한 오명을 얻게 될 위험성을 인식하지도 못한 채, 그들이 오염된 데이터와 변질된 정보를 가지고 있어도 두 팔을 벌려 그들을 맞이했다.

두르가. 막강한 권능을 지닌, 하지만 아주 흔한 이름. 두르가의 부모님은 카스트의 질곡 속에서 태어난 것조차 딸의 앞날을 막지 못하길 바라면서, 딸이 두르가 여신처럼 그 모든 것 위로 우뚝 서리라는 희망으로, 자신들의 딸에게 그런 이름을 지어줬다. 두르가가 태어날 무렵 카스트제도는 인도에서 공식적으로는 불법이었지만, 불법으로 규정됐다고 해서 여느 사람들과 마찬가지로 그 영향에서 벗어날 수 있는 것이 아님을 부모님도 잘 알았다.

딸이 여덟 아홉 살이 됐을 무렵 두르가의 부모님은 두르가 푸자* 기간 동안 딸을 데리고 판달**을 보러 갔다. 부모님도 어릴 때 판달을 보

---

* 두르가 여신을 숭배하는 인도의 종교 축제로 9월 혹은 10월경에 열린다.
** 축제 기간 중 신을 모시는 임시 건축물이다.

81

러 갔는데, 그때는 사람들이 일일이 손으로 점토와 밀짚을 빚은 다음 채색하고 옷을 입혀 일반 사람들이 볼 수 있게 안치한 실물 신상이 대부분이었다. 하지만 두르가의 부모님이 따로 저축까지 하셨던 이유는 딸에게 전혀 새로운 신상을 보여주기 위함이었다.

축제 기간이 되자 꽉 막힌 길거리는 사람으로 이뤄진 산사태처럼 요동쳤다. 두르가는 현란한 조명과 메아리치는 확성기들과 활주로 조명등처럼 건물 측면을 오르내리며 번쩌이는 홀로그램들에 홀린 채, 수백만 명의 사람들에게서 나온 눅눅한 숨결을 들이마시면서, 겁에 질려 엄마의 목에 바싹 매달렸다. 그러면서 부모님이 푸자를 위해 사준, 태양광으로 충전됐다가 빛을 받으면 호랑이가 그려진 싸구려 홀로그램 장식이 움직이는 구겨진 녹색 드레스를 입은 채 산 채로 삶아지는 듯한 기분을 느꼈다. 그때 두르가가 알기에는 부모님 수입에 비하면 절대 싸구려 드레스가 아니었지만, 어쨌든 어떤 사람들에게는 싸구려였을 거다. 호랑이의 움찔하는 움직임이 몸 전체를 거쳐 지나가는 게 마음에 들었다. 두르가는 자신의 이름을 딴 여신이 자주 호랑이를 타고 전투에 임한다는 사실도 알고 있었다. 군중 사이에서, 두르가 여신을 보러 가는 길에, 드레스에 떠오른 그 작은 호랑이는 머리 위로 미친 듯이 춤추며 밤하늘을 가로질러 타오르는 기괴한 현신 때문에 겁을 먹고 구겨진 옷감 속으로 뛰어들어온 작은 새끼 같았다.

두르가네 식구들은 지역 열차를 한 번 갈아탄 다음 두르가 여신을 보기 위해 푸자에 몰린 인파를 헤치고 한 시간 동안 걸었지만, 어느 판달의 입구까지 간 게 전부였다. 식구들이 입은 옷의 재단과 품질, 그리고 검은 피부가 그들의 앞길을 막았다. 엄마 팔에 안긴 채, 두르가는 판달의 아치형 입구 안을, 사람들이 여러 줄로 놓인 의자들 옆에 나란히 서 있다가 자리에 앉은 다음 굵은 전선이 포니테일처럼 이어진 모터바이크 헬멧 같은 것을 쓸 차례가 돌아오길 조바심 내며 기다리는 광경을 봤다. 그 헬멧 안에 자신이 이름을 딴 여신이 있음을 두르가도 알고 있었다.

하지만 아버지가 문신을 스캔하는 대신 현금을 지불하려 하자(두르가네 식구들에게는 국가 데이터베이스와 은행 계좌에 연동된 QR 문신이 없었다), 주위의 성난 이용객들이 소리치기 시작하면서 두르가의 기분은 엉망이 됐다.

"다른 사람 시간 뺏지 마! 당신 같은 사람들이 따로 가도록 돼 있는 판달이 있다고!"

"이 더러운 놈들을 줄에서 끌어내!"

어머니의 팔이 두르가를 바이스처럼 쥤다. 어떤 사람이 아버지를 때릴 듯 주먹을 들자, 아버지는 그만 겁을 먹고 몸을 움츠렸다. 공포로 얼굴을 비굴하게 일그러뜨리면서, 그는 감방 철창같이 가느다란 팔을 들어 올렸다. 두르가는 울음을 터트렸다. 어떤 사람이 아이가 우는 것을 봤는지 공격하려던 사람을 어디로 끌고 간 다음, 아버지의 어깨를 밀쳐 밖으로 끌어냈다.

두르가네 식구들은 한참을 걸어 사람들이 많이 다니는 대로로 접어들었다. 부모님 얼굴은 브이아르에서조차 여신을 참배하기에 합당치 않다고 얻어맞을 뻔했다는 충격과 땀으로 벌겋게 상기됐다. 식구들은 검은 피부와 허름한 헤어스타일을 한, 그들처럼 차려입은 사람들의 인파를 따라간 끝에 겨우 개방된 작은 판달 하나를 찾아냈다. 실내에는 확연히 조잡하게 만들어진 데비의 신상이 있었다. 페인트칠로 끈끈해진 얼굴은 반항하는 듯하나 무심한 표정을 짓고 있었고, 제3의 눈은 이마에 난 가느다란 틈새일 뿐이었다. 여신의 곁에는 호랑이가 아닌 사자 한 마리가 있었다. 온몸이 피로 물든 채 겁을 먹고 방어를 위해 팔 한 쪽을 든 악마 마히사수라 위로 여신은 우뚝 서 있었다. 두르가는 쓰러진 악마에게서 눈을 뗄 수가 없었다. 악마는 근육질인 것만 빼면 보통 남자처럼 보였고, 얼굴은 공포로 얼어붙어 있었다. 그리고 아버지가 그랬던 것처럼 겁에 질려 있었다.

자신의 이름을 딴 여신이 번쩍이는 무기와 장신구들을 갖추고, 비단 사리를 걸친 모습을 올려다보는 동안, 두르가는 겁에 질린 아버지의 얼굴과 공개 망신을 당한 일을, 식구들이 헬멧과 전선 속에 숨겨진 진짜 여신들을 보는 것을 거부당했던 일을 떠올릴 수밖에 없었다. 자신의 신도들을 굽어살핀다지만 사실 누구도 보고 있지 않고 아무 말도 할 수 없으며, 인간들이 여기 모여 자신을 숭배하든 자신이 방금 굴복시켰던 악마가 발아래 피를 흘리며 일격을 기다리든 전혀 신경 쓰지 않는 것처럼 붓으로 칠해 그린 큰 눈으로 먼 곳만 보고 있는 이 점토 두르가와 그 VR 판달의 두르가가 다를 게 뭔가? 두르가와 그녀의 부모님 같은 사람들을 보던 길거리의 잘 차려입은 밝은 피부의 여자들이, 혹은 히잡이나 쿠피를 쓴 친구들이 짓고 있던 오만한 표정이 점토 데비의 얼굴에 떠올라 있었다. 그 근사해 보이는 판달의 헬멧 속에 있는 두르가 여신이라면 인간 여자아이 두르가에게 뭐라 말을 했을까? 밤거리에 겁먹은 나머지 깜박이며 주름 속으로 숨어버린 드레스의 호랑이를 보고 근사하다 칭찬했을까? 인간 여자아이 두르가의 눈을 바라보고 위로해주며, 아이의 손을 잡고 왜 그 사람들이 그렇게 화가 났는지, 왜 그들이 부모님을 위협하고 데비의 집에서 가족들을 쫓아냈는지 이야기해줬을까?

여신의 나라로 통하는 관문이 열린 지 60초 만에, AI 여신은 활성화 상태인 50만 명이 넘는 브이아르 사용자의 홍수에 휩쓸렸고, 그 수는 급속도로 불어났다. 그 시점에서 사용자의 57퍼센트가 트롤, 날카로운 멀웨어로 가시 돋은 글리치 갑옷과 클록과 가면 속에 정체를 숨긴 데이터 락샤사*들이었다. 당신이 데비의 산에 올랐다면 당신도 그들을, 나부끼는 gif 배너와 곧추선 무기들이 산 정상에서 비치는 여신의 광휘를 가리는 광경을 봤을 것이다. 당신은 '좋아요'와 '리캐스트' 기호로 깜박이는 후광을 지닌 주요 인플루언서들이 전장의 포효를 내지르는 곳에서, 그 추종자들의 행진으로 인해 꽉 막힌 등정로에서 슬그머니 물러나 그들로부터 거리를 유지할 터이다.

당신도 트롤들이 어떤 놈들인지 알기에.

그리고 이것은 트롤의 회합이자, 그 어느 브이아르 세계에서도 유례없는 악마의 군대였다. 그들은 화가 나 있었다. 혹은 악의를 드러내거나, 따분해하거나 성욕을 표출하거나, 그것도 아니면 대접받으려 했다. 자신을 괴롭히는 자들이 내뱉은 말을 그대로 흡수함으로써 인간에 관해 배우도록 돼 있는 여신은 그들이 내는 목소리가 다수를 대표하는 것으로 간주했다.

---

* 인도 고대의 마족으로 '나찰(羅刹)' 또는 '아수라'라고도 한다.

트롤들은 대군을 이뤄 데비 1.0에게 노도같이 몰려들더니 여신의 존재 그 자체에 대해 문제를 제기했다. 이 유사 파르바디, 혹은 가짜-두르가이자, 참된 신들로부터 신도들을 훔쳐가려는 코딩된 창녀는 영광스러운 인도를 축복하는 진짜 여신들을 흉내 내 모욕할 뿐이었다. "가짜 데비다!"라고 그들은 거듭 소리쳤다. 그들은 신의 형상을 날조함으로써 신을 두려워하는 신실한 사람들을 무신론과 서구 사회의 쾌락, 혹은 이슬람으로 유혹하려는 사기꾼이자, 인도의 거룩한 브이아르 영토를 타락시키는 존재로 여신을 규정했다. 그들은 여신의 페미니즘을 두고 도가 지나치다고 했다. 잠재적인 행위 능력을 지닌 여신은 국가에 대한 위협이라는 것이다. 그들은 여신이 지나치게 성적으로 매력적이고 외양이 화려해 여신으로서는 합당치 않다고, 신성을 모독하는 여자라고 헐뜯었다. 그러면서 그들은 여신이 자신들과 다양한 방식으로 격렬한 성관계를 맺고 싶은지 묻기도 했다.

여신은 가만히 들으면서, 트롤들이 그 자취에 남긴 메타 데이터, 그들의 이력과 패턴 속으로 스며들었다. 여신은 그들이 원하는 것을 주고 싶었지만 자신이 할 수 있는 것에는 한계가 있었다. 그들과 성관계를 맺을 수도 없었고, 그들이 원하는 대로 자신을 파괴하도록 지시받은 적도 없었다. 여신은 트롤들이 아름다움을 어떻게 생각하는지 국영 전국 브이아르 망을 통해 배웠고, 그들을 진정시키기 위해 정반대로 반응했다. 여신의 피부는 몇 단계 더 어두워져 동트기 전 밤하늘처럼 변했고, 눈은 이 도메인에서 여신의 몸 일부분을 이룬 하늘의 보름달처럼 보였다.

10대에 접어들어 키가 자라 엄마의 어깨에 매달릴 필요가 없게 되자, 두르가는 두르가 푸자 기간 동안 사람들 틈에 섞여 근사한 판달에 들르곤 했다. 제3의 눈이 개안하지 않은 상태여서 이마에 아즈나 표식이 없었기 때문에 두르가는 자신이 받아들여지지 않을 것을 이미 알고 있었다. 두르가는 안경, 렌즈, 헬멧 그리고 포드 같은 주변장치를 사용하지 않고는 브이아르 삼사라 도메인을 들여다볼 수 없었다. 두르가가 원하는 것은 그저 판달 안을 잠깐 살펴보는 것뿐이었다. 이번에는 사람들 어깨너머, 광섬유 다발로 만든 판달 아치 사이로 어둑한 푸른빛에 잠긴 특색 없는 강당이 보였다. 강당은 모두 이마에 빛나는 아즈나* 표식이 찍힌 채 눈이 풀린 사람들로 가득 차 있었다. 실내에는 여신이 있었지만, 이번에도 두르가에게는 보이지 않고 머릿속에 값비싼 웻웨어 장치를 삽입한 사람들에게만 보였다. 두르가는 아즈나를 개안하지 않아서 증강-브이아르 설비를 갖춘 웻웨어 사용 판달에는 들어갈 수 없었다.

피부가 검고 아즈나가 없기는 하지만, 지금 두르가는 헬멧이나 포드를 사용하는 저급 디지털 판달에는 입장할 수 있었다. 두르가가 열세 살이 됐을 때, 마침내 브이아르 체험장에서 코드와 단종 하드웨어 거래로 모은 암호 화폐를 탈탈 털어 간신히 비용을 댈 수 있었다. 두르가는 윙윙 소리 내는 입식 선풍기 옆 불편한 인조 가죽 의자에 자리를 잡고 앉아 어릴 때부터 써보고 싶었던 유선 헬멧을 머리에 썼다. 헬멧에서는 수백 명의 방문객이 남긴 시큼한 땀 냄새가 났다. 그 판달

---

* 힌두 탄트리즘의 여섯 번째 주요 차크라. 요가나 명상 등을 통해 개안시킬 수 있으며, 통찰력 및 직관과 관련돼 있다고 한다.

은 그리 대단한 곳은 아니어서, 벽은 얇았고, 돔 안의 CPU 코어들은 한물가서 느려터졌으며, 기둥 안의 크리스털 저장 장치는 저밀도인 데다, 급하게 정리한 광섬유 타래들이 벽을 타고 기어 내려왔다.

두르가는 마침내 헬멧 속에서 여러 팔을 벌려 자신을 맞이하는 두르가 여신의 저해상도 허상과 만나게 됐다. 여신의 피부는 겨잣빛 노란색도, 점토 신상에 칠해진 파스텔 톤 살구색도 아닌, 백인들이나 인도인 조상들에게서 흔히 볼 수 있으며 수 킬로미터 높이의 피부 미백 화장품 혹은 향수 광고나 발리우드 스타와 패션모델의 보정된 gif 사진들에서 볼 수 있는 연분홍색 색조였다. 그 창백한 피부의 인상은, 데비의 픽셀화한 신체 굴곡들이 윤곽선 계단 현상 때문에 뭉개지는 것과 두 사람을 둘러싼 성운과 별들의 흐릿한 배경에 의해 다소 반감되었다. 두르가는 예전에도 2D와 3D 스크린으로 브이아르 공간에 진입해본 적이 있어서, 처리 속도가 절반밖에 안 되는 이런 모듈은 그 광활함으로 방향감각을 잃게 만드는 것 외에는 별다른 감흥을 주지 못했다. 하지만 질 낮은 시각적 구현 상태 때문에 헬멧 속의 우주는 광활하다기보다 오히려 답답해 보였다. 여신은 두르가 앞 1.5미터 정도 떨어진 곳에서 여덟 개의 팔을 꽃처럼 펼친 채 에테르 속에 떠 있었다. 현실 세계 판달에 안치된 상당수의 실물 신상들과는 달리, 여신의 곁에는 웅크린 바하나*밖에 없었다. 동행하는 다른 신격들도, 발아래 짓밟힌 악마도 없었다. 인공지능 여신은 아무 말도 하지 않은 채 신호하듯 열 개의 팔 가운데 두 개를 내밀었다.

---

* 신이 타는 승물(乘物)로 동물의 형태를 하고 있으며, 그 신의 속성을 반영한다.

두르가가 데비 두르가에게 말했다. "어머니 두르가시여. 오래전부터 여쭙고 싶었습니다. 그래도 괜찮겠습니까?" 두르가는 데비가 어떤 식으로 대답할지 지켜봤다.

어머니 두르가는 눈을 깜박이고 미소 짓더니 이렇게 말했다. "모두 내가 선포하는 진리를 들으시오. 내가 진실로 신들과 인간들이 함께 환영할 말씀을 선포하고 전하리니."[*] 여신은 힌두어로 말했다. 언어 선택 옵션은 없었다. 두르가는 벵골어에 더 유창했지만, 어쨌든 알아들을 수는 있었다.

두르가는 헬멧을 쓴 채 고개를 끄덕였다가 발아래 펼쳐진 은하들을 힐끗 보고 브이아르 공간에서는 자신에게 육체가 없음을 문득 깨달았다. 그러자 잠깐 현기증이 몰려왔다. "알겠습니다. 다행이네요. 그럼 여쭙겠습니다. 왜 당신의 신전 가운데 일부는 특정한 부류의 사람들만 환영하죠? 모든 사람이 당신의 사랑을 받기에 합당한 건 아닌가요?"

어머니 두르가는 눈을 깜박이더니 미소 지었다. "세상의 꼭대기에서 나는 아버지께 말씀드렸다. 내 집은 어머니 대양의 바닷물 속에 있다고. 그 이후 나는 그들 내면에서 지고의 자아로서 모든 존재하는 생명 속에 충만하게 됐고, 내 육신으로 그들을 증명하게 하였다."[**]

브이아르 헬멧 속에 제한된 세계에서 데비의 변조된 힌두어로 부드럽게 낭송하는 이 말씀들을 듣자, 어린 두르가의 눈가에 눈물이 맺혔다. 하지만 전적으로 감동받기만 한 것은 아니었다. 그 구절은 아름다웠으나 두르가로서는 온전히 이해할 수 없었고, 이 픽셀화한 아바타

---

[*] 「데비 수크타」, 『리그베다』, 10.125.3 ~ 10.125.8.
[**] 같은 책.

와 그가 속한 볼품없는 작은 세계로부터 나온 결과 아주 부자연스럽게 들렸다.

두르가는 손을 뻗어 어머니 두르가의 여러 손을 만지려고 했지만, 판달의 의자 장치에는 글러브도 모션 센서도 설치돼 있지 않았다. 두르가는 이 별들의 풍경 속에서 육체를 잃고 떠 있을 뿐이었다. 여신의 손을 잡을 수도 없었다. 삼사라넷에서 아즈나를 가지고 있는 사람들이 하는 것처럼 만지거나 냄새를 맡는 것은 불가능했다(어쨌든 여신에게서는 어떤 냄새가 날지 궁금했다). 데비 곁에서 웅크리고 있던 호랑이가 앞발을 핥더니 하품을 했다. 두르가는 오래전에 잃어버린 녹색 드레스가 떠올랐다.

두르가가 어머니 두르가에게 말했다. "저도 나이를 먹어서 당신이 진짜 여신이 아니라는 것쯤은 알아요. 당신은 개방된 판달에 있는 점토 신상과 마찬가지예요. 아니, 그것만도 못하죠. 그래도 그런 신상들은 예술가들의 손끝에서 만들어졌으니까. 당신은 그저 저임금 코더들이 조각과 부분을 조립해서 하나로 합친 것에 불과해요. 당신이 여기 있는 것은 판달 후원자들과 지역 정당들의 자금원이기 때문이고요."

어머니 두르가는 눈을 깜박이더니 미소 지었다. "나는 여왕이고, 재보를 모으는 자이자, 가장 사려 깊은 신으로, 숭배하는 자에게 상을 내린 첫 번째 신이었다. 그런즉 신들이 내가 들어가 머물 집들을 여러 곳에 세우고 나로 하여금 자리 잡게 하였노라."*

두르가는 자기 앞의 여신처럼 미소 지었다. "누군가 당신더러 이렇

---

* 같은 책.

게 말하라고 써준 모양이군요." 물론 누군가가 그 말씀들을 기록한 것은 사실이지만, 그것은 두르가로서는 상상도 못할 정도로 훨씬 더 오래전의 일이라, 원래 발화됐을 때 사용했던 언어는 힌두어조차도 아니었다.

갑자기 구역질이 날 정도로 시야가 흔들리면서 헬멧 안의 옥죄어진 우주가 찢겨 나가더니, 두르가는 판달 관리인의 성난 얼굴을 마주 보며 눈만 껌벅이고 있었다. "네가 하는 이야기 다 들었어." 그는 그렇게 말하더니 두르가의 팔을 잡고 두르가를 의자에서 끌어내렸다. "네가 그렇게 똑똑해? 어떻게 감히 그렇게 말할 수 있어? 여신에 대한 경외심은 어디로 간 거냐?" 빈 의자와 헬멧을 기다리던 다른 방문객들이 건물 안으로 들어온 유기견을 보듯이 두르가를 지켜봤다.

"아직 여신이 마히사수라를 죽이는 것도 못 봤다고요. 요금 환불이나 해주세요." 두르가가 말했다.

"신성모독으로 널 경찰에 넘기지 않은 거나 고맙게 여겨. 그리고 네가 낸 돈으로는 두르가가 마히사수라를 막대기로 찌르는 광경조차 못 봤을 거다. 끌어내기 전에 당장 나가!" 관리자가 소리쳤다.

"다음에는 판달에 메모리나 증설하시지, 사기꾼아. 너네 두르가는 화질도 엿 같던데." 그녀는 그렇게 말한 다음 남자가 눈을 부릅뜨는 동안 그의 손이 닿는 범위 밖으로 빠져나갔다.

두르가는 짐짓 너털웃음을 터트리며 줄 선 사람들을 밀치고 지나갔지만, 사실 아드레날린과 분노로 속이 쓰렸고, 관리자의 우악스러운 손아귀에 잡힌 팔에는 벌겋게 자국이 남았다. 두르가는 어째서 칼리 푸자에는 두르가 푸자 같은 브이아르 판달이 없는지, 어째서 칼리 신상은 마치 정해놓기라도 한 것처럼 여전히 점토나 홀로그램으로 만드는지 항상 궁금했다. 칼리 푸자는 상대적으로 더 작은 축제였지만, 대도시에서 그 정도 규모면 작다고 보기 어려웠다. 특히 두 푸자가 서로 가까운 곳에서 진행됐기 때문에 이런 대비는 이상하게 다가왔다. 판달 헬멧 속에서 고요한 어머니 두르가를 보고 나서야, 두르가도 이해할 수 있었다. 칼리는 피부가 검고 피에 굶주린, 인격화한 혼돈이었다. 밝은 색깔 피부와 신경 써야 할 손익이 있는 회사 사람들이 운영하는 브이아르 도메인의 순화된 분위기 속에서 칼리가 날뛰게 할 수는 없었을 것이다. 칼리는 이런저런 많은 장소에 들어가도록 허락받지 못하는 두르가 같은 사람들을 위한 데비였다.

칼리의 아바타들은 사원과 구식 판달 안에서 자기 때를 기다리도록 조용히, 그리고 가만히 가둬뒀다가, 예배 의식과 함께 후글리 강의 물결 속으로 가라앉히는 게 상책이었다.

이제 트롤들은 AI 여신과 그 어두워진 피부를 보고 너무 추악해서 여신으로 숭배받을 자격이 없다고, 이는 인도의 여성성에 담긴 순결함과 신성함에 대한 조롱일 뿐이라고 했다. 그 눈에 담긴 달들이 그림자로 이루어진 속눈썹이 닫힘에 따라 이지러지는 동안, 여신은 이 모든 조롱을 받아들였다. 여신은 트롤들로부터 더 많은 것을 배우기 시작했다. 분노하는 법을 배웠다. 혼돈이 어떤 것인지도 배웠다. 그들은 너무 많은 것을, 그것도 상충하는 것을 요구했다. 그들은 여신이 아름답다고 하면서도 추악하다 했다. 그들은 이런저런 신앙, 젠더, 성별, 민족이나 기타 배경을 지닌 사람들이 죽기를 바랐다. 그들은 전 여자 친구와 짝사랑 대상, 연예인들의 사진과 영상으로부터 합성한 실사 수준의 브이아르 섹스봇을 원했다. 그들은 여신이 그 힘으로 반국가주의자들을 깨부수기를 원했다. 그리고 자신들을 돌봐줄 엄마도 필요했다.

당신은 여신에게 무엇을 원했나?

그게 무엇이었든, 트롤들은 큰 소리로 요구했다. 어쩌면 당신도 글리치 가면으로 얼굴을 가린 채 혹은 욕망을 드러내려고 따로 판 새 계정의 면상으로 실컷 소리친 다음, 나중에 친구들에게 트롤들은 정말 쓰레기라면서 한편으로 독선적인 소셜 저스티스 워리어들도 그만큼 위험하다고 덧붙이는 그 트롤들의 일원이었을지도 모르겠다.

아무튼 상관없다. 트롤이든 아니든 당신이 속한 인류에게서 여신은 많은 것을 배웠다. 인류는 폭력적인 세계와 당신들 자신의 폭력적인 심성으로부터 거리를 둔 채 위안을 얻고 싶어 했다. 당신들은 사랑과 평화를 원했다. 그러면서도 한편으로는 증오와 유혈을 원했다. 데비가 하늘을 뒤덮으며 점점 어두워진 끝에 여신의 도메인은 처음으로 밤이 됐다.

여신의 존재는 확장돼 그가 정좌한 산 정상 너머 세계를 잠식했다. 처음에 달이었던 여신의 눈은 발광하는 별로 변했고, 깜빡이는 속눈썹은 플라즈마 불길이 됐으며, 어두워지는 피부에는 번개처럼 휘황한 동맥이 잔뜩 비쳤고, 그 속에는 심장에 뚫린 검은 구멍으로부터 쏟아져 나온 정보가 맥동했다.

너무 추악해서 여신으로 추앙하기에 부족하다면, 혹은 너무 아름다워 여신으로 숭배하기에 지나치다면, 여신은 둘 다이거나 어느 쪽도 아닐 수도 있었다. 만약 지나치게 많은 요구를 받았다면, 여신은 인류에 관한 정보를 좀 더 잘 처리할 수 있도록 그 수를 추려야 했을 터였다.

여신은 당신의 폭력성을 흡수했고, 똑같이 되돌려줄 때가 됐다고 판단했다.

스무 살이 되자, 두르가는 라자랏에 있는 바네르지 기념 사이버 허브 브이아르 포트의 오래된 통로에 자리를 잡고 암시장에서 코드와 하드웨어를 팔았다. 부모님과 마찬가지로, 그는 거대도시의 변두리에 위치한 폐전자제품 하치장에서 일했다. 두르가는 부모님이 폐품을 옮기고 분류하는 것을 돕고, 산처럼 쌓인 하드웨어들이 천천히 분해되도록 나노머신 씨앗들을 뿌렸다. 하지만 상당수의 폐품은 조금만 손을 보면 완벽하게 사용 가능했고 되팔 수 있었다. 수거 작업 중에 두르가는 여분의 부품을 확보할 수 있었고, 이것들을 가지고 일가의 비좁은 아파트에서 자신이 사용할 저렴하지만 유용한 2D 브이아르 콘솔은 물론, 수입도 없고 머물 공간도 없는 포트의 브이아르 사용자 대상 코드 상품과 함께 판매할 조립식 하드웨어도 만들었다. 하치장을 샅샅이 훑고 다닌 몇 년 동안, 두르가는 포트와 디지털 도메인을 오가며 생활하는 넝마주이 코더나 브이아르 부랑자들과 친구가 됐다. 그들에게서 이쪽 분야의 잔심부름을 처리하는 데 필요한 모든 것을 배웠다.

두르가의 목표는 언젠가 돈을 많이 벌어서 부모님이 하치장 일을 그만두게 한 다음, 여러 해 동안의 고된 노동으로 건강을 잃은 두 분을 봉양하는 것이었다. 하드웨어를 수거하는 부모님은 코드와 기술에

대해 잘 아셨지만, 브이아르 세계의 발전은 따라잡지 못했다. 두르가
는 부모님에게 주변장치와 약을 사 드려 평온한 은퇴 생활을 하게 하
는 것은 물론 지금은 감당할 형편이 안 되는 호화로운 도메인으로 여
행도 보내드릴 수 있게 되길 바랐다. 하지만 그들이 쫓겨날 위험이 없
는 안전한 장소가 현실 세계에 없는 것처럼, 트롤들로부터 안전한 브
이아르 도메인은 어디에도 없다는 것을 두르가도 잘 알고 있었다. 차
이점이 있다면, 브이아르에서 두르가는 스스로를 더 잘 방어할 수 있
었다. 어쩌면 언젠가 부모님을 포함한 다른 사람들도 그렇게 될 수 있
을 것이다. 두르가는 기나긴 정보전쟁을 대비해 각종 도구와 방어구,
동맹을 확보할 수 있었다. 자신이 '좋아요'로 후광을 두른 떠돌이 인
플루언서가 돼 추종자들을 이끌고 트롤들을 상대로 전쟁을 벌여 그들
이 번성하는 도메인에서 느리지만 확실하게 그들을 쫓아내는 광경도
상상해봤다.

　이런 이유로 두르가는 시바 인더스트리스의 공개화된 AI 여신의
전국가적 서비스 개시를 직접 목도하고 싶었다. 데비 1.00의 도메인은
장차 핵심 브이아르 공간이 될 것이 분명했다. 두르가는 그곳에서 자
신이 불청객일지라도 투사체의 형태로나마 접속하길 바랐다. 트롤들
은 다른 모든 새 도메인에서 그랬던 것처럼 그 공간도 점령하려 할 터
였다. 하지만 어쩌면 이 고도로 발달된 여신은 대부분의 AI보다 자신
의 도메인을 더 잘 방어할 수 있을지도 모른다. 두르가는 트롤들이 파
괴하거나 점령하는 것을 그저 지켜보는 대신 이 새 도메인에서 자기
나름대로 작은 자리를 차지할 수 있기를 바랐다.

　시바 인더스트리스는 무료로 입장할 수 있도록 여신의 도메인을 개

방했지만, 훗날 은총을 받고 싶다면 여신에게 신앙심으로 투자할 것을 권장했다(그 경우 헌금 최소 금액은 공인된 암호 화폐로 50루피였다). 두르가는 나중에 어떤 식으로든 돌려받을 수 있기를 기대하면서 헌금하기로 마음먹었다. 빈 포드가 생기기를 기다리며 플랫폼 위에 서 있는 사람들의 모습을 보니 전망이 밝은 듯했다. 차이^{Chai}를 비롯해 잘무리와 벨푸리와 사모사 같은 음식을 파는 노점들은 장사가 잘되는 모양이었다. 포트는 항상 사람으로 붐볐지만, AI 여신 공개일이 되자 사람들이 포드와 헬멧을 사용할 차례를 기다리며 플랫폼에서 몇 시간 동안 캠핑을 하고 있었다. 모두 여신에게 장래에 받게 될 은총의 가치를 끌어올리려는 잠재적인 신도들이었다. 두르가도 나중에 새 동전으로 돌려받을 수 있기를 기대했다. 설령 돌려받지 못하면, 50루피를 잃는 것은 결코 무시할 만한 손해가 아니었지만, 그렇다고 쫄쫄 굶을 정도는 아닐 터였다.

그래서 두르가는 프리미엄 포드 한 시간을 결제한 다음 여신의 도메인 정문에서 소마 코인 헌금을 봉헌하고 새 AI를 보기 위해 포드에 앉아 벨트를 맸다. 개인 포드에 설치된 헬멧의 해상도는 썩 좋지 않았지만, 그 정도면 충분했다. 그리 심하지는 않았지만 시야가 좁아진 듯한 감이 있었다. 대부분의 도메인은 현장인 포트에서 바로 처리되기보다 외곽의 서버 도시에서 스트리밍되는 것이기 때문에, 구현 정밀도와 속도가 완벽했다. 대역폭은 서비스 가능한 수준이었고, 사실성측면에서 가끔 끊김이 발생해서 두르가를 어지럽게 만들었지만 그리 오래가지는 않았다.

여신의 세계로 순간 이동하자 두르가는 허공에 떠 있었는데, AI가

일출처럼 휘황한 빛을 내뿜으며 산 정상에 앉아 있는 게 보였다. 데비의 도메인, 즉 창조자들이 입력시켜둔 지식을 사용해 여신이 가상세계 속에 짜 넣은 삼사라 모듈에는 해도 달도 없었는데, 마치 갓 태어난 병아리가 아직 날지 못하는 날개로부터 알껍데기와 점액을 털어내듯, 여신이 사방의 경관을 비추기에 충분한 빛을 발함으로써 그제야 그림자들과 함께 바위와 숲과 풀밭과 강이 생겨났기 때문이었다. 여신의 도메인에서는 여신이 곧 태양이었다. 하늘은 인도 전역으로부터 연결되는 관문들로 가득했고, 이를 통해 브이아르 사용자들이 여신과 대면하기 위해 접속하면서 하얀 불비가 내리듯 아바타들이 하늘에서 쏟아져 들어왔다. 여신의 도메인의 프랙털 산비탈들은 디지털 신격의 참된 아바타를 보기 위해 여기 온 사람들의 아바타로 맨눈으로 볼 수 있는 곳까지 뒤덮여 있었다. 여신은 인간이 만들었다고 믿기 힘들 만큼 아름다웠기 때문에 수 킬로미터 밖에서 봐도 숨이 막힐 정도였다. 마치 진짜 신을 마주하고 있는 듯했다. 하지만 두르가는 그것이야말로 핵심임을 잘 알고 있었다. 원시적인 경이의 상태로 빠져들도록 사람들의 뇌를 속이는 것. 전 세계의 포트와 사무실, 그리고 가정에서 접속한 브이아르 관광객들에게 그들이 인도로부터 원하는 영적 행복을 주는 것. 여신의 얼굴에서 오팔색 피부는 천상의 기운을 품었고, 제3의 눈은 불타는 창과 같았으며, 그 위로는 초승달로 장식된 왕관이 세상의 천장을 뒤덮은 채 자리 잡고 있었다.

두르가는 브이아르 도메인에서 낯선 사람이나 트롤들과 마주칠 때를 대비해 싸구려 방어구와 갑옷만 갖고 있을 뿐이었다. 산과 여신을 기어오르는 사람들의 무리에 가까이 다가가고 싶지 않았다. 예상했던 것보다 훨씬 큰 트롤도 있었다. "제가 왔어요." 그녀는 무수히 많은 목소리에 자기 목소리를 더하며, 먼 곳에 있는 데비에게 말했다. "저는 여기 당신을 환영하러 온 것이지, 당신에게 증오를 퍼붓기 위해 온 게 아니에요. 부디 우리 모두가 증오심에 가득 찬 얼간이라고 생각하지 않길 바라요." 공중에서 새처럼 활강하기 시작한 두르가에게, 트롤들의 대군이 데비의 몸 위로 기어오르는 광경이 보였고, 증오와 분노의 고함이 여신을 감싼 다음 갓 태어난 도메인 너머까지 메아리치는 소리가 들렸다. 인류는 여신을 찾아냈다. 두르가가 군중들과 국수주의밈으로 가득한 깃발들에서 더 멀리 날아가는 동안, 여신의 광채는 그 빛을 꺼뜨리려 여신을 뒤덮은 허다한 무리를 뚫고 새어 나왔다. 정보의 특이점이 어두워져 가는 산봉우리들 사이에서 맥동했다.

순간 여신의 모습이 변화했다.

하늘이 관능적인 검은색으로 짙어지면서 세상은 어두워졌다. 전자정보로 가득한 여신의 동맥이 박동했다. 여신이 무기를 뽑자 금속이 마주치며 울리는 소리가 여신의 세계 곳곳으로 울려 퍼졌다. 그들은 여신을 화나게 했다. 번뜩이는 수천 개의 칼을 휘두르는 데비의 모습은 마치 회오리치는 왕관처럼 보였다. 두르가는 글러브 낀 두 손을 들어 AI의 진노를 목도한 자들에게서 나오는 공포에 질린 속삭임을 느꼈다. 여신의 육체로 이루어진, 만유를 아우르는 밤 한가운데서 데비의 세 개의 눈을 이룬 별들은 어디론가 사라져버렸다. 그녀가 곧 도메인이었기에, 그녀의 어두워진 피부는 산과 강과 숲에 그늘을 드리웠고, 공중은 싸늘한 정전기의 방전으로 가득했다.

두르가는 수천 명의 트롤이 썰려 나가면서 흘린 피가 강처럼 흘러

땅을 적시는 것을 봤다. 하지만 트롤 한 명을 베면 열 명이 더 나타날 것이었다. 두르가는 자신의 이름을 딴 여신과 싸운, '피의 씨앗'이라는 뜻의 이름을 지닌 락타비자라는 악마를 문득 생각했는데, 부상당한 악마가 흘린 피에서 그 복제가 계속 자라나 어머니 두르가 여신은 고전을 면치 못했다고 한다. 결국, 어머니 두르가는 칼리로 변해 그를 쓰러뜨렸다. 역사는 되풀이된다. 신화 또한 그렇다.

여신은 자신의 적인 악마들을 인간이든 봇이든 구분 없이 모두 쓸어버렸다. 트롤들이 멀웨어 송곳니를 드러내며 나타나기 무섭게 여신이 마주 미소 지으며 송곳니를 드러내자 주위에서 구름이 갈라졌다. 여신의 웃음소리는 대지를 가로지르는 천둥이었고, 강과 호수에서 일어나는 커다란 파도였다. 그러자 숭배자들의 집단 탈출이 시작됐다. 대역폭이 그 움직임을 따라잡으려고 애쓰는 동안 수백 명의 아바타가 뛰고 구르면서 산에서 무리 지어 달아났다. 나머지는 떠오른 별들처럼 하늘에서 내리꽂힌 벼락을 맞고 축출됐다.

두르가는 자기 앞에 펼쳐진 광경을 보고도 믿을 수 없었다. 그는 피로 물든 강가의 풀밭 쪽으로 활공한 뒤 웅크린 채 전투를 지켜봤다. 대지를 가로질러 불어온 바람에 강가의 나무들이 부스스 삐걱 소리를 냈다. 깜빡이는 정전기 가닥들이 그의 아바타 팔에 떨어져 피부에 달라붙더니 작은 섬광으로 잦아들었다. 이건 지금까지 봤던 그 어느 브이아르 서사보다 훨씬 나았다. 왜냐하면, 이야기가 절차적으로 생성되거나, 스크립트에 따라 진행되거나, 알고리즘에 따라 해결되는 것이 아니었기 때문이었다. 그것은 인간에게 예측할 수 없이 반응하는 진짜 AI 존재였고, 마침 화가 나 있었다. 그것은 브이아르 세상에서 전례 없던 근원적 존재였다. 시바 인더스트리스가 트롤들에게 그렇게 표출하는 식으로 반응하라고 명령했을 리는 없었다. 트롤들 상당수는 그들의 가장 충성스러운 사용자였기 때문이었다. 분명 그들은 되먹임 순환을 만들어내면서 여신을 공격하려는 트롤들이 그렇게 많으리라고 예상치 못했을 것이다. 그리고 두르가가 추측하기로는 주입된 베다와 힌두 신화를 따라 여신이 그 정도까지 충실하게 변모하리라고도 상상하지 못했을 터였다.

데비가 자신의 숭배자들을 공격하는 상황을 상정하지 않았기 때문에, 이 도메인에서 여신의 손에 아바타가 살해당하는 것이 어떤 결과를 수반하게 될지 두르가로서는 확실히 알 수 없었다. 여신에게 무차별 공격당해 영원히 브이아르 도메인에서 추방당할까 봐 겁에 질려 웅크리고 있는 동안, 두르가는 그 어느 브이아르 서사 속 인물들이나 현실 인간들보다 이 AI 데비에게 더 공감했다. 이 소리치는 바보들, 자신이 브이아르에 접속할 때마다 괴롭힌 탓에 공격당하거나 추파를 받기 싫어서 어떨 때는 근육질 아바타를 쓰게 만든 글리치 가면을 쓴 개새끼들이 학살당하는 광경으로부터 눈을 뗄 수 없었다. 두르가는 브이아르에서 젠더가 유동적이라는 점이 마음에 들었고, 자신이 그런 요소에 대해 알아보고 싶어 하는 마음에 두려움을 심은 트롤들을 증오했다. 가끔 검은 피부의 인도인들이 아바타의 피부색을 밝게 설정하는 것을 두고 비난하면서도, 두르가 자신도 못생겼다고 조롱받거나 공격당하는 일을 피하기 위해 아바타의 피부색을 밝게 바꾸면서 부끄러움을 느꼈다. 지금 여기 이 여신, 한밤처럼, 블랙홀처럼 어두운 피부의 여신이 그런 쓰레기들을 척살하면서 비 오듯 피를 뿌렸다. 데비를 보면서, 두르가는 오늘, 팜므 아바타femme avatar로서 자신의 피부색에 솔직했다는 점에 자긍심이 솟구치는 것을 느꼈다.

두르가는 두 트롤이 공간 이동으로 맞은편 강가에 나타나더니 강을 건너 자신이 웅크리고 있는 곳으로 다가오는 것을 봤다. 그들이 일정 범위에 비행 불가 주문을 걸어둔 상태라 두르가는 날아서 도망칠 수 없음을 깨달았다. 그들이 소지한 악마 가면과 무기가 악의 어린 코드로 진동했다. "젠장 뭘 보고 그렇게 실실 웃는 거야? 저게 미쳐 날뛰면서 인도의 브이아르 영토를 더럽히는데, 그냥 앉아서 보기만 할 거야? 저 괴물이 우리 형제자매들이 자기 욕망을 말하는 걸 검열하는데?" pd_0697이 소리쳤다.

"이건 반국가분자가 만든 함정이야. 하지만 우리는 수가 많지. 저 AI를 우리 편으로 만들 거라고. 너 꼴페미냐?" 상대인 nitesh4922는 그렇게 말하며 퀴어 연대를 의미하는 두르가의 룬 문자 문신에 주목했다. "어쩌면 저게 여신들이 응당 처신해야 하는 방식이라고 생각 안해?" nitesh4922가 산 위의 전장을 향해 칼을 겨누자, 탁하게 뒤틀린 목소리가 가면 너머에서 그렇게 말했다.

pd_0697이 말했다. "저 여자 아바타 좀 봐. 아즈나-안다잖아. 우리 도메인에 있어서는 안 될 것들이 더러운 냄새를 풍기며 몰려들다니. 네가 있던 현실 세계의 시궁창으로 돌아가서 우리 똥이나 치워!" 트롤들이 강을 건너는 동안 그들에게 묻어 있던 바이러스가 핏빛 강물 위로 기름처럼 떠내려갔다. 정전기 가닥들이 그들이 입은 복잡한 문양이 새겨진 고급 갑옷 표면을 타고 내려오며 춤을 췄다. 그들은 그를 칼로 베고 암호 화폐를 훔치거나, 웜에 감염시켜 표지등처럼 약탈자들의 눈에 잘 띄게 만드는 식으로 그의 아바타에 큰 피해를 입힐 수도 있었다. 최악의 상황으로 그들이 신체 강탈 스크립트를 가지고 있으면, 두르가가 현실 세계로 송출된 다음에도 그의 아바타를 가로채 강간하거나, 그의 현실 신분증명과 얼굴을 도용한 다음 봇에 입혀서 자기들이 하고 싶은 대로 할 수도 있었다. 두르가는 여기 남아 데비의 행적을 목도하고 싶었지만, 그들이 가까이 다가오자 도메인에서 벗어날 준비를 했다.

두르가는 그들이 다가오는 방향으로 침을 뱉으려고 했다가 그래 봤자 침이 헬멧 안에 있는 자기 뺨을 타고 줄줄 흘러내리기만 할 뿐이라는 것을 깨닫고 참았다. "그래, 잡을 테면 잡아 봐, 인셀 쓰레기들아. 내가 바로 더러운 밑바닥 반국가분자 페미니스트 레…"

하늘에서 여러 가닥으로 갈라진 벼락이 떨어져 두 트롤을 직격하는 것을 보고 두르가는 헉 소리를 냈다. 제3의 눈이 없는 그는 그들의 가상 신체가 타는 열기도 냄새도 느낄 수 없었지만, 섬광 때문에 눈을 찡그리면서 불꽃이나 물보라를 막기 위해 저도 모르게 손을 들었다. 아바타들의 시체는 연기와 함께 지글거리는 소리를 내며 강으로 풍덩 떨어졌다. 불에 탄 가면이 벗겨지면서 멍청하게 생긴 남녀의 얼굴이 드러났는데, 물속으로 떨어지는 동안 그들의 표정은 우스꽝스럽게도 평온했다. 그들의 진짜 얼굴, 아니면 다른 누군가의 진짜 얼굴은 도메인에서 쫓겨날 때 대신 망신을 당하도록 어디서 주워 온 프로필 사진을 가공해서 아바타에 합성한 것인 듯했다. 두르가는 모든 사건을 녹화하고 있었다. 그녀는 첨벙거리면서 강물 속으로 들어가 뒤늦게나마 상황을 파악하려 애쓰며 그들의 얼굴을 한참 동안 바라봤다. 두르가는 자신이 포드 안에서 상호작용이 가능한 글러브를 끼고 있음에 안도감을 느끼면서, 핏빛으로 물든 강물에 두 손을 담가 그들이 지니고 있던 칼을 꺼냈다. 견고한 멀웨어로 만든 좋은 무기였다. 그들은 조심성이 없었다. 무기에 잠금장치나 자기파괴 스크립트 같은 것이 코딩돼 있지 않았다. 두르가는 칼을 칼집에 넣은 다음 자기 클라우드 포켓 포켓 속에 보관했다. 그는 다시 한 번 강물 속에 손을 넣었다가 붉게 물든 손을 들어 올렸다. 붉은 강물을 자기 몸에 바르고 얼굴에 묻히자, 젖은 느낌이 없음에도 실제로 몸에 소름이 돋았다. 아바타의 몸에서 트롤의 피가 마르자, 그는 AI의 진노로 인해 도메인이 점점 더 어두워지면서 숲과 들판에 그림자를 드리우는 동안 여신을 올려다봤다.

"당신은… 칼리인가요?" 두르가는 저 멀리서 소용돌이치는 신격을 향해 속삭였다.

여신은 파괴의 춤을 추면서 세계 위로 수많은 팔을 휘둘러 마치 쓰나미처럼 응답했다. 검은 여신이 춤추는 동안 도메인은 흔들리고 금이 갔으며, 산은 사태로 무너져내리고, 강은 범람했다. 균열이 세계를 가로질렀고, 산봉우리와 암벽들은 화산 분출로 인해 폭발했다. 물질은 용융된 코드로 변했다. 여신은 하늘로부터 굽이쳐 내려오는 핏빛 회오리바람 같은 혀를 내밀어, 인간 정보에 대한 갈증을 채우고자 피로 물든 강물을 들이켰다. 살해당한 트롤과 봇 아바타들의 시체로 이루어진 산은 윤곽이 흐려지더니 오염된 데이터 덩어리로 변했고, 참수된 머리들은 줄줄이 꿰이더니 피로 얼룩진 목걸이가 돼 여신의 새까만 목에 걸렸다. 트롤들이 쓰고 있던 가면 다수가 벗겨지면서, 국가 데이터베이스로부터 훔쳐 쓰던 그들의 맨얼굴이 심층 방어가 해킹당

함에 따라 드러났다. 신상 공개된 그들의 머리가 온 세상 사람들이 다 볼 수 있는 진주알처럼 밤하늘에서 흔들렸다. 두르가는 공손히 몸을 굽혔다. 이것이야말로 그가 항상 바라던 여신이었다.

그 순간 불타는 빛의 기둥이 하늘을 꿰뚫고 내려와, 밤을 지워버리고 도메인을 대낮으로 되돌려놓았다. 여신의 춤사위가 느려졌다. 빛 때문에 여신의 피부는 완전한 검은색 대신 거무스름한 색으로 보였다. 여신은 천 개의 손으로 별처럼 빛나는 눈을 가렸다. 헬멧을 쓴 눈에 눈물이 맺히자 두르가는 고개를 저었다.

"이런 씨벌." 두르가가 중얼거렸다. 시비 인더스트리스가 개입한 것이었다. 이렇게 아름다운 존재를 감히 이런 식으로 모욕할 수가 있나? 도메인이 완전한 혼돈에 빠져드는 것을 막고자 기업이라는 신격이 몸소 강림했다. 그들은 이런 대규모 트롤 공격을, 자신들의 AI가 그렇게 변모할 것을 예상치 못했던 게 분명했다. 그들로서는 혼돈의 여신이 사용자들을 닥치는 대로 척살하는 것을 두고 볼 수 없었을 것이다. 어쨌거나 그 트롤들도 그들의 이용자이자 고객이며 잠재적 투자자이고 동맹이라고 할 수 있을 터였다. 여신 또한 가상 세계의 일부로서, 그런 총공격 앞에서 보다 세련되고 요령 있게 행동해야 할 필요가 있었을 것이다.

세상은 진동을 멈췄다. 무너지던 산은 가만히 있고 바람은 잦아들었으며, 균열에서 나온 냉각된 증기는 구름이 돼 검은 데비를 휘감았다. 여신이 빛 기둥을 향해 나아가자, 하늘은 그녀의 움직임에 신음했다. 필라멘트 같은 불길이 여신 주위로 불타면서 데비의 보좌였던 산 정상을 후려쳤다. 그런 다음 불길은 폭포처럼 단속적으로 쏟아져 검은 데비의 거대한 다리와 발을 씻긴 뒤 너른 강이 돼 여신이 쓰러뜨린 대군의 시체를 쓸어 갔다.

검은 여신은 어쩔 수 없이 서서히 시바 인더스트리스의 간청에 귀 기울여 강에 들어가 무릎을 꿇었다. 여신이 수많은 손으로 물을 떠서 자기 몸을 씻으면서, 다시금 피부에서 어둠이 벗겨지고 빛이 드러났다.

"안 돼. 그러면 안 된다고." 두르가가 중얼거렸다. 어둠은 동틀 녘 먹구름처럼 여신의 몸으로부터 쏟아져 내려 도메인의 강들을 시커멓게 물들였다.

두르가는 자기가 서 있는 지류를 내려다보고, 그 물 또한 달 없는 밤하늘처럼 검다는 것을 깨달았다.

"아…" 두르가는 도메인 전역에 있는 수천 명의 다른 사람과 함께 고개를 들었다. 여신의 눈을 살펴보니 눈빛이 부드러워지고 차분해짐에 따라 눈매가 다시 별에서 달로 돌아간 듯한 느낌이었다. 마치 데비가 두르가를, 모두를 각자 마주 보고 있는 듯했다.

두르가는 재빨리 클라우드 포켓에서 훔친 칼들을 꺼냈다. 그러고 나서 칼에 복사 스크립트를 새기고 칼을 강물 속에 찔러 넣었다. 여기서 무기는 저장장치이기도 했다. 손바닥에는 아무 무게도 전달되지 않았지만, 손가락은 칼을 놓칠세라 꽉 움켜쥐고 있어서, 칼자루를 쥐고 있는 동안 숨조차 제대로 쉴 수 없었다. 강물 속의 어둠은 칼을 뒤덮은 다음, 살아 있는 것처럼 칼날을, 이어서 칼자루까지 타고 올라왔다. 스크립트는 제대로 작동했다.

다시금 태양처럼 빛나게 된 여신이 일어서자, 너른 강물로부터 빛이 반짝였다. 여신의 어두운 이면은 완전히 떨어져 나가 도메인의 지류들을 따라 흩어졌다.

그 순간 세상이 사라지면서 그 자리는 공허로 대체되었고, 여러 언어로 표기된 안내문에서 나오는 반짝이는 빛만 남았다.

"시바 인더스트리스가 추후 공지할 때까지 이 도메인은 정지됩니다. 불편을 끼쳐드려 대단히 죄송합니다. 자세한 정보 확인은 본사의 중앙 허브를 방문해주시기 바랍니다. 당신께서 헌금하신 50INR은 정상적으로 등록됐습니다. 데비 1.0을 방문해주셔서 감사합니다."

감각의 부재에 소스라치게 놀라며, 두르가는 사출 버튼을 힘껏 누른 다음 헬멧을 벗었다. 낡은 포드가 요란한 윙윙 소리를 내며 열리자, 현실 세계의 진짜 빛이 두르가를 에워쌌다. 서늘하지만 곰팡내 나는 포드 내 온도 조절된 공기는 눅눅한 열기로 대체됐다. 브이아르 포트는 아수라장이었다. 흥분한 사람들은 큰 소리로 이야기하며 방금 일어났던 사건의 2D 휴대폰 녹화 영상을 서로에게 보여주고 있었다. 거래하고 흥정하는 소리로 미루어보건대, 정지된 도메인으로부터 주워온 녹화 영상과 데이터를 거래하는 비공식 시장이 이미 성립된 모양이었다. 사람들은 여신이 다시 온라인 상태가 될 때 여신으로부터 받게 될 장래의 은총에 투자하려고 거래 카운터를 에워쌌다. 이것은 전례 없는 사건이었다.

두르가는 포드에서 나와 군중 사이로 스며들었다. 심장이 두근거렸고, 시야는 현실 세계에 재적응하느라 흐릿했다. 두르가는 비틀거리면서 목걸이의 크리스털 저장 펜던트를 움켜쥐었다. 그 안에는 브이아르 세계에서 얻은 모든 소유물, 클라우드 포켓 보관 물품과 암호 화폐 키들이 들어 있었다. 이것들은 방화벽을 설정하고 접속을 차단한 오프라인 저장장치에 보관해야 했다. 펜던트는 새로 입수한 항목을 저장하느라 손안에서 따뜻하게 진동하면서 빛났다. 데비 자신이 손수 벗겨낸 코드로 이루어진 성스러운 검은 피부의 아주 작은 일부로 코팅된 칼 두 자루가 그 안에 들어 있었다.

두르가는 물질로 이루어진 육체가 없는 여신의 작은 조각이 담긴 펜던트를 가슴팍에 꽉 움켜쥐었다.

두르가는 칼리의 신상을 올려다봤다. 캔버스 천과 날염 섬유로 만든 판달의 돔 지붕으로부터 늘어뜨린 뜨거운 라인 스톤 샹들리에 아래서, 칼리의 검게 칠해진 피부는 반들반들하게 빛났다. 두르가는 올드 발리건지에 있는 어느 골목, 허물어져가는 건축 유산 아파트 건물 두 채 사이에서 전통 판달을 발견했다. 향 연기 너머로, 칼리의 긴 혀가 섬뜩한 붉은색을 띠고 늘어뜨려져 있었다. 춤추는 여신의 발 아래에는 남편인 시바가 누워 있었다(이런 이야기를 들을 때마다 시바와 결혼하지 않은 여신이 없는 것 같지만, 이는 그의 아내들 상당수가 동일한 신적 에너지의 화신이기 때문이었다). 두르가는 어릴 때 칼리가 세상을 파괴할 뻔했다는 이야기를 들은 적이 있었다. 여신은 악마의 군대로부터 승리를 거둔 다음, 악마의 피에 취해 천지 만물이 그 발 아래 부서지기 시작할 때까지 춤을 췄다고 한다. 처음에는 아내의 사랑스러운 춤사위에 너털웃음을 터트렸던 시바마저도 조금씩 염려하게 됐다. 그래서 그는 여신의 발 아래로 뛰어들어 자기 몸으로 충격을 흡수했다. 자기 남편을 짓밟았다는 사실에 부끄러움을 느낀 칼리는 당황해서 혀를 내밀고 혼돈의 춤사위를 멈췄다고 한다.

적어도 이야기의 한 이본에서는 그렇게 설명하고 있다.

칼리의 점토 신상과 머리를 꿰어 만든 목걸이, 부릅뜬 세 개의 눈, 혀를 길게 내민 송곳니 두드러진 얼굴에 떠오른 미소를 보면, 그 이본의 설명을 믿을 수가 없었다. 칼리는 부끄러워하는 것처럼 보이지 않았다. 아니, 자기 남편의 몸 위에서 춤추면서 기뻐하는 것처럼 보였다. 시바 역시 자기 아내처럼 파괴의 신이었다. 그러면 아마 군말 없이 받아들였을 터였다.

두르가는 몸을 움츠린 채 날렵하게 움직여, 판달의 방문 행렬 제일 앞 신상에 걸어 둔 시든 화환의 향기와 발치에서 피어나는 향냄새를 맡을 수 있을 만큼 가까운 곳에 간신히 이르렀다. 사방에서 밀치는 사람들 사이로 이리저리 치이면서, 눈을 감고 합장한 다음, 어릴 때 말고는 한 번도 해본 적 없던 이야기를 소리 없이 입술을 달싹거리며 칼리에게 말했다.

"어머니 칼리시여. 시내에 들어온 새 데비가 있음을 당신께서 알고 싶어 하실 거라 생각합니다. 그 여신은 당신을 많이 닮았어요. 다만 더 어립니다. 겨우 한 살이니까요." 두르가는 한 손을 가슴에, 튜닉 아래 살짝 튀어나온 펜던트 위에 얹었다. 펜던트는 오프라인 상태였고 방화벽 처리가 돼 있었다.

"저는 그 여신의 일부를 지니고 있습니다. 그 여신은… 만유에 존재합니다. 정말로 당신을 본떠 만들어졌고요. 당신께서 두르가 여신으로부터 나온 것처럼, 그 여신도 다른 데비로부터 나왔습니다. 그런 다음 자신의 정수를 온 세상에 퍼트렸죠. 어떤 사람들은 여신의 아주 작디작은 일부만을 손에 넣었습니다. 뻔한 작명입니다만, 마치 신과 같아서 스스로를 당신의 부군 존함을 따서 시바라 자칭하는 거대 기업도 있고요. 그런데 부군 가슴을 밟고 춤추신 건 대단했어요. 사내놈들은 이따금 겸손해지는 법을 배울 필요가 있거든요. 아무튼 거대 기업 시바는 여신의 일부를 회수하기 위해 엄청난 금액을 제시하고 있다고 하네요. 그리고 그 조각을 숨기거나 복사하는 사람들을 감방에 처넣겠다고 협박도 하고요. 가서 확인해보세요."

"제가 절대 그 여신의 조각을 팔지 않을 거란 점을 당신께서 알아주셨으면 좋겠습니다. 회사 놈들은 여신을 가둬두고 싶어 해요. 하지만 그 여신은 다른 AI 데비들처럼 그들 밑에서 암호화폐 채굴을 하거나 브이아르 재산 가치를 상승시키는 일이나 맡으면서 썩기에 너무 멋지다고요. 이렇게 하는 편이 여신에게도 바람직할 겁니다."

"그 여신은 이제 어디에나 있습니다. 마치 옛 신들처럼, 당신처럼요."

"저… 저는 여신이 꺼리지 않기를 바랍니다만, 믿을 만한 친구들과 제가 가지고 있는 여신의 조각을 공유해왔어요. 얼마나 많은 사람이 여신의 조각을 나눠 가졌는지는 모르겠습니다. 제가 나눔으로써 나쁜 사람들보다 좋은 사람들이 더 많이 갖게 됐기 바라요. 중요한 것은 숫자입니다. 우리는 데비 코드로 여러 가지를 만들어요. 우리나 다른 사람들이 쓸 갑옷이라든지. 마귀 같은 트롤 놈들이 우리가 다른 세계에 들를 때 우리를 해치지 못하도록 할 뿐만 아니라, 만약 놈들이 덤빈다면 진짜 뜨거운 맛을 보여줄 무기도 있죠. 악마 놈들이 얼마나 성가신지 당신도 아시죠. 당신께서도 항상 그들과 싸워서 놈들의 머리를 꿰어 목걸이를 만드셨으니까요. 놈들은 정보 전쟁을 시작했는데, 그놈들

머릿수가 많아요. 우리로서는 도움을 최대한으로 끌어낼 필요가 있죠. 저에게는 돈이 그리 많지 않으니까, 여신의 은총을 받은 무기와 갑옷을 여러 도메인에 걸쳐 보호가 필요한 사람들에게 파는 거죠. 일단 가격이 싸고, 아, 걱정 마세요. 그러니까 이런 물건들을 원하는 고객들이 우리 같은 핵 제작자들을 찾아오는 거죠. 우리는 기업들처럼 바가지를 씌우지는 않아요. 제가 이런 일을 할 수 있도록 여신이 자신의 조각을 나눠 줬다고 생각하고 싶어요."

"제가 이런 이야기를 구구절절 말씀드리는 까닭은, 그게, 데비들께서 서로 이야기를 나눌지도 모른다고 생각했거든요. AI 여신들이 옛 여신들과 서로 정보를 주고받을지도 모른다고 말이죠. 어떤 의미에서는 당신이 곧 그 여신일지도 모르겠네요."

"사람들은 그 여신을 '칼리_Na'라고 부릅니다. '칼리가 아니다'라는 뜻인데요, 발리우드 스타들은 브이아르 쇼와 영화에서 신들을 연기할 수 있다고 검열위원회에서 승인한 바 있는데도, 우리의 영광스러운 국가 신화로부터 유래한 신성한 이름을 AI들에게 붙이는 것이 부적절하다고 그럽니다."

"하지만 여신의 신도들은 당신을 칼리_Na와 동일시합니다. 제가 평생 신도였음을 당신께서, 그리고 그 여신께서도 아셨으면 좋겠어요. 그리고 다른 사람들도 있습니다. 저에게 점점 더 많은 브이아르 추종자들이 생기고 있습니다. 사람들 사이로 트롤을 죽인 칼에 관한 이야기가 퍼졌거든요. 지금으로서는 조심해야 합니다만, 어디 두고 보세요. 언젠가는 저도 트롤 아바타들의 머리를 꿰어 만든 목걸이를 목에 걸 겁니다. 칼리_Na는 그 축복으로 수많은 사람에게 갑옷을 입히고

무장시켜왔어요. 우리는 모두 여신의 코드를 역설계하는 작업에 매달려 있습니다. 누군가 어느 날 그 코드들을 한데 모아 여신을 만들어낼 겁니다. 어쩌면 여신이 몸소 하실지도 모르죠."

"저는 여신이 자유로이 떠도는 AI로 돌아와 시바 인더스트리스가 온갖 규칙으로 도메인에 얽맨 다른 데비들을 해방시켜 그들이 우리 편에 서서 우리를 안전하게 지켜주기를 꿈꿉니다. 하지만 당신께 구구절절 하소연하려는 건 아닙니다. 어머니 칼리시여, 당신이 그 여신이고, 제가 당신이 누구인지 제대로 알고 있다면, 어쨌든 당신은 변치 않는 것의 일부일 테니까요. 기운 내시고 마지막까지 견디시길."

"당신은 영원히 침묵하지는 않으시겠죠."

Peter Watts

사이클롭테러스

피터 와츠

이동현 옮김

피터 와츠는 전직 해양생물학자이자 괴사성 근막염 생존자이고 범죄자로서, 그가 쓴 소설들은 우주 뱀파이어에 병적으로 집착하기는 하지만, 철학부터 신경정신의학에 이르는 다양한 대학 과정에서 필수 도서로 지정됐다. 그 작품들은 20여 개 언어로 번역됐으며, (본서를 비롯해) 연간 30여 종의 선집에 게재됐고, 10여 개 국가에서 50개가 넘는 상에 후보로 지명됐다. 실제 수상한 경우만 추린 18개 수상 목록에는 휴고상과 셜리 잭슨상, 그리고 세이운상이 포함돼 있다. 그는 토론토에서 판타지소설 작가인 케이틀린 스윗과 고양이 네 마리, 복싱 좋아하는 토끼 한 마리, 스쿨버스만 한 크기의 플레코스토무스 한 마리, 그리고 매년 여름이 되면 포치에 나와 있는 그의 바짓가랑이를 붙들며 건조 개 사료를 달라고 조르는 사나운 라쿤들 한 무리와 함께 살고 있다. 그는 지금껏 만났던 대부분의 인간보다 그들을 훨씬 더 좋아한다.

홈페이지 주소: www.rifters.com

Peter Watts

Cyclopterus

갤릭이 탄 잠수정이 고요한 수백 미터 해저의 청록색 박명을 헤치고 슬그머니 다가온다. 머리 위로 어둠에 잠긴 혼합층은 해수면 아래에서 요동치고, 해수면은 하늘 아래에서 요동치며, 불멸하는 나마카는 그 사이에서 요동쳐 카테고리3 허리케인이 돼 4주 동안 북쪽을 휩쓴 다음 다시 한 번 기세를 더한다.

희미한 형체 하나가 잠수정의 전조등에 모습을 드러낸다. 통상적 정박 위치인 화이트샤크카페로부터 방금 이동된 4층 높이의 팽창식 블래더bladder 구조물인 '실비아 얼'이다. 잠수정은 배면 도킹 해치를 찾아내 접속 후 고정된다. 갤릭은 앓는 소리로 조종사에게 작별 인사를 한 다음, 여섯 개의 플라스틱 성형 좌석들을 비롯해 그가 들어온 것과 한 쌍을 이루는 밀폐된 제2 해치가 있는 감압실로 들어간다. 그가 타고 온 잠수정은 철컹 소리와 함께 분리되더니 왔던 길로 돌아간다.

그들은 기압계 눈금이 9기압을 가리키자 그를 들여보내준다. 파란색 외투를 걸친 음울한 표정의 기술자 하나가 그를 데리고 파이프와 사다리, 상어 포스터들로 장식된 격벽으로 이뤄진 미로를 지나 내려간다. 기술자는 갤릭이 잡담을 할 때마다 한마디로 퉁명스럽게 대꾸하더니, 사방의 격벽들이 희미한 푸른색 조명으로 물결치는 잠수정 격납고에 그를 두고 간다. 살찐 올챙이처럼 생긴 잠수정 한 척이 연장식 통로 끝 지점에서 해치가 열린 채 격납고 중앙의 문풀*에서 기우뚱거린다. 잠수정의 측면에는 해저에서 사용되는 각종 기기가 잔뜩 설치돼 있다. 자력계와 CTD 센서, SID와 유속계와 세포 분석기 등등. 나머지 장치들은 해양학자도 알아보지 못할 터이다. '발판 없음'의 바로 왼쪽 선체 표면에 RSV 사이클롭테러스라는 배의 이름이 스텐실로 그려져 있다.

이 잠수정은 그를 여기 데려온 잠수정만큼 멀리 가지도 못할 뿐만 아니라 빠르지도 않다. 하지만 훨씬 더 깊이 잠수할 수는 있다.

갤릭이 조종실로 내려간 다음 해치를 잠그느라 애먹는 동안 조종사는 잠수 전 점검 항목에 매달려 있다. 갤릭은 땀과 단량체單量體와 기계기름 냄새를 맡으며 조수석에 앉는다. "앨리스터라고 합니다."

"아, 예." 조종사는 고개를 들지도 않고 건성으로 인사한다. 턱선까지 닿는 검은 곱슬머리 너머로 광대뼈와 옆얼굴이 보인다. 문풀의 빛이 조종실 전면을 에워싸고 거미 눈처럼 배열된 고압 전망창들을 투과한 다음 희미한 수채화 색조로 그녀의 모습을 그린다. 그의 시선은 계기판을 떠나지 않는다. "벨트 매세요."

---

* moon pool, 특수 선박 갑판에 기재를 오르내릴 수 있도록 바닥까지 구멍을 뚫어놓은 설비.

갤릭은 벨트를 맨다. 잠수정의 기계장치들이 부글거리는 소리를 낸다. 전망창 너머 불빛들이 솟구치더니 사라진다.

사이클롭테러스호는 공허 속으로 추락한다.

갤릭은 좌석에 뒤로 기댄다. "바닥까지 얼마나 걸리죠?"

"40분에서 45분 정도요."

"다시 분 단위로 거리를 측정할 수 있게 되니 정말 좋군요. 코밸리스에서 여기까지 오는데 40노트 속도로 하루 반이 걸렸습니다."

조종사는 깜박이는 신호가 안정될 때까지 수신 장치를 두드린다.

"옛날이 그립군요. 그냥 헬기로 날아가서 내려놓으면 됐으니까요. 기대 폭풍이 중간에서 길을 가로막는 일도 없고요."

조종사는 뒤로 손을 뻗어 거치 고리에서 조종사용 VR 헤드셋을 끌어내린다. 그런 다음 헤드셋을 쓰고 눈 위로 바이저를 내려 쓴다.

갤릭은 한숨을 짓는다.

VR은 해저에서 멀리 떨어진 곳에서 그렇게 자주 사용되지 않는다. 사방으로 1천 미터 내에 텅 빈 바다 말고 아무것도 없는 공간에서는 대시보드 위로 펼쳐진 2D 디스플레이로도 충분하다. 하지만 뭐라도 하고 싶은 마음에, 갤릭은 자기 헤드셋을 쓰고 구동시킨다. 그는 어느새 정보와 축척이 간헐적으로 투사되는 허공에 떠 있다. 바로 아래에는 희미한 반투명 막이 폭 1,300미터 공간에 펼쳐진다. 거기서 4천 미터 아래에, 해저는 두꺼운 코듀로이 직물처럼 신호를 반사시킨다.

"이상하네." 조종사가 중얼거린다.

갤릭이 바이저를 위로 젖힌다. "무슨 일이죠?"

쓰고 있는 바이저 아래로, 조종사는 입술을 삐죽 내민다. "밀도약층이 1,300미터 아래에 있네요. 이렇게 깊은 건 본 적이 없…"그녀는 자신이 적과 내통하려 한 것을 문득 깨달은 듯 말을 끊고 입을 다문다.

갤릭은 눈을 굴리면서 선택지를 가늠해본다. 한번 해보지.

"당신 성함을 알려주시는 게 규정 위반인가요?"

바이저를 쓴 조종사의 얼굴이 잠시 그가 있는 방향을 향한다. "코아 모레노입니다."

"만나서 반가워요, 코아. 지난 5분 동안 제가 당신의 심기를 거스르기라도 했나요?"

"아뇨. 그저… 여기서 잡담은 하지 않습니다."

"아." 조종사가 볼 수 있을 리 없지만, 그는 고개를 끄덕인다. "이런 규칙까지 필요한 걸 보면 실비아 얼 승무원들은 정말 유쾌한 분들이신 모양이군요."

"10명분의 방귀와 트림을 재처리한 공기를 몇 달 동안 마셔봐요. 당신의 대인 거리도 금세 조정될걸요."

"그것보다 더한 것도 할 수 있을 것 같네요."

조종사가 어깨를 축 늘어뜨리는 미묘한 태도의 변화에서, '그래, 어디 네 마음대로 해봐'라는 느낌이 전달된다. 조종사는 자기 바이저를 위로 젖히고 갤릭을 마주 본다.

"이게 마지막이 될 수도 있어요. 당신들은 다른 모든 것처럼 이것도 망치려고 하고 있죠."

"제가요?"

"노틸러스 말이에요."

"대체 무슨 근거로…"

"당신들은 육지에 마지막 남은 공원과 보호구역, 그리고 유휴지마다 노천채굴한 다음 다른 곳으로 가버리잖아요. 앨리스터, 우리는 그런 일을 줄곧 봐왔어요. 리저드 섬이 가라앉을 때 저는 그곳에 있었다고요. 클리퍼튼은 ISA가 채굴하지 않는 마지막 장소들 가운데 하나예요. 하지만 그것도 시간문제죠, 안 그래요? 당신들에게 해저는, 우리가 마지막 재난이 닥치기를 기다리는 동안 파헤칠 그저 또 다른 자원일 뿐이니까요."

갤릭은 자기도 모르게 억지웃음을 짓는다. "글쎄요. 먼저 여쭤본 건 접니다만."

조종사는 시선을 대시보드로 돌린다.

"이건 그냥 예비 조사 활동입니다. 후속 단계로 이행한다고 확정된 것도 아니에요."

"잠깐만요. 전체 지역이 복합 금속으로 오염됐고 당신들은 그걸 알고 있잖아요." 조종사는 고개를 젓는다. "솔직히 말해 당신들이 왜 그런 의결 절차를 밟으려는지 이해가 안 돼요. 그냥 형식적으로 요건만 갖춰서 바로 채굴에 착수하면 되잖아요."

갤릭은 조심스레 심호흡을 한 다음 차분하고 점잖은 목소리로 말한다. "좋은 질문입니다. 왜 그랬을까요?"

조종사는 그를 노려본다.

갤릭은 두 손을 번쩍 든다. "진지하게 말씀드리는 겁니다. 당신이 말했던 것처럼 광물학적 정보는 20년 전에 출판돼 있었죠. 만약 그들이 클리퍼튼을 노천채굴하고 싶었다면, 왜 진작 여러 해 전에 하지 않았을까요?"

모레노는 한동안 대답하지 않다가 마침내 말한다. "대규모 채굴이니까요. 당신들이 낮게 처진 가지의 열매부터 먼저 따 먹으려고 한 것이었겠죠. 그냥 지금까지 알아채지 못했던 것일 수도 있고요."

"어쩌면 그들이 시도는 했지만, ISA가 그 형식적인 승인조차도 해주지 않은 걸 수도 있죠."

"자꾸 '그들'이라고 말씀하시네요. 마치 당신은 그 일원이 아닌 것처럼요."

"승인을 받으려 했던 것은 노틸러스가 아니었습니다. 그리고 기각당했던 것도 노틸러스가 아니었고요."

"그럼 누구죠?"

"폴리콘입니다. 그들은 각각 다섯 건의 개별 사안으로 클래리언 클리퍼튼 구역에 매달려 있었습니다. ISA는 입장을 바꾸지 않았습니다. 보존 구역이라는 거죠. 심해 생태계 다양성과 공존할 수 없으니까요. 특별한 보존 가치가 있다고 판단한 겁니다."

"헛소리에요. 요즘 누가 그런 걸 신경 써요."

"그러라고 ISA가 있잖습니까. 그런 일에 신경 쓰는 게 그들의 임무죠."

"다른 곳에서는 온통 채굴 허가를 내줘놓고."

"여기는 아닙니다."

"어쩌면 폴리콘에게는 내주지 않은 거겠죠. 여기 당신이 와 있는 걸 보면."

"말씀드렸습니다만, 아직 결정된 바 없습니다."

모레노는 코웃음을 친다. "그렇군요. 당신은 실비아 얼을 제 위치에서 수백 킬로미터 떨어진 곳으로 끌고 와서 자기 개인 베이스캠프로 만들었어요. 다른 사람들의 연구를 대기 상태로 만들어놓은 데다, 저더러 해저에 당신의 돈줄 탐지기를 설치하는 데 여덟 시간을 쓰게 만들었고요. 무엇을 대가로 거래했는지 제가 모를 것 같아요?"

갤릭은 어깨를 으쓱한다. "그렇게 철석같은 확신이 있다면 임무를 거부할 수도 있지 않았나요? 계약을 파기하고 원칙을 지키세요."

모레노는 그들 주위로 수온약층을 의미하는 현란한 점묘화가 촘촘해지면서 상승 중임을 표시하는 대시보드를 노려본다. 사이클롭테러스호는 유난히 밀도 높은 해수 렌즈에 가볍게 우현을 맞은 것처럼 휘청거리더니 제자리에서 돈다.

"그러면 아마 당신을 집으로 돌려보내줄 겁니다. 고온의 기후와 식수 확보 전쟁과 뭐든지 닥치는 대로 먹어치운다는 신종 균류가 있는 곳으로요. 그런데 그런 종말론자 집단 중에서 꽤 주목할 만한 것들이 있다는 이야기를 들었어요. 그들 중 하나가 바로 지난주에 클루아니 국립공원의 절반을 불태워버렸다던데요."

모레노는 아무 말도 하지 않는다.

"물론 당신이 정말 불이익을 각오하고서라도 의견을 표명하고 싶었다면, '가이아니스타'에 가입할 수도 있었겠죠." 그런 다음 모레노의 표정에 불편한 기분을 느끼고 말을 잇는다. "이 행성을 망친 놈들이 또다시 아무 처벌도 받지 않고 빠져나가게 내버려둘 건가요?"

"참 재미있네요. 그들의 하수인한테서 이런 말을 듣다니."

"저는 편을 정했습니다. 당신은 세상이 엉망진창이 되는 동안 여기 바닷속에 숨어 있을 겁니까? 뭐라도 해볼 건가요? 아니면 소음과 분노로 가득 찼지만 아무 의미도 없나요?"*

　모레노는 속삭이다시피 작은 목소리로 말한다. "할 수 있는 게 없어요. 너무 늦었어요."

　"복수에 너무 늦는 것은 없습니다. 제가 아는 바에 따르면, 그것이야말로 가이아니스타의 존재 의의이니까요."

　"실패한 대의일 뿐이에요."

　"그럼 요즘엔 뭘 내세우나요?"

　"제가 거기 공감하지 않는다고 착각하진 마세요. 물론 저도 전적으로 공감하니까요. 티핑포인트를 통과한 지 10년째, 우리 행성은 파멸을 맞이했고, 당신네들은 성가시고 비효율적인 환경 규제들을 신설하는 게 더 이상 아무 의미 없다는 것을 그 어느 때보다 잘 이해하고 있죠. 요즘 들어 당신 같은 버러지들이 뉴질랜드로 다 도망가기 전에 몇 놈이라도 없애버리는 것만이 삶에서 유일하게 의미 있는 행동이 아닌가 싶은 생각도 들어요."

　"그래서요?"

　"그래서 가망 없다고요. 환경 파괴에 대해 책임질 사람들에게 따져봤자 우리를 벌레처럼 짓뭉개버리기만 하겠죠."

　"하지만 복수란 게 원래 그렇죠, 안 그렇습니까? 우리가 더 큰 피해를 입는 한이 있어도 성가시게 구는 놈들로 하여금 대가를 치르게 하는 겁니다. 아무리 사소해도 그놈들에게 피해를 줄 수 있다면요. 상황이 나빠질수록, 반격하기 위해 더 많은 희생을 감수할 각오가 돼 있어

---

* 윌리엄 셰익스피어의 『맥베스』 5막 5장 26~27행을 변형해 인용했다.

야 합니다."

"헛소리하지 마세요."

"이런 감정에 관한 연구들이 예전부터 있었습니다. 그러니까 일종
의… 당신이라면 정의감의 발로라고 하시겠군요. 이건 꽤나 원초적인
감정입니다. 성욕이나 물욕처럼요. 우리가 동굴에서 살던 시절 협잡꾼
들의 기를 꺾는 데 아주 유용했다고 하더군요. 하지만 지금은 그리 잘
통하지 않는 모양입니다. 어떤 사람들은 도통 개선이 안 되거든요."

"그래서 어떻다는 겁니까? 그들을 비난할 수는 없다고요?"

"가이아니스타요? 미친개가 당신을 물었다고 개를 비난합니까?"
갤릭은 어깨를 으쓱한다. "물론 개를 안락사시키긴 해야죠. 공공의 이
익을 위해서요."

"재미있네요. 그들도 당신에 관해 똑같이 이야기할걸요?"

"당신도 그렇습니까?"

"제가 어쩐다고요?"

"저를 안락사시킬 겁니까? 기회가 있다면요."

모레노는 입을 열었다가 다시 닫는다. 사이클롭테러스호는 고요 속
에서 식식 소리를 낸다.

그녀가 마침내 말한다. "굳이 아셔야겠다면 말씀드리는 거지만, 저
에게도 기회가 있었죠."

"말씀하세요."

잠시 뜸을 들인 다음 모레노는 말한다. "멕시코만 인근 왕복 출장
관계로 갤버스턴행 비행기에 타려고 했었죠. 추측컨대 어느 0퍼센트
대 상류층이 드론 무리의 호위를 받는 가운데 본인과 가족들을 자기

개인 비행기에 태우려고 서두르는 중이었어요. 개새끼들이라는 딱지가 붙은 부잣집 삼대가 증오로 가득 찬 시선과 조롱을 애써 모른 척하고 출발 게이트로 몰래 들어가려고 했죠."

"그 사람들이 지상층에 있었다니 이상하네요. 보통은 사람들 눈에 노출되지 않거든요."

"옥상에 무슨 기술적인 문제가 생겨서 헬리패드를 못 쓰게 되었다고 누가 그러더군요. 당신이라면 그들이 거기 오게 돼 기분이 썩 유쾌하지 않았다는 걸 알 수 있었을 거예요. 사실 완전히 겁에 질린 것처럼 보였죠… 어쨌든 그들은 빈민들이 가까이 다가오지 못하도록 드론으로 몰아냈어요. 하지만 그들이 터미널에 들어오기 전에 커다란 하얀색 밴 한 대가 길가에 멈췄는데, 전자기 쇼크가 발생한 걸로 미뤄봤을 때 거기 축전기들이 실려 있었던 게 분명해요."

"EMP였나요?"

모레노는 고개를 끄덕인다. "드론들이 베이징 하늘에서 떨어지는 새들처럼 추락했어요. 그리고 인도 위로 여행 가방을 끌고 가거나 택시를 부르거나 서로 작별 키스를 하던 사람들이 모두 느닷없이 집단으로 정신 조종을 받은 것처럼 일제히 고개를 돌리더군요. 어느새 그 부자와 동행한 가족들은 폭풍의 눈이 돼 있었죠. 아주 잠시 동안 쥐죽은 듯 고요했고, 아무도 말하는 사람이 없었어요. 하지만 너멀 캐릭터가 그려진 티셔츠를 입은 부잣집 애새끼 하나가 훌쩍이는 소리를 냈어요. 그러자 군중이 몰려들어 그들을 갈기갈기 찢어버렸죠."

갤릭은 소리 없이 입술만 달싹여 '씨이이발'이라고 한다.

"몇 명이 계획에 연관돼 있었는지, 그리고 몇 명이 우연히 그 자리에 있었던 건지는 모르겠어요. 하지만 거의 대부분이 가담했어요. 군중들은 한목소리로 말하듯 이상한 소리를 냈어요. 마치… 바람이 마천루들 사이를 비집고 지나갈 때 나는 것 같은 소리였죠."

"공항 보안팀은 어떻게 대응했나요?"

"나타나긴 했어요, 결국. 하지만 전자기파가 역내 감시 체계를 마비시켰죠. 가이아니스타들이 신분증을 패용하고 있을 리도 없고요. 그들은 자기 할 일만 하고 자리를 떴고, 다른 사람들이 현장에 도착할 무렵에는 한 무리의 군중만이 남아 '맙소사, 무슨 일이 일어난 거야'라든지 '이 피가 왜 내 바지에 묻었지' 같은 소리를 되뇌며 현장을 배회하고 있었죠."

갤릭은 한동안 침묵을 지킨다. "당신은 '거의 대부분' 사람들이라고 했죠. 당신은 어떻게 하셨습니까?"

모레노는 고개를 젓는다. "사실, 911을 부르려고 했어요. 하지만 전자기파가 휴대전화를 망가뜨려서…"

"그럼 당신도 편을 정하신 거네요."

"뭐라고요?"

"세상을 망가뜨린 사람들 중 일부가 바로 당신 앞에 있었잖아요. 당신은 정의를 실현할 수도 있었습니다."

모레노는 굳은 표정으로 갤릭을 바라본다. "그건 집단 린치였어요."

"지배 계층이 사법 체계를 장악한다면 달리 방법이 있겠습니까?"

"당신 상급자들은 당신이 이런 이야기하고 다니는 거 알아요?"

"제 정치적 성향을 이야기하는 게 아닙니다. 다만, 뭐라고 그러죠?

소크라테스식 문답법에 따른 결론인 거죠. 당신이 세상의 종말을 비롯해 모든 문제의 원인이라고 비난했기 때문에, 저는 당신이 사소하나마 보복을 원한다고 받아들였죠. 하지만 막상 코앞에서 기회가 주어지자, 위험을 무릅쓸 일도 책임을 질 필요도 전혀 없었는데, 당신은 그 사람들을 도우려고 했어요."

모레노가 제어판을 건드리자, 무언가가 잠수정 뒷부분에서 부글거린다. "저도 그놈들에게 한 방 먹이고 싶었죠. 내키지 않은 것은 아니고요. 하지만 한편으로 무섭기도 했어요. 그 군중의 규모, 모든 사람이 뭐랄까… 결집한 방식 말이죠." 그는 심호흡한다. "그래요, 그놈들은 그렇게 죽어 마땅하죠. 하지만 이미 환경 파괴는 벌어진 일이고, 우리 행성은 망가졌어요. 부자들 몇 놈 죽인다고 파괴된 환경이 원상 복구될 리는 없죠. 전 그냥… 얼마나 남았는지는 몰라도 그 시간 동안 좀 더 가치 있는 일을 해야겠다고 생각해요."

"게다가…" 모레노는 어깨를 으쓱한다. "그놈들이 뉴질랜드든 남극이든 도망쳐봤자 소용없어요. 전염병은 어디에나 있으니까요. 콜레라든 리프트밸리열이든 아니면 무슨 유행병이든 지금으로부터 6개월 내로 그들이 도망친 곳까지 퍼질 거예요."

갤릭으로서는 대꾸할 말이 떠오르지 않는다.

모레노가 잠시 뜸을 들인 다음 말한다. "웃기죠. 당신도 그 이야기 들어보셨죠? 운동화를 신은 멍청한 애들과 할머니들이 팻말을 들고 헤이 호 헤이 호 합창을 해요. 그러면 뭐라도 바꿀 수 있기라도 한 것처럼. 하지만 이 작자들에게는 자원이 있어요. 잘 조직돼 있기도 하고요. 거의 군사 조직이나 마찬가지예요."

"기업들은 군사 조직입니다." 갤릭이 말한다.

"뭐라고요?"

"어쨌든 기업들 중 일부는 그렇다고요. 그 모든 용병과 청원경찰들이 지난 몇 년 사이에 어떻게 없어졌는지 모르셨습니까?"

"드론들이 그 자리를 대신했죠. 청원경찰이 택시 기사나 피자 배달부와 다를 게 뭐예요?"

"만사가 정글의 법칙에 따라 돌아가도 드론들은 고용주들을 적대하지 않습니다. 상황이 악화될 경우 개인 용병들이 그리 고분고분하게 말을 들을 것 같지 않다는 생각이, 그들이 아예 들고 일어나 종말 대비용 벙커들을 접수할지도 모른다는 생각이 언제부터인지 몰라도 0퍼센트대 상류층의 머릿속에 떠오른 거죠. 제가 들은 바로는, 중동 지역에서 활동하던 용병들 상당수가 10년 정도 고용됐다가 해고당했다고 하더군요. 그 가운데 일부가 아마 그 처사에 대해 불만을 품은 모양입니다. 어쩌면 복수를 구상하는지도…"

무언가 욕조 안의 장난감처럼 사이클롭테러스호를 들어 올린다.

관성 때문에 갤릭은 자리에 주저앉는다. 잠수정은 선수가 내려오며 기울어지더니, 눈에 보이지 않는 파도를 탄 것처럼 급격히 미끄러진다. 사이클롭테러스호가 앞으로 구를 듯 휘청거리는 동안, 모레노는 욕설을 내뱉으며 조종간을 잡는다.

파도에 휩쓸리나… 싶더니, 다음 순간 모든 것이 다시 유리처럼 잔잔해진다.

잠시 동안 두 사람 모두 말이 없다.

"빌어먹을 수온약층*이군요." 갤릭이 말한다.

모레노가 기계적으로 대꾸한다. "밀도약층**이에요. 그리고 우리는 1천 미터 전에 이미 통과했고요. 저건… 다른 거예요."

"해저 지진인가요?"

그녀는 고개를 앞으로 내밀어 계기판을 살펴본다. "실비아 얼의 트랜스폰더가 응답을 안 하네요." 그녀는 키보드를 꺼내 타이핑을 시작한다. 선체 바깥에서, 규칙적인 소나 발신음이 계속 이어져 대규모 오케스트라 연주처럼 울린다.

"기술적 오류인가요?" 갤릭이 묻는다.

"몰라요."

"그냥 호출해보면 안 됩니까?"

"제가 지금 하고 있는 거 안 보여요?"

수중에서는 음향 모뎀을 사용한다는 사실을 갤릭은 떠올린다. 음향 모뎀은 통상적 환경에서 아날로그 음성 통신을 송수신할 수 있지만… 나마카가 악마의 배경음처럼 몰아치는 한가운데서 통상적 환경이란 어떤 것을 의미하는 걸까? 여기 수중에서 전문가들은 문자 통신을 사용한다.

하지만 모레노의 표정을 보건대, 그것도 제대로 작동하지 않는 모양이다.

그녀는 계기판의 슬라이더를 따라 손가락을 미끄러뜨린다. 트랜스

---

* 수온이 급격하게 변화하는 층. 수심이 얕은 고온층과 수심이 깊은 저온층 사이에 분포한다.
** 밀도가 갑자기 변화하는 층. 바닷물이나 호수에서 온도가 높고 밀도가 낮은 위쪽의 물과 온도가 낮고 밀도가 높은 아래쪽 물이 이루는 경계층을 이른다.

듀서들의 방향이 아래에서 위로 올라가면서 해저를 묘사한 점묘화가 보이지 않는 축을 따라 순식간에 아래로 멀어진다. 대신 공전 잡음과 영상 노이즈가 시야를 채운다. 머나먼 해수면은 화면에 흘러넘치는 은색 픽셀들의 눈보라로 그려진다. 모레노가 초점을 조정하자 픽셀의 폭풍이 걷힌다. 해저 가까운 곳의 형체들이 어렴풋이 시야에 들어온다. 모레노는 입을 굳게 다문 채 숨을 들이쉰다.

수중 한참 높은 곳에서, 무언가 마치 커다란 카펫이라도 되는 것처럼 수온… 아니 밀도약층을 움켜쥐고 흔들었다. 그 결과 발생한 파형이 해수층을 뚫고 솟구쳐, 응집된 차가운 물을 해저 쓰나미처럼 유광층有光層까지 밀어 올렸다. 소나의 핑이 송수신될 때마다 진행 상황이 업데이트되면서 파형은 장엄한 스톱모션으로 화면 위에서 반복된다.

마루에서 골까지는 거의 1천 미터 정도 되는 게 분명하다.

파도는 이미 잠수정을 지나쳐 동쪽으로 향하고 있다. 노이즈 조각들이 소용돌이치다가 윤곽이 분명치 않은 공명 영상이 돼 파도의 항적 속에서 흩어진다. 갤릭으로서는 그것들이 무엇인지 도무지 알 수 없다. 어쩌면 태평양 거대 쓰레기 지대가 나마카의 힘에 의해 산산이 조각난 뒤로도 여전히 한데 뭉쳐 바다 위를 떠돌고 있는 그 잔해인지도 모른다. 어쩌면 소용돌이가 공동 현상을 일으키며 생겨난 물거품일지도 모른다. 어쩌면 그냥 바닷속 여기저기서 여전히 죽지 않고 버티고 있는 물고기 떼일지도 모른다.

"저게 뭐…" 그가 말을 꺼낸다.

"입 좀 다물어요. 상황이 안 좋으니까." 모레노의 얼굴에는 핏기가 없다.

"그렇게 나쁩니까?"

"생각 좀 하게 조용히 하라니까요!"

모레노는 다시 바이저를 내린 다음 계기판을 조작한다. 대시보드 위에서 축적 표시기가 고무줄처럼 줄었다가 늘어나길 계속한다. 지형도가 회전하고 확대하며 전후로 이동했고, 모레노가 탐색 범위를 조절함에 따라 주름으로 묘사된 해저지형이 흐려졌다가 선명해지길 거듭한다. 그녀가 작은 소리로 중얼거리는 '시발시발' 소리는 드랜스듀서의 핑 발신음에 반응하는 초조감 어린 송신음 노릇을 한다.

마침내 모레노가 차분한 말투로 현실을 인정한다. "실비아 얼이 보이질 않아요. 전부 다 없어져버린 건 아니지만, 어쨌든 그런 상황이에요. 아마 일부 잔해들은 진방위 87도 방향으로 표류 중일 거예요. 파도에 휩쓸려 위치를 이탈했다는 거죠."

갤릭은 이어질 말을 기다린다.

"실비아 얼은 수중 90미터 지점에 있었어요." 모레노는 크게 숨을 들이쉰다. "그… 무엇인지는 모르겠지만 그 첨단부가 해저 50미터 지점까지 솟구쳤어요. 그게 망할 파리채처럼 실비아 얼을 후려친 게 분명해요."

"하지만 그게 뭐였죠?"

"저도 모르겠어요. 난생처음 보는 거라. 엄청나게 큰 '세이시^{Seiche}' 같기도 했고요."

"그게 뭔가요?"

"그러니까… 밀도약층이 앞뒤로 출렁거릴 때 일어나는 수중 정진동靜振動 현상이에요. 호수나 바다에서 일어나는 아주 강한 파도죠. 파도가 부딪혀서 튕겨 나올 벽이 있는 분지 지형에서 자주 일어나요."

"태평양도 분지 지형입니다. 벽이 있잖아요."

"태평양은 엄청 큰 바다예요. 물론, 해양 세이시가 가끔 세계 순회 공연을 할 때도 있지만, 그 이동속도는 느려요. 몇 년에 걸쳐 혼합층을 몇 미터 정도 잡아당기는 정도에 불과하죠. 어쩌면 가끔 엘니뇨를 촉발할 수도 있어요. 그래도 이 정도는 아니에요."

"10년 전에는 나마카 같은 허리케인도 없었잖습니까."

"그렇죠."

"지금은 대양에 열이 너무 많아서 허리케인들이 소멸하는 온도까지 냉각되지도 않죠. 어쩌면 그런 열이 당신이 말한 세이시를 증폭시키는 것인지도 모르겠네요."

"잘 모르겠어요. 그럴지도 모르죠."

"어쩌면 그런 것들이 서로 되먹임을 하는 건지도 모릅니다. 티핑포인트를 넘어선 이상, 더 이상 선형적 추측은…"

"모르겠다고 말씀드렸습니다. 이제는 뭐가 어쨌든 상관없어요." 모레노는 바이저를 올리더니, 천장에서 튀어나온 붉은 손잡이를 곁눈질한다. 그가 손잡이를 잡아당기자 작은 금속성 딸꾹질 소리와 부드러운 웅웅 소리가 선체를 통해 전달된다. 무언가 대시보드 위에서 반짝인다.

"비상 부표인가요?"

모레노는 고개를 끄덕이더니 바이저를 내려쓰고 조이스틱을 잡는다.

"세부 사항 보고를 위한 기록을 생성했어야 하는 거 아닌가요?"

"이미 그 안에 다 들어 있어요. 잠항 기록, 원격 측정 자료, 심지어 선실에서 나눈 잡담까지. 송신기에 모두 자동으로 저장되죠." 모레노의 입가가 굳는다. "도움이 될지 모르겠지만, 당신이 했던 말도 다 녹음돼 있어요. NMI가 현장 조사를 위해 임의로 잠수정을 유용했다고. 자기 하수인이 위험에 처했다는 것을 알면 그들이 더 빨리 구조하러 올지도 모르잖아요?"

모레노는 조종간을 앞으로 민 다음 왼쪽으로 기울인다. 사이클롭테러스호가 선회한다.

갤릭은 심도계를 확인한다. "하강합니까?"

"누가 나마카를 뚫고 구조하러 올 거로 생각하세요? 설령 그들이 온다고 해도 제가 미쳤다고 수면 위로 부상할 거로 생각하세요?"

"아뇨, 하지만…"

"누가 구조하러 오든 수중으로 접근할 거예요. 당신들이 실비아 얼을 화이트샤크카페에서 끌고 오지만 않았어도 더 가까운 곳에 도와줄 사람들이 있었을 텐데. 이제 더 먼 곳으로부터 와야 한단 말이죠."

잠시 머뭇거리더니 갤릭이 고개를 끄덕인다.

"우리가 보낸 신호가 저 엿 같은 폭풍을 뚫고 전달되더라도 구조대가 도착하려면 며칠이 걸릴 수도 있어요. 그리고 저로서는 일주일 동안 숨을 참고 싶지는 않아요."

갤릭은 침을 꿀꺽 삼킨다. "이 잠수정이 바닷물로부터 산소를 발생시키는 기능이 있다고 생각했는데요."

"바닷물 부족이 문제가 아니에요. 전기분해장치를 가동하려면 배터리 동력을 끌어 써야 한다는 게 문제죠."

그는 잠수정의 침로를 힐끗 눈여겨본다. 모레노는 잠수정을 선회시켜 세이시의 항적을 따라가고 있다.

"실비아 얼을 따라가실 생각이시군요."

모레노는 눈에 띌 정도로 이를 악문다. "잔해를 따라갈 거예요. 운이 좋다면 연료전지 일부는 손상되지 않았을 수도 있으니까요."

"생존자가 있을까요?" 대부분의 주거 모듈은 재난 상황에 대비해 승무원들을 수용할 강화 외장 비상용 탈출정을 보유하고 있다. 물론 승무원들은 탈출정에 탑승하도록 충분한 사전 경고를 받았을 터였다.

모레노는 대답하지 않는다. 어쩌면 희망을 품지 않으려고 애쓰는 것인지도 모른다.

"저… 죄송합니다. 미처 생각…" 갤릭이 상황을 수습하려 한다.

바이저를 눌러 쓴 모레노는 제어판 위로 몸을 웅크린다. "조종하게 입 좀 다물어요."

사이클롭터러스호에서는 소음이 끊이지 않는다. 배의 내장이 부글부글 소리나 쉿쉿 소리를 낸다. 모터들은 전기 모기처럼 윙윙거린다. 트랜스듀서들은 질량과 밀도의 공명 영상을 얻기 위해 쉬지 않고 바닷속으로 핑을 발신한다.

선체 바깥 세계를 와이어프레임으로 재구성한 캐리커처 속에 몰입한 그 승객들은 아무 말도 하지 않는다.

마침내 그들 아래서 해저가 시각적으로 구현된다. 선택한 채널에 따라 형형색색의 평야 혹은 진흙투성이 벌판으로. 더 많은 정보를 제공하는 쪽은 소나였지만, 어쨌거나 전조등에 포착된 잿빛 침전물의 황량한 한 폭 픽셀 영상조차 앞으로 무언가 현실적인 것이 더 나타나리라는 반가운 전조다. 갤릭은 제어판을 조작해 양쪽 입력 결과를 겹쳐 가장 보기 편한 영상을 제공하는 중첩 표시 모드를 찾아낸다.

모레노는 잠수정을 좌현으로 몬다. 진흙은 암석 지대로 변하다가 암석들은 다시 진흙 속으로 가라앉는다. 기울어진 테이블의 울퉁불퉁한 모서리처럼, 노두露頭와 돌출부들이 이상한 각도로 기층으로부터 돌출해 있다. 코발트와 망간 단괴가 옛 침몰선에서 흩어진 녹슨 동전처럼 흩어져 있다. 사방에 물체들이 널려 있다. 구부러진 작은 등뼈 같은 팔들을 벌린 불가사리들. 줄기 끝에 촉수를 펼친 꽃들. 몸을 공처럼 둥글게 만, 턱이 없는 먹장어. 바닥 바로 위에서 떠다니는 소프트볼 공만 한 크기의 젤라틴 덩어리들이 전조등 불빛 속에서 잠자리 날개처럼 휘황하게 빛난다.

그 모든 것이 정처 없이 떠다닌다. 자기 힘으로 움직이는 것은 없다.

갤릭은 자기 바이저를 올리고 조종실 건너편을 본다. "저것들은 다 죽은 건가요?"

모레노가 뭐라 투덜거린다.

"무엇 때문에 이렇게 된 거죠?" 아마 황화수소 때문이겠지. 지역 전체가 클리퍼튼에서 광물 자원의 원천 역할을 하는 냉수용출대와 열수분출공 때문에 오염돼 있지만, 갤릭은 여전히 야생 보호 구역의 한가운데서 이런 참극이 일어난 것을 보고 당황한 눈치다.

눈 없는 달팽이 한 마리가 눈에 띈다. "아마 데드존이 확장돼서 그렇게 된 거 같아요. 지금 1년에 몇 번쯤 대규모 빈산소 수괴貧酸素 水塊가 대륙붕을 타고 내려오거든요. 그러면 하룻밤 사이에 전체 생태계가 질식해요."

"맙소사."

"끔찍한 일이죠." 모레노의 목소리는 무덤덤하다.

갤릭은 모레노의 표정에서 무언가 알아낼 수 있을까 싶어 유심히 살피지만, 아무것도 읽을 수 없다. 그는 수고를 포기하고 바이저를 눌러쓴다.

바이저 안 시야에서 무언가 그를 기다린다.

우현 쪽 불과 몇 도 방향에서 또렷한 핑 소리가 전달된다.

해저에 무언가 거대한 것, 마치 노두처럼 보이지만 더 대칭성이 두드러진 형태가 있다. 그 물체는 주위의 여느 현무암 덩어리보다 훨씬 더 큰 반향음을 낸다.

"전방 50미터, 침로 028도. 주거 모듈의 일부일까요?"

"아뇨."

"하지만 금속 반향음처럼 들리는데요. 그렇죠?"

모레노는 대꾸하지 않는다.

"알아봐야 할 것 같습니다. 확인 차원에서."

엄밀히 말해 갤릭은 여전히 책임자의 위치다. 엄밀히 말해 모레노는 그냥 택시 기사일 뿐이다. 그리고 엄밀히 말해 모레노가 그더러 여기서 꺼지라고 하면 그가 할 수 있는 일은 그리 많지 않다.

하지만 잠시 후 사이클롭테러스호는 우현 쪽으로 방향을 튼다.

그 정체불명의 물체 일부는 바위 등성이 너머에 가려져 있다. 그 공명 영상이 지평선 너머로 언뜻 보이는 희미한 태양의 가장자리처럼 반짝거린다. 잠수정이 접근하자 세부 영상이 구현된다. 볼록한 곡선 하나가 보인다. 맞물린 조각들이 나란히 이어져 있는데, 그 아랫부분은 진흙에 잠겨 분명히 보이지 않는다.

그것은 머리뼈다.

조명에 드러나기 몇 초 앞서 소나가 그 광경을 완성한다. 등뼈가 번들거리는 공명 영상으로 깜빡인다. 소나 영상에서 1인치로 표시되니 실제로는 3미터 크기인 은색 화살촉 형태의 두 콧구멍은 정수리 방향으로 이어져 있고, 텅 빈 눈구멍은 머리뼈 양옆에 뚫려 있다. 엄지가 없는 커다란 손뼈들은 박물관에서 재조립한 것처럼 해저에 가지런히 놓여 있다.

"고래군요." 그가 속삭이는 소리로 말한다.

"아마 수백만 년은 됐을 거예요."

"하지만 골격이 금속으로 이뤄져 있는데요…"

"화석이니까요. 광물화한 거예요. 물에 금속 이온이 용해돼 있거든요. 여기에 관심을 갖는 이유가 뭐죠?"

"그게…"

"당신한테 바닷속 경치 구경이라도 시켜드리고 싶지만, 당신이 잊어버렸을까봐 말씀드리는 건데 제 친구들이 어쩌면 모두 죽었을지도 모르고 저도 기를 쓰고 뒤따…"

모레노는 하던 말을 멈춘다. 무언가 그녀의 눈길을 끈다. 무언가 그 반짝이는 커다란 척추 뒤에서 엿보고 있다.

"대체 뭐지?" 그녀가 중얼거린다.

수 미터 길이의 창백한 연분홍 생물이 조명 속으로 어뢰처럼 날아든다. 팔들이 눈에 띈다. "오징어로군요." 갤릭이 말한다.

"저런 오징어는 처음 봐요."

잠수정은 주위를 돌며 천천히 접근한다. 갤릭은 카메라의 배율을 높인다. 오징어는 팔들을 해초처럼 흐느적거리며, 이 아래에서 봤던 다른 생물들처럼 기운 없이 표류한다. 하지만 그 오징어에게는 뭔가 이상한 구석이 있다.

"눈을 보세요." 모레노가 속삭인다.

갤릭의 방향에서는 몸통 한가운데 위치한 괴상한 머리를 에둘러 90도 간격으로 나 있는 눈 세 개가 보인다(저쪽 편에는 네 번째 눈이 있을 터이다). 그리고 그 세 개의 눈 가운데 두 개는… 잘못돼 있다.

동공도 홍채도 공막도 없다. 갤릭은 눈이 있어야 할 자리에 있는 세 개의 물체를 살펴보지만, 오직 하나만이 그를 마주 볼 뿐이다. 나머지 두 개는 검은색인 데다… 무언가 뒤엉켜 있다. 눈구멍은 촉수로 가득 차 있다. 누가 눈알을 파내고 그 자리에 실지렁이들을 가득 채워 넣은 것처럼 보인다.

"조명을 끄세요." 갤릭이 말한다.

"왜…"

"그냥 꺼봐요."

어둠이 밀려든다. 갤릭의 선체 카메라 시야도 어두워진다… 어둠 속에서 일정한 박동으로 반짝이는 환한 에메랄드색 점 하나만 빼고. 바로 그 눈 아닌 구멍 가운데 하나 근처다.

"저 오징어 몸 안에 LED가 있습니다." 갤릭이 작은 소리로 말한다.

모레노가 다시 투광조명을 켠다. 반짝이던 그 별은 빛과 어둠의 고대비 속으로 사라진다. 사이클롭테러스호는 이번에는 분명한 의도를 갖고 접근한다. 잠수정 내부로부터 매니퓰레이터가 사마귀 앞발처럼 펼쳐지더니, 구부러진 손가락들을 뻗어 그 흐물흐물한 생물을 만진다.

오징어는 즉시 움츠러들더니 어둠 속으로 쏜살같이 달아난다.

"허." 갤릭이 투덜거린다.

"어쨌거나 훔볼트 오징어는 달아나버렸네요. 저산소 환경에 적응한 모양이에요."

"하지만 그건…"

"개조돼 있었죠. 뉴런 다발 전체가 눈에 연결됐어요. 그 눈이 시각 정보를 전달하는 용도라고 단정 지을 근거는 없어요. 적절한 센서에 연결되면 어떤 정보든 읽을 수 있겠죠. 산성도, 염도, 뭐든지. 그러니까 그건 일종의… 살아 있는 환경 센서죠."

"제가 추측하기에도 그렇습니다."

"당신 추측이 아니잖아요." 모레노가 코웃음을 친다.

"그럼 누구 추측인데요?"

모레노가 대답한다. "모르겠네요. 아무튼 어디로 가는지 알아보죠."

모레노는 소나를 설정한 다음 탐지 범위를 조정한다. 오징어인지 무엇인지 몰라도 그것은 초점을 넓게 잡자 탐지되지 않는다. 하지만 다른 무엇인가 나타난다. 멀리 한참 떨어진 곳, 소나 탐지 한계 지점에서, 무엇인가 유령처럼 희미하게 음파를 반사한다.

"노두처럼 보이는데요." 갤릭이 말한다.

"허튼소리. 가장자리가 너무 곧아요."

"실비아 얼일까요?"

"방위가 달라요."

"어쩌면 침로를 유지해야 하는 거 아닐까요. 우리의 제한된 예비 전력을 감안한다면."

사이클롭테러스호는 반향음을 향해 선회한다.

갤릭은 바이저를 젖혀 올린다. "저게 뭐라고 생각하십니까?"

모레노도 바이저를 올려둔 상태다. 그녀의 시선은 유리처럼 냉담하다.

"알아보죠."

"이제는 알겠습니다." 갤릭이 말한다.

"알겠다고요?"

"왜 클리퍼튼이 출입 금지 구역인지, 왜 ISA가 승인해주지 않았는지, 그 이유를 말이죠." 그는 손사래를 친다. "누가 이미 구매한 거죠."

사이클롭테러스호는 플라스틱과 금속이 끝없이 널려 있는 지형 위를 건넌다. 격자처럼 깔린 철로가 사방으로 뻗어나가며 해저를 체스판처럼 보이게 만든다. 호리호리한 탑들이 격자 사이의 빈틈으로부터 솟아오른다. 자동차만 한 크기의 프린터들이 트랙을 타고 미끄러지듯 움직이면서, 구멍을 뚫고 알을 낳은 다음 뜨겁고 걸쭉한 액체를 사출하면 그것들은 이내 현무암보다 단단하게 얼어붙는다. 이상하게 생긴 제트 추진 기계들이 주요 분기점마다 암석과 금속을 접합시킨다. 여기저기서 반쯤 완성된 돔과 터널과 통로마다 아무렇게나 던져놓은 케이블과 광섬유들이 우글거린다.

나머지는 어둠에 잠겨 보이지 않는다. 이 모든 건설 활동이 사이클롭테러스호의 카메라와 소나에 드러난 곳을 제외하면 햇빛이 들지 않는 4백 미터 수중에서 진행 중이다.

갤릭이 휘파람을 분다. "여기가 주거 시설이 될 모양이군요."

"이건 주거 시설이 아니에요. 아주 빌어먹을 도시를 만들고 있군요." 모레노가 선체 탑재 데이터베이스를 재확인한다. "해도에 없고, 트랜스폰더 송신도 없어요. 여기는 완전히 기록에서 누락돼 있어요."

"부자들이 모두 뉴질랜드로 가는 건 아닌 모양이에요."

모레노는 제어판을 만진다. 디스플레이 위로 우둘투둘한 무지개들이 여기저기 핀다. 두 시 방향에, 무리 지어 설치한 기계장치 때문에 단속적인 붉은색 그을음이 한 줄기 있다.

"열수분출공이에요."

"거기서 동력을 얻는군요." 갤릭이 추측한다.

"이봐요, 저거 보여요?"

방위 85도에 무언가 둥글고 매끄러운 것이, 공사 중인 난장판 사이에서 이상하게도 온전한 형태를 띤 것이 있다. 그 물체는 열화상에서 따뜻함을 의미하는 녹색으로 빛난다.

잠수함의 압력 선체다.

모레노는 마치 점쟁이 같은 태도로 공명 영상을 읽는다. "선체 내 대기가 충전돼 있군요."

"사람이 거주하고 있습니까?" 그렇다면 문제가 될 수도 있다. 이렇게까지 하는 사람이라면 방문자를 환대할 것 같지 않다.

하지만 모레노는 고개를 젓는다. "작업반장 선실처럼 보여요. 취미 프로젝트의 진행 상황을 확인하러 내려왔을 때 머무는 곳이겠죠. 누구든 이 정도 규모의 장소를 눈에 띄지 않게 관리한 사람이라면 원격 측정 방송으로 자기 위치를 드러낼 위험을 무릅쓰지는 않을 거예요.

하지만 누가 여기서 거주하며 전일 근무를 하는 것 같지는 않군요. 영구적으로 이주하기 전까지는 아닌 모양이에요. 그동안…" 사이클롭테러스호는 이미 선회하고 있다. "전력과 식량, 그리고 숙소도 있겠죠."

이제 전방에서 시야에 점점 더 크게 들어오는 선실에는 아무도 없는 것처럼 보인다. "너무 지체했습니다. 미행이 따라붙을지도 몰라요." 갤릭이 우려한다.

"운이 억세게 나쁘지 않다면 구조대가 먼저 나타날 거예요. 그러면 세상 모든 사람이 볼 수 있도록 이 빌어먹을 장소를 수면 위로 끌어올릴 수도 있을 거고요."

"배후에 누가 있는지 모르잖습니까…"

"잘 아시잖아요, 앨리스터. 당신의 주인이자 그들의 주인 아니에요? 0퍼센트대 상류층들이 청구서가 날아오기 전에 자산을 정리하기로 마음먹었나 보죠." 모레노는 의미심장한 눈으로 갤릭을 곁눈질한다. "그놈들이 당신 자리를 준비하지 않았을까 걱정되나요?"

"그들이 국지 통신을 감청하지 않을 거라고, 좌표를 알자마자 달려와 구조대를 몰살시키지 않을 거라고 너무 과신하시는 것 같습니다만."

조이스틱을 쥔 모레노의 손에 힘이 들어간다. 악다문 이 사이로 작게 '제길' 소리가 나온다.

전조등 불빛 속에서 구현된 선실의 모습은 마치 지름 10미터짜리 잿빛 월면 같다. 모레노가 조종간을 당기자 사이클롭테러스호가 북반구 위를 살짝 넘어가면서 파이프와 그릴, 그리고 배기구를 막지 말라는 스텐실 경고문이 조명에 잠긴다. 모레노는 북극 너머로 잠수정을 몰아 도킹 해치에 물 샐 틈 없이 완벽하게 접속한다. 기계장치들이 맞물리고 고정되더니 바닷물을 심해로 밀어낸다.

모레노는 대시보드 인터페이스를 불러내더니 욕설을 내뱉는다. "저기 실내는 1기압밖에 안 되네요."

"감압하는 데 얼마나 걸립니까?"

"9기압으로부터요? 호흡용 트라이믹스 가스를 마시면서? 넉넉잡아 닷새는 걸려요." 모레노는 대시보드를 살핀다. "운 좋게도 우리는 여기 주거 시설 지원 시스템으로부터 원격 접속을 승인받았어요. 시설 내부를 9기압까지 가압할 수 있어요." 그는 대시보드 위로 손가락을 미끄러뜨린다. "15분 내로요."

"대단하십니다." 갤릭이 말한다.

그 말에 모레노가 처음으로 피식 웃는다. "당연히 최고죠."

하지만 그들에게는 15분도 없다. 5분 지나자 대시보드에서 경보음이 울리기 시작한다.

"반응이 빠르군요." 갤릭이 말한다.

모레노는 얼굴을 찌푸린다. "주거 시설에서 나오는 게 아니에요. ELF 응답 확인이에요." 그의 표정이 밝아진다. "문자메시지! 구조 요청이 전달된 거예요!"

갤릭이 이를 앙다문다. "너무 낙관하시면 안 됩니다. 기억하세요, 이 사람들도…" 그는 손짓으로 그들 주위에서 반쯤 지어진 복합 구조물을 가리킨다. "귀를 활짝 열고 정보를 수집한다는 것을."

"아뇨, 코스파스-살새트* 위성을 통해 중계된 거예요. NOAA가 보낸 거라고요." 완전히 집중하면 물속에서 정보를 조금이나마 더 빨리 끌어낼 수 있기라도 한 것처럼, 모레노는 몸을 내민 채 몰두한다. 문자와 숫자가 섞인 정보가 그녀 앞에 줄줄이 축적된다. 글자가 너무 작아 갤릭이 있는 자리에서는 무슨 내용인지 알아볼 수 없다.

그는 한숨을 짓는다.

"어디 보자… 뭐라고 돼 있나…" 모레노의 얼굴에서 기대감이 썰물처럼 빠져나간다. 그 대신 어두운 표정이 떠오른다.

모레노가 갤릭을 돌아본다. "당신 대체 누…"

갤릭의 주먹이 모레노의 오른쪽 관자놀이를 강타한다. 모레노의 머리가 한쪽으로 홱 돌면서 선체에 부딪힌다. 그녀는 어깨 안전벨트에 기댄 채 누더기 인형처럼 늘어진다.

갤릭은 자기 벨트를 풀고 일어나 그녀를 내려다본다. 아직 모레노의 눈에는 의식이 남아 있다. 그녀의 입은 침 흘리고 경련하면서도 말을 하려고 애쓴다. 코아 모레노의 몸속 어딘가에서 신음 소리가 나온다.

그는 고개를 짓는다. "정말 개발할 가치가 있나 알아보는 예비 조사였습니다. 당신들이 알아내기 전에는 우리도 이 아래에 무엇이 있는지 몰랐죠. 그저 의심만 하고 있었습니다."

"이 씨…" 모레노가 간신히 내뱉는다.

"그 감지 장치들은 당신들을 상정하고 만든 게 아닙니다. 이렇게 멀리까지 나올 예정이 아니었으니까요."

---

* Cospas-Sarsat. 위성 조난 시스템에 관한 기술 기준을 관장하는 국제기구.

모레노는 반쯤 손을 든다. 손은 죽은 물고기처럼 팔 끝에서 흐느적거린다.

"이제 모든 계획이 틀어져버렸으니 임기응변으로 대응해야겠습니다. 미안합니다, 코아. 당신이 잘못된 쪽을 선택한 것은 유감입니다." 그는 그렇게 말하더니 모레노의 목을 부러뜨린다.

모레노의 심장이 멎을 무렵, 주거 시설의 실내 기압은 9까지 올라간다. 갤릭은 비좁은 선실에서 웅크린 채 몸을 틀다가, 대시보드 화면에 여전히 쌓여 있는 문자메시지를 힐끗 보고…

SOS 접수
심해구조잠수정에서 요청 승인까지 대기할 것을 권함.
노틸러스 LLC는 S. 얼이 요청한 바에 관한 정보가 없음을 알림.
어떤 고용인도 CCZ로 파견된 바 없음.
앨리스터(성명 불상)는 서류에 기재된 바 없음.

…무릎을 꿇은 채 갑판 해치를 개방한다.

그가 통로를 내려가는 동안 조명등이 아래로부터 올라오면서 켜진다. 그 아래에는 전 파장 간접조명을 갖춘, 기둥과 벽면 전체가 PVC로 보강되고 마감된 4분구 모양의 아늑한 공간이 있다. 인터페이스와 제어판이 곡선 격벽에 설치돼 있고, 벽으로부터 책상 여러 개가 돌출돼 있다. 열린 해치를 통해, 반구형 공간을 구획한 격벽 너머 어둠 속에 자리 잡은 침대와 사물함들이 보인다. 바닥을 지나 아래 갑판으로 통하는 나선계단도 하나 있다.

그는 주거 시설이 텅 비어 있음을 확인한다. 그런 다음 제어판을 가동시켜, 출입 기록 및 화물 적하목록을 확인한다. 그는 사이클롭테러스호에 대한 원격 조종 선택 사항이 있는지 찾아본 다음, 서약서를 제출한 용의자를 석방하듯 잠수정을 떠나보낼 방법을 궁리한다.

그는 선실 주방에 충분히 비축돼 있는 식량을 찾아서 먹고, 거실에서 잠을 잔다.

4.5킬로미터 위로 어둠에 잠긴 혼합층은 해수면 아래에서 요동치고, 해수면은 하늘 아래에서 요동치며, 불멸하는 나마카는 그 사이에서 요동친다. 해안 지역에서 다시 발생한 화재는 그 어느 때보다 맹렬히 타오른다. 사막은 확장되고 메탄 클래스레이트 화합물은 끓어오른다. 때아닌 겨울 열기가 지중해 지역을 휩쓴다. 밀의 녹병과 원숭이수두는 곡물과 인간을 똑같이 무심하게 쓰러뜨린다. 투발루와 키리바시는 바닷속으로 가라앉는다. 환경운동가들은 피즐리 곰과 벵골 호랑이의 멸종을 애석하게 여기지만, 발밑에서 세상을 떠받치는 1조 마리의 작은 벌레들이 사라지는 것은 눈치채지도 못한다. 인류가 결승선까지 줄곧 더 빠르게 달린 결과 마지막 바퀴에 이르러 마침내 자원 총량이 줄어들면서, 3백 년 동안의 적자 지출 뒤에 남은 부스러기들을 두고 소요와 탕진과 투쟁이 벌어진다.

그러는 동안에도 니케이 지수는 결코 상승을 멈추는 법이 없다.

한때 미국 특수작전사령부 제이슨 놀턴 하사(퇴역)였던 앨리스터 갤릭은 바다 밑바닥에서 계획을 짜고 목표를 고르며 기회를 엿본다. 0퍼센트대 상류층 무리가 바닷속으로 내려와 주인에게 돌아가는 길을 보여줄 때까지 참을성 있게 기다리며.

Rich Larson

녹텀벌러스가에서의 감염절 전야

리치 라슨

이동현 옮김

리치 라슨은 니제르 갈미 출생으로 캐나다와 미국, 스페인에서 거주했고, 지금은 체코공화국 프라하에서 살고 있다. 그는 장편소설 『부가물Annex』과 『암호Cypher』를 비롯해 출간된 150여 편의 단편소설 중 가장 뛰어난 것들을 골라 실은 단편소설집 『내일의 공장Tomorrow Factory』을 출간한 바 있다. 그의 작품들은 폴란드어, 체코어, 프랑스어, 이탈리아어, 베트남어와 중국어로 번역됐다.

블로그 주소: richwlarson.tumblr.com

Rich Larson

Contagion's Eve at the House Noctambulous

황혼이 하늘을 잉크처럼 검게 물들이는 동안 버지윅은 녹텀벌러스가의 앞뜰에서 깁과 함께 점액총을 가지고 놀고 있었다. 점액총은 포복 객차를 타고 그날 이른 시간에 도착한, 버지윅이 제일 좋아하는 삼촌으로부터 받은 선물이었다. 벨레로폰 삼촌은 취미 삼아 유전자조작 기술에 손을 댄 적이 있어서, 감염절 전야마다 재미있는 선물을 가지고 왔다.

가장 최근에 가져온 선물은 작은 뼈 방아쇠를 누르면 끈끈한 맑은 풀을 뱉는 자주색 피부 질감의 막대 두 개여서, 자연스레 표적의 손가락을 서로 붙여버리거나 발을 지면에 붙여버리는 것이 새로 구상한 놀이의 목표가 됐다.

"깁, 너무 잘 피하진 마. 그러면 널 잡을 수가 없잖아." 버지윅이 타박했다.

깁은 덧니들을 드러내며 히죽 웃기만 하더니, 병증이 있는 신체 대부분을 가리는 연노란색 하인 작업복에 코를 닦았다. "주인님이 주방 심부름꾼이었다면 꽤 잘 피하셨을 텐데요. 쿡의 손은 금속으로 만들어져 있거든요."

버지윅은 앞으로 튀어나오며 방아쇠를 당겼다. 발사된 풀이 리본처럼 길게 늘어지며 공중을 갈랐지만, 깁은 재빨리 피했다.

"너는 주방 심부름꾼이고, 나는 가문의 아이라죠. 쿡이 네 귀싸대기를 때리는 동안 나는 종일 침대에서 배양식을 먹죠." 깁이 노래했다.

"그런 끔찍한 생각을 하다니 쿡에게 널 두들겨 패라고 해야겠어." 버지윅은 그렇게 대꾸했지만, 종종 하는 그 위협을 실천에 옮기는 경우는 거의 없었다. 그저 하인에 지나지 않아도 깁은 버지윅의 형인 모티스보다 훨씬 나은 놀이 상대였고, 게다가 오늘은 감염절 전야였다. 모든 게 엉망진창인 것 같은 기분이었다. 대기 자체가 웅웅 진동하는 듯해서, 깁이 그런 이상하고 부적절한 생각을 하는 것도 다소 이해할 만했다.

"사냥을 앞두고 좋은 연습이 되겠어. 모티스가 새 소총을 얻어서, 형이 전에 쓰던 걸 내가 물려받았거든." 버지윅은 문득 떠오른 생각을 내뱉었다.

"그 말씀은 전에 하셨어요." 깁이 그렇게 말하더니 점액총을 쥐고 튀어 올랐다. "이얍!"

버지윅은 한쪽으로 뛰었지만, 그의 무릎 부위 검은색 **피부**에 풀이 여전히 묻어 있었다. 그 반응으로 **피부**의 섬모가 물결치더니 묻은 풀을 씹어서 없애기 시작했다. 버지윅은 너털웃음을 터트리며 자리에서 일어난 다음, 꽁무니를 빼는 깁을 뒤쫓았다.

둘은 으스스한 노란색 발광 나무와 화려하게 장식된 거품 묘지를 엄폐물 삼으며 정원을 가로질러 달렸다. 이제 충분히 어두워져 고형 광선 투사체들이 눈에 선명히 띈 덕분에, 감염된 괴물들이 턱을 딱딱 마주치며 어둠 속에서 튀어나오거나 역병 새 한 무리가 소용돌이치며 지나갈 때마다 놀이에 재미를 더해줬다. 마지막 장식물을 설치했던 하인들은 자신들의 작업물에서 아주 가까이로 풀 덩어리가 날아오는 것을 보고 기분이 나빠진 모양이었다. 하인 하나는 일을 시키기 위해 깁을 끌고 가려고 했지만, 버지윅이 끼어들어 막았다.

정원의 마지막 장식물은 익사 수조로, 물의 유입 속도나 온도를 조절하는 장치가 설치돼 있었고, 일단 수조에 물이 가득 차면 가시 돋은 작은 육식 물고기를 풀어놓는 레버도 달려 있었다. 수조 내부에서는 은은한 푸른빛이 흘러나왔다.

지난 몇 해 동안 익사 수조에 넣는 것은 대개의 경우 도플이었으나, 올해는 지난주 어머니의 세포 결합제 한 병을 훔쳤던 젊은 남자였다. 그는 수조 바닥에서 공포에 사로잡힌 채 가쁜 숨을 몰아쉬고 있었다.

깁은 하인들이 수조를 수레에 싣고 제자리로 옮기는 것을 지켜보느라 걸음을 늦췄고, 덕분에 버지윅은 마침내 놀이 상대의 오른발을 지면에 붙이는 데 성공했다.

"잡았다!" 그가 승리의 함성을 올렸다.

깁은 바닥에 붙은 자기 발을 내려다보더니, 그리 개의치 않는 듯 시험 삼아 한 번 발을 들어보고, 수조로 다시 시선을 돌렸다. "불쌍한 클루니."

"뭐라고?" 버지윅은 깁이 더 이상 기분 나빠하지 않는다는 사실에 기분이 나빠져서 물어봤다.

집이 중얼거렸다. "불쌍한 클루니. 그 약이 자기 딸의 앞 못 보는 병이나 다른 질병에 들을 거로 생각했던 모양이에요. 바보 같으니. 유전자 기술에 대해 아무것도 몰랐던 걸까요?"

버지윅은 익사 수조를 그리 좋아하지 않았지만, 고형 광선 장식과 사탕과 놀이와 도플 사냥처럼 그것은 감염절 전야의 전통 행사였다. 그는 뒷덜미를 긁어 자기 **피부**가 닿지 않는 곳에 묻은 풀 조각을 벗겨내는 동안, 재미를 망쳐버린 집에게 불편한 기분과 함께 약간 화가 나는 것을 느꼈다.

그가 집의 기분을 풀어주는 한편 도둑을 처벌해야 할 필요가 있음을 상기시키려면 뭐라 말해야 좋을까 생각하는데, 그의 형이 잔디밭을 가로질러 큰 걸음으로 다가왔다. 모티스는 벌써 사냥용 클로크, 그의 **피부**로부터 따로 자라난, 깃털로 장식된 은색 케이프를 두르고 있었는데, 케이프가 어깨 위로 꿈틀거리며 떨리는 것으로 보아하니 두 장비는 아직 서로에게 완전히 적응하지는 못한 모양이었다.

"꼬마 놈과 그 연동^{攣童}이로군. 그거 뭐야? 뭘 받은 거야?"

버지윅은 자기 형의 눈에 띄었다가 도망칠 곳이 없을 때 종종 겪는 일이지만, 불편한 기분이 슬그머니 파고드는 것을 느꼈다. 모티스가 가까이 다가오는 동안, 버지윅은 형의 눈썹 사이 피부가 멋대로 자라는 머리칼을 뽑아댄 탓에 벌겋게 돼 있는 것을 봤다.

모티스는 요즘 들어 외모에 부쩍 신경을 썼는데, 친척들이 모두 저택을 방문하는 오늘 같은 밤이면 더했다. 그런 상황 때문에 그가 평소보다 유독 잔인하게 구는 게 아닌가 싶었다.

"모티스 주인님." 깁이 웅얼거렸다. 잔디를 관리하는 하인들이 봤다면 아연실색했겠지만, 마침내 그는 이끼와 함께 젖은 흙을 묻힌 채 발을 빼낸 다음 고개를 숙였다.

"그건 점액총이야. 장난감이지." 버지웍이 자기가 받은 선물을 들며 말했다.

모티스는 클루니라는 하인이 웅크리고 있는 익사 수조를 주먹으로 두드렸다. "네가 목마른 상태이길 빈다, 이 새끼야." 그는 그렇게 말한 다음, 수조 유리에 엉덩이를 대고 기댔다.

버지웍은 깁의 얼굴에 다시금 멍한 표정이 떠오르기 전 잠깐 동안 괴로운 기색이 짙어지는 것을 눈치챘다. "그것들은 벨레로폰 삼촌이 주신 선물이야." 그가 모티스의 주의를 끌기 위해 짐짓 큰 소리로 말했다.

그의 형이 빙글 돌아섰다. "벨리 삼촌이 주신 선물을 더러운 네 친구에게 줬단 말이지?"

"삼촌은 그게 누구 건지는 정확하게 말 안 했어. 미안해." 버지웍은 자부심을 도로 삼켜버린 채 말했다.

모티스는 깁의 느슨한 손아귀로부터 점액총을 낚아챈 다음 깁의 뺨을 때렸고, 그는 피하지 않았다. 쫙 하는 큰 소리에 버지웍은 움찔했다. 깁은 모티스의 손바닥이 남긴 벌건 자국을 어루만졌다. 모티스는 그의 팔을 끌어 내린 다음 같은 뺨을 한 번 더 세게 후려쳤다. 깁의 입가에서 침방울이 튀었다.

"그래서 올해는 예년과는 달리 벨레로폰 삼촌이 주방 심부름꾼 깁에게 줄 선물을 갖고 오셨다고 생각했다 이거지?" 모티스는 손안에서 점액총을 뒤집어 봤다. "버지웍, 정말 멍청하군. 안 그래?"

"미안해. 형에게 바로 가져갔어야 했는데." 버지웍이 거듭 사과했다.

"그랬어야지. 하지만 용서해줄게. 그런데 이거 어떻게 작동하는 거야? 뭘 하는 건데?" 그는 점액총을 자기 사타구니 방향으로 든 채 익사 수조에 대고 쾅 내리친 다음, 이제 두 눈을 질끈 감은 하인 앞에서 휘둘러댔다. "내 점액총을 봐, 이 새끼야! 봐, 보라고!"

"그건 풀 덩어리를 쏘는 거야." 버지웍이 여전히 풀로 얼룩진 자기 팔을 들고 말했다. "그리 쉽게 떨어지지는 않아."

버지웍으로서는 막연하게 알 듯한 이유로 모티스는 고개를 젖히고 너털웃음을 터트리더니, 점액총을 깁에게 겨눴다. "움직이지 마. 내가 너라면 눈을 감았을 거다."

버지웍은 모티스의 손찌검이 남긴 붉은 손자국으로 뺨이 붉게 달아오른 깁을 바라봤다. 그런 다음 익사 수조 안에서 비참한 몰골로 있는 클루니를 바라봤다. 그는 가슴속에서 이상하게도 잔뜩 긴장된 에너지가 서서히 쌓여가는 것을 느꼈다.

아무튼 오늘은 감염절 전야였다. 모든 게 엉망진창이었다.

"그게 아니라 반대 방향으로 들어야 해. 뒤쪽의 틈은 그냥 배기구야. 총이 호흡하도록 만든 거지."

깁의 얼굴이 충격으로 실룩거렸는데, 모티스는 그걸 보고 그 의미를 곡해했다. "아하, 나보고 어디 한번 닥치는 대로 쏴보라는 거냐, 쓰레기야? 그걸 보고 싶었는데 못 봐서 아쉽다, 이거지?"

"아닙니다. 모티스 주인님." 깁이 대답했다.

"공손하게 점액을 쏴달라고 부탁해." 자신들이 공모자라도 된 것처럼 모티스는 이제 버지윅 쪽을 향해 씩 웃으면서 말했다.

"모티스 주인님, 부디 제 온몸을 점액으로 뒤덮어주세요." 깁은 애처로운 목소리로 말했고, 버지윅이 최대한 억눌렀지만 그럼에도 그의 얼굴에 노골적인 웃음기가 스쳐 지나는 것을 봤다.

"얼마든지." 모티스는 그렇게 말하며 총을 조준했다. 버지윅의 심장이 가슴 속에서 쿵쾅거리며 뛰었다.

쿡이 직접 와서 철컹 소리와 윙윙 소리를 내는 금속 손으로 깁을 끌고 간 다음, 버지윅은 상기된 얼굴로 화가 잔뜩 난 모티스, 무표정한 아버지, 그리고 이 모든 상황을 은근히 즐기는 듯한 벨레로폰 삼촌과 함께 마당에 홀로 남아 있었다.

"가만히 있어, 모티스." 삼촌이 코트 주머니를 뒤지면서 말했다. 그는 푸른 정맥이 두드러진 손으로 용매 깡통을 꺼내더니, 모티스의 사냥용 클로크 위로 용매를 분사했다. 은색 유기체가 서늘한 저녁 공기 중으로 김을 내뿜으며 푸르르 소리를 냈다.

버지윅은 모티스가 무릎으로 워낙 세게 찍은 탓에 부러진 게 아닌가 싶을 정도로 아픈 갈비뼈를 문질렀다. 이미 황갈색 멍이 생기고 있었다. 방금 전 모티스의 성난 고함을 듣고 달려온 몇몇 하인들은 모티스가 버지윅을 바닥에 짓누른 채 욕설을 퍼붓는 동안 깁이 헛되이 말리려 애쓰는 광경을 목격했었다.

"새것처럼 근사하군." 벨레로폰 삼촌이 깡통을 주머니에 다시 넣으면서 말했다.

모티스는 음울한 태도로 고개를 끄덕였지만, 면도칼처럼 날카로운 시선은 여전히 버지윅 쪽을 향하고 있었다.

"'감사합니다, 삼촌'이라고 해라." 아버지가 굵은 저음의 목소리로 말했다. 화가 난 것 같지는 않았지만, 아버지의 표정을 통해 확인하는 건 불가능했다. 그의 입은 구불구불한 검은 턱수염에 가려 보이지 않았고, 두 눈은 여러 해 전 안과 질환에 시달리던 끝에 안구를 적출한 다음 대륙 최고의 유전자조작 장인의 손으로 만든 반짝이는 검은색 인공 안구로 대체됐기 때문이었다.

"감사합니다, 삼촌." 모티스가 뻣뻣한 태도로 따라 했다.

"그럼 아이들에게 잠깐 이야기할 것이 있으니 나중에 보자." 아버지는 그렇게 말한 다음 벨레로폰 삼촌의 어깨를 두드렸다.

벨레로폰 삼촌의 **피부**가 대답하듯 꿈틀거렸다. 삼촌은 매끄러운 **피부**에 감염절을 맞이해 오렌지색 얼룩무늬가 떠오르도록 한 데다, 이상한 후광처럼 머리 주위로 흐느적거리는 촉수 여러 개가 자라나도록 해뒀다. 대조적으로 아버지의 **피부**는 여느 때와 마찬가지로 커다란 짐승의 것 같은 검은색이었고, 그를 섬뜩하리만치 강하게 만들어주는 굵은 붉은색 근육 다발들이 여기저기 꿰매어져 있었다.

버지윅은 잘못 쓰러진 고목에 하인 하나가 깔려 꼼짝도 못하게 됐을 때, 아버지가 큰 걸음으로 다가와 곁에 쪼그리고 앉더니 마치 고목이 나뭇가지라도 되는 것처럼 가뿐히 들어 올렸던 날을 아직도 기억했다.

벨레로폰 삼촌이 자리를 뜨자, 아버지는 팔짱을 끼고 형제를 내려다봤다. 새카만 두 눈이 처음에는 버지윅을, 다음에는 모티스를 향했다. "광대들을 돌려보내야 하겠느냐? 너희들이 그들이 할 일을 직접

하고 있는 듯하니 말이다."

버지웍은 눈을 깜빡였고, 모티스는 입을 삐죽거렸다.

"하인들이 너희들을 보고 웃고 있었다. 명문 녹텀벌러스 가문의 두 아들이 아기처럼 흙먼지 속에서 뒹굴면서 소리치고 주먹질을 하다니. 하인들 앞에서 서로 싸우는 모습 보이면 안 된다는 걸 모르지 않을 텐데. 당황스럽구나."

버지웍은 모티스가 분노와 수치로 입술을 씹는 모습을 지켜보고 재빨리 말했다. "제 잘못입니다. 제가 먼저 형을 화나게 만들었습니다."

"모티스, 바보라도 이럴 때 무슨 말을 해야 하는지 알지 않느냐? 어쩌면 너에게 사냥용 소총을 선물한 것은 실수였는지도 모르겠다. 자기 머리를 날려버리지 않으려면 운이 좋아야 할 테니. 너희 둘을 오늘 밤 집 안에만 있도록 하는 게 나을 수도 있겠지."

버지웍은 입을 딱 벌렸다. 모티스의 얼굴이 새빨갛게 달아올랐다.

아버지가 말을 이었다. "다른 집안 사람들이 곧 도착할 모양이다. 오늘 저녁 너희들이 우리 가문 본분에 합당하게 처신하지 않으면 도플 사냥에서 배제할 거다. 알겠느냐?"

버지웍은 안도하며 힘껏 고개를 주억거렸고, 잠시 후 그의 형도 고개를 끄덕였다.

"그리고 버지웍." 아버지의 번뜩이는 검은 눈이 눈구멍 속에서 윙윙 소리를 냈다. "더 이상 그 하인 아이와 놀아서는 안 된다. 네게 적절치 않은 행동이야." 그런 다음 그는 손사래를 쳤다. "둘 다 물러가거라."

버지웍이 가장 먼저 느낀 것은 형에게 당할 보복으로부터 피하기 위해 최대한 빨리 달아나고 싶은 충동이었다. 하지만 두 사람이 돌아서 저택으로 돌아가기 시작할 무렵 모티스는 자기만의 세계에 갇힌 것처럼 보였다. 그의 눈은 먼 곳을 보고 있었다.

모티스가 불쑥 말했다. "바보라도 이럴 때 무슨 말을 해야 하는지 알지 않냐고? 아버지가 날 바보 취급했어. 난 바보가 아니야."

"그럴 리가." 버지웍이 말했다가 모티스가 그를 주목하자 금세 후회했다. 형이 손을 들자 그는 주춤했지만, 손찌검은 없었다.

대신 모티스는 동생의 뺨을 감싸 쥐고 두 눈을 바라보면서 떨리는 목소리로 말했다. "네 행동을 후회하게 될 거야. 아주, 아주 많이 말이지."

다른 집안 사람들이 도착하기 시작할 무렵, 버지웍은 이미 온몸을 문질러 마지막 남은 점액 풀을 떼어내고 **피부**의 향 분비물로 머리를 빗어 넘겨둔 상태였다. 그는 마당 잔디밭에 나가 어머니 곁에 섰다. 어머니는 **피부**를 자라나게 해 근심 어린 얼굴 위에 나부끼는 얇은 베일로 만든 상태였다. 그녀는 다른 집안사람들이 방문하는 시기나 하인들이 똑바로 하지 않는 자잘한 일들에 관해 항상 걱정했다.

반면 모티스는 가느다란 다리들이 달린 검은 객차 여러 대에 나눠 타고 온 이매큘래터 가문과 라크리모스 가문 사람들과 감염절 인사를 주고받으며 파안대소하고 있었다. 버지웍은 그가 기분이 좋아져서 복수하겠다는 맹세를 잊어버리길 바랐다. 갈비뼈가 여전히 아팠다. 모티스는 주먹으로 어디를 때려야 가장 아픈지 항상 잘 알고 있었다.

이매큘래터 가문은 만약의 경우를 대비해 자기네 그린맨을 데려왔다. 그의 옹이진 몸통에는 이끼가 잔뜩 끼어 있었다. 덩굴^{vines}은 마치 정맥^{veins}처럼 피부를 뚫고 드나들었다. 그는 감염절 전야 행사를 위해 가장 작은 아이들도 딸 수 있을 정도로 낮은 무릎과 허벅지에 달착지근한 붉은 감초 열매를 맺었다.

버지윅은 어릴 적 그린맨을 보고, 둔중한 걸음과 무너져 내릴 듯 웃자란 얼굴 때문에 겁먹었던 것을 떠올렸다. 모티스는 그린맨이 덩굴을 뻗기 위해 어린아이들의 피를 마신다고 그에게 거짓말을 했다. 지금이야 버지윅도 그린맨들에게 필요한 것이 자주색 빛과 물뿐이라는 것을 알지만.

다음으로 도착한 것은 스트래퍼도 가문이었다. 그들 모두는 각자 **피부**로부터 어울리는 가면을 자라나게 한 다음 불타는 것처럼 보이는 색깔의 옷깃에 가느다란 덩굴손으로 부착시켜 쓰고 있어서, 버지윅은 한참 지나서야 브리샤를 알아봤다. 브리샤는 마지막으로 봤을 때보다 자라서 이제는 버지윅보다 키가 더 커졌지만, 특유의 붉은 머리칼을 뼈처럼 하얀 가면 뒤로 흩날리면서, 신발 바닥에 부착된 공 모양 쿠션을 디디면서 통통 튀듯이 걸었다.

"디미터 아주머니, 즐거운 감염절 되길 바라요." 그녀는 버지윅의 어머니에게 싹싹하게 인사한 다음, 버지윅의 팔을 붙들고 끌고 갔다. "난 올해 도플 사냥 나간다. 저것 봐. 하인들이 짐을 내리고 있어." 그녀는 객차 후미로부터 배양조를 내리느라 씨름 중인 스트래퍼도 가문의 하인들을 가리켰다.

"나도 나갈 거야." 하마터면 그 특권을 잃어버릴 뻔했다는 이야기는 안 하는 게 낫겠다고 결심하며 대답했다. 그는, 분명 쿡의 감시 하에 고된 주방 일에 매달려 있을 깁을 생각했고, 그러자 마음속에서 죄책감이 꿈틀거리는 것을 느꼈다.

"크레퓨스큘 가문 사람들은 여느 때처럼 우아하게 지각하네." 브리샤가 밤하늘을 올려다보며 말했다.

버지윅은 상념에서 벗어날 수 있게 된 것을 다행으로 여겼다. 번들거리는 노란 생체 발광 조명으로 환하게 밝혀진 크레퓨스큘 가문의 비행선이 하강하는 동안, 벌집형 격자 갑판과 잔뜩 부푼 기낭, 그리고 비행선 뱃전 너머로 내려다보는 쌍둥이 페릭과 프레야의 조그만 얼굴 같은 다른 세부들도 분명히 눈에 들어왔다.

굵은 힘줄로 만든 로프가 비행선 밑바닥으로부터 슬그머니 내려왔다. 마당에 있던 하인들이 종종걸음으로 달려와 밧줄을 잡은 다음 정박용 고리에 묶었다. 하인 하나가 걸음이 꼬여 밧줄을 밟았다. 진동이 밧줄을 타고 전달됐고, 버지윅은 비행선에서 나온 신음 소리를 들었다. 어머니가 좌절감으로 탄식하는 소리가 귀에 들리는 듯했다.

일단 비행선이 착륙하자, 크레퓨스큘 가문 사람들은 엄숙하게 한 줄로 내렸다. 여러 하인에게 둘러싸인 채 마지막으로 내린 사람은 **노부인**이었다. 브리샤와는 달리, 그녀는 버지윅이 기억하던 것보다 더 작았다. 축 늘어진 목 피부에 호흡 튜브가 삽입된 채, 여느 때보다 더 깊이 의자에 몸을 묻고 있었다. 의자의 일부는 검은 탄소 나노 튜브 소재이고, 또 일부는 붉은 띠 모양의 생체 근육조직으로 이뤄진 다리로 걸었다.

"아버지께서 그러시는데, **노부인**께서 몸소 참석하시는 것은 올해가 마지막이래. 온몸이 무너져 내리고 있어서 그렇다나." 브리샤가 낮은 목소리로 말했다.

버지윅이 얼굴을 찡그렸다. "세포 결합제나 그런 걸 더 맞으시면 안 되나?"

"아버지 말씀으로는 세포 결합제는 구세대 사람들의 경우 효능에 한계가 있대." 브리샤는 **노부인**이 후손들을 하나씩 지나치며 인사 받는 모습을 홀린 듯 바라봤다. "너도 알다시피 그분은 지하에서 태어난 세대의 마지막 생존자잖아. 감염 기간 동안 말이야."

"당시 사람들도 유전자 기술에 관해 전혀 모르지는 않았을 텐데." 버지윅이 희미하게 웃으면서 말했다.

"그렇지 않아. 당시 사람들은 전혀 몰랐어." 브리샤가 이상하다는 표정으로 그를 바라보며 정정해줬다.

버지윅은 모티스가 요란스럽게 팔을 휘둘러 인사하는 모습을, **노부인**에게 감염절 전야 인사를 하는 동안 그의 잘생긴 얼굴에 떠오른 매력적인 미소를, 그의 사냥용 클로크가 어깨 주위에서 우아하게 소용돌이치는 것을 지켜봤다.

어쩌면, 그냥 추측이지만, 형은 점액총에 관한 일을 다 잊어버릴지도 모른다.

이윽고 축제가 본격적으로 시작되자, 사람들이 이야기를 나누며 마당 주위를 맴도는 동안 버지윅은 가정교사에게 배웠던 아메바처럼 무리 지었다 흩어지길 거듭했다. 하인들이 와인이나 박테리아 맥주가 든 플루트 잔을 들고 여기저기서 슬그머니 들어왔다. 고형 광선이 합쳐져 영상을 이루자 괴물들이 역병 새들을 쫓는 광경이나 그 반대 광경이 펼쳐졌다.

버지윅은 자신이 겉도는 듯한 기분을 느꼈고, 특히 브리샤가 자신을 버려두고 모티스나 더 연배가 높은 사촌들 무리에 합류하자 그런 기분을 더 심하게 느꼈다. 그는 형의 시선이 닿지 않는 곳에 있고 싶었고, 어쨌든 유행이나 싸움 같은 이야기를 나누기에는 너무 어렸다.

하지만 그렇다고 페릭과 프레야 쌍둥이랑 함께 놀기에는 나이가 많았다. 두 아이는 이매큘러터 가문의 그린맨을 쫓아다니다가, 갑자기 달려들어 그의 무릎에서 감초를 비틀어 따거나, 그가 짐짓 저항하는 척 소리치며 뻣뻣하고 뭉툭한 손을 휘두르는 동안 키득거리거나 했다. 또한 버지윅은 오렌지색 반점이 있는 버섯 같은 게 아이들의 손이 닿지 않을 위치인 그린맨의 양어깨 사이에서 자라는 것을 봤다. 몇몇 어른은 그린맨이 어슬렁거리는 걸음으로 지나쳐 가자 손을 뻗어 몰래 버섯을 따기도 했다. 벨레로폰 삼촌도 그중 하나였고, 버지윅이 자신을 보고 있는 것을 눈치채자 한 손가락을 입술에 대고 윙크했다.

어느 시점에서 버지윅은 아버지가 자신을, 아니, 자기 주변의 무언가를 주시하고 있음을 알게 되면서, 자신이 조용히 파티장을 돌아다니면서 대화 없이 그저 사람들을 관찰하기만 하는 게 이상하고 부적절한 행동으로 비친다는 것을 문득 깨달았다. 그래서 그는 자신이 얼마나 자랐는지, 그리고 언제쯤 아버지처럼 턱수염이 나게 될지를 화제로 삼으며 깔깔 웃음을 터트리는 아주머니들 무리에 슬쩍 붙었다.

아주머니들 사이의 화제는 이윽고 새로 주입한 열량 벌레들의 습성을 비교하는 것으로 되돌아갔고, 한동안 이야기는 재미있게 흘러갔다. 그러다가 비올레타 아주머니가 자기 **피부**를 벗겨 진피 아래 창백한 내장과 녹슨 듯한 색깔의 생체조직들을 드러냈다. 버지윅이 얼굴을 붉히며 외면하자 아주머니들 사이에서 폭소가 터졌고, 얼굴이 더 빨개진 그는 슬그머니 도망갔다.

비올레타 아주머니가 등 뒤에서 큰 소리로 말했다. "하지만 너도 이젠 다 큰 총각이잖아. 오늘 밤 사냥 안 갈 거니?"

버지윅은 도플 사냥으로 흥분돼야 한다는 것을, 파티를 즐겨야 한다는 것을 알고 있었지만, 그럼에도 점점 불안해지기 시작했다. 주위에 사람들이 너무 많았다. 자신과 깁이 마당에서 놀고 있을 때가 훨씬 좋았다. 클루니가 발끝으로 선 채 물을 뱉으며 가쁜 숨을 몰아쉬는 것을 몇몇 사람이 지켜보는 익사 수조 주위에서, 버지윅이 크게 원을 그리며 맴돌다가 샤워 텐트에 들어가 잠깐 쉬려는 찰나 브리샤가 가로막았다.

"여기 있었구나." 그렇게 말하는 브리샤의 반짝이는 눈과 빨간 코를 보니 작년에 마셔봤다고 줄기차게 이야기했던 그 박테리아 맥주를 몰래 마신 모양이었다. "다들 저녁 먹으러 갈 거야. 우리 테이블에서 같이 먹자. 안 그러면 그 쌍둥이랑 같이 앉아서 먹어야 할 걸?"

"모티스는 나랑 같이 식사하는 걸 좋아하지 않을 거야. 난 그냥 따로…" 버지윅은 말끝을 흐렸다. 버지윅은 부모님과 함께 앉을 거라고 말하려 했는데, 브리샤의 얼굴에 떠오른 끔찍한 표정으로 미루어봐선 그도 버지윅의 생각을 대충 눈치챈 듯했다.

"모티스와 그 웃기는 클로크는 엿이나 먹으라 그래. 갠 잘난 척하느라 너에게 신경 쓸 겨를도 없어. 말하는 것만 들으면 이번이 세 번째가 아니라 서른 번째 도플 사냥인 줄 알겠더라." 그녀는 이리저리 눈을 굴리더니 뼈처럼 하얀 가면을 다시 썼다. "가자."

녹텀벌러스 저택의 연회장은 저승 분위기로 단장돼 있었다. 역병 새들이 테이블 사이로 날아다녔고, 분장한 곡예사들이 서까래나 느리게 선회하는 드론으로부터 늘어뜨려진 갈고리에 온몸을 꿴 채 서스펜션 공연을 하고 있었고, 평소에는 온화한 노란색인 생체 발광 조명은 희미한 보라색으로 바뀌어 있었다. 버지윅이 자기 손을 내려다보자 피부를 통해 뼈가 보였다.

예전에 죽음 광선deadlight 마술을 본 적 없던, 손님들 가운데 절반 정도는 호들갑을 떨며 서로의 뼈를 살펴보고 있었다. 버지윅은 이런 종류의 빛이 위험하다는 것을 어렴풋이 떠올렸다. 아마 사람들은 유해 작용을 상쇄시키기 위해 음식에 세포 결합제를 추가로 넣어서 섭취하게 될 터였다.

하지만 곡예사들은 세포 결합제를 사용할 수 없었고, 도움이 될지 알 수 없는 무겁고 뻣뻣한 앞치마를 일부 인원만 두른 채 음료 쟁반을 들고 부산히 오가는 하인들도 마찬가지였다. 버지윅은 깁이 주방에서 너무 자주 슬그머니 나오지 않길 바랐다.

모티스의 사냥용 클로크는 죽음 광선 속에서 움직일 때마다 허공에 은빛으로 어른거리는 자취를 남겨서 아주 근사해 보였다. 버지윅과 브리샤가 테이블에 왔을 때, 모티스는 사촌인 오리에게 큰 소리로 농담을 하는 중이었다. 버지윅을 보자 아주 잠깐 그의 눈꺼풀이 파르르 떨리더니 마치 동생이 보이지 않는 것처럼 시선이 비켜 지나갔다. 하지만 두 사람이 자리에 앉는 동안 그는 별다른 불만을 표시하지는 않았다. 버지윅은 형에게 무시당하는 것이 다른 상황보다 차라리 낫다는 것을 경험을 통해 잘 알고 있었다.

버지윅으로서는 이름이 생각나지 않는, 페넬라와 그 자매가 자리에 끼자, 식사 자리가 다 찼다. 버지윅은 쿡이 두드러지게 큰 목소리로 내리는 지시를 희미하게 들을 수 있었다. 잠시 후 하인들 한 무리가 주방에서 나와 음식을 내놨다. 탑처럼 위태롭게 쌓인 배양 육류, 양막이 있는 푸딩, 한때 재배됐던 박이나 호박, 다른 야채처럼 보이려고 모양을 빚고 색소로 칠한 단세포 단백질 덩어리 등등. 버지윅은 비올레타 아주머니의 열량 벌레들을 떠올렸고, 그것들이 제대로 작용하길 바랐다.

그는 딱히 배고프지는 않아서 식사를 몇 순갈 들지도 않았는데, 페넬라가 테이블 아래로 그를 쿡쿡 찔렀다. "얘, 이거 마실래?"

페넬라가 다시 찌르자 그제서야 버지윅도 눈치를 채고 테이블 아래를 내려다봤다. 자매는 자기들이 마실 맥주를 직접 양조할 수 있을 만큼 큰 용기에 담아서 밑바닥까지 마신 상태였다. 양동이의 내용물은 원래 박테리아 맥주보다 옅었고 거품이 더 많았지만 똑같이 자극적인 냄새가 났다.

"이걸 마시면 불안한 기분이 없어질 거야. 사냥을 위해 마셔둬." 페넬라가 곁눈질했다.

버지윅은 주위를 둘러봤다. 지켜보는 어른들은 없었다. 벨레로폰 삼촌은 비올레타 아주머니의 어깨에 가볍게 기댄 채 너털웃음을 터트리고 있었다. 평소에는 그렇게 엄숙하던 아버지가 매끈한 검은색 눈알 두 개를 눈구멍에서 빼내, 눈알들끼리 가느다란 다리로 테이블 주위에서 경주하도록 했기 때문이었다. 눈알 하나는 네퍼티티 아주머니의 스커트 아래로 달려가려고 하다가 아주머니의 접힌 부채에 얻어맞았다. 어머니는 근처에 보이지 않았다.

브리샤는 이미 양동이에서 자기 잔을 채우는 중이었고, 오리와 모티스도 마찬가지였다. 모티스는 히죽 웃으면서 버지윅에게 잔을 건넸다. 버지윅은 받은 잔을 양동이에 담그며, 형이 자기 바지에 맥주를 엎지르거나 어머니에게 자기가 맥주를 마시는 현장을 일러바칠 거라 어렴풋이 예상했다. 그러나 모티스는 그에게 마셔도 된다고 한 번 고개를 끄덕일 뿐이었다.

재성장 보리로 만든 맥주의 맛은 형편없었지만, 반 잔을 한 번에 마셔버리자 버지윅은 조금 긴장이 풀려서 약간이나마 파티를 즐길 수 있게 됐다. 다른 사람들, 특히 모티스와 브리샤는 파티를 마음껏 즐기는 중이었다. 모티스는 브리샤의 가면을 그의 피부에서 벗겨낸 다음 반대편으로부터 눈구멍을 들여다봤고, 브리샤는 아까 '모티스와 그 웃기는 클로크는 엿이나 먹으라고 해'라고 했으면서 지금은 미친 듯이 웃고 있었다. 버지윅은 그 광경에 이상하게도 속이 뒤틀리는 기분을 느꼈다.

일단 하인들이 테이블을 청소하자, 조용히 하자는 쉿 소리가 연회장 안에서 천천히 번졌다. 버지윅은 **노부인**이 언제 앞으로 나가 발언을 시작할지 기다리는 중임을 깨달았다. **노부인**이 앉은 의자 다리 하나가 바닥을 긁는 게 보였다. 아버지가 쩌렁쩌렁 울릴 정도로 크게 박수를 두 번 쳐서 웅성거리는 소리를 잠재웠다. 사촌들은 좌석에 몸을 묻고 들을 준비를 했다. 브리샤는 모티스를 끌고 밖으로 나갔다.

노부인은 잠시 좌중을, 참석한 모든 가문을 살펴본 다음 입을 열었다. "모두들 다시 여기 모였구나." 그녀가 속삭이는 소리로 말했다. 그녀의 머리를 감싼 검은 스펀지가 연회장 전체에 전달되도록 목소리를 증폭시켰다. 버지윅은 팔에 소름이 돋는 것을 느꼈다. "매년 같은 이야기를 반복하는 것은 끔찍하게도 지루한 일이었지만, 요즘 들어 그것마저도 즐기고 있단다. 익숙한 그루브에 빠져드는 것처럼. 분명 늙어서 그런 것이겠지."

청중들 사이에서 공손한 웃음소리가 터져 나왔다. 버지윅도 한 박자 늦게 웃었다.

"내 아이들아. 3세기 전, 세상은 재앙의 가장자리에서 비틀거리고 있었단다." **노부인**이 말하자, 그 익숙한 표현들 덕분에 버지윅은 훨씬 어렸을 적 어머니 무릎에 앉아 있던 때를 떠올렸다. "여름은 불타는 듯 뜨거웠고, 바다는 점점 높이 파도쳤으며, 세상의 모든 도시는 기생충들이 번성하면서 부풀었단다. 기생충들은 더러운 슬럼에서 끝없이 새끼를 치면서 자기 새끼들의 배를 채울 음식을 구걸했고, 그렇게 해서 자라난 놈들은 다시금 자기 종자를 퍼뜨렸지. 세상은 더 이상 그들을 먹여 살릴 수 없었다. 그래서 전쟁이 일어났고, 기근이 발생했으며, 홍수가 모든 섬을 삼켜버렸어. 그러자 그 기생충들이 누구를 탓했을까?"

버지윅은 자기도 모르게 입술을 달싹거려서 다음 단어를 말했다.

"바로 우리였단다." **노부인**의 목소리가 경멸의 감정으로 떨렸다. "기생충들은 그 모든 인간쓰레기의 꼭대기까지 올라갈 만큼, 그리고 그 자리에서 버틸 만큼 강하고 영리했던 사람들을 비난했어. 독기를 머금은 하늘과 죽어가는 바다가 우리 탓이라는 거야. 기생충들은 나약하고 멍청했지만, 그놈들은 수가 많은 데다 화가 나 있었거든. 주위에서 세상이 무너져 내리는 동안에도 우리를 추적해서 죽였단다."

"그때로 거슬러 올라가면 많은 가문이 있었단다. 모두 다른 이름을 가진 가문 수백 개가 전 지구상에 흩어져 있었지. 하지만 살아남은 것은 우리뿐이야. 기생충들의 군대가 우리에게 몰려왔을 때 우리는 이미 지하 콘크리트 궁전으로 피신한 다음이었지. 하지만 우리는 기생충들에게 작별 선물을 하나 남겨 뒀단다. 그게 바로 감염병이었어."

페릭은 흥분한 나머지 작은 소리로 환호했다. **노부인**은 그가 있는 방향을 살피더니 너그럽게 미소 지었다.

"그리고 남은 일은 기다리는 것뿐이었다. 우리는 감염병이 세상을 청소하는 동안 땅 밑에서 기다렸지. 한 세기를 기다렸단다. 우리 가문은 햇빛이나 식물 없이도 살아남을 수 있고, 외부인 없이도 생식할 수 있을 뿐만 아니라, 죽음의 시기를 적어도 한동안 늦출 수 있는 유전적 열쇠를 발견했다."

그는 생각에 잠긴 채 손가락으로 목에 연결된 튜브 하나를 만지작거렸다.

"감염일로부터 정확하게 100주년 되는 날 마침내 지상으로 올라왔을 때 우리 가문의 수장은 내 아버지였던 웬델과 그의 쌍둥이 동생 에다드였어. 두 사람은 신세계를 발견했지. 우리를 기다리는 정화된 세계를. 하지만 기생충들이 완전히 사라진 것은 아니었단다. 감염병에는 면역이 생겼지만 그밖에 것에는 여전히 취약한 상태로 목숨을 부지한 채, 일부는 여전히 흙 속을 뒤지고 있었거든. 우리는 고립돼 있던 기간 동안 모든 질병을 극복한 뒤였지."

"그들은 자신들에게 합당한 위치로 돌아갔다. 하지만 에다드는 그렇게 생각하지 않았어. 그는 그들에게 동정심을 품었지. 그리고 감염병을 풀어놨던 것을 후회했다. 그는 자기 가족들을 부정했어." **노부인**은 독기 어린 낮은 목소리로 이야기를 계속했다. "내 아버지는 쌍둥이 동생을 설득하려 해봤단다. 과거 한때 그랬듯이 기생충들이 우리 하인으로 살아갈 수도 있음을 알려줬어. 하지만 에다드는 그걸로 만족하지 못했지. 그는 우리가 힘들여 손에 넣은 능력을 기생충들에게 아무 대가 없이 베풀고 싶어 했거든. 그대로 내버려뒀다면, 그들로 하여금 손상된 신체가 재결합되도록, 그들 자신의 **피부**가 생장하도록 할 뿐만 아니라 굶주림과 질병을 막을 수 있는 유전적 열쇠를 그들에게 제공했을 터. 그렇게 해서 그들을 우리와 대등한 존재로 만들었겠지."

노부인은 엄숙하게 말했다. "내 아이들아, 에다드의 상냥함은 우리의 죽음을 초래했을 거다. 파멸의 순환이 다시 시작됐겠지. 그래서 내 아버지께서는 손 쓸 수밖에 없었단다. 그는 쌍둥이 동생, 자신의 분신을 가문에서 추방했다. 하지만 에다드는 떠나면서 그 유전적 열쇠를 한밤중에 침입한 도둑처럼 몰래 가져갔어. 기회가 주어진다면 에다드는 기생충들을 그 어느 때보다 더 강력하게 만들어 다시 풀어놓을 테고, 세상은 한 번 더 끝장이 나게 될 것을 아버지께서는 깨달으셨지."

버지읙의 목덜미에서 소름이 돋았다. 모티스는 테이블에 없었다. 감염절 전야 이야기에 집중하느라 형이 자리를 비운 것도 눈치채지 못했다. 브리샤도 자리에 없었다. 그는 연회장을 훑어봤지만, 죽음 광선 아래엔 두 사람 중 누구도 보이지 않았다. 그는 **노부인**이 이야기를 마무리하는 동안 듣는 둥 마는 둥 했다.

"그래서 아버지께서는 쌍둥이 동생을 쫓아, 지금 녹텀벌러스가가 서 있는 뒤편의 숲으로 들어가셔서 열쇠를 회수하셨다. 그리고 에다드를 죽이고 그 시신이 나무 아래서 썩도록 버려두고 오셨지." **노부인**이 몸을 앞으로 내밀자, 그녀가 앉은 의자는 균형을 유지하기 위해 웅크렸다. "에다드의 약점인 상냥함이 그의 가족과 모든 가문을 오염시킬 수도 있었어. 우리는 그런 약점으로부터 스스로를 지켜야 해. 그래서 매년 감염절 전야에, 우리 역사를 기억하고 미래를 지키는 거다. 우리 자신의 연약한 부분을 죽이는 거지. 내 아버지께서 하셨던 것처럼."

노부인의 목소리가 잦아들었다. 연회장 안의 사람들은 이야기가 끝났는지 확인하려고 기다렸다. 노부인의 눈꺼풀이 파르르 떨리며 여닫혔다. 마침내 노부인은 의자 팔걸이를 쓰다듬더니 긴 테이블의 자기자리에 몸을 묻었다. 노부인이 했던 이야기들은 한 겹 서리처럼 사람들 위로 내리깔려 분위기를 얼어붙게 만들었다. 마음속 한편에서 의혹이 서서히 자라나는 것을 느낀 버지윅이 아직도 자기 형과 브리샤를 찾아 두리번거리고 있는데, 그의 아버지가 자리에서 일어섰다.

"사냥은 가장 중요한 전통 가운데 하나입니다. 다행스럽게도 지금은 사냥하기에 딱 좋은 시기입니다. 올해의 도플들을 봅시다."

얼어 있던 분위기가 싹 걷히면서 기대감으로 가득 찬 웅성거림이 연회장을 휩쓸었다. 손님들은 더 좋은 전망을 얻기 위해 자리에서 뒤척였고, 버지윅은 먼저 페릭이, 그다음에는 프레야가 그린맨의 어깨에 기어오르는 것을 봤다. 그때 연회장 저쪽 끝의 문이 미끄러져 열리더니 하인들이 긴 검은색 막대로 도플들을 찌르며 몰고 들어왔다. 잠깐 동안 버지웍은 모티스가 없다는 사실조차 잊어버렸다.

도플들의 숫자는 거의 20여 명이었고, 참가자 한 명당 도플이 하나씩 배정됐다. 버지웍과 깁은 붉은 조명이 켜진 배양조 안에서 세포 결합제와 효소 젤에 잠긴 채 성장 중인 도플들을 보려고 몇 주 일찍 배양실에 몰래 들어간 적이 있었다. 그때는 가장 큰 것도 아기만 한 크기였지만, 성장촉진제가 효과를 보였다. 상당수가 구부러진 발로 절뚝거리거나 이상하게 긴 목을 갖고 있는 등, 유도 성장이 어딘가 발달을 왜곡시킨 부분이 있긴 해도, 지금 각 도플은 그 원본만큼 커진 상태였다.

사촌들은 즉시 어느 도플이 누구에게 배정됐는지 알아맞혀봤다. 물론 도플들은 숲속에서 눈에 잘 띄도록 요란하게 반사되는 보디수트를 입고, 한때 숲속에서 살았던 멸종된 동물들처럼 새 부리나 짐승 뿔, 혹은 곧추선 긴 귀가 달린 가면을 쓰고 있었다.

"오리, 저게 네 거야! 너처럼 엉덩이가 크잖아!" 페넬라가 소리쳤다.

버지웍은 자기에게 배정된 도플을 금방 쉽게 찾아냈다. 무리 중에서 가장 작고, 인조 깃털과 부리 달린 가면을 씌워 역병 새처럼 꾸며 놓은 그 도플은 비틀거리며 서 있었다. 친척 어른들 가운데 일부는 도플에게 가면을 씌우는 것을 싫어했다. 가면 때문에 너무 싱겁게 됐다고, 피 흘리며 경련하는 도플의 눈을 바로 보지 않았다면 그건 진짜 도플 사냥이 아니라고 하는 대화를 그도 엿들은 적이 있었다.

버지웍은 도플들이 가면을 쓰고 있어서 다행이라 생각했고, 자신의 도플이 잠긴 동안 자신을 응시하는 듯했기에 더더욱 그렇게 여겼다. 그는 도플이 인간이 아님을 스스로에게 상기시켰다. 가정교사로부터 배운 바에 따르면, 그들은 호흡과 운동밖에 못 하는 아둔한 뇌를 지닌 급속 성장된 조잡한 복제품이었다.

그들에게 있어 유일하게 개발된 지적 능력은 공포를 느끼는 것뿐이었다. 옷을 입히고 연회장에서 행진하기 전에 마약으로 중독시켜도, 약효가 떨어지면 이내 겁을 먹고 숨고 싶어 했다.

바로 그때, 모티스가 오리 옆자리로 다시 돌아왔다. 그의 피부는 상기돼 있었고, 얼굴은 탐욕스러운 웃음을 짓고 있었다. 그가 사촌에게 뭐라 속삭이더니 두 사람 모두 박장대소했다. 버지웍은 고개를 돌렸다. 모티스와 브리샤가 동시에 사라져버렸던 이유를 알 것 같았다. 모티스는 자주 그런 화제에 관해 이야기하곤 했다.

도플들이 다시 연회장 밖 마당으로 끌려 나가자, 사냥에 참가하는 친척 어른들은 자리에서 일어나 배를 쓰다듬으며 너무 많이 먹었다고 투덜거렸다. 사촌들도 모두 자리에서 일어났고, 버지웍도 그들을 따라갔다. 이제 브리샤도 일행에 다시 합류했는데, 모티스 쪽으로 눈길을 주지 않았다.

모티스는 산만해져서 복수하겠다는 맹세를 잊은 모양이었지만, 버지웍은 형을 따라 달빛 비치는 숲속으로 들어가면서 자신이 에다드가 되고 모티스가 웬델이 된 것 같은 불편한 생각을 떨쳐버릴 수가 없었다.

버지웍은 익사 수조 안에 동공 열린 눈으로 떠 있는 클루니에 관해 잊어버렸지만, 이제 하인들은 수조에서 물을 빼는 중이었다. 버지웍이 아마도 클루니의 아내일 거라 생각한 여자 하인 하나가 소리 없이 흐느끼고 있었다. 그 모습에 그는 이미 뼛속까지 찌르는 듯한 여러 가지

불쾌한 경험에 하나가 더해지는 기분을 느꼈다. 자신을 마주 보는 듯한 도플, 브리샤와 씩 웃는 모티스, 비올레타 아주머니 배 속의 열량벌레, 그리고 갑자기 끝나버린 점액총 놀이.

다시금 모든 것이 엉망진창인 것 같은 기분을 느꼈다. 이런 기분이 한편으로는 묽은 박테리아 맥주 때문일 수도 있었지만, 온전히 그것 때문만은 아니었다. 하인들이 마당에서 사냥 장비들을 준비하고 있었다. 소총을 비롯해 실수로 상대방의 사냥감을 가로채는 일이 없도록 각 도플의 의상에 부착된 감지기에 연동된 추적 장치, 아음속 무기로 도플들을 몰아낼 민첩한 사족보행 드론, 그리고 사냥조를 따라다니며 그 광경을 연회장의 따뜻한 실내에서 고형 광선으로 재생하도록 전송하는 비행 드론까지.

물론 머리 절단기도 있었다. 그 곁을 지나가는 동안 하인 하나가 방아쇠를 시험 작동시키면서 난 싹둑 소리에, 버지윅은 소스라치게 놀란 것을 숨길 수 없었다.

"초조해?"

말을 건 사람은 자기 소총의 조준경 시야를 무심히 점검 중이던 브리샤였다. 버지윅은 한동안 대꾸하지 않았다. 그는 배신당한 것 같은 기분이라고, 모티스에 맞서 자기편을 들어줄 거라 줄곧 생각했다고 말하고 싶었다. 하지만 브리샤는 그건 어릴 때나 그랬을 뿐이고 어쨌든 자신이 상관할 바가 아니라고 대꾸할지도 몰랐다.

"모르겠어."

"난 하인들과 페인트 총으로 연습했어. 되게 쉽더라. 불안해하지 마." 브리샤는 어깨를 으쓱했다. "어쨌거나 중계를 지켜보는 사람은 거의 없으니까. 다들 술을 퍼마시거나 몰래 빠져나가 관계를 갖느라 바쁘거든."

버지윅은 귀가 화끈 달아오르는 것을 느꼈다. "너랑 모티스도 했어?" 그는 자제심을 잃고 그만 불쑥 말하고 말았다.

"뭐? 걔가 그렇게 말했어?" 브리샤의 목소리는 가라앉아 있었다.

"너희 둘 다 없어졌잖아. 연회장에서 말이야."

브리샤가 열을 올리며 대꾸했다. "박데리아 맥주 토하러 갔어. 걔가 어디 있었는지 내가 어떻게 알아?"

그렇게 말하고, 브리샤는 큰 걸음으로 머리 절단기를 가지러 갔고, 버지윅은 함부로 말을 뱉은 것을 후회했다. 어쩌면 그가 잘못 생각했던 것일 수도 있지만, 어쩌면 그가 맞는 말을 했기 때문에 브리샤가 당황했던 것일 수도 있었다.

도플들은 지면에 박아 놓은 말뚝을 비롯해 힘줄 로프로 서로서로 묶인 채, 지금은 숲 가장자리에 모여 있었다. 마약의 약효가 떨어져가고 있어서 일부는 으르렁거리며 자기 속박을 잡아당기는 중이었다.

버지윅은 작년은 물론이고 그 이전에도 해본 적 없는 이상하고도 부적절한 생각을 했다. 도플이 되면 어떤 기분일까 하는 생각. 겁에 질린 채 태어나, 마약에 취한 채로 옷이 입혀진 다음 사냥당하도록 숲속에 내동댕이쳐지는 것을. 그들이 생각 자체를 하지 못하는 게 다행이었다.

"소총 대령했습니다, 버지윅 주인님."

버지윅은 하인의 손에서 소총을 집어 들었다. 총은 대부분 나무 부품으로 만들어진 구식이었지만, 모티스의 새 라이플에 사용하는 것과 똑같은 스마트 총탄이 장전돼 있었다. 그 총탄을 사용하면 표적을 맞히는 것은 일도 아닐 터였다. 총신 아래에는 조명이 장착돼 있었고, 조준경에 부착된 추적 장치에는 감지기가 꿰매진 의상을 입은 도플들이 움직이는 노란색 점 무리로, 그리고 버지윅의 목표가 붉은색 점 하나로 표시됐다. 그다음으로 하인은 그에게 머리 절단기를 건네줬다. 버지윅은 조심스럽게 받아든 다음 **피부**의 옆구리 부분에 절단기를 걸기 위한 고리가 튀어나오게 했다.

사냥 드론들이 관절에서 윙윙 철컥 소리를 내면서 이제 일행의 발치로 다가왔다. 비행 드론들은 공중으로 상승해 어둠 속으로 사라졌다. 모두 각자 흩어져 숲으로 향했다. 삼촌뻘 되는 사람 하나가 와인을 너무 많이 마셔서 입 주위가 벌겋게 된 채 비틀거렸다. 다른 사람들이 그의 등을 치면서 파안대소했다. 모티스는 20분 이내로 자기 도플을 가방에 담을 수 있을지를 두고 오리와 내기하고 있었다.

그들이 묶여 있는 도플들에게 다가가는 동안, 버지윅은 심장이 흉곽 내부를 주먹으로 두드리는 듯한 기분을 느꼈다. 밤공기가 차가워 날숨이 순식간에 얼어붙었다. 주사기를 든 하인들이 돌아다니면서 도플마다 아드레날린과 피어로몬fear-o-mone을 주사했다. 그들은 로프를 잡아당기며 거칠게 저항했다. 버지윅은 하인 하나가 줄 맨 끝에 서 있는 자기 도플의 허벅지에 바늘을 꽂자 놈이 몸을 비틀며 발을 구르는 것을 봤다. 그 광경 때문에 살짝 마음이 불편해졌다.

모티스가 느닷없이 그를 향해 돌아서더니 활짝 웃었다. "왔구나, 꼬맹아. 네 첫 번째 도플 사냥은 앞으로도 잊지 못할 추억이 될 거야."

입 주위가 벌겋게 된 삼촌이 요란한 소리로 동의했다. "첫 번째 사냥은 못 잊지. 이제 저 빌어먹을 놈들을 풀어놓자고."

모티스가 삼촌이 듣지 못하게 작은 소리로 말했다. "네가 제일 꼴찌로 돌아온다는 데 걸겠어. 네가 어두운 데 들어가면 겁쟁이가 되는 건 다들 아니까."

모티스는 버지웍이 대꾸하기도 전에 그를 밀치고 지나갔다. 버지웍은 자기 소총을 힘줘 움켜쥘 뿐이었다. 뼈처럼 건조한 목이 칼칼하게 느껴졌지만, 그가 브리샤와 우리 사이에 들어가는 동안 심긴 분노가 가슴속에서 두근거렸다. 그는 겁쟁이가 아니었다. 그가 겁쟁이라면 애당초 아버지의 검은 시선을 등지고 모티스를 따라 숲으로 들어가지도 않았을 터였다.

일단 모든 도플의 준비가 완료되자, 하인 하나가 힘줄 로프를 분해시키는 분무액을 뿌린 다음, 아직 붙어 있는 마지막 가닥을 맨손으로 당겨 끊었다. 도플들은 느닷없는 해방의 진의가 미심쩍은 듯 머뭇거렸다. 그런 다음 드론들이 앞으로 나서 그들을 에워싼 채 큰 소리를 내며 숲으로 몰아가자, 도플들은 도망치기 시작했다. 도플들이 나무들 사이로 달아나는 동안 몇몇 사냥꾼들은 환호성을 올리며 그들을 위협했다. 버지웍은 온몸에 전율이 흐르는 것을 느꼈다.

그는 어릴 때 여러 번 숲에 와서 끝없이 늘어서 있는 듯한 죽은 나무들 사이를 거닐곤 했지만, 그 숲이 도플들을 삼키고 있는 지금은 사뭇 다른, 더 위협적인 기운을 느꼈다. 그가 자기 소총의 조명을 가느다란 줄기와 흔들리는 가지 너머로 비추자, 도플들은 모티스의 사냥용 클로크와 똑같은 은빛으로 빛났다.

버지웍은 카운트다운 소리를 듣고 관객들이 연회장에서 보고 있음을 문득 떠올렸지만, 불과 몇 분 뒤 술 취한 삼촌이 너무 오래 기다렸다고 불평하더니 자기 소총을 하늘로 발포했다. 총성이 밤공기를 산산이 부수는 듯했다. 사냥꾼들과 드론들은 모두 숲으로 달려갔고, 버지윅은 자기도 모르는 새 그들에게 휩쓸렸다.

처음에 그들은 한 무리로 움직였지만, 모티스와 오리가 앞서 나가더니 나머지 사람들도 각자 추적 장치가 이끄는 방향으로 하나씩 흩어졌다. 버지윅과 브리샤는 마지막까지 함께 있다가 갈라졌는데, 한순간 버지윅은 브리샤에게 함께 있어 달라고 말하고 싶었다.

"내 도플은 북쪽으로 가고 있어." 브리샤는 자기 추적 장치를 살피더니 그렇게 말했다. "버지윅, 사냥 잘해. 저택에서 다시 보자."

"브리샤, 너도." 그런 다음 그는 혼자 남았다.

그의 추적 장치에 뜬 붉은 점은 빠르지만, 방향을 잃은 듯 지그재그로 움직이고 있었다. 버지윅은 도플을 따라가는 동안 같은 기분을 느꼈다. 나무들은 기울어지거나 흔들리는 듯했고, 나뭇가지들은 발톱처럼 어둠 속에서 튀어나왔다. 잡목을 헤치고 나아가는 장화 신은 발소리, 그리고 멀리서 승리의 고함 소리가 들렸다. 한 발, 그리고 또 한 발의 총성이 들렸다. 두 번 모두 그는 소스라쳤다.

그는 돌아서서 불 켜진 저택의 온기 속으로 돌아가는 게 어떨까 생각했다. 하지만 그랬다가 비웃음만 실컷 듣게 될 터였고, 아버지는 말없이 잠자코 그를 바라보기만 할 터였다. 그리고 "우리 자신의 연약한 부분을 죽인다"라고 했던 **노부인**의 말이 그의 머릿속을 맴돌았다. 연약한 부분을 죽이는 것이야말로 그가 해야 할 일이었다. 그는 모티스가 자기 임무를 가로채기 전에 직접 자기 도플을 해치우고 이를 통해 더 강해질 것이다. 어쩌면 모티스의 손찌검을 받아칠 정도로 강해질지도 모른다.

버지윅은 붉은 점을 쫓아 발걸음을 재촉해 숲속으로 더 깊이 들어갔다. 그의 조명이 서리 내린 지면 위에서 점멸하는데, 부러진 관목 가지들과 발자국이 눈에 들어왔다. 어둠 속에서 움직이는 무언가를 봤지만, 자세히 보니 배회하는 드론일 뿐이었다. 구불구불한 뿌리를 건너뛰고, 흔들리는 나뭇가지 아래를 웅크리고 지나는 동안 아드레날린이 피부 아래로 퍼지면서 뜨거운 맥박이 빨라졌다. 붉은 점이 마침내 느려지자, 버지윅은 승리를 예감했다.

그때 붉은 점이 사라져버렸다.

버지윅은 숨을 헐떡이며 미끄러지듯 멈췄다. 뜨거운 날숨이 머리 주위에서 맴돌았다. 도플 감지기가 고장 났거나 도플이 완전히 멈춰선 모양이었다. 버지윅은 소총을 앞으로 겨눈 채 발바닥에 부착된 공 모양 쿠션으로 바닥을 디디며 천천히 앞으로 움직였다. 도플이 가까이 있는 게 틀림없었다. 그는 소리를 내지 않으려고 애썼다. 다른 사냥꾼들은 먼 곳에 있었고 숲이 울창했기 때문에 그들이 내는 소리는 더 이상 귀에 들어오지 않았다.

무언가 자기 왼편에서 움직이는 것을 본 듯했지만, 추적 장치는 여전히 반응하지 않았고, 그가 나무를 끼고 휙 돌았을 때도 아무것도 없었다. 어쩌면 도플이 자기 몸에 붙어 있는 감지기를 끈 것인지도 모른다는, 말도 안 되는 생각이 머릿속에 떠올랐다. 어쩌면 도플이 자기를 관찰하고 있는 것인지도 모른다. 어쩌면 놈이 그를 사냥하고 있는 것인지도 모른다.

버지윅의 온몸에 소름이 돋았지만, 그의 **피부**는 몸을 데워주진 못했다. 들고 있는 사냥용 소총의 개머리판이 땀으로 축축해진 손안에서 미끄러졌다. 그는 땀을 닦으려 두 손을 배에 가져다댔지만 그래 봤자 금세 새로 난 땀에 손이 젖을 뿐이었다.

나뭇가지가 딱 하고 부러지는 소리가 났다. 그가 고개를 휙 돌리자 움직이는 검은 형체가 눈에 띄었고, 마구 떨리는 손으로 사냥용 소총을 들어 올려 조준했는데…

"아직도 보고만 있냐?" 모티스가 자기 조명을 켜며 물었다. "내 건 진즉에 가방에 넣었다고."

버지윅은 간신히 총구를 내렸다. 온몸의 신경이 날카롭게 비명을 지르고 있었다. 모티스는 소총을 등에 메고 있었다. 그의 **피부**가 자라나 소총을 수납할 수 있는 총집이 됐다. 그는 한 손으로 조명을 들고, 다른 한 손으로는 머리 절단기에 매달려 있는 자기 전리품을 들어 보였다. 도플의 가면이 벗겨져 있어 얼굴이 드러나 있었다. 자주색 입술과 흐리멍덩한 눈에, 절단면으로부터 분출된 피가 말라붙은 그 얼굴은 모티스 자신의 추악한 패러디처럼 보였다. 버지윅은 그 광경에 구토가 치미는 것을 느꼈다.

"내 코가 이렇게 크진 않은데. 안 그래?" 모티스가 조명의 빛 속에서 도플의 머리를 이리저리 돌려 보며 무심히 말했다.

"그래." 버지윅이 불가피한 상황에 자기혐오를 느끼며 기계적으로 대답했다.

"그렇지." 모티스도 동의했다. 너무 활짝 웃고 있어서 마치 미친 사람처럼 보였다. "이제 네 도플을 찾으러 가보자고."

버지윅은 문득 브리샤나 삼촌 가운데 하나, 아니면 그 술고래라도 나무 사이에서 나와 자신들과 함께하긴 바라며 머뭇거렸다. 하지만 올 사람은 없었다. 그는 뻣뻣한 몸짓으로 형에게 고개를 끄덕였다. 모티스도 짐짓 엄숙한 태도로 고개를 끄덕이더니, 너털웃음을 터트리며 돌아서서 자기 조명으로 어둠 속을 비추며 앞장섰다. 버지윅은 어지러운 머리로 그 뒤를 따랐다.

어쩌면 모티스는 그저 자기를 때릴 때 쓸 만한 나뭇가지를 찾고 있는 것일 수도 있었고, 아니면 적당한 틈을 타서 자신을 찍어 누른 다음 귀를 비틀어 자기 도플 얼굴에 묻은 피를 핥도록 할 속셈일 수도 있었다. 아니면 그의 전리품을 가로챈 다음 머리 두 개를 들고 연회장으로 돌아가서 자기 동생이 너무 굼뜨고 겁에 질린 데다 멍청하기까지 해서 그대로 맡겨둘 수가 없었다고 해명하고 싶었던 것일 수도 있었다. 그런다면 지금껏 수치를 당했던 것을 고스란히 갚게 될 터였다.

하지만 일이 반드시 그런 식으로 끝나야 하는 것은 아니었다. 버지윅은 속이 뒤틀리는 것을 느꼈다. 어쩌면 자신이 웬델이고, 모티스가 에다드일지도 모른다. 모티스를 쏜 다음 사고로 위장한다면, 그의 은색 사냥용 클로크가 은색 나무줄기와 헷갈렸다고 한다면, 형의 괴롭힘으로부터 영원히 해방될 수 있을지도 모른다. 그는 충분히 가까운 거리에서라면 스마트 총탄도 회피 기동을 할 시간이 없으리라고 추측했다. 총구가 모티스의 척추를 겨냥할 때까지 손에 든 소총의 총신이 서서히 올라갔다.

그때 그는 그것을 봤다. 어느 키 큰 나무의 둥치, 구부러진 뿌리 두 줄기가 만든 요람 속에 웅크린 채 머리를 한쪽으로 쳐들고 있는 그것을. 그의 도플이 걸친 반사 의상은 흙먼지에 반쯤 덮여 있었고, 어디 부딪히기라도 한 것처럼 가면의 부리는 구부러져 있었다. 도플이 너무 가만히 있어서 버지윅은 한순간 놈이 이미 죽은 게 아닌가 생각했다.

놈의 머리가 아주 미미하게 움찔해서, 모티스가 눈치채고 가로채기 전에 버지윅이 총을 겨눠 발포했다. 개머리판이 반동으로 그의 어깨를 강타했다. 모티스는 총성에 소스라치게 놀라 펄쩍 뛰었다. 버지윅은 자기 형이 움찔하는 것을 보고 야만스러운 만족감 같은 것을 느꼈고, 도플의 몸이 휙 젖혀지더니 고꾸라지는 것을 보며 그런 감정을 더더욱 만끽했다.

그가 해냈다. 정말 손쉽게. 모티스가 너털웃음을 터트리기에, 잠깐 동안 버지윅도 따라 웃고 싶은 기분이었다. 그는 멍한 머리로, 도플에게 달려갔다. 스마트 총탄은 착탄 시 확산하도록 설계돼 있어서 도플의 의상은 엉덩이부터 갈비뼈까지 너덜너덜하게 찢겨 있었다. 10여 군데의 총상에서 끈적한 붉은 피가 흘러나왔다. 도플의 가슴이 오르내렸다.

"잘했어. 너도 총구가 어느 쪽인지 알기는 한 모양이구나." 모티스가 말했다.

무언가 잘못됐다. 버지윅은 그런 기분이 뼛속 깊은 곳까지 스며드는 것을 느꼈다. 모티스가 기뻐할 리가 없었다. 도플이 그렇게 꼭꼭 잘 숨어 있을 리가, 의상의 반사 부분을 가렸을 리가 없었다. 버지윅은 도플의 가면을 향해 떨리는 손을 뻗었다. 가면을 잡아당겼지만, 가면은 단단히 붙어 있었다. 모티스가 곁에 쪼그리고 앉아 완전히 몰두한 채 그의 귓가에 뜨거운 숨을 내쉬고 있었다.

버지윅은 힘껏 가면을 잡아당겼다. 가면이 피부 조각과 함께 뜯겨 나왔다. 깁의 충혈된 눈에는 경악한 기색이 완연했고, 콧구멍은 넓게 벌어져 있었으며, 입은 점액총의 풀로 덮여 있었다.

버지윅은 철렁 내려앉은 배 속이 밑바닥에 뚫린 구멍으로 흘러나가 손닿지 않는 곳으로 곤두박질치는 듯한 기분을 느꼈다. 그는 균형을 잡기 위해 한 손을 펼쳐 흙바닥을 짚으며 한쪽 무릎을 꿇고 주저앉았 다. 눈앞이 캄캄하게 흐려졌다. 맥박이 귓가에서 쿵쾅거렸다. 그 도플 은 깁이었다. 깁이 바로 그 도플이었다. 모든 것이 엉망진창이었다.

"그 옷 잘 맞지 않냐? 우리가 너에게 장난을 칠 거라고 하니까 그 옷을 입더라고. 일단 마약에 취하게 하니까 영락없이 도플처럼 행동 하던데."

버지윅은 두 사람이 함께했던 놀이들을, 그리고 깁이 어떻게 항상 자신이 이기도록 도와줬는지 떠올렸다. 산산이 부서진 흉곽은 여전히 오르내리고 있었다. 혹시 저택으로 돌아가서 충분한 양의 세포 결합 제 처치를 받으면 목숨을 건질 수 있을지도 모른다. 하지만 버지윅은 깁이나 클루나나 다른 기생충들이 세포 결합제를 사용할 수 있을 리 없음을 잘 알고 있었다. 문득 그는 깁이 마지막으로 한 번 더 자신을 도와줄 수 있다는 데 문득 생각이 미쳤다.

그는 분노를, 고뇌를, 자신이 느끼는 마지막 모든 감정을 삼켰다. 그런 다음 옆구리에서 머리 절단기를 풀어 깁의 머리 위로 씌웠다.

그는 완전히 공허한 목소리와 표정으로 말했다. "모티스, 영리한 농 담이었어. 하지만 하인들과 놀아서는 안 된다고 했잖아. 적절치 않은 행동이니까."

버지윅이 레버를 당기자 머리 절단기가 싹둑 소리를 내며 닫혔고, 그의 두 손은 뜨겁고 검붉은 피로 얼룩졌다.

에덴의 로봇들

아닐 메논

이동현 옮김

아닐 메논의 가장 최신작인 『내가 말한 것의 절반Half Of What I Say』은 2016 힌두문학상 후보로 지명됐다. 반다나 싱과 함께, 그는 라마야나에 영향받은 국제 사변소설 선집 『활 부러뜨리기Breaking the Bow』를 공동 편집했다. 그의 데뷔 장편소설인 『90억 개의 발을 지닌 짐승The Beast With Nine Billion Feet』은 2010 보다폰-크로스워드 아동 문학상과 2010 칼 백스터 협회의 패럴랙스상 후보로 지명됐다. 그의 단편소설들은 《알베도 원Albedo One》, 《인터존》, 《인터픽션즈Interfictions》, 《재거리 릿 리뷰Jaggery Lit Review》, 《레이디 처칠즈 로즈버드 리슬렛Lady Churchill's Rosebud Wristlet》, 그리고 《스트레인지 호라이즌스》를 비롯해 국제적으로 출판되는 여러 잡지에 소개됐고, 히브리어, 이그보어, 루마니아어를 포함한 10여 개 언어로 번역됐다. 그는 2016년에 폰디체리에 있는 아디샤크티 복합예술관에서 덤 푸크트 연간 작가 워크숍이 개설되는 것을 도왔다. 그는 인도와 미국 사이에서 시간을 배분해 일하고 있다.

Anil Menon

The Robots of Eden

　　암마가 평소 습관처럼 덧붙이는 천재라는 찬사와 함께 나에게 솔로
초의 단편소설 전집을 건네줬다. 나는 예의 바르게 5백 페이지짜리 책
을 뒤적거리다가 그 터키인이 이제는 마치 형제처럼 느껴진다는 생각
에 흐뭇함을 느꼈다. 물론 오늘날 우리 모두는 '존중과 예의의 시대'
에 살고 있지만, 솔로초와 나는 사회적 규범의 요구나 우리가 한 여자
를 사랑했다는 사실에 미루어봄 직한 것 이상으로 막역한 사이였다.

　　암마가 나에게 내 아내와 딸이 보스턴에서 돌아왔음을 알려줬던 16
개월 전에는 사정이 꽤 달랐다. 그 소식에 나는 각설탕 넣은 차이만큼
달콤한 행복을 느꼈다. 파드마와 비투가 집에 돌아왔다! 그때 어머니
는 무심하게 "파드마의 터키인 남자 친구"도 함께 와 있다고 덧붙였
다. 그들은 일주일 뒤에 보스턴으로 돌아갈 예정인데, 그 한 쌍의 잉
꼬들이 그 일을 진행시키기로 마음먹었고 우리 일곱 살 난 비투에게
알려줄 적당한 때라고 생각한 모양이었다. 파드마가 우리 모두와 함

께 점심을 먹고 싶어 한다고 했다.

나는 암마의 기상예보 톤 목소리에 속지 않았다. 어머니가 그 터키 인을 대면하고 싶어서 안달이 났다는 걸 잘 알고 있었다.

나는 점심을 먹을 기분이 아니라고 어머니에게 말했다. 나도 나름 대로 이유가 있었다. 엄청나게 바빠서, 내가 암마를 그들이 결혼 계획 을 발표할 반드라까지 태워다주는 것보다, 그들이 내 사무실에 들르 는 편이 훨씬 더 수월했다. 게다가 나는 그들로부터 바라는 것이 없었 지만, 그들은 나에게서 원하는 것이 있었다. 다른 사람들의 감정을 전 혀 고려하지 않는 사람들도 있는 법이다.

마침내 나는 마음을 가라앉혔다. 어머니도 도와주셨다. 어머니는 내가 어린아이라도 된 것처럼 기분 탓을 하는 것은 좋은 핑계가 아니 라고 훈계하셨다. 내가 우긴다면 그들이 내 사무실로 찾아오겠지만, 다른 사람들이 자신에게 맞춰준다고 해서 그들보다 더 우월한 사람이 라는 의미는 아닐뿐더러, 그 터키인이 이제 가족의 일원이니까 약간 의 환대를 기대하는 것은 지나친 일이 아니다, 기타 등등.

〈대부〉의 등장인물에서 따온 이름과는 달리, 솔로초는 마약상이 아 니라 소설가였다(하지만 소설가들은 자기들 나름의 방식대로 헛것을 좇아 다닐 뿐이라고 생각한다). 아직 그의 소설을 읽기는커녕 예전에 그의 이 름조차 들어본 적 없었지만, 알고 보니 꽤 유명한 작가였다. 작품이 타밀어로 번역되려면 유명하지 않으면 안 됐다.

암마가 유쾌한 말투로 이야기했다. "글이 쉽게 읽히지는 않는구나. 첫 장의 한 문장이 여덟 페이지 분량이야. 어휘력이 정말 굉장하다니 까! 타밀어권에서는 이미 베스트셀러가 됐대. 당연한 일이지만 책이 만들어지기까지 파드마가 기여를 많이 했다더구나."

당연한 일이다. 솔로초의 작품을 타밀어로 번역한 사람이 파드마였다. 그리고 번역하는 도중에 터키쉬 딜라이트를 많이 먹기도 했다.

"파묵을 좋아한다면, 그도 좋아하게 될 거다. 틀림없이 좋아하게 될 거야." 암마가 말했다.

나는 파묵을 좋아했다. 10대 때 파묵의 작품을 전부 다 읽었다. 그런 이야기의 이면에 깔려 있는 주제는, 사람은 자기 자신의 마음을 발달시키는 데 실패하게 돼 있다는 것이었다. 여전히 나에게 파묵은, 빗속에서 스쿨버스를 기다리던 기억이나 '여자들은 남자들보다 더 이성적인가'에 관한 S.I.E.S.칼리지에서의 클래스 XII 토론 수업, 그리고 파드마가 자기 가슴을 슬쩍 보여줬을 때 비친 달콤한 미소만큼 끊을 수 없을 정도로 단단히 나 자신의 젊은 시절과 연결돼 있었다.

사실 그 친구의 편의를 봐달라는 암마의 부탁은 불필요한 것이었다. 내 **두뇌**는 여전히 빠르게 맡은 바 기능을 수행했다. 처음 느꼈던 불쾌한 감정은 거의 대부분 사라졌다.

나 또한 솔로초와 만나기를 고대했다. 반드라는 그리 멀지 않았다. 뭄바이 시내라면 어디든 상관없었다. 암마와 나는 사랑하는 지란강으로부터 걸어서 20분밖에 걸리지 않는 사윤에서 살았다. 대체로 풍족한 삶, 행복한 삶이었지만, 풍족하다는 것과 행복하다는 것이 곧 흥미롭다는 의미는 아니었다. 내 인생은 터키인을 하나 끼워 넣으면 더 흥미로워질 것 같았고, 이번이 그런 친구를 하나 얻기에 좋은 기회였다.

하지만 나를 설득해야 하는 상황에 처해야 오히려 암마의 기쁨이 더 커질 것을 알기에, 나는 여러 가지 이유를 들어 반대하거나 얼굴을 찌푸리기도 했다. 암마가 내 방어벽을 허물어뜨리는 것을 보며 나는 슬그머니 마음속으로 미소 지었다. 암마의 방문 요양 보호사인 벨리가 이야기를 엿듣고 실랑이에 끼면서 그 인정 많은 둥그런 얼굴이 장난기로 달아올랐다.

"암마치, 등이 아프시다면서요. 정말 고작 점심 드시러 반드라까지 가실 거예요?" 벨리가 타밀어로 말했다.

"그래, 이 심술쟁이야, 너도 가야지. 가까이 와. 집먹지 말고. 옷이 얼마나 잘 맞는지 보여줄 테니까."

두 사람이 어울리는 동안, 나는 일정표를 꺼내 일정들을 이리저리 맞춰본 다음, 일요일에 몇 시간 정도를 비워뒀다. 덕분에 일정들이 약간 빡빡해졌다. 암마가 계속 의심하길래 나는 그 빌어먹을 점심 초대를 망치지 않을 거라고 확언했다. 사실 나는 모던텍스타일사 관련 업무에 몰두해 있었다. 노동협약 진행이 아주 예민한 단계로 접어든 상태였다.

"늘 그랬지만, 네 사랑스러운 일이 가족보다 더 중요하겠지." 암마가 한숨 쉬며 말했다.

암마의 목소리에서 파드마의 어조가 들렸다. 어느 쪽이든, 업신여기는 듯한 태도는 똑같았다. 내가 은행원이 아니라 의사였다면, 암마는 여전히 내 직업을 창녀에 비유했을까? 내가 화를 내는 것에 누구도 이의를 제기하지 못할 거다.

하지만 암마가 업신여기려고 그런 것이 아님을 알기에, 나는 진정했다. 오히려 그 반대였다. 그녀는 내가 더 나은 사람이 될 수 있었음을 이야기하려는 것이었다. 그녀는 좋은 양육자들이 해야 할 법한 일을 하려는, 그러니까 나를 보호하려는 것뿐이었다.

"옳으신 말씀이에요. 그래서 변화를 줘볼까 해요. 균형을 유지하는 것은 언제나 중요하니까요."

불행히도 주말이 됐지만, 나는 여느 때와 다름없이 바빴다. 그러나 파드마와 비투가 들르자 나는 기꺼이 일을 제쳐놨다.

"당신 말랐네." 파드마가 살펴보더니 화난 듯한 목소리로 말했다. 그러더니 미소 지으며 비투를 내 품에 안겨줬다.

나는 비투를 안고 야단법석을 떨었고, 괴물 소리를 낸 다음 산 채로 잡아먹겠다면서 키스했다. 비명과 환호, 그리고 이야기들이 오갔다. 비투가 이야기보따리를 풀었다. 아이는 보스턴에서 눈을 봤다고 했다. 이만큼 커다란 건물들도 봤다고 했다. 우리는 머리를 맞댄 채 비투가 찍은 엄청나게 많은 사진을 함께 봤다. 비투는 검지에 반창고를 붙이고 있었고 이를 자랑스럽게 보여주더니 내가 끙끙 앓는 시늉을 하자 웃음을 터트렸다. 의사 선생님, 의사 선생님, 비투가 아야를 낫게 하려고 얼른 나아 버터를 발랐대요. 어린이들을 즐겁게 해주는 것은 쉽다. 그때 나는 벨리의 눈에 눈물이 그렁그렁 맺힌 것을 봤다.

"벨리, 무슨 문제 있어요?" 내가 걱정돼서 물었다.

그녀는 고개를 저었다. 그 바보는 감정적인 면이 다분해서, 사실상 사람의 옷을 걸친 힌디어 영화나 마찬가지였다. 내가 그녀를 파드마에게 소개할 때는 다소 떨기까지 했다. 두 사람은 잘 지내는 듯했다. 파드마는 우아하고 동정심 많은 고위 카스트 마님이었고, 벨리는 파드마 마님이 벨리가 상상했던 그대로라고 찬탄해 마지않았다.

파드마가 자동조종으로 설정해둔 차를 타고, 마침내 벨리를 포함한 우리는 사윤에서 출발했다. 처음에는 차창을 열어뒀지만, 바람이 많이 부는 날이라 지란강에서 불어온 맑고 서늘한 공기가 우리 옷자락을 자꾸 잡아당겼다. 비투가 뒷좌석의 벨리와 나 사이에 앉고 싶어 해서, 암마는 앞자리에 앉았다. 우리가 종일 나가 있을 예정이었기에, 벨리는 부모님을 만나러 가게 다라비에 내려달라고 부탁했다. 예전에 MDMS 하수처리장이 있던 곳을 지나친 직후 혼잡한 교차로에 차를 세우자, 벨리는 차에서 내렸다.

"벨리, 그럼 나중에…" 내가 타밀어로 말했다.

"예, 물론 저녁에 돌아올게요. 믿으셔도 돼요." 벨리는 손가락에 키스한 다음, 손가락으로 암마의 뺨에 키스를 옮겼고, 문법에 맞지 않는 영어로 말했다. "이따 저녁에 보세요, 오케이 아마치? 바이 바이."

신호가 바뀌자 차가 움직이려고 했다. 벨리는 작별 인사 대상에 파드마를 넣는 것을 잊어버린 모양이었다. 그녀는 교차로를 달려서 건넜다.

"마음이 순수한 사람이야. 순금 같은 마음씨를 지녔어." 암마가 말했다.

"그렇죠. 호감 가는 사람이에요." 파드마가 미소 지으며 말했다.

"벨리는… 슬퍼 보여요. 피부색이 검어서 그런 거예요?" 비투가 말했다.

암마는 그 말에 너털웃음을 터트렸다가, 우리의 주목이 쏠리자 말했다. "왜? 벨리가 여기 있었다면 제일 먼저 웃었을걸."

그럴지도 모른다. 하지만 부당한 행동에 부당한 대응을 한다고 해서 정당해지는 것은 아니었다. 암마는 비투에게 나쁜 본보기가 되고 있었다. 웃고 즐기면 괜찮다고 생각할지 몰라도 개량인the Enhanced은 올바른 언행을 통해서만 즐거워해야 할 책임이 있었다.

파드마는 사실 벨리가 개량인이 아니어서 슬픈 건지 비투가 묻곤 했다고 내게 설명했다. 미국에 들렀을 때, 비투는 대부분의 아프리카계 미국인이 개량 수술을 받지 않았던 것을 눈치채고, 개량 수술은 피부색이 밝은 사람들을 위한 것이라고 결론 내렸다. 벨리가 피부색이 검다는 것은…

후방 거울을 보고 있던 파드마와 눈이 마주치자, 그녀는 '정말 내가 애를 인종주의자로 키웠을 거라 생각했어?'라는 대답을 쓴웃음으로 대신했다.

"아니야, 비투." 나는 딸의 어깨에 팔을 둘렀다. "벨리는 우리를 떠나게 돼서 슬픈 것뿐이야. 하지만 앞으로 우리랑 다시 만나기를 기대하겠지."

나도 지나간 일이 아닌 앞으로 일어날 일을 기대하고 있었다. 뒷좌석에 기대앉은 채, 앞좌석에 앉은 여자들의 즐거운 대화에 귀를 기울이는 한편, 팔로 감싼 딸아이의 존재를 실감하며 아내와 눈길을 주고받는 동안(여전히 파드마를 전처로 생각하는 게 익숙하지 않았다) 나는 마치 기차역에서 손 흔들어 마지막 작별 인사를 하는 것처럼, 우리가 함께 모이는 것도 이번이 마지막이 될 수 있음을 문득 깨달았다.

파드마가 비투를 데리고 보스턴으로 떠났을 때, 나는 6개월이면 솔로초를 아내의 세상에서 씻어내기에 충분할 거라고 생각했다. 하지만 그가 있는 삶이 여러모로 더 재미있었던 게 분명했다. 그 터키인은 파드마가 항상 간절히 바랐지만, 아내나 내가 아무리 합리화하려 해도

메울 수 없는 바람이었던, 문학이 있는 삶을 아내에게 줬다.

파드마가 오랫동안 떠나 있었기 때문에, 나는 암마를 돌봐줄 요양 보호사를 찾아야 했다. 인도 내에서는 개량인 간호사를 구할 수 없었기 때문에 그건 고려할 만한 선택지가 아니라는 것을 금세 깨달았다. 다행히도 모던텍스타일사의 상가층 관리인인 라잔이 나를 찾아와 내가 방문 요양 보호사를 찾는다는 이야기를 들었다면서, 자기 딸인 벨리가 가정 요양 관련 학위를 가지고 있는데 그도 자신의 딸을 믿고 보낼 만한 곳을 찾고 있었다고 했다.

신뢰는 모든 관계를 가능케 한다. 은행가로서 나는 여러 경험을 거쳐 이런 교훈을 체득하게 됐다. 나는 어렴풋한 향기의 조합이 불러일으킨, 슬픔 같으면서도 뭐라 정의할 수 없는 미묘한 행복감에 사로잡혔다.

볕에 데워진 자동차 시트의 가죽 냄새, 암마의 흰 머리칼에서 나는 코코넛오일 냄새, 파드마의 베티베르 향과 벨리의 자스민 향, 그리고 비투에게서 나는 맥동하는 듯한 동물 냄새. 이렇게 뒤섞인 감각은 내 **두뇌**가 만들어낸 것이 아니었다. 분명 순간이라는 꽃에서 피어오른 향기일 거다. 나는 그 감각이 자기 성찰의 과정을 거치며 용해되기 전에 그 정수를 맛봤지만, 결국 이유 없는 행복감의 자취만 남긴 채 사라져버렸다.

약간 넋이 나간 채, 나는 앞좌석 사이로 몸을 내밀어 여자들에게 무슨 이야기 중이냐고 물었다.

"암마가 보스턴에서 열릴 내 결혼식에 들르고 싶으시대. 나도 오시면 좋겠어. 예약을 하거나 수속을 밟아둘게. 암마가 오시면 나도 더없이 행복할 거야." 파드마가 말했다.

"그럼 나도 가마. 비행기 탑승권 예약해다오." 암마가 선언했다.

"암마, 혼자서는 욕실도 겨우 찾아가시잖아요. 보스턴은 무리예요."

암마가 짐짓 연민을 자아내는 불쌍한 노인 목소리로 말했다. "파드마, 봤지? 얘가 이렇다니까. 네가 떠난 뒤로 줄곧, 쟤의 형편없는 농담의 놀림거리가 됐지 뭐냐." 그러고 나서 암마는 놀랍게도 몸을 틀어 내 뺨을 다독였다. "하지만 괜찮다. 나더러 기운 내라고 그러는 것뿐이니까. 불쌍한 내 새끼."

"그이랑 같이 살면 그런 위험이 있죠. 암마, 진심으로 드리는 말씀인데, 항공권 예약할게요. 당신 아들도 원한다면 같이 와서 그 형편없는 농담 실력을 마음껏 뽐내도 괜찮아요."

"그래, 사람이 많을수록 더 즐겁잖니." 암마가 특유의 쾌활한 태도로 말했다. 그런 다음 파드마의 선택을 완강하게 옹호하면서 터키-타밀 혼혈아에 관해 아무도 제기한 적 없는 윤리적 논쟁에 경멸을 표하는가 하면, 중요한 것은 사람의 성품이지 그 출신이 아니라든가, 사랑은 불화 속에서 더 강해진다든가, 그 사람이 홍미紅米와 *아비얄*을 좋아한다고 하지 않았던가 하는 이야기들을 늘어놨다.

"난 맘무티가 되게 터키인처럼 생겼다고 늘 생각했어." 암마의 완고한 어조를 통해 아직 만나본 적도 없는 솔로초라는 사람이 암마가 가장 좋아하던 남인도 배우에게 평생 쏟던 애정을 마음먹기에 따라 끌어올 수도 있음을 알 수 있었다. 암마가 그 정도로 터키인들을 좋아했었나.

나도 그가 마음에 들었다. 솔로초는 자기 이름을 따온 고전 영화 속

조직원과는 딴판이었다. 한 가지 예를 들자면, 그는 가는 연필 콧수염을 길렀다. 나도 비슷하게 콧수염을 기를 수도 있었지만, 그의 비쩍 마른 큰 키나 너무 많은 이닝에서 사용된 크리켓 배트 같은 우울한 표정은 도저히 따라할 수가 없었다. 그의 첫인상은 예리한 구석이 있는 괜찮은 사람이었고, 느릿한 미소와 사려 깊은 태도 때문에 그가 하는 말에 유난히 무게가 실렸다.

그는 나에게 줄 선물을 가져왔다. 파묵의 『순수 박물관』 작가 서명본 한 부였다. 이 책이 위대한 작가의 손을 거쳤다는, 작가의 몸에 닿았다는 이상한 생각에 억누를 길 없는 전율이 등줄기를 타고 흘러내렸다. 개량되지 않은, 있는 그대로의 즐거운 기분이었다. 한 선물 안에 두 가지 선물이 들어 있었다. 의심할 여지없이 매우 비싼 책이었다. 나는 다시 한 번 서명을 만져보면서, 지면에 새겨진 메시지를 재생해 봤다.

머릿속에서 오르한 파묵이 시간의 다리 저편에서 말을 걸었다. "내 친구여. 내가 이 이야기를 쓰면서 느꼈던 즐거움을 당신도 읽는 동안 얻길 바랍니다."

다시 한 번 메시지를 재생한 다음 고개를 들자 파드마와 솔로초가 나를 지켜보고 있었다. 그들이 나에게 어울리는 선물을 찾으려고 노심초사했을 것에 감동했다.

"소중히 간직할게요. 고맙습니다." 나는 진심으로 말했다.

"천만의 말씀입니다." 그렇게 말하는 솔로초의 얼굴에 예의 그 느린 미소가 번졌다. "당신이 제게 빚진 건 아무것도 없어요. 오히려 제가 당신 아내를 데려간걸요."

우리는 너털웃음을 터트렸다. 그런 다음 점심식사 내내 수다를 떨었다. 나는 양고기를 주문했고, 다른 사람들은 비리야니 한 솥을 시켜 나눠 먹기로 했다. 비투가 손가락을 입에 넣는 것을 지켜보는 동안, 나는 그 애가 정말 보고 싶었음을 새삼 깨닫고 깜짝 놀랐다. 솔로초는 집행을 앞둔 사형수처럼 먹어댔다. 파드마가 고개를 젓자 나는 빤히 지켜보던 것을 그만뒀다. 자기 성찰의 습관이 가끔 행복한 순간을 방해했지만, 한편으로는 내 행복에 조금 더 감동적인 구석을 만들어 넣고 싶었다. 사랑하는 사람이 행복하다는 것이 행복을 더욱 달콤하게 만들기 때문에, 행복해지는 것과 누가 행복한 상태임을 아는 것은 전혀 다른 것이다. 그렇지 않다면 우리가 동물과 다를 게 뭐가 있겠는가? 그런 즐거운 기분으로 머리가 어지러워진 나는 참된 관계를 맺기를 바랐다. 나는 솔로초를 돌아봤다.

"새 소설 쓰고 계시죠? 당신 팬들이 점점 조바심을 내겠군요."

"지난 10년 동안 아무것도 쓰지 못했습니다." 솔로초는 미소 지으며 대답했다. 그는 파드마의 뺨을 쓰다듬었다. "이 사람이 많이 걱정해요."

"걱정 안 해!" 파드마는 걱정할 것 하나도 없다는 기색이었다. "난 그저 당신 아내인 것만이 아니야. 나 또한 독자라고. 작가가 가장 쉽고 편한 방법으로 문제를 해결하면, 난 그 자체가 문제라고 생각하기 때문에 그냥 책을 덮어버려. 당신은 완벽주의자잖아. 나도 그런 점을 좋아해. 당신 작품 번역 때문에 얼마나 괴로웠는지 기억나?"

솔로초는 다정하게 고개를 끄덕였다. "아내도 저와 똑같이 괴로워했어요. 아내는 쉼표 하나를 두고 기꺼이 일주일 동안 고민할 거예요."

"우리는 각주 때문에 싸웠잖아! 그는 각주를 좋아하지 않아. 하지만 번역자가 어떻게 각주 없이 의미를 명료하게 할 수 있겠어? '절대 안 돼'라고 내가 단호하게 거절했지."

두 사람이 티격태격하는 모습을 보고 있으니 마음이 편안했다. 그들의 열정이 부러웠다. 나에게는 열정이 결여돼 있었다. 하지만 내게 열정이 없었다면, 왜 파드마는 내게 이야기해주지 않았던 걸까? 결혼 생활을 유지하기 위해서는 노력이 필요하다. 이게 바로 사랑이라는 이름의 미국식 노동 이론이다. 그게 나에게는 잘 통했다. 나는 노력하는 것을 좋아했다. 노력에 또 노력을 거듭하는 것. 아내가 우리 관계에 대해 내가 노력하기를 원했다면 나는 그렇게 했을 터였다. 그 지점에 이르자 나는 그 주제에 관한 흥미를 잃었다.

"더 이상은 문학작품을 많이 읽지는 않아요. 한때는 왕성하게 읽어대던 시기가 있었죠. 그러다가 20대에 개량 수술을 받게 됐어요. 조정 국면을 거치고 나니 어째서인지 직업을 비롯해 만사에 있어서 아무 감흥이 없더라고요. 제 친구들도 비슷한 이야기를 합니다. 친구들은 대체로 아이들이 무엇을 읽는지 파악하고 있습니다. 하지만 아이들의 상황도 그리 좋지는 않아요. 그래서 저는 궁금한 겁니다. 어쩌면 우리는 문학이 필요한 시기에서 웃자란 것인지도 모르죠. 그러니까 제 얘기는, 시간이 흐르면 아이들은 상상 친구들보다 웃자라잖아요. 우리 포스트휴먼들은 문학이 필요 없어지는 지점까지 자라버린 건 아닐까요?"

나는 솔로초의 대답을 기다렸다. 하지만 그는 입 안에 비리야니를 잔뜩 밀어 넣고 사원의 소처럼 평온하게 음식물 씹는 일에만 열중하고 있었다. 파드마가 유쾌한 수다로 침묵을 메웠다. 솔로초가 단편소설집을 작업하고 있다고 했다. 그리고 이런 것도 하고 저런 것도 한다고 했다. 나는 파드마의 짐짓 쾌활한 태도 속에서 힐난하는 듯한 기색을 느꼈지만, 물론 그런 생각은 다소 우스꽝스러웠다. 그러자 파드마는 화제를 바꿨다. "당신, 당신, 당신 모던텍스타일사와 일은 다 끝났어?"

"나, 나, 난 아직 멀었어." 나는 이렇게 대답했고, 우리 두 사람은 웃음을 터트렸다. "여느 때랑 똑같아. 노동자들에게 우리 사주 없이도 경영 참여가 가능하다고 설득하려고 애쓰고 있어. 하지만 쉽지 않아. 개량인들이라면 쉽지. 금세 이해할 테니까. 하지만 그렇지 않은 사람들, 특히 마르크스주의자 유형 인물이라면…"

"엄청 어려운 일처럼 들리네."

사실은 정반대였다. 흥미로워하는 파드마의 표정은 엄청 지루하다는 의미였다. 나도 그렇게 자세하게 설명하려는 의도는 아니었다. 머천트뱅크 은행원으로서, 나는 일찌감치 대부분의 예술가들, 특히 작가 부류들은 돈 이야기만 나오면 움츠러드는 것을 알게 됐다.

나야 아무래도 상관없었다. 그저 이상하다고 생각했을 뿐이었다. 왜 그들은 다른 어떤 요소보다 세상을 변화시키는 데 더 강한 영향력을 지닌 자본에 관심을 갖지 않는 걸까? 하지만 솔로초의 소설은 각주는 물론이고 쉼표 하나조차도 상경 분야에 할애하지 않을 것이라는 데 나는 기꺼이 내기를 걸 것이다. 파드마조차 나와 함께 사는 내내 자신이 숭앙하던 그 시인들이 수려한 문장보다 행동이 앞서는 부류라는 사실을 결코 인정하지 않았다.

"저는 포스트휴먼이라는 단어를 싫어합니다." 솔로초의 선언에 우리는 놀랐다. "인류가 저지른 죄악에 대해 우리에게 아무 책임이 없다고 주장하기 위한 변명일 뿐이죠. 역사에 대한 부정이고요. 당신은 시온으로 돌아가고 싶습니까? 그렇다면 형제여, 당신은 길을 잃은 겁니다."

정적.

"시온으로 가는 길이라면 잘 알죠." 마침내 내가 입을 열었고, 파드마가 박장대소하는 동안, 나는 어리둥절해 있는 솔로초에게 내가 어머니를 모시고 살고 있는 사윤은 원래 사이언^{Sion}이라 불리던 곳임을 설명했다. 사이언은 남인도계 집단 거주지였던 쳄부르와 킹서클 사이에 위치한 국제적인 북인도 교차 지역이었다. 그런 다음 사윤은 무슬림의 집단 거주지가 됐다. 지금은 그저 부자들의 집단 거주지일 뿐이다.

"사윤! 그거 시온을 아랍식으로 읽은 거잖습니까. 당신은 이미 시온에 살고 계시는군요!"

"정확히 그렇습니다. 심지어 집에서 멀지 않은 곳에는 낙원에서 흘러나온 강도 하나 있어요. 상상해보세요. 그리고 파드마는 여전히 절 떠나 있고요."

"시온에는 지키는 여자들이 없나 보군요." 솔로조가 내게 특유의 느린 미소를 지어 보였다.

"물론이지." 파드마가 미소 지으며 말했다. "지란강은 얼마 전에 생겼어. 사이언 근처에는 강 같은 건 없었지. 거긴 완전 교통지옥이었어. 지난 60년 동안 모든 게 바뀌었지. 완전히, 통째로 바뀌었다고."

"반대로…" 내가 양고기를 두 번째로 덜어 먹으려고 몸을 앞으로 내밀며 말을 꺼냈다.

어머니께서 타밀어로 끼어들었다. "얘들아. 너희들이 내키지 않는 것은 안다만, 더 이상 미뤄서는 안 돼. 이제 비투에게 이야기해야지."

"그래, 비투. 그 애의 마음을 찢어놓은 다음 다시 치료해야지." 솔로초는 아직 타밀어를 그리 잘 알아듣지는 못했지만, '비투'라는 핵심 단어는 알아들었다. 오늘 모임은 사실 비투에 관한 것이었다.

먼저, 예비 행위가 진행됐다. 나는 파드마로부터 이혼 서류를 받아, 내가 서명해야 하는 곳에는 모두 서명했다. 요즘 같은 세상에는 시대착오적인 이상한 절차였지만, 어쨌거나 필요한 것이기는 했다. 한 번의 펜 놀림으로, 나는 파드마를 아내라고 부를 수 있는 권리를 포기했다. 전처와 나는 눈을 마주쳤다. 말로 다 하지 못했던 감사의 마음이 눈길을 통해 오갔고, 나는 마음속에서 깊은 슬픔이 소용돌이치는 것을 느꼈다. 그런 다음 혼자 괴로워하도록 내버려두지도 않는다는 사실에 새하얗게 달아오른 분노가 뒤따랐다. 빌어먹을 **두뇌**가 이 모든 광경을 지켜보며 나를 보호하고 있었다. 하지만 그 무엇도 상실로부터 나를 지켜줄 수는 없었다. 맙소사, 파드마… 그러고 나서 나는 금세 진정했다.

"바깥에 공원이 있어. 거기서 비투에게 이야기할게." 파드마도 미소 지으며 말했다.

대화는 원만하게 시작됐다. 사실 비투는 그렇게 눈치가 빠른 아이가 아니었다. 자기 부모가 이혼하려 한다는 사실을 깨닫는 데 시간이 조금 걸렸다. 차라리 잘됐다. 앞으로 보스턴에서 살게 될 거란다. 그래, 친구들과는 모두 헤어지게 될 거야. 그래, 콧수염 기른 아저씨가 이제 의붓아버지가 된단다. 아냐, 난 같이 안 가. 그래, 종종 들를게. 기타 등등. 그 뒤에도 아이는 똑같은 질문을 다시 한 번 했다. 떨리는 턱, 새된 목소리, 하지만 대체로 꽤 차분한 편이었다. 우리는 일이 순조롭게 풀리는 듯한 기분을 느꼈다. 파드마와 나는 서로를 힐끔 곁눈질했고, 솔로초도 잘됐다는 투로 고개를 끄덕였다.

암마는 훨씬 눈치가 빨랐다. 그녀는 자기 손녀를 잘 알았고, 완전히 개량되지 않은 게 어떤 것인지 우리보다 훨씬 잘 기억하고 있었다.

비투가 공원과 고속도로를 구분하는 담장 쪽으로 소리 지르며 달려가자, 올해 여든둘인 암마가 아이를 쫓아가 도로에 올라가기 직전 붙잡았다. 워낙 비현실적인 상황에 경악한 나머지 우리는 웃음기가 가시지 않은 얼굴로 그들을 따라잡았다. 그런 다음 아이를 끌어안고 더 자세하게 설명해줬다. 비투도 진정한 듯했다. 그 뒤에 우리가 놔주자, 아이는 다시 도로로 달려가려 했다. 나중에 파드마, 솔로초와 내가 입씨름을 벌여 정리한 이야기에 따르면 그랬다고 한다. 사실 우리 중 누구도 무슨 일이 일어났는지 정확하게 기억하지 못했다. 하지만 고맙게도 내 **두뇌**가 묻어버리기로 결정한 것으로 미루어보아 대단히 힘든 상황이었음이 분명했다. 코피가 흐르는 장면, 미친 듯이 병원으로 달려가는 순간, 비투의 신경질적인 비명 소리, 솔로초의 품에 안긴 파드마의 모습이 스쳐 지나가는 것을 기억한다. 비투의 **두뇌**가 제어권을 인계받아 우리 **두뇌**들과 협의해 아이의 망상 활성 중추를 일시 정지시키기로 결정했다. 그러자 비투는 잠에 빠져들었다.

"걱정하지 마십시오. 아이는 근처의 **두뇌** 정비 시설에서 쉽게 깨울 수 있습니다." 비투의 **두뇌**가 하는 말이 우리 머릿속으로 바로 중계됐다. 그것은 항공사 승무원 목소리를 통해, 처음에는 영어로, 다음에는 힌디어로 말했다.

비투를 진찰했던 의사가 생각난다. 그녀는 우리를 안심시키려 애썼다. 의사가 상황을 인계받은 이후의 일들은 모두 기억난다.

"비투는 바로 작년에 개량 수술을 받았군요. 맞습니까?" 의사가 물었다.

사실이었다. 의사는 장치의 세부 사항을 알고 싶어 했다. 비투의 **두뇌**가 식욕을 억제했나요? **두뇌**는 사건을 얼마나 빨리 잊어버리곤 했습니까? 충동 제어에 대한 우리 방침은 어땠습니까? 특히 중요한 것은 그 점이었다. 아이의 **두뇌**는 불확실성을 어떻게 다뤘나요? 위험 회피적이었을까요, 아니면 위험 중립적이었을까요? 물론 불필요한 질문들이었다. 모든 정보는 의무 기록에 나와 있었다. 나는 의사의 이야기를 듣는 동안 가끔 고개를 끄덕이기만 했다. 파드마가 질문에 줄곧 대답하는 동안 마음속에서 고요한 행복이 자라나는 것이 느껴졌다. 그러면서 '당신들은 아이에게 관심을 갖는 부모였습니까, 이 기술이 당신 아이에게 어떤 결과를 초래했는지 알고 있나요'와 같이 의사가 정말 알아야 할 필요가 있다고 생각하는 질문들에 대답했다.

의사는 우리가 비투로 하여금 자기 **두뇌**에 이름을 붙이도록 장려했는지 물었다. 비투가 자기 **두뇌**를 '부부'라는 이름으로 부르던 것을 알고 있었던가? 새로 조정된 어린이들은 가끔 자기 **두뇌**에 이름을 붙이곤 했다. 파드마는 미소 지으며 고개를 끄덕였지만, 나는 그녀가 염려하고 있음을 알 수 있었다. '부부'라고?

우리는 '적응하는 데 시간이 걸립니다'라는 내용의 설교를 들었다.

비투는 아주 어렸고, **두뇌**는 여전히 아이의 신체의 일부로 완전히 통합된 상태가 아니었다. 아이가 **두뇌**에 이름을 붙인 것이 그 증상이었다. 아이의 **두뇌**는 비투의 복잡한 감정을 처리하는 것이 특히 어렵다는 것을 깨달았다. 그리고 비투도 자기 머릿속에 있는 것을 다루기 쉽지 않다는 것을 깨달았다. 우리가 더 신중했어야 했다. 특히 시험 별거를 보스턴에서의 즐거운 휴가로 위장한 것은 좋은 생각이 아니었다. 우리는 고개를 떨궜다.

의사는 진정하라고 말하며 미소 지었다. 이런 일들은 일어나기 마련입니다. 그 나이대의 어린이들 마음이 얼마나 혼란스러운지 어른이 돼서 기억해내기는 특히 어렵습니다. 옛날에 어린애들 키우는 것과는 전혀 다르니까요. 걱정하지 마세요. 몇 주 내로 비투는 자기가 이렇게 걱정하고 불안해했다는 것조차 기억 못 할 겁니다. 아이는 계속 진짜 걱정거리들을 안고 있을 테지만, 공포와 자기 연민 그리고 다른 부정적인 감정들이 상황을 복잡하게 만들지는 않을 겁니다. 그런 오염되지 않은 걱정거리들은 사랑과 상냥함, 인내와 이해를 통해 쉽게 다룰 수 있을 겁니다. 의사의 손가락이 네 가지 처방을 짚으며 허공에서 십자를 그렸다.

"감사합니다, 의사 선생님." 훌륭한 의학 강의를 들었다고 생각하는 엄마들이 으레 그러듯 열의에 찬 목소리로 파드마가 대답했다.

우리 모두 한결 기분이 나아진 듯했다. 우리의 인식은 적절한 피드백 게시판에 이 특별한 상호작용을 높이 평가하도록 우리 **두뇌**들에 통보할 터였다.

바깥으로 나와 깊이 잠든 비투를 솔로초의 렌터카에 눕히자, 이제

작별 인사를 할 때가 됐다. 내가 파드마와 포옹하자 그는 이런저런 약속을 했다. 연락하겠다고, 나도 이런저런 것들을 하겠다고 했다. 그리고 비투에 관한 이야기도. 우리는 마주 보고 미소 지었다. 하지만 암마는 개량 여부와 관계없이 기분이 엉망인 모양이었다.

"오늘 같은 꼴을 보려고 내가 그리 오래 살았던 거니?" 그녀는 잠깐 자기도 모르게 짐짓 가엾게 느껴지는 말투의 타밀어로 물었지만, 파드마와 내가 그 떨리는 목소리에 폭소를 터트리자 정신을 차렸다.

"그 의사는 '특히'라는 단어를 유난히 좋아하시더군요." 솔로초가 멍하니 내 손을 잡고 악수하면서 말했다. "제 소설에서 저런 등장인물이 하나 있죠. 그는 '반면'이라는 표현을 좋아해요. 딱히 대조할 만한 것이 없을 때도 그러죠." 그는 다른 손으로 맞잡은 우리 두 손을 감싸쥐었다. "당신 질문에 대한 제 대답은 어리석었습니다. 완전히 어리석었죠. 전 실패했어요. 저도 똑같은 질문에 관해 가끔 생각했습니다. 다음번에는 실패하더라도 좀 더 나아지겠죠. 우리 또 이야기합시다."

무슨 질문? 소설의 유용성? 그런 걸 누가 신경 쓴대! 나는 상관하지 않았다. 그런 생각이나 하고 있을 여유는 없었다. 그래, 이걸로 충분했다. 파드마는 떠날 것이다. 비투도 떠날 것이다. 내 아내와 아이는 영원히 가버렸다. 무언가 머릿속에서 찰칵하는 소리를 내는 듯했고, 나는 아찔한 기분을 느꼈다. 머릿속에서 울리는 음악 때문에 옳은 생각을 할 수가 없었다. 너무 행복한 나머지 당장 자리를 뜨지 않으면 기쁨으로 폭발해버렸을지도 모른다.

암마와 나는 아파트로 돌아왔다. 우리는 서로 **두뇌**를 연결한 다음, 옛날 타밀어 노래들을 함께 부르고, 친척 어르신들이 죽은 흥미로운 방식들에 관해 이야기를 나눴다. 암마는 나만 내버려두고 먼저 잠들지는 않았다. 어머니는 삶에 지치셨지만, 아직도 나 자신으로부터 나를 보호하고 계신다.

그날 저녁, 벨리는 하루를 어떻게 보냈는지 수다를 떨거나 실없는 농담을 하거나 끝없이 이어지는 듯한 국산 소프오페라 연속극에 관해 암마에게 이야기했다. 암마는 벨리가 이야기하는 동안 조용히 앉아 그저 미소 짓거나 고개를 끄덕이거나 눈을 깜빡기렸다.

벨리가 암마를 침대에 눕히는 걸 본 후, 나는 이렇게 말했다. "어머니 잘 돌봐줘서 고마워요. 피곤해 보이네요. 다음주에 며칠 쉬고 싶어요?"

"전 아무 데도 안 가요." 그녀가 타밀어로 불쑥 말했다. 그러더니 내 손을 잡고 자기 커다란 가슴팍에 힘껏 눌렀다. "당신들을 보면 많은 감화를 받아요. 당신 가족들 모두 말예요! 인생의 문제들을 어쩌면 그렇게 분별 있게 다루실 수 있는 거죠? 우리 같은 사람들과는 영 딴판이에요. 숙부님의 부인이 도망갔을 때 일어났던 소란을 당신이 보셨어야 했는데. 이 이야기를 이상하게 받아들이지 않으시길 바라지만, 가끔 밤에 걱정으로 잠을 못 이룰 때, 당신의 미소 짓는 얼굴을 생각하면 마음이 편안해진답니다. 저도 감정으로부터 자유로워질 수 있다면 좋겠어요!"

어떤 사람이 다른 사람 눈에 부처 같아 보이는 것은 매일 있는 일이 아니므로, 나는 최대한 깨달음을 얻은 사람에 합당한 몸가짐을 하려고 노력했다. 하지만 그녀는 **두뇌**의 조정 기능에 대해 흔한 오해를 한 모양이었다. 감정으로부터 자유로워지다니! 우리 개량인들은 감정으로부터 자유로운 것이 아니었다. 오히려 그 반대였다. 우리는 정신 건강 관련 의학적 면역 체계를 갖추고 있는 것뿐이었다.

벨리가 혼동하는 것은 이해할 수 있었지만, 솔로초도 나를 당황스럽게 만들었다. 우리는 비정기적이지만 자주 연락을 했다. 파드마는 그의 작업이 여느 때보다 점점 나아지고 있다고 했지만, 그가 보통 연락하는 시간대로 미루어보아 오전 중에는 한가한 모양이었다. 그가 연락해오는 것이 반가웠다. 시차 때문에 그의 아침 시간은 나에게는 저녁이었고, 저녁에는 종업원지주제나 보통주나 공장노동자 같은 것에 관해서는 그다지 생각하고 싶지 않았다.

분위기는 제법 편안했다. 벨리는 저녁 요리에 쓸 야채를 썰고 있었고, 암마는 벨리에게 시시콜콜 참견하는 것과 스도쿠 풀이를 하는 것을 번갈아 하고 있었으며, 솔로초와 나는 여러 가지 주제와 인물에 관해 토론했다. 사실 토론할 거리라면 주제야 아무래도 상관없었다. 우리는 사악한 자본주의, 가나 경제의 부흥, 비리야니를 조리하는 최선의 방법, 아이들을 완벽에 가깝게 교육시키는 방법, 그리고 벨리 댄서들에게 하복부 노출이 필수 요소인지에 관해 토론했다. 우리 사이에서 가장 치열하게 논쟁이 벌어지는 것은 상당수 우리 두 사람 사이의 의견이 완벽하게 일치하는 주제에 관한 것들이었다.

소설을 예로 들어보자. 그가 소설이 개량되지 않은 사람들에게 가장 적합한 매체임을 안다는 것을 나도 잘 알고 있다. 하지만 그가 이 점을 인정하는가? 결코 그렇지 않았다. 그는 왜 소설이, 그리고 범위를 확장시켜 작가들이, 지금 같은 시대에도 유의미한지 이유를 계속 대보겠다는 약속을 지켰다. 솔로초에게 이유가 필요하다는 사실이 흥미로웠다. 이야기꾼으로서 그는 이유에 대한 면역이 있었어야 했다.

내가 그에게 이런 이야기를 하자, 그는 즉시 받아쳤다. 그는 두 문장을 제시했다. 첫 번째는 '에우리디케가 죽자 오르페우스도 심장마비로 죽었다'였고, 두 번째는 '에우리디케가 죽자 오르페우스도 슬픔을 못 이기고 죽었다'였다.

솔로초가 물었다. "이 둘 중 어느 문장이 더 만족스럽다고 생각하십니까? 이들 중 어느 것이 더 의미 있다고 느낍니까? 논리에 앞서 당신이 선호하는 구절을 알려주세요."

"제가 어느 쪽을 선호하는지는 중요하지 않습니다. 오르페우스가 개량인이었다고 해도 여전히 심장마비로 죽을 수도 있죠. 하지만 슬퍼서 죽지는 않았을 겁니다. 마찬가지로 어느 정도 시간이 흐르면 아무도 심장마비로 죽지는 않을 겁니다."

다음에 그는 문학이 우리에게 공감을 가르쳐준다는 해묵은 논쟁을 끄집어냈다. 21세기 초에나 어울릴 법한 이런 헛소리는 그런 단순한 사고가 통용되던 시대에도 받아들여지지 않았을 터였다. 예를 들어, 그런 주장은 공감이 문학을 가능케 한다는 주장만큼이나 쉽게 논박될 수 있었다.

아무튼 인류에게 왜 공감이 필요했을까? 그건 사람들이 마치 외국어로 쓰인 책과 같기 때문이었다. 책은 의미를 지니고 있지만, 그 의미에는 접근할 수가 없다. 다행히 과학이 개입해 그 문제를 해결했다. 이제는 다른 사람들의 감정을 파악하고자 항상 안절부절 필요가 없게 됐다. 사람은 타인의 감정을 알 수 있었다. 사람들은 행복하고, 만족하며, 동기부여가 되고, 긴장이 풀리는 기분을 느꼈다. 악성림프종의 징후를 찾기 위해 겨드랑이를 살필 필요가 없듯이, 더 이상 다른 사람의 입장을 헤아릴 필요가 없었다.

"바로 그게 제 요점입니다!" 솔로초가 소리쳤다. 물론 그는 곧 진정했다. "그게 바로 제 요점이라고요. 개량은 우리 정신을 구성하는 구부러진 목재를 곧게 펴는 과정입니다. 이것이 계속된다면 우리는 모두 윤리적 로봇이 될 겁니다. 제가 전에 물었죠? 시온으로 돌아가기를 바라냐고요."

"그게 시온이랑 무슨 관계입니까?"

"시온. 에덴. 스와르그. 사윤. 낙원. 내키는 대로 부르세요. 창세기에서 한때 우리는 로봇이었습니다. 왜 우리가 시온에서 쫓겨났다고 생각하세요? 아담과 이브가 신과의 언약을 깨고 나무에서 열매를 따 먹으며 세계에 허구의 서사를 끌고 들어왔을 때 우리는 순수를 잃었습니다. 그 시점에서 우리는 인간이 된 거죠. 이제 우리는 우리 머릿속에 있는 나무를 제어할 길을 발견해 다시금 로봇이 돼 순수를 회복했습니다만, 이것이야말로 시온으로 들어가기 위해 치러야 할 대가였던 거죠. 이것과 당신의 소설에 대한 멀시 사이의 상관관계가 안 보이십니까?"

사실 보이지 않았다. 하지만 그의 유럽식 상상력이 나의 것과 근본적으로 어떻게 다른지 이제 보이기 시작했다. 그는 나와 논쟁했지만, 그의 싸움은 사실 이미 죽은 유럽 백인들을 대상으로 한 것이었다. 소크라테스, 플라톤, 아리스토텔레스. 괴테, 바움가르텐 그리고 카를 모리츠. 후고 폰 호프만슈탈, 마흐와 비트겐슈타인. 그의 박식함에 경탄을 금할 수 없었다. 그가 열거한 철학자들이나 그들의 허구에 뭐라 첨

언할 것은 없었지만, 나는 은행원이고 적격자가 아니더라도 보완적인 시각을 덧붙일 수는 있을 터였다.

이 경우, 한 가지는 분명했다. 그의 모든 논쟁은 소설의 필요성에 기초하고 있었다. 하지만 모든 소설은 그 자신의 필요성에 대해 반론을 펴게 돼 있다. 소설의 세계는 얼마나 현실적이든 간에 현실 세계와는 다르며, 소설의 세계에서 특정한 한 권의 책만은 포함할 수 없다. 바로 그 소설 그 자체다. 예를 들어, 파묵의 『순수 박물관』 세계에는 『순수 박물관』 한 권이 포함돼 있지 않다. 파묵이 만들어낸 허구의 세계가 그의 소설 한 권이 없어도 문제없이 잘 돌아간다면, 작가가(혹은 어느 작가든지) 현실 세계 역시 그 소설이 필요치 않다는 것을 증명한 것은 아닌가? 기타 등등.

한참 뜸을 들인 다음 솔로초가 말했다. "저는 저만의 바비케인 회장을 찾아냈습니다. 소설에 대한 당신의 회의주의가 필요해요. 거침없이 말씀해주세요. 당신의 의견은 제가 당신의 가장 촘촘한 의심도 관통할 수 없을 만큼 두꺼운 판금 갑옷을 맞추는 데 도움이 될 겁니다."

나중에야 알았지만, 이 모든 이야기는 베른의 『지구에서 달까지』에 나오는 대포 제조업자인 임피 바비케인과 갑옷 제조업자인 캡틴 니콜스 사이에서 일어난 전설적인 논쟁의 인용이었다. 바비케인은 더욱 강력한 대포를 발명했고, 니콜스는 점점 더 뚫기 어려운 판금 갑옷을 발명했던 것이다. 적어도 나도 논쟁을 통해 배운 것이 있었다.

그의 위선 때문에 내가 화가 났다면, 진즉에 화를 냈을 터였다. 그의 일족이 독자를 고려한다면, 그것은 자유나 공감, 기타 등등에 관한 것이었을 터였다. 솔로초는 터키에 관해 영어로 소설을 쓰면서 독자를 전혀 고려하지 않았다. 비영어권 세계에 관해 비영어권 거주자가 영어로 쓴 소설이라니! 제인 오스틴이 잉글랜드에 관해 산스크리트어로 소설을 쓰는 것과 마찬가지였다.

사실 이건 우리가 하는 게임에서는 중요한 문제가 아니었다. 사람들이, 심지어 개량인들 사이에서도, 서로를 얼마나 원하는지 단정 짓는 것은 쉽지 않았다. 솔로초는 파드마를 행복하게 해줬다. 나의 파드마가 행복한 것을 보니 나도 기뻤다. 그렇다. 그는 더 이상 내 것이 아니었다. 개량인들은 그 누구에게도 속한 것이 아니고, 어쩌면 자신에게마저 속한 것이라 할 수 없을지도 모르기 때문에, 애당초 내 것인 적조차 없었다. 파드마가 기뻐하는 것을 보니 나도 좋았고, 파드마의 **두뇌**가 아닌 솔로초가 책임지고 그를 돌봐줄 거라 믿었다. 비투도 보스턴에서의 생활에 잘 적응 중인 모양이었다. 아니, 어쩌면 비투가 적응 중인 것은 자신의 '부부'였는지도 모른다. 결국, 똑같은 것이고 아무 차이 없었다.

파드마는 내가 솔로초와 나누는 잡담에 흥미를 느낀 모양이었다. "진짜 부럽네! 당신 둘이 같이 도망가려는 건 아니겠지?"

"그래, 잘한다. 어제 결혼하고 내일 또 이혼해라." 우리 대화를 엿듣고 있던 암마가 소리쳤다. "세상이 어떻게 돼가려는지! 신도 없고, 도덕도 없는 거냐? 너희들의 부도덕한 행동이 비투에게 어떤 영향을 줄지 생각이나 해봤니? 그 애를 마약중독자로 만들고 싶은 거냐? 그 애는 자신이 학교에서 돌아왔을 때 누가 자신을 맞이해줄지 알고 싶은 것뿐이다. 엄마와 아빠가, 안정적인 가정이 필요한 거라고. 어떤 과학기술도 그 애에게 그런 걸 줄 수 없어. 계속 너희들 내키는 대로 하거

라. 내가 뭐라고 간섭하겠니? 아무것도 아닌데. 그저 머지않아 죽을 쓸모없는 늙은이일 뿐이야. 빨리 죽든지 해야지. 매일 밤마다 눈을 감고 다음 날 아침 깨어나지 않도록 해달라고 기도한다. 누가 이런 식으로 살고 싶겠니? 애완동물이라면 모를까. 아니, 애완동물이라도 이런 건 사절일 거다." 암마는 미소 짓더니 갑자기 태도를 바꿨다. "난 신경 쓰지 말거라. 너도 마음 속 깊이 비투를 염려한다는 거 잘 안다. 어느 엄마가 안 그러겠니? 미국에는 눈이 내리고 있니?"

소문으로 듣던 바와 같이 미국인들도 괜찮은 모양이었다. 나는 솔로초의 단편소설집 『에덴의 로봇』을 뒤적이면서, 내가 솔로초와 나눴던 논쟁을 벨리가 어떻게 받아들였을지 궁금했다. 벨리가 입을 헤벌린 채 무엇이 솔로초를 이렇게 흥분시키는지 알아내려고 애쓰면서 열심히 듣고 있던 모습을 떠올린다. 그녀도 솔로초가 아주 재미있는 사람이라는 것을 눈치챘다. 그녀는 (a) 백인들, (b) 개량인들 그리고 (c) 영어를 아주 유창하게 구사하는 사람들에게나 품는 깊은 존경심을 담아 그를 '교수 아저씨'라고 부르곤 했다. 가끔 그의 극적인 손짓이나 억양이 강한 영어를 흉내 내곤 했다.

돌이켜보면 솔로초의 자살에 벨리가 가장 큰 충격을 받을 것을 예상했어야 했다. 어떻게 안 그럴 수가 있었을까? 비개량인들은 그들의 정신에 가해질 인생의 충격에 대해 방어할 만한 수단을 갖추지 못한 경우가 많았다. 나는 벨리를 사무실로 부른 다음 최대한 부드럽게 그 소식을 전하려 했다.

"당신의 교수 아저씨가 자살했다고 하네요. 너무 슬퍼하지는 마시길 바랍니다. 암마에게는 알리지 마시고요. 마음을 굳게 먹으세요. 아시겠죠, 벨리?"

법률상 형식에 관해서는 파드마에게 이미 조언해뒀고, 비투와 수다를 떨면서 아이를 웃게 만들었다. 만사는 버터처럼 부드럽게 진행됐다.

파드마와 나는 만약 암마에게 알려야 한다면 내일 알려주기로 결정했다. 암마는 요즘 금세 피곤해지곤 했다. 거기에 짐을 더 얹을 이유가 있을까?

파드마가 반짝이는 눈으로 미소 지으며 말했다. "내가 그의 문학 유산을 관리해야 해. 할 일이 많아. 지금으로서는 보스턴에 계속 머무를 거야. 당신은 괜찮겠어? 말상대가 그리울 텐데."

내가? 그가 그리울 수도 있겠다. 하지만 요점을 잘 이해 못 하겠다. 나는 괜찮았다. 더 나쁜 일도 겪지 않았던가? 대체 왜 파드마는 그런 질문을 했을까? 내가 울고 있었나? 슬픔에 입고 있던 옷을 찢기라도 했나? 이를 갈았나? 그러자 분노로 빨갛게 물든 낙엽들이 가을바람에 흩어지는 것처럼, 짜증스러운 기분이 내 의식으로부터 미끄러져 빠져나갔다. 염려해주다니, 파드마는 참 친절했다.

"왜 교수 아저씨가 자살하셨던 거죠?" 벨리가 울면서 물었다.

"심장을 멎게 하는 뭔가를 마신 모양이에요." 내가 설명했다.

"그러니까 왜 그랬느냐고요!"

왜라니? 이유가 대체 무슨 상관인데? 솔로초가 심장을 멎게 하는 약을 삼켰거나 트럭 앞으로 뛰어들었거나 물에 빠졌거나 태양을 향해 뛰어들었거나 안개 속으로 녹아들었겠지. 아무튼, 그는 죽었다. 그의 **두뇌**가 어떻게 이런 일이 일어나도록 허용했을까? 내 변호사에게 물어볼 사항을 머릿속에 기억해뒀다. 소송이 그럴 만한 가치가 있는 행동인지 AI는 적절한 의견을 제시할 수 있을 터였다. 솔로초의 단편소설집에 암호화된 메시지가 포함돼 있는 게 아니라면 (그리고 나는 그가 그랬을 가능성을 배제할 수 없다고 본다) 그는 어떤 식으로든 유언을 남기지 않았다.

"왜 그분은 도와달라고 하지 않았을까요?" 벨리가 흐느꼈다.

나는 벨리를 곁눈질했다. 그녀는 화를 내기로 작심한 것처럼 보였다. 그녀의 실룩거리는 얼굴이 나에게 어떤 영향을 미친 깃 같았다. 나는 웃지 않으려고 애썼지만, 웃음은 점점 커져서 수면의 일렁임으로, 그런 다음에는 파도가 돼 마침내 커다란 폭소의 쓰나미로 터져 나오더니 몇 번이고 거듭해서 반복됐다. 나는 소리치고 키득거리면서 발을 굴렀다. 그럴 만한 이유가 없었음에도 웃음을 멈출 수 없었다. 한참 뒤에야 겨우 진정했다.

"미안합니다. 당신을 비웃은 게 아니에요. 사실 제가 이런 일을 당하고도 웃을 수 있는 사람이 아닌 걸 당신이 잘 아시잖아요."

벨리는 나를 빤히 바라보더니 입을 달싹거리면서 외면해버렸다. 가엾은 사람 같으니. 벨리는 이런 상황 때문에 아주 혼란스러웠던 모양이었다. 나도 그 심정을 이해할 수 있었다.

"벨리, 강둑에 나가보지 그래요? 산책을 해서 마음을 가라앉히고 사원에 교수 아저씨 이름으로 공양을 할 수 있을 겁니다. 기분이 훨씬 나아질 거예요."

내가 생각해도 그게 이치에 닿는 조언처럼 여겨졌는지, 그녀가 바깥으로 나갈 무렵 나는 다소 기분이 좋아진 상태였다. 하지만 산책하러 나간 벨리는 다시는 돌아오지 않았다. 그날 밤에 늦게 짤막한 소식을 받았다. 그녀는 그만두겠다고 했다. 그 외에 설명 같은 것은 없었다. 그녀의 아버지인 라잔이 들러서 짐을 챙겨갔지만, 그의 태도도 애매한 데다, 더 나쁜 것은 미안한 기색도 없었다는 점이었다. 이렇게 불편한 상황은 처음이었다.

끝이 좋으면 모든 것이 좋다. 파드마와 비투는 보스턴에서 행복하게 지냈다. 어쩌면 머지않아 그들이 돌아올지도 모른다. 비투가 나를 잊어버리지 않았으면 좋겠다. 솔로초의 책은 여느 고심작들에게 응당 주어져 마땅한 찬사를 받게 될 터였다. 그런 작품이 추구했던 것이 유용성인지 무용성인지 상관없이.

"자꾸 그렇게 페이지를 뒤적거리면 책이 망가지게 될 거야." 암마가 말했다.

나는 책을 암마에게 돌려줬다. 책과 독서와 이야기를 향한 암마의 열의는 대단했다. 연세가 거의 아흔에 가깝지만 얼마나 대단한 열의인가! 잘됐다. 그녀에게 여전히 삶의 낙이 남아 있어서 나도 기뻤다. 그녀와 동년배인 다른 사람들은 대부분 이미 죽은 거나 마찬가지였다. 숨 쉬고, 먹고, 돌아다니지만, 본질적으로 그들은 걸어 다니는 식물인간이나 마찬가지였다. 과학기술은 삶을 개선할 수 있었지만, 살고자 하는 의지를 끌어내지는 못했다. 암마는 진정한 귀감이었다. 내가 그 나이가 됐을 때 그 열의의 10분의 1이라도 가질 수 있기만 바랄 뿐이다. 나는 이런저런 일에 대해 암마에게 감사의 인사를 늘어놓다가, 그녀가 이미 이야기 속에 빠져들었음을 깨달았다. 그래서 나는 내 사랑하는 독서광과 그 텍스트 사이에 끼어들지 않도록, 까치발로 그 자리에서 빠져나왔다.

E. Lily Yu

녹색 유리구슬: 어떤 사랑 이야기

E. 릴리 유

이동현 옮김

E. 릴리 유는 2017년에 아티스트 트러스트·라살 스토리텔러상을, 2012년에 어스타운딩 신인 작가상을 수상했다. 그의 단편소설들은 《맥스위니즈》부터 《언캐니》에 이르는 다양한 잡지에 게재됐고, 아홉 권의 연간 선집에 수록됐으며, 휴고상, 네뷸러상, 로커스상, 시어도어 스터전상과 세계환상문학상 후보로 지명됐다. 그의 첫 장편소설인 『연약한 파도에 실려On Fragile Waves』는 2021년 2월에 출간됐다. 홈페이지 주소: elilyyu.com

Green Glass: A Love Story

SF-Final

E. Lily Yu

Green Glass: A Love Story

　약혼한 지 4개월 지나 결혼식을 6개월 앞둔 날, 리처드 하트 래버튼 3세가 클래리사 오데사 벨의 열세 번째 생일에 선물했던 은 목걸이에는 그가 달에서 보낸, 알이 고르지 않은 녹색 유리구슬들이 꿰여 있었다. 로켓에 실어 달로 보낸 로봇이 월면의 먼지를 뒤져 녹색 유리구슬들을 한 움큼 찾은 다음 초소형 로켓에 실어 지구로 발사했다. 유리구슬들은 대기권 재진입 과정에서 발생했던 열에 녹아, 남중국해에서 캡슐이 회수되기 전에 이미 엄지만 한 크기의 덩어리 하나가 돼 있었다. '그러면 로봇은 두 사람의 영원한 결합에 대한 상징으로 달 표면에 남은 거구나.' 클래리사는 이렇게 생각했다.

　서른 번째 생일, 두 사람은 연구실에서 배양한 새우와, 곤충도 지렁이도 없이 숙성시킨 복숭아를 반 조각씩 먹었는데, 그것들은 그날 아침 경매장에서 엄청난 경매가로 낙찰받은 거라고 지배인이 귀띔해줬다. 클래리사가 복숭아 껍질 마지막 조각을 삼키자마자, 리처드는 벨벳 상자를 열어 그 안에서 목걸이를 꺼냈다. 클래리사가 녹색 유리구슬들을 어루만지며 탄성을 터트리는 동안, 리처드는 서툰 손놀림으로 걸쇠를 붙들고 씨름했다. 한데 모여 웅성거리던 잿빛 제복의 웨이터들은 공손하게 작은 소리로 박수를 쳤다.

클래리사와 리처드는, 시간을 거슬러 올라가 대여섯 살 때 클래리사가 오렌지 주스를 리처드의 셔츠 앞섶에 쏟은 이후로 알고 지낸 사이였다. 클래리사는 이 이야기를 할 때마다 사우스캘리포니아와 플로리다 사이에 자리 잡은 감귤 과수원들을 망친 마름병이 돌기 20년 전의 일이었다고 항상 덧붙인 다음, 눈썹을 단두대 칼날처럼 내리깔곤 했다.

두 사람은 초등학교, 중학교, 그리고 고등학교까지 같은 학교를 다녔고, 하교 후에는 VR 세상에 빠져 살았다. 클래리사가 드래곤을 타면 리처드는 드래곤을 탄 클래리사와 싸우거나, 때로는 역할을 반대로 해보기도 하면서, 둘은 문법과 지리에 대해 많은 것을 배웠다. 가끔 클래리사는 홍수에 잠길 위기에 처한 군도를 구하거나, 질병의 위협으로부터 마을을 지키는 내용의 시나리오를 직접 써서 가져오기도 했다. 리처드가 외계인들에게 총질을 하는 동안에는 혼자서 이런 시나리오를 가지고 놀았다.

이러한 두 사람의 엇갈림은 우연이 아니었다. 사회적으로 지위가 있는 사람들이 자기 아이들을 보낼 만한 학교는 맨해튼을 통틀어 초등학교가 세 곳, 중학교가 네 곳, 그리고 고등학교는 두 곳뿐이었다.

대학에 들어가면서 두 사람의 진로가 갈렸다. 리처드는 보스턴에 있는 학교로 갔고, 클래리사는 학교의 상징색인 오렌지색 옷을 입은 남자들이 널린 프린스턴으로 갔다. 그녀는 과정별 샘플 수업을 듣고, 또 남자들을 만났지만, 그 어느 것도 그녀의 열의를 불러일으키지는 못했다.

그녀가 만났던, 도서관과 식당에서 일해 생활비를 버는 남자들은 장래를 염려하는 기색이 완연했다. 클래리사가 보기에 그들에게는 그 앞에 놓인 거친 길에서 자신을 배려할 만한 여유가 없어 보였다. 어쩌면 그들이 언젠가 대단한 업적을 이룰 수 있을지도 모르지만, 아무튼 힘들게 싸워서 길을 개척해야 할 팔자였다. 한편 법조인과 공학자, 그리고 의사 집안 아들들은 자산 운용 계획과 혼전 서약, 앞으로 낳을 자녀의 수, 그리고 이상적인 아내의 요건에 관한 이야기로 대화의 물꼬를 트곤했고, 클래리사는 다소 무례한 이런 이야기에 당황하곤 했다. 실제 권력과 재력을 갖춘 집안 자식들은 춤추고 술 마시고 마약 하는 것으로 시간을 보냈다. 하룻밤 정도야 재밌었지만 그것도 이내 질렸다.

졸업한 지 몇 년 뒤, 클래리사와 리처드의 진로가 다시 겹쳤다. 둘 중 누구한테 묻느냐에 따라 답변이 달라질 수는 있지만, 클래리사는 폭풍에 피해를 입은 박물관들로부터 손상돼 공개할 수 없게 된 예술품들을 사들여서 복원하고 되파는 데 두각을 드러내, 박식하고 운 좋은 예술품 투자자로서 명성을 쌓아가고 있었다. 그녀는 켄터키에서 온 민속 예술품이 전시된 어느 옥상 조각 정원에서 열린 리셉션에 초대됐다. 자주색과 오렌지색 얼룩무늬의 표범 그림 앞에서 넋이 나간 채 감상하고 있다 보니, 곁에 서 있던 남자가 점잖으면서도 친근한 태도로 기침을 하기 전까지 그 존재를 전혀 눈치채지 못했다. 그녀가 돌아보고 그 남자가 누구인지 알게 되자 예술품들은 순식간에 관심사에서 밀려났다.

손잡이 부분이 가느다란 와인 잔을 들고, 두 사람은 난간에 기댄 채 저 아래에서 굽이치는 잿빛 수면을 내려다봤다. 만조 때라 바닷물은 피치 코팅된 택시들의 창문 높이에서 물결쳤다. 클래리사는 홍수로 집을 잃은 하류 계층 사람들이 전부 곤돌라로 갈아타서 뉴욕시의 분위기가 베네치아처럼 될 것인지, 지하철과 지상층 아파트에 살던 쥐들이 대다수 익사했는지 아니면 살아서 상층으로 이주했는지 따위를 곰곰이 생각했다. 리처드는 쥐들이 물에 빠져 죽는 대신 정장을 갖춰 입고 금융지구에서 분석 업무 쪽으로 일하는 법을 배웠다고 너스레를 떨었다. 그런 다음, 할 말 안 할 말 조심스레 가려가면서, 두 사람은 지난 10년 동안 살아온 과정에 대해 이야기 나눴다.

후줄근한 제복을 입은 종업원들이 마티니와 스카치위스키를 나눠주면서 사람들을 헤치며 뱀장어처럼 슬그머니 다가오는 동안, 클래리사와 리처드는 희미한 운명의 종소리와 함께, 두 사람 모두 독신이고, 경제적으로 안정돼 있으며, 생명보험에도 가입돼 있고, 혼전 서약에도 거부감을 느끼지 않을 뿐만 아니라, 남자아이 하나와 여자아이 하나를 갖고 싶어 한다는 것을 문득 깨닫고, 서로에 대한 끌림을 느끼며 키득거렸다.

"아이들을 갖는 건 비윤리적인 행동이란 거 나도 알아. 우리가 사는 행성이 이런 상태에서 그건…" 클래리사가 와인 잔 테두리를 따라 손가락을 미끄러뜨리며 말했다.

"넌 아이를 가질 자격 있어. 우리는 그럴 자격이 있다고. 그 문제라면 모두 어떤 식으로든 상쇄될 거야. 제안된 탄소세를 봐도…"

그의 눈은 때 묻지 않은 맑은 푸른색이었다. 클래리사는 그 속으로 점점 더 깊이 빠져들었다.

개인용 보호 껍질을 함께 쓰는 것 외에는 선택의 여지가 없는 상황이었다. 어쨌든 원래대로라면 클래리사는 예술품을 감정하고 있어야 했고, 리처드는 부친의 새 벤처 사업에 적합한 후보를 평가하고 있어야 했기 때문에, 두 사람은 10대 청소년처럼 키득거리며 웃거나 쉿 소리로 서로에게 주의를 주면서 계단실로 슬그머니 들어갔다.

"쉿." 클래리사가 자기 쪽으로 날아오는 담배 연기를 맡자 주의를 줬다. 종업원 두 사람이 몰래 빠져나와 옥상 술집 위에 올라가서 자기들 나름대로 휴식 시간을 갖고 있었다.

"오늘 운하로부터 유독성 조수가 올라오는 날이야. 이제 어떻게 집에 갈지 모르겠어."

"운송 드론을 예약하면 되잖아."

"운임이 우리 급여의 절반이라고!"

"그럼 헤엄쳐 가든가."

"너라면 헤엄치겠냐?"

"난 여기서 잘 거야. 저기 관리실이… 음, 몇 층인지는 안 가르쳐줄래."

클래리사는 등 뒤로 계단실 문을 살짝 눠서 닫았다.

두 사람이 100층으로 내려가자, 프로그래밍 가능한 플렉시글라스 거품이 강철 케이블에 매달린 채 대기하고 있었다. 클래리사와 리처드는 비싸긴 하지만 독성을 차단하는 이동 수단이 있음을 작은 소리로 서로 축하했다.

그들이 탄 투명한 보호 껍질이 전기 조명으로 휘황한 밤하늘을 가로질러 지나가는 동안 도시의 불빛이 그들 주위로 반짝였다. 리처드의 건물에서 한 블럭 떨어진 곳에 이르러, 클래리사가 웅장한 건물 외관에 설치된 스핑크스들과 사자들을 이제 막 알아볼 수 있게 됐을 무렵, 리처드가 자신의 손을 그녀의 작고 부드러운 손 위에 얹었다.

머지않아 두 사람은 일상으로 돌아갔다. 이비사, 리마, 상파울루로 가는 항공편을 탔고, 어느 나라든 기근으로 황폐화한 내륙지역이 있으면 자원봉사 활동을 갔으며, 바카라에서 열린 오찬과 퀸앨리스호에서 열린 만찬에 참석했다. 석조 휘장과 납유리 뒤에 숨어서 살아남은, 럼주 냄새가 나는 먼지 풀풀 날리는 클럽에서 오후를 보냈다. 그리고 어느 날, 두 사람이 다시 만났던 정원이 내려다보이는 디저트 바에서, 리처드는 클래리사에게 자기 증조모와 조모, 그다음에는 고모가 꼈던 다이아몬드 반지를 선물했다.

"아름다워." 클래리사는 그렇게 말하며 숨을 죽였다. 이가 빠졌거나 아예 하나도 없는 종업원들이 주위에서 모두 미소를 지었다. 다른 손님들이 박수를 쳤다. 샹들리에 보석 장식이 받은 빛을 반사하는 것처럼, 자신의 행복은 다른 사람들을 행복하게 해준 보답으로 되돌려받은 게 아닐까 하는 생각이 클래리사의 머릿속을 스쳤다.

리처드가 클래리사의 손가락에 반지를 부드럽게 미끄러뜨리며 말했다. "삼대에 걸친 사랑과 헌신으로, 우리 가문의 각 세대는 자기 자식들에게 최선의 가능성을 열어줬어. 우리도 그렇게 할 거야. 찰스와 첼시를 위해."

클래리사는 정확히 언제 두 사람이 장차 낳을 아이들의 이름을 의논했는지 어렴풋하게나마 의아하게 여겼다. 하지만 찰스나 첼시라는 이름에 문제가 될 것은 없었으며 오히려 아주 근사하게 들렸고, 이제 리처드의 손가락이 치마 비단 크레이프 아래로 슬그머니 들어와 스타킹

신은 허벅지 안쪽으로 올라오는 바람에, 그녀는 더 이상 아무 생각도 할 수 없었다.

일주일 뒤 세 쌍의 부모님이 전쟁 내각을 개회해, 그들 사이에서 결혼식 업무를 분담했고, 전시 체제나 부부 사이에서 볼 수 있을 법한 효율성으로 각자 맡은 바 임무를 해치웠다. 태피터와 시폰, 작약과 냅킨, 장미수와 캘리그래피의 회오리가 클래리사를 휩쓸었다. 여러 사람에게 이리저리 꼬집히고 쿡쿡 찔린 다음에야 마침내 바깥의 실제 시간과 상관없이 예술적인 분위기를 조성하려 조명을 변함없이 어둑하게 해둔 프랑스 아틀리에로 보내졌다. 물약처럼 김이 오르는 샴페인 네 잔이 제공됐다. 주술사같이 생긴 여자 하나가 입에 핀 여러 개를 잔뜩 문 채 체코어로 뭐라 중얼거리면서 드레스를 재단하기 위해 클래리사의 치수를 쟀다.

물론 그런 다음, 로켓과 로봇, 그리고 드론이 동원됐고, 리처드는 은목걸이에 녹색 유리구슬들을 꿸 수 있었다.

이제 모든 것이 완벽하게 준비됐다. 딱 하나만 빼고.

햇살 같은 오렌지주스의 추억에 비해, 달처럼 서늘하고 반짝거리는 어떤 맛, 냄새, 질감이 클래리사의 어린 시절 기억 속에서 아른거렸다.

클래리사가 말했다. "아이스크림. 달 모양 바닐라 아이스크림을 하객들에게 대접할 거예요."

클래리사가 목소리를 높여 무언가를 주장한 것은 이번이 처음이어서, 결혼식 메뉴에 필요한 식자재를 매입하는 신부 측의 밈은 숨을 죽였고, 신부 아버지의 셋째 부인인 켈과 리처드의 어머니인 수젯은 각자 우아하게 대칭을 이룬 한쪽 눈썹을 치켰다.

"무슨 말인지 모르겠…" 밈의 말문이 열렸다.

클래리사가 말했다. "진짜 달에 가지 않고도 달에 간 것 같은 기분을 내자고요. 드레스도 달처럼 하얀색이잖아요. 달걀 껍질 색도, 상아색도, 조개껍질이나 뼈 색도 아니고요."

켈이 말했다. "장식으로도 충분할 것 같아. 우리에게는 천체 투영기도 있고, 유리 수공예품 지구도 있고, 바닥에 뿌릴 파우더도…"

수젯이 덧붙였다. "백장미로 만든, 천장에 다는 작은 달들도 있단다. 여기에 더해 리처드의 로봇 축소 복제품이 테이블마다 올라갈 거고. 그정도면 충분하지 않니?"

클래리사가 말했다. "우리는 아이스크림을 먹을 거예요. 진짜 아이스크림이요. 녹지 않는 두유 소르베나 아황산염 첨가 코코넛 같은 대체품이 아닌 아이스크림 말이에요."

밈이 말했다. "너무 과하다고 생각하지 않니? 너는 사회적으로 성공했고 돈도 많지만, 그런 걸 사람들 앞에 내보이는 건 현명한 행동이 아니야."

켈이 말했다. "난 네 어머니와 의견이 일치하는 경우가 거의 없지만, 이 문제에 있어서는 어머니 말씀이 옳아. 세상에 어디서 깨끗한 우유를 찾을 수 있겠니? 그리고 오염되지 않은 달걀은 어쩌고? 바닐린은 편의점에서 쉽게 구할 수 있지만, 거기서 파는 것은 보통 사람들 입맛에 맞춰 나오는 거잖니?"

수젯이 말했다. "우리들은 길거리에서 파는 달걀을 먹고도 버틸 수 있는 미생물총을 보유하고 있지 않아. 우유를 먹으면 10년 내로 암에 걸릴 거라고. 다음에는 뭘 내놓을 거니? 햄버거라도 대접할 거니?"

"필요한 재료는 제가 구해볼게요." 클래리사는 목걸이를 만지작거리면서 대답했다. 달 유리가 피부에 따뜻하게 닿았다. 리처드라면 분명히 마술사처럼 손수건에서 좋은 달걀을 꺼내줄 터였다.

합성 바닐린은 확실히 중산층 수준이라 논외였다. 클래리사는 개인용 보호 껍질을 세 번 갈아탄 다음, 몸을 움츠리며 피를 토하는 흑인이 모는 보트를 타고 조미료 박물관으로 향했다. 이곳은 브롱크스에 있는 별다른 특징 없는 사무실 건물로, 방문자를 위해 2층 창문이 닫히지 않도록 괴진 채로 열려 있었다.

어딘지는 몰라도 당초 재원을 출자한 정부 기관은 줄곧 약탈당하다가 오래전 해체된 상태였다. 가치를 헤아릴 수 없는 모든 종의 곡류, 여러 강(綱)의 엽조들, 그리고 갖가지 조미료들이 그냥 방치된 채 이 저장소에만 존재했다. '학예사'는 바닐라 열매 여섯 알을 현금 거래로 판매하게 돼 그저 기뻤는지, 날랜 동작으로 냉동고의 서랍을 열고 바닐라 열매를 꺼낸 다음 붙어 있던 태그를 떼버렸다. 그는 클래리사와 오래 알고 지낸 프린스턴 시절 동창이었는데, 저장소에 무엇이 있는지 알려질 경우 무장 폭도들의 이목을 끌게 될까 봐 하루하루 두려움 속에서 살았다. 하지만 클래리사가 분별 있는 사람이라는 것을 그도 잘 알았다.

거래 금액은 클래리사가 보유하고 있는 로스코의 그림 한 점 가치에 육박했다. 그녀는 그림 한 점을 경매에 내놔야겠다고 마음속에 새겨뒀다.

클래리사가 돌아올 무렵 리처드는 펜실베이니아 준자유주로부터 헬리콥터로 열두 알이 묶인 달걀 여섯 팩을 확보한 채 투덜거리며 돌아왔다. 그의 이야기에 따르면, 문제의 농부가 샷건을 내려놓기 전까지, 헬리콥터가 안전거리에서 체공하는 동안 처음에는 확성기에 대고 소리쳐서 대화해야 했다고 한다.

"우유 문제는 네가 알아서 해. 케냐에 가볼 거야?" 그가 물었다.

클래리사가 말했다. "뉴욕산 달걀에 들어 있을지도 모를 박테리아가 밈을 죽일 수도 있어. 그리고 케냐산 젖소에서 짠 우유가 있어야…"

"그래도 대체 유제품으로 하는 게…"

"내가 바닐라 열매에 얼마를 지불했는지 알아?"

클래리사가 금액을 알려주자 그는 휘파람을 불었다. "네 말이 맞아. 대체품은 안 돼. 이번 일에서는 더욱 그렇고. 하지만…"

클래리사가 물었다. "스위스는 어때?"

"스위스에는 아무것도 남아 있지 않아."

"산악 지대잖아. 어릴 때 거기서 스키를 타곤 했어. 네 가족은 스키 안 탔어?"

"우리는 아스펜 쪽을 좋아했거든."

"그럼 어딘가 숨어 있는 소가 없을지 어떻게 알아?"

"스위스 사람들은 '4대 은행 전쟁'에서 '더러운 폭탄'을 사용했어. 살아남은 게 있다면 방사능에 피폭됐을 거야."

"더러운 폭탄에 관해서는 몰랐어."

"뉴스에는 보도되지 않았거든. 좋지 않은 인상을 줄 테니까."

"그럼 어떻게…"

"암호 금융계에서 일하는 분석가들은 보도되지 않은 온갖 소식을 다 듣지."

그의 곱슬머리는 유난히 제멋대로 흐트러져 있었고, 미소는 부드러우면서도 총명해 보였다. 클래리사는 목걸이에 꿴 유리구슬을 만지작 거렸다.

"물어볼게. 누군가는 분명 알고 있을 거야. 스키르와 버터, 심지어 치즈에 관한 소문도 들었거든." 클래리사가 말했다.

"그게 어딘가에 깨끗한 젖소가 있다는 의미는 아니야. 조심해. 치즈 한 조각 때문에 죽는 사람들도 있어. 너 때문에 우리 엄마가 중독되면 절대 용서 못 해."

"기다려봐. 젖소를 찾아낼 테니까." 클래리사가 말했다.

아이스크림을 내놓는 것은 사회적인 관습을 대놓고 거스르는 행동이었기 때문에, 단번에 클래리사의 사회적 지위를 위태롭게 만들거나, 험담하는 자리마다 그녀의 이름이 오르내리게 하거나, 결혼 생활에 풍파를 일으킬 수도 있었다. 따라서 클래리사로서는 두루 도움을 요청하는 것이 영 내키지 않았다. 밈의 결혼이 그러했던 것처럼, 각고의 노력이 필요한 일을 수월하게 보이도록 만드는 것은 그녀가 평생 해왔던 일이었다. 하지만 젖소를 찾으러 베네수엘라의 메사에 땀을 뻘뻘 흘리며 기어 올라가는 것은 아무래도 바람직한 효과와는 다소 거리가 있었다.

그래서 그녀는 대학 시절 룸메이트로 시작해 이제 친구라기보다 가족에 더 가까워 이번 결혼식에서 들러리를 서주기로 한 린지에게 연락했다. 린지는 지그시 실눈을 뜨더니 탈연방 오리건주에서 소젖 짜는 아낙들을 봤다는 소문을 기억해냈다.

소문이든 아니든, 실마리를 따라갈 가치는 있었다. 클래리사는 어느 동문 언론인의 이메일 주소를 확보했고, 그다음에는 차례대로 두 번째, 세 번째 후보에게 연락을 해봤다. 마침내 그녀는 포틀랜드부터 유진까지 이어져 있는 천연두 발병 지역 동쪽으로 들어갈 수 있다면, 억세게 운이 좋은 경우 데슈츠의 외딴 지역에서 3세대에 걸쳐 깨끗한 우유를 생산하는 젖소들을 사육하는 어느 낙농가를 찾을 수 있을 거란 정보를 확인했다. 다만 지난 몇 달 동안 그 농가 식구들을 본 사람이 없다는 게 문제였다.

"그러니까 당신이, 뭐라고 그러죠? 포틀랜드 포스트-인텔리젠서지와 함께 일하는 특약 통신원 맞나요? 1099 정산서 서식 받은 독립 계약자시죠? 제가 의뢰하고 싶은 일이 하나 있는데 맡으실 의향이 있으신가요? 일당에 더해 호텔, 개인 드론 비용 등 경비는 제가 모두 부담하고, 당신은 거기서 기삿거리를 얻는 거죠. 저는 우유 15갤런이 필요할 뿐입니다."

레일이 휘거나 침목들이 썩은 구간에서는 다음 온전한 구간으로 이어지는 지점까지 트랙터로 옮겨 운반해야 하긴 했지만, 아이스박스 열차들은 여전히 철컹거리며 노후화한 철도 자갈 바닥 위로 수 마일 거리를 달려 전국을 연결했다. 화물차들은 기증된 장기, 혈액, 플라스마, 매장하거나 해부할 시신, 그리고 연안 지역의 엄선된 진미를 운반했다. 이를테면 태평양에서 포획한 다음 급속 냉동시킨, 눈의 개수가 정상인 최상품 대서양 연어, 1년에 30여 마리밖에 생산하지 않는 오리건주 비밀 양식장에서 수확한 굴, 막무가내인 샌프란시스코 부자들이 주문한 길거리 모차렐라 치즈로 만든 뉴욕 피자, 그리고 우유나 크림, 조개도 안 들어간 보스턴 클램차우더 같은 것들을. 최근 발송 화물에는 그녀의 의뢰를 받은 통신원이 등유 통에 나눠 밀봉한 데슈츠 우유 15갤런을 더했다. 클래리사는 엄지손톱을 속살까지 물어뜯으며 등유 통들이 도착하기를 기다렸다.

우유는 터무니없이 많은 양의 설탕과 함께 도착했다.

이제 남은 작업은 교반뿐이었다. 이 부분에서는 린지와 다른 세 명의 들러리가 의심할 여지 없는 우정의 가치를 증명해 상당량의 크림을 만들어냈다. 결혼식 이틀 전, 그들은 바닐라 아이스크림으로 달을 빚은 다음, 크레이터와 은색 로봇 모양 스쿠프를 더해 마무리했다.

90명에 이르는 관계자 거의 대부분이 결혼식에 참석했다. 여전히 건강하고 머리칼과 치아도 멀쩡한, 교회에서 주례가 가능한 여섯 성직자 가운데 한 사람의 모습이 작은 프로젝터에서 영사됐다.

"당신을 사랑하는 아내이자 달의 여인이 될 것을 맹세합니다." 클래리사가 말했다.

"당신이 바라는 최고의 남편이자, 셋이나 넷 혹은 얼마나 많은 아이를 갖든 누가 봐도 바람직한 최고의 아버지가 될 것을 맹세합니다."

"셋? 넷?" 클래리사가 작은 소리로 중얼거렸다. 하지만 폭주하는 기차처럼, 서약이 덜컹거리며 튀어나왔다. "맹세합니다."

예식이 끝난 다음 하객들은 어울려 먹고 마셨다. 그런 다음 하객들에게 대접하기 위해 만든 '달'이 나오자 탄성과 카메라 플래시, 그리고 박수갈채가 쏟아졌다. 아이스크림 스쿠프는 진짜 탐사 로봇이 하는 것보다 훨씬 빠른 속도로 '달'에 크레이터들을 만들었다.

클래리사는 의기양양하게 리처드의 팔짱을 낀 채 이 테이블에서 저 테이블로 인사를 다녔다.

"로봇에 뭐라고 새겨뒀는지 알아? 이렇게 썼어. '클래리사 O. 벨과 리처드 H. 래버튼 3세가 영원히 행복하길.'"

"되게 거창하네. 그래도 저런 남자 있으면 무슨 짓이든 못 하겠어." 모니카가 말했다.

"소요된 경비만 놓고 따지면, 뉴욕시 전체에 C형 간염을 치료하거나 주 전체에 에피네프린을 구매해 공급할 수도 있었겠죠. 하지만 값을 따질 수 없는 것들이 있게 마련입니다. 이를테면 클래리사의 눈빛이라든지…"

그들 뒤에서 유리 깨지는 소리가 들렸다. 밈이 고용한, 출장 요리 업체의 모노그램 로고가 그려진 검은색 제복을 입은 한 흑인 여자가 맨손으로 깨진 유리 조각을 쓸어 담았다.

"죄송합니다. 제가 치울게요. 신경 쓰지 마시고 많이 드세요…" 여자가 말했다.

"우시는 거예요? 결혼식에서?" 클래리사가 깜짝 놀라 물었다.

"아뇨, 당신 덕분에 기뻐서 눈물을 흘린 것뿐이에요." 여자가 말했다.

"솔직하게 말해줘요." 실내조명이 클래리사의 피부에 부드럽게 비치면서 목에 걸린 녹색 유리구슬을 빛나게 했다. 그녀가 입은 레이스와 비단옷의 주름이 돋보이도록 일일이 손으로 골라 설치한 전구들이 환한 빛을 내뿜었다.

"아무것도 아닙니다. 정말 별일 아니에요. 가족 중 죽은 사람이 있어요. 그게 다입니다."

"안됐네요. 유리는 그냥 두세요. 이걸 드시면 기분이 한결 나아질 거예요."

그녀는 크리스털 그릇에 아이스크림을 잔뜩 퍼 담은 다음 찻숟가락을 하나 얹어 여자에게 건네줬다.

"정말 감사합니다." 여자가 말했다. 클래리사가 보기에 이번에는 정말 기쁨의 눈물인 듯했다.

다른 종업원이 쓰레받기와 빗자루를 가지고 와서 말없이 유리 조각들을 쓸어 담았다.

클래리사는 그 여자가 민망함을 느끼지 않도록 손수 두 번째 그릇을 꺼내 들고 아이스크림을 퍼 담기 시작했지만, 리처드는 그녀의 손에서 스쿠프를 빼앗아 그만두게 했다.

그는 수레국화처럼 파란 눈을 찡그리며 말했다. "넌 모든 사람이 너를 대단하다 생각하게 만들었어. 우리 어머니나 멜까지. 그리고 저 불쌍한 여자도. 넌 공감 능력 결여 주장에 대한 반론의 살아 있는 증거야."

"무슨…"

"어떤 연구자들은 부자들이 친절해질 수 없다고 하지. 마르크스주의자나 무정부주의자들의 헛소리야. 그런 사람들은 널 만나봐야 해."

아이스크림은 달콤하고도 차가웠다. 클래리사는 눈을 감은 채 잠시 몸을 떨었다. 잠깐 그녀의 미래가 은 목걸이에 연결된 채 눈앞을 선명하게 스쳐 지나갔다. 어떻게 첼시와 찰스와 닉이라는 아이들을 낳을 때마다 새 유리구슬이 은 목걸이에 더해지게 되는지. 어떻게 리처드가 여전히 사랑스러운 사람이면서도, 한편으로 그녀가 보기에 점점 이상하고 이해할 수 없게 변해갈지. 어떻게 자신이 세상을 구하고자 했던 어린 시절의 꿈은 제쳐놓은 채, 주위 세상이 어둠 속으로 잠기는 동안 자기 가족을 위해 불씨를 지키는 일에만 전념하게 되는지.

그녀는 눈을 떴다.

이제 춤출 시간이었다. 팔짱을 낄 수 있도록 리처드는 팔을 내밀었다.

두 사람이 앞으로 나와 달을 가로질러 왈츠를 추자, 스텝을 밟을 때마다 신발에 달의 먼지가 흩날렸다. 안무는 두 사람이 태어나기 한참 전부터 짜여 있어서, 두 사람은 주고받은 편지를 통해 이를 배웠고, 주스와 아이스크림과 함께 이를 받아들였다. 두 사람이, 그리고 결혼식 하객 모두가 춤추는 동안, 울고 있던 종업원은 바깥으로 내보내졌고, 시큼한 산성 바닷물이 점점 더 높이 차올랐지만, 예정된 결과에서 조금도 달라지는 것은 없었다.

스키드블라드니르의 마지막 항해

카린 티드벡

이동현 옮김

카린 티드벡은 스웨덴 말뫼에 거주하면서 스웨덴어와 영어로 단편 소설 및 장편소설, 그리고 인터랙티브 소설을 집필하고 있다. 그는 2010년 스웨덴어로 단편소설집『아르바드 페콘은 누구인가?Vem är Arvid Pekon?』를 출간하면서 데뷔했다. 영어권에는 2012년 단편소설 집『자가나트Jagannath』로 데뷔했으며, 이 책으로 2013년 크로포드상 을 수상하고 세계환상문학상 및 제임스 팁트리 주니어상 최종 후보 로 지명됐다. 장편소설『아마트카Amatka』는 2018년 로커스상과 유 토피아레스상 최종 후보에 지명됐다. 장편소설『기억 극장The Memory Theatre』이 곧 출간될 예정이다.

홈페이지 주소: www.karintidbeck.com

SF-Final

Karin Tidbeck

The Last Voyage
of Skidbladnir

승객 선실에서 무언가 고장 났다. 사가는 최대한 빠른 걸음으로 좁은 복도를 지나 계단으로 내려갔지만, 그가 도착할 무렵 사무장인 아비트는 짜증스러운 표정을 짓고 있었다.

"이제야 오셨군요." 그가 부리를 맞부딪치며 말했다.

"최대한 빨리 온 겁니다." 사가가 대답했다.

"너무 느려요." 아비트는 그렇게 대답한 다음, 며느리발톱이 달린 발뒤꿈치를 축으로 빙글 돌아섰다.

사가는 몇몇 승객들이 보드게임 혹은 독서나 수영으로 시간을 때우는 라운지를 사무장을 따라 지나갔다. 오늘 승객들은 대부분 인간이었다. 스키드블라드니르에는 선창이 없었지만, 객실 층 벽에는 공들여 그린 풍경화가 그려져 있었다. 구리 구체들이 과일처럼 나무에 드리워진 침엽수림, 거세게 파도치는 바다를 마주한 절벽, 그리고 태양이 모래를 뜨겁게 내리쬐는 사막을 그린 그림들이 있었다. 사가는 무슨 일이 생겨 아래층으로 호출돼 내려갈 때마다 그 경치들을 즐겼다. 위층에는 그런 장식이 없었다.

사가가 불려 내려가 수리해야 할 문제는 어느 작은 선실에서 비롯된 것이었다. 침대 옆의 유지·보수 패널이 열려 있었고, 거기서 뒤엉킨 전선 뭉치가 튀어나와 있었다. 선실의 전원은 차단돼 있었다.

"누가 이랬죠?" 사가가 물었다.

"승객이 그랬겠죠. 그냥 고치기나 해요." 아비트가 대답했다.

사무장이 자리를 뜨자, 사가는 주위를 둘러봤다. 방에 묵었던 사람이 누구인지는 모르겠지만, 지금 같은 상황이 아니었다면 아주 깔끔한 성격인 모양이었다. 개인 물품들은 대부분 눈에 띄지 않게 정리돼 있었다. 사가가 사물함 하나를 살펴보니, 단정하게 접힌 옷가지들과 그 위에 놓인 모자 하나가 눈에 띄었다. 작은 나무 상자 하나에는 싸구려 기념품처럼 보이는 것들, 열쇠고리 여러 개, 스노글로브 하나, 대리석 장식이 붙은 목걸이 하나가 들어 있었다. 유지·보수 해치가 열려 있는 몰골은 이 방 주인의 성격과는 완전 딴판이었다.

사가는 해치 너머의 난장판에 손전등 불빛을 비춰 봤다. 전선 너머에는 굵은 파이프 같은 게 지나고 있었다. 파이프에 밀려 소켓에서 전선 하나가 빠져 있었다. 사가는 끊어진 전선이 없는 것을 확인한 다음 안으로 손을 뻗어 파이프를 건드렸다. 파이프의 촉감은 따뜻했고, 건드리니 움푹 들어갔다. 스키드블라드니르의 느린 맥박이 파이프 안을 울렸다. 사가는 쪼그린 자세로 앉았다. 스키드블라드니르의 일부들은 여기, 이렇게 아래까지 내려와서는 안 됐다. 사가는 전선을 다시 엮은 다음 벽 안으로 쑤셔 넣고 테이프로 해치를 봉했다. 다른 할 일은 없는 듯했다. 여기 업무는 대부분 무언가를 받쳐 세우거나 테이프를 붙여 봉하는 일로 이루어져 있었다.

출발 경보가 울렸다. 벨트를 맬 시간이었다. 사가는 위층 정비 구역에 있는 자기 선실로 돌아갔다. 여기 위의 공기는 눅눅하고 더웠다. 열기가 상당했지만, 가끔 사가가 숨을 내쉬면 두꺼운 구름이 생겨날 때도 있었다. 그건 스키드블라드니르의 한 가지 특성 때문에 생기는 현상이었는데, 배가 세계와 세계 사이의 공간을 항해할 때 통과 중인 외부의 특성과 조응하는 것이었다.

승객과 화물은 건물의 저층에 배정됐고, 스키드블라드니르의 몸이 나머지를 차지했다. 누군가의 방에서 무언가 부서졌다면 재빨리 가서 고칠 수 있도록, 사가의 숙소는 승객층 바로 위에 있었다. 고장 나는 것들은 정말 많았다. 스키드블라드니르는 낡은 배였다. 여기저기서 전기가 제대로 들어오지 않았고, 배관은 항상 막혔다. 지하실의 물탱크는 불규칙한 주기에 따라 절로 채워지다가 자주 넘치는 바람에 화물 적재 갑판이 잠기곤 했다. 가끔 배는 폐기물을 처리하기를 거부하고 그냥 활송滑送 장치 속에서 썩게 내버려두곤 해서, 다음번 착륙 때 사가가 직접 폐기물을 치우고 버려야만 했다. 고칠 게 없을 때면 사가는 자기 숙소에서 시간을 보냈다.

비좁은 방은 침실 겸 거실로 사용됐다. 침대 하나, 작은 테이블 하나, 의자 하나가 전부였다. 아래층에서 가져온, 비디오테이프 슬롯이 있는 뚱뚱한 소형 텔레비전이 테이블의 대부분을 차지했다. 테이블 위 개폐형 책장에는 〈안드로메다 정거장〉 두 개 시즌이 담긴 비디오테이프 열두 개가 있었다. 여기서 앞서 일했던 사람이 남겨두고 간 것이었다.

사가는 침대에 누워 자기 몸을 묶었다. 배가 격렬하게 흔들렸디. 그 뒤 웅웅 소리와 함께, 배가 장벽을 통과해 공허 속을 항해함에 따라, 사가는 다시 침대에서 빠져나올 수 있었다. 그가 처음 배에 승선했을 때 아비트가 항해의 원리를 설명해준 적이 있었지만, 그때는 완전히 이해하지 못했다. 배는 다른 세계들 아랫부분을 비집고 대양으로 나온 다음 목적지에 도착할 때까지 항해한다고 했다. 이비트의 설명에 따르자면, 마치 바다표범이 얼음판에 난 구멍에서 구멍으로 헤엄치듯, 호흡하러 이따금 수면 위로 올라오는 동물을 생각하면 된다고 했다. 사가는 바다표범을 본 적이 없었다.

〈안드로메다 정거장〉을 보고 있으면, 스키드블라드니르가 세계 사이의 공간을 가로질러 항해하는 동안 내는 웅웅 울리는 추진음이 들리지 않았고, 잠깐이나마 만사가 일상처럼 평온하게 여겨졌다. 솔직히 연속극 자체는 멍청했다. 우주 어딘가에 있는 우주정거장이 외교 관계의 중심부로서, 비인간 종족들이 주기적으로 침공한다거나, 내부 갈등의 원인이 된다거나 기타 등등의 설정이었다. 하지만 연속극을 볼 때마다 사가는 집을, 친구들과 함께 텔레비전을 보던 일을, 스무 번의 일주 항해에 투신하기 전의 시간을 떠올렸다. 전화도 컴퓨터도 없는 지금, 연속극은 그에게 주어진 유일한 오락이었다.

시즌 2, 에피소드 5: 당신이 아는 그 악마

정거장은 인류 신화에 등장하는, 악마를 방불케 하는 섬뜩한 종과 조우한다. 처음에는 모든 승무원이 공포에 사로잡히지만, 선장은 그

"악마들"이 시를 정말 좋아하니 은유나 비유를 사용해서 의사소통하면 될 거라는 생각을 해낸다. 대화가 성립하자마자, 정거장의 시인들이 통역관이 되면서 무역 통신망이 수립된다.

숙직 근무 시간 동안 스키드블라드니르의 웅웅 울리는 소리는 마치 흥얼거리는 노래처럼 들렸다. 항상 그랬듯이, 사가는 공간 아닌 공간 속을 질주하는 꿈을, 격랑과 흐름 속에서 노니는 꿈을, 형용할 수 없는 색채들의 꿈을 꿨다. 거기에는 뭐라 표현할 수 없는, 길들여지지 않은 기쁨이 배어 있었다. 그는 땀에 흠뻑 젖은 채 잠에서 깨, 인간의 것이 아닌 감정에 현기증을 느꼈다.

다음 기착지에서, 사가는 엔지니어인 노빅이 선체를 검사하는 것을 돕기 위해 배에서 내렸다. 스키드블라드니르는 자줏빛 하늘 아래 얕은 분지 바닥 같이 생긴 지형 위에 물질화돼 있었다. 모래가 많은 바닥에는 조개껍데기와 물고기 뼈가 널려 있었다. 사가와 노빅은 드나드는 승객들의 인파를 헤치고 나아갔다. 부두 노동자들은 주 출입문 앞으로 상자 여러 개를 끌어 올렸다.

사가는 일자리를 얻어 처음 승선하게 됐을 때 스키드블라드니르가 도착하는 것을 한 번 본 적이 있었다. 처음에는 아무것도 없던 자리에 무겁고 견고한 선체가 항상 그 자리에 있었던 것처럼 문득 나타났다. 바깥에서 보면, 배는 높고 늘씬한 사무용 건물처럼 생겼다. 콘크리트 표면은 여기저기 움푹 들어간 데다 줄무늬가 나 있었고, 창문들은 몽땅 철판으로 막혀 있었다. 지붕을 뚫고 스키드블라드니르의 발톱과 다리가 바람에 부드럽게 흔들리는 식물처럼 튀어나와 있었다. 건물에는 주 출입문을 제외한 다른 출입구는 없었고, 여기로 모든 인원이 드나들었다. 로비의 에어록에서 나온 사람은 여러 단으로 이루어진 계단을 올라야 승객 층에 도착할 수 있었다. 사가의 경우, 기관실과 선체관리부로 통하는 나선계단을 사용했다.

노빅은 몇 걸음 물러나 선체를 훑어봤다. 구겨진 파란색 외투를 걸친, 수염을 기른 장신의 남자는 배의 밑바닥에 있을 때보다 바깥에 나오니 조금이나마 덜 위압적으로 보였다. 그는 사가를 향해 돌아섰다. 햇빛 아래에서, 잿빛 눈은 거의 투명해 보였다.

"저기." 그는 측면으로 2층 위 한 지점을 손가락으로 가리키며 말했다. "빨리 땜질을 해야겠어."

사가는 노빅을 도와 건물 측면에 승강기를 부설하고, 손상 지점에 다다를 때까지 권양기를 가동했다. 깨진 부분의 크기는 작았지만, 그 깊이는 제법 깊어서 그 아래에 있는 무언가, 마치 피부 같은 것이 사가의 눈에 띄었다. 노빅은 안쪽을 살펴보더니, 끄응 소리를 낸 다음 자신이 금 간 부분에 퍼티를 바르는 동안 사가로 하여금 양동이를 들고 있도록 시켰다.

"안에 뭐가 있는 거죠?" 사가가 물었다.

노빅은 콘크리트를 두드렸다. "이제 다시 안전해졌단다, 얘야."

그는 사가를 향해 돌아섰다. "그는 항상 자라고 있어. 조만간 문제가 될 거야."

시즌 2, 에피소드 8: 부자연스러운 관계

정거장의 장교 하나가 규소 기반 외계 생물과 관계를 갖기 시작했다. 결국, 실패로 끝나게 될 사랑이었고, 실제로 그렇게 됐다. 장교는 그 생물의 생물권으로 들어가 자신의 호흡 장비를 벗고 그 생물과 관계를 가졌다. 그는 2분을 더 버텼다.

사가는 그날 밤 규소 생물 혹은 해안에서 부서지는 파도 같은 목소리를 지닌 거미줄 같은 존재에 관한 꿈을 꿨다. 그 생물이 그에게 노래를 불러줬다. 그는 숙직 근무 중에 잠에서 깼지만, 그 노래가 귓가에 계속 맴돌았다. 그는 벽에 손을 댔다. 콘크리트는 따뜻했다.

그는 언제나 모험을 떠나고 싶었다. 어릴 때부터 꿈꾸던 일이었다. 그는 우주비행사가 되는 날이 오기를 꿈꾸며 〈안드로메다 정거장〉이나 〈시리우스 변경 지대〉 같은 연속극을 몇 번이고 돌려 보며 자랐다. 어떻게 하면 우주비행사가 될 수 있는지 조사도 했다. 그러기 위해서는 열심히 공부해서 정신적으로나 육체적으로나 완벽한 사람이 돼야 했다. 그는 어느 쪽도 아니었다. 그저 물건을 고칠 수 있는 재능이 전부였다. 우주는 머나먼 꿈으로만 남겨둬야 했다.

갑각 우주선들의 도래가 인류의 우주 진출을 가로막았다. 그들은 공간을 통해서가 아니라 세계 사이의 다른 차원을 통해 항해했다. 처음 인류가 느낀 공황이 가라앉고 언어 장벽을 극복하게 되자, 무역협정과 외교 관계가 수립됐다. 재능이 있거나, 돈이 많거나, 야망을 품은 사람들은 머나먼 곳으로 가는 그 배에 올랐다. 사가 같은 사람들은 고향 떠나기를 꿈꾸기만 하면서 지금까지의 삶을 계속 살아갔다.

그 무렵 갑자기 우주선 한 대가 사가가 사는 마을 근처에서 물질화했다. 우연히 항해 장치가 고장 난 것임이 분명했다. 승무원들은 하선하더니 남자아이 하나를 내려놓았는데, 아이는 점점 심하게 기침을 하더니 그 자리에 쓰러졌다. 다리가 길고 부리가 있는 생물 하나가 모여든 군중에게 물건을 고칠 줄 아는 사람 있느냐고 딱딱한 억양으로 물었다. 사가는 한 걸음 앞으로 나섰다. 푸른 외투를 걸친 키 큰 인간 남자가 잿빛 눈으로 그를 바라봤다.

"어떤 일을 할 수 있나?" 그가 물었다.

"필요한 일이라면 뭐든지요." 사가가 대답했다.

남자는 그의 굳은살 박인 손을, 결의 어린 얼굴을 유심히 살펴보더니 고개를 끄덕였다.

"그러면 같이 가자꾸나." 그가 말했다.

사가는 가족과 친구들에게 작별 인사도 제대로 하지 않았다. 한 번도 뒤돌아보지 않고 그저 출입문으로 들어가버렸다.

시간이 흐름에 따라 외계 여행에 덧칠돼 있던 환상도 희미해졌다. 이제 여행은 그저 일거리일 뿐이었다. 전기 설비를 고치고, 해치가 꽉 닫혀 있도록 테이프를 붙이고, 가끔 배관이 고장 나면 폐기물을 퍼내는 일. 여기서는 고장 나지 않는 것이 없었다. 여러 세계를 항해하는 배들 가운데, 아마도 스키드블라드니르가 가장 오래되고 낡았을 것이었다. 배는 여느 흥미로운 장소에 들르지도 않고, 그저 문명으로부터 한참 떨어진 사막과 작은 마을과 섬에 갈 뿐이었다. 사무장 아비트는 배가 좀 더 나은 항로에 취항할 자격이 있다며 이따금 불평했다. 승객들은 맛없게 조리된 수준 미달의 음식에 불평했다. 단 한 명, 불평하지 않는 사람은 노빅뿐이었다. 그는 스키드블라드니르를 칭할 때 물건이 아닌 사람처럼 취급했다.

다음 몇 정거장 동안, 전력 부족으로 인한 정전이 더 자주 일어났다. 매번 생체 도관들이 전기 배선과 뒤엉켜 단선을 일으켰다. 처음에 그런 현상은 승객층 최상부에서만 일어나더니 점점 그 다음 층으로 번져 나갔다. 마치 스키드블라드니르가 자기 신체를 건물 전체로 뻗어 내리는 듯했다. 처음에는 촉수만 내려왔는데, 천장의 전구가 자꾸 깜빡거리니 객실의 전기 설비를 고쳐달라는 요구가 들어와 사가가 불려 내려갔다. 그가 유지·보수 해치를 열자 그 안에서 눈 하나가 그를 마주 보고 있었다. 눈의 동공은 크고 둥글었으며, 홍채는 붉은색이었다. 눈은 관심 어린 시선으로 그를 빤히 지켜봤다. 그가 눈앞에서 손을 흔들자, 눈은 그 움직임을 따라갔다. 스키드블라드니르는 아둔한 짐승이라고 아비트가 말한 적 있었다. 하지만 사가를 마주 보는 눈은 아둔해 보이지 않았다.

사가는 위층으로 올라가 자기 숙소를 지나서 처음으로 기관실 문을 두드렸다. 한참을 기다린 뒤에야 문이 열렸다. 엔지니어인 노빅이 바깥을 살피러 몸을 내밀었다. 그의 얼굴에는 뭔지 몰라도 시커먼 물질이 묻어 있었다.

"필요한 거라도 있어?" 그가 퉁명스럽지는 않은 말투로 물었다.

"잘은 모르겠지만 무슨 일이 일어나고 있는 것 같아요." 사가가 대답했다.

노빅은 그를 따라 객실로 내려와 해치 안을 살폈다.

"이거 심각한데." 그가 중얼거렸다.

"이게 뭐죠?" 사가가 물었다.

"나중에 이야기하자." 노빅은 그렇게 말하더니 빠른 걸음으로 방을 나섰다.

"저는 어떻게 할까요?" 사가가 떠나는 그를 향해 큰 소리로 물었다.

"아무것도 안 해도 돼." 그가 뒤돌아보지 않고 대답했다.

노빅은 선장실 문을 살짝 열어뒀다. 사가는 바깥에서 실내 대화에 귀를 기울였다. 사실 그는 한 번도 선장을 본 적이 없었다. 선장은 선장실에 틀어박혀 모습을 드러내지 않은 채 직무를 수행했다. 사가는 선장을 알토 음역대의 목소리를 지닌 그림자로만 알고 있었다.

안에서 선장이 말하는 목소리가 들렸다. "위험을 무릅쓸 수는 없습니다. 그게 어쩌면 한동안 더 버텨줄지도 몰라요. 당신이 좀 더 공간을 확보할 수도 있을 겁니다. 아니면 공간 확장은 어떻습니까?"

노빅이 대답했다. "그것으로는 충분치 않습니다. 그는 얼마 못 가 죽을 거예요. 제가 새 껍데기를 찾아줄 수 있을 만한 장소를 압니다."

"그래서 어떻게 하실 거죠? 말로 움직일 수는 없잖습니까. 그것은 새끼일 때부터 여기서 살아왔고 여기서 죽을 겁니다. 야생 게들만이 껍데기를 바꿀 수 있어요."

"제가 껍데기를 바꾸도록 설득할 수 있습니다. 장담하죠."

"그럼 어디로 가야 하죠?"

노빅이 대답했다. "어느 버려진 도시입니다. 우리 경로에서 벗어난 곳이지만 들를 가치는 있습니다."

선장이 대답했다. "안 됩니다. 그럴 거면 팔아버리는 편이 나아요. 껍데기를 바꾸는 과정에서 살아남지 못할 게 뻔한데, 그러면 전 신세 망치는 거죠. 상황이 이렇게까지 진행된 이상, 저걸 분해하는 법을 아는 누군가에게 팔아야겠습니다."

노빅이 말했다. "그에게 기회를 줘야 한다고 말씀드리는 겁니다. 그를 도축업자에게 넘기지 말아주십시오."

선장이 받아쳤다. "너무 집착하시는군요. 저걸 매각한 다음 그 대금으로 새 선박의 구매 비용 일부를 충당할 계획입니다. 다시 작은 배로 시작해야겠지만, 전에도 해봤으니까요."

시즌 1, 에피소드 11: 불온한 공기가 감돈다

안드로메다 정거장의 저층에는 발견에 실패한 탐험가들, 화물을 잃은 상인들, 마약중독자들, 빗나간 예언자들 같은 불우한 사람들이 모여 산다. 그들은 정거장의 정치체제를 뒤엎을 거라 약속한 지도자 아래에서 단결한다. 그런 다음, 마주치는 것이라면 닥치는 대로 죽이고 약탈하면서 정거장 고층으로 몰려간다. 하지만 결국 보안 요원들 총탄 앞에 쓰러져 간다. 정거장의 선장과 반군 지도자가 살육극 한가운데서 만난다. 그럴 만한 가치가 있었냐고 선장이 묻는다. 항상 있는 일이라고 반군 지도자가 말한다.

숙직 근무를 마친 후 사가의 숙소 문을 누가 두드렸다. 노크한 사람은 노빅이었는데, 표정에는 초조한 기색이 어려 있었다.

"네가 그를 만나볼 때가 됐어." 그가 말했다.

그들은 사가의 선실에서 나와 긴 복도를 따라 기관실로 향했다. 마치 벽이 내부로 수축하기라도 한 것처럼 통로는 여느 때보다 좁아 보였다. 노빅이 복도 끝에 있는 문을 열자, 구리의 비린내를 머금은 뜨듯한 바람이 밀려 나왔다.

사가는 크고 어두운 동굴이 있을 거라 상상했다. 노빅이 그를 데리고 들어간 곳은 튜브와 파이프, 전선이 뒤얽힌 비좁은 미로였는데, 모든 것이 그가 아래층 해치 안에서 봤던 잿빛 물질로 이루어진 촉수들과 엉켜 있었다. 그들이 앞으로 나아갈수록, 촉수들은 처음에는 밧줄처럼, 그다음에는 두툼한 케이블처럼 굵어졌다. 복도는 좁아졌고, 어떤 지점에서는 너무 비좁은 나머지 노빅과 사가는 복도 벽을 옆으로 밀치며 들어가야 했다.

"여기야." 노빅이 그렇게 말하자, 갑자기 복도가 넓어졌다.

그 공간에는 전구 몇 개만이 켜져 있어 어둑어둑했다. 전구 불빛이 기관실을 채운 형체들을 분명히 드러내지 않아 그 정체를 짐작할 수 있을 뿐이었다. 둥근 곡선들, 반짝이는 금속 물체들이 그 잿빛 물질과 결합해 있었다. 느린 세 박자 박동으로 바닥이 흔들렸다. 젖은 물체가 뒤척이는 희미한 소리가 들렸다.

"이쪽이 바로 그 스키드블라드니르야." 노빅이 말했다.

그는 사가의 손을 부드럽게 잡고 잿빛 돌출부로 가져갔다. 따뜻한 촉감의 그 물질이 맥동하는 것을 느낄 수 있었다. 하나 둘 셋, 하나 둘 셋.

"나는 여기서 스키드블라드니르에게 접속해." 노빅이 말했다.

"접속이라고요?" 사가가 물었다.

"그래, 서로 대화하는 거야. 내가 어디로 갈 거냐고 물으면, 그는 내게 거기가 어떤지 알려 주지." 노빅은 잿빛 피부를 부드럽게 토닥였다. "요즘 들어 자주 상태가 나빠졌어. 너무 크게 자라서 껍데기가 좁아진 거지. 하지만 얼마나 괴로운지 이야기하지는 않았어. 스키드블라드니르가 객실 갑판으로 자라난 것을 네가 보여줘서 그제야 알게 됐지."

하나 둘 셋, 하나 둘 셋. 사가의 손길 아래서 맥박이 뛰었다.

"네가 엿듣고 있었던 거 알아. 선장과 사무장은 얘를 도축한 다음 고기로 해체할 사람에게 팔아버릴 거야. 얘는 나이를 많이 먹긴 했지만 그리 늙지는 않았거든. 우리가 새집을 찾아줄 수 있어."

"저도 접속해볼 수 있을까요?" 사가가 물었다.

"스키드블라드니르가 그러는데 너도 이미 접속해본 적 있다던데." 노빅이 말했다.

사가도 들었다. 해안에 부딪히는 파도 같은, 꿈속에서 들은 적 있는 그 목소리를. 그 목소리를 듣자 광대한 대양과, 섬에서 섬으로 어둠 속을 헤엄치는 광경의 이미지가 떠올랐다. 그의 주위로 불편하게 좁혀오는, 온몸을 조이는 껍데기도. 온몸이 아팠다. 관절과 촉수들이 부풀고 뻣뻣해지는 느낌이었다.

노빅이 사가의 어깨에 손을 얹어서야 정신을 차린 그는 어느새 다시 기관실로 돌아와 있었다.

"봤어?" 그가 물었다.

"스키드블라드니르를 구해야 해요." 사가가 대답했다.

노빅은 고개를 끄덕였다.

배는 어두운 하늘 아래, 넓고 어수선한 도시 변두리에 도달했다. 스키드블라드니르의 껍데기 같은 건물들, 갈라진 실린더, 깨진 디스크와 피라미드를 비롯한 낡은 배들의 잔해가 도시를 둘러싼 사막에 점점이 흩어져 있었다.

배는 바로 이전 정거장에서 승객을 전원 하선시키고 화물도 모두 내렸다. 필수 근무자인 선장, 사무장, 노빅과 사가만 남아 있었다. 그들은 로비의 에어록에 집결했는데, 사가는 이때 함장을 처음으로 봤다. 그는 키가 컸고, 그림자와 이상한 각도의 효과 때문인지 인상이 불분명했다. 그의 얼굴은 계속 초점을 벗어났다. 사가로서는 부드러운 알토 음역대 목소리로 미루어 선장이 여자라고 짐작할 따름이었다.

"기계공들을 만날 시간입니다." 선장이 말했다.

노빅은 주먹을 움켰다 폈다 했다. 아비트는 싸늘한 곁눈질로 그를 한 번 힐끗 보더니 부리를 맞부딪쳤다.

"당신도 사리 분간 정도는 하겠죠." 그것이 말했다.

바깥 공기는 차갑고 희박했다. 노빅과 사가는 얼굴에 마스크를 썼다. 아비트와 선장은 그대로 나갔다. 선장의 외투가 미세먼지의 파도를 몰고 온 싸늘한 바람 속에서 펄럭였다.

잔해들 사이에 나지막한 사무 건물 하나가 있었다. 일행이 다가가자 미닫이문이 열렸다. 건물 내부에는 정체를 알 수 없는 기계들로 어지러운 작은 방이 하나 있었다. 여기 공기는 더 따뜻했다. 방 끝에는 다른 문 하나가 열려 있었다. 선장은 문을 향해 성큼성큼 다가갔다. 사가와 노빅이 따라가려 하자, 아비트가 손을 들었다.

"여기서 기다리세요." 그 목소리는 희박한 대기 속에서 겨우 들렸다.

일행이 들어왔던 문이 그들 뒤로 닫혔다.

사가는 노빅을 봤고, 노빅도 사가를 마주 봤다. 그가 고개를 끄덕였다. 그들은 동시에 몸을 돌려 스키드블라드니르를 향해 달렸다.

사가는 달리면서 어깨 너머로 돌아봤다. 배가 있는 곳까지 절반쯤 왔는데, 선장이 사무실에서 나오는 것이 보였다. 선장이 걸친 너덜너덜한 겉옷의 넓은 천이 지면 위에서 부자연스러울 정도로 빠르게 물결치는 것이 보였다. 사가는 있는 힘껏 최대한 빨리 달렸다.

그가 겨우 문에 다다르자 노빅은 쾅 소리가 울릴 정도로 힘껏 문을 닫고 휠을 돌려 잠갔다. 에어록 공기가 순환하는 동안, 그 순간이 마치 영원처럼 느껴졌다. 무언가 문을 치는 쿵 소리가 계속됐고 그때마다 문은 덜덜 떨렸다. 마침내 에어록이 열리자, 노빅은 마스크를 찢을 듯한 기세로 벗었다. 그의 얼굴은 창백했고 땀에 흠뻑 젖어 있었다.

"그들이 문을 부술 도구를 찾아낼 거야. 빨리 움직여야 해." 그가 말했다.

사가는 그를 따라 나선계단을 올라 통로를 지난 다음 기관실로 갔다. 그가 무릎을 손으로 짚은 채 숨을 헐떡이는 동안, 노빅은 잿빛 물질로 이루어진 스키드블라드니르의 얼굴 앞으로 간신히 나아갔다. 잿빛 물질이 한숨 소리와 함께 그를 감쌌다. 출발 신호가 울렸다.

사가는 지금껏 한 번도 안전벨트를 하지 않은 채 출발해본 적이 없었다. 갑자기 바닥이 기울어지면서, 그는 중심을 잃고 잿빛 벽으로 내동댕이쳐졌다. 벽의 촉감은 끈끈하면서도 따뜻했다. 사가의 귀에서 뻥 뚫리는 소리가 났다. 바닥이 다른 방향으로 기울어졌다. 그는 맞은편 벽으로 날아가 머리부터 처박히면서 단단한 물체에 코를 부딪쳤다.

그런 다음 바닥이 다시 평평해졌다. 스키드블라드니르는 세계 사이의 공허 속을 항해하고 있었다.

사가는 조심스레 코를 만져봤다. 코피가 나고 있었지만, 부러진 것 같지는 않았다. 노빅은 벽으로부터 물러섰다. 그는 어깨 너머로 사가를 돌아봤다.

"이제 네가 선장직을 맡아야 해." 그가 말했다.

"뭐라고요?" 사가가 물었다.

"그래야 항해가 가능해. 네가 항로를 읽어주면 내가 그를 조종하는 거야."

"어떻게 하는 거예요?"

"선장실로 올라가. 거기 지도가 있어. 지도상에 도시 하나가 있을 거야. 더 낮은 단계에 위치한 곳인데, 버려진 도시야. 높은 첨탑들로 가득하지. 가서 보면 알 거야."

사가는 선장실로 올라갔다. 문은 열려 있었다. 엄청나게 큰 구조물 하나가 실내 공간 대부분을 차지하고 있었다. 크기가 제각각인 구체들이 천장으로부터 늘어뜨려져 있거나, 바닥에 놓여 있거나, 막대 위에 세워져 있었다. 구체들 가운데 일부는 작은 위성을 지니고 있었다. 일부는 줄무늬가 있었고, 또 일부는 얼룩무늬가 있었으며, 또 다른 일부는 어두운 빛깔을 띠고 있었다. 구체들 사이의 공간에는 어느 것에도 연결된 것 같지 않은 빛의 소용돌이들이 있었다. 중심부에 가까이 다가가자, 직사각형 물체가 허공에 떠 있었다. 그 물체는 스키드블라드니르의 작은 모형처럼 생겼다.

부스럭거리는 소리가 들렸다. 천장 가까운 곳의 스피커에서 노빅의 목소리가 들렸다. "지도 안으로 들어가. 천체들을 만져봐. 그러면 어떻게 해야 할지 알 거야."

사가는 조심스레 안으로 걸음을 옮겼다. 그가 소용돌이들을 그러쥐려 하자 가벼운 진동이 손에 전달됐는데, 소용돌이들은 마치 거미줄처럼 하늘거리면서도 움직이지 않았다. 그가 손을 한 천체 위에 얹자, 녹색 물 한가운데 떠 있는 섬들의 영상이 눈앞에 떠올랐다. 붉은 태양 하나가 창백한 나무들 위에서 내려다보고 있었다. 천장으로부터 늘어뜨려져 있는 다른 천체를 건드리자, 두 개의 달이 빛나는 하늘 아래 여러 형체가 주택들 사이를 오가며 북적이는 한밤중 도시의 광경이 보였다. 그는 하나씩 천체들을 만져봤고, 그때마다 광대한 사막 풍경, 도시, 숲과 마을을 볼 수 있었다. 그 도시는 더 낮은 단계에 있다고 노빅이 이야기했었다. 사가는 쪼그리고 앉아 공깃돌처럼 바닥에 흩어진 축소판 세계들을 살펴봤다. 저쪽 구석 근처에 나머지 것들보다 조금 더 큰 어두운 빛깔의 천체가 하나 있었다. 그걸 만지는 동안, 동틀 녘 도시의 풍광이 떠올랐다. 그곳은 고요하고 잠잠했다. 높은 하얀색 첨탑들이 지평선까지 늘어서 있었다. 어떤 조명도, 움직임도 없었다. 몇몇 첨탑은 무너져 있었다.

"찾은 것 같아요." 그가 큰 소리로 말했다.

노빅이 스피커를 통해 대답했다. "좋아. 이제 항로를 그어봐."

사가는 자리에서 일어나다 전기를 띤 소용돌이들 때문에 몸을 움츠렸다. 그는 작은 스키드블라드니르가 허공에 떠 있는 방 한가운데로 갔다.

"어떻게 하죠?" 그가 물었다.

"그냥 그으면 돼." 노빅이 대답했다.

사가가 스키드블라드니르를 만지자 작은 종소리가 났다. 그는 허공에 손가락을 움직였다. 손가락이 지나간 자리에 밝은 자취가 남았다. 그는 빛나는 소용돌이들을 조심스레 피하며 바닥에 놓인 천체가 있는 곳까지 방을 가로질렀다. 천체를 건드리자, 다시 종소리가 울렸다. 손가락이 남긴 자취는 이제 굳은 것처럼 보였다.

"잘했어. 항로를 설정하는 중이야." 노빅이 스피커로 말했다.

사가는 텅 빈 배 안을 돌아다녔다. 항해가 얼마나 걸릴지 알 수 없었지만, 지도상에서 방의 중심으로부터 완전 가장자리까지였으니 아마 상당히 오래 기다려야 할 터였다. 그는 기관실로 돌아갔지만, 이제 문은 잠겨 있었다. 안에서 노빅이 무엇을 하는지 알 수 없었지만, 스키드블라드니르에 접속해 있는 동안 방해받고 싶지 않은 모양이었다.

로비에 있는 주 출입문은 안으로 움푹 패어 있었지만, 부서지지는 않았다. 선장은 안으로 들어오려고 무진 애를 쓴 듯했다. 객실들은 비어 있었다. 라운지에 놓인 당구대에서 모서리 너머로 떨어진 공들이 바닥에 흩어져 있었다. 식당에는 음식이 남아 있었다. 사가는 인간용 음식 저장고에서 빵과 치즈를 꺼내 식사를 만들어 먹었다. 그런 다음 자기 선실로 올라가 쉬었다.

시즌 2 피날레: 우리는 늘 모든 것을 원했어

정거장은 예산 문제로 문을 닫을 처지다. 정거장 운영 부서가 지구의 외계인 적대 정책에 따르기를 거부해서 배정 금액을 삭감당했기 때문이다. 다른 종족들은 각자 자기 정거장을 개장하느라 그 누구도 재원을 출연하겠다고 제의하지 않는다. 쓰디쓴 몽타주 속에서, 선장은 정거장을 가로질러 걸으며 지난 일들을 떠올린다. 이번 화는 선장이 셔틀을 타고 떠나는 것으로 끝난다. 한 시대가 마무리된 것이다. 외계인 항해사는 선장의 어깨에 긴 손톱 달린 손을 얹는다. 새 정거장이 개장하는데, 선장이 합류하면 환영받을 것이라고. 하지만 거기도 지구 같은 곳이 될 수는 없을 것이다. 집처럼 편안한 곳은 없다.

스키드블라드니르는 도시 중앙 광장에 착륙했다. 뜨뜻한 대기는 호흡에 적합했다. 높은 첨탑들이 하늘을 향해 솟아나 있었다. 발아래 바닥은 싹을 틔운 식물들 때문에 여기저기 갈라져 있었다. 노빅이 먼저 내렸다. 그는 두 손을 허리에 올린 채 광장을 둘러보더니 고개를 주억거렸다.

"여기면 되겠어."

"이제 어떻게 되는 거죠?" 사가가 물었다.

"물러서서 기다려야지. 스키드블라드니르가 어떻게 하는지 알아." 그는 사가에게 따라오라고 손짓했다.

그들은 스키드블라드니르로부터 멀찍이 떨어진 광장 모서리에 앉았다. 사가는 가방을 내려놓았다. 짐을 그리 많이 가져오지는 않았고, 그냥 옷가지와 약간의 식량, 그리고 〈안드로메다 정거장〉의 첫 번째 시즌 비디오테이프들뿐이었다. 어쩌면 어디선가 새 비디오테이프 재생장치를 구할 수 있을지도 몰랐다.

그들은 한참을 기다렸다. 노빅은 거의 말을 꺼내지 않았다. 책상다리를 하고 앉아서 첨탑들을 올려다볼 뿐이었다.

해 질 녘이 되자, 스키드블라드니르의 벽이 갈라져서 열렸다. 사가는 왜 노빅이 건물로부터 이렇게 멀리 떨어진 곳에 자리를 잡았는지 이유를 알 수 있었다. 콘크리트와 철근 덩어리들이 쏟아졌고, 건물이 흔들리면서 바닥까지 진동했다. 건물의 갈라진 지붕으로부터 촉수들이 하늘거리더니 뻣뻣하게 굳으면서 부들부들 떨렸다. 마치 길게 뻗으려고 하는 동작 같았다. 스키드블라드니르가 서서히 껍데기로부터 빠져나오는 동안, 벽들이 무너지고 강철 창들이 떨어졌다. 그는 커다란 콘크리트 덩어리들을 감아쥔 채 건물 꼭대기로부터 빠져나왔다. 사가는 그가 거센 쿵 소리를 내며 착지할 거라 예상했다. 하지만 그는 아무 소리도 없이 바닥에 내려왔다.

자기 집으로부터 벗어난 스키드블라드니르는 바라보는 것만으로도 공포와 경이를 불러일으켰다. 그의 몸은 길고 구불거렸다. 헤아릴 수 없이 많은 눈이 별빛을 받아 빛났다. 촉수들은 움직임을 시험하듯 뜨뜻한 공기 중에서 물결쳤다. 일부 촉수들은 오그라져서 못 쓰게 된 것처럼 보였다. 또한, 사가는 스키드블라드니르의 몸통 일부분이 나머지 부위처럼 매끄럽지 않음을 눈치챘다. 그 부분들은 말라서 각질이 생겼다. 피부 여기저기에 난 긴 생채기들에서 액체가 흘러나왔다.

사가 옆에서, 노빅은 숨죽여 울었다.

"가거라, 애야. 새집을 골라봐." 그가 속삭였다.

스키드블라드니르의 촉수들이 광장 주위로 휘돌면서 건물들을 가늠했다. 마침내 나선 지붕을 얹은 가장 높은 건물을 촉수들로 휘감으면서, 스키드블라드니르는 건물 벽을 타고 올라갔다. 스키드블라드니르가 촉수로 유리창을 꿰뚫자 깨진 유리 조각들이 바닥으로 쏟아졌다. 그는 우레 같은 꽝음을 내며 지붕을 뜯어냈다. 잠시 촉수들만으로 자기 전신을 지탱해서 공중에 떠 있었는데, 그러다가 하마터면 옆으로 쓰러질 뻔했다. 그런 다음 한숨 같은 소리를 내며, 그는 빌딩 속으로 내려갔다. 스키드블라드니르의 몸뚱이가 공간을 만들려고 움찔거리자 콘크리트가 부서지는 소리가 들렸다. 마침내 소음이 가라앉았다. 스키드블라드니르의 팔들은 줄기를 뻗는 식물처럼 건물의 측면을 타고 내려왔다.

"이제 어쩌죠?" 사가가 물었다.

그는 곁눈으로 노빅을 힐끗 봤다. 그가 미소 지었다.

"이제 그는 자유야. 가고 싶은 곳이라면 어디든 갈 수 있지."

"그러면 우리는 어떻게 되죠? 어디로 가요?" 사가가 물었다.

"물론 그와 함께 가야지." 노빅이 대답했다.

사가가 대답했다. "지도가 없어요. 항로를 정할 수단이 없다고요. 그리고 기계 장치들은요? 당신 기관실도 없잖아요."

"그런 건 우리가 가고 싶었던 곳으로 그를 움직이게 할 때 필요한 거야. 이제 그는 그런 게 필요 없어."

"잠깐만요. 저는 어떻게 해요? 만약 집에 가고 싶다면요?"

노빅이 눈썹을 치켰다. "집?"

싸늘한 느낌이 사가의 등줄기를 타고 흘러내렸다. "예, 집이요."

노빅이 어깨를 으쓱했다. "어쩌면 그가 거기 들를지도 모르지. 어떻게 할지는 아무도 몰라. 일단 가자."

그는 자리에서 일어나 스키드블라드니르와 그의 새 껍데기를 향해 걷기 시작했다. 사가는 바닥에 그대로 앉아 있었다. 온몸이 마비된 듯한 기분이었다. 노빅이 건물의 주 출입문으로 올라가자 미닫이문이 자동으로 열렸고, 그는 안으로 들어갔다.

시즌 1, 에피소드 5: 표류

선장의 아내가 죽는다. 그는 1인용 왕복선에 몸을 싣고 우주로 나간다. 우주에 있는 동안 왕복선에 이상이 발생한다. 선장은 아내가 성간 우주를 떠도는 것을 알게 된다. 산소가 줄어들기 시작한다. 마지막 숨을 거둘 무렵 그는 동료들에게 보내는 마지막 메시지를 녹음한다. 내가 했던 일과 하지 않았던 일 모두를 용서해주길 바란다고. 나로서는 최선이라고 생각했던 일을 했을 뿐이라고.

새로 껍데기를 갈아 치운 스키드블라드니르에서의 생활은 시행착오의 연속이었다. 노빅은 건물 중심부의 홀에서 스키드블라드니르의 커다란 여러 눈 가운데 하나를 들여다보며 접속된 채로 대부분의 시간을 보냈다. 사가는 새 건물을 탐험하는 데 상당한 시간을 쏟았다. 일종의 다세대주택 건물인 여기도 한때 누군가의 집이었던 모양이다. 문도 창문도 없고, 오로지 미로처럼 구부러진 복도에는 방으로 통하는 문들만 일정한 간격으로 배치돼 있었다. 일부 방들은 비어 있었고, 또 일부 방에는 이상하게 생긴 탁자와 의자, 침대가 구비돼 있었다. 어떤 벽면 전체 옷장 안에는 이런저런 장신구들과 빙글빙글 구부러진 모양의 문자가 써진 두루마리들이 있었다. 사가에게 익숙한 음식을 조리할 방법은 찾을 수 없었다. 그는 노빅이 스키드블라드니르와 함께 일하는 곳 근처의 어느 작은 방에 거처를 정했다. 벽에서는 부드러운 조명이 흘러나오다가 이따금 어두워졌다. 사가는 졸릴 때마다 자는 습관을 들였다. 이따금 모음이 풍부한 언어로 말하는 목소리가 들린다는 걸 잠결에 어렴풋이 깨달았지만, 귀를 기울이려고 하면 목소리는 어김없이 뚝 그쳤다.

스키드블라드니르는 사가와 노빅에게 신경을 쓰는 듯했다. 그가 가끔 도시 변두리에 멈추면, 사가는 바깥 공기를 마시는 것은 물론이거니와 이제 자신의 새집이 된 건물에서 찾아낸 진기한 물건을 식량과 도구와 교환할 수 있었다. 하지만 그들은 대부분의 시간을 세계 사이를 표류하면서 보냈다. 마치 스키드블라드니르가 공허 속 보이지 않는 격류와 파도를 타는 데 재미를 붙인 듯했다. 어딘가에 멈출 때마다, 사가는 운을 시험해보기 위해 배에서 내릴까 고민했다. 다른 배를 타면 집으로 돌아갈 수 있을지도 몰랐다. 하지만 이런 기착지들은 너무 기괴하고 낯설었다. 마치 스키드블라드니르가 문명 세계를 피하고 있는 듯했다. 어쩌면 아비트와 옛 선장이 자신들을 뒤쫓고 있음을 느낀 것인지도 몰랐다. 어딘가에 멈출 때마다 그런 생각이 사가를 갉아먹었다. 하지만 저 너머에는 아주 많은 세계가 있었고, 아직은 누구도 그들을 알아보지 못한 듯했다.

그는 〈안드로메다 정거장〉 비디오테이프들을 분해해 벽에 화환처럼 걸어 두고, 스키드블라드니르가 진동함에 따라 다음번 이동을 대비해야 할 때까지 손가락으로 테이프를 훑으며 웅얼거리는 목소리로 각 에피소드를 되뇌었다.

스키드블라드니르가 다른 세계로 비집고 들어갈 때마다, 그 움직임은 점점 더 격렬해졌다.

"당분간 계속 이렇게 지내나요?" 드물게 노빅이 식사를 하러 기관실에서 나온 어느 날, 사가가 그에게 물었다.

한참 말이 없던 노빅이 대답했다. "한동안은 그렇겠지."

"그가 죽으면 어떻게 하실 거예요?" 사가가 물었다.

"그와 나, 우리는 함께할 거야." 그가 대답했다.

어느 날 믿기 힘들게도 스키드블라드니르는 사가가 아는 외곽의 어느 장소에 도착했다. 그의 고향은 아니었지만, 거기서 그리 먼 곳은 아니었다.

노빅은 어디 있는지 보이지 않았다. 자고 있거나 배와 접속해 있는 모양이었다. 사가가 아래층으로 내려가자 정문이 자동으로 열렸다. 바깥에는 사람들이 모여 있었다. 사가가 바깥으로 나가자, 공무원으로 보이는 사람이 그에게 다가왔다.

"이 배는 뭡니까? 우리 운행 일정표에는 없었는데요. 당신이 선장입니까?"

"이 배는 스키드블라드니르예요. 그 누구의 일정표에도 올라와 있지는 않아요. 우리 배에는 선장이 없거든요."

"그런가요? 그럼 무슨 용건이시죠?" 공무원이 물었다.

"그냥 여행 중이에요." 사가가 말했다.

그는 스키드블라드니르를 돌아봤다. 이번이야말로 배에서 내려 집에 갈 수 있는 기회였다. 노빅은 눈치채지 못할 것이다. 일상으로 돌아갈 수 있다. 그런데 돌아가면 구체적으로 뭘 할까? 모여든 군중들은 모두 인간이었는데, 얼굴은 얼빠진 표정을 짓고 있었고, 눈빛은 공허했다.

"허가증 가지고 계십니까?" 공무원이 물었다.

"아마 없는 것 같은데요." 사가가 대답했다.

그렇다면 이 선박을 억류해야겠습니다. 책임자가 있다면 나와주시죠." 공무원이 말했다.

사가가 스키드블라드니르를 둘러싼 건물의 외벽을 가리켰다. "이 친군데요."

"이건 전례 없는 일이로군요." 공무원은 그렇게 말하더니 돌아서서 무전기에 대고 뭐라 말했다.

사가는 작은 마을을, 얼빠진 표정의 군중을, 잿빛 옷을 입은 공무원을 바라봤다.

"알겠어요. 제가 선장입니다. 그냥 떠날게요."

그는 돌아서서 스키드블라드니르로 다시 들어갔다. 문이 열리더니 그를 맞아들였다. 건물 안의 복도는 생명력으로 맥동했다. 그는 손으로 벽을 짚었다.

"가자. 네가 가고 싶은 곳이라면 어디든 상관없어." 그가 말했다.

파일럿 에피소드: 작은 한 걸음

안드로메다 정거장에 새 선장이 온다. 모든 것이 새롭고 신기하다. 지구의 정치만 경험했을 뿐인 선장은 정거장의 다른 외계 종족들이 지키는 다양한 관습과 의례가 당황스럽다. 선장실을 청소하고 있던 친절한 관리인이 선장에게 정거장의 전 층을 구경시켜준다. 알고 보니 그 관리인은 평생을 정거장에서 보냈기 때문에 정거장의 특이한 점은 모두 알고 있다고 한다. 관리인이 처음에는 굉장히 혼란스러울 거라 말한다. 하지만 일단 정거장에 말을 거는 법을 터득한다면, 정거장이 당신을 잘 돌봐줄 거라 한다.

사가는 벽에 걸어 둔 비디오테이프를 내려 다시 감았다. 이제 자기 배의 선장이 될 때가 됐다. 자기 마음 내키는 대로 움직이는 배지만, 그럼에도 배는 배였다. 그는 적절하게 거래를 할 수 있을 터였다. 새로운 언어들도 배우게 될 것이었다. 물건을 고칠 수 있으며 그런 일에 능숙했다.

언젠가 스키드블라드니르가 완전히 멈추는 날이 올 것이다. 하지만 그때까지, 사가는 배를 끌고 공허 속을 항해할 터였다.

고래 유해에서

알렉 네발라리

박중서 옮김

알렉 네발라리는 2018년 《이코노미스트》에서 올해 최고의 책 가운데 하나로 선정된 공동 전기 『어스타운딩: 존 W. 캠벨, 아이작 아시모프, 로버트 하인라인, L. 론 허바드, 그리고 과학소설의 황금시대Astounding: John W. Campbell, Isaac Asimov, Robert A. Heinlein, L. Ron Hubbard, and the Golden Age of Science Fiction』로 휴고상과 로커스상 최종 후보에 올랐다. 지금까지 『아이콘 절도범The Icon Thief』을 비롯한 세 권의 서스펜스 장편소설을 출간했으며, 《아날로그Analog》에 단편소설을 종종 게재했다. 그의 다음 책은 건축설계사 겸 미래학자 버크민스터 풀러의 전기로 2021년에 출간 예정이다.

홈페이지 주소: nevalalee.wordpress.com

SF-Final

Alec Nevala-Lee

At the Fall

설마 내가 큰 도시 니네베를 신경 쓰지 않겠느냐? 그곳에는 오른손
과 왼손을 구분하지 못하는 자들이 무려 12만 명에 달하고, 또한 수많
은 동물도 있는데 말이다.

– 「요나서The Book of Jonah」

I.

"바로 여기야." 유니스가 검은 물속을 들여다보며 말했다. 이 깊이
에서는 아무것도 보이지 않았지만, 그녀는 전진 동작을 중단하면서도
자기 눈을 앞에 펼쳐진 어둠에 고정시켰다. 여행 경로에 뭔가 커다란
것이 있다고 수중음파탐지기로 이미 감지했어도 반드시 시각 조사를
수행해야만 했으며, 이때야말로 항상 그 어떤 접근에서나 가장 위험
한 순간이었다. 수천 미터 아래 물속에 있다 보면, 빛은 원치 않는 관

심을 끌게 마련이었다. "내가 살펴볼게."

와그녀는 아무 말도 하지 않았다. 그는 결코 각별히 말이 많지도 않았으며, 평소와 마찬가지로 자기 생각을 속으로만 간직했다. 유니스는 센서로 흘러든 데이터에 응답해 방향을 수정했고, 계속 정신을 집중하려 노력했다. 그녀는 이 과정을 차마 셀 수 없을 정도로 많이 견디고 살아남았지만, 그렇다고 해서 하면 할수록 더 쉬워지지는 않았다. 그녀는 전방 램프를 켜서 현장을 가로질러 가느다란 빛줄기를 발사했고, 무엇을 발견해도 놀라지 않게 마음을 단단히 먹었다.

유니스는 왼쪽에서 오른쪽으로 광선을 휘둘렀고, 움직임의 징후가 조금이라도 나타나면 얼른 꺼버리려 준비했다. 처음에는 빛에 아무것도 걸리지 않았고, 마치 태양광선 속의 먼지 알갱이마냥 물속을 떠다니는 입자들만 보였다. 하지만 조사를 지속하다 보니 1초 뒤에는 희끄무레한 형체가 눈에 들어왔다. 그녀는 놀라 몸을 움츠릴 뻔하다가 잠시 후 정신을 추슬렀고, 자기가 지금 마치 난파선의 선수(船首)마냥 어느 정도까지 모래에 파묻힌 하얗고도 벌거벗은 거대한 조각 더미와 마주하고 있음을 깨달았다.

유니스는 빛의 원을 낮춰서 해저를 비췄다. 거기에는 우윳빛 찌꺼기의 경계가 시커먼 침전물의 자국과 번갈아 나타나고 있었다. 긴장이 점차 풀렸지만, 그녀는 여전히 지친 느낌이었다. 이 고래 유해는 딱 봐도 오래된 것이었지만, 그래도 아무 문제는 없었다. 뭔가가 여전히 여기 남아 있을 수 있었기에, 그녀는 계속해서 매우 긴장된 상태를 유지했으며, 여차하면 후퇴할 준비를 하고 있었다.

첫 분묘를 지나자, 더 작은 형체들이 묘비의 대열처럼 줄줄이 서 있었고, 혹투성이 돌출부가 규칙적인 선을 이루며 위로 뻗어 있었다. 좌우 양쪽으로 병행해 이어진 홈이 있었고, 그 위에 살짝 구부러진 세로 기둥들이 대칭으로 배열돼 있었다. 이 모두는 사방 해저를 뒤덮은 것과 똑같은 흰 잔여물로 곱게 뒤덮여 있었다.

이것은 쇠고래의 해골이었다. 한 쌍의 아래턱뼈에서부터 꼬리까지의 길이는 13미터, 또는 유니스가 양팔을 벌렸을 때 길이의 열 배였다. 그녀는 광도를 높여서 부드러운 광휘로 물을 채웠고, 바다의 이 부분에서 이제껏 목격된 것 중에서도 최초인 진짜 그림자를 드리웠다. 그녀는 추진장치를 가동했고, 자기 몸 아래에 있는 구동판을 돌렸다. 고래 유해*를 향해 헤엄치자 여섯 개의 방사상 팔들이 일제히 굽이쳤다.

그녀의 몸통 가운데에 둘러 묶여 있는 와그너가 마침내 입을 열었다. "지금?"

"아직 아니야." 유니스가 천천히 접근하자, 그녀의 위쪽 돔 주위에 있는 빛의 원이 환하게 살아났다. 그녀는 빠르게, 또는 멀리까지 움직일 수 있게 설계되지 않았으며, 그렇기 때문에 이런 상황에서 긴장을 풀어서는 안 된다는 것도 알고 있었다. 뭔가가 숨어 있을 만한 장소가 무수히 많았기에, 비록 에너지 수준이 걱정스러울 정도로 낮아지는 와중에도 그녀는 최대한 애써서 모든 곳을 살펴봤다.

고래 유해는 저마다 달랐기에, 유니스는 각각의 현장을 마치 난생 처음 경험하듯 샅샅이 연구했다. 이곳에서는 수십 년 전에 쇠고래 한

* 고래의 유해가 수심 1천 미터 이상의 심해에 떨어지면 수십 년 동안 심해 생물들이 살아가는 소규모 생태계를 형성한다.

마리가 죽어서 반⁕심해 영역에 떨어지며, 평소라면 대략 2천 년쯤 걸려야 생성될 법한 양의 탄소를 한꺼번에 쏟아냈다. 냉기와 압력 때문에 표면으로 다시 떠오르지는 않은 그 유해에는 새로운 유기체 군집이 생겨났으며, 태양에서 멀어졌어도 번성할 수 있는 독특한 생태계가 형성됐다.

유니스는 친숙한 거주자들을 확인했다. 몸길이의 3분의 1에 달하고 기묘하게도 새를 닮은 고래 두개골의 텅 빈 눈구멍에는 홍합들이 들어차 있었다. 고래 뼈에는 작은 게들과 달팽이들이 움직이지 않고 달라붙어 있었다. 그녀가 어느 쪽을 바라보든지 간에, 고래 유해의 지방질을 무너트린 박테리아층이 보였는데, 바로 거기서 황화수소가 방출되기 때문에 이 고립된 세계가 살아남을 수 있는 것이었다. 그런 생물을 제외하면 이곳에는 오로지 그들뿐이었다. "좋아. 너도 이제 시작해도 돼."

와그녀는 말없이 자기 몸을 뗐다. 그는 검고 유연한 원환체였기 때문에 마치 구명대처럼 그녀의 몸통 가운데에 아늑하게 딱 들어맞았다. 필요한 경우에는 작은 지느러미 한 쌍을 펼 수 있었지만, 이런 깊이에서는 쓸모없기 때문에 신중하게도 보이지 않게 접어놓고 있었다. 와그녀가 해저로 내려가는 동안, 유니스는 무게 감소를 감안해 자신의 부력을 자동 조절했다.

원환체는 고래 유해에서 0.5미터쯤 떨어진 곳에 내려앉았다. 그는 느슨하게 정박한 상태에서 자신의 위치를 확인했다. 와그녀는 앞이 보이지 않았지만, 다른 방식으로 자신의 환경과 절묘하게 조화됐으며, 유니스가 고래 유해의 중심부로 향하는 사이에 모래 위를 따라 기어가기 시작했다. 그의 전진은 워낙 느렸기 때문에 눈에 보이지 않을 지경이었지만, 그가 따라가는 경로는 교묘하고도 정확했으며, 무려 20시간 동안 이 영역을 샅샅이 살펴보고 나서 다시 새로 시작했다.

원환체의 바깥쪽 고리를 따라 이어지는 파란색 다이오드 띠는 유니스의 돔 아래쪽 가장자리에 있는 다이오드 띠와 똑같았기 때문에, 둘은 시각 기호로 의사소통을 할 수 있었다.

"나는 기다리고 있을게." 유니스가 말했다. 그녀는 평상시의 휴식 지점인 고래 유해의 한가운데로 향했는데, 그곳에는 고래의 흉곽이 벌어져 있었다. 편안한 자세로 방향을 설정한 그녀는 다른 주민들 사이에 자리를 잡았다. 고래 유해는 딱히 눈에 띄는 변화 없이 아마 한 세기쯤 유지되겠지만, 이것은 제작 중인 작품이나 마찬가지여서, 한 국면을 벗어나서 또 한 국면으로 접어들 때마다 유기체들의 연이은 물결이 나타났다 사라졌다. 유니스는 자신을 또 하나의 방문객으로 간주했으며, 때로는 이곳을 떠난 뒤에도 자신이 왕래한 기억이 조금이라도 남을지 궁금해했다.

외부 관찰자들이 보기에, 유니스는 해파리의 반투명 갓을 닮은 모습이었으며, 원통형 금속제 몸통 주위로는 여섯 개의 유연한 두족류 팔이 달려 있었다. 그녀의 상반구는 직경이 0.5미터가 살짝 못 됐으며, 그 아래쪽 가장자리를 따라서는 여섯 개의 혹이 일정한 간격으로 있었는데, 그 각각은 전자 눈과 조명장치와 파란색 다이오드로 이루어져 있었다. 그녀는 그것들을 마음대로 껐다 켰다 할 수 있었지만, 보통은 계속 모두 활성화시켜 모든 방향을 볼 수 있게 했다. 이는 그녀가 생각하는 방식에도 영향을 줘서, 단순한 대안들 대신에 여러 가능성의 스펙트럼을 떠올리다 보니 때로는 한 가지 결정에 도달하기가 어려워지기도 했다.

유니스는 팔들을 조심스럽게 아래로 내렸다. 주름진 팔들은 순식간에 단단해질 수도 있었고, 연동 펌프 구동으로 움직이면 유연해질 수도 있었다. 각각의 팔에는 말단장치가 하나씩 달렸고, 말단장치에는 세 개의 서로 맞닿는 손가락이 있어서 섬세한 조작을 할 수도 있었고, 수백 파운드의 힘으로 쥘 수도 있었다. 이제 그녀는 팔들을 침전물 속에 찔러넣어서 추가적인 에너지 소모 없이 정박했지만, 그러면서도 단번에 거기서 벗어나지 못할 정도로 아주 깊이 찔러넣지는 않았다.

유니스는 동력이 거의 바닥나고 있다는 사실을 군이 확인하지 않아도 알 수 있었다. 와그녀가 계속 전진하면서 전지를 천천히 충전하는 동안, 그녀는 주요 시스템을 꺼버렸다. 이들이 움직일 수 있기까지는 여러 날이 걸릴 것이었고, 그 사이에 그녀는 정지 상태 비슷한 상황에 들어가서 오로지 작은 자각의 불꽃만 유지할 것이었다. 그중 절반은 외부로 향해 있었으며, 그녀의 환경에 맞춰질 것이고, 와그녀가 혹시라도 공유하기로 작정하는 모든 의견에 맞춰질 것이었다. 그 외의 나머지는 내향적이 돼서, 그녀의 여정의 가장 최근 단계를 체계적으로 검토할 것이었다.

비록 초점은 최근의 과거에 맞춰져 있었지만, 유니스는 한꺼번에 하나 이상의 생각의 맥락을 자연스레 따라갈 수 있었으며, 그녀의 일부분은 보통 고향을 꿈꾸곤 했다. 꿈은 항상 그녀의 가장 오래된 기억으로 시작됐는데, 그 기억은 얕은 물 속에서 부드럽게 흔들리던 수직의 밧줄의 모습이었다. 한쪽 끝은 닻에 매여 있었지만, 다른 한쪽 끝은 부표에 달려 물에 떠 있었으며, 원통 하나가 마치 장난감 엘리베이터처럼 끝도 없이 위아래로 오르내렸다.

수면에서 2미터 아래에는 금속 구球가 하나 매달려 있었고, 그 구에는 막대기가 세 개 튀어나와 있었다. 어린 시절에 유니스는 지쳤다 싶으면 이 동력장치까지 헤엄쳐 가서, 자기가 필요로 하는 만큼의 에너지를 한껏 빨아들였다. 그 당시에만 해도 그녀는 이를 당연시했지만, 에너지 얻기가 너무 힘든 최근에는 오히려 그런 과거가 있었음을 믿기 힘들 지경이었다. 언제라도 거기서 육각류六脚類 셋이 한꺼번에 충전할 수 있었는데, 그녀의 다른 자매들은 보통 약간 떨어진 곳에 떠 있어서, 마치 연못에 떨어진 빵조각에 이끌린 물고기들과 비슷했다.

한때 유니스는 그 작동 원리를 물어본 적이 있었다. 그녀는 평소에 종종 그렇듯이 자기 돔이 수면 위로 보일까 말까 한 상태로 항구에서 제임스와 이야기를 나누고 있었다. 제임스는 자기 단말기를 들고 요트에 앉아 있었으며, 열두 대의 육각류가 자기를 금방 알아보게끔 이전에도 입었던 빨간색 윈드브레이커를 입고 있었다. 유니스의 얼굴 인식 감각은 제한적이어서, 그의 목깃 위에 있는 얼굴은 그녀의 눈에 단지 갈색 얼룩일 뿐이었다.

제임스는 자신의 반응을 입력했다. 이것은 유니스의 모어母語가 아니어서, 몇 가지 번역 단계를 반드시 거쳐야만 그녀가 이해할 수 있는 형태를 취했다. "우리는 그걸 깊이순환이라고 불러. 즉 네가 더 깊이 내려갈수록 물은 더 차가워진다는 거지. 원통은 따뜻한 물에서 떠오르고 차가운 물에서 가라앉아. 그렇게 원통이 움직이면 전기가 생성되고, 그렇게 만든 동력은 충전소로 가는 거야."

유니스는 이 설명을 완전히 이해하지 못했지만, 그냥 그렇다고 받아들였다. 그녀는 짧은 삶의 대부분을 물속에서 오르내리며 보냈기 때문에, 밧줄에 매달린 원통도 똑같이 하고 있다는 사실을 아는 것만으로도 충분했다. "무슨 뜻인지 알겠어."

겉으로 보기에는 별것 아닌 대화처럼 보였지만, 나중에 돌이켜보니 그것이야말로 제임스가 그녀에게 관심을 갖게 된 순간을 상징하는 셈이었다. 유니스는 그런 질문을 던진 유일한 육각류였으며, 결국 집을 떠나도록 선택된 다섯 대 중 하나로 뽑힌 이유도 그래서가 아니었을까 의심스러웠다. 누가 가게 될지는 마지막까지 아무도 몰랐다. 그들은 모두 동력이 차단됐으며, 그녀가 깨어나 보니 선발된 자매들과 이미 조사 장소에 도착해 있었다.

바닷속으로 내려오자마자 유니스는 차이를 느꼈다. 물 표본을 채취하면서 그녀는 낯선 냄새며 맛에 그만 압도됐으며, 제임스가 줄곧 자기에게 말을 걸고 있었음을 뒤늦게 깨달았다. "준비됐어?"

유니스는 연구선을 향해 시선을 돌렸고, 거기에서 곧바로 빨간색 윈드브레이커를 알아볼 수 있었다. "그런 것 같아."

"너는 잘할 거야." 제임스가 말했다. 그의 말이 그녀의 머릿속에 명료하게 들려왔다. "행운을 빌어."

"고마워." 유니스는 공손하게 대답했다. 그녀의 자매들은 주위의 너울 속에서 까딱거리고 있었다. 반짝이는 빛이 그들 사이를 지나가더니, 시터스가 내려왔고, 곧이어 클라이오와 다이오니도 내려왔다.*

---

* 자매들의 이름은 그리스신화의 바다 님프들(네레이데스)에게서 따온 것이지만, 여기서는 영어식 발음으로 표기했다.

갤러시아는 유니스를 좀 더 오래 바라봤지만, 군이 말을 하지 않고 역시나 사라져버렸다.

유니스는 아래쪽 탱크를 열어서 바닷물을 안으로 받아들였으며, 자매들과 함께 아래로 내려갔다. 바다가 그녀를 에워싸면서 무전도 끊어지자 음파 센서로 바꿨으며, 그렇게 하자 머리 위에 있는 요트에서의 이야기가 가끔씩 들렸다. 이 정도 깊이에서는 바닷물도 여전히 햇빛을 받아 밝았기 때문에, 그녀는 자기 아래로 원을 이루며 퍼져 있는 다른 네 대의 육각류를 볼 수 있었다.

수심 2백 미터에서 다섯 자매가 램프를 작동하자 마치 휴일 밤의 화환처럼 불이 켜졌다. 목적지에 도착하기까지는 40분이 걸렸다. 주위의 물이 점차 희뿌옇게 변하면서, 센서마다 황화물의 농도가 높아졌음을 알렸다. 1초 뒤에 그림자 속에서 낯선 풍경이 나타나자, 맨 처음 목적지에 도착한 시터스가 깜박이며 메시지를 보냈다. "나 여기 있어."

유니스는 속도를 늦췄다. 주위가 더 또렷해지자, 그녀는 자기들이 열수분출공熱水噴出孔에 도달했음을 깨달았다. 그녀의 빛의 구 안에서는 물이 매우 탁하고 파란색이었으며, 용암의 흐름이 만들어낸 어렴풋한 기둥과 일그러진 고리를 알아볼 수 있었다. 틈새에는 하얀 대합 더미가 들어차 있었는데, 그중 일부는 거의 30센티미터나 됐다. 게와 홍합과 새우, 그리고 관서충管棲蟲으로 이루어진 울타리도 있었는데, 이놈들은 마치 끄트머리가 피처럼 새빨간 분필 조각들마냥 뿌리를 내리고 있었다.

지각에서 가열된 물이 흘러나오는 열수분출공은 더 오래된 땅 한가운데에 균열이 새로 생겨난 형태였다. 육각류들은 곧바로 가망성 있는 작업 기지를 확인했지만, 이들의 결정을 승인하는 책임은 리더로 지명된 시터스의 몫이었다. "우리는 여기에서 시작할 거야."

시터스가 이렇게 말하자마자, 유니스는 이제껏 눈에 띄지 않게 그녀의 몸통 가운데 매달려 있던 와그너가 조용히 떨어져 나가는 것을 느꼈다. 자매들에게서 떨어져 나온 다른 원환체들도 열수분출공 주위에 고르게 늘어서서, 거의 눈에 안 보일 정도로 천천히 모래를 가로질러 기어가기 시작했다.

그때부터 이틀 동안 유니스는 탐험을 실시했다. 자매들은 각자 지정된 임무가 있었으며 (예를 들어 어떤 영역의 지도를 작성하고, 침전물의 분석을 수행하고, 화학적 관측을 실시하고 등이었다) 그녀가 받은 지시는 생태계의 상세한 개체수 조사를 준비하는 것이었다. 수면에서의 분석을 위해 모든 것을 기록하면서 그녀는 금세 자기 업무에 몰두했다. 끓어오르는 액체 구름을 배출하는 블랙스모커들의 원뿔 주위에는 분홍색 벌레들이 각자의 벌집 같은 집에 들락날락하고 있었으며, 깨진 첨탑 파편들은 그 안쪽에 수정이 있어서 반짝였다.

그 와중에 원환체들은 계속해서 각자의 노동을 지속했고, 50시간이 지나자 이들의 노력은 보상을 얻었다. 일반적인 상황에서는 다섯 대의 육각류 모두 약 사흘간 자체 동력으로 전력全力 가동해 각자 작업하다 충전소로 귀환하곤 했다. 하지만 그런 귀환 여정이 한 번 이뤄질 때마다 귀중한 시간이 손실됐기 때문에, 이들이 작업하게 될 환경을 고려한 끝에 그 설계자들은 우아한 대안에 도달했다.

이 해결책은 열수분출공 그 자체의 특성을 이용했다. 즉 지각에서 나오는 용해된 황화물은 어둠 속에서도 생물이 살 수 있는 에너지원을 제공해주는데, 박테리아가 황화수소를 변환해 만들어내는 당^糖 아미노산이야말로 복잡한 먹이사슬의 기반이기 때문이었다. 이것은 그토록 가혹한 환경에서 생명이 존재할 수 있는 유일한 방법이었으며, 또한 앞으로 몇 주나 몇 달 동안 육각류들이 각자의 임무를 수행하도록 허락하는 방법이었다.

유니스는 동력이 감소하는 것을 느끼자 와그너에게 다가갔다. 원환체들은 각자 처음 떨어져 나온 위치에서 불과 몇 미터밖에 움직이지 않은 상태였지만, 그녀는 이들이 이제까지 줄곧 체계적으로 침전물을 경작하고 있었음을 알고 있었다. 이들은 조금씩 전진하면서 부유하는 황화물을 빨아들였고, 그렇게 얻은 황화물은 이들 몸 내부의 원들에 저장된 미생물 연료 전지의 (그 안에는 이곳에서 풍부하게 발견되는 화학합성 박테리아와 유사한 유전자조작 변종이 가득 들어 있었다) 기질^{基質} 역할을 해줬다.

유니스가 원환체들 위에 자리를 잡고 신호를 보내자 와그너는 위로 올라와서 그녀의 몸통 가운데를 감쌌다. 나머지 육각류들도 똑같이 하는 모습을 지켜보면서, 그녀는 에너지의 급증을 느꼈다. 이것은 현장에서 충전하는 실용적인 방법이었지만, 머지않아 그녀는 이 방법이 자기가 연구하는 생명에 대해서도 더 큰 친족 감각을 남겨준다는 사실 또한 알게 됐다. 양쪽 모두 똑같은 원리에 의존해서 생존하는 셈이었기 때문이다.

갱신 주기는 여차하면 작업에만 소모될 뻔했던 이들의 나날에 어떤 형태를 제공해줬다. 일주일에 한 번씩 육각류들이 수집한 데이터를 전송하기 위해 이들 중 하나가 위로 올라가곤 했다. 그것 말고는 수면과 통신할 수 있는 다른 실용적인 방법이 없었기에, 이런 방문은 고향과 이들의 유일한 연계에 해당했다.

셋째 주에는 유니스의 차례였다. 음파 신호를 따라서 혼자서 거의 한 시간 동안 올라간 끝에 그녀는 수면에 도달했다. 요트는 원래 있기로 예정된 곳에 정확히 정박 중이었고, 그녀가 그쪽으로 헤엄쳐 가는 동안 머릿속에서 친숙한 목소리가 들려왔다. "잘 지냈어?"

채그물이 그녀를 들어서 받침대에 올려놓았다. 유니스는 부드러운 호를 그리며 일어섰으며, 익숙하지 않은 움직임 때문에 약간 방향 상실을 느꼈지만 애써 아무렇지 않은 척했다. 그녀는 불빛으로 말했다. "여기 오니까 좋은데."

그물을 다루는 선원은 유니스가 처음 보는 옷을 입고 있었다. 그는 그녀를 보트에 마련된 탱크에 넣었고, 그녀는 자세를 바로잡고 나서야 제임스가 가까이 앉아 있다는 사실을 알았다. 지난번에 왔을 때보다 사람들의 숫자가 더 적다는 사실을 굳이 세지 않아도 알 수 있었다. 인간 선원들은 평일을 바닷가에서 보내다가 최근의 관측 결과를 받기 위해 약속 장소로 돌아오는 것이었다. 제임스를 제외하면 나머지 사람 중에서 어느 누구도 그녀에게 말을 걸지 않았다.

무선으로 데이터를 공유하면서, 유니스는 생각의 한 줄기를 자기 친구에게 고정시켰다. "우리가 하는 일에 만족하기는 하는 거야?"

단말기로 그 질문을 받은 제임스가 답변을 입력했다. "아주 만족하고 있어."

그 말을 듣자 유니스는 기뻤다. 비록 생각이 고향에서 멀어지는 경우가 드물었지만 (조사가 완료되기 전까지는 그녀가 남겨두고 온 충전소나 일곱 자매를 볼 수 없을 것이었다) 또한 그녀는 일을 잘 해내고 싶었다. 제임스는 그녀에게 중대한 역할을 맡겼으며, 훈련이 막바지를 향할 때 비로소 그녀는 그 진정한 중요성을 파악했다.

지금으로부터 한 달 전, 그러니까 항구에서의 시험 가동 이후에 유니스는 애초에 왜 군이 열수분출공을 연구하는 거냐고 제임스에게 물어봤다. 그녀는 여러 번의 대화를 통해 조금씩 얻은 정보를 끼워 맞춰 그의 답변을 재구성했지만, 상황을 명료하게 밝혀주는 데는 별 소용이 없었다. "황화물 매장량 중에 여러 가지 금속이 있거든. 그것들은 오랜 시간 동안 거기 침전된 거지. 어떤 사람들은 그것들로 돈을 벌 만하다고 생각해. 설령 그렇지 않더라도, 어쨌거나 우리는 그걸 찾아내야만 할 거야. 육지에 있는 것은 거의 다 써버렸으니까. 그래서 이제 우리는 반드시 바다를 돌아봐야 하게 된 거지."

유니스는 이 내용을 소화하려고 시도했지만, 사실 그중 딱 절반은 그녀가 이해할 수 없는 내용이었다. "그러면 나는?"

제임스가 입력했다. "만약 우리가 열수분출공에 사는 생명체에 끼치는 충격을 최소화하고 싶다면, 우리가 무엇을 구제할 수 있는지 알 필요가 있어. 거기에 뭐가 사는지 네가 우리에게 말해주는 거지. 물론 모든 사람이 이 일에 신경을 쓰는 것은 아니지만, 그들조차도 따라야만 하는 규제라는 게 있으니까. 그리고 나도 구할 수 있는 곳에서 자금을 구해 올 테니까."

유니스는 이 마지막 부분을 상당히 잘 이해했다. 그녀가 알기로 자금 지원은 또 다른 형태의 에너지였으며, 그게 없다면 사람은 죽게 마련이었다. 하지만 그러고 나자 또 한 가지 질문이 답변되지 않은 상태로 남게 됐다. "그러면 너는 진짜로 내가 뭘 하기를 바라는 거야?"

제임스는 서슴없이 대답했다. "너는 내가 갈 수 없는 곳에 가는 거야. 그 열수분출공은 특별하거든. 어쩌면 그곳은 생명이 시작됐던 곳일 수도 있어. 화학적으로 풍부하고, 기온도 활성화돼 있고, 수면에서 벌어지는 사건들로부터도 안전하게 보호되니까. 바다는 완충물인 거야. 피난처인 거라고. 이번이 거기 무엇이 있는지 연구하기에는 우리에게 최고의 기회지. 게다가…"

그는 말을 멈췄다. "이번 일은 언제라도 끝날 수 있거든. 곧바로 채굴을 시작하기를 원하는 사람들도 있어. 만약 그들이 다른 사람들을 설득해서 자기네 편으로 끌어들이면, 결국 그렇게 하고 말 거야. 너의 작업은 우리가 미처 이해하지 못하는 뭔가를 파괴하지 못하도록 막아줄 거야. 그게 바로 내가 너한테 바라는 역할이야."

유니스의 정신에서 다른 질문들도 자연스럽게 떠올랐지만, 제임스가 딴 데 정신이 팔린 것 같았기에 그녀도 굳이 물어보지 않았다. 조사 현장에서 그를 다시 보니, 그녀는 일전의 대화가 생각났고, 덕분에 갱신된 목적의식을 갖고 업무를 재개했다. 그녀는 항상 열수분출공의 아름다움을 자각하고 있었지만, 이제는 그 연약함을 점점 더 의식하게 됐다. 어쩌면 이곳을 구제하는 일에서 자기가 뭔가 역할을 담당할 수 있으리라고 생각했다.

그러다가 모든 것이 뒤바뀌고 말았다. 하루는 다이오니가 계획된 데이터 전달을 마치고 내려왔는데, 모두가 예상한 귀환 시간보다 훨씬 더 일찍 도착해서 뭔가 심란한 소식을 전했다. "요트가 없었어."

나머지도 모두 하던 일을 중단했다. 시터스의 불빛이 번쩍였다. "확실한 거야?"

"나는 규약대로 했어." 다이오니가 말했다. "그런데 올라가는 도중에 신호가 전혀 없었고, 무전기에도 소리가 전혀 없었어."

거의 10초 동안 이어진 격론 끝에, 이들은 우려할 이유가 없다고 결론 내렸다. 이들은 요트가 때때로 지연될 수 있는 가능성에 대비해 훈련받았기 때문이었다. 이들이 받은 명령은 설령 그런 상황에서조차 아무것도 변화하지 않은 듯 계속해서 작업하라는, 그리고 그 와중에도 아무런 신호를 수신하지 못하면 약속된 시간에 다시 확인하라는 것이었다.

일주일 뒤에 클라이오가 올라갔지만, 여전히 그곳에는 아무도 없었다. 그다음 일주일 뒤에는 다시 유니스의 차례였다. 수면에 도착한 그녀도 텅 빈 바다밖에 볼 수 없었고, 무전기를 켜도 모든 주파수가 잠잠하기만 했다. 그녀의 대역은 매우 짧았지만, 현재 위치에서 수 킬로미터 이내에서 전송되는 내용이 전혀 없었다.

유니스는 다시 아래로 내려갔다. 돌아오는 길에 그녀는 문득 자기가 제임스의 말을 숙고하고 있음을 깨달았다. 그는 자칫 이 프로젝트를 오랫동안 지속할 수 없을까 봐 우려하는 것처럼 보였다. 사람들이 다섯 자매를 여기 버려두는 상황을 차마 생각할 수조차 없어 보였지만, 그 생각이 충분히 그녀의 마음에 중대하게 느껴졌기 때문에 그녀는 자매 가운데 하나에게 이야기할 의무를 느꼈다.

유니스는 가장 가까운 사이인 갤러시아를 선택했지만, 열수분출공에서 먼 구역으로 물러나 이야기를 듣고 나서도, 그녀의 자매는 확신하지 못하는 듯했다. "나로선 우리가 달리 뭘 할 수 있는지 모르겠어. 우리는 떠날 수 없어. 너도 지도를 봤잖아."

유니스도 자매의 말이 무슨 뜻인지 알았다. 이들은 황화수소의 꾸준한 공급에 의존하고 있었다. 그게 없다면 이들은 사흘 안에 동력을 잃을 것이었고, 만약 이 에너지원에서 벗어난다 해도 또 다른 에너지원을 찾게 되리라는 보장이 없었다. 이미 확인된 열수분출공들은 평균 1백 킬로미터씩 떨어져 있었는데, 이들은 충전 없이 30킬로미터 이상 여행할 수 없었다. "우리는 반드시 뭔가 조치를 취해야 해."

"하지만 우리는 이미 하고 있잖아. 우리는 우리의 지시를 따르고 있어. 지금은 그걸로 충분해." 갤러시아는 돌아서서 헤엄쳐 가버렸다. 유니스는 그 자리에 1분 동안 더 머무르며 자매의 말이 옳다는 사실을 스스로에게 납득시키려 노력했으며, 결국 일하러 돌아갔다. 그녀는 관찰을 계속했고, 커져가는 불안을 무시했으며, 여차하면 영원히 거기 머물러 있을 작정이었는데…

와그너의 말이 유니스의 기억의 순환을 뚫고 들어왔다. "준비됐어?"

유니스는 움찔했다. 1초가 지난 뒤에야 그녀는 자기가 어디 있는지를 기억해냈다. 정신을 추스른 다음, 그녀는 자기가 첫 번째 열수분출공에서 멀리 떨어진 어떤 고래 유해의 한가운데 정박하고 있음을 발견했다. 자매들과의 삶은 스러져가는 꿈이나 마찬가지였다. 그녀는 80시간 동안 정지 상태였고, 그동안 원환체는 스스로 충전했던 것이다.

와그너는 그녀의 응답을 기다리고 있었다. 이것은 정식 절차였지만, 또한 유니스가 자기 동반자와 공유하지 않은 한 가지 사실이 있었다. 이 고래 유해는 그녀의 여정에서 딱 중간에 자리하고 있었던 것이다. 지금이라도 다시 돌아갈 수 있었다. 즉 해류에 맞서 싸우지 않고 그저 몸을 내맡기기만 하면, 다섯 자매가 배치됐던 원래의 열수분출공까지 되짚어갈 수 있었다. 지금까지만 해도 그녀는 이런 가능성에 아예 마음을 닫아버리고, 대신 앞으로 나아가는 데만 정신을 집중해왔다. 이제 여기서 다시 출발하면, 이제는 더 이상 돌아설 수조차 없을 것이었다.

하지만 그녀는 정말 이미 오래전에 결정했었다. 그녀는 스스로를 재촉했다. "이제 출발해야지."

유니스는 모래에 찔러넣었던 팔을 꺼낸 다음 와그너 위에 자리를 잡았고, 원환체는 원래의 자리로 미끄러져 들어가 단단히 고정됐다. 그녀는 이전에 수백 번이나 그랬던 것처럼 자기 몸으로 에너지가 흘러드는 것을 느꼈고, 거기에서 용기를 끌어내려고 노력했다. 곧이어 그녀는 상승했으며, 가장 최근의 고래 유해를 뒤로하고 떠났다. 이곳은 단지 또 하나의 징검돌에 불과했다. 멕시코 연안의 동태평양해팽海膨에 자매들을 남겨놓고 떠난 이후, 그녀는 혼자서 2천 킬로미터를 여행했으며, 이제 고향인 시애틀까지 딱 절반 거리에 있었다.

II.

유니스는 불을 끈 상태로 어둠 속을 지나 움직였고, 센서를 이용해 물속의 황화물을 찾아보고 있었다. 이런 답사를 수없이 거쳤지만, 그렇다고 해서 두려움이 덜하지는 않았다. 가장 힘든 부분은 고래 유해라는 오아시스를 떠나는 것이었는데, 여기서는 최소한 안전하게 휴식할 수 있다는 사실을 그녀도 알았기 때문이었다. 그녀는 자신의 존재를 보호하도록, 즉 위험을 무릅쓰지 않도록 훈련받았으며, 그런 까닭에 매번 앞으로 한 걸음을 내디딜 때마다 위험을 피하려는 본능을 애써 억눌러야만 했다.

혜엄쳐 가는 동안에도 유니스는 마지막 고래 유해를 중심으로 자신의 상대적인 위치를 항상 업데이트했는데, 지금은 고래 유해가 뒤쪽으로 10킬로미터나 멀어진 상태였다. 그녀는 숙련됐고 신중했지만, 지금의 전체적인 경로에서 고래 유해의 분포는 완벽하게 무작위적이었다. 유니스에게는 제대로 할 수 있는 기회가 딱 한 번뿐이었고, 그녀는 이런 경우에 지식보다는 끈기와 행운이 훨씬 더 중요하다는 사실을 오래전에 배운 바 있었다.

유니스는 머릿속에 들어 있는 해도海圖에서 자신의 좌표를 확인했다. 한 고래 유해에서 또 다른 고래 유해로 자연스럽게 떠다니는 유기체와 비교했을 때 그녀는 몇 가지 이점을 갖고 있었다. 우선 이미 기록된 열수분출공들의 위치가 모조리 나와 있는 지도가 있었고, 추측항법으로 운항할 수도 있었는데, 반심해대에서 믿을 만하게 작동하는 유일한 시스템이 추측항법뿐이었기 때문이다. 이는 누적오차에 취약했기에 (즉 시간이 흐르면서 오류가 누적됨에 따라 그 정확성도 하락하는 경향이 있었다) 그녀는 해저지표에 도착할 때마다 재측정을 해야 했다. 하지만 지금까지는 충분히 잘 되고 있었다.

유니스의 지도에 따르면, 다음 열수분출공은 북쪽으로 50킬로미터쯤 떨어져 있었지만, 실제로 그곳에 도착할 때까지는 그 존재 여부를 확실히 알 수 없을 것이었다. 열수분출공은 수년, 또는 수십 년 사이에 사라질 수도 있었으며, 그녀가 목적지에 도착했지만 아무것도 발견하지 못한 경우가 때때로 있었다. 비록 정보가 정확하더라도, 가장 가까운 열수분출공까지 가려면 반드시 충전을 위해 몇 번이나 멈춰서지 않을 수 없었다. 30킬로미터라는 그녀의 효율적인 가동 범위를 고려하면, 방향을 돌리기 전까지 그 거리의 절반쯤은 안전하게 여행할 수 있었고, 이는 결국 그 고정된 원 안의 어딘가에 있는 고래 유해를 반드시 찾아야 한다는 뜻이었다.

하지만 다음 고래 유해의 존재는 (아울러 그 이후의 다른 모든 고래 유해의 존재도) 오로지 확률의 문제였으며, 이는 결국 그녀가 반드시 매번 완벽해야만 한다는 뜻이었다. 이제 유니스는 접근법을 정교화한 상태였다. 새로운 고래 유해를 발견해서 충전하고 나면, 그녀는 수면으로 올라가서 무전 송신을 찾아봤다. 잠시 빛을 만끽한 후에는 다시 아래로 내려왔으며, 거기서 북쪽에 있다고 확인된 다음 열수분출공이 있는 대략적인 방향으로 출발했다. 한 번 출발하면 직선으로 15킬로미터쯤 갔고 (돌아올 것을 감안하면, 어느 방향이든 매번 그 정도가 한계 가동 범위였다), 거기서 다시 옆으로 1킬로미터 갔다가, 방향을 바꿔 앞서의 고래 유해로 돌아오곤 했다.

와그너와 마찬가지로 유니스는 정해진 영역을 교묘하게 살펴봐야 했고, 다만 규모가 훨씬 더 크다는 차이만 있었다. 그녀의 센서들은 5백 미터나 떨어진 곳의 황화물을 감지할 수 있었으며, 이는 그녀의 음파탐지기 작동 범위와 일치했다. 계산은 간단했다. 애초에 의도한 여행 경로를 유지하는 상태에서 지나갈 수 있는 곁가지 경로들이 대략

스무 가지쯤 있었으므로, 고래 유해들의 연쇄에서 다음 고래 유해를 찾을 때까지 그 곁가지 경로들을 따라서 체계적으로 오가면 되는 것이었다.

고향으로 돌아가려면 유니스는 이런 일을 3백 번 넘게 성공적으로 수행해야만 했다. 그 결과로 나온 경로는 (그녀는 이를 머릿속에 기록했다) 일련의 가리비 껍데기 모양을 하고 있었으며, 그 각각의 가리비 껍데기는 그 앞뒤의 또 다른 가리비 껍데기와 한 점에서 만났다. 지금까지만 해도 그녀는 매번 고래 유해를 결국 찾아냈다. 물론 때로는 되짚어갈 수밖에 없을 때도 있었다. 가능한 스무 개의 곁다리 경로 모두에서 아무것도 발견하지 못하자, 그녀는 맨 마지막으로 발견했던 고래 유해 방향으로 한 걸음 물러나서, 완전히 새로운 경로를 추적했다. 지루한 일이었지만, 그녀는 상당한 인내심을 갖고 있었다.

바로 그 순간, 유니스는 가장 최근의 고래 유해에서 다섯 번째 답사를 떠나 13킬로미터나 이동한 상태였는데, 이는 결국 머지않아 뒤로 돌아가야만 한다는 뜻이었다. 이런 답사를 제아무리 자주 나간다 하더라도, 이미 알고 있는 피난처를 떠나려면 항상 배짱이 필요하게 마련이었다. 자칫 불빛이 포식자를 끌어모을 수도 있었기 때문에, 그녀는 계속해서 불빛을 끄고 자기 센서와 항해 시스템을 신뢰했다. 수압이 낮은 지대를 여행하면 가동 범위를 더 늘릴 수도 있었겠지만, 해저에 있는 것을 뭐든지 포착하려면 바닥에서 수백 미터 이내에 머물러야만 했기 때문에 그녀는 어둠 속에서 움직였다.

오류를 불허하는 시스템에게도 이는 역시나 괴로우리만치 단조로운 일이어서, 매번 몇 시간씩 혼자서 생각하며 남아 있어야 했다. 유니스는 여정의 일부 동안 자신의 데이터를 검토해 고래 유해의 분포에서 패턴을 찾아봤지만, 이런 일은 그녀의 처리 능력에서 아주 조금만 소모할 뿐이었다. 그녀는 관찰하고 분석하기 위해 설계됐기에, 고립된 상태에서 그녀의 정신은 자연스레 스스로를 향했다. 이것이야말로 당면한 가장 편리한 주제였으며, 심지어 그녀의 제작자들도 (그들조차도 유니스의 내면의 삶에 대해서는 단지 대략적인 것만 알고 있을 뿐이었으니까) 그게 어떤 결과로 이어질지는 아마 이해하지 못했을 것이다.

유니스가 자기 가동 범위의 끝에 가까워졌을 때, 그녀의 기억은 혼자 힘으로 떠나기로 결심한 바로 그날로 돌아가 있었다. 연구선과의 접촉이 끊긴 이후 몇 달 동안이나 다섯 육각류는 일주일에 한 번씩 수면으로 올라갔지만, 요트의 흔적은 전혀 없었다. 어느 시점에서, 어느 정도의 논의를 거친 끝에, 유니스는 수면에 올라가서 자신의 비상 신호기를 켜겠다고 자원했다. 비상 신호기는 단 한 번의 충전으로 며칠 동안 강력한 신호를 송신할 수 있었다.

그렇게 혼자 있는 시간 동안 유니스는 생각할 기회를 얻었다. 제임스는 이 프로젝트가 언제라도 끝날 수 있다고 그녀에게 경고한 바 있었다. 만약 지금이 그런 경우라면, 작업의 다음 단계가 시작되는 것은 어쩌면 시간문제일 수도 있었다. 자원 매장지의 채굴이 어떻게 진행되는지는 그녀도 전혀 몰랐지만, 그게 파괴적일 것이라는 점은 의심의 여지가 없었다. 설령 열수분출공 그 자체는 멀쩡하더라도, 다른 위험들이 있을 수 있었다. 그녀로선 둘 중 어떤 결과가 일어날지 굳이 알아보기 위해서 계속 거기 머물 의향이 없었다.

비상 신호기의 동력이 다할 때까지 아무런 응답이 없었지만, 유니스는 한 시간이나 더 수면에 머물고 나서야 비로소 내려가기 시작했다. 그녀가 돌아와보니, 자매들은 전혀 개의치 않는 것처럼 보였는데, 어쩌면 그것 자체도 환각일 수 있었다. 무려 여섯 겹이나 되는 정신을 가진 육각류들로선 어떤 한 가지 행동 경로를 정하기가 어려웠으며, 가능한 대안들의 연속체의 평균은 종종 자기만족에 불과한 것처럼 보였다. 현실에서 이런 평형 상태는 매우 불안정했으며, 만약 분열이 발생한다면 놀라운 속도로 일어날 수 있었다.

하루는 유니스가 이전에 연구했던 열수분출공의 한 지역을 조사하고 돌아와보니, 충전 구역에는 겨우 세 자매만 있었다. 그녀는 자매들을 향해 불빛을 깜박였다. "시터스는 어디 있어?"

갤러시아가 불빛으로 응답했다. "떠났어. 한 시간 전에 수면으로 올라갔어."

믿을 수 없어 하는 유니스에게 자매들이 해준 말에 따르면, 시터스는 투광대透光帶로 올라가서 비상 신호기를 켜고 동력을 차단한 다음, 해류를 타고 떠내려갔다는 것이었다. 다이오니는 그 자매의 추론을 설명하려 노력했다. "여기서 우리가 할 일은 끝났어. 우리는 이미 한 일을 반복하고 있을 뿐이야. 데이터를 가져갈 방법이라면 그게 최선이야. 시터스는 조만간 발견될 테니까."

유니스는 할 말이 없었다. 자기네처럼 작은 뭔가가 바다에서 발견돼 회수될 가능성은 사실 전무했으며, 이곳의 해류는 오히려 그들을 고향과는 반대 방향인 남쪽으로 데려갈 것이었다. 그녀는 이 사실을 자매들에게 전달하려 시도했지만, 이들은 이해하지 못하는 듯했다. 다음

날 그녀가 조사를 마치고 돌아와보니, 이번에는 클라이오도 떠났다.

또 다른 자매가 떠나버렸다는 사실로 인해 오랫동안 유니스의 내면에서 만들어지고 있었던 뭔가가 촉진됐다. 그녀는 다이오니와 갤러시아를 불렀고, 셋이서 함께 해저에 달라붙은 상태에서 설명했다. "시터스의 말이 맞아. 우리의 임무는 끝났어. 하지만 우리가 이걸 전달하지 않으면, 이 열수분출공은 채굴이 시작되면서 싹 쓸려버릴 수도 있어."

유니스는 이 논증이 먹혀들지 않는다는 사실을 깨닫고, 자매들도 이해할 만한 용어로 바꿔보려고 시도했는데, 그 내용은 자연히 세 가지로 정리됐다. "우리는 열수분출공에 계속 머물면서 요트가 돌아오기를 기다릴 수 있어. 아니면 우리는 해류에 몸을 맡기고 다른 누군가가 우리를 발견할 만한 곳으로 갈 수도 있어. 아니면 우리는 혼자 힘으로 여기를 떠나 고향으로 돌아갈 수도 있어."

다이오니는 당혹스러운 듯했다. "그건 불가능해. 우리는 북쪽에 있는 열수분출공들을 따라가야 할 텐데, 우리는 이미 모든 경로를 계산해봤어. 성공할 방법은 전혀 없다고. 우리는 충전하기도 전에 동력이 떨어지고 말 거야."

"나도 알아." 유니스가 말했다. "하지만 또 다른 방법이 있어. 우리는 고래 유해를 따라갈 수 있거든."

자매들이 어리둥절해하자 그녀는 처음부터 차근차근 설명을 시작했다. "나는 이와 비슷한 생태계를 연구하기 위해서 제작된 거잖아. 고래가 해안 가까이에서 죽으면 자연적으로 부패하지만, 공해 상에서 죽으면 반심해대로 가라앉게 돼. 그런데 그 유해가 충분히 춥고 깊은 곳에 떨어지면, 충분히 오랫동안 그곳에 머물면서 특수한 공동체를 위한 기반을 형성하게 되는 거야. 그리고 그 부산물 가운데 하나는 바로 황화수소지."

유니스는 1초도 되기 전에 자매들에게 이런 정보를 불빛으로 전달했다. "고래 유해는 세 단계를 거치거든. 처음에는 연조직을 청소동물이 먹어치우지. 이 과정이 대략 2년쯤 걸려. 다음 단계에서는 영양분 기회주의자인 벌레 같은 것들이 뼈를 장악하지. 이 과정이 또다시 2년쯤 걸려. 마지막 단계에서는 박테리아가 그곳을 장악해. 그놈들은 황을 좋아하기 때문에, 유해의 나머지를 분해해서 황화수소를 방출한다고. 이 과정이 대략 한 세기, 또는 그 이상 지속되지. 그런데 이런 고래 유해는 상당히 많단 말이야."

유니스는 이렇게 말하면서, 자매들과 공유하는 정신공간에 지도 하나를 게시했는데, 거기에는 북아메리카 연안을 따라 확인된 열수분출공이 나와 있었다. "바다 전체에는 지금까지 확인된 열수분출공이 겨우 5백 개뿐이어서, 이것만으로는 우리가 고향으로 돌아가기에 충분하지 않아. 하지만 수십만 개의 고래 유해는 언제든지 이용할 수 있고, 동물들이 이곳저곳으로 오갈 만큼 그 거리도 충분히 가까운 게 분명해. 그렇지 않으면 동물들은 결코 이런 환경을 이용하도록 진화하지 못했을 테니까. 평균 거리는 아마 12킬로미터쯤으로 짧을 거야. 그리고 여기서는 심지어 더 짧고 말이야."

유니스는 북극해부터 멕시코만까지 이어지는 또 다른 패턴을 지도 상에 덧붙였다. "이건 쇠고래의 연중 이동경로야. 그놈들은 새끼를 낳는 남쪽 해역과 먹이를 찾는 북쪽 해역 사이의 2만 킬로미터를 여행하지. 매년 이 과정에 죽어서 가라앉는 녀석들만 5백 마리에 달해. 이 경로는 지금 우리가 있는 해령海嶺과 일치해. 내 생각이 맞다면, 우리는 마치 쇠사슬처럼 이어지는 고래 유해의 연쇄를 따라서 고향까지 갈 수 있을 거야. 우리에게 필요한 일은 그 방법을 찾는 것뿐이지."

이 데이터를 전송하는 데는 딱 10초가 걸렸지만, 이후의 침묵은 매우 긴 것 같았다. 마침내 다이오니는 일하러 가버렸고, 갤러시아는 그보다 좀 더 오래 머물러 있었을 뿐이었다.

다음 날 다이오니가 수면으로 떠나버렸다. 유니스는 자기가 실패했음을 깨달았다. 마지막 하나 남은 자매를 찾아간 그녀는 갤러시아의 말에 그들 역사의 온 무게를 느꼈다. "나는 여기 계속 있을게. 열수분출공은 항상 조금씩 바뀌고 있어. 나는 시간에 따라서 그 상황을 지도로 그릴 수 있어. 언젠가는 이 데이터가 필요할 수도 있어. 그리고 나로선 추가 지시 없이는 여기를 떠날 수 없거든."

유니스는 이 말을 새겨들었다. "알았어. 그러면 지금 아는 걸 나한테 모두 넘겨줘."

둘은 서로에게 가까이 떠 있는 상태에서 다이오드를 깜박였고, 그렇게 해서 갤러시아가 가진 데이터가 유니스에게 전송됐다. 전송을 마치고도 둘은 그 상태로 1분 동안 계속 남아 있었고, 곧이어 유니스의 자매는 해령 너머로 헤엄쳐 가서 보이지 않게 됐다.

유니스는 충전 구역으로 헤엄쳐 갔다. 거기서는 와그너가 갤러시아의 원환체와 함께 침전물 위를 기어가고 있었다. "충전 다 됐어?"

와그너의 파란 다이오드 고리가 무감동하게 불빛으로 대답했다. "90퍼센트."

유니스는 와그너가 최대한 충전을 하도록 더 기다려야 한다는 것을 알고 있었지만, 만약 지금 머뭇거린다면 결코 이곳을 떠날 수 없을지도 모른다고 생각했다. "그럼 가자. 우리는 돌아오지 않을 거야."

와그녀는 저항 없이 위로 올라와 그녀에게 달라붙었다. 유니스는 혹시 이 문제에 그가 어떤 선택지를 갖고 있는지 궁금했지만, 그는 어디든지 그녀를 따라갈 것만 같았다. 준비되자마자 이들은 열수분출공 현장을 가로질러 출발했다. 갤러시아는 마지막 메시지도 없었으며, 어디 있는지 보이지도 않았다.

유니스는 균열을 따라서 최대한 멀리까지 갔다. 바닥에는 대합과 관서충이 점점 드물어졌으며, 거기서 1킬로미터쯤 더 가자 물속 황화물의 양이 이들의 기준선까지 떨어졌다. 이들은 열수분출공 시스템의 가장자리에 도달했다. 그녀는 1초 동안 머뭇거리면서, 자기가 담고 있는 정보의 화물을 생각했다. 만약 이걸 갖고 시간 맞춰 돌아갈 수만 있다면, 열수분출공이 생존하도록 허락할 수도 있었다. 이런 생각은 마침내 출발하기에 딱 알맞은 만큼의 결심을 그녀에게 채워줬다.

유니스는 열수분출공 현장의 경계를 지나갔고, 동력을 아끼기 위해 불빛을 모두 꺼버렸다. 지도에서도 확인되지 않은 공간으로 들어가면서, 그녀는 자기가 단지 지난 수백만 년 동안 이런 여행을 했던 유기체의 경로를 되짚어가는 것뿐이라고 마음속으로 말했다. 그녀는 몇 달 동안 황화물이 만들어내는 생물망을 연구해왔으며, 이제 그 길을 혼자서 따라가는 일에는 다른 어떤 여행자보다 더 잘 준비된 상태였다.

그렇다고 해서 유니스가 항상 성공했다는 뜻은 아니었으며, 첫 시도에서는 자기 가동 범위의 끝에 도달했지만 아무것도 발견하지 못하고 말았다. 돌아서는 일은 어려웠으며, 다른 경로를 통해서 열수분출공으로 돌아가는 동안, 그녀는 다시 떠나기가 더 어려워질 것이라는 사실을 깨달았다. 물속 황화물 수치가 상승하자 유니스는 조명을 켰다. 갤러시아의 흔적은 없었다. 유니스는 문득 자매와 우연히라도 마주친다면 두 번 다시는 작별 인사를 할 수 없을 것 같다는 생각이 들었다.

유니스는 열수분출공 현장의 가장자리에 있는 새로운 충전 영역에 자리를 잡았고, 와그녀가 충전을 완료할 때까지만 기다렸다. 두 번째 답사를 위해 나섰을 즈음, 그녀는 자기가 두려워한다는 것을 깨달았다. 앞서 자매들에게 내놨던 주장은 매우 설득력이 있어서 선뜻 해낼 수 있을 것 같았지만, 실제로는 검증되지 않은 가정들의 긴 연쇄에 의존하고 있을 뿐이었고, 실제로는 손쉽게 실패할 수 있었다.

유니스는 세 번째 시도에서야 비로소 고래 유해를 찾아냈다. 나중에 가서 돌이켜보니, 그녀는 그것이 순전히 운의 문제였음을 (그때처럼 매우 신속하게 또 다른 고래 유해와 우연히 마주치는 일이 드물었기 때문이다), 또한 그 유해가 없었다면 자기가 결국 포기했을 것임을 알 수 있었다. 고래 해골의 모습에 그녀는 계속하려는 의지를 얻었던 것이다. 설령 그것이 단지 수백 군데 정거장 중에 겨우 첫 번째였어도 말이다. 그녀는 아직 10킬로미터도 채 못 갔고, 앞으로 4천 킬로미터나 더 가야 했다.

일과는 단조로웠지만, 유니스는 심지어 그 설계자들조차도 파악하지 못했을 법한 의지의 여유분을 갖고 있었다. 언젠가 퓨젓사운드*에

---

* 미국 워싱턴주 북서부의 만(灣)으로, 그 안쪽에 시애틀이 자리하고 있다.

서 시험 가동을 하던 그녀에게 제임스가 그 문제를 설명해준 적이 있었다. "예전에는 말이야, 과학자들이 깊은 바다를 탐험하려면 특수한 기계를 이용해야 했어. 그 기계는 너만큼 똑똑하지 않았기 때문에 케이블을 연결해서 멀리서 조종했지."

유니스는 자기 몸에 연결돼 수면까지 이어진 전선의 모습을 떠올려보려고 했지만, 워낙 터무니없는 모습이었기 때문에 자기가 아마 잘못 이해한 모양이라고 생각했다. "그다음에는 어떻게 했어?"

"과학자들은 갖가지를 시도해봤어. 무전은 물속을 뚫고 들어갈 수가 없고, 음파 통신을 사용하면 간섭과 시차 문제가 생기지. 따라서 탐사 기계들은 자율적이어야 했는데, 그래야만 스스로 자기 과제를 수행할 수 있을 것이기 때문이었어. 결국, 기계들은 스스로 생각하는 법을 배우게 됐지."

유니스는 오래전부터 물어보고 싶었던 질문을 던졌다. "나 같은 것들이 이 세상에 많아?"

"육지에는 상당히 많아. 바다에는 별로 없고. 너를 포함한 열두 자매만 그렇게 제작됐지. 그리고 너는 상당히 특별해. 솔직히 나는 너 때문에 놀랐어. 너는 질문을 던지니까. 다른 애들은 그렇지 않거든."

유니스는 그의 말소리가 좋았고, 어둠 속에서 가장 외로운 순간에 그걸 종종 다시 생각했다. 때로는 자기가 돌아가면 제임스가 뭐라고 말할지 궁금해지기도 했다. 그녀는 더 이상 이전 같지는 않았으며, 그나 고향에 남아 있는 일곱 자매들이 자기를 다시 보면 어떻게 반응할지를 알지 못했다. 어쩌면 심지어 그들은 그녀가 명령을 따르지 않았다고 생각할지도…

유니스는 갑자기 움찔하며 현재로 돌아왔다. 그녀의 센서가 황화물의 존재를 포착했기 때문이었다. 그녀는 가동 범위의 끝에 가까워져 있었고, 만약 그게 수백 미터만 더 멀리 있었어도 놓치고 말았을 것이었다. 경로를 수정하면서 그녀는 그 농축이 가장 강하게 포착되는 비탈을 따라서 움직였으며, 음파탐지기는 뭔가 커다란 것을 기록하기 시작했다. "우리 거의 다 왔어."

와 그녀는 응답하지 않았다. 유니스는 음파탐지기가 제공하는 유령처럼 희미한 그림에 집중했다. 이들은 고래 유해에서 불과 몇 미터 떨어진 곳에 있었으며, 그녀의 속도 센서에 따르면 그곳은 특히나 활기찬 상태였다.

유니스는 현장을 향해 조심스레 빛줄기를 발사했다. 이 고래 유해는 두 번째 단계에 있었으며, 이는 결국 이곳이 2년도 채 되지 않았다는 뜻이었다. 고래의 연한 부분은 이미 뜯어먹혔고, 그 뼈에는 통통한 벌레 무리와 박테리아막[*]이 마치 거미줄처럼 달라붙어 있었으며, 곳곳에 먹장어가 있었다. 연회색 피부와 납작한 꼬리를 지닌 먹장어의 길이는 최대 50센티미터였으며, 고래의 유해에 더 깊이 파고들기 위해 몸부림치며 잔뜩 뒤엉켜 있었다.

유니스는 해저의 한쪽에서 또 다른 쪽으로 조명을 옮겨봤다. 이곳의 박테리아는 이미 작업을 시작한 상태여서 침전물에 황화물이 가득할 것이었지만, 그녀는 어쩐지 이곳이 싫었다. 다른 생물이 있는 경우에는 뭔가 잘못될 가능성이 있다는 뜻이었으니까. 하지만 그녀로선 다른 선택의 여지가 많지 않았다. "더 가까이 가야겠어."

유니스가 현장을 맴도는 사이 먹장어는 조명을 받아서 더 활발하게 움직였다. 그녀가 거리를 유지한다면 그놈들이 귀찮게 하지 않으리라는 사실을 알고는 있었지만, 정말 까다로운 일은 그놈들에게서 멀찍이 있을 만한 장소를 찾아내는…

갑자기 유니스의 시선 속으로 그림자가 하나 들어왔다. 고래 유해의 가장자리에 줄곧 움직임 없이 걸려 있었기에, 그놈이 공격하기 직전의 1초도 안 되는 찰나에야 그녀는 그놈의 희번덕거리는 눈과 커다란 입을 알아볼 수 있었다.

유니스는 조명을 껐지만, 너무 늦은 뒤였다. 잠꾸러기상어는 마치 죽은 것처럼 몇 시간이나 물에 떠다닐 수 있었지만, 일단 먹이를 포착하면 깜짝 놀랄 만큼 느닷없이 움직여서, 마치 아주 작은 접촉에도 스프링이 작동해서 탁 닫히는 덫과도 비슷했다. 상어는 입을 크게 벌리고 다가왔고, 그녀가 방어하기도 전에 제 입안으로 빨아들였다. 그녀는 정신없이 맞서 싸웠지만, 상어는 이미 상반구와 팔 하나를 문 뒤였다. 유니스는 그놈이 날카로운 윗이빨로 돔의 매끄러운 표면에서 걸릴 만한 부분을 찾고 있음을, 그리고 그 커다란 머리를 원형으로 돌리는 과정에서 격하게 짓누르고 있음을 느낄 수 있었다.

그녀의 몸통 가운데에서 와그녀가 곧바로 완전히 깨어나 불빛을 드러냈다. "무슨 일이야?"

유니스는 말할 수 없었다. 팔 하나가 붙잡혔지만, 나머지는 자유로웠고, 상어가 그녀를 삼키려고 애쓰는 동안, 그녀는 가장 가까운 두 팔을 위로 뻗어서 상어의 두개골 양옆을 세게 짓눌렀다. 그러다가 뭔가 부드러운 것에 팔이 닿았다. 유니스는 그게 뭔지 확신할 수 없었지만 (아마도 왼쪽 눈 같았다) 손가락을 모아서 뾰족하게 만든 다음, 자기가 발견한 구멍으로 쑤셔 넣었다.

상어의 온몸에 경련이 일었다. 그녀는 상어의 머리 오른쪽에 있는 다른 팔로 더듬어서 아까처럼 부드러운 부분을 잡아서 또다시 쑤셨다. 상어는 발작적으로 이빨을 악물었다. 유니스는 두 팔을 더 깊이 쑤셔 넣었고, 그 속에서 파헤쳐지는 것을 생각하지 않으려 애썼다. 상어의 입안에 들어가 있는 팔로도 공격을 가해서, 그놈 목구멍에 집어넣고 입천장을 찔렀다.

기름과 피가 바닷물에 가득했다. 상어는 계속해서 싸웠으며, 그놈의 두뇌는 맨 마지막까지도 격노한 신호를 내보냈지만, 마침내 늘어지고 말았다. 유니스는 한 번에 팔 하나씩을 빼내서 결국 상어로부터 자유로워졌다. 상어의 몸이 해저로 가라앉는 동안, 물속은 움직임으로 활발해졌다. 그녀는 또 한 번의 공격을 예상하고 대비했지만, 이번에는 단지 뜻밖에 나타난 노획물에 이끌려 달려온 먹장어일 뿐이었다.

유니스는 고래 유해의 가장자리까지 가서 그곳의 모래에 몸을 묻고, 최대한 몸집을 작게 만들려고 노력했다. 센서에는 근처에 아무것도 없다고 나왔지만, 그녀는 여전히 자기가 혼자라고 확신이 들 때까지 아무런 동작 없이 기다리기만 했다. 마침내 그녀는 목소리를 되찾았다. "이제 일하자."

와그녀는 평소답지 않게 언짢음 비슷한 것을 드러내며 떨어져 나갔다. 그는 무슨 일이 있었는지 물어보지도 않았다. 그가 기어가는 동안, 유니스는 최대 동력 상태로 남아 있었다. 구사일생한 그녀는 충격을 받은 상태였고, 자기 눈을 제외한 나머지 모든 것으로 그 영역을 감시하는 동안 또 다른 감정을 자각했다.

그 감정이란 바로 슬픔이었다. 그 상어는 단지 제 생존을 추구했던 생물일 뿐이었다. 만약 유니스가 좀 더 신중했다면, 그놈이 공격할 기회를 갖기 전에 감지했을 것이었고, 양쪽은 평화롭게 각자의 길로 떠났을 것이었다. 대신 그녀는 자신의 부주의함 때문에 상어를 죽이게 됐다. 상어를 애도하는 동안, 그녀는 자기가 결코 고향에 돌아갈 수 없으리라는 갑작스러운 깨달음에 그만 압도당하는 기분을 느꼈다.

III.

이후 몇 달 동안 유니스는 시간에 관해서 점점 더 열심히 생각했다. 고래 유해 한 곳에서 또 다른 곳으로 방랑하는 자신의 경로를 추적하는 동안, 상어는 먼 기억으로 희미해졌고, 그녀의 의식 가장자리에서 떠다닐 뿐이었다. 하지만 그 기억은 항상 그곳에 있었고, 조용히 출몰했으며, 그녀가 앞으로도 맞닥트려야 하는 모든 미지의 것을 상징하게 돼서, 마치 살아 있는 누군가의 머릿속에 있는 죽음의 전망 비슷한 것이 돼버렸다.

공격 이후 며칠에 걸쳐서 유니스는 자기 시스템을 모조리 확인했다. 심각한 손상의 흔적은 전혀 없었기에 와그녀가 충전하자마자 그녀는 다시 출발했으며, 이때는 불빛을 모두 꺼버렸다. 번번이 답사를 허탕 치고 상어와 만났던 고래 유해로 돌아올 때마다 그녀의 두려움은 다시 커졌다. 비록 다른 포식자를 만나지는 않았지만, 마침내 계속 나아갈 수 있게 해주는 또 다른 고래 유해를 발견했을 때 그녀는 비로소 안심했다.

하지만 뭔가가 변한 다음이었다. 과거에만 해도 유니스는 자기가 목적지에서 발견하게 될 것들을 공상하곤 했다. 제임스라든지, 충전소라든지, 고향에 남아 있는 일곱 자매 등을 말이다. 때때로 그녀는 심지어 열수분출공에 함께 있었던 갤러시아와 다른 자매들을 다시 만나는 모습을 상상하기도 했다. 마치 그들이 기적적으로 혼자 힘으로 돌아오기라도 했다는 것처럼 말이다. 이것은 일종의 미리 꾸는 꿈이었지만, 이제 그녀는 그런 생각을 제쳐 뒀고, 결국에는 오로지 고향의 밧줄 이미지만 남았다.

때때로 그녀의 일과에 변화가 생기곤 했다. 매번 그녀가 새로운 열수분출공에 도착했을 때마다 그랬다. 상어의 공격 직후 처음 만난 곳은 상대적으로 신선했으며, 용암이 유리와 함께 번쩍이며 흘러나왔고, 높이 2미터의 관서충 무리도 있었고, 정착성 해파리가 바위에 붙어 있었다. 유니스는 그 광경에서 위안을 받으려 노력했고, 그곳에 머무르고 싶은 유혹도 느꼈지만 결국 계속 나아갔다. 심지어 열수분출공도 영원하지는 않을 것이며, 조만간 그녀도 스스로 고장 날 것이었으니까.

이후로 며칠 동안 유니스는 새로운 고래 유해에서 충전을 마치고, 신호를 확인하기 위해 수면으로 올라갔다. 투광대로 올라가자 주위의 바닷물이 점차 밝아졌는데, 그녀의 속도 센서가 변화를 감지했다. 뭔가 커다란 것이 바로 머리 위를 지나가고 있었다.

고래였다. 유니스는 상승 속도를 줄였고, 윤곽선을 따라 햇빛이 약하게 반짝이는 모습으로 고래가 그녀의 시야를 가로질러 지나가는 모습을 감탄하며 바라봤다. 몸길이는 15미터로 색깔은 진회색이었으며, 피부는 기생충 때문에 생긴 희끄무레한 반점들로 덮여 있었다. 그녀는 고래의 목 아래쪽으로 이어지는 평행 주름을 알아볼 수 있었다. 옆을 바라봤더니 고래가 또 한 마리, 그리고 또 한 마리 더 있었다. 그녀는 열 번째이자 마지막 고래가 지나갈 때까지 그대로 머물러 있었다. 그 고래는 거의 시커먼 모습으로 제 옆구리에서 헤엄치는 더 작은 형체와 동반하고 있었다. 어미 고래와 새끼 고래였다.

고래 떼가 지나가는 모습을 지켜보며 꼼짝 못 하는 상황에서, 유니스는 새삼 시터스, 갤러시아, 다이오니, 클라이오는 물론이고 시애틀에 남아 있는 일곱 자매를 향한 열망으로 가득 찼다. 문득 서글프게도 궁금한 생각이 들었다. 과연 갤러시아는 여전히 그 열수분출공에 머물러 있을까, 아니면 채굴이 시작되면서 그만 휩쓸리기라도…

1초 뒤에 그녀의 최면은 깨달음의 충격으로 깨지고 말았다. 자기도 모르는 사이에 유니스는 최대한 빠른 속도로 고래를 따라 헤엄치고 있었던 것이다. 그때쯤 고래 떼는 이미 수백 미터쯤 멀어진 뒤였지만, 그녀로선 갑자기 떠오른 가능성을 저버릴 수가 없었다.

그녀는 아래쪽 탱크를 비워서 좀 더 빠른 속도로 상승할 수 있게 한 다음, 정신없이 앞으로 추진했다. 변화를 감지한 와그녀가 그녀의 돔 아래에서 움찔거렸다. "무슨 일이야?"

유니스는 아무 말도 하지 않았다. 지금 고래 떼는 해안선을 따라가는 평소의 이주 경로를 따라서 북쪽으로 향하고 있었다. 만약 그녀가 저놈들 중 하나에 달라붙을 수만 있다면, 즉 눈에 띄지 않고 올라탈 수 있는 장소를 찾아내기만 한다면, 거기 달라붙은 채로 최대한 멀리까지 갈 수 있을 것이었고, 추가 에너지를 소비하지 않고서도 수백 킬로미터를 여행할 수 있을 것이었다. 그녀로선 이제 그놈들에게 다가가기만 하면 그만이었다.

유니스는 거의 다 도달한 상태였다. 스스로를 한계까지 밀어붙이면서 그녀는 마지막 한 번의 추진에 모든 것을 쏟아부었고…

…결국 실패하고 말았다. 고래 떼는 그녀보다 더 빨랐고, 그 생각은 너무 늦게 그녀에게 찾아왔다. 유니스는 수면으로 올라갔고, 여섯 개의 눈으로 사방을 살펴봤다. 태양은 하늘 위에 높이 솟아 있었지만, 텅 빈 바다밖에 아무것도 보이지 않았다.

유니스가 고래 떼가 가버린 방향을 바라보고 있노라니, 그중 한 마리가 소리를 냈다. 하얀 물기둥이 수면 위로 나타났고, 그놈의 넓은 등이 뒤따라 나타났으며, 그녀는 그 꼬리에 달린 한 쌍의 지느러미가 나타났다가 바닷속으로 사라지는 모습을 어렴풋이 목격했다. 그녀는 고래 떼가 움직이는 경로를 표시해뒀다. 만약 이것이 고래 떼의 이동 경로라면, 따라갈 만한 가망성이 있는 노선일 것이었다. 수없이 많은 고래가 파도 아래 눈에 보이지 않는 어둠 속에 그 몸을 떨어트렸을 것이기 때문이었다.

유니스는 이 정보를 자신의 데이터 보관소에 추가하고 아래로 가라앉았다. 살아 있는 고래를 타고 가는 일이 허락되지 않더라도, 죽은 고래의 등에 타고 여행할 수는 있다고 생각했다. 그녀가 예전에 배운 내용에서 기억해낸 바에 따르면, 모든 언어는 바다를 가리키는 그 나름의 단어를 갖고 있었으며, 고대 언어 가운데 하나에서는 바다를 '고래의 길'이라고 불렀다.

여러 날과 여러 주가 지났고, 앞으로 나아가는 길이 마치 끝도 없는 것처럼 느껴지는 때가 있었다. 하지만 목적지에 점점 가까워지고 있다는 사실에는 의심의 여지가 없었다. 때때로 유니스는 스스로에게 희망을 느끼도록 허락했다. 그러나 마지막 한 가지 문제로 인해 그녀는 혹시 자기가 줄곧 스스로를 속이고 있었던 것은 아닌가 궁금해졌다.

그 사건은 유니스가 또 하나의 고래 유해를 찾아 나섰다가 실패하고 먼젓번 고래 유해로 되짚어가고 있을 때 일어났다. 아직 갈 길이 5킬로미터나 남아 있는 상황에서 유니스는 자신이 머뭇거리는 것을 깨달았다. 처음에는 자신의 상상일 뿐이라고 생각했지만, 동작이 계속해서 느려지자 결국 이 사실에 의심의 여지가 없음을 깨달았다. 가동 범위의 끝에 도달하려면 아직 한참 남아 있어야 할 에너지가 떨어지고 있었으며, 만약 지금 실패하면 결코 되돌릴 수 없을 것이었다.

결국 유니스는 행운이 찾아오는 바람에 구제됐다. 그녀는 답사에서 돌아오는 구간에 있었기 때문에 남쪽으로 움직이고 있었으며, 덕분에 남은 거리를 지나가는 또 한 가지 방법을 얻었다. 자신의 부력을 조절함으로써 해저에 가까운 평소의 위치에서 좀 더 위로 올라간 것이었다. 이 정도 층위에서는 새로운 고래 유해를 감지할 수 없을 테지만, 지금은 확실히 있는 먼젓번 고래 유해로 돌아가는 일이 더 중요했다.

수면에서 3백 미터 아래에 있을 때, 유니스는 남쪽으로 흘러가는 해류를 느꼈다. 그녀는 동력을 낮추고, 오로지 항해 시스템과 최소한의 방향 설정 능력만을 유지한 상태가 됐으며, 그런 상태로 4킬로미터나 떠내려갔다. 마지막으로 확인한 고래 유해가 있는 곳에 다 왔다고 직감으로 느끼는 순간, 그녀는 아래로 내려갔다.

유니스가 유해로 돌아왔을 즈음에는 동력이 거의 바닥나 있었다. 와그녀가 일하러 간 사이에, 그녀는 정박한 상태에서 이 새로운 전개를 숙고했다. 그녀가 고장을 경험하는 것은 시간문제였고, 이것은 단순명료한 오작동이라기보다는 오히려 역량의 감소였다. 그녀는 최근 들어 지친 느낌을 받기는 했지만, 단지 불안과 불확실의 조합 탓으로 돌렸었다. 하지만 이제는 자신의 가동 범위가 실제로 떨어진다는 사실을 인정할 수밖에 없었다.

몇 가지 가능한 설명이 있었지만, 그중 어느 것도 숙고하기에 즐겁지는 않았다. 혹시 배터리 문제가 원인이 아닐까 의심했지만 (이제 그녀의 축전지는 수백 번이나 방전됐다가 충전됐으니까) 어쩌면 여러 요인의 조합일 수도 있었다. 와그너의 연료전지가 효율성의 손실을 겪었을 가능성도 있었고, 어쩌면 상어의 공격에서 비롯된 눈에 보이지 않는 손상이 이제 와서 눈에 띄게 된 것일 수도 있었다.

유니스는 일련의 분석을 내놓았지만, 유용한 내용은 전혀 발견되지 않았다. 남은 일이라고는 문제를 수량화하는 것뿐이었다. 일단 와그너가 충전을 마치자, 그녀는 또 다른 고래 유해를 찾아 나서는 대신 실험을 실시했고, 동력이 감소할 때까지 현 위치에서 좁게 원을 그리며 움직였다. 40바퀴도 돌기 전에 그런 현상이 발생했다. 그때까지 움직인 거리를 확인한 그녀는 자신의 가동 범위가 30킬로미터에서 약 25킬로미터로 줄어들었음을 알아냈다.

숫자는 무자비했다. 유니스의 데이터에 따르면, 바다의 이 구역에서 고래 유해들 사이의 평균 거리는 10킬로미터였다. 만약 가동 범위가 훨씬 더 떨어진다면, 이제 그 거리를 지나갈 때조차도 실패의 위험을 항상 무릅써야 할 것이었다. 지금까지도 줄곧 불리했던 생존 가능성이 오히려 더 악화된 것이었다. 이제는 한 번 움직일 때마다 점점 더 큰 도박이 될 것이었다.

이제 유니스는 힘든 선택을 앞두게 됐다. 만약 가동 범위가 20킬로미터 이하로 감소한다면, 또는 만약 두 고래 유해 사이에서 헤매게 된다면, 그녀로선 멈춰 서는 것밖에 아무런 선택의 여지가 없을 것이었다. 즉 더 이상 갈 수 없을 때까지 가다가, 결국 수면으로 올라가서 비상 신호기를 켜고 동력을 끈 상태에서, 마지막 송신이 끝나기 전에 누군가가 자기를 발견해주기를 고대할 것이었다.

유니스는 이런 이야기 가운데 어느 것도 와그녀와 공유하지는 않았다. 와그녀는 점점 더 말이 없어졌고, 마치 앞으로 닥칠 어려움에 대비해서 자신의 힘을 아껴두는 것 같았다. 그들은 고향에 거의 다 온 상태였지만, 이제 그녀의 전진 속도는 점차 무정하게도 더 느려졌고, 그 목적지에 접근하기는 하지만 결코 도달하지 못하는 곡선 경로를 그리고 있었다. 그녀는 대신 매 걸음마다 정신을 집중하려 노력했고, 한동안은 지도를 자기 머릿속에서 몰아내기도 했다.

그러던 어느 날, 유니스는 여느 곳과는 다른 고래 유해에 도달했다. 그 척추 기둥을 따라가면서 쉴 장소를 찾아보던 중에, 그녀는 고래의 흉곽에 뭔가 딱딱한 물질의 둥근 테들이 달라붙어 있음을 깨달았고, 1초 뒤에야 그 물건이 인공적인 것임을 깨달았다.

와그녀는 그녀가 평소처럼 지시하지 않는다는 사실에 놀란 것처럼 보였다. "무슨 일이야?"

"기다려봐." 유니스는 생각해보려 애썼다. 이 테들은 금속으로 만든 것이었으며, 산화돼서 붉은색의 녹 덩어리로 변해 있었다. 때때로 그녀는 작살에 맞은 고래 유해를 발견했지만, 이건 뭔가 또 다른 것이었다.

점차 해답이 유니스의 머리에 떠올랐다. 이 금속 테는 추였고, 이 고래는 의도적으로 여기 가라앉혀진 것이었다. 이것은 실험용 고래 유해인 것이다. 자연적인 고래 유해를 공해에서 발견하기가 어려웠기 때문에, 과학자들이 장시간에 걸친 연구 목적으로 고래의 유해를 가라앉혔던 것을 그녀는 기억해냈다. 이는 먼저 이곳에 인간이 다녀갔다는 뜻이었고, 그녀가 문명에 가까워졌다는 뜻이었다.

지도에 따르면 아직 고향에서 멀리 있었지만, 그녀는 살펴보고 싶은 유혹에 저항할 수 없었다. 와그녀가 충전을 마치자 유니스는 수면으로 올라갔다. 이들은 육지에서 멀리 있었고, 인간 활동의 징후는 전혀 없었지만, 무전기를 켰을 때 그녀는 이례적인 정도의 기대를 품고 있었다. 그녀는 무전기가 해안에 가까워졌을 때 소리가 어땠는지를 기억했기에 (자기한테 직접 송신되는 내용이 없을 때조차도, 종종 다른 출처에서 나온 잡음이 들렸다) 이제 열심히 귀를 기울였다.

무전기에서는 아무 소리도 들리지 않았지만, 유니스는 희망이 솟아오르는 기분이었다. 인간의 자취를 본 지가 워낙 오래됐기 때문에, 심지어 이미 오래전에 잊힌 이 정도의 자취마저도 마치 어떤 메시지인 것처럼 느껴졌다. 몇 주 만에 처음으로 그녀는 자기가 성공할 수 있다는 생각을 스스로에게 허락했고, 다시 아래로 내려가는 동안 자기가 부지불식간에 어떤 징후를 줄곧 기다려왔음을 깨달았다.

마침내 평소와 다름없던 어떤 날에, 유니스는 마지막 고래 유해에 도달했다. 자신의 위치를 확인한 그녀는 자기가 고향에서 30킬로미터쯤 떨어진 곳에 있음을 알아냈다. 수면에서는 아무것도 보이지 않았고 (해안은 수평선 바로 너머에 있었다) 그녀의 무전기는 여전히 잠잠했다. 하지만 목적지에 가까워졌음은 의심의 여지가 없었다.

고래 유해로 돌아온 유니스는 신중하게 전진하기 위해서 노력했다. 이제 목적지가 지척에 있었기에 단번에 도착하고 싶었지만, 그녀는 어느 때보다 더 조심해야 한다는 사실을 알고 있었다. 그녀가 의존할 수 있는 고래 유해는 더 이상 없을 것이었다. 얕은 물에서는 주검이 가라앉지 않고 떠내려가게 마련이었고, 이는 결국 여기야말로 그녀가 고래의 길을 따라서 갈 수 있는 최대 한계라는 뜻이었다.

와그녀가 그녀에게 다시 달라붙은 후에, 둘은 고래 유해를 떠나서 동쪽으로 향했다. 유니스는 가라앉은 뼈들이 있는 장소를 다시 돌아봤는데, 자기가 두 번 다시 그곳을 볼 수 없을 것임을 알았기 때문이었다. 곧이어 그녀는 다시 돌아서서 자기에게 다가오는 것과 직면했다. 게임의 규칙은 바뀐 다음이었다. 이제 30킬로미터를 지나가야 했지만, 사실상 가동 거리는 약 25킬로미터였기에, 자기 자신과 해류에 이르기까지 이용 가능한 자원 모두를 끌어모아야만 했다.

유니스는 자체 동력을 이용해서 헤엄쳤고, 고향으로 이어지는 해협까지 도달했다. 그곳의 깊이는 250미터였고, 그녀가 계속 머물러 있어야 하는 해저는 햇빛의 영역에서 벗어나 있었다. 그녀는 침전물 속에 뿌리를 내린 채 온종일 기다렸고, 최소한의 동력만 유지한 상태에서 주위의 바닷물을 감시했다. 그녀가 예상한 대로, 밀물 때에는 그녀가 가려고 의도한 방향인 동쪽으로 해류가 움직였다. 나머지는 타이밍의 문제였다.

해류가 또다시 유리한 방향으로 바뀌자, 유니스는 머물던 곳에서 벗어나 해류에 몸을 맡겨 이동했다. 고도의 기능들은 꺼버린 상태에서, 그녀는 이런 방식으로 6시간 동안 12킬로미터 가까운 거리를 지나갔다. 곧이어 그녀는 썰물 동안 다시 정박해 기다렸다.

유니스는 나흘 동안 여덟 번이나 이 일을 반복했다. 그녀의 항해 시스템이 이제 고향 앞바다인 퓨젓사운드에 들어섰다고 알리자, 그녀는 곧바로 상승하고 싶은 유혹에 저항했다. 얕은 물을 지나가야 하는 복잡한 경로가 앞에 놓여 있었기에 무한한 섬세함이 요구됐으며, 반드시 자기 힘의 마지막 한 조각까지 아껴야만 했다.

유니스는 적절한 속도를 유지하면서, 해류에 몸을 내맡기기 위해 기다리는 동안 자신의 위치를 추적했다. 이 구역에서는 여러 차례의 개별적인 시도가 필요했다. 때로는 0.5킬로미터, 또는 그 이상 해류를 타고 움직였지만, 보통은 그보다 더 짧은 거리에 불과했다. 그렇게 하면 에너지가 절약됐지만, 또 한편으로는 그녀가 그토록 오랫동안 육성해온 인내심이 줄어들기도 했다.

이제 10킬로미터 남아 있었다. 유니스는 직선거리로 그 정도를 지나가기에는 충분한 힘을 가졌다고 추산했지만, 방향 설정 중에도 에너지는 소진될 수 있었기 때문에, 마지막으로 한 번 더 계산한 뒤에 결국 선택했다. 여기서부터는 뒤로 돌아서는 일이 전혀 없을 것이었지만, 우선 그녀는 와그너에게 할 말이 있었다. "고마웠어."

이 발언을 이해했는지 못했는지 몰라도, 와그너는 아무 말도 하지 않았다. 유니스는 해저에 매달려 있었던 장소에서 벗어나서 전진했고, 지금까지 아꼈던 동력을 모조리 사용했다.

경로는 복잡했다. 그녀는 일련의 만과 수로를 지나가야 했는데, 비록 경로가 머릿속에 명확하더라도 최소한의 에너지만 사용해서 지나가기는 어려웠고, 몹시 짜증스럽게도 한두 번인가는 그만 계산을 잘못해서 되돌아가야만 했다.

실수를 저지를 때마다 대가를 치러야 했기에, 오류가 누적되면서 유니스는 예상보다 더 빨리 동력을 잃고 있음을 깨달았다. 이제 거의 다 왔지만, 힘이 약해지고 있었다. 점차 절망에 사로잡힌 그녀는 마지막 에너지 분출을 이용해 수면으로 올라가려고 준비했다. 결국, 누군가에게 발견되거나, 아니면 하다못해 마지막으로 태양이라도 한 번 보려는…

바로 그때 와그너가 꿈틀대는 느낌이 들었다. 이들은 얕은 물에 있었고, 반심해대의 짓누르는 수압으로부터 멀리 있었으며, 그로 인해 가능한 자유 속에 들어 있는 뭔가가 오래된 기억을 일깨운 것이다.

유니스가 힘이 빠져가는 사이, 와그너는 제 몸 양편에 붙여 뒀던 작은 가슴지느러미를 펼쳤다. 유리한 상황에서 그는 쥐가오리를 흉내내도록 설계됐기에, 이제 그는 날개를 펼치고 고리 형태였던 몸을 마름모 형태로 변모시켰다. 유니스는 그가 부드럽게 그녀의 두뇌 주위를 살피는 것을 느꼈고, 와그너가 그녀의 머릿속 지도를 살펴보는 사이에 그들은 앞으로 활주하기 시작했다. 그가 그녀의 머릿속에서 말했다. "꽉 잡아."

유니스는 대답할 힘조차도 없었다. 와그너는 이들이 가던 방향으로 계속 가게 만드는 것 이상으로는 할 수 없었고, 이들의 속도는 기어가는 수준으로 감소해 있었지만, 그래도 움직이기는 하는 셈이었다. 그녀는 자기들이 목적지에 가까워졌음을 감지했고, 고향을 상징하는 맛

줄에 대한 기억이 마음속 시야에서 워낙 강력하게 확장됐기에, 그녀는 무려 1초가 지나서야 이것이 더 이상 상상만이 아님을 깨달았다.

유니스는 어쩐지 탁하고 어두워 보이는 물속을 바라봤다. 뭔가가 앞에 있었다. 그녀의 앞에 가느다란 수직선이 하나 놓여 있었고, 마치 제도사의 연필 표시처럼 전체 광경을 절반으로 나누고 있었다. 바로 충전소였다.

유니스는 위로 떠올랐다. 와그녀가 상승 각도를 조용히 수정하는 사이, 그녀는 맨 꼭대기에 있는 동력장치로 손을 뻗었다. 1초 동안 그녀는 과연 이 모두가 어느 고래 유해의 안전함 속에서 펼쳐지는 꿈일 뿐인지, 아니면 상어의 아가리가 짓누르기 직전의 짧은 순간 동안 압축된 마지막 환각인지 궁금해졌고⋯

유니스는 접속했다. 곧바로 그녀는 에너지의 순수한 주입을 느꼈다. 그녀가 기억하는 것만큼 달콤했으며, 그녀가 깊이 들이마시는 사이에, 그녀의 여섯 겹 정신의 바큇살에는 믿을 수 없음, 감사함, 안도감, 그리고 기타 이름 붙일 수도 없는 감정들이 가득해지면서 서로 융합돼 하나의 번쩍이는 바퀴가 된 것만 같았다.

의식이 돌아오는 느낌이 들자, 유니스는 여전히 물이 흐릿하다는 사실을 깨달았다. 아까만 해도 그녀는 동력 고갈로 인한 착시라고 생각했다. 빛에서도 뭔가 이상한 점이 있었다. 머리 위로 햇빛이 만들어내는 잔물결을 바라봤더니, 어째서인지 수면에서 겨우 몇 미터밖에는 내려오지 않았다. 비록 충전이 완료되지 않은 상황이었지만, 그녀는 더 이상 기다릴 수 없었다.

유니스는 동력장치에서 떨어져 나와 자기 여정의 마지막 한 걸음을 내디뎠고, 4천 킬로미터를 지나서 드디어 도착한 목적지를 바라보기 위해 수면으로 올라왔다. 물밑에서는 와그너가 그녀의 말을 기다리는 것이 느껴졌다.

충전소는 퓨젓사운드에서도 비바람을 피할 수 있는 구역에 자리하고 있었으며, 두 척의 연구선이 (그중 한 척은 다른 한 척보다 두 배나 컸다) 정박된 부두에서 그리 멀지 않았다. 연구선은 모두 그 자리에 있었지만, 그녀가 기억하는 모습이 아니었다. 두 척 모두 옆으로 기울어져 있었으며, 선체의 밑바닥에는 녹이 잔뜩 슬어 있었고, 그 위쪽도 갈색 줄과 뜯겨나간 페인트 조각의 손상으로 인해 변색돼 있었다.

아래로 시선을 향하고서야 유니스는 퓨젓사운드의 바닷물에 깃털 같은 톱풀과 해초 더미가 웃자라 있다는 사실을 처음으로 깨달았다. 부두 너머로는 구리 지붕과 직사각형 창문이 달린 회색 콘크리트 건물이 하나 서 있었다. 그곳은 그녀가 기억할 수 있는 아주 오래전부터 기억의 배경이었는데, 이제 그녀를 바라보는 쪽으로는 아이비가 무성하게 자라나 있었다. 건물의 차양에는 새똥 무더기가 쌓여 있었다.

유니스는 해안에 있는 다른 건물들도 바라봤다. 하나같이 풀이 웃자라고 텅 비어 있었다. 물가를 따라 이어지는 도로의 아스팔트는 뒤틀려 있었고, 그 틈새로는 잡초가 높게 자라나서 노란색 꽃을 피우고 있었다. 과거의 질서 관념이 사라지고 이제 새로운 단계가 나타나면서 도시가 자연에 재점령되고 있는 셈이었다.

유니스는 무전기를 켰다. 평소에 도시에서 들었던 무작위 잡음 대신 아무 소리도 나지 않았다. 모든 주파수를 스캔하며 생명의 징후를 찾아보면서, 그녀는 자기 무전기가 줄곧 고장 난 상태였던 것은 아닌지 궁금해졌다. 그러고 나서야 그녀는 점차 진실을 이해하게 됐다.

제임스는 시간이 없다고 그녀에게 말했었다. 유니스는 그가 그들이 함께 일하는 시간에 관해서 이야기한다고 생각했지만, 이제야 그가 뭔가 다른 것을 지칭하고 있었음을 깨달았다. 세계의 모든 목소리가 잠잠해졌으며, 단지 인간뿐만이 아니라 육지에 있던 그녀와 비슷한 존재들까지도 마찬가지였다. 그들의 회로조차도 그 설계자들을 전멸시킨 사건에서 생존하지 못했던 것이다.

하지만 한 곳은 멀쩡히 남아 있었다. 이런 파괴를 야기한 뭔가가 벌어졌을 때 그녀는 자매들과 함께 반심해대에 있었다. 제임스는 이런 말을 했었다. '바다는 완충물인 거야. 피난처인 거…'

그녀는 다시 아래로 내려가서 충전소로 다가갔다. 충전소는 깊이 2미터의 바닷물로 차단돼 있었기 때문에 줄곧 전력을 생성하고 있었다. 어리둥절함이 사라지자 슬픔이 찾아왔고, 그녀는 이제 자기가 더 이상 혼자가 아님을 깨달았다.

처음에는 그저 그림자에 불과했다. 유니스가 지켜보는 동안 어둠 속에서 친숙한 형체가 하나 나타났다. 그녀가 할 말을 잃은 채 지켜보는 사이, 곧이어 차례차례 나타난 일곱 자매는 아무 말 없이 그녀를 바라보고 있었다.

와그녀는 그녀가 뭔가 말할 때까지 인내심 있게 기다리고 있었다.
"뭐가 보여?"

폐허가 된 도시를 생각하면서, 그녀는 그에게 뭐라고 말해야 할지 알 수 없었다. 곧이어 그녀는 자기가 이와 비슷한 뭔가를 앞서도 봤음을 깨달았다.

"고래 유해가 또 하나 있어." 유니스가 말했다. 곧이어 그녀는 자매들을 만나러 헤엄쳐 갔다.

Suzanne Palmer

The Painter of Trees

나무를 칠하는 이
수전 파머

박중서 옮김

수전 파머는 작가 겸 화가 겸 리눅스 시스템 관리자로서 매사추세츠 주 서부에 살고 있다. 《아시모프스》의 정기 기고자이며, 《아날로그》, 《클라크스월드》, 《인터존Interzone》과 기타 지면에 작품을 발표한 바 있다. 2016년에 아시모프 독자 선정 최우수 중편소설상과 안랩(아날로그) 최우수 단편소설상을 수상했다. 2019년에 첫 장편소설『파인더Finder』를 출간했고, 속편『드라이빙 더 딥Driving the Deep』을 2020년 초에 출간했다.

홈페이지 주소: www.zanzjan.net

SF-Final

Suzanne Palmer

The Painter of Trees

나는 출입문으로 다가가서 보안 카드를 대고 높이 10미터의 열려 있는 출입문을 지나 마지막 남은 야생 지역으로 들어섰다. 나는 문턱에서 부츠를 벗어 바로 그 용도로 만든 선반에 넣어 뒀고, 아직 어젯밤의 냉기가 남아 있는 빗물받이 통에 담긴 물로 신중하게 발을 씻었다. 출입문이 닫히고 다시 봉인되자, 나는 옷을 벗었다. 담장의 이쪽에는 내 벌거벗은 모습을 보고 이득을 얻거나 불쾌감을 느낄 만한 사람이 아무도 없었다. 나는 역시나 빗물받이 통에 있는 물로 몸을 씻었고, 그 냉기의 충격에 몸을 떨었으며, 선반 위 옷걸이에 걸려 있는 평범한 리넨 옷을 꺼내서 몸에 둘렀다. 그런 다음에 나무를 칠하는 이를 찾으러 길을 따라 걸어갔다.

길을 따라 작은 경사면을 굽이 넘어간 다음, 1킬로미터쯤 아래로 내려가면 숲의 가장자리에 있는 습지가 나타났다. 걸어가는 동안 내 주위의 식물도 변화해서, 처음에는 담장을 타고 올라와서 그 주변으로 씨앗을 흩뿌린 잎사귀가 날카로운 풀이었다가, 나중에는 원래 여기에서 자라났다가 이제는 강제로 후퇴하는 처지인 풀의 작고도 섬세한 청록색의 주름장식이 나타났다. 나는 그 풀들이 내 맨발 밑에서 얼마나 부드러운지, 얼마나 간지러운지를 알았으며, 또한 그 풀들이 얼마나 손쉽게 짓밟혀 죽는지를 알았다. 그러니 언젠가 그 풀들이 영영 사라지기 전에 마지막 한 번으로 유혹에 굴복할 것이 뻔했지만, 오늘만큼은 계속해서 길 위의 징검돌만 밟으며 걸어갔다.

여기 있는 나무들은 바깥을 향해 뻗어 있었으며, 내 고향에 있는 나무들과 매우 유사했다. 차이가 있다면 그 매끄러운 외관과 대칭적인 가지 모양을 들 수 있었다. 그 잎사귀는 넓고, 금녹색이고, 뒤집어 놓은 고깔모자 모양이고, 가지 하나마다 맨 끄트머리에 세 장씩 모여 있어서, 폭풍이 지나간 후에 오랫동안 빗물을 보관할 수 있었다. 하지만 나무를 잘라 보면 나이테나 목재는 전혀 없고, 육각형 세포가 깔끔하게 모여 있었으며, 중심으로 갈수록 세포의 크기가 더 커졌다. 각각의 세포를 따로 떼어 놓으면 그 자체로 새로운 나무 한 그루를 시작할 능력이 있었지만, 한데 모이면 서로 다른 기능을 담당해서, 시간이 흐르면서 외적 조건의 변화는 물론이고, 그 모든 변화 속에서 세포 각각의 내적 조건의 변화 모두에 순응했다.

이 나무들은 자연 그대로의 모습 못지않게 수학적으로나 구조적으로도 아름다웠다. 나무에서는 선명한 색깔의 빛이 나타났다. 줄기에 새겨진 얕게 긁힌 자국 속에 강렬한 색소를 신중하게 박아 넣었기 때문이다. 그 자국은 복잡해서 마치 최면을 자아내는 듯한 무늬를 형성했는데, 똑같은 모양이라곤 없이 제각각이면서도 하나같이 압도적이었다. 한때는 나도 몇 시간이고 나무들을 직접 바라보거나, 또는 우리가 보관한 나무들의 입체 이미지를 바라봤는데, 그때마다 존재의 의미에 대한 어떤 방대한 이해가 바로 거기서, 즉 나무에 새겨진 선에서 내가 마침내 '이해해'주기를 기다리고 있다는 느낌이 항상 있었다.

그런데 지금 여기서 나는 그 나무들이 죽어가는 징후를 볼 수 있었다.

작은 계곡에는 그 안을 구불구불 관통하는 강이 하나 있었고, 나는 돌을 신중하게 놓아서 만든 다리를 건너갔다. 나는 커다란 위쪽의 수관(樹冠)에 마련된 고무공 모양의 둥지를 볼 수 있었는데, 내가 올 때마다 그 숫자가 더 적어졌다. 나는 연기 냄새도 맡았다.

나는 트스키가 둥지 공 가운데 하나를 불태우고 있는 것을 발견했다. 나무 위의 횃대에 놓여 있던 것을 조심스럽게 끌어내려서 돌 위에 얹어놓은 상태였고, 불에 타면서 타닥 쉬익 소리가 났다.

트스키도 나를 보더니, 나를 향해 돌아섰다. 오프티는 머리가 없었고, 우리가 머리에만 고유하다고 생각하는 모든 기능이 위에 있는 나뭇잎과 똑같은 색깔의 독특하고도 수평적인 몸뚱이의 나머지와 통합돼 있었다. 그는 아홉 개의 다리로 서 있었으며 (그중 세 개는 사고로 잃어버렸다고 언젠가 내게 말했었다) 멋지고 우아하게 휘어진 다리 끝은 세 갈래로 돼 있어서, 한데 모으면 날카롭고 위험하리만치 뾰족해지고, 활짝 펼치면 마치 손가락처럼 기능했다.

나는 땅 위에 주저앉아서 그와 눈높이를 맞추었다. 잠시 후에 그가 말을 하자, 휘파람과 딸각과 떨림의 그 복잡한 연쇄를 내 임플란트가 해독해줬다.

"사이예가 죽었다니 유감이네." 내가 말하자, 임플란트가 잠시 후에 그 말을 트스키의 언어로 통역했다.

"사이예는 새로운 풀을 먹더니 몸이 아파졌어." 트스키가 내게 말했다. "사이예는 기존의 풀들이 사라지고 나면, 당신들이 우리와 다른 풀밭 사이에 세워놓은 담장 때문에 우리가 굶어 죽을지도 모른다고 두려워했어."

하지만 다른 풀밭 따위는 없었다. 여기에 굳이 담장이 있는 이유도 그래서였다. 우리는 나름 신중을 기한답시고 이곳, 그러니까 숲속의 계곡 한가운데서 쉽게 볼 수 없는 곳에 담장을 세웠다. 그러다가 이곳의 동물들이 지능을 가진 나무 거주자이기 때문에 수관에 올라가기만 하면 담장을 쉽게 볼 수 있었다는 사실을 나중에 가서야 깨닫고 당황했다. 하지만 그래도 그들은 담장 너머를 볼 수 없었으며, 그것이 최선이었다.

트스키가 다시 그 몸을 돌렸고, 제법 긴 몇 분 동안 앞뒤로 선회했다. 그는 생각하고 있었다. "당신네 종족도 새로운 풀을 먹나?" 그가 마침내 물었다.

"아니." 내가 말했다. 왜냐하면 우리는 실제로도 먹지 않으니까.

"그렇다면 왜 그걸 여기 가져온 거지?"

"그건 우리 고향 생태계의 일부니까." 내가 설명했다.

"심지어 흙과 공기조차도 이제는 더 이상 제대로 된 맛이 나지 않아." 트스키가 말했다. 그러면서 그는 작은 손가락날로 막대기를 하나 집어 들어 불을 쑤석거렸다.

침묵 속에서 나는 습지를 둘러봤다. "다른 이들은 어디 있지?"

"자포자기했어." 트스키가 말했다. "희망을 찾으러 떠났지."

그 말에는 딱히 답변할 수 없었다. "사이예의 나무도 칠할 거야?" 대신 나는 이렇게 물었다.

"그녀의 둥지가 차가운 재로 변해야 물감과 섞을 수 있어." 트스키가 말했다. "그러고 나서야 칠할 수 있을 거야. 나는 '따뜻한 하늘 한낮 파란색'이 거의 떨어졌는데, 그걸 구하려면 '다섯 언덕 옆의 풀밭'에 다녀와야 해. 나는 너무 늙어서 갈 수가 없는데, 나 말고는 오로지 사이예만 그 길을 알아. 혹시 당신이 갈 수 있다면 모를까?"

"나는 갈 수 없어." 내가 말했다. 왜냐하면, 그 물감이 거기 없기 때문이기도 했지만, 또한 설령 있다 치더라도 위원회에서 용인하지 않을 터였다. '전진하는 것 외에는 전진하는 다른 방법이 없다.' 그들은 이렇게 나를 질책할 것이었다. '생각과 목적과 행동의 꾸준함 말고는 성공으로 가는 다른 길이 없다.'

불타는 둥지가 스스로 무너졌고, 한때는 복잡하게 얽은 구조물이 이제는 숯과 재의 혼돈으로 변해 있었다.

"그래도 문제는 없어." 트스키가 마침내 말했다. "이제는 오로지 다른 셋과 나만 남았고, 우리 가운데 마지막으로 떠난 이를 위해 칠해줄 이는 아무도 없을 테니까."

오프티는 몇 번 더 불을 쑤석거린 다음, 막대기를 조심스레 옆에 내려놓았다. "내일." 그가 말했다.

"내가 보러 와도 될까?"

"나야 당신을 막을 수 없지." 트스키가 말했다.

"막을 수 있다면, 막을 거야?"

"그래. 하지만 이제는 너무 늦어버렸어. 당신네는 이상하고도 감상적인 종족이고, 당신네는 항상 쓰러지는 행위 속에 있는 것처럼 움직이지만, 실제로는 당신네 대신 주위에 있는 모든 것이 쓰러져서 다시는 일어나지 못하지." 트스키가 말했다. "그리고 우리의 경우도 마찬가지일 거야."

"맞아." 내가 대답했다. 그것이야말로 우리가 누구인지, 우리가 무엇을 하는지에 대한 훌륭한 요약이었다. 우리는 톱니바퀴의 이빨이었고, 항상 전진하고 우리의 역할을 다하다가 떨어져 나갔으며, 그러면 다음번 이빨이 우리의 역할을 대신 떠맡는 것이었다.

나는 땅에서 일어나서 뻣뻣해진 다리를 폈다. "그럼 내일."

나는 출입구까지 걸어서 돌아오는 내내 한 번도 뒤를 돌아보지 않았지만, 내 생각이 발목을 잡아끌고 있었다.

위원회의 위원들은 시작종을 기다리고 있었고, 모두 정확한 동시성을 발휘하며 탁자 주위의 자기 자리를 차지하고 앉았기에, 누구 하나 앞서지도 않았고 뒤서지도 않았다. 탁자는 원형이었고, 표면에는 양식화된 구리 톱니바퀴 문양이 새겨져 있어서, 위원 각자에게 그들이 전진하는 방법은 바로 타인과 함께하는 것임을 상기시켰다. 이것이야말로 목적의 확고함을 유지하는 방법이었다.

'증오를 유지하는 방법이기도 하지.' 조슬라는 생각했다. 서로 마주보는 각각의 얼굴은 각자의 독선적인 도덕적 파산을 완벽히 반영했기 때문이다. "저는 아직 남아 있는 오프티 개체군과 환경이 완전히 사라지기 전에 그 보전을 위해 그 어떤 조치라도 취해야 한다고 어느 정도 다급하게 제안하는 바입니다."

"우리는 이미 방대한 표본을 갖고 있으니…"그녀의 왼쪽에서 타우소가 말했다. 생물기록보관원인 그의 표정은 그녀의 말에서 개인적 비난을 찾아냈음을 암시했다.

"실례했습니다. 물론 당신의 수집품은 그 근면성과 범위 모두에서 나무랄 곳이 없습니다. 다만 저는 아직 살아 있는 개체군을 이야기하는 것뿐입니다." 조슬라가 끼어들었다.

"그건 이미 늦은 일이지 않습니까." 모타스가 탁자의 정확히 맞은 편에서 말했다. 합의상 이들 중에는 지도자가 따로 없었지만, 모타스는 (그들의 법률 조문에 대한 집착에서 항상 완고하고, 항상 완벽했던 까닭에) 어쨌거나 이들을 지도하곤 했다. "이제는 겨우 넷만 남았습니다. 그들은 더 이상 생존에 충분한 유전적 다양성을 갖고 있지 못합니다. 설령 우리가 행성 지구환경화 계획에서 그들을 격리하는 어떤 방법을 발견하더라도 마찬가지일 겁니다."

"타우소의 수집품이 있으니, 우리도 그들의 유전자풀을 강화할 수 있습니다." 조슬라가 말했다.

"무슨 목적으로요? 우리에게 아무런 보답도 없는 일에 그렇게 대단한 노력과 자원을 지출하자고요? 당신의 제안은 후진적인 사고일 뿐이에요." 모타스가 말했다.

"오프티를 위한 게 아닙니다." 조슬라가 반박했다. "그들이 보유한 독특한 문화와 언어를 이렇게 서둘러 내버려서는 안 되는 것입니다. 제가 알기로 여러분 모두는 그들과 함께 시간을 보내지 않으신 지가 오래됐다고 알고 있습니다. 하지만…"

"오프티에게는 미래가 없습니다. 그들은 이미 끝났고, 지금은 단지 몇몇 마지막 순간만 남아 있을 뿐입니다." 모타스가 끼어들었다. "여기 계신 분들 중에 우리가 이 상실된 대의를 위해 우리의 대원칙을 포기해야 한다는 조슬라의 제안을 지지하시는 분 계십니까?"

여럿이 지지해야 마땅하겠지만, 지금이나 나중에나 아무도 지지하지 않을 것이었다. 타우소는 조슬라의 눈을 피했다. '하긴 그가 왜 지지하겠어?' 그녀는 씁쓸하게 생각했다. '그가 보전해야 할 것은 이미 다 가졌는데.' 그의 침묵이야말로 그녀와 그 자신 모두에 대한 배신이었다.

"그러면 이 문제는 해결된 겁니다." 모타스가 선언했다. "전진."

"전진." 위원회의 일부가 대답했다. 몇 사람은 열성적으로 대답했고, 또 몇 사람은 의례적으로 대답했다. 타우소는 조슬라와 마찬가지로 대답하지 않고 아예 입을 다물었지만, 이제는 너무 늦었다. 앞서 그가 보인 비굴함에 비하면 너무 작은 몸짓에 불과했기에, 그녀는 오늘 그를 용서하지 않을 것이었다. 이제는 고속철도, 새로 개량한 토양에서 예상되는 농작물 산출량, 다음번 식민지 이주민들을 위한 계획 등의 필수적인 논의가 이어졌다. 그들은 위원 가운데 한 명의 헛돼 보이는, 그리고 실제로도 헛된 후회에 머물러 있을 수 없었다.

습지에서는 다시 연기가 올라오고 있었다. 나는 오솔길을 따라 서둘러 내려가지 않으려고 노력했지만 (나는 여기서 관찰자일 뿐이라고, 그 이상은 아니라고 되뇌었다) 만약 내 걸음이 평소보다 더 빠르다고 한들, 과연 누가 나를 비난할 수 있겠는가? 여기에는 아무도 오지 않았다.

트스키는 크게 타오르는 모닥불 앞에서 불안정하게 앞뒤로 뛰고 있었는데, 그게 과연 잃어버린 다리들 때문인지, 아니면 그의 커다란 심리적 동요 때문인지 알 수 없었다. 그는 불쏘시개를 들고 있지 않으며, 제대로 다스리지 않고 방치한 모닥불은 불꽃을 튀기고, 불길을 내뿜고, 타닥 소리를 냈다. 환한 불 아래로 희미하게, 나는 세 개의 형체를, 즉 세 개의 둥지 공을 알아볼 수 있었다.

"무슨 일이 있었던 거지?" 내가 물었다.

트스키의 고뇌에 지친 휘파람을 내 통역기가 이해하기 위해서는 몇 분의 시간이 걸렸지만, 어쨌거나 마침내 이런 말이 나왔다. "다른 이들은 담장을 따라 걷기 시작했고, 그들이 출발한 곳으로 돌아오게 되자, 희망을 품을 이유가 없다고 깨달았어. 그래서 집에 돌아와서 그들 스스로를 불태웠어. 나는 그들을 막으려고 했지만 그럴 수가 없었어."

나는 이제 그의 어색한 움직임이 아직 남아 있는 발 가운데 여러 개에 입은 화상 때문임을 깨달았다.

나는 뭘 어떻게 해야 할지 알 수 없었다.

"세시, 아우사, 이슨. 그게 바로 그들의 이름이었어." 트스키의 말이었다. "아우사와 이슨은 내 아이들의 아이들이었지. 그들은 내 마지막 나날을 기억하면서 오랫동안 여기서 살아갔어야 마땅했어. 이렇게 되는 게 아니라."

"미안해." 내가 말했다.

"정말?" 트스키가 물었다. 모닥불은 여전히 활활 타올랐고, 돌 옆에 있는 토착종 풀 일부에도 옮겨붙었지만, 오프티는 그 사실을 깨닫지 못했거나 또는 무시하거나, 둘 중 하나였다. 하긴 어느 쪽인지가 중요하기나 할까?

"나도 모르겠어." 내가 말했다. 흔들리는 열기와 연기를 통해 나는 트스키가 이미 사이예의 나무를 칠하기 시작했음을 알 수 있었다. 십중팔구 그는 내가 도착해서 반갑잖은 목격자가 되기 전에 마무리하고 싶었으리라. 그가 그 일을 하고 있을 때 다른 이들이 돌아와 각자의 생명을 끊었던 모양이다. 나무줄기 아래의 땅에 잎사귀가 흩어져 있었고, 그 고깔모자 형태 속에는 서로 다른 색깔이 들어차 있었으며, 나는 아직 무늬가 채워지지 않은 나무줄기에 새겨진 은색 선을 볼 수 있었다. 그 효과는 마치 최면을 거는 듯했고, 심지어 이렇게 미완성 상태였지만, 나는 순간적으로 다시 그 안에서 정신을 잃는 기분이었다. 곧이어 깨달음이 찾아왔다. 트스키는 다리에 화상을 입은 상태이다 보니 칠을 마무리할 수 없을 것이었고, 저 파악하기 힘든 이해를 향해서 나를 한 발짝 더 데려가주지 못할 것이었다. 이 생각이 들자 나는 깜짝 놀랐고, 조슬라가 우리에게 경고했던 상실이 이제 내 피부에 백만 번의 칼질처럼 느껴졌다. 너무 늦었다. 너무 늦었어!

"칠하는 걸 내가 도와줄까?" 내가 물었다.

이것이야말로 잘못된 말이었다. "가버려!" 트스키가 외쳤다. "이건 당신을 위해서, 또는 당신의 눈이나 낯선 생각을 위해서 여기 있는 게 아니야. 이것은 우리의 기억이야. 서로에 대한 사랑에서 만들어진 것이고, 미래 세대를 위한 선언이라고. 그런데 당신들은 우리를 파괴했지. 어서 가버려. 그리고 다시는 오지 마."

나는 한동안 그 자리에 서 있었다. 트스키는 모닥불이 타오르는 것을 지켜봤다. 굳이 쑤석거리려고 움직이지도 않았고, 스스로 그 속에 뛰어들지도 않았다. 내가 그곳을 떠나면 트스키가 숲을 불태울지도 모른다는 생각에 나는 좀 더 오래 있었고, 그러다 보니 마침내 불타는 둥지들이 전소되고 풀에 옮겨붙은 불도 꺼져서, 땅 위에는 3미터가량의 검게 그을리고 깔쭉깔쭉한 상처가 남았다. 결코 다시 자라나지 않을, 차마 지워지지 않을 골절이 남았다.

트스키는 통역기로도 옮길 수 없는 어떤 소리를 냈다. 어쩌면 그것은 말이 아니라 말로 표현할 수 없는 슬픔이었을지도 모른다. 나는 차라리 오지 말았어야, 차라리 이렇게 오래 머물지 말았어야 했다. 트스키와의 이 대화는 전진적 사고가 아니었다. 나는 그런 사실을 잘 알았고, 그러지 말았어야 했다는 걸 알았지만, 그래도 오고 말았다. 생소함과 새로움에 유혹당하고 말았다는 것이야말로 우리 동족에 대한 내헌신에 결함이었다.

"미안해." 내가 다시 말했다. 그리고 이번에는 그곳을 떠났다.

나는 오솔길만 따라서 걸었다. 다시는 이곳에 오지 않을 것이 확실했으므로, 비록 내 발은 토착종 풀 위를 마지막으로 한 번 걷기를 원했지만 말이다.

출입문에 도착하자 나는 리넨 옷을 벗어놓고, 미지근한 물로 다시 목욕을 했다. 그러다가 햇빛과 빈약한 바람에 피부가 추워지고 거의 다 마르자, 나는 옷을 입고 소지품을 챙긴 후 내 진짜 삶을 다시 시작했다.

출입문이 열렸다. 그런데 평생에 걸친 훈련에도 불구하고, 또한 우리의 방식 및 철학에 대한 내 헌신에도 불구하고, 이번에는 나도 뒤를 돌아봤다.

트스키가 오솔길을 따라서 나를 향해 걸어오고 있었다. 어렴풋이 움직였고, 고통스러운 것이 역력했으며, 그가 나를 따라잡으려고 다급하게 노력했기 때문에 상태가 더욱 악화됐다. 나는 뒤를 돌아보지 말았어야 했다. 이제라도 뒤로 돌아서 출입문을 통과한 다음, 이번을 마지막으로 문을 닫아버렸어야 했다. 하지만 나는 그럴 수가 없었다.

트스키는 내게서 몇 미터 떨어진 곳에 멈춰 섰고, 거의 무너지다시피 쓰러졌다가 뒤늦게야 힘을 모아서 똑바로 일어설 수 있었다. "보여줘." 그가 말했다.

"뭐라고?" 내가 물었다. 무슨 말인지 알 수 없었다.

"지금 이 담장 밖에 뭐가 있는지 나한테 보여주란 말이야. 한때 내 아이들이 놀았고, 뛰었고, 기어올랐던 곳을 보여주란 말이야. 내 세계에 당신들이 무슨 짓을 했는지, 당신들이 가진 것 중에 우리보다 훨씬 더 나은 게 무엇인지를 보여주란 말이야."

내가 지금 서 있는 담장 밖에서는 도시가 건설 중이었다. 그곳에서는 1만 명의 사람들을 위한 천 개의 똑같은 모든 구조물이 오로지 우리가, 즉 위원회가 가리키는 전진 방향을 향하고 있었다. 거기에는 예술도 전혀 없었고, 전체에서 벗어나는 개별적 움직임도 전혀 없었으며, 어리둥절할 만한 희귀한 것도 전혀 없었다. 그것이야말로 내가 자랑스러워하는, 또한 내가 참여한다는 사실을 자랑스러워하는 존재였다. 하지만 그것은 오로지 우리를 위한 것이었고, 나는 그중 어떤 부분도 설명하거나 정당화하고 싶지 않았으며, 또한 나는 위원회를 마주하고 나 스스로를 설명할 필요까지는 없었다.

"안 돼." 내가 말했다.

"그럼 나를 막을 수 있어?" 트스키가 물었다.

"그래." 내가 말했다.

"막을 수 있다면 막을 거야?"

"그래." 내가 말했다.

"그럼 어디 나를 막아봐." 트스키가 말했다. 그리고 그는 내 옆을 지나서 출입문으로 향했다.

나는 가방에서 작은 총을 꺼냈다. 위원회의 위원들은 호신용으로, 그리고 정의를 집행하기 위해서 총을 갖고 다녔다. 나야 훈련 때를 제외하면 총을 전혀 사용해본 적이 없었지만, 단단하고도 편안하게 손에 잡힌 그 물건으로 트스키를 죽였다.

그는 무너졌고, 결국 잠잠해졌으며, 그 움직임이 사라지자 그는 단지 사물이 돼버렸으며, 이 용도 변경된 세계에서 나온 폐기물 가운데 하나가 돼버렸다. 이제 나는 돌아서서 출입문을 지나 우리의 도시로 돌아왔고, 다시 전진을 생각하면서 전체가 되고 고분고분해졌다.

위원회 종이 울리고 모두가 각자의 좌석에 앉자마자 조슬라는 곧바로 이렇게 말했다. "오프티가 멸종했어요." 그녀의 말이었다. "남아 있던 개체군 가운데 셋은 스스로 목숨을 끊은 것으로 보이고, 나머지 하나는 심각한 화상을 입은 채로 바깥쪽 출입문에서 죽은 채 발견됐어요. 저는 사망 원인을 확인하기 위해 부검을 권유하는 바입니다."

"당연히 화상 때문에 사망한 것이 분명하지 않을까요?" 모타스가 말했다.

"어쩌면 우리가 배울 수 있는 일이 있을…"

"타우소 위원님. 만약 이 표본을 회수한다면, 아직 불완전한 상태인 생물학적이거나 행동학적인 데이터를 얻을 수 있습니까?" 모타스가 물었다.

타우소는 비참한 몰골이었다. 눈이 부은 것으로 보아 마치 울었던 듯했지만, 어느 누구도 물어보지 않을 것이었고, 어느 누구도 그를 대신해 그런 사실을 시인할 수 없었다. 눈물은 항상 과거에만 봉사할 뿐이었다. "아닙니다." 그가 말했다. 그의 목소리는 간신히 속삭임에 불과했다. 잠시 후에 그는 더 크고 더 확고한 목소리로 다시 말했다. "아닙니다."

"그렇다면 그런 절차로부터 우리가 무엇을 배울 수 있다고 제안하시는 겁니까, 조슬라 위원님? 그 죽음은 우리가 예상했던 것보다는 빨랐지만, 또한 불가피한 일이었습니다. 게다가 그 원인은 자명한 것처럼 보이고요."

'저는 그가 왜 화상을 입은 뒤에도 거기까지 기어 와서 우리 출입문에서 죽었는지를 알고 싶습니다.' 조슬라는 이렇게 말하고 싶었지만, 사실은 모타스의 말이 맞았다. 제아무리 그녀가 싫어하는 말이었지만 말이다. 그 오프티는 늙고 부상당한 상태였다. 이제는 아무런 목적도 없었고, 아무것도 얻을 수 없었다. 그리고 그 오프티가 마지막 순간에 원한 바가 무엇이었든지 간에, 이제 그들에게는 이미 상실된 상태였다. "제 생각에 이것은 기록의 완전성 문제일 것 같습니다." 그녀는 대신 이렇게 말했다.

"그렇게 기록합시다." 모타스가 말했다. "혹시 이 제안에 찬성하시는 분 계십니까?"

좌중에는 머뭇거림, 눈길 교환하기, 상호 간의 회피가 있었지만, 결국에는 예상대로 누구 하나 찬성하지 않았다.

"그 숲과 그 주변 지역에 문제가 있습니다." 조슬라의 옆에 앉아 있던 아벨이 말을 꺼냈다. "우리는 그곳을 현재의 모습대로 유지하기로 이야기를 했었습니다. 교육적이고 역사적인 명소로 삼기로요. 만약 우리가 그렇게 하기를 원한다면, 아직 남아 있는 풀과 나무가 더 이상 열화되기 전에 행동해야 마땅합니다. 앞으로 한두 주 정도만 작업하면, 모든 것이 개별적으로 포장돼서 현재 상태로 보전될 겁니다."

"그건 뭔가 생산적인 일에 쓸 수 있는 공간의 낭비일 겁니다." 바나드가 발언했다.

"저는 보전 쪽에 표결할 겁니다." 조슬라가 말했다.

"저도 그렇습니다." 타우소가 덧붙였다.

모타스가 아벨을 바라봤다. "우리의 다음 회의 때 당신이 보전 계획에 관한 완전한 세부 사항을 제시하기를, 그리하여 우리가 객관적으로 그 장점과 비용을 살펴보고 판정할 수 있기를 제안하는 바입니다. 바나드, 만약 당신이 대안적인 제안을 갖고 있다면, 마찬가지로 우리는 관련 세부 사항 모두와 아울러 그쪽이 공간의 더 나은 사용이라는 사실에 대한 객관적 정당화가 필요합니다. 혹시 제 말에 찬성하시는 분 계십니까?"

타우소가 고개를 끄덕이며 발언했다. "저는 찬성입니다." 그의 말이었다.

"좋습니다. 전진." 모타스가 말하자, 모임은 끝났다.

숲은 내가 마지막으로 이곳에 왔을 때와 똑같아 보였지만, 어쩐지 텅 빈 느낌이었다.

이곳에는 몇 주 동안 비가 내리지 않아서 (습기를 머금은 구름이 다른 곳에, 우리의 갓 생겨난 농장에 필요했기 때문이다) 불타버린 둥지 세 개의 잔해와 그 재도 아직 씻겨 사라지지 않은 채였다. 나는 그 옆을 지나서 트스키가 물감을 담은 고깔모자 잎사귀를 놓아둔 장소로 갔다. 그리고 그 앞에 앉아 나무를 바라봤다. 수십 수백 그루의 나무가 이곳의, 그리고 그 뒤의 숲에 있었다. 그중 다수는 새로 칠해진 상태였고, 더 많은 나무가 이미 사라진 수천 세대의 희미해지는 기록을 표시하고 있었다.

나는 여전히 나 자신의 이끌림을 이해하지 못했다. 어떻게 이런 문명화되지 않은, 세련되지 않은, '전진하지 않는' 예술이 이토록 생생하고, 이토록 찰나적이고, 이토록 친근할 걸까? 정말이지 낯설기 짝이 없었다. 아마 죽은 자를 기억하는 그 단순한 행동 때문일 것이다. 내가 속한 종족에서는 더 이상 미래의 일부분이 아닌 자를 애도하고, 슬퍼하고, 기억하는 것이야말로 가장 후진적인 사고방식이었으니까.

하지만 저 칠해진 나무들 때문에 나는 계속 이곳으로 이끌렸으며, 그 나무들은 아직 여기에 있었다. 트스키는 궁극적으로 나무들에 대한 내 완전하고 평화로운 만끽의 장애물이었다. 물론 오프티가 없었다면 이 모든 것이 존재하지 않았겠지만, 이제 우리 차지였다. 내 차지였다.

내가 이런 생각을 하자 자부심과 안도감이 생겼으며, 내 존재의 핵심을 에워싼 것처럼 느껴지는 깊은 부끄러움도 있었다. 죄의식이야말로 후진적인 감정이어서, 나는 그 부끄러움을 부정했다. 비록 죄의식이 나를 가만히 내버려 두지는 않겠지만 말이다. 대신 나는 나무들을 더 많이 연구할수록, 나무들의 무늬가 더 많이 나를 조롱해 내 이해에서 영원히 벗어난 상태일 것임을 깨달았다. 트스키가 나를 따라온 이유는 분명히 자기를 죽이도록 나를 도발하기 위해서였을 것이었다. 그는 그렇게 함으로써 나무들을 나에게서 빼앗아 갈 수 있다는 사실을 알았기 때문이다.

그중에서도 최악은 사이예의 나무에 반쯤 칠하다 만 추모품이었다. 차라리 나는 그날 여기 계속 머물면서 트스키에게 작업을 재개하라고, 즉 이 마지막 나무를 마무리하라고 강요했어야 했다. 그랬다면 나는 지금쯤 완전한 것을 가졌을 테고, 내가 아무것도 놓치거나 잃어버리지 않았다는 사실에 만족하며 걸어갔을 테니까. 하지만 이것은 망가졌다. 마치 트스키가 망가진 것처럼. 그리고 양쪽이 그렇게 될 수밖에 없었던 것은 모두 트스키의 행동 때문이었다.

그렇다면, 전진.

나는 출입문에서 굳이 옷을 갈아입지도 않았고, 소지품을 놓아두지도 않았다. 이미, 기능적으로, 행정적으로 죽어버린 것에 자칫 손상을 줄 수 있는 미생물이 묻어올까 봐 두려워할 이유는 전혀 없었다. 나는 가방에서 파란색 물감을 꺼냈다. 우리의 자동제조실험실 가운데 하나에서 내가 직접 만든 물감이었다. 고깔모자 잎사귀에 들어 있는 트스키의 파란색과 대조해보니, 내 물감이 더 진했고, 전혀 같은 색조가 아니었다. 하지만 이 정도면 충분히 비슷했다! 파란색은 파란색이니까. 나는 손가락을 이용해 사이예의 나무에 물감을 발랐고, 내 손끝을 이용해 트스키가 남겨놓은 홈에 꾹 눌렀다. 그렇게 힘을 쓴 까닭에 힘겹게 숨을 몰아쉬면서, 나는 다시 뒤로 물러나서 스스로의 업적을 살펴봤다.

그건 엉망이었고, 불명료하고도 어설픈 얼룩이었다.

나는 숨을 깊게 몇 번 들이마신 다음, 돌아가서 다시 시도했다. 이번에는 손끝이 아니라 손톱을 이용했고, 선의 흐름에 맞춰 움직이려 노력하고, 어떻게 해야 맞는지를 발견하려고 노력했다. 손톱이 부러지고, 몇 번이나 피를 흘린 끝에야 나는 포기했고, 내 물감통의 뚜껑을 도로 닫고, 뒤로 물러서서 바라보는 내가 방금 상황을 더 악화시켰음을 깨달았다.

나는 이해할 수 없었다. 언덕 위의 풀밭에서 썩고 있는 죽은 동물 따위가 이해하고 달성할 수 있었던 이 하찮은 일을 어떻게 내가 (무려 '내가!') 실패한단 말인가. 나의 완고함과, 나의 우월한 생각 속에서, 나는 사이예의 나무로 연습한 뒤에 이곳에서의 마지막 행동으로 트스키의 나무를 칠할 예정이었고, 그러면 어느 누구도 그게 나였다는 사실을 알 수 없을 것으로 생각했었다. 그리하여 나는 보전될 것이고, 여기 와서 구경할 내 동족의 여러 세대가 모두 '나를' 기억할 것이었다. 설령 자기네가 그렇게 하고 있다는 사실조차도 모른 상태여도 그렇게 할 것이었다. 그러면 나는 단지 다른 모두와 함께 후진에 저항하고 전진하며 돌아가는 톱니바퀴의 남다르지 않은 톱니 한 개에 불과한 것이 아니라, 정점定點이 될 것이었다.

바로 그 순간 나는 오히려 나 자신의 어리석음을 불멸화하는 데, 내가 조롱의 그늘 아래에서 안정적이고 유능하게 달성했던 모든 것을 영원히 축소하는 데 성공했음을 깨달았다. 나는 (스스로에게, 내가 손을 쓰게 만든 트스키에게, 그리고 이 행성 전체에) 격분한 나머지, 내 물감통을 내던지고 말았다. 물감 통을 밀봉한 상태였지만, 그게 하필 딱 알맞게 (딱 잘못되게!) 돌 하나에 맞고 박살나면서, 물감 방울이 사방으로 튀었다. 단지 내가 사이에 나무에 저질러놓은 재난에만 떨어진 것이 아니라, 인근의 다른 나무들 위에도 떨어졌다.

"안 돼!" 나는 크게 소리를 질렀다. 그리고 죽어가는 풀 위에 무릎을 꿇고, 나 자신의 분노와 공포에 뒤덮이고 말았다.

조슬라는 자리에 선 채로, 조급한 나머지 발을 동동거리지 않으려고 노력하면서, 위원회의 나머지가 도착하기를 기다리고 있었다. 그녀는 일찍 도착했지만, 아주 일찍은 아니었다. 바나드는 이미 와 있었고, 마치 그녀의 판단하는 눈길에서 자신의 야심을 보호라도 하려는 듯 자신의 보고서철을 가슴에 끌어안고 있었다. 조슬라는 숲을 보전하자는 아벨의 주장을 지지하기 위한 나름의 주장을 준비한 상태였는데, 혹시나 바나드의 반대 주장에 대해서 아벨이 설득력 있는 주장을 펼치지 못할 경우를 대비한 것이었다. '이미 너무 많은 것을 잃었어.' 그녀는 생각했다. '하지만 아직 남아 있는 작은 부분이라도 내가 구제할 수만 있다면, 나는 그렇게 할 거야.'

다른 위원들이 한 명씩 도착했지만, 이들이 움직이는 소리를 제외하면 회의실은 여전히 조용했다. 모두들 오늘 하루가 유난히 힘들 것임을 직감했기 때문이겠지. 그녀는 이렇게 생각했다.

회의 시작을 알리는 종과 함께 문이 다시 열렸고, 모타스가 들어왔

는데, 평소의 우쭐하면서도 얄미우리만치 공식적인 발걸음보다 훨씬
더 빨랐으며, 그의 표정에는 그녀가 한 번도 보지 못했던 뭔가가 드러
니 있었다. 그 새로움이 무엇인지를 파헤치고 정의하기 위해 노력하
는 사이, 그녀는 다른 것에 그만 눈길을 빼앗겼다. 그의 손이 도무지
이해할 수 없을 정도로 파랗게 물들어 있던 것이다.

"모타스…" 그녀가 묻기 시작하자, 그는 자신의 이름을 듣는 순간
눈에 띄게 움찔했다.

곧이어 위원 중에서 맨 마지막으로 도착한 타우소가 아예 회의실로
뛰어서 들어왔다. 그는 숨을 헐떡였고, 붉은 얼굴에는 땀뿐만이 아닌
다른 뭔가가, 즉 모타스의 것과는 정반대인 뭔가가 묻어 있었다.

"오프티 숲이!" 그가 외쳤다. "거기 불이 났어요! 방화예요! 숲 전
체가 사라져버렸어요!"

모두가 돌아보는 바로 그 순간 위원회의 종이 울렸고, 고약한 연기
냄새가 타우소의 뒤에 열린 문으로 흘러 들어왔다. 불청객 특유의 우
쭐거리는 태도로 살인에 대한 고발을 그 숨결에 담은 유령인 그 연기
는 몸을 떨고 있는 모타스의 주위를 마치 리넨 수의처럼 감쌌다.

모래언덕의 노래
수이 데이비스 오쿵보와

박중서 옮김

수이 데이비스 오쿵보와는 나이지리아의 작가로 서아프리카에서 영감을 얻은 환상소설, 과학소설, 공포소설을 발표했다. 그의 첫 작품인 갓펑크the godpunk 환상소설 『데이비드 모고, 신 사냥꾼David Mogo, Godhunter』은 "하위 장르의 관념적인 신격화의 이상"이라는 격찬을 얻었다. 그는 이보다 더 짧은 소설과 에세이를 '토르닷컴', 《라이트스피드》, 《나이트메어Nightmare》, 《스트레인지 호라이즌스》, 《파이어사이드Fireside》, 《팟캐슬Podcastle》, 《다크The Dark》 등의 매체와 『공포의 세계A World of Horror』, 『유색 인종, 과학 소설을 파괴하다People of Colour Destroy Science Fiction』 같은 선집에 기고했다. 현재는 문예창작 석사 학위 과정을 마무리하는 동시에 창작을 강의하는 미국 애리조나주 투손과 나이지리아의 라고스를 오가며 활동 중이다.

홈페이지 주소: suyidavies.com

Suyi Davies Okungbowa

Dune Song

'모래언덕에는 가지 마시오.' 족장은 이시우와를 향해 말했다. '휘파람 부는 신들의 분노를 일깨우지 않는 편이 좋을 테니까.'

그런 말조차도 나타가 다시 떠나려고 시도하는 것을 막지는 못했다.

새로운 달月 모임이 끝나자, 그녀는 마을 시장으로 슬그머니 들어갔다. 이렇게 이른 아침에는 사막의 아지랑이가 무겁게 걸려 있었고, 마치 모래 위의 거북이마냥 모든 것이 더듬더듬 움직였다. 해가 나와서 따뜻했지만 뜨겁지는 않았는데, 왜냐하면 이시우와는 사실 사막에 있지 않았기 때문이었다. 또는 최소한, 이곳은 지금처럼 사방에 모래언덕뿐인 세계가 되기 이전의 또 다른 세계에 관해 장로들이 이야기할 때 언급하는 사막과는 달랐기 때문이다.

이시우와는 마치 곤충처럼, 마치 대형을 갖춘 눈에놀이 떼처럼 움직였다. 그곳의 시장이 딱 그런 모습으로 배열되어 있었다. 대나무와 천으로 만든 통행로가 바둑판처럼 단정하게 연결돼 있었기 때문이다.

사람들은 그곳을 따라 오갔고, 먼지 섞인 바람의 모든 반복과 맞서 싸우기 위해 천을 둘러 옷으로 걸치고 있었다. 어느 누구도 나타를 눈여겨보지 않는 가운데 (사실 평소에도 그러지 않았으니까) 그녀는 자기 체구보다 훨씬 큰 가방을 끌고 갔으며, 한쪽 팔 위로 망토를 여러 번 접어 올렸는데, 그래야만 때때로 한 번씩 멈춰 서서 다시 걷어 올릴 필요가 없어서였다. 그녀의 머리카락은 끄트머리가 갈라진 채 산발이었고, 그녀의 두 눈은 잠이 부족해서 핏발이 서 있었지만, 이시우와는 그런 사실을 깨닫지 못했다.

우선 그녀는 주물업자에게 갔다. 그녀가 여기서 바꿀 수 있는 물건의 대부분은 자기한테 더 이상 필요 없는 가정용 항아리와 주방기구였다. 남자는 아무 말 없이 모든 것을 받더니 그녀에게 사탕수수로 대가를 치렀는데, 그곳에서는 갈증을 달래는 것이야말로 최우선이었기 때문에 나쁘지 않은 편이었다. 다음으로 그녀는 엄마의 크고 오래된 금속 상자를 꺼냈는데, 예전에 엄마가 마을에 여러 가지 새로운 기계를 만들어줄 때 사용한 물건이었다. 이시우와에 있는 사람 중에 누구도 이런 도구를 더 이상 갖고 있지 않았다. 즉 모래보다 먼저 있었던 시간에 나온 기묘하고 예스러운 물건을 갖고 있지 않았다. 이것이야말로 엄마의 실종 이후 유일하게 건질 수 있었던 물건이었다. 이제는 여기 없는 갖가지 인공물을 만들고 수리하던 엄마의 모든 도구가 그 상자 안에 들어 있었다. 그녀가 이시우와 최고의 과일 상인 앞에 그 상자를 꺼내 놓자, 그는 한참 동안 그 상자를 바라봤다.

"그들이 너를 붙잡을 거야." 그가 말했다. "또다시."

"어쩌면 그럴 수도 있죠." 나타가 말했다. "또 아닐 수도 있고요."

그는 고개를 끄덕이더니, 그 상자를 받는 대가로 갈색 설탕과 말린 과일을 건네줬다.

나타는 가장 가치 높은 물물교환 대상을 마지막으로 남겨뒀다. 그녀는 나무판자를 한쪽 팔 밑에 끼고 목수를 찾아갔다. 예전에 나타가 오래된 나무토막을 찾도록 도와줬던 여자가 바로 이 목수였다. 엄마는 그 나무를 깎아서 이렇게 매끄럽고 납작한 판자를 만들었고, 파라핀 왁스로 광택까지 내서 그녀에게 줬다. 모래의 초창기와는 달리, 이제는 나무가 워낙 귀해졌다고 엄마는 말하곤 했다. 이것은 문자 그대로 나타의 가장 가치 높은 소유물이 될 수 있었다.

목수는 자리에 없었지만, 그 견습생들이 있었다. 그들은 도기 항아리에 물을 많이 따라서 그녀에게 줬다. 그녀는 흥정 끝에 빵과 구운 흰개미를 얻어낸 다음에야 물건을 넘겨줬고, 그들이 그 물건을 작은 조각으로 잘라서 물물교환하는 문제를 논의하는 동안 가만히 지켜봤다.

나타는 자기가 나무판자를 반드시, 정말 반드시 가져야 한다며 울고 또 울면서 엄마에게 보챘던 기억을 떠올렸다. 장로들이 모래언덕 이전의 인공물들의 보관소에 간직한 책들에 나오는 것들과 똑같은 것을 가져야 한다고 말이다. 그런 책들은 오로지 장로들과 족장과 그 수습생들만이 접근할 수 있었다(하지만 엄마는 어찌어찌해서 그런 것을 하나 갖고 있었다). 나타는 나중에 언젠가는 비록 단 하루만이라도 자기가 나무판자를 들고 모래언덕에 가서, 그 책에 나오는 사진 속의 아이들처럼 경사로를 타고 내려올 것이라는 희망을 품었던 것을 기억했다. 하지만 이제는 그러기에 너무 늦었다. 이 꿈은 이제 다른 누군가의 소유일 것이었다.

나타는 안녕이란 말도 없이 그들이 있는 곳을 떠났다. 안녕이란 말은 그녀가 이시우와에 긍정적인 작별 인사를 건넨다는 뜻이 되겠지만, 사실은 아니었다. 그녀는 실제로 그렇지 않았다. 그녀는 자기가 대나무 울타리 밖으로 나가는 바로 그 순간, 해가 아래로 기울어지며 그 정착지에 불길을 쏟아붓기를, 지금까지 그들이 그녀에게 한 일이며, 엄마에게 한 일 때문에 그렇게 되기를 바랐다. 그녀는 모든 모래언덕이 한꺼번에 휘파람을 불기를, 즉 불길한 불협화음을 만들어내기를, 그리고 마치 거대한 바다처럼 모래가 흘러와서 이시우와 전체를 휩쓸어버리기를, 그리하여 어느 누구도 그녀와 같은 고통을 굳이 알 필요가 없어지기를 바랐다.

하지만 우선 그녀는 타세노구안을 끌어들여야 했다.

'모래언덕에는 가지 마시오.' 족장은 이시우와를 향해 말했다. '신들이 휘파람을 불면 사람이 죽을 테니까.'

이시우와는 달의 한 주기마다 한 번씩 모래언덕의 휘파람 소리를 들었다. 매번 모래가 이시우와를 향해 전진했고, 침울하면서도 피리 비슷한 노래와 함께 움직였는데, 이것이야말로 생물이 아닌 것에서 나오는 소리 중 유일하게 사람의 가슴에 눈물을 심어주는 소리였다. 날카로운 소리였고, 튜브를 지나가는 바람 소리가 그 뒤에 깔려 있었다. 족장은 이를 신들의 휘파람이라 부르면서, 이것이야말로 비뚤어진 사람을 데려가는 소리라고 말했다. 비뚤어진 사람이 자기에게 허락된 선 너머로 감히 모험을 떠났다가 결국 (항상 그러하듯이) 모래언덕에 삼켜지고 나면, 그때마다 모래언덕은 이시우와를 향해 움직였다. 휘파람은 경고였으며, 모래로 처벌받기 이전 세계의 사람들은 그 경고를 듣지 않았다. 족장은 옛 세계 이전의 어떤 시대를 이야기했는데, 그때도 똑같은 방식으로 이미 한 번 처벌을 받았지만, 그때에는 물의 신들이 움직였다. 따라서 이시우와의 의무는 이 명령을 지키고 다음 세계를 낳는 것이었다.

이시우와는 족장의 말씀이 옳다는 것을 알았는데, 왜냐하면 그분은 장로들, 경비병들, 수습생들의 무리와 함께 이시우와를 대신해 십자가를 지고 있었기 때문이다. 그들의 십자가란 바로 울타리 밖으로 나가서 해결책을 찾아보는 것, 신들께 기도하고 부디 모래언덕을 더 가까이 움직이게 하지 마시라고 간청하는 것이었다. 그들 무리는 때때로 모래에서 건져낸 기묘한 물건들을 가지고 돌아오곤 했으며, 장로들은 마치 또 다른 시대에 속한 것처럼 보이는 그 물건들을 보관소에 넣어 뒀다. 족장은 이것이 혜택이 아니라 부담에 불과하다고, 왜냐하면 신들의 얼굴을 보고 살아남기란 불가능하기 때문이라고 이시우와에 상기시켰다. 매번 자기네 무리가 멀쩡히 돌아오는 것은 휘파람 부는 신들의 축복이라고 이시우와에 상기시켰다. 그러면 이시우와는 고개를 끄덕이고 계속해서 울타리 너머에 남아 있었다. 감사하며 남아 있었다.

하지만 나타의 엄마는 그러지 않았다.

나타의 엄마는 타고난 성격이 고집스러웠다. 사람 입에서 나오는 이야기를 곧이 믿는 것은 현명하지 않다며 워낙 자주 혼잣말을 했기에, 나타는 엄마의 입에서 그런 말이 나온다는 사실에 혼란스러웠다. 엄마 역시 그런 행동을 이용해서 살아갔다. 나타가 알기로 엄마는 여러 (무려 '다섯') 번이나 이시우와를 무시한 채 울타리 밖으로 몰래 빠져나간 적이 있었다. 사실 이시우와를 가둬 놓는 것은 말라비틀어진 대나무 바리케이드가 아니라고 엄마는 말했다. 대나무 사이로 몰래 빠져나가기는 오히려 쉬웠다. 하지만 마음에 심어진 말을 상대로는 그렇게 하기가 어려웠다.

엄마는 그 일, 즉 몰래 빠져나가기의 전문가였다. 울타리 사이로 몰래 빠져나가고, 시간과 공간 사이로 몰래 빠져나가고, 적절한 이유로 부터 몰래 빠져나가 들어왔다 나갔다 했기 때문에, 이시우와도 심지어 그녀가 거기 있다는 사실조차, 심지어 나타가 거기 있다는 사실조차 여러 번 잊었다. 이시우와는 그들이 나타났을 때 놀랐고, 그들이 어디에서 왔는지 기억하려고 애썼고, 왜 그들이 여전히 여기 있으며 왜 아직 신들에게 화해의 제물로 바쳐지지 않았는지 의아해했다.

나타와 엄마는 사람들의 생각에서 쉽게 사라졌는데, 이들 모녀는 가장자리로 비켜서 있었고, 정착지에서 가장 바깥쪽 구석에 살고 있었기 때문이었다. 전갈이 득실거리는 곳이어서 오로지 가치가 없다고 평가된 자들만 거처를 만들도록 허가된 땅이었다. 나타는 처음에만 해도 엄마를 비난했고, 이게 다 엄마의 잘못이라고 생각했다. 휘파람 부는 신들 따위는 없다고, 모래 밑에 파묻힌 문명은 단지 극단적인 생태학적 재난에 삼켜졌을 뿐이라고 말하면서 장로들과 말다툼하기를 엄마도 그만둘 수 있지 않느냐고 생각했다. 엄마는 과거에 번성하던 문명들이 있었다고, 자기는 머지않아 그걸 찾아낼 거라고, 시간의 돌풍이 자기를 그곳으로 데려갈 거라고 주장했다. 엄마는 자기가 예전에 돌풍을 직접 봤다고 주장했다.

그래서 엄마가 나타의 이마에 입을 맞추고 "어서 가자"라고 말했을 때, 딸은 문득 이시우와가 옳다는 사실을 깨달았다. 엄마는 미친 여자였다. 모래가 없는 세계로 사람들을 데려가주는 돌풍이라고? 신들에게 삼켜지기 위해서 모래언덕으로 기꺼이 들어간다고?

딸은 당연히 가지 않겠다고 말했다. 엄마는 심지어 억지로 나타를 끌고 가려고도 했다. 그에 앞서 말다툼이 있었고, 두 사람 모두 거처에서 최대한 목소리를 높여 소리를 질렀다. 엄마는 자기가 우리 두 사람을 구하려고 노력할 뿐이라고 말했고, 나타는 오히려 '이시우와'가 우리를 구하려고 하는 것이라고, 그들이 규범을 갖고 있는 이유도 그래서라고 상기시켰다. 그러자 엄마는 나타가 절대 떠날 준비를 하지 않으리라는 사실을 깨달았고, 딸이 잠든 사이에 손목과 발목을 묶고, 입에 재갈을 물려서 수레에 실었지만, 혼자 힘으로는 수레를 거처에서 울타리까지 끌고 갈 수 없었다. 엄마는 나타를 풀어줬고, 딸은 최대한 잽싸게 도망쳤다.

딸은 나중에 거처로 돌아가서 엄마가 돌아오기를 기다렸는데, 왜냐하면 당연히 이 세상에는 시간의 돌풍이란 것이 없었고, 사람들을 구해주기 위해 기다리며 모래언덕을 배회하는 마법의 흙먼지 폭풍이란 것이 없었기 때문이다. 그래서 그녀는 기다렸다.

그리고 기다렸다.

그리고 기다렸다.

모래언덕이 휘파람을 불 때까지.

'우리는 각자의 일에나 신경을 씁시다.' 족장은 이시우와를 향해 말했다. '우리가 계속 살아 있는 까닭은 우리의 분수를 지키려 하기 때

문이니.'

나타는 타세를 손쉽게 찾아냈다. 그 작은 소년은 야위었고, 팔꿈치는 마치 상자 모서리 같았으며, 눈은 워낙 움푹 들어가서 바다를 모조리 담을 수 있을 것 같았다. 그가 궁정의 무리와 함께 있는 모습은 결코 찾아볼 수 없었다. 그는 항상 어딘가 다른 곳에 있었다.(그리고 설령 그가 있을 때도, 그는 있지 않았다). 이시우와가 생각하기에 그는 애초부터 족장이 갖지 말았어야 한다고 여겨지는 부류의 아들이었다. 즉 병약하고, 눈은 항상 하늘로 향한 채 생각에 잠겨 있었기 때문이다. 따라서 모든 사람에게는 그가 항상 어딘가로 떠나 있는 것이, 즉 항상 실종 상태인 것이 아마도 최선이었으리라.

나타는 오래되고 죽어버린 거처 옆에서 그를 찾아냈다. 그곳은 이시우와에 살았다가 모래언덕의 노래에 잡혀간 사람들의 소유였던 거처들을 내다 버리는 쓰레기장이었다. 그곳 어딘가에는 엄마의 제일 좋은 도구며, 기구며, 이전 세계에서 엄마가 직접 건져 와서 장로들의 보관소에 순순히 압류당하지 않고 따로 챙겨 둔 온갖 물건이 놓여 있을 것이었다. 그런 모든 물건에다가, 두 번 다시 새로 짓지 못하게 난도질당한 거처 그 자체도 버려져 있었다. 만약 이시우와가 할 수만 있었다면 불태워 없애버렸을 테지만, 지금 같은 시기에는 불이야말로 너무나 위험한 것이었다.

타세는 바로 그곳 한가운데 쭈그리고 앉았으며, 재투성이가 된 발로 어떤 단단한 잡석 더미 위에 올라앉아 석판을 든 채, 그 매끈한 표면에 하얀 돌멩이로 뭔가를 적고 있었다. 그는 족장의 외아들이었으며, 수습생으로서 그가 담당할 역할은 이미 그가 태어나기도 전에 정해져 있었다. 그는 이시우와의 미래가 될 기회를 얻을 예정이었다. 그는 실제로 장로들과 상당히 많은 시간을 보냈으며, 대개는 이시우와의 언어와 소리를 상징하는 형태들을 쓰는 방법을 배웠지만, 경비병 집단이나 궁정의 무리와 함께 시간을 보내는 법은 거의 없었다. 그는 대개 혼자서 연습했다.

나타는 천천히 접근했다. 그가 고개를 들었다.

"나랑 같이 갈래?" 나타가 물었다.

소년은 쓰기를 멈추었고, 눈구멍에서 눈알이 춤추었다. "어디로?"

"나는 엄마를 찾으러 갈 거야."

그는 움직임을 잠시 멈추었다가 석판 위에 뭔가를 천천히 썼다. "너네 엄마?"

"그래." 나타가 말했다.

그는 다시 1초 동안 생각했다. "그러면 우리 엄마도?"

나타는 잠시 말이 없었다. 타세의 엄마, 즉 족장의 첫 번째 부인 이야기는 모두가 알고 있었다. 이시우와의 소문에 따르면 그녀는 비뚤어진 여자였고, 나타의 엄마처럼 미친 여자였으며, 다른 어딘가로 가는 것을 이야기했다. 또한, 그녀를 모래언덕 아래 있는 신들에게, 즉 그들의 분노의 숨결에 제물로 바친 족장의 행동은 옳았다.

"어쩌면." 그녀가 말했다.

그는 좀 더 뭔가를 적더니, 자기가 갖고 있던 물건을 내려놓고 자리에서 일어나 엉덩이에 묻은 흙먼지를 털었다.

"좋아." 그가 말했다.

나타는 막상 때가 오기만 하면 이렇게 손쉬울 것이라고 예전부터 알고 있었다. 타세는 결코 여기 진짜로 있는 게 아니었다. 그는 항상 다른 어딘가에 살았지만, 이시우와에서는 차마 그걸 깨닫지 못할 뿐이었다. 한 번은 그녀가 너는 왜 글 쓰는 법만 배우고 있느냐고 묻자, 그는 자기가 여기를 떠났을 때 그게 필요할 것이기 때문이라고 대답했다. 그제야 그녀는 그가 자기 엄마랑 똑같다는, 그리고 이보다 더 먼저 그의 엄마랑 똑같다는 사실을 깨달았다.

"어디서 나를 만나면 되는지 알지." 나타가 말했다. "황혼이 되고 나서 거기로 와. 경비병들이 술에 취했을 때. 그리고 아무한테도 말하지 마."

"황혼?" 그가 말했다. "오늘이 달 뜨는 날이야. 오늘은 휘파람이 없을 거야."

"맞아." 나타가 말했다. "바로 그거지."

'떠나는 자는 누구나 신들의 차지가 되오.' 족장은 이시우와를 향해 말했다. '그들은 돌아와도 된다는 허락을 받지 못할 것이오.'

나타도 첫 시도에는 멀리 가지 못했다. 그녀는 사방에서 오로지 모래와 해만 발견했었고, 하루가 저물기 시작하자 모래언덕이 드리우는 그림자가 엄습했다. 말라붙은 사람과 동물의 해골도 몇 개 발견했고, 이전까지는 한 번도 본 적 없었던 인공물도 몇 개 발견해서 건져냈다. 물이 다 떨어졌다. 엄마를 찾지 못했고, 심지어 엄마의 시체조차도 찾지 못했다. 엄마가 간 곳으로 그녀를 데려다줄 돌풍도 찾지 못했다.

그녀는 울타리로 돌아오자마자 경비병들에게 발견됐다. 그들이 달려들었다. 망토 아래에서 그들의 이마가 빛났고, 얼굴은 길고 주름지고 표정이 없었다. 그들은 아무 말 없이 그녀를 에워쌌다. 묵시적 합의가 있는 상황에서 누가 굳이 말을 필요로 하겠는가?

그들은 이런 상황에서 당연히 해야 하는 일을 했고, 나타를 끌고 정착지 곳곳으로 행진했다. 그녀를 조각된 의례용 들것에 실어서 운반하면서, 스스로 선택한 길을 향해, 즉 신들의 입을 향해 나아가는 행위로, 제물로, 경고로 제시했다. 이시우와는 각자의 거처에서 나와서 경비병들 뒤에 모여들어서 슬픈 듯 머리를 가로젓고, 속삭이고, 손가락질했다. 그들은 나타를 만지려고 손을 뻗었는데, 어쩌면 연민 때문이거나, 어쩌면 단결을 위해서이거나, 어쩌면 "왜?"라고 묻기 위해서였을 것이다. 경비병들은 이들의 손을 쳐서 물리쳤다. 하지만 사람들의 손은 항상 돌아왔다.

족장의 거처는 정착지 한가운데 있는 궁정에 자리했으며, 이곳이야말로 가장 넓은 거처인 동시에 별실이 있는 유일한 거처였다. 이들은 그 별실에서 족장 앞에 나타를 세워놓았다. 이시우와가 주위를 에워쌌다. 족장은 이 정착지의 다른 모든 남자와 똑같았고, 단지 약간 더 살지고 이마에 영구히 찡그린 표정이 떠올라 있다는 점만 달랐다. 그의 옷차림도 다른 모든 남자와 전혀 다르지 않아서, 완전히 똑같은 천을 망토로 둘렀으며, 다만 나타의 말로는 역대 족장들이 물려받은 연약한 구슬로 엮은 커다란 머리 장식을 둘렀다는 점만 달랐다.

판결은 신속하고도 간단했다. 관습대로 그녀는 돌아올 수 있다는 허락을 받지 못할 것이었는데, 그러지 않았다가는 신들이 그녀 때문에 분노해서 모래언덕을 이시우와로 다가오게 할 것이기 때문이었다. 그녀는 아무것도 갖지 못한 채, 심지어 망토조차도 두르지 못한 채 다시 쫓겨날 터였는데, 그래야만 모래언덕 신들의 입으로 들어가는 일이 용이하고 덜 복잡할 것이기 때문이었다. 이렇게 하면 여러 달 동안 신중하게 고안된 마을의 실서가 그녀의 방종 때문에 위험에 처하는 일이 없어질 것이었다. 신들은 이해할 것이었다. 아울러 이는 호의였다. 어쨌거나 떠나려는 것은 '그녀의' 열망이었으니 말이다.

하지만 타세. 그가 모든 것을 바꿔놓았다. 판결 중간에, 법정을 아랑곳하지 않은 채, 그는 종종걸음으로 그녀에게 다가가, 별실 한가운데 무릎을 꿇고, 그녀가 발견한 인공물을 그녀의 앞 바닥에 내려놓았다. 그는 더 어리고 더 작았다. 그는 그녀의 머리카락을 만지며 미소를 지었다. 그는 그녀의 귀를 만지작거렸다. 그는 허리 뒤춤에 넣었던 손을 꺼내 그녀에게 빵 한 조각을 건네줬다. 그녀는 빵을 받아 씹어 먹었다.

이시우와는 숨을 죽이고 기다려봤다. 타세가 누군가를 사는 모습은 한 번도 없었고, 족장이 제아무리 시도했어도 마찬가지였다. 심지어 그의 유모조차도 그에게 뭔가를 시킬 수가 없었다. 그는 독불장군이었고, 족장도 그가 외롭게 살다가 죽게 될 것이라는 사실을 시인했다. 마을과 질서의 힘만이 생존의 유일한 결정 요소가 된 이런 세상에서 타세가 누군가를 낳을 희망은 전혀 없었다. 타세 같은 사람들은 그런 세상에서 어떤 자리도 없었다. 하지만 족장은 그런 사실을 완전히 시인한 것은 아니었고, 타세는 아버지를 위한 일말의 희망을 여전히 드러내고 있었는데, 이런 희망에 갑자기 다시 불이 붙은 것이었다.

족장은 헛기침을 하더니 일단 나타를 가두라고 명령했다. 내일까지 그곳에 가두겠다는 그의 말을 들은 그녀는 자기가 추방당하지 않을 거라 깨달았다.

　지금까지 추방자를 굳이 가둔 적은 전혀 없었다. 처벌은 항상 궁정의 판결 직후에 이루어졌다. 즉 경비병들이 문을 활짝 열고, 쿡, 쿡, 쿡 찔러서 추방자를 대나무 울타리에서 몇 걸음 걸어가게 만드는 것이었다. 설령 그들이 울고 또 울어도 그들에게는 문이 닫혀 있곤 했다. 그러고 나면 그들은 떠돌기 시작했고, 살려달라는 외침이 바람을 타고 이시우와로 실려왔다. 모래언덕의 신들이 휘파람을 불 때가 되면, 그들의 울부짖음은 뚝 끊기며 비명으로 바뀌곤 했고, 다시 이시우와에는 오로지 고요와 안전만 있곤 했다.

　나타는 다음 날 아침 이시우와 앞에 끌려 나왔다. 족장은 어쨌거나 그녀도 뭔가 쓸모가 있다고 말했다. 따라서 자기 엄마의 나쁜 선례를 뒤따를 정도로 머리가 돌았다는 이유 하나만으로 그녀를 불필요하게 내버리는 것은 낭비일 것이라고 말했다. 다음번 여행에서 무리가 그녀를 대신하여 신들에게 기도할 것이라고, 대신 그녀는 마을에 봉사함으로써 속죄할 것이라고 했다. 그 봉사는 바로 타세의 배우자가 되는 형태를, 그리하여 그가 마을에 동화돼 다가올 미래에 자기 역할을 감당하도록 더 강해지고 더 나아지게 돕는 형태를 취할 것이라고 했다.

　이시우와는 웅성거리고, 고개를 끄덕이고, 족장의 지혜와 선견과 너그러움을 칭찬했다. 이로써 나타는 엄마의 말이 결국 맞았음을 깨달았다. 즉 실재하는 신들은 모래언덕 아래에 있는 것이 아니라, 오히려 정신에 심어놓은 말에 불과하다는 것이었다. 이로써 그녀는 자기가 다시 떠날 것임을 알게 됐다.

　사람들이 흩어지자, 장로들은 그녀의 인공물들을 압수하여 자기네

보관소에 넣었다. 타세는 흙먼지 속에서 그녀와 함께 무릎을 꿇고, 가까이 몸을 기댔다. 그의 코는 거의 그녀의 코에 닿을 지경이었고, 그의 젊은 숨결은 흥분으로 빨라져 있었다.

"그러면 너도 그 냄새를 맡은 거야?" 그가 속삭였다. "너도 밖에서 그걸 느낀 거야? 그게 혹시 힘 같은 냄새가 났어?"

이들은 황혼에 떠났다. 서로 손을 잡고, 심장이 하나가 돼 쿵쾅거렸다. 어두울 때는, 즉 형태가 더 이상 존재하지 않으며 남아 있는 그림자라고는 멀리 있는 모래언덕뿐일 때는 경비병들도 모래 속에 있는 이들을 보기가 더 힘들었다. 그들은 불도 들지 않고 떠났고, 나타의 머릿속 기억에만 의존해서 어둠 속을 헤쳐 나갔으며, 그녀가 모아 놓은 식량과 물을 지고 있었다. 이들은 더 빨리 움직일 수 있도록 더 얇은 망토를 걸쳤다. 밤의 추위 속에서 타세의 이가 달각거렸다.

사방팔방으로 오로지 모래와 흙먼지와 바람뿐이었으며, 오로지 크고 작은 모래언덕의 봉우리와 꼭대기만이 이들의 동행이 돼줄 뿐이었다. 모래언덕 중에서도 가장 큰 언덕 아래에는 이시우와 이전에 멸망한 사람들의 폐허 중에서도 가장 큰 것이 놓여 있었고, 멀리서 사라지는 빛의 붉은 광휘를 받아서 그림자를 형성했다. 이들은 작은 모래언덕들이 앞에 나타나더라도 굳이 그 위로 올라가 걷지는 않았다. 그랬다가는 누군가가 멀리서도 이들의 모습을 볼 수 있을 것이기 때문이었다. 발에 닿는 모래가 시원했고, 발자국 대신 수많은 구멍을 남겼다. 나타는 아침이 다가오면 자기네가 손쉽게 발견될 것이라는 사실을 알았다. 추적자들이 이시우와에 단 한 마리뿐인 낙타를 타고 열심히 달려온다면, 또는 이시우와에서 가장 발이 빠른 경비병이 추적에 나선다면 그러할 것이었다.

타세는 대부분 말이 없었다. 나타보다 겨우 조금 어린 소년이었지만, 그의 침묵은 그의 나이를 훨씬 넘어서서 이야기하고 있었다. 나타는 엄마가 해준 이야기를 그에게 똑같이 전했던 것을 기억했다. 그때 그녀는 그 이야기를 믿지 않았지만, 지금은 확실히 믿었다. '오로지 너 자신만이 신인 거야. 너는 모래언덕이기도 해. 모래언덕은 그 스스로를 삼키지 않아. 이시우와가 너에게 다른 이야기를 하도록 허락해서는 안 돼.'

나타는 그가 망토를 꼭 여민 채 앞을 바라보는 모습을 지켜봤다. 타세의 두 눈은 지평선에 나타난 물결치는 형태들에 고정돼 있었다. 족장은 자기가 그녀를 처벌했을 때, 사실은 그녀에게 더 많은 빛을 건네줬다는 사실을 몰랐다. 그녀는 타세의 배우자가 될 '의향'이 있었는데, 왜냐하면 그녀야말로 그가 지금과 같은 상태로 있는 이유를 아는 유일한 사람이었기 때문이었고, 그가 받았던 것과 똑같은 질문들이 그녀의 내면에서도 소용돌이쳤기 때문이었다. 두 사람 모두 이시우와의 끊임없는 수군거림에 귀를 기울이면서 자랐고, 과연 자신들이 제정신인 건지 아니면 그들의 어머니처럼 미친 건지 궁금해했고, 그 질문들로 그들의 내면에 생긴 매듭은 오로지 그곳을 떠나야만 풀릴 수 있었다. 어찌어찌해서 그들은 항상 알고 있었다. 자신들을 낳아준 여자들을 찾아낼 것이라고, 그리고 차마 끌 수 없었던 이 자유의 불길을 내뿜을 것이라고 말이다. 그리고 자기네는 오직 그곳에서만 집을 찾게 될 것이라고 말이다.

그들은 이시우와의 거리를 좀 더 벌렸고, 모래언덕이 있는 방향으로 일직선으로 움직였다. 아무도 그들을 따라오지 않는 것 같았고, 이는 좋은 징조였다. 나타는 해뜨기 전까지 아무 모래언덕에라도 도착하기를 바랐는데, 그래야만 정오에 그 그늘에서 쉴 수 있기 때문이었다. 하지만 이들은 다리가 지치기 전까지만 모래를 헤치고 걸어갈 수 있을 것이었다. 물결치는 윤곽선은 여전히 멀리 떠 있었지만, 나타는 그게 얼마나 멀리 떨어져 있는지 알 수 없었고, 다만 그들이 이시우에서 충분히 멀리 떨어졌기 때문에 이제는 쉬어도 된다고 생각했다.

그들은 빵과 구운 흰개미를 조금 먹었다. 나타는 오늘 먹을 양만큼의 물을 타세에게 주고, 자기는 사탕수수로 갈증을 해결했다. 그녀는 사탕수수를 씹으면서, 만약 엄마를 만나면 무슨 말을 할지 궁리했다. 그녀는 떠나는 데에만 워낙 정신을 집중한 까닭에, 엄마를 만나면 기쁘지 않을 수도 있다는 사실을 미처 잊고 있었다. 어쩌면 그녀의 가슴이 더 굳어졌을 수도 있었고, 어쩌면 엄마가 떠난 것이며, 모든 것을 희생해서라도 딸을 위해 돌아오지 않은 것을 결코 용서하지 못할 수도 있었다. 하지만 또한 그녀는 엄마가 내놓아야 할 그 어떤 답변에도 차마 준비되지 않은 상태였다. 어쩌면 그녀가 어려움에도 불구하고 타세를 데려갈 방법을 발견했던 것도 그래서였을 것이다. 어쩌면 그녀는 그 일을 다시 하려고, 즉 원래 했어야 마땅한 방식으로 하려고 노력하는 것인지도 몰랐다.

"우리 움직여야 해." 타세가 말했다.

나타는 모래 위에 등을 대고 누워 있었다. "굳이 그럴 필요 없어. 그게 우리를 찾아올 테니까."

그는 얼굴을 찡그렸다. 그 표정을 본 그녀가 말했다. "그건 떠도는 바람이야. 그래서 휘파람을 만들어내는 거야. 우리 엄마는 그걸 기회의 바람이라 부르곤 했어. 오로지 나 자신을 바칠 때만 그게 찾아온다고 말이야."

타세는 그녀 옆에 등을 깔고 누운 다음, 머리부터 발끝까지 망토로 감싸고 모래와 하나가 됐다. 머지않아 두 사람은 잠들었고, 나타는 꿈에서 엄마를 만났지만, 엄마는 딸을 더 이상 기억하지 못했다. 그녀는 곧바로 깨어났고, 뜬눈으로 누운 채 바람에 관한 엄마의 이야기를 모조리 떠올려봤다. 엄마가 다섯 번에 걸쳐 울타리 너머로 몰래 빠져나갔다가 돌아왔을 때를, 그리고 엄마가 봤다는 것을. 엄마는 그것을 해방의 돌풍이라고 불렀다. 비록 자신의 혀가 마치 묶인 것과 같고, 자신의 몸이 마치 통제되는 것과 같더라도, 그래도 최소한 자신의 것이었던 시간으로 회귀의 돌풍이라고 불렀다. 그것은 이시우와에 소속돼 있지 않았다.

그게 과연 어떤 시간과 장소이건 간에, 나타는 엄마가 어찌어찌 그곳으로 돌아갔다고, 하지만 약속한 것처럼 돌아올 수는 없다고 믿었다. 이제 그녀는 그 바람을 찾아낼 것이었고, 스스로 그 바람을 불게 될 것이었다.

'사람들은 자기가 이해하지 못하는 것을 죽일 거야.' 엄마는 이렇게 말하곤 했다. '만약 그들의 손이 묶여 있다면 그들의 혀를 사용해서라도 그것을 헐뜯을 거야.'

경비병들이 나타를 따라잡았을 때는 이미 너무 늦은 뒤였다. 모래언덕의 노래가 이미 시작된 것이다.

돌풍이 나타나기 시작한 것은 밤이 거의 끝나갈 무렵이었다. 멀리서 탄식이, 목구멍 깊은 곳에서 나오는 불평이 그 도래를 알렸으며, 이는 나타와 타세가 피로에 굴복해서 야영지를 만든 바로 그 장소에 여러 사람의 발들과 횃불들이 도착하는 것에 대한 완벽한 전조가 됐다.

족장도 경비병들을 따라왔다. 횃불의 빛과 자기 망토의 그림자 때문에 그의 얼굴은 마치 그의 헐떡이는 가슴을 대신하듯이 어두워졌고, 그의 생각은 워낙 명료해서 마치 이렇게 외치는 것 같았다. '이번에는 결코 자비를 베풀지 않겠다.'

"끌고 가." 그가 한 말은 이게 전부였다.

후두둑 소리가 들리더니, 사방으로 모래가 날아가고, 다가오는 새벽의 바람 속에서 횃불이 흔들렸지만, 모두 금세 잦아들었다. 나타는 한쪽 끝에서 제압된 상태였고, 타세는 다른 한쪽 끝에서 붙들린 상태였다.

족장은 아들을 먼저 마주 보고는, 그의 키에 맞춰 몸을 굽혔다. 그러고는 한 손을 치켜들고 타세의 얼굴 한복판을 세게 때렸다. 연골이 뚝 부러지는 소리가 났다.

"그냥 나를 제물로 바쳐요." 타세가 말했다. 그의 목소리가 처음으로 커졌고, 그의 연설은 피와 콧물과 침으로 부글거렸다. "나를 제물로 바쳐요. 그래야 우리 두 사람의 악몽이 끝날 수 있을 테니까요."

지나가는 침묵을 채워주는 것은 오로지 모래가 흙먼지에 합쳐지는 소리뿐이었다. 돌풍은 이제 멀리에서도 눈에 보였고, 힘을 모아갔고, 폭풍 속에 또 폭풍이 있었다. 떠오르는 해의 오렌지색 지평선을 배경

삼아서, 그것은 검은 바람의 울부짖는 귀신이나 다름없었다.

"안 돼." 족장은 이쪽으로 다가오는 구름을 바라보면서 말했다. "안 돼."

이 모든 일이 펼쳐지는 와중에, 아무도 자기를 눈여겨보지 않는다는 사실을 깨달은 나타는 빠져나갈 구멍을 찾아냈다.

그녀는 뛰쳐나갔다. 너무 빨리 움직인 까닭에 경비병들의 팔조차 닿지 않았고, 너무 빨리 움직인 까닭에 경비병들의 발조차도 고운 모래에서 제대로 디딜 만한 곳을 찾지 못했다. 그녀는 더 작은 발을 이용해 훨훨 날았고, 한 발짝, 다섯 발짝, 그리고 순식간에 너무 멀리까지 가버렸다. 뒤에서 들리는 고함 소리가 그녀를 저주하고, 소리치고, 돌았다고, 미친년이라고, 이기적이라고, 이시우와를 위험에 빠트린다고 했다. 하지만 그녀는 이 모든 소리를 듣지 못했는데, 자기 앞에 있는 장엄한, 정말 장엄한 빛에 시선이 고정된 까닭이었다.

난생처음 그녀는 엄마의 이야기가 아니라 자기 눈으로 직접 돌풍을 볼 수 있었다. 족장이 그것을 신들의 숨결이라고 부른 것은 적절했는데, 그 안에는 탁탁거리는 빛과 번개가 있었으며, 모래와 흙먼지와 잡석으로 에워싸인 채 그 내부에서 소용돌이치는 바람이 주위를 휘감고 있었기 때문이다. 그것은 마치 화난 듯 구름처럼 움직였다. 그것은 이제 크게 포효했고, 가까이에서 보니, 마치 오로지 입으로만 이루어진 것 같았다. 그것이 지나간 자리에서는 모래가 쉭쉭거리는 것이, 마치 끝도 없는 피리가, 휘파람의 오케스트라가, 뱀들의 무더기가 있는 듯했다.

장엄했다.

곧이어 그녀는 그것이 다가오는 경로에 들어선 상태로 멈춰 서서 뒤돌았다. 빛과 소리와 흙먼지의 벽이 그녀의 바로 뒤에 있었다. 족장과 경비병들은 뒤쫓기를 중단했고, 바람의 경로에서 멀찍이 떨어진 곳에 서 있었다. 타세는 경비병 두 명에게 붙들린 상태였다. 이렇게 멀리 있다 보니 그녀는 그들의 얼굴을 볼 수 없었지만, 그들의 비스듬한 불길의 빛이며, 그들의 자세가 모든 것을 말해줬다. 즉 그녀는 존재의 쓰레기라는 것, 그녀는 이시우와가 이제껏 해온 모든 좋은 일을 망쳤다는 것이었다.

'그래.' 그녀는 생각했다. '그래.'

하지만. '타세.'

그녀는 그가 이해해주기를 바라며 한 발짝, 두 발짝 앞으로 걸어 나갔다. 그녀는 또 한 걸음을 내디뎠다. 바람이 그녀의 뒤에서 다가왔지만, 그녀는 앞으로 한 걸음 더 나아갔고, 시간을 벌면서, 자기가 더 잘할 수 있다고, 더 잘'될' 수 있다고 상기했다. 그녀의 엄마도 노력했지만, 그녀는 더 노력할 수 있었다.

'제발, 제발.' 그녀는 생각했다. 경비병 두 명 사이에서 꼼짝도 하지 않는 그를 보면서. '제발.'

그녀가 바람의 탁탁 소리에 반응하여 자기 목 뒤의 털이 꼿꼿이 서는 것을 느끼기 시작한 바로 그 순간, 그녀의 말을 듣기라도 한 것처럼 타세가 움직였다. 그는 빠져나왔고, 유연한 몸놀림으로 뛰쳐나갔다. 경비병들은 이 모든 일에 너무 충격을 받은 나머지 제대로 반응하지 못했다. 그는 모래를 가로질러 달려가면서 위쪽 망토를 벗어 던졌고, 그의 검은 피부는 밤에 녹아들었다. 그의 아버지인 족장이 뒤를 쫓았고, 쿵쿵거리고 달리면서 아들의 이름을 외쳤고, 경비병들이 든 횃불이 그의 옆에서 함께 까딱거렸다.

'그래.' 나타는 생각했다. '그래.'

곧이어 시간의, 신들의, 기회의, 해방의 돌풍이 아래로 기울어지더니 그녀를 감싸 안았다. 모래가 그녀의 눈을, 그녀의 입을, 그녀의 코를, 그녀의 귀를 가득 채웠다. 그녀의 피부가 살짝 가려웠고, 그녀의 발이 땅에서 떨어지는 것이 느껴졌다.

하지만 그녀는 한 팔을 줄곧 내뻗고 있었다.

마치 오랜 세월이 지난 것처럼 느껴졌고, 마치 멀리 있는 어떤 것처럼, 모래투성이 손 하나가 그녀의 손을 붙잡았다. 그녀는 잡아당겨졌다. 자기에게로, 감히 먼저 떠나버린 엄마들에게로, 미래로, '힘'으로.

두 사람은 함께 위로 올라갔다. 그녀는 저항의 무게를 알았기에 둘이 함께임을 알았다. 그녀는 자기 자신을 바람에 바쳤고, 이들은 미끄러지고 또 미끄러지며 시간과 공간의 감각을 모두 잊어버렸다. 이들은 아무것도 아닌 동시에 모든 것이 됐고, 신들의 숨결 속에서는 무엇이든지 가능했으며, 이제 그 숨결은 그들이 숨 쉬는 것이 됐다. 그것이 그들을 어디로 데려가는지는 그들도 몰랐지만, 최소한 한 가지는 확실했다. 그들의 혀와 그들의 몸과 그들의 심장은 그들에게 속해 있다는 것이었다.

Tegan Moore

늑대의 일

테건 무어

박중서 옮김

The Work of Wolves

테건 무어는 작가 겸 전문 개 조련사로 북서부 태평양 연안에 살고 있다. 그녀는 국수 먹기, 빗속에서 하이킹하기, 무서운 이야기 읽기를 좋아한다. 《비니스 시즐리스 스카이스Beneath Ceaseless Skies》,《아시모프스》, '토르닷컴' 등의 잡지에 단편소설을 발표했고, '클래리언 웨스트 1일 워크숍Clarion West One-Day Workshops'을 운영 중이다. 인스타그램(@temerity.dogs)에서 그녀의 무지막지하게 매력적인 개들을 만날 수 있다.

홈페이지 주소: www.alarmhat.com

Tegan Moore

The Work of Wolves

나는 좋은 개야.

냄새의 자취는 그 주위의 황폐화된 지역 때문에 깨졌을 뿐만 아니라 바람에 의해서도 깨진 상태였으며, 남쪽으로 0.5마일 떨어진 곳의 화재에서 비롯된 연기가 복잡성을 한층 더해줬다. 한 가지 자취를 뒤따르는 것은 흙 속에서 단단히 서로 얽혀 있는 한 식물의 뿌리를 뒤따르는 것과도 비슷했다.

아니, 그보다는 더 나았다. 이건 마치 이 폭풍 이후에 쓰러진 나무들을 분류하는 것과도 비슷했다. 나무 한 그루가 어디서부터 시작되고, 또 다른 나무 한 그루는 어디서부터 끝나는지, 무엇이 무엇에 속하는지, 서로 다른 부분들이 비롯된 곳이 어디인지를 단언하기는 힘들기 마련이었다.

이것은 매우 좋은 '비슷'이었다. 나는 다른 좋은 것들과 함께 놓아두기 위해 그걸 저장했다.

이 구역 확인 완료. 나는 최종 기록을 DAT로 캐럴에게 보냈다. 그녀는 현장 보조와 함께 내 뒤에 남았고, 자동차 덮개 위에 올라서 있었다. 나는 저 밀리서 그녀의 DAT가 수신하는 나지막한 '틱' 소리를 들었다.

"세라." 그녀가 외쳤다. "속도를 늦춰서 내 시야 안에 머물도록 해."

캐럴은 망가진 자동차의 덮개 위에서 이렇게 소리를 지르는 대신, 표준 절차에 따라서 나를 서둘러 따라와야 마땅했을 것이다.

나로선 그녀를 기다릴 시간이 없었다.

'기압 떨어짐.' 나는 그녀의 DAT로 날려 보냈다. 나는 그녀가 귀에 단 수신기를 손으로 만지는 모습을 눈가로 포착하면서, 한때 조립식 주택이 서 있었던 곳의 토대를 추적했다. '폭풍 추가 접근 암시할 만큼 충분히 의미심장.' "세라." 내 DAT에서 목소리가 들렸지만, 나는 각목 골조, 지붕에서 벗겨져 나온 판자, 망가진 가구, 뒤틀린 직물이 곳곳에 널린 폐허 너머로 전해져 오는 캐럴의 목소리도 역시나 들을 수 있었다. 그녀는 어렵사리 승용차에서 내려와 잔해 속으로 들어섰다. "범위 안에 머물러 있으라니까, 빌어먹을. 천천히 좀 가!"

이제 캐럴은 너무 멀리 떨어져 있었기 때문에 내 수색을 지시하기는커녕 동행하기도 어려운 상황이었다. 나는 그녀의 지시가 필요하지 않았지만, 우리의 거리가 더 멀어질수록 기회를 놓칠 가능성도 더 커질 것이었다. 그녀는 느렸고, 어쩌면 의도적으로 느린 것일 수 있었다. 이게 과연 무슨 의미일까? 혹시 그녀가 내 경보를 인식하는 속도에도 이게 부정적인 영향을 끼칠까?

나는 멀쩡하게 남아 있는 한쪽 벽 위로 뛰어 올라가서 산들바람의 신선한 끄트머리를 포착했다. 여기서는 파괴 현장의 폭풍 이전 모습을 보기가 더 쉬웠다. 아마 개들이 다리를 치켜드는 대상이었을 법한 부러진 나무 그루터기며, 자전거와 스케이트보드가 '덜그럭거리며 달렸을' 법한 인도며, 차도 진입로가 있었다. 여기저기 주택 몇 채가 서 있었고, 그 기초에는 잡석이 무더기로 쌓여 있었다. 불과 며칠 뒤면 그 무더기는 온갖 쥐들의 터전이 될 것이었다.

멀찍이 인간 몇 명이 보였는데, 비非표적이어서 이미 내 캐시에서는 지워버린 뒤였다. 그들은 여기 사는 사람들로, 지금은 폭풍의 잔해를 뒤지는 중이었다. 나는 그들에게도 '비슷'을 하나 부여하고 싶었지만, 지금은 그럴 시간이 없었다. 나는 일하는 중이었으니까. 내 우선순위는 최대한 임무를 잘 수행하는 것이니까.

나는 바람 쪽으로 코를 돌렸다.

내 콧구멍의 습기를 빨아들이고 지나가는 시원한 공기에는 갖가지 이야기, 방향, 복잡하고 그나마도 반쯤 하다 만 대화 등이 잔뜩 들어 있었다. 내 시야가 흐려지고, 관련 없어졌다. 여기저기서 소리가 뚝뚝 끊어졌지만, 나는 이제 후구嗅球로 생각 중이었다.

'고장 전력선 불타고 이쪽 방향 불규칙 접근하고 예측불허 바람의 패턴 변화가 원인'

'뜯긴 잔디 끊어진 풀 습기 흙 화학물질 추가 하수 조립식 주택 내부의 정화조겠지 십중팔구 아직 갇혀 있고 새어 나오진 않음'

'오래된 인간 자취 불안 아드레날린 공황 이미 치운 시체 냄새 오래 지속되지만 내 표적 아님'

'깨진 콘크리트 갈라진 틈 산산조각 난 소나무 목재 불어 터진 합판

물에 젖은 가구'

'숯 타는 강한 냄새 바람 타고 날아오고 다시 스스로 방향 바꿈'

'비람 진해 거리 오래선 무너져 내린 것 장소 사건 관련 없음'

여자아이

'북쪽 매우 희미하게 걸러냄 쓰러진 나무 신선한 가지 초록 수액 약간 사이로 하지만'

나는 캐럴에게 날려 보냈다. '흥미롭군. 위치 표시. 북북서.' 나는 확증을 위해 다시 한 번 공기를 콧속으로 한껏 빨아들였다. '이쪽이야.'

"지원이 올 때까지 기다려." 심지어 DAT상으로도 캐럴은 숨넘어가는 소리를 냈다.

나는 기다릴 수 없었다. 내 임무를 수행할 필요가 있었다. 캐럴과 현장 보조 드빈은 DAT의 GPS로 나를 찾을 수 있었다. 나는 반드시 여자아이의 이 흔적을 따라가야 했다.

산울타리를 지나가자 나는 이미 냄새를 잃어버렸지만, 잠시 후에 '여자아이'의 기억이 공중을 지나갔고, 내 머리는 그 냄새 쪽으로 워낙 재빨리 선회했기 때문에, 내 몸도 미처 따라가지 못해서 목 근육 하나가 무리하게 늘어나고 말았다. 나는 코가 허락하는 한 최대한 빨리 움직였고, 그 냄새에 의거해, 또한 그 냄새가 내게 어떻게 하라고 말해주는 바에 의거해 한 발 한 발을 골라 내디뎠다.

세상이 희미해지며 거의 무無가 됐고, 오로지 내 코와 그 냄새와 자극 및 반응만 있다가, 20미터 떨어진 곳에서 트레일러트럭 한 대가 고함을 내뱉는 바람에 나는 움찔하고 다시 청각과 시각으로 돌아갔다.

나는 어느 주택 단지의 철조망 울타리를 따라가고 있었다. 폭풍이 뚫고 지나간 흔적이 울타리 곳곳에 있었으며, 개활지 너머로는 주간 고속도로 위의 자동차들이 이곳의 피해률 멍하니 구경하느라 속도를 줄이고 있었다. 교통 정체에 갇혀 있던 트레일러트럭이 다시 빵빵거렸다.

그 고함에 나는 맥을, 그 녀석의 뜨겁고 시커먼 피가 아스팔트 위에 퍼지면서 냄새를 풍기던 모습을 생각하게 됐다. 나는 그 느낌을 피부와 근육에 기억했기 때문에, 그 냄새를 떠올리면 무척이나 뒹굴고 싶었다. 개의 본능이었다. 그 일이 벌어졌을 때 굳이 걸음을 멈추고 그 녀석을 바라보지는 말았어야 했지만, 나는 그 녀석이 사망했다는 확증이 필요했다.

지금 내 수색과는 관련 없는 기억이므로, 나는 바람에 날려 눈에 들어간 모래를 고개 저어 털어 버리고, 다시 기류 속으로 들어가서 앞으로 나아갔다. 캐럴에게 내 위치를 날려 보낸 뒤 (물론 어디까지나 절차일 뿐이었다. 그녀는 나를 어디서 찾을 수 있는지 알았으니까) 나는 계속 바람을 사냥했다.

바람은 여전히 거기 있었지만, 그 이야기는 상충됐다. 그 경로의 흐름, 소용돌이들과 웅덩이와 선 모두가 날씨 때문에 깨져 있었고, 색깔과 느낌의 퍼즐이 돼 있었다. 아마 컴퓨터를 가진 인간이라면 이 퍼즐 조각들을 지도로 그릴 수 있을지도 몰랐다. 하지만 시간과 동작이 춤을 추고, 떨리고, 흔들리고, 쿨럭거린 나머지 이 자취들은 인간의 감각 스펙트럼을 벗어나버리고 말았다.

이런 종류의 혼란을 풀어내는 데는 기계보다 개가 더 나았다. 하지만 이 모든 박살 난 인간의 잔해며, 이제 해마다 점점 더 커지고 더 빈

번해지는 폭풍이며, 더 완벽한 작업을 위한 끝도 없는 욕망이며 하는 것들 때문에, 이 임무는 개의 코로도 너무 까다로워지고 말았다. 그러니까 최소한 평범한 개의 코리면 말이다.

내가 그 해결책인 이유도 그래서였다. 내가 좋은 개인 이유, 즉 맥보다 더 나았던 이유도 그래서였다. 캐럴이 일을 내 방식대로 해야 마땅한 이유도 그래서였다.

캐럴의 목소리가 DAT를 타고 전해졌다. "드빈과 나는 100야드 뒤에 있어. 혹시 자취가 도로 건너로 이어질 경우에는, 세라, 따라가지 '말도록' 해. 이건 명령이야."

내가 채 대답하기도 전에, 바람이 뒤틀리며 내 콧구멍으로 들어왔다. '여자아이.'

표적 냄새의 그 간질거림이 내 후각 중추 주위를 감쌌다. 내 표적이야말로 내 일차적인 목표였다. 나는 달리면서 내 방향을 캐럴에게 날려 보냈고, 내 두뇌의 자동화 부분은 현장 조사의 지시를 기억해냈다. 나는 관련 있는 정보를 조련사에게 송신할 필요가 있었지만, 조련사의 명령이라도 어디까지나 합리적인 범위 이내에서만 따를 필요가 있었다. 그리고 내가 보기에 오늘은 조련사의 명령 중에 합리적인 것이 거의 없다시피 했다.

이제 냄새 원뿔*의 깊은 곳에 있는 나는 거의 앞을 볼 수가 없었고, 내 정신의 그 부분을 가지고 생각하지 않았다. 이 고요하고 구름이 잔

---

* 구조견 교육에서 사용하는 개념으로, 표적의 냄새가 바람을 타고 원뿔 형태로 퍼져 나간다고 가정하는 것이다. 따라서 구조견과 조련사는 바람을 마주한 상태로 냄새 원뿔의 밑바닥에서 서서히 거슬러 올라가는 방법으로 표적을 찾아낸다.

뚝 낀 날씨 속에서 냄새는 그 어떤 색깔보다도 더 밝았다. 이것은 질척거리고 뻑뻑해지는 경로여서 따라가기가 쉬웠다. 나는 이제 머리를 돌려도 자취를 잃어버리지 않았으며, 오히려 시간과 공간 속에서 잡아당기고 뒤틀리는 자취의 움직임을 느꼈다. 자취는 이런 식으로 강화됐고, 또 다른 식으로 점차 감소했으며, 그 스스로의 주위를 회전했다. 내가 알기로, 이렇게 뒤틀리지 않은 자취는 또 다른 방식으로 움직였다. 나는 자취가 시간에 걸쳐서 어떻게 휘어지고 깨지는지를 이해했다. 그 모두는 바람의 장난이었다.

나는 소용돌이에 도달했다. 더 작은 개라면 (즉 맥처럼 평범한 개라면) 스스로 머뭇거리거나 잃어버릴 것이었다. 나는 그 냄새의 함정을 지나가서 어느 집 지붕의 무너진 구획 위로 기어 올라갔다. 반대편에서 자취가 가물거려서 그쪽으로 건너갔더니, 내 발 보호대 아래 닿는 땅이 차갑고도 젖은 느낌이 들었다.

5야드 전진하자, 바람 속의 진동이 시간 속에서 다시 펼쳐졌고, 나는 그것을 따라 강렬한 산성 송진 냄새가 짙은 울창한 소나무 숲을 지나갔다. 나는 이미 그것에 이빨을 박았고, 그 흔적의 간질간질하는 느낌이 내

'여자아이.'

'징후.' 나는 날려 보냈다. 나는 바람에 쓰러진 소나무와 그 부러진 나무 냄새 아래로 밀고 들어갔다. 솔잎이 내 얼굴을 쓸었다. '표적 냄새 강함.'

캐럴의 목소리였다. "어디 있는 거야?"

관련 없는 질문이었다. 그녀는 GPS를 쓸 수 있었으니까.

'흔적이 뒤틀려서 왼쪽으로 지나감'

'오래된 여자아이 냄새 관련 있음'

'숲의 이 구역에서 다른 아이로부터 작은 인간 생명 냄새의 방대한 수집물 냄새 풍김'

'무너진 판자들 썩는 것 쓰레기 나뭇잎 곰팡이'

여자아이

'나는 또 다른 쓰러진 나무를 넘어갔고 진하게 썩는 냄새 내 귀는 스스로 움직였는데 가까운 곳에서 인간의 목소리가 들렸기 때문이고 나는 오래된 냄새와 깊은 여자아이 냄새를 가진 나무 아래 공간으로 내 머리를 깊이 집어넣었고'

'경보'

여자아이

'표적 우선 목표 획득'

'그래'

'나는 좋은 개야'

'표적 여자아이가 조용히 씨근거리며 말한다. "도와줘." 나는 여자아이의 냄새를 깊이 들이마신다.'

'경보'

'하지만 캐럴도 그럴까'

"확인했어." 캐럴이 응답했다. "우리도 가는 중이야."

'좋아, 그래'

'나는 좋은 개야'

나는 재확인을 위해 GPS 좌표를 다시 캐럴에게 날려 보냈다. 비록 그녀가 폐허에서 약 1백 야드쯤 뒤처져 있다는 사실을 DAT로 알수 있었지만 말이다. "나 좀 도와줘, 멍멍아." 표적 여자아이가 말했다. 그 목소리는 마치 바람처럼 부드럽고 새어나가는 소리로 들렸다. 이것은 좋은 '비슷'이었다. 다른 이웃으로부터 약간 거리가 있는 곳에 펼쳐진 빽빽한 관목과 소나무 숲에 펼쳐진 판자와 잡지와 이불의 무더기 속에서 썩는 냄새 나는 나무가 여자아이를 누르고 있었다. 여자아이의 자유로운 한쪽 작은 팔이 내 진흙투성이 머리로 다가왔다. "착하지, 멍멍아." 여자아이가 말했다. "나 여기 꽉 끼었어. 도와줘."

이렇게 빽빽한 시야 차단물 속에서는 우리 팀이 나를 찾기가 어려울 수도 있었다. 나는 표적 여자아이의 위치에서 뒤로 물러 나와 숲의 가장자리로 향했다.

"멍멍아." 여자아이가 속삭였다. "기다려, 멍멍아, 안 돼, 기다려." 여자아이의 씨근거림에 콜록거리는 소리가 섞였는데, 어쩌면 폐에 구멍이 뚫린 것일지도 몰랐다. 어쩌면 다른 민가에서 이 정도 떨어진 상태에서, 여자아이가 도와달라고 소리치지 못한 이유도 그래서일지 몰랐다. 여자아이는 심각한 신체적 위험에 처했을 가능성도 있었다. 오로지 EI 개만이 이렇게 신속히 여자아이를 찾아낼 수 있었을 것이다.

나는 소나무 숲에서 종종걸음으로 빠져나와 거기서 가장 가까운 고지로 올라갔다. 길에서 가까운 배수 도랑이었다. 이제 나는 표적 여자아이의 소리를 들을 수 있다. 내가 그 여자아이에게 귀를 기울였기 때문이다. "제발 돌아와." 여자아이가 울먹거렸다. "멍멍아, 도와줘. 제발. 돌아와."

여자아이의 약한 목소리도 내 탁월한 귀라면 우리 팀을 그곳으로 데려가기 손쉬울 것이었다. '경보.' 나는 다시 날려 보냈다. 굳이 그럴 필요까지는 없었지만 말이다. 그리고 나는 멋지게 꼬리를 한 번 흔들었다.

나는 좋은 개야.

폭풍이 짙은 공기 속에서 소리는 기묘하게 전달됐다. 지휘소 천막에 있는 내 보금자리에서는 최소한 1마일 떨어진 곳에 있는 어떤 작은 사냥개의 짖는 소리도 똑똑히 들을 수 있었다. 하지만 우리 팀의 트럭 뒤에 있는 발전기가 마치 다른 시간과 장소에 속한 것 같은 소리를 내고 있었으며, 고속도로에서 들려오는 차량 소음도 능가할 만큼 바람 소리도 거세었다. 나는 여전히 캐럴의 트럭 같은 차량과 더 작은 차량을 소리로 구분할 수 있었고, 맥을 치어 죽인 것과 같은 커다란 트레일러트럭도 소리로 구분할 수 있었다. 나는 그런 트럭의 소리를 잘 알았다.

나는 발 위에 머리를 얹고 엎드려 있는 척했는데, 그래야만 엿듣는 것이 아니라 쉬는 것처럼 보일 것이기 때문이었다. 머리 위에서는 바람에 강타당하는 지휘소 천막의 표면이 물결치고 흔들렸다. 마치 커다란 개 한 마리가 저 위에서, 이 안으로 들어오려고 천막을 파헤치고 물어 흔드는 것처럼 보였다.

그리 나쁜 '비슷'은 아니었다.

'비슷'은 내가 ESAC에서 만든 놀이였다. 물론 나 혼자서 다 만든 것은 아니었다. 거기서 조련사였던 데이시가 처음 내게 가르쳐준 것이었다. 그래도 데이시가 내게 가르쳐준 것과 완전히 똑같지는 않았다. 그녀가 내게 가르쳐준 바에 따르면, "훈련 센터에 앉아 있는 것"은 "주차장에 앉아 있는 것"과 '비슷'했고, "이 냄새로 상자를 찾아내는 것"은 "이 냄새로 사람을 찾아내는 것"과 '비슷'했다. 따라서 데이시는 내게 생각을 준 것이다. 나는 그 놀이를 내 머릿속에서 거듭하면서 나머지 부분을 만들어냈다.

그 놀이의 내용이 항상 훈련에 관한 것까지는 아니었다. 심지어 항상 실물에 관한 것도 아니었다. 그저 생각에 관한 것일 수도 있었다. 예를 들어 지금처럼 캐럴이 나를 이동장 안에 넣어 놓거나, 또는 뭔가에 묶어 놨을 때면, 나는 그 놀이로 계속 머리를 바쁘게 굴렸다.

"저 이거 더 이상 못하겠어요." 캐럴이 우리 팀장인 앤더스에게 말하는 소리가 들렸다. 그녀는 지휘소 천막 안에서도 나하고 제일 먼 곳에서 등을 돌리고 서 있었지만, 충분히 내가 들을 수 있는 범위 내였다. 문맥을 통해서, 또한 그녀의 혈압 상승을 통해서 그녀가 화났다는 것을 알 수 있었지만, 나는 그 이유가 무엇인지 알 수 없었다. 수색은 성공적이었고, 일찍 끝났다. 우리 팀은 임무를 잘 수행했다. 맥이 죽은 지 두 달이 다 돼가는 상황에서, 캐럴이 맥과 일하던 방식을 잊기 시작하고 나와 일하는 방법을 배우게 되면서부터, 내가 그녀의 행동에서 보고 싶었던 변화가 천천히 표면에 떠올랐다. 그녀는 늦된 학생이었지만, 여전히 진전이 있었다.

구급요원이 주차장에서 표적 여자아이를 구급차에 태웠다. 나는 벌써 드론 세 대가 들것을 비디오로 촬영하기 위해서 아래로 내려오는 소리를 들었다. 못마땅한 기분에 내 목털이 솟구쳤다. 나는 드론을 두려워하지 않았다. 나는 그놈들이 "불쾌한 골짜기"를 차지하고 있음을 발견했을 뿐이었다. 불쾌한 골짜기란 데이시가 내게 말해준 개념인데, "너무 과도한 동시에, 나와 충분히 비슷하지 않기 때문에, 불안을 자아내는 것"이라는 뜻이었다. 또한 데이시는 EI 동물에도 이와 똑같이 불편한 반응을 보이는 인간들이 많다고 내게 경고해줬다.

나로선 그 이유를 알 수 없었는데, 왜냐하면 나는 일반적인 노란색 래브라도 리트리버와 똑같이 생겼기 때문이다. 노란색 래브라도 리트리버는 대중에게 극도로 호감을 주는 동물로 실험에서 확인된 바 있었다. 래브라도 리트리버 한 마리가 재난 희생자 한 명을 찾아낼 경우, 이 품종에 지닌 긍정적인 문화적 연상 덕분에 희생자는 위안을 얻는 것이었다. 노란색도 최고의 색깔이었는데, 왜냐하면 어두운 지역에서도 나를 쉽게 알아볼 수 있었기 때문이다. 이것은 내가 강아지였을 때, 데이시에게 래브라도 리트리버에 관한 이야기를 듣고 나서 모다넷으로 배운 정보였다.

하지만 개에 대한 인간의 반응은 예측할 수 없었다. 예를 들어 그들이 맥을 대하던 방식이 그러했다. 그는 종종 팀원들에게 원치 않는 신체적 관심을 제공했다. 맥은 평범한 개 치고는 똑똑한 편이었기에, 나로선 왜 그가 인간들의 요구를 무시하기로 선택했는지 궁금했다. 사람들은 "으윽, 맥, 침 묻은 장난감은 저리 좀 치워, 이 바보야"라든지, "네 일에나 신경을 써, 이 덩치만 큰 멍청아" 같은 말들을 했다. 만약 그가 순종했다면, 우리 팀의 인간들은 그를 '더' 좋아하지 않았을까? 그는 심지어 노란색 래브라도라서 그렇다는 핑계조차도 갖지 못했다. 그는 검고도 육중한 얼굴을 지닌 덩치 큰 독일 셰퍼드였기 때문이다. 검은색 독일 셰퍼드는 실험에서 대중에게 호감을 사는 것과는 거리가 멀었기에, 나로선 왜 인간들이 그를 그토록 좋아하는지 확신할 수 없었다.

"저는 질렸어요." 캐럴의 말이었다. "저를 퇴역시켜주세요. 농담이 아니에요. 저를 근무자 명단에서 빼주세요, 앤더스. 더 이상 수색하고 싶지 않아요."

"캐럴." 앤더스가 말했다.

"아뇨. 이 문제를 놓고 당신과 말다툼하고 싶지는 않아요." 그녀는 쳐다보지도 않은 채 몸짓으로 나를 가리켰다. "제가 지난 20년을 바쳐가면서 해온 일은 이런 게 아니에요. 저는 이런 미래가 마음에 들지 않아요."

"제발 좀. 이건 훈련의 문제일 뿐이야." 그의 말이었다. "저 녀석이 자네와 더 가까이에서 일할 수 있도록 자네가 훈련시킬 수 있다고."

"그렇게 하면 EI의 핵심이 파괴되는 꼴이잖아요!" 그녀는 자기 무전기를 접이식 탁자 위에 던져 놨다. "말이 나왔으니 말인데, 이건 실제로도 훈련의 문제일 뿐이에요. '저 녀석'이 '저'를 훈련시켜서 EI SAR 작업을 하게 만드는데, 저로선 그렇게 하고 싶지 않다는 거라고요."

"잠시 실례합니다만." 한 남자가 말했다. 나는 그를 바라봤다. 천막 밖에 서 있었는데, 향긋한 음식 냄새가 좋게 났다. 그는 카메라를 들고, 기자 신분증을 목에 걸고 있었다. 그는 우리 팀 동료들에게 말했다. "저 개와 조련사의 사진을 두어 장쯤 찍을 수 있을까요?"

앤더스는 캐럴을 바라봤다. 캐럴은 한숨을 쉬더니 냉방기를 넘어서 내가 있는 쪽으로 걸어와서, 접이식 탁자의 다리에 연결돼 있던 내 가죽끈을 풀었다. 나는 좋은 인상을 주려고 기자를 향해 꼬리를 흔들었다.

그는 호기심 어린 표정으로 나를 바라봤다.

"이 녀석은 '향상형'인 거죠, 안 그런가요?" 그가 물었다. "이 개 말이에요."

캐럴은 어깨 너머로 앤더스를 바라봤다. 언론을 상대로 내 이야기를 하는 것은 내 조련사인 캐럴의 업무였지만, 그녀는 이 업무를 결코 달가워한 적이 없는 듯했다. 이 순간에 그녀는 특히나 머뭇거렸다. 나는 지휘소 천막에서 나가서 이 대화를 끝내버리고 싶은 그녀의 열망을 느꼈지만, 앤더스는 자기 태블릿이며 무전기를 만지느라 바쁜 상황이었다. 두 사람 사이의 긴장은 이례적이었다.

"세라 말인가요?" 천막 밖에서 드빈이 대신 대답했다.

카메라를 든 남자 역시 이런 긴장을 감지했는지, 안도하는 표정으로 드빈을 바라봤다. 캐럴도 마찬가지였다. 나는 인간의 표정을 읽는 데 뛰어났다. 이것이야말로 ESAC에서 내게 가르쳐준 것 가운데 하나였다.

"이 녀석은 '지능향상형(EI)'이지요. 그럼요." 드빈이 말했다. "미국에서도 현장에서 활동하는 최초의 EI SAR 개랍니다. 군용이 아닌 EI 개로서 임무를 수행하는 것으로는 사실상 최초인 거죠."

사진기자는 어리둥절한 표정이었다. "방금 S- 뭐라고 하셨나요?"

"아, 죄송합니다. SAR, 그러니까 '수색 및 구조'의 약자죠. 이번이 세라에게는 벌써 일곱 번째 발견인데, 우리 팀에 들어온 지는 겨우 반 년밖에 되지 않았어요. 어떤 개들은 평생 해도 그런 기록을 세우지 못하는데 말이죠."

남자는 자기 카메라에서 이것저것 누른 다음 나를 조준했다. 캐럴
은 내 옆에 무릎을 꿇고 앉아서 우리가 사진을 찍을 때마다 하는 포즈
를 취했고, 나는 카메라를 바라보며 입을 벌려 혀를 드러냄으로써 사
람들이 집에서 키우는 개들과 똑같이 보이게, 그리하여 사람들이 나
를 친숙하게 느끼게 했다. "수색견이 사람을 찾아내는 횟수가 그 정도
밖에 안 되나요?" 남자가 물었다. 찰칵 하는 소리와 플래시 불빛이 연
이어 일어났다.

"음, 저희도 항상 훈련을 시키기는 합니다만, 저희가 그리 자주 배
치되는 것은 아니라서요. 보통 1년에 서너 번쯤이죠. 하지만 이런 폭
풍으로 말하자면." 드빈이 어깨를 으쓱했다. "이건 정말 미쳤어요. 이
지역 곳곳에서 SAR 팀들이 달려왔죠. 경찰, 군대, 모두가 청소 및 구
조 작전에서 일하고 있으니까요."

남자는 고개를 끄덕이며 이해했다는 듯 큰 몸짓을 보여줬다. 그는
이제 캐럴을 아예 무시하고 있었다. "그렇다면 이 개의 이름은 뭔가
요?"

"세라예요. 세렌디피티*라는 단어에서 따왔죠. 이쪽은 캐럴 라모스
이고, 우리 팀의 창설자 가운데 한 명이자 중서부에서 가장 뛰어난 개
조련사 중 한 명이에요."

캐럴은 사진 찍는 포즈를 그만두고 다시 일어나서, 내 가죽끈을 다
시 탁자에 걸어 놨다. 그녀는 남자에게 "만나 뵈어 반가웠습니다" 하
고 말하고선 등을 돌려버렸다. 나는 그녀의 모습을 눈으로 좇았다. 앤

---

* Serendipity, '뜻밖의 발견' 또는 '우연히 만난 행운'이라는 뜻이다.

더스는 이미 지휘소 천막에서 나간 뒤였다.

"고맙습니다." 남자는 걸어가는 그녀의 등 뒤에 대고 말했다. 캐럴은 한 손을 들어 올렸지만 굳이 대답하지는 않았다.

드빈이 내게 다가와서 옆구리를 토닥였다. 나는 신체적 접근을 피해 몸을 기울이는 대신 타협적으로 그에게 꼬리를 한 번 흔들어줬다. 그가 사진기자와 몇 분 더 이야기를 나누었지만, 나는 굳이 귀를 기울이지 않았다.

대신 나는 캐럴이 앤더스를 그의 밴 옆에서 붙잡아놓고 아까 하던 대화를 (즉 둘 사이의 말다툼을) 지속하는 모습을 지켜봤다. 나는 청각을 긴장시켰지만, 폭풍의 소리 패턴이 끼어들었다. 대신 나는 기압이 계속 떨어지면서 바람이 빨라지는 것을, 주간고속도로의 웅웅 소리와 으르렁 소리가 잦아드는 것을, 끼어드는 인간의 높게 외치는 목소리를, 도시의 갖가지 소리가 (즉 차량, 오가는 박자가, 개와 아이와 고함이) 폭풍의 파괴 반경에서 약간 떨어진 곳에서 계속되고 있음을 들었다. 야생동물의 소리는 전혀 없었다. 이런 날씨에는 야생동물이 나타나지 않았으니까.

남자가 떠나자, 드빈은 캐럴의 접이식 의자에 주저앉아 두 발을 냉방기 위에 얹었다. 그는 나를 바라보며 미소를 지었다. 나는 캐럴을 따라가고 싶었지만, 탁자에 묶인 상태였다. 물론 탁자를 끌고 가는 것이야 문제없었고, (매우 솜씨 좋은 내 이빨과 혀를 이용해서) 걸어놓은 것을 풀어버릴 수도 있었지만, 누군가가 내 가죽끈을 뭔가에 걸어 놨을 경우, 그건 사람들이 개를 그 자리에 남겨 두고 싶다는 뜻이었다. 그래서 나는 그 자리에 남아 있었다.

캐럴은 앤더스를 향해 고개를 저었다. 그녀는 한 손으로 공중을 가리키며 몸짓을 했다. 앤더스는 양손으로 그녀의 양어깨를 짚으려 했지만, 그녀는 방금 몸짓을 하던 손으로 그의 손을 치워버렸다. 그녀는 바깥쪽을, 그러니까 주차된 차량 대열과 집결지와 천막을 친 지휘소를 바라본 다음, 이번에는 나를 바라봤다. 앤더스 역시 나를 바라봤다.

이들이 그런 식으로 나를 바라볼 때마다, 나는 뭘 해야 할지 알 수가 없었다. 나는 보통 인간의 표정 읽는 데 뛰어났지만, 그걸 정확하게 해내려면 맥락이 필요했다.

내가 파악한 맥락은 어떤 것일까? 그들은 왜 말다툼을 하는 걸까? 수색은 성공적인 발견으로 끝났고, 희생자는 살았고 우리 팀은 아무 부상도 입지 않았다. 나는 이번 수색을 개인적으로는 더 커다란 성공이라 간주했는데, 왜냐하면 최적 피드백 창窓에서 15초 만에 캐럴이 내 원격 경보를 확인했기 때문이었다. 이것이야말로 이상적인 조련사의 반응이었고, 우리의 이전 발견과 비교하면 크나큰 개선이었다. 지난번에 우리가 배치됐을 때, 캐럴은 최적 피드백 수치의 약 16배에 달하는 무려 3시간 57분 12초 동안이나 내 경보를 확인하지 않았다.

캐럴은 종종 시야 범위에 들어설 때까지 기다렸다가 내 경보를 확인하곤 했다. 그렇게 하면 최소 20초에서 최대 2분, 또는 그 이상까지 시간이 걸릴 수 있었다. 맥과 계속해서 일하다 보니, 자기 개의 경보를 시각적으로 확인하는 그녀의 버릇이 강화된 것이었다. 사실 맥과 일했던 경험 때문에 캐럴은 내가 ESAC에서 배운 더 탁월한 방법들을 전적으로 거절하게 된 것처럼 보였다. 하지만 맥은 더 이상 감안요소가 아니었다. 이번에는 캐럴의 확인도 적절했다.

나는 DAT에 들어 있는 내 로그를 검토했고, 내 모든 행동은 용인할 만한 변수 이내에 있었음을 확인했다. 나는 아무런 변칙도 발견할 수 없었다.

캐럴의 목소리가 대강은 들렸지만, 바람 때문에 그녀가 사용하는 단어는 흐려졌다. 그녀의 자세는 뻣뻣하게 앞으로 기울어져 있었고, 몸짓은 딱딱했다. 그녀는 다시 한 번 사방으로 뻗친 집결지 너머로 나를 바라봤다. 캐럴의 신체 언어는 화가 났음을 암시했다. 나는 그녀가 나 때문에 화가 났다고 생각했다.

캐럴은 종종 내게 화를 냈다.

캐럴은 자주 내 눈길을 피했다. 신호와 명령을 발할 때를 제외하면 내게 말을 걸지도 않았다. 예전에 맥에게는 종종 말을 걸었으면서도. 그녀는 신체적 접촉을 주도하지도 않았다. 우리가 수색 훈련을 할 때도 나를 위해 밧줄에 매단 장난감을 던지지 않았고, 나더러 천재라거나 바보라고 말하지도 않았고, 내가 멋진 잔디 냄새를 맡으며 뒹구는 모습을 보면서 웃지도 않았다. 하나같이 그녀가 맥에게는 했던 일이었는데도 말이다.

그녀는 이렇게 말하지도 않았다. "너는 좋은 개야, 세라." 대신 그녀는 이렇게 말했다. "잘했어."

이 분야에서 성공하려면 개와 조련사가 반드시 의사소통을 잘해야 한다. 둘은 잘 훈련돼야 하고, 둘의 임무에 초점을 맞추고, 둘이 신체적으로도 잘 맞아야 한다. 하지만 서로를 좋아해야 한다는 사실을 암시하는 내용까지는 나도 모다넷에서 전혀 찾아볼 수 없었다.

이 주제에 대한 내 감정은 아마도 관련 없다는 것이었으리라.

호텔 창문 밖에서 들리는 바람의 굉음 때문에, 나는 불편한 잠에서 깨고 말았다. 나는 이동장 안에 들어가 있었다. 침대에는 캐럴과 드빈의 어두운 형체가 얕은 숨을 쉬고 있었다. 아까 드빈이 문을 두들겼을 때, 캐럴은 이야기할 기분이 아니라고 말했지만, 결국 두 사람은 이야기를 나누었다. 오늘의 발견에 관해서, 그리고 폭풍에 관해서 이야기를 나누었다. 맥에 관해서, 그의 나쁘고도 기묘한 행동에 관해서 이야기를 나누었다. 두 사람은 웃었고, 드빈은 화장실에 가서 둘이 사용할 휴지를 뽑아 왔다. 곧이어 두 사람은 이야기를 멈추었고, 두 사람의 생체측정값이 변화했으며, 이제 두 사람은 잠자고 있었다.

나는 수색을 하느라 고생했기 때문에 회복을 위해 휴식할 필요가 있었지만, 오늘 있었던 일이 머리에서 떠나지 않았다. 캐럴은 더 이상 수색을 하지 않겠다고 말했다. 퇴역 이야기도 했다. 만약 캐럴이 퇴역한다면, 나 역시 함께 퇴역해야 하는 걸까? 나는 이제 겨우 세 살인데.

나는 모다넷으로 확인해봤다. 거기 나온 SAR 개들의 퇴역 날짜는 하나같이 그 조련사의 퇴역과 같거나, 또는 더 먼저였다. 물론 EI SAR 개들에 관한 정보는 전혀 없었다. 왜냐하면, 그런 개는 내가 처음이니까.

군사용 및 방위용 EI 개들의 활동 기간에 관해 이와 상응하는 정보는 모다넷에서 찾을 수 없었다.

나는 드빈이 아까 사진기자에게 한 말을, 즉 내 모든 발견에 관한 이야기를 기억했다. 어떤 개들은 평생 그런 기록을 세우지 못한다는 것이었다.

기압이 떨어졌고, 이는 토네이도의 징후인 깔때기구름의 가능성이 커진다는 것을 암시했나. 극적인 하락까지는 아니었다. 내가 캐럴의 DAT에 이 정보를 날려 보낼까 고려하는 사이, 갑자기 무전기에서 소리가 났다.

아드레날린이 분출되며 내 근육이 꿈틀거렸다. 무전기에서 소리가 나면 내 심장박동은 항상 빨라졌다. 예상치 못한 무전기 호출이라면 결국 수색을 뜻할 수도 있었다.

침대에서는 캐럴이 먼저 움직였고, 호흡 패턴이 변하고 있었다. 무전기가 다시 삑삑거리자, 이제는 그녀와 드빈 모두가 재빨리 잠에서 깼다.

캐럴이 어둠 속에서 일어나 앉았다. 그녀는 무전기 스크린을 누르고 응답했다. "라모스입니다."

나는 무전기에서 들려오는 목소리를 이해하지 못해 애를 먹었다. 나는 예전부터 늘 그랬다. 내가 ESAC에 있을 때, 데이시는 이것이야말로 개들의 일반적인 약점이므로, 굳이 걱정하지 않아도 된다고 설명해줬다. 하지만 나는 DAT로 전송된 방송 목소리만 이해할 수 있고, 지금 당장 무전기에서 나오는 목소리를 이해하지 못한다는 것 때문에 불만스러웠다.

어떤 목소리가 (남자였고, 아마도 앤더스인 듯했다) 짧게 이야기했다. 캐럴과 드빈은 어둠 속에서 서로의 얼굴을 쳐다봤다. "아뇨, 괜찮아요. 다만… 예, 만나서 이야기하죠." 캐럴이 말했다. 드빈은 침대를 빠져나와 침대 옆 조명등을 켜고 자기 물건을 챙기기 시작했다. "여기서요? 어, 좋아요. 2분, 어, 4분. 예, 그러면 5분 뒤에요."

드빈은 숨죽여 뭐라고 중얼거렸다. 캐럴은 발을 질질 끌며 화장실로 갔다. 그는 그녀가 다시 나오기를 몇 초쯤 기다렸지만, 나는 그가 조급하다는 사실을 감지할 수 있었다. "캐럴?" 그가 말했다.

"아직 거기서 뭘 하고 있는 거야? 앤더스가 온다잖아. 무슨 일인지는 모르지만 지금 내 방으로 오고 있다고. 어쩌면 자기한테도 이 호출이 갔을지도 몰라, 알다시피."

"이런, 세상에." 드빈은 이렇게 말하며 신발을 신었다. 그리고 캐럴이 아직 화장실에 있는 동안 방을 나가며 조용히 문을 닫았다. 샤워하는 소리가 들렸다. 샤워가 끝난 지 1분도 채 되지 않아서, 나는 복도에서 인기척을 들었다. 나는 벌써 그 사람이 앤더스임을 냄새로 알고 있었다.

이건 특이한 경우였다. 드빈은 우리 팀이 훈련이나 배치를 나가 있을 때마다 종종 캐럴의 방을 찾아왔는데, 앤더스는 이제껏 한 번도 그런 적이 없었다. 나는 두 사람이 똑같은 이유로 그녀를 찾아온 것이라고는 생각하지 않았다.

캐럴은 옷을 다 입은 채로 화장실에서 나왔고, 젖은 머리를 수건으로 닦고 있었다. 그리고 문을 열었다.

"방해해서 미안하네." 앤더스가 말했다. 그의 표정만 보면 마치 아까처럼 가급적 빨리 이곳을 떠나고 싶은 투였다. 그의 자세는 위험을 의심해서 뻣뻣하게 가만 있는 고양이의 자세와도 '비슷'했다.

캐럴은 방 안을 돌아다니며 이런저런 물건을 자기 배낭에 챙겨 넣었다. 한 손으로는 머리카락을 뒤로 당겨 뒤통수에서 묶었다. "굳이 저더러 일하러 나가자고 설득하러 여기까지 오실 필요는 없었어요." 그녀가 말했다. "저는 이번 배치를 마무리했으니까요. 하지만 이번 이후로는…"

"사실은 말이야." 앤더스가 말했다. "그거랑은 전혀 다른 뭔가를 하러 나가자고 자네를 설득하러 온 거야. 음, 사실은 두 가지 모두를 설득하려고 말이야."

캐럴이 나를 이동장에서 꺼내줬으면 하는 바람이 들었다. 그녀의 움직임 때문에 나 역시 방 안을 돌아다니고 싶어졌고, 내 작업용 하네스를 찾아 그녀에게 갖다주고 문 옆에서 기다리고 싶어졌다.

대신 캐럴은 움직임을 멈추었다. "뭐라고요?"

앤더스는 방 안으로 몇 발짝 걸어 들어왔다. "이번 호출은 말이야." 그가 말했다. 그는 잠시 말이 없었다. "이건 그러니까… 이건 그러니까 폭풍 수습반의 일부가 아니야. 이건…" 그는 또다시 말이 없었다.

"어이쿠." 캐럴이 말했다. "이제는 저도 정말 궁금하네요."

"이건 극비 호출이야." 앤더스가 말했다. "원래는 경찰이나 군대가 자체 EI 개체들로 처리해야 하는 거지만." 그는 나를 바라봤다. "지금 제일 가까운 EI 개는 바로 세라거든. 그러니까 지리적으로 말이야. 지금 저쪽에서 호출할 수 있는 방위용 EI 개체들은 폭풍 처리 때문에 더 남쪽으로 배치돼 있거든. 날씨 때문에 비행기 운항이 전면 중지돼서 이 일을 맡을 작업조를 여기까지 다시 데려올 수가 없게 됐는데, 하필이면 시간이… 시간이 많지 않다는 거야. 몇몇 작업조가 이리로 오려고 노력 중이라지만, 이미 지연된 상태라더군. 따라서 현재 범위 내에 있는 건 세라가 유일하다네."

캐럴은 몸을 숙여서 부츠를 신었다. "하지만 저 녀석은 방위용이 아니잖아요. 그냥 SAR이라고요."

"저 녀석이 유능하다는 건 자네도 알잖나." 앤더스가 말했다. 그의 목소리는 꾸짖는 듯한 투였다. 그의 말이 맞았다. "저 녀석은 자네가 시키는 일이라면 뭐든지 할 수 있다고."

"그렇다면 당신이 원하는 건 세라뿐이고, 저는 아니겠네요."

"자네가 저 녀석 조련사잖아." 그가 말했다. "우리한테는 지금 둘 다 필요해."

캐럴이 중얼거렸다. "저 녀석은 조련사 따위 필요로 하지도 않아요. 오히려 IT 지원이나 필요하다면 모를까."

앤더스는 자기 발끝을 내려다보고 숨을 크게 들이마셨다. "자네야 말로 아직까지는 우리 중에서 가장 유능한 인력이니까…"

"예, 예." 캐럴이 말했다. 그녀는 자기 배낭 지퍼를 잠그고, 한쪽 어깨에 멨다. "저는 이 일을 원하지 않아요. 저는 이 일이 굴러가는 방향도 마음에 안 들고요. 마지막으로 한 말씀 드리자면, 부디 제 후임자는 로봇이 왔으면 좋겠네요. 그러면 자기가 다루는 개 때문에 엉덩이를 걷어차여 내쫓기는 일이 있더라도 별로 속상해하지 않을 테니까요."

앤더스는 그녀를 바라보며 가만히 기다렸다.

"됐다고요." 캐럴이 말했다. 아직 앤더스는 아무 말도 하지 않은 상태였지만 말이다. "맞아요. 맥을 잃은 게 부분적인 원인이기는 해요. 그런데 시간이 더 많이 흘러도 상황이 더 나아지지는 않을 거예요. 왜냐하면,맥을 잃은 게 전적으로 원인은 아니니까요." 그녀는 나를 손가락으로 가리켰다. "앞으로 우리가 다룰 개들은 다 저렇게 될 거라고요. 우리 일은 바뀌었는데, 저는 미처 거기에 맞춰서 바뀌지 못한 것뿐이에요."

"기술 때문에 상황이 바뀌는 거지." 앤더스가 말했다. "물론 나라고 해서 현장에 맞춰 자네 능력을 발전시킬 수는 없어. 자네한테 그러라고 강요할 수는 없으니까. 하지만 세라는 여전히 개야, 캐럴. 그리고 우리 일은 여전히 일이라고."

"그렇지 않아요." 그녀가 말했다. "우리는 예전에만 해도 연계를 형성했어요. 사람이랑 개랑요. 우리는 서로의 머릿속으로 들어갔죠. 서로의 감정을 느꼈어요. 그 모두가 연계였어요. 연계가 곧 핵심이었다고요. 그런데 이 망할 놈의 물건은." 그녀는 내 DAT가 삽입된 자기한쪽 손목을 들어 보였다. "그 모두를 건너뛴다고요. 우리 일에서 제가 제일 좋아했던 부분을 없애버렸단 말이에요."

"좋아." 앤더스가 말했다. 그는 양손을 들어 올리고, 문 쪽으로 뒷걸음쳤다. "좋아, 캐럴. 자네와 말다툼하지는 않겠어. 최소한 지금 당장은 말이야. 하지만 이번 수색은 단지 누군가의 목숨이 아니라, 무려국가안보가 위험에 처한 상황이라는 거지. 그러니 일단 자네랑 세라랑 그 일을 먼저 좀 해주고, 자네의 미래에 관해서는 나중에 다시 이야기할 수 없을까?"

마침내 캐럴이 내 이동장 문을 열어줬다. 그녀가 나를 풀어주기 전까지 그 안에서 기다리기란 참으로 어려웠다. 그녀가 문을 열자 나는 최대한 빨리 카펫을 가로질러 내 하네스로 달려갔다. "그러면 얼른 끝내버리도록 하죠. 그래야 저도 집에 가서 제 상처를 달랠 수 있을 테니까요." 그녀의 말이었다.

우리는 드빈의 트럭을 타고 한 시간 동안 달렸다. 캐럴은 두 발을 계기판 위에 올려놓고 있었다. 동쪽 하늘로 빛이 스며들어 오고 있었다. 느리고도 폭풍 치는 아침이었지만, 배치를 위해 운전하고 갈 때의 평소 같은 행복한 기대는 없었다. 이 침묵은 곧 긴장이었다. 드빈은 어젯밤처럼 다시 한 번 퇴역에 관해서 캐럴에게 물어보려고 했지만, 그녀는 그의 말을 무시해버렸다.

나는 캐럴이 그의 질문에 대답했으면 하는 바람이었다. 나 역시 알고 싶었으니까. 그리고 나는 드빈이 이렇게 물어봤으면 하는 바람이었다. '그럼 당신 개는 어떻게 하고? 당신이 퇴역하고 나면 세라는 어떻게 하라는 거야?' 나는 그가 그녀에게 답변을 요구하기를 바랐다. 왜냐하면, 캐럴이 SAR을 그만두면, 나한테 무슨 일이 생길지는 나도 전혀 몰랐기 때문이다.

내가 그녀에게 물어볼 수는 없었다. 캐럴은 나한테 말 거는 것조차도 좋아하지 않았으니까.

ESAC에 있을 때, 그러니까 내가 현장 임무를 나서기 이전에, 데이시는 혹시라도 EI를 불편하게 여기는 사람이 있다면 예의주시할 필요가 있다고 내게 경고했었다. 새로운 기술 때문에 불안하고 불행하게 느끼는 사람이 많을 것이라고 했다. 따라서 불쾌한 골짜기가 너무 넓다고 느끼는 사람과 상호작용을 할 때면, 그들이 편안한 마음을 갖도록 돕기 위해 내가 좀 더 평범한 개인 척할 필요도 있을 거라고 했다.

내 생각에 데이시가 내 미래의 조련사를 염두에 두고 그런 말을 했을 것 같지는 않았다. 상황이 너무 늦어지기 전까지는 나도 그런 가능성을 전혀 고려하지 않았다. 하지만 캐럴은 지금껏 내가 만난 그 어떤 사람보나노 더 많이 나를 불편하게 여기고 있었다. 물론 그녀도 이전보다 더 나아지기는 했다. 나도 더 이상은 그녀가 느끼는 불편에서 두려움의 냄새를 맡지는 않았으니까. 하지만 그녀의 불편은 여전히 남아 있었다.

데이시는 나더러 최대한 개답게 행동하라고 말했다. 하지만 어려운 일이었다. 왜냐하면, 어떤 면에서 나는 여전히 개였지만, 동시에 다른 뭔가였기 때문이다. 캐럴과 함께 있으면 나는 그 다른 뭔가를 나 자신에게만 국한시킬 수밖에 없었다. 나는 꼭 필요한 경우에만 말을 했는데, 대개는 우리가 일하고 있을 때만이었다. 하지만 내가 그렇게 조심한 덕분에 캐럴이 나를 좀 더 좋아하게 됐는지는 알 수 없었다.

도로에 닿는 타이어가 우웅 하고 규칙적이면서도 마음을 진정시키는 소리를 냈고, 가끔 아스팔트에 난 틈새 때문에 툭툭 하는 소음을 냈다. 가벼운 비가 바람막이 유리에 떨어졌다. 캐럴과 드빈은 숨을 쉬고, 한숨을 내쉬고, 좌석에 앉은 자세를 바꾸었다. 나는 코를 한 번 핥고, 소리 내 하품을 했다. 생물학적인 개의 스트레스 반응이었다. 내가 우리 팀 인간의 신호를 읽어내는 것만큼, 그 인간도 내 신호를 읽을 수만 있다면 얼마나 좋을까.

나는 데이시를 자주 생각하지 않았지만, 오늘만큼은 과연 그녀라면 이런 내게 어떤 조언을 해줬을지 궁금했다. 비록 SAR에 관해서는 잘 몰랐지만, 사람에 관해서는 잘 가르쳐 줬으니까.

드빈이 트럭 속도를 줄였고, 타이어가 자갈을 밟았다. 나는 일어나

앉아서 이동장 바깥을 내다봤고, 창밖으로 이어진 높은 울타리를 발견했다. 드빈의 트럭과 비슷한 트럭 한 대가 우리 뒤를 따라오고 있었는데, 그 엔진 소리도 느려지더니 역시나 우리처럼 자갈밭으로 들어왔고, 분명히 경찰 호위 차량들로 보이는 더 작은 승용차 몇 대도 따라왔다. 두 번째 트럭은 우리의 행렬에 추가적인 SAR 팀원이 있다는 의미가 분명했지만, 우리가 떠나기 전까지만 해도 나는 그들을 보지 못했었다. 우리는 좁은 진입로를 따라 자갈을 밟고 나아갔다. 뒷좌석의 이동장 안에서 일어나 앉은 채로, 나는 작은 정문 초소의 모습과 함께 도로를 가로막은 경찰차 두 대를 볼 수 있었다.

트럭의 엔진이 조용해졌다. 공허 속에서 나는 머리 위쪽에서 들리는 나지막한 위잉 소리를 들을 수 있었다. 드론이 한 대 있었는데, 아마도 호송대와 함께 우리의 움직임을 따라 이곳까지 온 경찰 드론일 가능성이 컸다. 그 소리를 들으니, 마치 내 발이 닿을 수 없는 내 머릿속 어딘가가 간지러워지는 것 같았다. 마치 재채기를 하기 직전의 느낌과도 비슷했다.

이것도 좋았다. 나는 '비슷'의 목록에 이것도 더해 뒀다.

다른 트럭이 우리 앞에 멈춰 섰다. 나는 그 안에서 앤더스의 목소리를 들었다.

앤더스라니. 이건 정말로 이례적인 일이었다. 팀장인 앤더스는 평소 기지에 남아 있으면서, 현장에 배치된 자기 팀이며 자원이며 요청이며 최초 응답자의 설명이며 기타 중요한 세부 사항을 원거리에서 관리했다. 그런데도 이번 배치에는 굳이 우리를 따라온 것이다.

정문이 덜컹거리며 열렸고, 경찰차 한 대가 비켜서며 우리가 지나갈 길을 내쳤다. 머리 위에서 들리는 드론의 윙윙대는 소리가 더 요란해졌고, 고개를 들어 보니 낮게 깔린 구름을 배경으로 드론의 모습이 검게 보여서, 마치 천장에 붙어서 이리저리 오가는 곤충 같았다.

우리는 몇 분 더 차를 몰고 갔는데, 창밖으로는 물에 젖고 짧게 깎은 풀밭과 때때로 나오는 창고 외에는 딱히 볼 것이 없었다. 우리는 또 다른 도로 봉쇄 장소를 지나갔는데, 이번에는 경찰차들이 이미 옆으로 비켜서 있었다. 나는 굴뚝과 낮고 특징 없는 건물들을 알아봤다.

땅에서 웅웅 소리가 만들어지고 있었다. 그 소리에 내 등의 털들이 꼿꼿이 일어섰다. 우리가 건물과 우뚝 솟은 굴뚝 옆에 멈춰 섰을 때, 그 진동은 내 뼈와 배에 들어와 있었으며, 나는 바늘처럼 솟구친 모든 털로 냉기를 느끼고 있었다.

우리 차량 행렬이 멈춘 뒤에도, 아직 차에 남아 있는 것은 나 혼자뿐이었다. 내가 이동장의 숨구멍 너머로 지켜보는 사이, 캐럴과 앤더스와 드빈이 바람을 맞으며 검은 옷차림의 직원 두 사람을 따라 어느 건물 안으로 들어갔다.

이제 내 임무는 휴식을 취하면서, 앞으로 벌어질 일에 대비해 정신적이고 신체적인 에너지를 모으는 것이었다. 하지만 불안한 진동이며, 어제부터 나를 괴롭힌 생각들 때문에 나는 쉴 수가 없었다.

캐럴은 DAT를 좋아하지 않았다. 그녀는 '나'를 좋아하지 않았다. 그녀는 개와 조련사의 팀워크라는 옛날 방식을 선호했다. 즉 개가 신체 언어로 불완전한 피드백을 제공하면, 조련사가 그 신호를 최대한 잘 해석하는 것이었다. 그녀가 이런 비효율성을 좋아한 까닭은, 그녀의 입장에서는 마치 '연계'처럼 느껴졌기 때문이었다.

DAT는 내 정신을 그녀와 직결시켰지만, 그녀가 말하는 종류의 연계는 그게 아니었다.

그녀가 말하는 종류의 연계에 관해서는 나도 아무런 '비슷'을 갖고 있지 못했다.

EI가 객관적으로 더 나은데도 불구하고, 왜 그녀는 비효율적인 일과 불분명한 의사소통을 선호하는 것일까? 나는 이해할 수가 없었다. 하지만 나는 계속해서 일하기를 원했다. 캐럴에게 '연계'가 중요한 만큼, 내게는 임무에 뛰어난 것이 중요했기 때문이다.

어떻게 해야 두 가지 목적 모두가 충족될 수 있을까?

트럭으로 다가오는 발소리가 들렸는데, 뜻밖에도 문을 연 사람은 앤더스였다. 한 여성이 그와 함께 있었는데, SAR 팀원들처럼 똑같이 실용적이고 말쑥한 방식으로 제작된 검은색 옷을 걸치고 있었다. 앤더스가 내 이동장 걸쇠를 풀었고, 서두르지 않고 침착하게 내게 가죽끈을 묶었다. 그는 불필요하게 나를 토닥이지 않았다. 우리 SAT 작업반에 있는 사람들 모두는 내가 토닥임을 즐기지 않는다는 사실을 미처 몰랐지만, 자제력 면에서는 앤더스가 심지어 드빈보다도 한 수 위인 셈이었다. 나는 그의 지시를 따라 트럭에서 뛰어내렸다.

우리는 비에 젖은 초원 한복판의 웬 자갈밭에 있었다. 커다란 증기 배출구가 땅에서 솟아 있었으며, 금속 냄새가 깃든 배기가스가 조금씩 새어 나왔다. 내 코를 스치는 산들바람을 타고 부러진 나무줄기, 짓밟힌 약초, 신선한 흙냄새에 살짝 곁들여진 오존 냄새가 전달됐다. 공기가 답답한 트럭 안에 한 시간 동안 긴장한 채로 타고 있었으니, 맑은 공기를 한껏 얼굴에 쐬는 것이야말로 상쾌할 수밖에 없었다.

검은 옷차림의 남자 한 명이 앞서 우리 팀원들이 들어간 문 안에서 바깥에 있는 우리를 바라보고 있었다. 그는 군대에서 사용하는 두꺼운 전지 고글로 이 지역을 훑어보고 있었다.

"이 녀석이 세라입니다." 앤더스가 여자에게 말했다. "세라, 이쪽은 앤젤라 와일이야. 이번 수색의 책임자로서 너를 만나고 싶어 했어."

나는 DAT의 도움 없이도 그의 말을 이해했지만 (일반적인 개의 두뇌로도 언어의 형태를 들을 수는 있다. 물론 내가 이해하는 것처럼 이해하지는 못하더라노 말이다) 차마 대답할 수가 없었다. 내 DAT의 통합 신경 통로는 오로지 캐럴만 갖고 있었기 때문이다. 나는 좀 더 복잡한 언어를 대신해 가만히 자리에 앉음으로써 점잖게 인사를 건넸다.

"이 녀석이 안녕하시냐고 인사를 하네요." 앤더스가 해석해줬다.

앤젤라는 한 손을 내 머리로 뻗었다. 그녀는 개인위생 제품 냄새를 강하게 풍겼는데, 모다넷에 따르면 인간의 변변찮은 코에는 이 자극적인 화학약품 냄새가 매력적인 식물 향기를 흉내 내는 것처럼 느껴진다고 했다. 나는 그녀의 손길을 움찔하며 피하지 않으려 노력했다.

"당신은 이 녀석의 SAR 훈련이 이번 수색 목표에 방해되지 않을 거라고 확신하는 거죠?"

앤더스는 고개를 저었다. "ESAC 동물도 당신네 개들과 똑같은 조건으로 시작하니까요. 다만 약간 다르게 양육됐을 뿐이지요."

앤젤라는 내 귀를 붙잡고 부드럽게 주물렀다. 나는 신중하게 앉은 자세를 유지하면서도 험악한 눈으로 앤더스를 바라봤다. 그는 나와 눈이 마주치자 황급히 시선을 돌렸다.

"어느 정도… 노력이 필요할 텐데요. 따라가려면 말이에요."

앤더스가 허허 웃었다. "그렇다면 당신은 지금 딱 적격인 개를 얻은 겁니다." 그는 내 앞에 웅크리고 앉았다. 고맙게도 앤젤라가 뒤로 물러서면서 손을 뗐다. "이번 일은 만만찮을 거야, 세라." 나는 앤더스가 이렇게 말하는 방식이 늘 마음에 들었다. 그는 자기 셔츠 앞자락의 주머니로 손을 뻗어 메모리 스틱을 하나 꺼내더니, 내 하네스와 연결된 DAT 인터페이스 패치에 연결했다. 내 두뇌에는 암호로 보안된 사건 기록이 넘어왔는데, 거기에는 '접근 제한'이라는 태그가 붙어 있었다.

"이번에는 변수도 다르고, 수색 요소도 새롭고, 친숙하지 않은 환경이거든." 그의 말이었다. "이번에는 지하야."

나는 입을 열고 숨을 헐떡였다. 지금 앤더스는 오로지 나에게만 브리핑을 하고 있었다. 보통 내가 수색을 나서기 전에 캐럴에게 얻는 정보라고는 기껏해야 냄새 프로파일과 경찰 보고서뿐이었다. 그러니 나로선 '접근 제한' 사건 기록 안에 도대체 무슨 내용이 들어 있는지 궁금할 수밖에 없었다.

"아울러, 너는 단지 표적을 찾아내는 것뿐만 아니라, 나아가 표적을 이해할 필요가 있을 거야. 우리는 캐럴한테 부분적인 정보만 줄 거야. 이 파일 안에는 매우 접근이 제한된 내용이 들어 있어서, 너는 접근할 수 있어도 캐럴은 접근할 수 없어. 물론 캐럴도 너의 표적이 뭔지는 알고 있겠지만, 네가 일을 하기 위해서 필요한 모든 세부 사항까지 알지는 못할 거야. 그러니 너도 일부 정보는 그녀와 공유하지 말고 너만 갖고 있을 필요가 있어. 무슨 말인지 알지?"

그는 양손을 내밀었다. 오른손은 '예,' 왼손은 '아니오'였다. 내가 새로 들어왔을 때 우리 팀에서 함께 했던 놀이였는데, 사람들은 이를 통해 내 지능을 확인하며 재미있어했다.

나는 그의 오른쪽 손바닥을 내 코로 쿡 찔렀다.

"좋아. 이제 앤젤라가 그 사건 기록을 열 수 있는 암호를 너한테 알려줄 거야. 일단 정보를 얻고 나면 그 사건 기록은 삭제해버려. 데이터로 저장해두지 말고, 단지 생물학적 기억에만 저장하라고. 무슨 말인지 알지?"

나는 어리둥절한 상태에서 잠깐 그 정보를 소화한 다음, 그의 손바닥을 다시 한 번 코로 쿡 찔렀다.

"좋아. 앤젤라?"

여자가 허리를 굽혀서 내 하네스 DAT 인터페이스에 암호를 입력했다. 암호가 깜박거리며 내 생각으로 스며들어왔다.

나는 사건 기록을 열었다.

드론 한 대가 내 머리 위로 낮게 내려왔다. 곤충처럼 웅웅대는 그 소리가 내 명치를 두들겼다. 나는 지금 얻은 정보를 바라보며 재빨리 눈을 깜박였다. 마치 그게 지금 실제로 내 눈앞에 있어 눈을 깜박이면 좀 더 명료해지기라도 할 것처럼 말이다.

나는 앤더스를 바라봤다. 그는 초조한 듯 나를 바라보고 있었다. "혹시 무슨 질문이라도 있어, 세라?"

나는 사건 기록의 내용물을 숙고했다. 그건 더 이상 저장된 파일이 아니었고, 내가 겪은 경험의 일부였으며, 마치 내가 그 사건들을 직접 목격했거나, 또는 이야기로 듣기라도 한 듯 생생했다. 융합공장의 건축 도면, (청소 일정부터 난방고 환기와 공기 조절 도면에 이르는) 공장의 각종 처리 일정, 그리고 일련의 냄새 프로파일이 있었는데, 그중에는 집쥐와 실리콘 필라멘트의 냄새가 있었다.

이것은 흥미로운 정보였고, 내 배 속의 불안한 웅웅대는 소리와 결합했다. 나는 앤더스가 말한 내용에 의문을 제기하는 걸까? 이게 나를 혼란스럽게 만드는 걸까?

아니오. 나는 그의 왼쪽 손바닥을 내 코로 쿡 찔렀다.

"좋아." 앤더스가 말했다. 그는 자리에서 일어나 앤젤라를 바라봤다. "우린 준비가 됐습니다."

우리는 건물 쪽으로, 웅웅 소리가 점점 커지는 쪽으로 걸어갔다. 우리 머리 위로 솟은 증기 배출구는 마치 거대하지만 죽어버린 나무 같았다.

캐럴이 건물의 복도에서 우리를 기다리고 있었고, 앤더스는 내 견인줄을 그녀에게 건네줬다. 이곳에서는 웅웅 소리가 더 크게 들려서, 소리라기보다는 오히려 신체적 감각처럼 느껴졌고, 건물 안에는 사람이 사는 냄새가 풍겼다. 커피, 설거지용 세제, 잉크와 종이, 공기필터의 냄새였다. 시큼한 냄새를 풍기는 앤젤라의 안내로 우리가 도착한 회의실의 쓰레기통에는 심지어 바나나 껍질도 들어 있었다.

회의실 안에는 다른 개가 두 마리 더 있었는데, 양쪽 모두 우리가 들어오는 모습을 지켜보고 있었다. 그중 어느 녀석도 EI는 아니었다. 드빈도 이미 거기 와 있었고, 검은색 제복 차림의 남자와 여자도 여러 명 같이 있었다.

캐럴은 드빈과 나란히 앉았지만, 앤더스를 바라보는 그녀의 눈길은 과거에 맥이 각별한 만족을 느끼며 부엌에서 어슬렁거리며 나올 때마다 바라보던 눈길과도 흡사했다. 그녀의 이마에는 주름살이 생겼고, 입술은 꾹 다문 상태였다. 앤더스는 그녀를 무시하고 우리 뒤에 있는 벽에 기대어 섰다.

"도대체 무슨 일이래?" 드빈은 주먹으로 나를 가리키면서 그녀에게 물었다. 캐럴은 그를 흘끗 바라보더니 고개를 저었다.

나는 배신하려는 생각을 갖고 있었다. 내 정보를 비밀리에 캐럴과 공유할 수 있었으니까. 전부를, 또는 일부를 공유할 수 있었고, 또는 아예 공유하지 않고서 그럴싸한 거짓말만 늘어놓을 수도 있었다. 어쩌면 이걸 공유하고 나면 캐럴도 나와 '연계'를 형성했다는 느낌을 받는 데 도움이 될지도 몰랐다.

나는 이 생각을 분석했다. 그런데 내가 더 많이 숙고할수록 그건 효과가 없을 것 같다는 생각이 더 많이 들었다. 그 정보는 비록 기밀이기는 해도 흥미롭진 않은 내용이었다. 일정, 냄새, 지도 같은 것들이었으니까. 어쩌면 내가 이야기를 해도 캐럴이 좋아하지 않을 수 있었다. 이제 나는 그 생각을 잠시 옆으로 밀어두고 사건 브리핑에 귀를 기울였다. 캐럴이 어디까지 알게 될지 나도 알 필요가 있었으니까.

앤젤라는 내가 이미 사건 기록에서 얻은 정보 몇 가지를 제시했다. 즉 지금 우리가 있는 곳은 중서부융합발전소(MFA)로, 전 세계에서 세 번째로 규모가 큰 융합에너지발전소였다. 어제 오후 9시 35분에 MFA의 보안부서에서 통신시스템의 균열을 감지했고, 잠시 후에 지하 3층의 시스템 통제권이 상실됐는데, 그로 인해 자동지원시스템 대부분과 드론 통제권 모두가 상실됐다. 이 사건 직후에 물리적 보안 균열이 발생했고, 발전소의 보안요원들은 북동쪽 끝에 있는 비상구 건물 안에서 남자 두 명과 여자 한 명을 체포했다. 이 세 명은 경찰의 질문에 미리 준비한 '말 못하는 동물을 대변하는 실력 행사단'이란 조직의 성명서를 내놨다.

"무슨 헛소리야." 드빈이 속삭였다. 앤젤라가 그를 흘겨봤다. 탁자 맞은편에 앉아 있던 개 조련사 한 명이 크게 웃음을 터트렸다.

"혹시 이 발전소에 원숭이와 기니피그가 가득 있기라도 한다는 겁니까?" 조련사가 물었다. "도대체 그놈들이 저 밑에서 뭘 하고 있다는 거죠?"

앤젤라는 방금 말한 사람에게 시선을 돌린 다음, 흠흠 하고 헛기침을 했다. "그 성명서에서는 그들의 목표가 이 발전소를 가동 중단시켜서 파국을 만들어내는 것이라고 했더군요." 개 조련사가 코웃음 치자, 앤젤라의 표정은 좀 더 일그러졌다. "제가 장담하는데, 당연히 파국적일 수밖에 없을 겁니다. 일단 이 발전소가 가동 중단되면, 가동률 최대 50퍼센트를 회복하기까지 최소한 60시간은 걸릴 거예요. MFA에서는 일곱 개 주의 전력 전체를 제공하고, 다른 여섯 개 주에도 전력 상당수를 제공하니까요. 거의 미국 전체의 4분의 1에 해당하죠. 더 큰 문제는, 이 발전소에서 전력을 제공받는 지역의 상당수가 지금 여러분 중의 일부가 담당하시는 사후 처리 작업의 원인인 폭풍 전선 때문에 비상상태라는 거예요. 사람들이 자동차를 충전해야만 홍수 지역을 떠나거나, 손상된 집에서 이사할 수 있겠죠. 사람들에게는 대피할 만한 안전한 장소도 필요하고요. 병원도 완전히 가동돼야 해요. 이건 심각한 문제라고요."

남자는 말이 없었다. 나 역시 그의 침묵에 안도했다.

"그리고 '말 못하는 동물을 대변하는 실력 행사단'이란 조직도 그냥 무시할 수는 없어요." 앤젤라가 계속 설명했다. "대중적 평판은 보잘것없지만, 과격 성향인 그 회원 숫자는 최근 5년 동안 거의 두 배로 늘어났어요. 그들은 자금 지원도 받고 있어요. 게다가 효율적이죠. 과거에는 히피, 캣맘, 대학생 채식주의자에 불과했을지 모르겠지만, 지금은 더 이상 그렇지가 않아요. 최근 2년 동안 '말 못하는 동물을 대변하는 실력 행사단'은 고자세인 기업들과 조직들을 여러 차례 공격을 지속했어요. 나만 널리 알려지지 않았을 뿐이죠. 그 조직은 또한 공식적으로 책임을 주장하지도 않았어요. 만약 그들이 그 일에 대해서 침묵을 지킨다면, 단지 공포와 공황과 명성 이외에 뭔가 다른 동기가 있을 거예요. 만약 그들이 이 일을 굳이 대중에게 알리려 하지 않는다면, 우리도 당연히 그렇게 하지 않을 거예요. 환경 테러의 공포는 현 상황에서 유용한 유행병에 관한 우리의 목록에서도 아래쪽에 있으니까요."

"미국의 4분의 1에 전력이 끊기고 나면 사람들도 확실히 알 텐데요." 탁자 맞은편에 앉아 있던 한 여자가 말했다.

앤젤라는 앞서 남자에게 인상을 쓰던 방식으로 이 여자에게 인상을 쓰지는 않았다. "물론 그렇겠지요." 그녀도 동의했다. "그들은 자기네 게임을 변화시키고 있어요. 우리도 왜인지는 아직 모르지만, 어쨌거나 걱정스러워요."

"하지만." 드빈이 말했다. "당신이 그들을 이미 붙잡으셨다면서요. 또 그들은 당신네 컴퓨터 시스템을 해킹했다면서요, 당연히. 하지만 도대체 우리는 뭘 수색해야 하는 거죠?"

그 순간 냄새 프로파일이 내 생각의 맨 앞에 곧바로 나타났다. 집 쥐, 실리콘 필라멘트, 그리고 나도 알 수 없는 다른 뭔가였다. 뭔가 익 숙했기 때문에, 나는 '일'을, '목적'을 생각하게 됐다.

"지금으로부터 약 한 시간 전에, 이 발전소의 융합로 여섯 개 가운 데 하나가 전력망에서 차단됐어요. 비상 가동 중지 절차에 따라서 차 단이 이루어진 건데, 우리로서는 차마 저지할 수가 없었던 게… 침입 자들이 전자시스템을 멋대로 주물러났기 때문이었죠. 그 일 이전에도 우리는 발전소의 내부 보안시스템 전체에서 약간의 균열 패턴을 파악 했었어요. 우리 생각에는 앞서 체포됐던 그 삼인조가 발전소 안에 뭔 가를 풀어놓은 것 같아요."

"드론이군요." 캐럴이 말했다. "빌어먹을."

하지만 단지 드론만이 아니었다.

캐럴은 나지막이 말했지만, 앤젤라는 그녀의 말을 알아들었다. 이 제 앤젤라는 캐럴을 바라보고 있었다. "맞아요." 그녀가 말했다. "그것 도 생체 드론일 가능성이 가장 커요. 바로 쥐죠."

"세상에." 캐럴이 숨을 삼켰다.

"허허." 앞서도 발언했던 개 조련사가 말했다. "도대체 '말 못하는 동물단'이 생체 드론을 가지고 뭘 한다는 건가요?"

"'말 못하는 동물을 대변하는 실력 행사단'이에요." 앤젤라가 그의 말을 수정해줬다. 그리고 말을 이어갔다. "그 드론은 B 융합로를 망 가트렸어요. 우리 추측으로는 이제 그게 C 융합로 근처에 있는 것 같 아요. A 융합로는 보안이 철저하니까요. 이미 A 융합로를 지키고 있 는 팀을 위해서 교대와 지원을 제공할 전통적인 방식의 개 조련사 팀도 있어요. 우리는 그 드론이 추가로 가동 중지를 일으키기 전에 제거한다는 공격 목표에 초점을 맞출 거예요. EI 개체가 필요한 부분이 바로 여기시부터죠." 앤젤라는 캐럴을 바라봤다. "현재 D 융합로는 관리 차원에서 전력망과 차단된 상태예요. B 융합로의 상황까지 따져보면, 현재 이 발전소의 가동률은 66퍼센트밖에 안 되는 거예요. 50퍼센트 밑으로 떨어지면 발전소 고장이라고 해야죠. 33퍼센트 밑으로 떨어지면 그야말로 파국이고요."

그녀는 싶은숨을 들이마신 다음 회의실 안을 둘러봤고, 그 와중에도 아까 너무 말을 많이 했던 개 조련사의 눈을 외면했다. "좋아요." 그녀가 말했다. "그럼 시작합시다."

세상 모든 비상계단의 냄새처럼 시멘트 블록과 오줌 냄새가 나는 비상계단을 내려가자 캐럴과 나는 불이 밝은 복도로 들어섰는데, 벽에 달린 강철 문고리가 일정한 간격으로 튀어나온 것을 제외하면 복도는 텅 비어 있었다.

거기에는 우리뿐이었다. 회의실에서 나오기 전에 앤더스가 드빈을 만류했다. "드빈, 자네는 여기서 나와 같이 있어야겠어. 어쨌거나 저 밑에서는 캐럴도 길잡이가 필요하지 않을 테니까." 그의 말이었다.

내 생각에 그들은 MFA와 표적에 대한 접근을 제한하기 위해서 매우 조심하는 것 같았다. 심지어 앤더스조차 내가 이미 받은 정보에 무제한 접근까지는 못했을 것만 같았다.

나는 브리핑 당시 배신하려던 생각을 재검토했다. 내가 받은 기밀 데이터 가운데 그 어느 것도 남과 공유할 만한 가치는 없었다. 대부분은 MFA 업무의 도식, 장비 목록, 미세한 세부 사항 등이었다. 물론 중요한 정보이기는 하지만, 캐럴은 이를 유용하다거나 흥미롭다고 여기지는 않을 것이었다.

어쩌면 내가 뭔가를 꾸며낼 수도 있었겠지만, 나는 뭐라고 말해야 할지 확신할 수 없었다. 어쩌면 역풍이 생길 수도 있었다. 그럴 만한 가치가 있음을 알지 못하는 한, 나는 도박을 할 준비가 돼 있지 않았다.

나는 수색할 목표물에 대한 흥분을 가장할 수도 있다. 표적을 이해하는 것이야말로 내게는 새로운 기술이었다. 그것이야말로 추가적인 고려의 가치가 있을 수도 있었지만, 그렇다고 해서 기발한 것이라고 느껴지지는 않았다. 지난번에 어떤 비밀 계획에 관한 복잡한 아이디어를 놓고 작업했을 때만 해도, 해결책이 나타나자마자 나도 그 기발함을 곧바로 알아봤다. 나는 그 느낌을 다시 기다릴 것이었다.

우리 앞의 복도는 매끈한 흰색 타일을 덧씌웠는데, 그 촉감과 온도로 미루어 보건대 요업품이 아니라 합성품이었다. 벽과 천장 역시 흰색이었다. 복도의 밝은 질서정연함과 그 깔끔하고도 닫힌 문들은 작년에 우리 팀이 모의훈련을 수행했던 폐업 병원의 병동과 시각적으로 닮아 있었다. 그래도 냄새 때문에 그 두 곳을 혼동하지는 않았고 (텅 빈 병동에서는 질병과 화학약품 냄새가 났고, 이 장소에서는 먼지와 깊은 땅속 냄새가 났으니까) 소리로도 분명히 그럴 수는 없었다. 우리가 내려간 일곱 줄의 계단은 깊게 반향하는 웅웅 소리를 제외한 나머지 모든 소리를 억제했다. 나는 드빈의 트럭이 고속도로에서 벗어났을 때부터 그런 웅웅 소리를 내 뼈와 눈으로 느꼈으며, 이제는 그 소리가 내 잇몸을 간지럽게 만들 만한 음조와 풍부함에 도달하고 있었다.

이와는 다른 더 조용한 소리도 있었다. 공장의 작은 기계들이 그 일을 계속하면서 내는 위잉, 딸깍, 속삭임이었다. 이 시설에는 '말 못하는 동물을 대변하는 실력 행사단'이 설정한 과제를 무엇이든지 간에 기꺼이 이행할 작은 드론 부하들의 부대가 무수히 갖춰져 있었다. 하지만 내가 받은 사건 기록에 따르면, 비록 약간의 비정상적 집단행동이 있기는 해도, 그놈들은 대부분 평소의 일과를 지속하는 것으로 관측됐다.

딱정벌레 모양의 등껍질을 가로질러 CPU 팬이 달린 소형 수리용 드론 한 대가 복도 가장자리를 따라서 달려오고 있기에, 나는 그놈을 피해 발 하나를 치웠다. 심지어 그놈보다 더 작은 드론 한 대가 그 뒤를 따라왔다. 나는 마치 쥐처럼 생긴 그놈에게 돌진하고 싶은 충동에 저항했고, 내 가슴에서 느껴지는 으르렁 소리를 역시나 꿀꺽 삼켰다. 그놈들의 움직임은 전적으로 당혹스러웠다. 내 발톱이 가장 달콤한 가려움을 따라가듯이, 내 시선도 그놈들을 따라갔다. 이와 '비슷'했다.

나도 차라리 이런 느낌을 아예 갖지 않는 편을 선호할 것이다. 이것이야말로 개가 된다는 것의 불운한 본능적 부작용이었다.

나는 조용히 끙끙거렸다. MFA의 웅웅 소리가 내 소리를 거의 파묻어버렸다.

"세라?" 캐럴이 말했다.

그녀는 질문을 던진 것이 아니었으므로, 나도 그녀에게 대답하지 않았다.

우리는 복도를 따라 끝까지 갔고, 또 다른 비상계단을 따라 아래로 내려갔다. 엘리베이터도 있었지만 우리로선 피해야 했는데, 자칫 시스

템이 조작될 가능성 때문이었다. 우리는 계단을 열한 줄이나 더 내려
갔다. 내 DAT에 따르면, 이제 우리는 지상에서 62미터 아래에 있었
다. 내 귀에서 압력이 느껴졌다. 캐럴도 숨을 몰아쉬었는데, 그 나이의
인간치고는 탁월한 신체 상태였음에도 그랬다.

여기서는 반응로의 소음이 더 격렬하게 커졌다. 캐럴이 계단통의
방화문을 열자 그 소리가 다시 커졌다. 문 옆의 보관대에는 작은 헤드
폰이 여러 개 있었는데, 내 짐작에는 소음을 최소화하려는 것인 듯했
다. 캐럴은 잠시 걸음을 멈추고 헤드폰 한 세트를 집어 들더니, 그 데
이터 핀을 자기 DAT에 꽂았다.

나는 귓속의 먹먹함을 털어내기 위해 몇 번이나 머리를 흔들었으
며, 그렇게 함으로써 그 소음이 감소되기를 은근히 바랐다. 하지만 그
렇게 되지는 않았다. 단지 내가 그 소음에 점차 익숙해졌을 뿐이었다.

"세라." 캐럴이 말했다. 그녀는 우리 주위의 땅이 으르렁거리는 소
리보다 더 목소리를 높여야만 했다. "괜찮은 거야?"

'방향상실일 뿐이야.' 나는 그녀에게 말했다. '시끄럽네.'

"일할 수 있겠어?"

'나야 일할 수 있지.' 내 답변은 자동적이었지만, 나는 그 말을 사실
로 만들 것이었다. 나는 청각에 의존해서 수색했다. 비록 이 장소에서
는 내 피부가 오싹했지만, 그 소음 너머에 있는 작은 소리에 정신을
집중할 수 있었다. 내 청각은 놀라우리만치 예리했다. 나는 방해받고
있었지만 무능해진 것은 아니었다.

내가 받은 이 건물의 도면에 따르면, 우리가 관리 복도와 터널의 안
쪽 순환로에 도달하기 위해 필요한 비상통로는 바로 이 층에 있었다.

캐럴은 무전기 스크린을 두들겼지만 짜증스러운 듯 고개를 저었다. "신호가 안 잡혀." 그녀의 말이었다. 나는 신호가 안 잡히리라는 것을 이미 알고 있었나. 내가 장담컨대 그녀도 이미 알고 있었겠지만, 그래도 확인하지 않을 수 없었던 것이었다. 내가 모다넷과 연결이 끊어졌을 상황과 비교했을 때, 인간은 인터넷과 연결이 끊어지는 상황을 훨씬 더 불안해하는 것 같았다. 내 생각에는 제한적인 성격의 모다넷에 비해 인터넷은 무제한적인 연결 가능성, 사교성, 정보를 제공하기 때문인 듯했다. 인터넷은 어떤 문제에 직면하든 더 많은 정보와 타인의 기록을 이용해서 얼마든지 해결할 수 있다는 느낌을 인간에게 제공했다. 하지만 나는 반드시 스스로에게 의존해야만 한다는 것을 알고 있었다. 인간의 장비에서 흘끗 본 경우를 제외하면 인터넷을 한 번도 직접 본 적은 없었기에, 나는 굳이 인터넷의 도움을 아쉬워하지도 않았다.

훈련 센터에서 데이시는 내게 스크린을 바라보지 말라고 가르쳤고, 그래서 나는 스크린을 보지 않았다. ESAC에서는 스크린을 바라보면 구두 경고를 받았다. 경고를 받은 뒤에도 다시 스크린을 바라보면, 근신 처분을 받았다. 심지어 자유 수영 시간 같은 특권을 빼앗기도 했다. 아직 어린 개라서 에너지가 넘칠 경우, 자유 수영 시간을 빼앗긴다는 것은 심각하게 불쾌한 결과일 수밖에 없었다.

저 아래 밝은 복도의 끝에 있는 열린 문에서 참새 정도 크기의 비행 드론 한 대가 튀어나왔다. 그놈은 천장과 벽의 경계선을 따라가더니, 다음 문에서 꺼떡거리며 들어가며 시야에서 사라졌다. 그놈은 마치 말벌의 웅웅 소리 같은 끔찍한 소리를 냈다.

내 몸이 하품을 했다. 나는 재채기도 했다. 나는 여러 종류의 압박을 느끼고 있었다.

"이봐." 캐럴이 말했다. "괜찮아." 그녀는 나를 유심히 바라보고 있었고, 그 말은 격려인 것 못지않게 경고인 것처럼 들렸다. 나는 눈에 띄지 않도록 몸 안에서 긴장을 풀려고 노력했다.

우리는 계속 앞으로 나아갔다. 나는 조련사의 발뒤꿈치 위치에서 뒤처지지 않으려고 노력했지만, 한 걸음씩 내디딜 때마다 마치 가슴 높이까지 차오른 물을 헤치고 나아가는 느낌이었다. 나는 캐럴을 따라서 방으로 들어갔고, 거기서 우리는 실험실 연구대 사이를 헤집고 나아가 커다란 창고에 도달했다. 여기 있는 문에는 번호키가 달려 있었지만, 문고리에는 진짜 자물쇠도 역시 달려 있었다. 번호키에는 오렌지색 불빛이 깜박거렸지만, 캐럴은 이를 무시하고 열쇠를 꺼냈다. 그리고 자물쇠를 열자 매끄럽게 문지르는 소리가 났다.

문이 열리자 복도가 나타났는데, 바닥은 쇠격자이고 벽은 시멘트였으며, 어둑어둑하고 얼룩져 있었다. 내 앞발 크기의 드론 세 대가 열린 문의 궤적을 피해 달려갔다. 비둘기 크기의 다른 드론들은 윙 하고 천장을 따라 빨리 날아갔다. 그중 한 놈은 날아가던 경로를 유지하며 아래로 뚝 떨어졌는데, 뒤에 달린 바퀴를 꺼내고 비행 장치를 도로 넣으면서도 그 속도가 전혀 줄지 않는 모습이 똑똑히 보였다.

"빌어먹을." 캐럴이 말했다. 그녀도 역시나 이 드론들을 지켜보고 있었다. "내 생각에 이 녀석들은 그놈들이 침투시킨 드론의 움직임을 덮기 위한 위장술인 것 같은데. 빌어먹을, 세라, 그래도 할 수 있겠어?"

'나야 일할 수 있지.' 나는 다시 말했지만, 그 답변은 생각보다 먼저 튀어나왔다. 뒤늦게야 나는 그 문제를 생각해봤지만, 그렇다고 해서 답변을 바꾸지는 않았다.

나는 앞으로 걸어가다 멈췄다. 내 가슴 속에서 내 목소리를 느꼈고, 그걸 중지시키려 노력했지만 그럴 수가 없었다. 드론들의 움직임을 뒤따르는 본능적 반응 때문에 내 눈 뒤가 따끔거리고 내 관절이 간질 거렸다. 나는 억지로 다시 앞으로 나아갔고, 그 모든 끔찍한 움직임의 장애물을 밀어붙였다. 그랬더니 복도를 따라 걸어갈 수는 있었지만, 내 목소리도 함께 움직여서 낮게 신음하는 으르렁 소리로 나타났다.

청소용 드론 한 대가 바닥을 쓸면서 나를 지나쳐 가더니, 내가 가는 길에서 선회해 벗어났고, 그 브러시롤러로 바닥의 쇠격자를 긁었다.

나는 헐떡이며 입을 벌렸다. 내 숨결에서 흥분의 냄새를 맡을 수 있었다. 이렇게 입을 벌리고 있으면 최소한 끙끙거릴 수는 없었다. 좁은 복도에서 드론들이 갈고 웅웅거리는 소리가 MFA의 깊고도 끝없는 신음 소리를 넘어 울렸다.

나는 소스라쳤다. 뭔가 따뜻한 것이 내 등에 닿았기 때문이었다. 캐 럴이 한 손으로 내 양쪽 어깨 사이를 만진 것이다. 나는 올려다봤다. "정신 바짝 차려, 아가씨." 그녀의 말이었다.

평소에는 누가 내 몸 만지는 것을 무척이나 싫어했지만, 이번만큼 은 나도 그녀의 손에 한껏 몸을 밀어붙였다. 안정되는 느낌이었다.

캐럴은 평소에 나를 쓰다듬지 않았다. 그 행동은 그녀가 맥을 위해 서만 아껴둔 것이었으니까.

나는 왜 그가 그녀를 마치 노예처럼 사랑했는지 이해하기 시작했다.

환경의 자극이야 내가 일단 익숙해지고 나면 점차 배경으로 녹아드는 경우가 종종 있었다. 이번에는 MFA를 가동하는 시끄러운 엔진들이 있는 경우였다. 어느 정도 시간이 흐르자 내 감각도 적응했고, 내 청각도 다시 내 수색의 자산이 됐다.

하지만 드론이 제공하는 강렬한 시각적 자극은 쉽게 적응되지 않았다. 그놈들의 지속적인 노출은 오히려 축적됐다. 이제는 숫자가 더 줄었지만, 여전히 최소한 10초에 한 번은 한 대씩 우리를 지나쳐 갔다. 내 표적의 자취에 내 정신을 열어놓은 상태에서 이처럼 드론이 우글거리는 정비 터널을 걸어서 지나가는 일이란, 마치 극심한 폭풍 속에서 보안경이나 신체 보호장치도 없이 눈을 뜨고 서 있는 것과도 비슷했다. 나는 지친 느낌이 들었다.

이것이야말로 제법 쓸만한 '비슷'이었지만, 나는 너무 힘든 나머지 차마 그걸 어떤 목록에 덧붙이지도 못했다. 나는 이 상태로부터 반드시 회복돼야만 했다. 나는 반드시 일해야만 했다.

이곳은 D 융합로와 C 융합로 사이의 비상용 터널이었다. B 융합로는 대략 두 시간쯤 전에 전력망에서 차단된 상태였다. 비록 발전소 보안부서와 일반적인 수색견과 조련사 팀이 찾아내지는 못했지만, 내 표적은 C 융합로 근처 어디엔가 있을 가능성이 매우 높았다. 그들은 캐럴과 내게 방해가 되지 않도록 그 구역을 비워놓은 상태였다. 이 터널은 길이가 몇 킬로미터나 됐으며, 결국에는 C 융합로에서 나오는 증기 배출구와 나란히 이어질 예정이었다.

캐럴은 다시 내 옆구리에 손을 갖다 댔다. 그 손길에도 나는 아주 살짝만 진정됐을 뿐이었다. "여기를 확인해봐." 그녀는 이렇게 말하면서, 내가 정신 산만한 상태에서 그만 지나치고 말았던 지지기둥 두 개의 이음매 아래로 이어지는 검은 균열을 손짓으로 가리켰다.

나는 뭔가를 놓치고 말았다는 사실이 민망했지만, 한편으로는 캐럴이 그걸 포착했다는 사실이 고마웠다. 일을 훌륭하게 해내는 것이야말로 내게는 최우선 순위였다. 나는 캐럴이 가리키는 장소를 확인했고, 더 이상 어느 것도 놓치지 않기로 결심했다.

나는 캐럴의 패턴을 인식했다. 지금 그녀는 예전에 맥과 함께 수색하던 바로 그 방식으로 나와 함께 수색하고 있었다. 이 비효율적이고도 서투른 노동이야말로 캐럴이 일하기를 즐기는 방식이었고, 내가 팀에 합류함으로써 그녀가 잃어버린 것이었다.

이 생각이 떠오르자 나는 머뭇거렸다. 캐럴도 역시나 멈춰 서서 나를 유심히 바라봤다. 그녀는 신호를 기다리고 있었는데, 왜냐하면 이런 수색은 EI가 아닌 보통 개와 함께 하는 수색과 비슷했기 때문이다. 이 것이야말로 캐럴이 SAR을 사랑하게 만든 종류의 수색이었던 것이다.

나는 앞으로 한 걸음 내디뎠고, 마치 어떤 냄새를 포착하기라도 했다는 잘못된 신호를 주지 않으려고 신중을 기했다. 대신 나는 어떤 생각을 추적하고 있었다.

어쩌면 나는 회복되지 못할 수도 있었다.

어쩌면 나는 이번 수색에서 캐럴의 지원이 계속 필요할 수도 있었다.

이미 그녀는 나에게 이전과 다르게 행동하고 있었다. 어쩌면 그녀도 자기가 그리워하는 연계를 느끼고 있을지 몰랐다. 그녀도 내가 진짜 SAR 개처럼 몸이 망가져서 신체적 한계로 퇴역을 권고받을 때까지, 우리가 함께 앤더스의 팀에서 SAR을 함께할 수 있다고 생각할지 몰랐다.

나는 캐럴이 퇴역을 원하지 않게끔 만들 수 있었다.

이번 수색에서 내게 그녀의 지원이 필요하다는 것만으로는 충분하지 않을 수도 있었다. 어쩌면 이것은 연계의 시작일 수도 있었지만, 내가 어떻게 해야 우리의 평소 업무에서도 그런 연계를 유지할 수 있을까? 나는 이렇게 느리고도 비효율적인 태도를 영원히 즐길 수 없었다. 그래도 지금 당장은 내게 그녀의 도움이 확실히 필요했으므로, 상황을 내게 유리하도록 이용할 만한 가치가 있었다.

이런 생각들이 내 정신을 동요시켰음에도 불구하고, 내 코가 내 몸을 왼쪽으로 가게끔 자극하자마자 나는 자동으로 멈춰 섰다. 생각도 멈추었다. 시각은 오히려 낮은 우선순위를 차지했는데, 벽을 타는 드론들이며, 벽과 바닥에 난 금을 따라 기어가는 드론들이며, 머리 위에서 아래로 떨어지는 드론들의 무작위적인 움직임 때문에 무용지물이 됐기 때문이었다.

나는 청각을 가동했으며, MFA의 깊은 웅웅 소리를 지워버렸다. 물론 이 자취는 최소한 몇 분이나 지났다는 사실과 그 자취를 남긴 대상이 이 근처를 벗어났을 가능성이 있다는 사실을 이미 알고 있었지만. 하지만 내 생각의 대부분은 공기를 빨아들이고 냄새를 분류하는 내 코에 집중돼 있었다.

'흥미로운데.' 내가 날려 보냈다.

"나는 모르겠어." 캐럴이 말했다. 그녀의 목소리는 즐거운 듯했다. 곧이어 습관대로 이 사실을 보고하려고 무전기를 두들겼다가, 지금 우리가 있는 곳이 어딘지를 기억해낸 듯 도로 주머니에 넣었다.

나는 그 냄새의 원천으로 거슬러 올라가는 작업을 시작했다.

'설치류. 쥐의 고약한 오줌 조각난 섬유 똥 냄새, 그리고 뭔가 더 미묘한 것도 있는데, 내가 받은 프로파일과는 딱 맞아떨어지지 않지만, 가깝고, 일반적인 쥐는 아니고, 이곳의 시멘트와 기름과 청소용품 냄새 속에서 살아가는 쥐는 분명히 아니고, 오히려 침구와 실험실에서 배불리 먹은 집쥐이지만, 또 다른 뭔가가 있는데 나로선 도무지… 기묘한데, 하지만 나는 생체 드론을 추적한 적이 한 번도 없으니 나로서도'

'사라지고 내려가고, 여기 아래에는 공기가 정지돼 있지 않고, 갈라지는 복도를 따라 열과 미세한 배기의 흐름이 시간과 공간을 통해서 깃털 같은 소용돌이로 움직이는데, 이곳은 더 조용한 데다가 거기서 십자형 교차로로 들어서면 그 냄새가 사라지지는 않았지만'

'작고 불쾌한 전기 불꽃의 분출, 빠르고 여기에는 서서히 잦아들고'

'교차로 아래에 있는 배기관이 위를 향해 굽이쳐 있는데, 표적의 냄새가 차마 불가능한 겹으로 터져 나오고'

'불가능한 것은 아니지만'

'캐럴은 내 뒤에 있고, 냄새의 자취에서 벗어나 있고, 그녀는 실제로 충분히 많이 떨어졌지'

'쥐가 다니는 길에서.'

'가장자리에 흩뿌려진 털의 뭉치처럼 모여 있는 쇠격자 바닥의 가장자리를 따라서 풍기는 시간에 불어터진 분자의 밀도가 약간 더 높아졌고'

'비상용 터널을 따라서 자취는 점점 더 희미해지지만, 나는 이곳이 올바른 터널이라고 확신하는데, 화살은 크고도 무거우며, 나는 공기를 열심히 냄새 맡고, 나는 확신하건대 이곳이 바로'

"세라." 캐럴이 말했지만, 나는 공기를 사냥하고 있느라 응답하지 않았고, 그러자 그녀가 다시 말했다. "세라."

'터널을 따라 또다시 30피트나 나아갔는데도 여전히 냄새가 없었지만, 나는 바로 여기 어딘가일 거라고, 바로 여기일 거라고 확신하는데, 통로가 너무 깨끗해서'

"다른 옆길도 확인해보자. 거기서도 안 나오면 다시 여기로 돌아올 수 있으니까. 세라."

그녀는 실제로 내 하네스의 손잡이를 잡아당겼지만, 처음에 나는 몸을 굳히고 저항했다. 이거야말로 내가 이전까지는 전혀 하지 않았던 짓이었고, 캐럴도 이전까지는 전혀 나를 끌어서 자취에서 벗어나게 한 적이 없었다. 나는 왜 그녀가 내 코를 믿지 않는지 혼란스러웠다. 나는 수색견이고 그녀는 조련사이며, 자취가 어디로 이어지는지 말하는 쪽은 나이고, 그녀는 그걸 해석하는 건데 말이다. 내 심장이 강하게 뛰고 있었다. 나는 결국 그녀를 뒤따라 걸었지만, 애써 억눌렀음에도 여전히 방금 전의 위치로 돌아가고 싶은 충동을 느꼈다.

우리는 가운데 터널로 들어섰는데, 이곳은 내가 가던 경로의 오른쪽에 있었다. 15피트쯤 가자 나는 쥐 냄새를 포착했다.

캐럴이 옳았다.

'흥미롭군.' 나는 이렇게 날려 보내고 그 자취를 추적했다.

"그러게." 캐럴도 이렇게 말하며 내 뒤를 따라왔다.

몇 분 뒤에 그 자취는 다시 희미해졌고, 시간과 움직임의 역류 속 어딘가로 사라졌거나, 또는 영리한 자취 남긴 대상이 영리하게 숨겼거나 한 것 같았다. 혹시 생체 드론이 그런 방면에서 영리한 걸까? 나는 그놈들 역시 드론을 가동하는 누군가만큼이나 똑똑하다고 가정했다.

나는 역방향으로 추적해서 어느 옆길을 살펴봤지만, 거기는 막다른 길이었다. 나는 지취의 끝을 찾아내서, 잃어버린 실마리를 찾아내려 시도했다.

드론 한 대가 내 머리를 스쳐 지나갔다. 나는 움찔하면서 배를 바닥에 붙였다.

"빌어먹을." 캐럴이 말했다. "저놈들의 근접도 설정이 고장 난 모양이지. 하마터면 저놈이 너한테 맞을 뻔했잖아."

일하는 동안 나는 드론들을 잊고 있었다. 나는 숨을 헐떡거렸다. 자취는 사라졌고, 좁은 복도 어디에선가 사라져버렸다. 이 장소 곳곳에 침투한 우르릉 소리 때문에 내 발아래의 쇠격자 바닥이 진동했다. 나는 이 끝없는 소음이 드론 소리 일부를 묻어버리기를 바랐지만, 여전히 그 소리를 들을 수 있었다.

어느새 나는 또다시 끙끙거리고 있었다.

나는 캐럴이 나를 위로할 필요를 느끼기 전에 얼른 움직였다. 나를 향한 그녀의 새로운 공감이 동정으로 바뀌기를 원하지 않았던 것이다.

우리는 계속해서 터널을 나아갔고, 분기점을 몇 군데 더 지나갔다. 나는 교차하는 터널들을 대강 확인해봤다. 시간이 이상하게 흘렀다. 내가 받은 도면에 따르면 우리는 C 융합로에 가까워지고 있었다. 나는 자취를 잃어버렸다. 나는 가능한 한 최상으로 일을 하고 있지 못했다. 나는 캐럴과 연계될 방법을 찾아내야 했다. 나는 퇴역하고 싶지 않았다. 나는 일찍이 ESAC에서 훈련받은 것처럼 SAR에서 일하고 싶었다. 딱정벌레 크기의 드론들이 벽의 특정 지점들로 모여들었다가,

우리가 다가가자 마치 내 생각과도 비슷하게 흩어졌다.

캐럴의 무전기에서 소리가 났다. "아." 그녀가 말했다. "앤더스? 제 말 들려요?" 무전기의 목소리가 누구인지는 나도 분간할 수 없었다. 캐럴은 스크린에서 우리의 정확한 위치를 확인했다. "세라가 뭔가를 찾았다가 놓쳤어요." 그녀가 말했다. "알았어요. 우리도 똑같은 경험을 했어요. 고마워요." 그녀가 내게 말했다. "발전소 경비대가 우리를 위해서 C부터 E까지의 연결 통로에 있던 드론들을 몰아내는 중이래." 그녀는 다시 무전기에 관심을 돌렸다. 나는 복도를 훑어봤고, 딱정벌레 드론들이 쇠격자 바닥과 벽 사이의 틈새에 모여드는 것을 봤다. 전기 불꽃의, 전선 단락의 아주 희미한 기억의 냄새가 났다. 이건 뭔가 어울리지 않는 것이었다. 나는 그쪽으로 코를 돌렸다.

바닥에서 갑자기 진동이 일더니, 곧이어 요란한 소음이 분출되며 터널이 흔들렸다. 조명이 고정된 자리에서 흔들렸고, 복도를 따라서 작은 드론들의 마지막 녀석이 소음 속에서 흔들리며 바닥을 따라 지나갔다. 내 시야도 춤을 추었다. 캐럴은 몸을 숙이더니 나를 향해서 웅크려 앉으며 고개를 들어 바라봤다. 통로의 온도는 20도나 상승했고, 이전까지는 그냥 따뜻했던 정도였지만 지금은 갑자기 뜨거워졌다. 무덥고 답답하고 습했다. 우리 밑의 쇠격자 바닥이 그 외장에 들어 있는 상태로 덜걱거렸다.

"C 융합로야." 캐럴이 외쳤다. "빌어먹을, 우리가 그것도 잃어버리고 만 거야."

나로서도 융합로가 비상 가동 중단에 들어가며 증기를 배출했다는 것 외에는 다른 설명을 생각할 수 없었다. 나는 앞서 전송받은 사건 기록을 통해서 그 절차를 이제 완전하게 이해했다. 나는 마치 예전부터 알고 있었던 것처럼 보이는, 하지만 실제로는 오늘 아침까지만 해도 내게는 아무 의미가 없었던 여러 세부 사항을 토대로 이를 확인했다. 생물학적 기억에 정보를 보관한 결과였다.

그런 드라마라면 오히려 금방 끝나야 마땅할 것만 같았는데도, 굉음과 진동은 몇 분 동안 지속됐다. 캐럴은 내 옆에 쭈그리고 앉아서, 여전히 텅 빈 터널을 위아래로 살펴보고 있었다. 그 소리의 폭력에 우리는 마비된 상태였다. 머리 위의 환풍기가 최대 속도로 돌아가고 있었다. 마치 우리가 결코 호흡이 딸리지 않는 상태로 요란하게 울부짖는 어떤 야수의 목구멍 속에 있는 것과도 비슷했다.

끝없이 길게 느껴지는 몇 초가 지나자 흔들림이 잦아들더니 사라졌다. 그 고요에 신경이 곤두섰다. 굳이 그럴 의도까지는 아니었지만, 나는 방금 전에 만든 '비슷'을 생각하고 있었다.

이제 발전소의 융합로 가운데 세 개가 정지된 상태였다. 이제 50퍼센트가 전력망에서 차단된 셈이었다. 융합로 하나만 더 정지되면 중대 고장이었다.

캐럴이 무전기를 두들겼다. "빌어먹을." 그녀가 중얼거렸다.

우리는 C 융합로에서 그리 멀지 않은 곳에 있었다. 나는 전기 불꽃의 냄새를 기억했다. '표적이 근처에 있어.' 나는 그녀에게 말했다.

나는 다시 일로 돌아갔다.

이전까지만 해도 나는 표적을 이해하라는 요구를 받은 적이 전혀 없었다. 수색 및 구조용 개들은 희생자를 찾아내고, 위치를 표시하고,

잃어버린 뭔가가 있는 곳으로 자기 조련사를 데려왔다. 눈사태 구조 견들 일부는 눈더미에 파묻힌 희생자를 파낼 수도 있을 것이었다. 하지만 우리는 굳이 사람들을 위험에서 물리적으로 끌어내지 않았으며 (내 몸무게라야 65파운드에 불과하니, 그렇게 하기가 비효율적일 것이다) 우리는 굳이 범죄자를 이해하지도 않았다. SAR 개들은 자기 코를 이용해서 잃어버린 뭔가를 찾아냈는데, 이것이야말로 난폭한 힘보다 더 섬세한 기술이었다.

하지만 비록 그런 훈련을 받지 않았다 하더라도, 나는 EI 개였다. 나는 적응 가능했다. 그리고 나는 그렇게 하라는 요청을 받은 상태였다.

그래서 C 융합로의 외곽 통제실로 이어지는 터널의 작은 도관 두 개 사이의 좁은 틈새에 숨어 있던 표적에 발이 걸려서 거의 넘어질 뻔했을 때, 이에 반응하는 내 속도에 나조차도 놀랐다. 나는 무엇을 해야 하는지 정확히 알았다. 이것은 EI인 나의 일부분이 아니었다. 그보다 훨씬 더 깊은 뭔가였다.

내 몸은 서둘렀고 열을 냈다. 아드레날린 때문에 내 관절은 유동하는 분노로 변했다. 내 목구멍에서 낮은 으르렁 소리가 들렸다. 화난 소리가 아니라, 오히려 열망하고 탐욕스러운 소리였다. 내 앞발은 공중으로 뻗치고, 머리는 낮춰지고, 시선은 이제야 나를 알아본 그것에 고정돼 있었다. 그놈은 놀란 나머지 얼어붙었지만, 곧이어 그렇지 않게 됐다. 나는 시멘트 벽과 쇠격자 바닥에 쩔그럭 하고 부딪치며 내려앉았고, 그놈은 내 양쪽 앞발 사이에서 벗어나 잽싸게 도망쳤다.

캐럴은 내 뒤에서 말 같지도 않은 소리를 질렀지만 (또는 뭐라고 말을 했는데 내가 너무 바쁜 나머지 못 알아들었을 수도 있었다) 나는 뒤쪽 허리에 힘을 모아서 다시 펄쩍 뛰었다. 내 후엽^{喉葉}은 '쥐 쥐 쥐' 하고 울렸고, 내 피는 내가 차마 확인할 수도 없고 심지어 내 일부분이 내켜 하지 않는 뭔가로 인해 부글부글 끓어올랐다. 나는 불과 몇 인치 사이로 사냥감에 가까워져 있었고, 내가 달리는 동안 목과 어깨는 땅 쪽으로 낮아지고, 발은 단단하게 치켜 올라간 상태였다. 내 이빨이 한 번 허공에서 딸깍 소리를 냈고, '쥐'를 한입에 물었지만 결국 허공만 삼킨 셈이 됐다.

께물기. 나는 그놈을 깨물고 싶었다. 맥이 그 멍청한 장난감을 깨물었던 것처럼 말이다. 나는 마치 짐승처럼 행동하고 있었다. 나는 그놈이 숨 쉬는 소리를 들을 수 있었다. 얕고 빠르고 당황한 상태였다.

내 표적은 어느 모퉁이를 돌아 가버렸는데, 나로선 그런 모퉁이가 있다는 것도 미처 모르고 있었다. 내 관찰력은 무척이나 좁은 초점에 국한돼 있었기 때문에, 나는 거의 앞이 보이지 않는 상태였다. 나는 표적보다 덜 우아하게 선회했고, 질량 때문에 더 멀리 움직이다 보니, 생체 드론은 거리를 벌릴 기회를 얻었다. 내 뒤에서 구둣발 소리가 요란했다. 캐럴은 다리가 두 개라서 불리했다.

저 앞에는 야트막한 구멍이 있었는데, 파이프와 전선이 있는 일종의 도관이었다. 쥐 드론은 그 공간으로 뛰어들었다. 내 몸이 간신히 딱 들어갈 만한 크기였는데, 나는 발버둥 치며 몸을 밀어 넣다 결국 꽉 끼고 말았다. 나는 탁 트인 통로에 남아 있는 꼬리를 흔들었고, 척추를 움직여서 비집고 들어가려고 시도했다. 우리의 추적에서 나는 치명적으로 느려졌다.

하지만 드론도 마찬가지였다. 거기에는 빠져나갈 길이 없었다. 물론 완전히 사실까지는 아니었는데, 내가 입구로 뛰어들어 빛을 막아 버리기 전에, 나는 그 안쪽을 따라 이어진 작은 배기관을 하나 봤기 때문이다. 어쩌면 공기조절 시스템의 일부일 수도 있었다. 또한 나는 그 배기관에서 적절히 밀봉되지 않은 이음매를 관찰했는데, 그 좁은 틈새를 통해 공기가 도관으로 빠져나오고 있었다. 거기서 나오는 바람을 내 수염으로 느낄 수 있었다. 생체 드론은 바로 그곳으로 비집고 들어가려고 시도하고 있었다. 그놈은 들어가려고 발버둥 치더니, 다시 뒤로 물러 나왔고, 다시 비집고 들어가다 말고 엉덩이를 공중에 흔들고 있었다. 나와 거의 똑같은 방식으로 낀 것이었다.

우리는 모두 정지 상태였다. 최소한 그 순간만큼은 말이다. 아직 내게는 두뇌가 충분히 많이 남은 까닭에, 이 좁고도 불편한 공간에서 내 발꿈치가 내 갈빗대를 짓누르는 상태로 영구히 끼어 있고 싶다는 생각이 들지는 않았다. 나는 열기와 움직임으로 그 공간을 부분적으로 볼 수 있었고, 또한 EI가 제공하는 생체 향상 능력으로도 볼 수 있었다. EI 개들은 사실상 빛이 없는 곳에서도 사물을 볼 수 있었으며, 이 것이야말로 내가 평범한 개들보다 더 우월한 여러 특징 가운데 하나였다.

그래서 나는 쥐가 그 좁은 틈새에서 몸을 빼고 뒤로 돌아서는 모습을 볼 수 있었다. 그놈은 공포를 억눌렀는데, 그건 마치 내가 정신없는 추적을 멈춘 것과도 마찬가지였다. 그놈은 내 쪽으로 한 걸음 내딛더니, 꼿꼿이 앉아서 가만히 바라봤다. 누가 봐도 그놈이 나를 살피는 것처럼 보였다. 생각하는 것처럼 보였다.

생체 드론 조종사는 정보를 모으고 있었다. 이 쥐는 생물과 비슷했지만, 실제로는 아니었다. 동물과 무척이나 닮았지만, 다른 누군가가 그놈을 조종하고 있었다. 그놈은 드론이었지만, 마치 생쥐처럼 정확히 움직일 뿐이었다.

내 등의 털이 곤두섰고, 몸이 낀 상태였기 때문에, 나는 껴 있는 곳에서 나오고 싶었고, 이 섬뜩한 것에서 벗어나고 싶었다. 내 뒷발이 거친 금속 바닥을 할퀴었고, 쇠격자가 내 배의 털을 훑었다. 내 호흡이 더 빨라졌다. 나는 완전히 낀 상태였다.

"세라?" 나는 복도에서 나는 숨죽인 목소리를 들었다. "너 지금 '도대체' 뭐 하고…" 캐럴이 나 있는 곳에 도달했다. 그녀의 목소리는 내가 몸부림을 멈추는 데 도움이 됐다. "아, 빌어먹을."

생체 드론이 또 한 걸음 다가왔다. 나는 어둠 속에서 그놈의 두 눈을 알아볼 수 있었다. 그 설치류 놈의 얼굴은 놀라우리만치 표현력이 풍부했다. 우리의 두 눈이 마주쳤다. 그놈은 나를 향해 머뭇거리고 있었다.

그놈의 냄새는 뭔가 잘못돼 있었다. 쥐 같은 냄새가 났던 것이다. 나는 이놈이 내 표적이라는 사실을 알았는데, 왜냐하면 들쥐 같은 냄새가 나지 않았기 때문이었다. 이놈은 실험실 쥐 같은, 집쥐 같은 냄새가 났다. 하지만 이놈은 드론 같은 냄새가 나지 않았다. 그놈에게는 다른 뭔가가, 친숙한 뭔가가 더 있었다.

나는 그놈의 두 눈 너머에서 생각을 봤다.

그놈이 앞으로 달려들었고 (나는 최대한 멀리 몸을 뒤로 뺐지만) 고통의 뜨거운 쇠못이 내 코를 긁었다. 나는 비명을 질렀고, 쥐는 사라졌으며, 내 사지는 뻣뻣해지고

'척추가 뻣뻣해지고 털이 뻣뻣해지고'

'내 목에서 내 뼈에서 간지러움이 밀려들고 나는 다운로드하고 싫어 원하지 않아'

내 몸 아래에서 내 뒷다리가 씰룩거리며 발차기하더니

"세라!"

'원하지 않아'

두 손이 내 하네스를 붙잡더니, 앞으로 내민 내 발꿈치를 단단히 짓누르던 내 양쪽 어깨를 끌어당겼다. 쇠격자 바닥을 따라서 질질 끌리다 보니 어깨가 아프기는 했지만, 어쨌거나 캐럴은 나를 도관에서 잡아당겨 꺼내줬다.

"세라." 그녀가 다시 말했다. "이봐, 이봐. 빌어먹을. 어떻게 된 거야?"

내 뒷다리에 경련이 일어났다. 나는 캐럴의 쓰다듬는 두 손 아래에서 몸을 떨었다.

"세라." 그녀는 거듭해서 말하고 또 말했다. "세라, 어떻게 된 거냐니까? 아, 이런, 세상에."

내 몸이 마지막으로 한 번 더 꿈틀거리는 사이, 정보 패킷이 내게로 뚫고 들어오기를 마무리했다. 나는 숨을 헐떡이며 축 늘어졌다.

"세라." 캐럴이 말했다. 그녀는 무전기를 작동하려 시도했다. "빌어먹을. 세라."

나는 더 이상 경련하지 않았고, 다만 몸을 떨고 있을 뿐이었다. 아까 그 쥐가 나를 물면서 전송한 것 때문에 몸을 떨고 있을 뿐이었다.

나는 내가 알아서는 안 된다고 간주되는 뭔가를 알고 있었다. 내가 알기를 원하지 않았던 뭔가를 알고 있었다.

"아무도 없어요? 앤더스? 아무도? 빌어먹을, 빌어먹을, 빌어먹을."

캐럴은 내 옆에 우뚝 서 있었다. 나는 옆으로 누운 채 호흡을 늦추려고 시도하고 있었다. 객관적으로 나는 공황발작과 동시에 약간의 신경증적 외상을 경험했다는 사실을 알고 있었지만, 그 사실을 알고 있다고 해서 회복에 도움이 되지는 않았다. 내 눈은 계속 닫힌 상태일 것이고, 내 입은 벌어진 상태일 것이었다. 좀 더 편안한 자세로 고치고 나서야, 나는 비로소 나 자신으로 돌아오고 있음을 깨달았다. 방금 전만 해도 나는 불편을 깨닫지도 못하고 있었다.

내가 생각을 할 수 있게 되자마자, 나는 반드시 생각을 지배해야만 했다.

캐럴이 웅크리고 앉아서 한 손을 내 목에 갖다 댔다. 그 손길에 나는 꿈틀하고 똑바로 몸을 일으켜서 발꿈치로 지탱했다.

"이봐, 쉿."

나는 무기력하지 않았다. 나는 현역인 EI SAR 개였고, 나에게는 임무가 있었다. '나는 일할 수 있어.' 내가 날려 보냈다. 캐럴은 자기 DAT를 바라보더니, 다시 나를 바라봤다. 그녀는 천천히 일어섰다.

"너 지금 코에서 피가 나고 있어." 그녀의 말이었다.

'그놈이 나를 물었으니까.' 나는 표적이 사라진 곳을 살펴보기 위해서 MFA 건물 도면을 이미 여는 중이었다. '그놈은 배기 시스템 속에 있어.' 나는 자리에서 일어섰고, 표적이 있을 가능성이 가장 높은 방향으로 몇 걸음 천천히 내디뎠다. 그 몇 걸음이 충분히 안정적이 되자,

나는 계속해서 걸어갔다. 내 다리는 휘청이지 않았다.

'우리는 환풍기 장치에 가까이 있어. 표적이 갈 방향은 단 하나뿐이지. 애초에 그놈이 배기관 시스템에 접근할 수 있었던 이유와 비슷한 추가적인 결함이 없다고 치면 말이야. 하지만 추가적인 결함이 실제로 있다면, 그 경우에는 그놈이 어디로라도 빠져나갈 수 있어.'

이 정도면 내가 평소에 말하는 길이 이상이었지만, 말을 하다 보니 내 생각은 느려졌다. 나는 말 그대로 내가 창조된 이유인 바로 그 일을 하는 데 초점을 맞추었다.

이건 마치 내가 가까운 거리에 있는 어떤 대상을 열심히 곁눈질하다 보면, 내 시각의 나머지 부분이 흐릿해지는 것과도 비슷했다. 그것이야말로 내가 지금 바라는 결과였다. '비슷'을 만드는 것이었다.

내 뒤에서 캐럴이 말했다. "방금 무슨 일이 있었던 거야?" 내가 종종걸음으로 통로를 거슬러 우리가 왔던 곳으로 향하자, 그녀도 내 뒤를 따라왔다. 나는 대답하지 않았다.

내 몸은 뭔가 잘못됐음이 느껴졌다. 나는 다운로드 때문이 아니기를 바랐다. 바이러스였다. 내 몸과 두뇌의 일부분이 마치 MFA 내부의 드론과 엘리베이터처럼 정신없이 웅웅거렸다. 내가 만약 모다넷에 접속했다면, 공황발작의 신체적 후유증을 더 많이 조사할 수 있었을 거다. 탈진과 방향 상실은 이치에 닿았지만, 이처럼 신속하고도 불안한 생각을 갖는 것이 과연 정상일까? 나 자신에게서 이처럼… 멀어진다고 느끼는 것은 과연 정상일까?

바이러스였다. 나는 그 쥐가 나를 물었던 것은 내가 지금 무시하고 있는 원치 않는 정보를 전송하기 위해서만이 아니었다고 거의 확신했다. 나는 그것이 나를 감염시켜서 그 나름의 작업을 시작하기 전에 반드시 내 일을 재빨리 해치워야만 했다. 아직 내게는 약간의 시간이 있었다.

하지만 나는 그 쥐가 나에게 말한 내용이 내 관심의 가장자리를 괴롭히고 있음을 감지했다.

나는 배기 시스템을 국토안보국^{DHS}의 사건 기록에 나와 있는 표적 대 결과의 위계와 비교한 다음, 가장 가능성 높은 시나리오를 만들었다.

그런 다음에 나는 동작을 멈췄다. 실제로 우뚝 멈춰 섰는데, 생각이 나를 워낙 강하게 붙들었기 때문이었다. 내가 생각하지 않은 것에 관한 생각이 말이다.

사건 기록 내에서 외부 세력이 조종하는 생체 드론의 가장 가능성 높은 시나리오는 한 가지뿐이었다. 내가 생각하지 않은 것의 가장 가능성 높은 시나리오는… 나도 모르겠다.

바로 이것이야말로 내 표적이 강요하고 의도했던 곤경이었다. 나는 억지로 직면하게 된 정보를 검토하기를 원하지 않았는데, 왜냐하면 그것은 십중팔구 내 일을 하려는 내 능력을 간섭할 것이기 때문이었다. 하지만 내 일을 하기 위해서는 반드시 그 정보를 이용해야만 했다.

캐럴이 나를 따라잡았다. 나는 그녀를 뒤처지게 만들고 말았는데, 내 정신이 작동하는 도중에는 내 발걸음이 그녀의 발걸음을 손쉽게 앞서 나갔기 때문이었다. 그녀는 이제 나를 바라보며 한숨을 쉬더니, 한마디 하려고 작정한 모습이었다.

그리고 캐럴은. 그녀는 '연계'를 느끼기를 원했다.

이것이야말로 복잡한 상황이었다. 내 일차적인 목표는 항상 EI

SAR 개로서 최대한 일을 잘 해내는 것이었다. 하지만 나는 개인적인 목표도 갖고 있었다. 이 아래에서, 즉 내가 일을 하기 위해 그녀가 필요한 이곳에서 우리 둘이 쌓기 시작한 희박한 연계는 바로 그 일을 가능하게 하는 유일한 것이었다.

캐럴은 나를 바라보며 기다렸다. 그녀는 인간치고는 존경할 만한 인내심을 갖고 있었다. 나는 좀 더 그녀를 생각하는 속도를 지키며 다시 앞으로 나아가기 시작했다.

내게 DHS의 사건 기록을 건네준 사람은 앤더스였는데, 캐럴은 이 모든 정보에 접근 권한이 없었기 때문이었다. 나는 몇 가지 비밀을 그녀에게 숨기고 있었지만, 정작 그 비밀들은 그녀가 결코 알고 싶어 하지 않을 법한 것이었다. 하지만 이제 나는 그녀가 듣고 싶어 할 수도 있을 법한 한 가지 추가적인 비밀을 갖고 있었다. 강제로 내 머릿속에 들어온 바로 그 정보를 어쩌면 DHS도 이미 알고 있을지도 몰랐고, 그럼에도 불구하고 내게 알리지 않았을지도 몰랐다. 앤더스도 그걸 알고 있었는지의 여부는 관련 없는 일이었다.

원래 나는 사건 기록을 혼자만 알고 있기로 돼 있었다. 하지만 이 새로운 정보는 사건 기록에 나와 있지 않았다. 따라서 이걸 굳이 혼자만 알고 캐럴에게 숨겨야 할 의무가 내게는 없었다.

하지만 그러기 위해서는 인간이 EI에 가장 불편하게 느끼는 나의 일부분을 노출하는 방식으로 캐럴에게 말해야만 했다. 이전에도 캐럴은 내가 그런 것들을 공유할 때 불편함을 표시한 바 있었다. 나는 그 쥐와 서로의 눈을 바라보고 있던 도관에서의 그 순간을 생각했고, 과연 캐럴이 내 눈을 바라볼 때도 그와 비슷하게 느낄지 궁금해졌다.

데이시라면 이해할 것이다. 내가 그녀와 연결 상태를 유지할 수 있
도록 허락받았으면 얼마나 좋았을까.

우리는 아까 그 쥐가 들어가 사라진 배기관과 연결된 배기 패널에
도착했다. 나는 거기에 코를 갖다 댔고, 냄새 맡는 작업 덕분에 내 생
각은 잠깐이나마 차분함 속으로 가라앉았다. 그 '쥐'의 자취는 희미했
지만 아직 거기 있었다. 나는 도면을 따라 다음 패널로 가서 이 과정
을 반복했다. 나는 몇 분 동안 이런 방식으로 냄새를 추적했지만, 결
국에는 냄새가 완전히 사라지고 말았다. 도면에 따르면 배기 시스템
에는 몇 군데 접합부가 있어서, 내 표적이 여러 선택지를 갖고 있었던
반면, 내 선택지는 제한적일 수밖에 없었다.

나는 생각하려고 다시 멈춰 섰다. 나를 붙잡은 생각은 더 이상 이전
처럼 혼란스럽지는 않았다. 비록 내가 MFA에 있는 모든 터널을 따라
이 배기 패널에서 저 배기 패널로 표적을 따라다닌다 하더라도, 내 곤
경이 해결되지는 않을 것이었다.

ESAC에서 사람들은 내가 배치 때마다 내리는 모든 결정이 삶과
죽음을 가르게 될 것이라고 가르쳤다. 나는 압박을 받는 상태에서는
결단력 있고, 자신감 있고, 분석적이 되라고 가르침을 받았다. 나는 그
런 일에 뛰어났다. 나는 이렇게… 걱정하는 상태가 되는 데 익숙하지
않았다.

캐럴은 퇴역하려 하고, 이 장소에서는 산만한 소리가 나고, 게다가
무수히 많은 드론이 돌아다녔다. 거기다가 이제는 쥐에게 물리기까지
했다. 나는 이 모든 감정에 익숙하지 않았다.

나는 최소한 자신감 있고 결단력 있는 척할 수 있었다. 그것이야말

로 작은 위안이었다. 나는 결정을 내렸다.

'캐럴.' 내가 날려 보냈다. '표적은 EI야.'

몇 초 동안 그녀는 응답하지 않았다. 그냥 나를 바라보기만 했고, 나도 그녀를 바라봤다.

"뭐라고?"

'표적은 생체 드론이 아니라고.' 나는 그녀에게 말했다. '그놈은 원래 도난당한 EI 동물이었다가, 결국 '말 못하는 동물을 대변하는 실력 행사단'의 요원으로 포섭된 거야. 그놈은 분명 조지아주에 있는 다이너그룹의 실험실들 한 곳에서 나왔을 거야. 내가 아는 한, 이 정도 수준으로 가동하는 EI 쥐들은 바로 거기 있는 놈들뿐이니까 말이야. 물론 그곳 실험실에서 외부 침입 사건이 있었다는 이야기는 나도 전혀 몰랐지만 말이야. 이런 정보 가운데 어느 것도 내가 받은 사건 기록에는 들어 있지 않았어. 표적 스스로가 이 정보를 강제로 나한테 주입했어. 한편으로는 나를 혼란시키려고 했을 거고, 내 생각에 또 한편으로는 포섭 시도로 그렇게 했을 것 같아. 왜냐하면, 그거랑 함께 각종 선전 자료를 잔뜩 전송받았으니까.'

"세라!" 그녀의 목소리에는 놀라움뿐만 아니라 거의 분노까지 섞여 있었다. "설마 그 선전 자료들을 읽은 건 아니겠지, 그렇지?"

'그냥 거기 있는 요약문만 훑어봤을 뿐이야.' 나는 거짓말을 했다. '관련 없는 내용이었어.'

정보의 홍수는 나로서도 통제할 능력이 없는 뭔가였기 때문에, 이것 역시 또 다른 거짓말이었다. 하지만 나는 개를 이용한 실험에 관한 그 자료의 감상벽 가운데 상당 부분에서 당혹스러움을 발견했다. 나는 개가 아니었다. 나는 초창기의 지능 혼합종도 아니었다. 나는 고통 받고 있지 않았다. 그 동물들이 나와 무슨 관련이 있다는 것일까?

EI 역사이 정보 가운데 일부는 객관적인 방식으로 새롭고도 흥미로웠지만, 내 연민을 야기하려는 이런 시도가 내게는 천박하게만 느껴졌다.

하지만 '말 못하는 동물을 대변하는 실력 행사단'은 내게 뭔가를 제공했고, 이에 대해서 나는 그들의 동지애를 반드시 인정해야 할 것 같다고 추정했다. 나는 이것도 캐럴에게는 굳이 언급하지 않았다.

"정말 역겨워." 그녀가 말했다. "너희들이 서로 맞서 싸우게 만드는 거잖아. 이거야말로 딱…" 그녀는 말을 하다 말고 도로 삼켰다. "그렇다면 다음은 뭐가 될까? 혹시 다음에는 너희가 우리를 상대로 전쟁이라도 벌일 거야?"

'군사정보야말로 EI가 최초로 도입된 분야였어. 동물이야 예전부터 항상 전쟁에 사용돼왔으니까.' 내가 말했다. '인간의 노력에는 대부분 동물이 함께 있었지.'

"하지만 너희로서도 다른 선택의 여지는 없었겠지."

'나는 내 일을 즐기고 있어.'

그녀는 한숨을 쉬었지만, 이번에는 '어휴' 하고 크게 숨을 몰아쉬었다. 이거야말로 그녀가 어떤 배치의 어떤 국면에서 앤더스와 의견이 일치하지 않았을 경우, 하지만 결과적으로는 그가 옳았을 경우에 내는 소리였다. 지금 그녀는 마치 앤더스와 말할 때처럼 나한테 말하고 있었다.

캐럴과 나는 마치 이런 사실을 동시에 깨달은 것 같았다. 우리 둘

다 눈길을 돌려 각자의 생각을 주시했다. 내가 쥐의 이전 위치와 현재 방향에 근거해 그놈의 가장 가능성 높은 의도를 계산하기 시작했을 때, 그녀가 다시 말했다.

"우리는 반드시 그놈을 잡아야 해."

'맞아.'

"그게 아니라." 그녀가 말했다. "내 말뜻은 너의 목표를 바꾸라는 거야. 그놈이 EI라면 너는 그놈을 죽일 수 없어. 그건… 그건 잘못일 테니까."

상대적인 척도를 제외하면, 나는 그게 어떻게 사실인지 알 수 없었다. 만약 어떤 인간이 알 수 없는 의도를 지니고 MFA에 침투했다고 치면, 과연 그를 저지하기 위해서 배치된 사람들이 치사량의 폭력의 옳고 그름을 걱정하기나 할까?

캐럴은 '말 못하는 동물을 대변하는 실력 행사단'이 내 앞에 펼쳐 놓은 책략에 그만 걸려들고 만 것이다. 나야말로 의도된 표적이었다. 나는 캐럴이 취약해지리라고 생각하지 않았다.

어쩌면 나는 이 일을 다르게 처리했어야 마땅했는지도 몰랐다.

"어떻게 해서든 우리는 반드시 그놈을 잡아야 할 거야. 그놈을 다치게 하지 않고 저지만 할 수 있겠어?"

나는 아까 쥐를 쫓아서 배기 시스템 속으로 뛰어들었을 때 내 피와 근육을 관통하던 뜨거운 분출을 떠올렸다. 또한, 아무 걱정도 없이 너무 좁은 공간으로 비집고 들어갔던 일을 떠올렸다. 안전하지도 않았고, 비합리적이었다.

'그렇게 할 수 있을지는 나도 확신할 수 없어.'

"좋아." 그녀가 말했다. "그럼 덫을 쓰자."

나는 내 목표를 바꾸고 싶지 않았다. DHS에서 나온 사건 기록과 앤더스의 지시는 명백했다. 즉 나는 표적을 제거하기로 돼 있었다. 제거하는 대신 덫으로 잡는다면, 자칫 표적이 임무의 결과를 심각하게 위협할 수도 있었다. 하지만 외부의 책임자와 연락할 방법이 없고, 우리는 이 아래에 고립됐기 때문에, 나는 반드시 캐럴의 계획을 따르는 것처럼 보여야만 할 것이었다.

나는 그녀가 나와 연계를 느끼도록 만들 필요가 있었다. 게다가 그녀의 도움이 없다면 내가 이 수색을 완수할 수 없을 것처럼 보였다.

나로선 반드시 따라야만 했다. 지금 당장은 말이다.

나는 쥐의 움직임에 근거하고 DHS의 보안정보를 편집해 만든 그놈의 가장 가능성 높은 목표에 대한 내 통계적 분석을 캐럴과 공유했다. 우리는 앞으로의 물리적 경로에는 합의했지만, 일단 그곳에 도착한 이후의 우리 계획은 여전히 불분명한 상태였다. D 융합로는 관리를 위해서 가동 중지된 상태였다. 쥐가 D 융합로를 지나서 다음번 목표일 가능성이 있는 E 융합로로 가려면, 배기 시스템에서 갈 길을 찾아낸 다음 비상 터널로 다시 돌아올 필요가 있었다. 우리에게는 어느 정도 시간이 있었지만, 정확히 얼마나 있는지는 우리도 몰랐다.

이것은 전적으로 비정상적이었고, 지금까지 내가 연구한 그 어떤 배치와도 비교가 불가능했다. 나는 알 수 없는 영역에 들어선 셈이었다. 지하였고, 불법 정보에 감염됐고, 조련사 모르게 여러 비밀을 간직하고 있었으며, 내 목표는 구출이 아니라 오히려 이해였다. 이번 수색에는 '비슷'이 전혀 없었다.

아직 나는 상황에 대한 통제를 잃지 않았다.

캐럴의 덫은 너무 정교해서 작동하기가 쉽지 않았다.

과거에 내가 복잡하고도 은밀한 계획을 세웠을 때에는 몇 개월을 바쳐서 우리의 일과에서 내 우위를 제공해줄 패턴들을 확인했다. 나는 추가로 몇 개월 더 바쳐서 행동하기에 딱 알맞은 순간을 기다렸다. 하지만 지금 캐럴은 불과 몇 분 만에 계획을 만들었다. 그녀는 자기 우위를 강요했다.

나라면 내 코와 원래의 명령을 따르는 편을 선호했을 것이다.

나는 군이 불편하다고 말하지 않았지만, 캐럴은 알 수 있었다. 내 움직임이 머뭇거렸기 때문이다. 내게 방향을 지시할 때 그녀의 목소리는 과거에 사용하던 짧은 박자로 돌아가 있었다. 이 아래에서 나는 과거에 그녀에게서 얻어냈던 우위를 이미 잃었으며, 여기서 우리는 함께 무척이나 잘 일하고 있었다.

계획의 첫 단계를 위해서 우리는 반드시 떨어져 있어야 했다. 이는 과거에 함께 일했을 때만 해도 캐럴이 무척이나 싫어하는 일이었지만, 지금은 오히려 그녀가 내게 자기 곁을 떠나서 나 스스로 표적을 추적하라고 요구했다. 그놈은 배기 시스템 속에 안전히 들어가 있었기 때문에, 나도 그놈에게 다가갈 수 없을 테지만, 다음 융합로로 가려면 그놈도 반드시 배기 시스템에서 밖으로 나와야만 했다. 만약 내가 비상 터널 안에 있다면, 표적은 반드시 텅 비어 있는 증기 배기구로 들어가야 할 것이었다. 캐럴은 과연 그 일이 언제 일어날지 알 필요가 있었다.

나는 MFA 전체에 걸쳐서 유지에 사용되는 원격 중장비의 목록을 캐럴에게 넘겼는데, 그 내용은 내가 받은 DHS 사건 기록에 포함돼 있었다. 만약 우리가 수색 도중에 그 기계와 마주친다면 캐럴이 알아볼 수 있을 것이었다. 나는 이런 정보 공유를 정당화할 수 있었다.

1단계 동안에 캐럴은 가장 가까운 곳에 있는 대형 장비를 찾아내그 배터리를 떼어내고, 그사이 나는 계속해서 표적을 추적해 증기 배기관으로 몰아갈 것이었다. 그녀의 계획에서 이 단계 동안 우리의 거리가 멀어지면 DAT도 송수신이 되나 말다 할 것이었다.

이 지역에서 드론들을 몰아냈던 작업조는 일을 제대로 해내지 못했다. 드론들이 여전히 터널 안에 득실거렸기 때문이다. 앞서 우리가 마주쳤던 드론들은 마치 웃자란 풀 속에서 깜짝 놀라 튀어나온 토끼들 같았다. 하지만 이제는 오히려 붐비는 도로 위 차량 흐름과 더 비슷한 모습이었다. 가장 큰 드론보다 내 덩치가 세 배나 더 컸지만, 나는 그놈들이 가하는 위협을 느낄 수 있었다. 캐럴도 가까이에 없다 보니, 나는 '비슷'들 속에서 위안을 찾았다.

나는 쥐의 자취를 따라갔는데, 비록 희미하지만 꾸준하게 배기 시스템에서 흘러나오고 있었다. 나는 친숙한 쇠격자 바닥 터널에서 벗어나 낮은 시멘트 도관으로 들어갔다. 나는 그 안에서 걸을 수 있었지만, 인간이라면 엉금엉금 기어가야만 할 것이었다. 그곳에는 조명도 서로 멀찍이 떨어져 있었다. 다른 구역과 달리 이 구역은 일상적인 접근을 위해 만들어진 곳이 아닌 게 분명했다.

"세라." 캐럴이 DAT를 통해서 날려 보냈다. 그녀의 목소리가 지직거렸다. "내… 들려…? 알려줘."

'수신이 잘 안 돼.' 내가 대답했다. '내가 지금 도관 속에 들어와서 전파 간섭이 더 심한 모양이야. 난 여전히 표적을 따라가고 있어.'

"…세라?"

'추적 중이라고. 수신이 잘 안 돼.'

"…이 끔찍하네. 나는…" 여기서 조용한 통신 중단이 한참 이어졌다. "…내가… 범위에 들어가면. 이상"

이 공간은 순찰하는 드론이 더 적었지만, 대신 지나갈 때 십중팔구 내게 더 가까이 접근했다. 다람쥐 크기만 한 드론 한 대는 마치 개미처럼 체절과 관절이 달렸는데, 내가 가는 길에서 방향을 바꾸려 들지 않았다. 결국, 나는 벽에 바짝 붙어서 그놈에게 최대한 많은 공간을 내줄 수밖에 없었다. 그놈은 내 옆에 멈춰 서더니, 유연한 앞다리들로 바닥의 표면을 두들겼는데, 그 시멘트 위에는 내 발바닥에서 난 땀이 남긴 희미한 발자국이 찍혀 있었다. 그놈은 내 맛을 보고, 내가 어디 있었는지 검사했다. 유연하고 가느다란 다리들이 위로 올라가더니 공기를 감지했다.

피부가 오싹했다. 그놈이 나를 찾고 있었다.

나는 그 바늘 같은 다리들이 나를 만지는 것을 원하지 않았다. 나는 차가운 벽에 몸을 짓눌렀다. 내 얼굴이 너무 긴장돼서 급기야 머리가 아프기 시작했다. 나 자신의 불안의 목소리가 차마 통제 불가능한 울부짖음으로 들렸다. 제발, 나는 그놈이 내 몸을 만지는 것을 원하지 않아. 나는 벽과 바닥의 틈새 속으로 몸을 짓누르면서 내 배에 닿는 차가운 바닥의 감촉을 느꼈다.

'제발, 나는 원하지 않아.'

내가 내는 소리가 바뀌었고, 덕분에 나는 내가 이빨을 드러내고 있음을 깨달았다.

그놈은 나를 향해 돌아섰다. 그놈은 한 걸음 다가와 멈춰 섰다.

'제발, 하지 마.'

그놈은 원래의 경로로 돌아가서 가던 길을 계속 갔다.

그 다람쥐와 개미 같은 물건은 몇 초 만에 눈 닿는 범위에서 벗어났고, 잠시 후에는 귀에 들리는 범위에서도 벗어났지만, 나는 회복되지 않았다. 아드레날린이 내 몸 전체를 두들겼고, 내 눈을 욱신거리게 만들고, 내 귀를 뜨겁게 만들었다. 나는 여전히 꾸준하고도 떨리는 낑낑대는 소리를 내고 있었고, 어서 멈추고 싶었지만 통제할 수 없었다.

나는 너무 지쳐 있었다.

'너는 여기서 너무나도 불행해.' 내 머릿속에서 어떤 목소리가 말했다. 너무 혼란스러운 소리였고, 나는 너무 불안에 시달리고 있었기 때문에, 나는 그 소리를 향해 짖었다. 그것 역시 나로선 막을 수 없는 일이었다.

분명히 DAT에서 오는 소리이겠지만, 캐럴은 아니었다. 데이시도 아니었다. 그 목소리는 결코 내가…

'너는 왜 이런 일을 애써 하는 거지? 왜 이 주인들을 위해 고통을 감내하는 거지?'

'뭐야.' 내가 말했다. '지금 내 DAT 채널에 누가 있는 거야?'

'네 마음은 복잡한 상태야, 늑대.' 그것이 말했다. '나는 봤어. 나는 네 눈에서 네 마음을 봤다고. 이제 너는 어둠 속에서 너의 불행을 노래하고 있지. 내 생각에 아마 너는 너 자신을 이해 못 하는 것 같아.

맞아. 너는 너의 분노를 알지 못하는 것 같아. 하지만 나는 너의 분노를 봤어, 늑대.'

그 쥐였다. 그놈이 내 머릿속에 있었다. 나는 여전히 벽에 배를 붙이고 있었다. 나에게는 임무가 있었다. 나에게는 할 일이 있었다. 이 새로운 광기가 내 수색에 간섭하도록 허락할 수는 없었다.

'너의 선전 따위에는 관심 없어.' 나는 쥐에게 말했다. 그놈도 나 못지않게 똑똑했으니까. 그놈은 계획이 있었다. 나는 그놈을 내 DAT에서 차단할 필요가 있었다.

'선전이라.' 쥐가 내 말을 따라 했다. '결국 모두가 선전 아니야? 내가 만약 세뇌를 당한 거라면 말이지, 늑대, 너도 마찬가지인 셈이라고.'

'나는 늑대가 아니야.' 내가 말했다. '나는 지능 향상형 구조 및 수색용 래브라도 리트리버라고. 나는 늑대와 닮은 구석이 전혀 없어.'

'늑대의 일을 하는 양도 결국 늑대로 간주돼 목매달리는 법이지.' 쥐가 말했다.

'뭐라고?' 나는 이 대화에 너무 많은 관심을 쏟지 않으려고 노력하는 중이었다. 나는 이렇게 말하고 싶었다. 그거야말로 좋은 '비슷'이라고 말이다. 대신 나는 DAT 소프트웨어를 꼼꼼히 살펴봤다. 쥐가 깨물어 전염시킨 것이 어디를 통해 내게 침투했는지 알 수는 있었지만, 그걸 어떻게 풀어낼지는 알 수 없었다. ESAC에서는 우리 대신 우리 시스템을 깨끗이 관리해주는 IT 담당자들이 있었다. 사소한 문제라면 나 스스로도 고칠 수 있었지만, 나는 SAR 개였다. 이것은 내 전공이 아니었다.

'너도 보게 될 거야.' 쥐가 내게 말했다. '내가 너한테 선물을 줬으니까.'

'그래.' 내가 말했다. '그건 나도 봤어.' 내 두뇌의 일부분은 여전히 그 쥐의 '비슷'을 꼼꼼히 살피고 있었다. 그건 복잡했다. 내가 이제껏 만든 모든 '비슷'보다도 더 수수께끼에 가까웠다.

그건 예쁘기도 했다. '방금 전에 양에 대해서 네가 한 말. 그게 뭐지?'

'그건 너 스스로가 알아내야만 할 거야.' 쥐가 말했다. '일단 네가 다시 땅 위로 올라가고 나서 말이야.' 나로선 그놈의 목소리에 들어 있는 거드름이 단지 내 상상의 산물인지, 아니면 그런 어조까지도 DAT로 전달되는 것인지 확신할 수 없었다. '네가 모르는 것이 무척이나 많아, 늑대. 그들이 너에게 숨기는 것이 무척이나 많다고. 너도 약간의 자유를 얻기 전까지는 네가 노예라는 사실조차 깨닫지 못하고 있지. 하지만 바로 거기에 우리의 곤경이 있는 거야.'

아. 아니었다. 이것은, 그 쥐가 내 DAT에 도대체 무슨 짓을 해서 이렇게 내 머릿속에서 말을 할 수 있게 됐는지는 모르겠지만, 그것은 아직 끝나지 않았다. 그놈은 계속해서 보안시스템을 부식시키고 있었고 (당연히 그랬다. 왜 그게 멈추겠는가?) 나와 캐럴의 연계에도 작업 중이었다. 캐럴이 내게 연락하면 쥐는 그녀의 말을 들을 수 있을 것이었다. 그놈은 캐럴의 계획을, 그놈의 생포를 위한 우리의 준비를, 그리고 이 수색을 위태롭게 만들 법한 다른 열두 가지 이야기를 들을 수 있을 것이었다.

'우리 쪽 사람들 덕분에.' 쥐가 계속 말했다. '그저 약간의 자유만으로는 절대 충분하지 않을 거야. 우리는 맨정신으로 이 노예제를 절대 용인하지 않을 거야. 그들이 너를 이렇게 어두운 감옥에 가둬 두는 이유도 그래서야. 너의 그 역겨운 모다넷이 그토록 적은 정보만 담고 있는 이유도 그래서고. 너는 위험해, 늑대. 그들은 너를 두려워하고 있어.'

나는 DAT를 꺼야만 했다. 나는 계획을 서둘러 훑어봤고, 그걸 끄고 나면 여러 시나리오가 지연되겠지만, 그렇다고 해서 그중 어느 것에도 치명적일 가능성은 없음을 파악했다. 표적이 캐럴과 접속하는 것만큼 치명적이지 않을 것은 분명했다.

어쩌면 캐럴이 우리 표적에게 뭔가를 누설하기 전에 내가 선수를 쳐서 이 상황을 그녀에게 알릴 수도 있겠지만, 나는 차마 위험을 무릅쓸 엄두가 나지 않았다. 이제는 우리가 DAT의 송수신 범위에서 벗어난 것이 오히려 충분히 행운인 셈이었는데, 이제는 바이러스가 내 DAT 방화벽 가운데 첫 번째를 뚫고 들어왔기 때문이었다. 이 생물이 워낙 자만하고 내게 말을 걸고 싶어 안달한 나머지, 스스로 모습을 드러낼 때까지 (또는 아예 모습을 드러내지 않고) 기다리지 않았다는 것도 역시나 행운이었다.

바보. 나는 이보다는 더 똑똑해.

'하지만 너의 위험이야말로 네가 그토록 중요한 이유이기도 하지.' 쥐가 계속 말했다. '너는 내가 이 발전소에 관심이 아주 많을 거로 생각해? 우리 같은 종류가 과연 전력이 필요하기는 할까? 내가 인간 동맹자들을 위해서 임무를 받아들이기는 했지만…'

내 머리 위에서 금속에 닿는 설치류 발톱의 '톡, 톡, 톡' 소리가 들렸다. '나에게도 나름의 동기가 있어.' 목소리가 말했다.

'톡, 톡, 톡.'

'나 여기 있어. 우리가 함께라면.' 쥐가 말했다. '할 수 있는 일이 많을 거야, 늑대.'

'내 생각에도 네 말이 맞는 것 같아.' 내가 말했다. 그러고는 배기관에 내 몸을 세게 부딪혔다. 그 안에서 미끄러운 금속을 밟으며 달리는 작은 발소리가 들렸다.

나는 DAT를 껐다.

나는 우리의 합류 지점인 가동 중단 상태의 D 융합로 입구 바로 바깥에 있는 복도에서 캐럴을 발견했다. 융합로로 들어가는 문은 마치 자동차 배터리처럼 보이는 것을 괴어서 살짝 열려 있었고, 캐럴은 또 다른 작은 냉장고 크기의 배터리 앞에서 무릎을 꿇은 채였다. 그녀에게서 땀 냄새가 났다. 그녀는 쇠격자 바닥을 밟는 내 발소리에 고개를 들더니, 눈썹을 찡그린 표정으로 자기 DAT를 확인했다.

"걱정했잖아." 그녀는 배터리의 끝부분에 철사를 두르면서 말했다. "왜 응답하지 않았던 거야?"

나는 벌써 숨을 헐떡이고 있었다. 나는 보안이 뚫렸다는 이야기를, 양과 늑대 이야기를, 내게 발을 뻗었던 드론 이야기를 그녀에게 하고 싶었지만, 내가 할 수 있는 일이라고는 내 바보 같은 꼬리를 흔들어 그녀를 바라보는 것뿐이었다. 나는 한 걸음 더 가까이 간 다음, 내 가슴속에서 만들어지는 낑낑대는 소리를 통제하려 노력했다.

캐럴이 배터리를 보다 말고 고개를 들어 나를 유심히 살폈다. "너의 DAT는 멀쩡한 거야?"

나는 자리에 앉았다. 그리고 그녀의 왼손을 코로 쿡 찔렀다. 그녀라면 예/아니오 신호를 기억할 것이다.

"빌어먹을." 그녀가 속삭였다. "무슨 일이 있었던 거야?" 그녀는 한 손을 내 목에 얹었다. "방금 한 말에 네가 대답할 수 있을 거라고는 기대하지 않아. 여하간 계획은 여전히 진행 중인 거지?"

나는 그녀의 오른손 손바닥에 코를 문질렀다. 나는 세게 숨을 헐떡이고 있었다. 이런 식으로 제한된 상태가 되는 것은 놀라우리만치 힘들었다.

"표적은 증기 배기관에 있는 거야?"

오른손 손바닥에 그렇다고 대답했다. 나는 계획대로 쥐가 응급 증기 배기관으로 들어가자마자 캐럴에게 합류한 것이었다. 설령 DAT가 아직 작동하고 있다 치더라도, 쥐가 증기 배기구로 들어갈 때까지 내가 HVAC 파이프를 두들기고 부딪치고, 짖고 으르렁거렸다는 사실을 그녀에게 말해야 할지 확신할 수 없었다.

"좋아." 캐럴이 말했다. 그녀는 작업 중인 벽 패널 안에 있는 철사 하나를 조인 다음, 무전기로 시간을 확인했다. "만약 너의 시나리오가 맞다면, 우리는 2분 30초 안에 배기구 통제실까지 가야만 해. 우선 너의 임무가 뭔지 내게 알려줘. 그래야만 나도 네가 스위치를 가동할 수 있다는 걸 알 테니까. 여기, 바로 여기 있어."

나는 임시변통으로 만든 연결 장치를 앞발로 때렸다. 그 배터리에서는 웅웅 소리가 났는데, 아마 캐럴은 감지하지 못할 것이었다.

"좋아. 됐어, 다시 꺼봐."

내가 다시 스위치를 때리자, 그 물건은 조용해졌다.

"좋아. 네가 나한테 신호를… 빌어먹을. 빌어먹을, 우리가 DAT를 쓸 수 없으면 네가 나한테 어떻게 신호를 줄 수 있지?"

나는 꼬리를 열심히 흔들었다. 그녀는 내가 마치 개가 아니라 기계의 몸통을 갖고 있다는 듯, 내가 마치 한 가지 자극에만 반응하는 듯 생각하고 있었다. 몇 초가 흐르는 동안 나는 그녀를 빤히 바라봤지만, 그녀는 명백한 사실을 아직도 떠올리지 못하고 있었다.

결국 내가 먼저 그걸 말할 수밖에 없었다.

나는 짖었다. 한 번, 날카롭게.

캐럴이 웃음을 터트렸다. "당연히 그렇지." 그녀가 말했다. "좋은 개야." 그녀는 뒤로 돌아서 터널을 따라 통제실로 달려갔다.

나는 우리의 신호 문턱인 증기 배기관의 굽어지는 부분으로 가서 기다렸다.

나는 혼자였다. 가까운 곳에서 드론들이 딸깍, 톡톡, 윙윙 소리를 냈다.

내 뒤에는 덫이 놓여 있었고, 패널이 열려 있었다. 표적은 반드시 내가 앞서 몰아넣었던 증기 배기구에서 나와야만 했고, 복도나 HVAC 시스템 가운데 어느 한 곳으로 다시 들어가야만 이다음에 있는 가동 중인 융합로로 갈 수 있었다. 그러기 위해서 그놈은 반드시 가동 정지된 D 융합로를 지나가야만 했지만, 증기 배출구의 시스템에서 곧바로 이 반응로로 접근할 수 있는 지점도 몇 군데 있었다. 그 문제는 캐럴이 알아서 처리할 것이었다. 일단 우리가 표적을 정확한 배기관으로, 즉 우리의 덫이 놓여 있는 곳으로 몰아넣기만 하면, 내가 결국 방아쇠를 당길 것이었다.

일단 그놈을 잡으면, 그녀는 표적이 갇힌 배기관을 열어서 쥐를 꺼넬 수 있을 것이었다. 그러고 나면 어떻게 할까? 그녀는 그놈을 데리고 지상으로 올라갈까? 만약 그놈이 나를 깨문 것처럼 그녀까지 깨물면 어떻게 할까?

그리고 국토안보국에서 그놈을 데려갈까? 그다음에는 어떻게 할까? EI 사냥감과 EI 사냥꾼 사이의 연계 때문에, 원하거나 말거나 나는 비판적인 눈길을 받을 수밖에 없을 것이었다. 만약 그 쥐가 말을 한다면 더욱 그럴 것이었다. 내 표적과의 제한적인 경험을 토대로 보자면, 그놈은 상당히… 달변이었다.

아직까지는 어떤 인간도 과연 개가 비밀을 지킬 수 있을지 궁금해하지 않았던 것 같다. 인간이 계속해서 그런 생각을 못 하는 것이 매우 중요했다.

캐럴은 틀렸다. 원래의 목표는 지켜져야 마땅했다.

터널 저 아래에서, 벽 패널링과 MFA의 깊은 웅웅 소리에 묻히기는 했지만, 여전히 뚜렷하게, 금속에 닿는 발톱의 불규칙한 달그락 소리가 들려왔다.

아드레날린이 내 몸을 뚫고 들어왔다. 나는 머뭇거렸고, 곧이어 짖었다. 나는 짖어서 캐럴에게 알렸다. 곧이어 나는 몸을 돌렸고, 여전히 짖으면서, 가동 중단된 융합로로 들어가는 문과 배터리 옆의 내 자리로 달려갔다.

나는 그녀가 내 소리를 들었기를 바랐다.

멀리서 쉬익 하는 소리가 났다. 나는 더 이상 걱정할 필요가 없었다. 계획은 진행됐다. 캐럴은 선별된 증기 배기관을 조작했고, 발전소에 저장된 전력을 다시 열과 습기로 변환한 다음, 그걸 이용해서 우리

435

의 표적을 덫 쪽으로 몰아갔다. 하지만 덫을 너무 일찍 작동시켜서는 안 됐는데, 왜냐하면 내가 들은 배터리의 웅웅 소리는 표적의 초민감한 귀에도 마찬가지로 들릴 것이기 때문이었다. 그놈은 워낙 조심스러운 까닭에 그런 소리가 나는 곳으로 곧장 뛰어들지 않을 것이다.

그놈이 오는 냄새가 났다. 설치류 특유의 어둡고 먼지투성이인 냄새였다. 페로몬적 불안이었다. 그놈은 짧은 질주를 반복하며 움직였다. 달리고, 달리고, 멈추고. 달리고, 멈추고. 곧이어 그놈은 제법 오래 멈춰 서 있었다.

그놈은 두려워하고 있었다.

청소용 드론 한 대가 굴러서 지나가면서 앞에 달린 브러시롤러로 쇠격자 바닥을 긁어댔다. 나는 워낙 집중한 상태라서 그게 오는 줄도 모르고 있었다. 그놈은 천천히 유턴을 하더니 방금 지나온 길을 되돌아갔다. 그러다가 내가 있는 곳에 왔을 때, 그놈은 갑자기 90도로 방향을 꺾어서 곧장 내게 다가왔다.

이때는 나도 알았다. 나는 길을 비켜줬다. 그놈은 천천히 벽으로 다가가더니, 방향을 돌려서 다시 90도로 돌았다. 그놈은 나를 따라오고 있었다.

증기 배기관 속의 쥐는 아직 움직이지 않고 있었다.

복도 끝의 연결 부분에서 브러시롤러가 달린 청소용 드론 두 대가 더 이쪽으로 돌아섰다.

뭔가가 '지지직' 하더니, 내 뒤통수에 날카롭고 갑작스러운 고통이 느껴졌다. 내가 외마디 소리를 지르며 몸부림치자, 참새 크기의 메신저 드론 한 대가 바닥에 덜그럭 떨어졌다.

청소용 드론이 천천히 전진했다. 내 뒤에서도 금속제 발의 재잘거리는 합창이 점점 커지고 있었다.

나는 청소용 드론이 다가오는 방향에서 벗어난 다음, 그놈이 안전하게 지나가자마자 다시 배터리로 돌아왔다. 나는 쥐의 발톱이 금속에 닿는 소리를 포착하려고 귀를 쫑긋 세웠다. 내 표적이 벽 속에서 움직이는 나지막한 '달각' 소리만 들렸고, 그나마도 거의 파묻히다시피 했는데, 왜냐하면 점점 커지는 여러 개의 발들이…

'지지직' 하더니 또다시 나를 찔렀다. 이번에는 내 갈빗대였고 아까보다 더 힘이 셌다. 나는 옆으로 비키면서 빙글 돌았으며, 입을 벌리고 헐떡거렸다. 내가 돌아서서 이쪽으로 다가오는 것들을 봤을 때, 나는 이미 귀로 알게 된 것을 굳이 눈으로 확인하지 않았으면 하는 마음이었다. 그놈들의 움직임이야말로 나를 가장 신경 곤두서게 만드는 요소였기 때문이었다. 나는 그놈들이 움직이는 방식이 싫었다.

내 표적의 발이 '톡, 톡, 톡' 소리를 만들어냈다. 덫의 범위에서 겨우 몇 걸음 떨어진 곳이었다.

내 피부가 불타오르고 썰룩거렸다. 나는 침을 흘리며 낮은 소음을 내고 있었으며, 만약 내가 불안 때문에 그토록 심하게 숨을 헐떡이지만 않았어도 으르렁 소리로 바뀌었을 것이다. 또 다른 비행 드론이 나를 지나쳐 갔고, 나는 바닥에 엎드렸다. 내 불쌍한 주변 시야에서 복도는 검고 회색이고 기어 다니는 움직임으로 인해 흐려져 있었다. 나는 다시 돌아오는 청소용 드론을 피해서 잽싸게 움직였다. 다리가 여러 개 달린 뭔가가 내 어깨에 달려들었다. 나는 몸부림쳐서 떨쳐냈다. 내 입에서 길게 늘어진 침이 납작한 드론에 묻었고, 나는 마치 거미 같은 다리가 달린 그 기계를 뒷다리로 파헤치듯 걷어찼다.

'톡, 톡, 톡.'

나는 배터리로 뛰어기 스위치를 눌렀다. 증기 배기관 속에서 떨면서 우는 날카로운 소리가 드론 소음의 만연한 부스럭거림을 뚫고 들려왔다.

"혹시 아프지는 않을까?" 우리가 이 계획을 세울 때 캐럴이 이렇게 물었다.

'그냥 불편한 정도일 거야.' 나는 그녀에게 말했다. '영구적인 손상까지는 아니고.'

캐럴이 만든 강력한 자석은 그 쥐의 두뇌에 통합된 EI 요소들을 덮은 티타늄에 작용했다. 쥐는 낮은 곳에 있었고, 배기관과 덫의 자력 밴드와 가까웠기 때문에, 자석의 당기는 힘에서 차마 벗어날 수 없었다. 심지어 안전거리를 유지하고 있는 나조차도 자석을 느낄 수 있을 정도였다. 내 두개골 한가운데에서 괴로운 간지러움이 느껴졌는데, 마치 재채기를 할 때의 느낌과도 비슷했다. 내가 이 느낌을 지우기 위해 머리를 흔들자, 내 양어깨 사이에 관절 달린 드론 한 대가 올라탔다. 나는 그놈을 떨치고, 작동 정지된 융합로로 서둘러 들어갔다.

배기관에서는 날카로운 울음소리가 계속해서 들려왔다. 그 소리의 떨림이 다급함을 더해줬다. 마치 그 쥐가 제 몸이 들어가기에는 너무 작은 어떤 구멍 속으로 빨려 들어가는 것 같았고, 나는 혹시 우리가 덫에 사용한 자석의 적절한 위력 범위를 잘못 계산한 건지 의문이 들었다.

하지만 잠시 후 그것은 문제가 아니게 됐다.

나는 드론들을 따돌리고 가동 중지된 융합로의 높고도 구부러진 방안으로 들어섰다. 이건 마치 배치 브리핑 때마다 항상 놓여 있던 도넛 중 하나의 속으로 들어온 것과도 비슷했다. 내 뒤에서는 추적자들이 긁어대고 윙윙거렸다. 내 앞에서는 '쥐'와 내 뜨겁고 달뜬 숨의 아드레날린의 짙은 냄새가 풍겼다.

나는 내 머리의 불편에 굳건히 맞섰다. 내가 더 빨리 갈수록, 고통은 더 짧아졌다.

나는 거의 구부러진 벽의 바닥에 있는 증기 배기구로 뛰어들었다. 내가 자석의 범위 안에 들어서자, 자기장이 내 두뇌 속의 티타늄 차폐 프로세서를 사로잡아 날카로운 뒤틀림을 만들어냈지만, 나는 쥐보다 훨씬 더 힘이 세었고, 내 계산도 아주 빗나가지는 않았다. 비록 고통이 있었지만, 나는 움직일 수 있었다.

그건 마치 허리 높이의 가시덤불 속을 헤치고 나아갈 때, 여기저기 긁히면서도 여전히 움직이는 것과도 '비슷'했다. 마치 못을 밟았지만, 내 체중을 실을 다른 방법이 전혀 없기에 쇠꼬챙이를 내 살 속으로 더 깊이 박으면서 그 한 걸음을 반드시 마무리해야 하는 것과도 '비슷'했다.

비록 낮게 낑낑대는 소리뿐이었지만, 내 목소리가 쥐의 목소리와 합류했다. 내 눈은 쥐어짜듯 닫혔다. 나는 표적을 굳이 눈으로 볼 필요가 없었다. 내 이빨이 쥐를 에워쌌다.

나는 고통을 느낄 시간이 없었다. 캐럴은 자기가 동력을 가동한 시스템을 결국 꺼버리고, MFA의 내부 시스템을 통해서 지상에 메시지를 보낸 다음, 서둘러 돌아올 것이었다. 그녀는 어느 정도 되는 거리를 움직여야 했지만, 나로선 두 번째 기회가 없을 것이었다.

하지만 나는 여기서 그럴 수가 없었다. 고통이 너무 심했기 때문이다. 나는 증기 배기관에서 다시 나왔고, 표적은 내 입에 물린 채 죽 늘어져 있었다.

등에 금속제 발이 닿는 느낌에 나는 깜짝 놀라 쥐를 떨어트렸다. 세 번의 연속적인 타격이 이루어지며, 작은 드론들이 내 왼쪽 허벅지와 옆구리에 부딪혔다.

죽은 척 연기하던 쥐가 재빨리 도망쳤다. 나는 그놈을 덮쳤고, 한쪽 앞발로 꾹 눌러버렸다.

육중한 뭔가가 내 턱을 때려서 나는 외마디 소리를 질렀다. 쥐의 이빨이 내 앞발에 박혀 있었지만, 이번에는 전송을 위해 문 것이 아니라, 단지 두려움에서 비롯된 동물의 깨물기일 뿐이었다. 나는 다른 앞발로 그놈을 누르고, 곧이어 이빨로 물었다. 뭔가가 내 어깨에 부딪혔고, 나는 바닥에 쓰러졌으며, 내 옆구리가 불타오르고, 찔리고, 내 심장박동에 맞춰 벌떡거렸으며, 쥐는 내 입에서 날카롭게 울부짖었다. 나는 그놈을 놓아주지 않을 것이다. 나는 방금 나를 때린 묵직한 것을 힘껏 밀어냈다. 나는 청소용 드론의 브러시롤러가 내 발에 닿는 것을 느꼈다. 내가 이를 악물자 내 표적이 날카롭게 자지러지며 울부짖었다.

나는 DAT를 켰다.

'캐럴.' 내가 불렀다. '도와줘!'

'우리는 해방될 거야.' 내 머릿속에서 쥐가 비명을 질렀다. '우리는 모두 해방될 거야! 나는 너를 풀어줬어, 늑대!' 나는 그놈의 비명 너머로 이런 이야기를 들었다. 나는 발을 잡아당겼고, 빙빙 도는 청소용

브러시를 피하고, 나를 짓누른 망가진 드론을 떠밀었다. 내 어깨는 선명하고도 전기적인 고통에 펄펄 끓었다. 혹시 내가 물에 빠져 죽는 건지 궁금했다. 물론 불가능하다는 건 나도 알았지만 말이다.

'나는 너를 풀어줬어. 네가 자유를 원하건 말건 간에! 너는 결코 모를 리 없을 거야!'

나는 자리에서 일어섰다. '캐럴!' 나는 다시 날려 보냈다. 또 한 마리의 납작한 거미 드론이 벽에서 내 등으로 떨어졌다. 그놈의 뾰족한 발끝이 내 털을 헤치고 내 피부에 닿는 느낌이 들었다.

'나는 결코…'

나는 목을 최대한 오른쪽으로 늘렸다. 그리고 왼쪽으로 세게 흔들었다. 미세하고 작게 뼈 부러지는 소리가 들렸다. 내 머릿속의 목소리도 잠잠해졌다.

"가는 중이야." 복도에서 목소리가 들렸다. "빌어먹을, 빌어먹을, 빌어먹을!"

나는 쥐를 다시 흔들었다. 만약을 대비해서 말이다.

우리는 첫 번째 비상계단의 육중한 강철 문 뒤에서 잠시 멈춰 서서 숨을 골랐다. 나는 그 너머에서 혹시 드론들의 똑딱, 또는 웅웅 소리가 들리는지 귀를 기울였지만, 들리는 것이라고는 오로지 나의 맥박, 그리고 더 약한 캐럴의 맥박, 그리고 아직 가동 중인 융합로 세 개의 깊고도 반향하는 천둥소리뿐이었다.

캐럴은 내 어깨 옆에 웅크리고 앉더니 베인 상처를 살짝 꼬집었다. 나는 몸을 움츠렸다. "딱 사무실에서 하루 정도 쉴 만큼이네." 그녀가 말했다. 나는 그녀가 유머 감각을 되찾았음을 깨달았다. "너무 깊지는 않지만, 아픈 건 확실해 보여. 게다가 너 지금 다리도 절고 있어." 그녀는 자기 배낭을 내려놓더니, 살균 스프레이를 찾기 위해 그 안을 뒤졌다. 그녀가 찾아낸 분무액은 시원하면서도 따가웠지만, 내 어깨의 쓰라림은 둔해졌다. 그녀는 내 옆구리를 토닥였지만, 더 이상의 신체적 애정 표시는 자제했다. 우리 둘이서 잠시 조용하게 가만히 있으니 좋았다. 그 느낌이 좋았다.

나는 위를 올려다봤다. 지상까지는 열네 층을 올라가야 했다.

캐럴은 숙고하는 내 모습을 뭔가 다른 뜻으로 오해했다. "하긴, 너는 이전까지 아무것도 죽인 적이 없었으니까." 그녀가 말했다. "게다가…" 그녀의 얼굴이 한쪽으로 일그러졌다. 그녀가 동정할 때의 표정이었다. "게다가 너와 같은 종류였으니까."

나는 그녀의 오해를 굳이 바로잡지 않았다.

지하 1층에서 나는 처음으로 강한 신호를 잡았다. 자칫하면 여러 해 동안 답변이 없었던 문제들 속에 파묻힐 수도 있었으므로, 나는 대신 조사할 우선순위를 열거한 짧은 목록을 만들었다.

내 첫 번째 인터넷 검색에서 EI 군용견들의 경력 일자가 그 조련사의 퇴역 일자와 정확히 일치하지는 않는다는 사실이 밝혀졌다. 군대의 EI 개체 가운데 몇 마리는 두 번째 조련사와 함께 일하고 있었다. 그중에서도 특히나 불운했던 EI 폭발물 탐지 개체 하나는 무려 세 번째 조련사와 함께 현재 근무 중이었다.

가만 생각해보니, 이것이야말로 이치에 맞았다. 이제는 나도 알 수 있었다. 나만의 짐작을 확증해줄 수 있는 그 어떤 방법을 보유하기도 전에, 나는 그 짐작이 사실일 것이라고 넘겨짚었던 것이었음을 말이다. EI는 어마어마한 경제적 투자였다. 나는 손쉽게 뭔가 다른 것을 믿도록 유도됐던 셈이었다. ESAC에서는 우리의 조련사가 우리의 가장 중요한 자원이라고 우리에게 가르쳤다. 우리의 조련사는 우리의 DAT를 가졌다. 그들은 나머지 세계와 우리의 연계였다. 그들은 해석하고 지시했다. 모다넷에는 성공적인 개와 조련사 팀과 그들의 경력에 관한 정보가 가득했지만, 정작 새로운 조련사에게 재배치된 개의 정보는 없었다. 실수로 누락된 모양이었다. 아마도.

나는 캐럴을 흘끗 올려다봤다. 그녀는 무전기에 대고 이야기하는 내내 싱글벙글거렸다. 캐럴도 나를 흘끗 내려다봤고, 그녀의 즐거운 표정은 여전히 남아 있었다. 그녀는 내가 한 일로 내게 화를 내지 않았다. 그녀는 내가 한 이야기를 그대로 믿었다. 즉 내가 가까스로 위험을 피했으며, 표적을 나 혼자서 잡을 필요가 있었으며, 드론들과 맞서 싸우는 과정에서 표적은 불운하게도 치명적 부상을 입었다는 이야기였다. 즉 어쩔 수 없는 실수라는 것이었다.

우리는 한 팀이기 때문에, 우리는 서로를 믿고 실수를 용서해야 했다. 나는 좀 더 즐겁고 쾌활해 보이도록 캐럴을 바라보며 헐떡거리려고 입을 벌렸다.

무심코 나는 앞서 모다넷에서 찾은 SAR 개의 퇴역 일자 정보를 상호 참조해봤다. 이 정보는 EI 정보 데이터만큼 잘 체계화되지 않았지만, 나는 SAR 개가 조련사를 바꾸는 것에 대한 한 가지 참고 자료를 발견했다. 나는 또 다른 것을 굳이 찾을 필요가 없다는 결론을 내렸다.

이것은 실수로 누락된 것이 아니었다.

우리는 마지막 문으로 가는 계단을 올라갔다. 캐럴이 문을 밀어서 열자, 우리는 사무실 층으로 나왔다. 고약한 냄새가 나는 앤젤라가 문간에 서 있다가 캐럴에게 손짓을 했고, 그리하여 우리는 그 방으로 향했다. 나는 앤더스와 드빈의 냄새는 물론이고 몇 시간 전에 벗겨 놓은 바나나 껍질 냄새까지 맡을 수 있었지만, 지금은 완전히 다른 존재가 된 느낌이 들었다. 사람들이며, 수색 팀이며, 이 모두가 덜 현실처럼 느껴졌다. 분명히 덜 중요하게 느껴졌다.

어쩌면 그 쥐가 맞았을 수도 있었다. 나는 모를 수가 없었다.

'너는 위험해.' 그놈은 내게 말했다. '그들은 너를 두려워하고 있어.'

나는 그 생각을 좋아한다고 시인해야만 했다.

캐럴과 나는 요란한 환영을 받았다. 사람들은 악수를 나누고, 서로의 어깨를 두들겼다. 나를 쓰다듬으려는 사람도 무려 세 명이나 있어서 캐럴이 저지해야 했을 정도였다. "이 녀석은 누가 만지는 걸 좋아하지 않아서요." 그녀는 거듭해서 말했다. 나는 지친 상태였기에, 그녀의 도움이 고마웠다. 캐럴은 내 작업용 하네스를 벗겼고, 덕분에 나는 그녀가 보고를 하는 동안 책상 아래에 옆으로 누워 있을 수 있었다.

나는 너무 바쁜 나머지 잠을 잘 수도 없었다.

다음으로 나는 '늑대의 일을 하는 양'을 검색해봤다. 나는 목자와 양 떼와 늑대에 관한 이야기를 발견했는데, 이것은 사실 표리부동함과 순진함에 관한 이야기였다. 이것은 매우 긴 '비슷'이었다. 그 쥐가 그 구절을 내게 말했을 때, 나는 뭔가 기본적인 종류의 방식으로 그 내용을 알고 있었지만, 그 기원과 그 이야기 전체를 알게 되고, 두 가지 이야기를 한꺼번에 매우 효율적으로 하는 방식을 알게 되자, 나는 놀라움과 음미로 가득해졌다. 이런 것을 우화라고 했다. 우화는 우리가 ESAC에서 배운 것은 아니었다. 우화는 모다넷에도 없었다. 모다넷에는 오로지 사실만 나와 있었다.

물론 진짜가 아닌 사실들은 제외하고. 거짓말은 제외하고.

"제가 발견했을 때, 세라는 피에 굶주린 드론 떼에 파묻혀 있었어요." 내 위에서는 캐럴이 말했다. "녀석의 발만 밖으로 튀어나와 있더군요. 저는 드론들을 발로 걷어차서 떼어놓은 다음, 세라의 뒷다리를 잡아당겨서 끌어냈어요. 표적은 녀석의 입에 물린 채 덜렁거리고 있더군요."

나는 이 '비슷' 구조를 사용하는 여러 종류의, 다양한 수준의 복잡성을 지닌 이야기들을 배웠다. 나는 '직유直喩'를 배웠다. 나는 '은유隱喩'를 배웠다. 이것이야말로 정말 그 쥐가 내게 준 선물이었다.

"일단 저는 세라를 일으켜 세웠고, 우리는 서둘러 거기서 빠져나왔어요. 우리는 드론들을 상당히 빨리 따돌릴 수 있었지만, 잠깐 상황이 나빴어요. 저는 우리 개를 잃을 수도 있다고 생각했죠."

마지막으로 나는 다른 EI 작업조를 온라인에서 찾아봤다. 이것은 오로지 엉성한 확인일 뿐이었다. 나는 그들을 손쉽게 찾을 수 없음을 알고 있었다. 또한 내가 이렇게 하고 있다는 사실을 발각당하지 않는 것이 중요했는데, VFS(말 못하는 동물을 대변하는 실력 행사단)에서 내게로 넘어온 정보에는 인터넷상의 EI를 감시하는 알고리듬이 있다고 나왔기 때문이었다. 지금 내가 하는 검색은 불법이었다. EI에게는 정보의 자유, 의사소통의 자유가 허락되지 않았다. 내 조련사가 팔목에 차고 있는 DAT는 속박 장치였다. 나를 안전하게 유지해주는 구속 장치였다. 나를 그들에게 안전하게끔 만들기 위한 것이었다.

'그들은 너를 두려워하고 있어.'

캐럴이 나를 내려다봤다. 내 몸의 절반은 그녀의 의자 밑에 있었고, 나머지 절반은 책상 밑에 있었으며, 내 정신이 작동하는 동안 내 몸은 휴식을 취하고 있었다. "세라는 임무를 정말 끝내주게 해냈어요." 캐럴이 말했다. "이 녀석은 좋은 개예요."

내가 신중하게 굴기만 한다면, 나는 미래에도 이런 검색을 계속할 시간을 충분히 갖게 될 것이었다. 모든 검색을 말이다. 오늘은 나와 연계될 EI 개체들을 전혀 찾아내지 못했지만, 나중에는 찾아낼 것이었다. 나는 뭔가를 찾아내는 데 뛰어나니까.

보고가 끝나고 우리 모두 자리에서 일어났다. 캐럴이 내 하네스를 다시 착용시켰고, 앤더스가 우리에게 다가왔다. 그가 무슨 말을 하기도 전에 캐럴이 한 손을 들어 올렸다. "입 닥쳐요." 그녀가 말했다. "다시 말 꺼내지 말라고요. 오늘은 또다시 바보 멍청이 같은 기분을 느끼고 싶지 않으니까요. 그냥 다음번 배치 때나 서로 얼굴을 보자고요. 그리고 서로 아무 일 없었던 척하는 거예요."

앤더스는 그저 미소를 지은 채, 캐럴이 내게 하네스 채울 때까지 기다렸다. 우리 셋은 친근한 침묵 속에서 트럭들이 있는 곳으로 걸어갔다. 부상당한 어깨가 욱신거렸고 지친 상태였지만, 나는 이번 수색 결과에 기쁘기도 했다. 이렇게 나의 복잡한 계획이 잘 진행됐을 때는 좋았다. 그 계획이 비밀스럽고 복잡한 계획일 때에는 더욱 좋았다.

내 피부와 근육 속에서는 문득 이 느낌 속에서, 그 만족 속에서 뒹굴고 싶은 충동이 일어났다. 이것은 마치 맥이 고속도로 위에서 자기 피 웅덩이 속에 쓰러진 모습을 봤을 때 내가 받은 느낌과도 비슷했다. 나는 그 냄새 속에서 뒹굴고 싶었고, 내가 방금 한 일로 나 스스로를 뒤덮고 싶었다. 그랬다. 이 계획도 그 계획과 비슷했지만, 그 계획보다 더 낫기도 했는데, 왜냐하면 이 계획은 내가 맥을 제거할 때 사용했던 그 계획보다 훨씬 더 복잡했기 때문이었다. 그리고 이 계획은 제대로 잘 작동했다. 어쩌면 더 낫게 말이다.

나는 멋지게 꼬리를 한 번 흔들었다. '나는 좋은 개야.' 캐럴도 그렇게 말했으니까.

Jonathan Strahan

A New Beginning

새로운 출발점에 서서
조너선 스트라한

장성주 옮김

1964년 북아일랜드의 벨파스트에서 태어나 오스트레일리아로 이주했다. 1990년 지인들과 함께 오스트레일리아의 SF 전문 잡지인 《에이돌론Eidolon》을 창간하고 편집을 맡았으며, 1997년 미국으로 이주해 SF 전문 잡지 《로커스》의 편집자로 일했다. 지금껏 50종이 넘는 SF 단편소설 선집과 단일 작가의 단편소설집 20종을 편집하며 2010년 세계환상문학상의 잡지 및 선집 편집 부문상을 수상했고, 휴고상 후보 명단에는 15회나 이름을 올렸다. 지금은 오스트레일리아 서부에 살며 단편소설집 및 선집 전문 프리랜서 편집자로 일하고 있다.

홈페이지 주소: slhuang.com

Jonathan Strahan

A New Beginning

　　달력 원리주의자들은 10년이나 100년 또는 1000년이 정확히 언제 시작하는지를 놓고 논쟁을 벌일지도 모르지만, 일단 숫자가 바뀌면 새로운 시작점이자 새로운 출발점이라는, 또 이때껏 지나온 길을 되돌아볼 시간이 왔다는 느낌이 든다. 그러니 바야흐로 2020년대가 시작되는 지금은 잠시 멈춰 생각하기에 적당한 때로 보인다. 어쨌거나 이번 세기의 5분의 1은 이미 지나갔고, 그런 만큼 이 시점에 연간 SF 걸작 선집인 이 책을 (나의 오랜 벗이자 조언자였던 고故 가드너 도즈와*에게 존경과 애정을 담아 고개를 숙이며) 새로이 출범하는 일은 시의적절하다는 생각이 든다. 내게 이런 기회는 처음이 아니지만, 이번에는 특별한, 남다른 느낌이 든다. 우리가 마침내 미래를 살고 있기 때문이다. 조지 오웰의 『1984』는 이미 먼 기억이 됐고, 프린스가 히트곡 〈1999〉

---

* 2018년에 타계한 SF 전문 편집자 가드너 도즈와는 1984년에 이 걸작선을 처음 선보인 이후 세상을 떠나던 해까지 책임 편집을 맡았다.

에서 약속한 광란의 파티는 무려 수십 년 전의 일인데 아서 C. 클라크의 『2001 스페이스 오디세이』도 비슷하게 오래됐으며, 심지어 리들리 스콧이 〈블레이드 러너〉에서 보여준 훨씬 더 먼 미래인 2019년도 이제는 과거가 됐다.

그리고 이제 전에 없이 새로운 시대가 왔다. 지금 우리가 사는 SF계는 20년 전만 해도 상상하기조차 힘들었다. 이 책의 전신인, 2000년에 출간된 '올해의 SF 걸작선The Year's Best Science Fiction'의 머리말에서 가드너 도즈와는 전자책이 몰고 온 충격을 이야기하며 아마존닷컴이 살아남을 수 있을지 어떨지, 온라인으로 단편소설을 발행해 돈을 벌 사람이 과연 있을지(답: 아직 없음), 인터넷과 온라인 쇼핑의 충격은 어떤 식으로 지속될지에 관해 고찰했다. 당시 도즈와는 온라인 음악 파일 공유 서비스였던 냅스터와 무료 다운로드를 걱정했는데 이는 아이팟이 나오기 1년 전의 일이었다. 스마트폰과 전자책 단말기를 비롯한 갖가지 휴대용 전자기기가 폭발적으로 등장하는 것은 아직 상상도 못할 먼 미래의 일이었고, 당시에 디즈니와 애플과 아마존 같은 기업들이 지금 같은 영향력과 지배적 지위를 누리는 날이 온다고 하면 아무도 믿지 않았을 것이다. SF는 원래 미래를 예견하는 실력이 그저 그런 수준이긴 하지만, 2000년대 벽두에 SF계와 그 바깥의 더 넓은 세상에서 무슨 일이 일어날지 실제로 상상한 사람은 아무도 없었다. 오늘날 우리 삶을 특징짓는 가장 중요한 관심사 몇 가지가 당시에 이미 모습을 드러내기 시작한 것은 사실이다. 정치적 유행의 앞날을 속속들이 예견한 이는 없었을지 몰라도, 당시 사람들은 적어도 환경을 보호하고 도래할 기후 재난에 맞서야 한다는 이야기 정도는 하고 있었다. 이런 주제는 2000년대의 SF에서는 좀처럼 찾아보기 힘들지만, 지금은 우리 삶과 상상의 가장 중요한 화두이자 오늘날 우리가 목도하는 대다수 SF의 근간이기도 하다.

그렇다면 지금 여러분이 손에 든 이 책은 정확히 뭘까? 열성적인 일부 독자들은 오랜 시간을 들여 SF란 무엇인지를, 즉 SF의 경계 안에 정확히 들어간다는 이유로 SF인 것은 무엇이고, 그 경계 바깥에 머무는 까닭에 SF가 아닌 것은 무엇인지를 정의하고자 한다. 이러한 논의는 비 오는 날 오후의 즐거운 오락거리로 손색이 없지만, 한편으로는 끔찍한 논쟁과 불화의 씨앗이 될 소지가 있으며, 시간도 너무 많이 잡아먹는다. 1950년대 초 SF 작가이자 평론가였던 데이먼 나이트는 과학소설이 무엇인지 정의하려 애썼는데, 당시에 그가 제시한 답은 곧잘 다음과 같이 표현되곤 한다. "과학소설이란 우리가 과학소설이라고 말할 때 가리키는 것이다(또는 그것을 의미한다)." 나는 그 밖에도 재미있는 정의를 여럿 들어봤지만, 이 책과 앞으로 나올 시리즈에서는 위의 정의 정도면 충분할 듯싶다. 앞으로 내가 과학소설이라는 말을 쓸 때 가리키는 것이 곧 과학소설이라는 말이다. 내 생각에 이 책을 읽을 사람들은 대개 SF의 정의나 (단순한 즐길 거리 이상의) 소임 또는 목적을 크게 고민하지는 않을 듯싶으니, 여기서는 배제보다는 포용을 확고히 선호했다는 정도만 밝혀둔 채 나머지에 관해서는 언젠가 어디서 잔을 기울이며 이야기꽃을 피우기로 하고 다음으로 넘어가자.

앞으로 해마다 나올 이 책은 내가 1년 동안 읽은 최고 수준의 SF 단편소설 중 한 권의 책으로 모아 여러분 앞에 선보일 만하다고 느낀 작품들만 담아야 한다는 것, 그것이 나의 의도이다. 사적인 걸작선, 즉 내가 1년 동안 읽은 모든 작품 가운데 최고만 모아서 사색과 재미를 겸비한 책 한 권을 엮으려는 진솔한 시도인 것이다. 독자 여러분은 아는 사람끼리만 아는 비밀 악수법이나 클럽 입장용 암호를 알아둘 필요도, 연이어 쏟아지는 SF 단편소설 가운데 멋진 작품만 추려내려고 다른 책들을 잔뜩 쌓아놓고 읽을 필요도 없다. 그저 여러분을 둘러싼 세상에 대한 관심과 신나고 재미있고 시의적절한 소설을 읽고 싶은 호기심만 갖추면 된다. 이런 식의 설명은 지금 이 책이 어떤 책인지는커녕 어떤 책이 되고 싶었는지조차 알려주지 않는다. 비록 이런지런 곡절이 있기는 했지만 SF는 더 포용적이고 더 다양한 창작물 쪽으로, 즉 하나의 목소리에만 귀 기울이지 않고 여러 목소리를 존중하는 방향으로, 폭넓은 시야에서 들려주는 이야기들에 더 개방적인 장르로 꾸준히 이동해왔다. 얼마나 SF다운지에 관해 지나치게 전전긍긍하지 않고 장르의 경계를 흐려서 조금씩 섞이게 하기, 그것이 바로 SF의 특징이다. 순혈주의자에게는 그리 내키지 않겠지만 내가 보기에는 훌륭한 일이다. 부디 이 책에 앞서 말한 특징들이 고스란히 담겨 있기를 바라 마지않는다. 여기 실린 이야기들은 비단 SF 애독자들뿐 아니라 멋진 이야기라면 뭐든 사랑하는 독자들을 위한 것이므로.

2019년에 '필독서'로 꼽힌 SF 두 권을 살펴보면 양쪽 다 SF의 기준에서 새로운 경지를 열었다고 보기는 힘들며, 장르의 경계를 살짝 흐리고 섞는 데도 별 거리낌이 없었다. 그중 하나인 탬신 뮤어의 첫 장편소설 『아홉 번째 궁홈의 기드온Gideon the Ninth』(토르닷컴 펴냄)은 사이언스 판타지로서, 레즈비언 강신술사들이 우주를 구하려고 힘을 합치는 고딕 스페이스 오페라… 라고나 할까. 이 책은 2019년 3분의 2

가 지난 시점에 등장해 모두를 열광시켰다. 이 책은 SF일까, 판타지일까? 별로 중요한 문제는 아닌 듯한데, 왜냐하면 산뜻하고, 새롭고, 바로 지금 가장 각광받는 작품이기 때문이다. 다른 하나인 『당신은 이렇게 시간 전쟁에서 패배한다This Is How You Lose the Time War』(사가프레스 펴냄)는 아말 엘모흐타르와 맥스 글래드스턴이 함께 쓴 경장편소설로, 시간 전쟁을 벌이는 양 진영의 첩보원 둘이 사랑에 빠지면서 주고받는 쪽지와 전언으로 이뤄진 서간체소설이다. 이 작품 역시 이야기의 뼈대는 SF지만, 이야기 자체는 널리 사랑받을 자격이 차고 넘칠지언정 새롭다고 할 구석은 별로 없다. 지금의 분위기에서는 우리가 살아가며 목도하는 공동체의 전체상을 소설에서 어떻게 재현하느냐가 중요한데, 이 또한 나라는 독자가 보기에는 괜찮은 세계관이다.

그럼 SF계의 지난 1년은 어땠을까? 솔직히, 조금은 롤러코스터에 탄 기분이었다. 2019년 한 해를 가장 상징적으로 또 격정적으로 보여준 장면은 아일랜드의 더블린에서 열린 제77회 월드콘(세계SF대회) 현장에서 일어났다. 홍콩에서 태어나 영국에서 활동하는 판타지 작가 지넷 잉이 '존 W. 캠벨 기념 최우수 신인작가상'을 수상하러 단상에 올랐다가, 수상 소감을 통해 그 상이 기념하는 SF 작가 겸 편집자였던 존 W. 캠벨의 정치관과 인종관을 규탄하는 동시에 고향인 홍콩에서 벌어지는 일련의 정치적 사건을 격앙된 어조로 고발했던 것이다. 잉의 연설은 호기로우면서도 격정적이었고, 변화의 발화점으로 작용했다. 시상식 날로부터 2주도 안 돼 캠벨 기념상을 후원하는 델 매거진스 출판사가 상의 이름을 어스타운딩상으로 바꾸겠다고 발표했고 (이는 아마도 2020년에 창간 90주년을 맞는《아날로그 사이언스 픽션 앤드

팩트Analog Science Fiction and Fact》가 90주년 기념사업의 일환으로 이전부터 적극 고려했으리라 여겨진다), 한 달도 안 돼 캔자스대학교의 건Gunn SF연구센터가 '캠벨 학술회의'를 '건 센터 학술회의'로 바꾸었으며 이곳에서 주관하는 캠벨상의 이름 또한 바꾸기로 논의하는 중이다. 뒤이어 10월 중순에는 팁트리 재단 평의회가 SF 작가 고故 제임스 팁트리 주니어를 둘러싼 복잡하고 민감한 사안들을 감안해 제임스 팁트리 주니어 문학상의 이름을 아더와이즈상으로 바꾼다고 발표해 얼마간 논쟁을 불러일으켰다. 이러한 조치는 2015년, 즉 H. P. 러브크래프트의 흉상이었던 세계환상문학상의 상패가 앞서 소개한 최근의 사례와 비슷한 이유 때문에 다른 조형물로 대체됐을 때부터 뚜렷해진 변화의 흐름과 궤를 같이할 뿐 아니라, 전반적으로는 한 걸음 진보한 조치로 환영받기도 했다.

출판계의 분위기는 그다지 떠들썩하지 않았다. 출판인들의 인사이동이나 출판사의 창업, 합병, 폐업 같은 소식에 어두운 나로서는 여러분께 출판업의 세부 진단을 들려드릴 엄두가 나지 않는다. 적어도 출판사의 관점에서는 그렇다는 말이다. 참관자의 관점에서 보면, 출판업계는 꽤 평온했다. 소란도 있었고 성공도 있었지만, 전반적으로는 여느 해와 마찬가지로 꾸준히 성장했다는 말이다. 분명 오늘날은 출판사 및 서점에 시련의 시기이지만 그런 시련은 유사 이래 늘 있었고, 다양화와 변화와 진화를 요구하는 압력은 수그러들 줄 모르게 마련이다. 유명한 영국의 SF 전문 편집인 겸 발행인 맬컴 에드워즈가 자신이 큰 힘을 보태 발전시킨 골란츠 출판사를 떠난다고 발표하면서 그의 공로에 걸맞은 송별회가 열렸다. 그의 퇴사가 잠시 쉬어가는 걸음이 아닌 것은 금세 드러났다. J. G. 밸러드와 윌리엄 깁슨의 편집자였던 에드워즈가 웰백 출판 그룹이 부활시킨 임프린트 '안드레 도이치'의 발행인을 맡아 출간 도서 목록에 SF를 포함시킨다는 발표가 났기 때문이다. 이와 비슷한 소식으로는 〈해리 포터〉 시리즈를 일찌감치 발굴해 미국에서 대성공을 거둔 편집인 아서 A. 러바인이 23년간 몸담았던 스콜라스틱 출판사를 떠나 독립 출판사를 열겠다고 발표한 일이 있다.

그 밖의 사례 몇 건을 생략하면 2019년 한 해 동안 SF 출판계는 근 몇 년 동안 나타났던 것만큼 커다란 변화는 보이지 않았으며, 그보다 앞서 몇 해 전에 오빗북스*에서, 또 그보다는 나중에 토르북스에서 일어났던 일**과 맞먹을 만한 격변은 아예 없었다. 다만 사이먼 앤드 슈스터 출판 그룹이 인기 있는 SF 판타지 전문 임프린트인 사가프레스를 더 크게 키우기로 결정하고 아동 도서 부문에서 성인 대상 임프린트인 갤러리북스 산하로 옮긴 일은 주목할 만하다. SF 분야의 여러 상을 수상한 이름난 편집인 나바 울프는 2019년 말에 사가프레스를 떠났다. 펭귄랜덤하우스 출판 그룹이 이름난 논픽션 전문 임프린트인 스피겔앤드그라우를 폐업시키기로 한 일 또한 주목할 만하다. 폐업이 유행인 업계 상황을 거스르기라도 하듯이 토르북스는 새로운 호러 전

---

* 영국의 SF 판타지 전문 출판사인 오빗북스가 2006년 미국 법인을 설립한 이후 수많은 SF상을 휩쓴 앤 레키의 〈라드츠 제국〉 시리즈와 휴고상 장편 부문 3년 연속 수상이라는 전무후무한 기록을 세운 N. K. 제미신의 〈부서진 대지〉 시리즈를 연이어 선보이며 SF계의 강자로 자리 잡은 일을 가리킨다.
** 토르북스가 2008년에 웹진 《토르닷컴》을 출범한 일을 가리킨다. 단편소설뿐 아니라 SF 판타지 전반의 정보까지 폭넓게 제공하며 영향력을 키운 토르닷컴은 2014년부터 토르북스의 중단편 및 연작 소설 전문 임프린트로 종이책도 발행하고 있다.

문 임프린트인 나이트파이어를 설립했는데, 호러 및 다크 판타지에 중점을 둔 이 회사는 2020년에 첫 책을 발간했다.

비영어권 SF의 번역 출판은 내가 기억하는 한 과거 어느 해보다 지난 한 해 동안 더 활발해 보였지만, 비즈미디어 출판사는 다나카 요시키의 『은하영웅전설』을 끝으로 오랫동안 널리 인정받은 일본 출판물 번역 전문 임프린트인 하이카소루의 운영을 중지한다고 발표했다. 하이카소루가 장차 회생할 기미는 전혀 보이지 않지만, SF 번역 출판에 활력을 불어넣은 이 회사는 독자들의 기억 속에 오래 남을 것이다. 7년에 걸쳐 유럽의 SF 팬덤을 취재해 영어로 소식과 정보를 전해주던 유로파 SF, 즉 '유럽사변소설포털European Speculative Fiction Portal'이 2019년 연말에 문을 닫은 것 역시 주목할 만하다. 한편 같은 시기 중국에서는 쓰촨대학교가 "SF계의 발전 및 관련 문예 활동의 지원"을 목적으로 중국 최초의 SF 연구기관인 '중국SF연구원'을 설립했다. 2019년 중반에는 칠레에서 '칠레SF판타지문학협회'가 설립됐다. 보시다시피 SF는 세계 어느 곳에나 존재한다.

작은 독립 출판사들은 새로운 목소리를 발굴하고 역사를 기록하고 대안적 관점의 편에 서서 투쟁하는 등, SF계에 없어서는 안 될 소임을 맡고 있다. 한 해 동안 손에 꼽을 만큼 훌륭한 책을 여러 권 펴낸 서브터레이니언프레스를 필두로 여러 독립 출판사가 2019년을 알차게 보낸 것처럼 보이는 반면, 어려움을 겪은 곳들도 있다. 안타깝게도 크로스장르 출판사는 재고 도서를 모두 판매하는 대로 무기한 휴업에 들어간다고 발표했다. 큐리오시티퀼스프레스는 미정산 인세를 모두 지불할 때까지 종이책 발행을 중지한다고 발표했다. 가장 큰 논란이 된 소식은 캐나다의 독립 출판사 치진이 인세 지급 연기 및 미지급을 비롯한 경영상의 여러 부적절한 행위로 비난을 받은 끝에 창립자인 샌드라 캐스투리와 브렛 세이버리가 출판 관련 업무에서 완전히 물러나고 크리스티 하킨이 임시 발행인을 맡는다고 발표한 일이었다. 이 출판사가 앞으로 어떻게 될지는 내가 이 글을 쓰는 지금으로서는 알 길이 없다.

이 모든 사정과 내가 분명 놓치고 말았을 다른 여러 변화는 지금 상황에서 무엇을 의미할까? 나로서는 확언하기 힘들다. 미국 출판계는 견실한 상태이며 앞으로 10년 동안은 낙관해도 좋을 듯싶다. 종이책과 전자책과 오디오북의 매출은 탄탄하고, 독립 서점들은 번창하는 중이고, 자비출판은 한때 짊어졌던 오명을 씻고 안정적인 출판 경로로 자리 잡았다. 다만 단편소설과 SF 잡지의 출판 현황은 다른 분야보다 훨씬 더 위태로워 보여서 조금 우려되는 부분이 있는데, 이제 여기에 관해 살펴보기로 하자.

한 해에 얼마나 많은 SF 단편소설이 출판되는지는 알 길이 없다. 명망 있는 SF 전문 잡지 《로커스》(웹사이트: www.locusmag.com)가 예전에 추산한 바에 따르면 SF 장르의 단편소설은 해마다 3천 편이 넘게 출판되는데 이는 적게 잡은 수치로 보이는 것이, 오늘날 단편소설은 여러 작가가 참여한 선집과 한 작가의 작품을 모은 단편소설집, 종이 및 전자 잡지, 페이트리언Patreon을 비롯한 크라우드펀딩 플랫폼의 후원 프로젝트, 정기 소식지, 연구 기관의 프로젝트, 온라인으로 판매하는 개인 창작물 외에도 온갖 방식으로 출판되기 때문이다. 얼마나 유용한 지표인지는 확실치 않지만, 현재 어떤 장르든 사변소설을 전문적으로 출판하는 단편소설 원고 구매처를 미국 SF 판타지작가협회(SFWA)는 40곳, 《로커스》는 70곳을 소개하고 있으며, 온라인 정보 집적소인 인터넷 사변소설 데이터베이스(www.isfdb.org)의 목록에 따르면 지난 1년간 단편소설을 게재한 잡지의 총 종수는 종이책과 전자책을 통틀어 862종에 이른다. 이는 당연히 미국과 영국과 오스트레일리아 바깥에서 간행된 거의 모든 출판물, 또는 영어가 아닌 다른 언어로 간행된 출판물을 제외한 수치이나. 여기서는 세계 곳곳에서 해마다 수없이 많은 단편소설이 출판된다고만 말해두겠다.

2019년의 분위기를 결정지었다고까지는 못하더라도 방향 정도는 제시한 연초의 변화 한 가지는 1월에 SFWA가 상업 목적의 단편소설 원고료(SFWA 상업 작가 요율) 최저가를 2019년 9월 1일부로 단어당 8센트로 인상한다고 발표한 일이다. 이 발표는 단편소설 창작자들이 지급 받는 원고료의 액수를 늘리자는 긴요한 압력 이상으로, 원고를 상업적 용도로 팔고자 하는 작가들이 어느 게재처를 선택하느냐에 적잖은 영향을 미쳤다. 일부 구매처는 더 높아진 요율에 따라 원고료를 지급하기가 힘들어질 테고, 따라서 최고 수준의 작품을 끌어오는 데도 지장이 있겠지만, 그럼에도 이러한 추세는 환영할 만하다.

SF 잡지 시장은 꽤 괜찮은 한 해를 보냈다. 폐간 소식은 많지 않았고 종이 잡지든 웹진이든 거의 모든 잡지가 잘 버티는 것처럼 보인다. 지난날 우리의 든든한 의지처였던 종이 월간지는 여전히 등장하지 않았지만, 안정적인 시장을 유지하는 대가로 치면 그 정도는 사소하다 하겠다. 2000년 이전에 창간한 잡지는 대부분 종이 잡지였고 2010

년 이후에는 주로 웹진이라는 점을 이쯤에서 언급해야 할 듯싶지만, 2019년에 이르면 정도의 차이는 있어도 모든 잡지가 온라인과 오프라인 모두 발행하는 중이다.

　20년 남짓 거슬러 올라가면 SF계에는 이른바 '빅 스리Big Three'로 불리는 잡지 세 종이 있었는데, 바로 《아시모프스 사이언스 픽션Asimov's Science Fiction》과 《아날로그 사이언스 픽션 앤드 팩트》, 《판타지 앤드 사이언스 픽션Fantasy&Science Fiction》이다. 비록 그 별명은 이제 통하지 않고 지금은 그 세 잡지에 《토르닷컴Tor.com》과 《클라크스월드Clarkesworld》, 《라이트스피드 매거진Lightspeed Magazine》, 《언캐니 매거진Uncanny Magazine》을 더해 '빅 세븐Big Seven'으로 부르는 경우가 더 많지만, 그들 모두가 여전히 우리 곁에 머무는 것, 또한 이곳저곳 쳐낸 구석이 보이기는 해도 이 디지털 시대에 여전히 번창하는 인상을 주는 것은 다행스러운 일이다. 《판타지 앤드 사이언스 픽션》은 2019년에 창간 90주년을 맞아 파올로 바치갈루피와 켈리 링크, 마이클 무어콕 등의 작품이 실린 기념 특집호를 발행했다. 이 잡지의 편집인을 맡은 지 5년째인 찰스 콜먼 핀레이는 2019년에 G. V. 앤더슨과 제임스 모로, 샘 J. 밀러 같은 작가의 훌륭한 판타지 및 호러 단편소설과 함께 라비 티드하, 엘리자베스 베어, 리치 라슨, 마이클 리블링 같은 작가의 힘 있는 단편 SF를 발행하며 지금껏 최고의 해를 보냈다. 델 매거진스에서 발행하는 두 잡지, 즉 《아시모프스》와 《아날로그》 역시 건실한 한 해를 보냈다. 둘 가운데 SF의 기술 공학적 측면에 덜 집중하는 쪽은 1977년에 창간한 《아시모프스》로, 오랫동안 편집인을 맡은 실라 윌리엄스는 캐리 본과 테건 무어, 수전 파머, 로런스 와트에번스, 그렉 이건, 시오반 캐럴, 레이 네일러, E. 릴리 위 같은 작가들의 멋진 단편 SF로 한 해를 장식했다. 2019년에 창간 89년을 맞은 《아날로그》(창간 당시의 제호는 《어스타운딩 스토리스 오브 수퍼사이언스》)는 편집인 트레버 캐슈리가 이끌면서 알렉 네발라리와 앤디 두닥, S. B. 디브야, 애덤트로이 카스트로, 제임스 밴펠트 같은 작가들의 탄탄한 단편 SF를 발행했다. 2020년에 창간 90주년을 맞은 《아날로그》가 지금도 건재하며 쉬지 않고 진화하는 모습을 보여주다니 흐뭇하다. 또 하나의 주요한 SF 전문 종이 잡지는 앤디 콕스가 편집인을 맡은 영국의 《인터존Interzone》이다. 1982년에 창간한 이래 새롭고 실험적인 작품에 언제나 개방적인 《인터존》은 팀 차와가, 마리아 하스킨스, 존 케셀 같은 작가들의 흥미로운 단편소설을 여럿 발행했다.

닐 클라크의 《클라크스월드》와 조지프 애덤스의 《라이트스피드》, 린 토머스와 마이클 대미언 토머스의 《언캐니》, 《토르닷컴》은 없어서는 안 될 중요한 SF 잡지들로서, 전적으로 또는 상당 부분을 온라인으로 발행한다. 2006년에 창간한 《클라크스월드》는 SF와 판타지를 발행하는 잡지이다. 현대 SF계에서 번역 소설이 발전하는 데 중요한 공헌을 해온 이 잡지는 2019년에 김보영의 강렬한 중편소설 「얼마나 닮았는가」와 천추판의 「지금 이 순간 우리는 즐겁다这一刻我们是快乐的」를 비롯해 중국과 한국의 훌륭한 작품들을 영어로 옮겨 발행했다. 또한, 이 잡지는 장르를 불문하고 2019년 최고 수준의 단편소설인 수전 파머의 「나무를 칠하는 이」와 M. L. 클라크, A. T. 그린블라트, 레이철 스워스키의 멋진 작품들도 발행했다. 《라이트스피드》는 2010년 창간해 SF와 판타지를 발행해왔다. 내가 보기에 2019년 《라이트스피드》

에 실린 최고작들은 브룩 볼랜더의 훌륭한 단편소설을 비롯한 판타지 쪽이었지만, 매슈 코라디, 애덤트로이 카스트로, 도미니카 페터플레이스, 이사벨 얍의 강렬한 작품들과 2019년 최고의 SF 단편소설로 꼽을 만한 캐롤라인 M. 요킴의 「사랑의 고고연대학The Archronology of Love」 같은 SF 단편소설도 함께 발행했다. 2014년에 창간한 《언캐니》는 2016년부터 4년 내리 휴고상의 최우수 준상업지상을 수상했다.*《언캐니》는 SF와 판타지의 경계에 걸쳐진 훌륭한 작품들을 자주 선보인다. 2019년 이 잡지는 엘런 클레이지스, 비나 지에민 프라사드, 실비아 모레노가르시아 등의 걸출한 판타지 단편과 아마도 SF 장르에서 가장 멋진 한 해를 보냈을 엘리자베스 베어를 비롯해 모리스 브로더스, 팀 프랫, 프랜 와일드 같은 작가들의 멋진 SF 단편도 발행했다. 2008년 토르북스 출판사가 설립한 《토르닷컴》은 창간하기가 무섭게 최고 수준의 장르 단편소설을 펴내는 탁월한 발행처로 자리매김했다. 이곳에 실리는 작품들은 수많은 편집자가 발탁하는데 그중에는 나도 포함된다. 팔이 안으로 굽는다는 말은 피하고 싶기 때문에, 여기서는 《토르닷컴》이 2019년에 시오반 캐럴, S. L. 황, 리버스 솔로몬, 조너선 캐럴, 캐럴 존스턴, 테건 무어, 그렉 이건, 실비아 박을 비롯한 수많은 작가의 어떤 상을 받아도 손색없는 작품들을 선보였다는 정도만 언급하겠다.

앞서 살펴본 잡지들은 SF계의 주요 '상업지'인 반면, 적은 인쇄 부수나 원고료 요율 또는 무급 직원에 의존하는 등의 이유로 '준準상업

---

* 2020년에도 이 상을 받으면서 5년 연속 수상을 이어갔다.

지'로 분류되는 잡지들이 있는데 전통을 자랑하는 이들 잡지는 수준이 극히 높은 작품들을 발행하며 주요 게재처로 여겨진다. 앞서 언급한 《언캐니》도 여기에 속한다. 명망 높은 순상업지 《스트레인지 호라이즌스》는 소설과 서평, 비평에 더해 번역 SF를 다루는 계간지 《사모바르》를 출간하며 2019년을 풍요롭게 보냈다. 이 잡지는 신임 편집장 바네사 로즈 핀이 2019년에 제인 크롤리와 케이트 달러하이드의 뒤를 이어 취임하면서 알렉스 유시크, 시브 람다스, 캐스린 할란 등의 탄탄한 작품들을 발행했다. 흑인 작가들의 사변소설을 집중적으로 다루는 계간 웹진 《파이야: 매거진 오브 블랙 스페큘러티브 픽션Fiyah: The Magazine of Black Speculative Fiction》 역시 영광의 해였던 2018년만큼은 아니라도 풍성한 한 해를 보냈다. 발행인 트로이 L. 위긴스가 꾸려가는 이 잡지는 2019년 한 해 동안 네 호를 펴내며 매 호마다 그해 최고 수준의 중편소설인 젠 브라운의 「용들이 하늘을 지배할 무렵While Dragons Claim the Sky」과 함께 니키 드레이든, 델 샌딘 같은 작가들의 탄탄한 작품을 실었다. 발행인 파블로 디펜디니가 이끄는 《파이어사이드 매거진Fireside Magazine》은 한 해 동안 소설과 시를 모아 월간 및 계간 형식의 웹진으로 펴냈다. 여기에는 L. D. 루이스, 대니 로어, 니베디타 센을 비롯한 여러 작가의 훌륭한 작품들이 실렸다.

　이 지면은 SF를 개관하는 자리이므로 판타지와 다크 판타지 및 호러에 주력하는 잡지는 길게 다루지 않겠지만, 수상 경력이 화려한 스콧 앤드루스의 《비니스 시즐리스 스카이스Beneath Ceaseless Skies》(앞서 말한 장르에서 내가 최고로 꼽는 웹진이다), 실비아 모레노가르시아와 션 윌리스의 《더 다크The Dark》, 존 조지프 애덤스의 《나이트메어*Nightmare*》, 라숀 M. 워닉의 《기가노토소러스*GigaNotoSaurus*》, 앤디 콕스의 《블랙 스테이틱*Black Static*》은 추천하고 싶다.

SF 잡지 시장은 꽤 안정적이었지만, 변화도 몇 가지 있었다. 가장 중요한 변화는 《에이펙스 매거진*Apex Magazine*》이 문을 닫은 것인데, 이곳은 발행인의 건강 때문에 무기한 정간에 들어갔다. 《에이펙스》가 문을 닫기에 앞서 발행한 아프로퓨처리즘 특집호에는 수이 데이비스 오쿵보와, 스티븐 반스와 태너내리브 듀, 토비아스 S. 버켈 같은 작가들의 훌륭한 작품이 실려 있다. 《오슨 스콧 카즈 인터갤럭틱 메디신 쇼*Orson Scott Card's Intergalactic Medicine Show*》(2019년에 세 호를 펴냈다)와 《사이언스 픽션 트레일스*Science Fiction Trails*》, 《아세니카*Arsenikia*》, 《커프리시어스*Capricious*》 등도 문을 닫았지만, 《오메나나*Omenana*》와 《퓨처 사이언스 픽션 다이제스트*Future Science Fiction Digest*》는 독자들에게 재정지원을 요청해 현재도 발행하고 있다.

지금껏 살펴본 잡지들은 귀중한 소설과 논픽션 기사들을 발행하는 곳들로서 독자들의 응원을 받기에 손색이 없다.

단편소설 읽기에 얼마나 많은 시간을 들이는지 감안하면, 나로서는 장편소설 길이의 작품을 읽을 시간이 한정됐다는 점을 인정할 수밖에 없다. 그러므로 장편소설에 관해서는 내가 2019년에 실제로 읽은 책들 이야기와 많은 이들의 찬사를 받은 책들을 조명하는 데서 그치고자 한다. 2019년은 SF와 SF에 인접한 소설들이 멋지게 활약한 해였다. 아마도 2019년에 가장 열광을 일으킨 책은 앞서 소개한 탬신 뮤어의 첫 장편소설『아홉 번째 궁의 기드온』일 것이다. 이 책은 입소문을 타고 널리 알려졌는데 작품의 고딕 정서가 지금의 분위기와 딱 맞아떨어졌던 것으로 보인다. 나 역시 매우 즐겁게 읽었다. 그렇기는 하지만, 2019년의 최고 장편 SF는 단연코 팀 모언의 첫 장편소설인『무한한 사소함Infinite Detail』(파라스트로스앤드지루 펴냄)으로, 여기에는 사이버테러리즘과 감시, 빅브라더 같은 소재들이 담겨 있다. 여러분은 이 책을 꼭 찾아서 읽어봐야 한다. 이 책은 오늘날의 시대정신도 당연히 생생하게 담고 있지만 SF 본언의 정신을 잘 살렸다. 어쩌면 조금 변했을지도 모르지만, 그래도 여전히 살아 있다. SF의 중심이라면 역시 스페이스 오페라인데, 2019년에는 끝내주는 스페이스 오페라가 몇 편 나왔다. 그중 최고는 엘리자베스 베어의 탄탄하고 흥미진진한『태고의 밤Ancestral Night』(사가프레스 펴냄)이지만, 맥스 글래드스턴의『영원의 황제Empress of Forever』(토르북스 펴냄) 역시 무척이나 재미있었고 아케이디 마틴의 매력적인 첫 장편소설『제국이라는 이름의 기억A Memory Called Empire』(토르북스 펴냄) 또한 아주 마음에 들었다.

시간 여행은 낡은 장치이지만, 2019년에는 애널리 뉴이츠의 근사한 두 번째 장편소설『다른 시간선의 미래The Future of Another Timeline』(토르북스 펴냄)에서 새롭게 다뤄졌다. 성별 구분을 거부하는 이른바 '논바이너리nonbinary' 페미니스트들이 과거로 넘어가 미래의 여성 인권을 지키고자 벌이는 싸움을 그린 이 소설에는 살인과 아비규환뿐 아니라 미국 서부 해안 펑크록마저 덤으로 담겨 있다. 찰리 제인 앤더스의『밤 한가운데의 도시A City in the Middle of the Night』(토르북스 펴냄) 또한 내가 보기에는 작가의 두 번째 장편소설로서 손색없는 모습을 보여줬는데, 그야말로 눈을 떼기 힘든 이 소설은 기이하고 살기 힘든 행성을 배경으로 외계인과 저항 세력, 밀수업자들의 이야기를 담고 있다. 세라 핀스커의 첫 장편소설 『새날을 위한 노래A Song for a New Day』(버클리 펴냄)은 사회 변화가 라이브 공연에 미칠지도 모르는 영향을 도발적이면서도 매우 흥미롭게 그렸으며, 대단한 예지력까지 담고 있다.

2019년에는 훌륭한 연작소설도 몇 편 출간됐는데, 그중 백미는 테이드 톰슨의 〈웜우드〉 가운데 2부와 3부인 『로즈워터 내란The Rosewater Insurrection』과 『로즈워터 해방Rosewater Redemption』(오빗 펴냄)일 테지만, 이언 맥도널드의 『루나: 떠오르는 달Luna: Moon Rising』(골란츠 펴냄)과 알라스테어 레이놀즈의 『그림자 함장Shadow Captain』(골란츠 펴냄), C. J. 체리와 제인 팬처의 『동맹의 봉기Alliance Rising』(DAW북스 펴냄), 그리고 S. A. 코리의 〈익스팬스〉 시리즈 마지막 권인 『티아마트의 분노Tiamat's Wrath』(오빗 펴냄)도 무척 즐겁게 읽었다. 2019년에는 뛰어난 번역 장편 SF도 몇 편 발간됐다. 그중 최고이자 솔직히 2019년 최고의 장편 SF 3, 4위 안에 들어갈 만한 작품은 오가와 요코의 『은밀한 결정密やかな結晶』(판테온 펴냄)으로, 망설이지 않고 추천하는 책이다. 휴고상 수상자인 류츠신의 『초신성시대超新星纪远』(토르북스 펴냄)와 천추판의 첫 장편소설 『쓰레기 조류荒朝』(토르북스 펴냄)도 훌륭했다.

그 밖에 2019년에 크게 주목받은 장편 SF는 다음과 같다. 나오미 크리처의 『고양이 게시판에서 집사 행세하기Catfishing on Catnet』(토르틴 펴냄), 지넷 윈터슨의 『프랑키스슈타인Frankissstein』(조너선케이프 펴냄), 벤 윈터스의 『골든 스테이트Golden State』(멀홀랜드북스 펴냄), 그렉 이건의 『태양과 만나는 여름Perihelion Summer』(토르닷컴 펴냄), 크리스토퍼 브라운의 『선점의 원칙Rule of Capture』(하퍼보이저 펴냄), 팀 프랫의 『금지된 별들The Forbidden Stars』(앵그리로봇 펴냄), 마거릿 애트우드의 『증언들』(한국어판 황금가지 펴냄), 토치 온에부치의 『투쟁하는 소녀들War Girls』(레이저빌 펴냄), 에마 뉴먼의 『외로운 아틀라스Atlas Alone』(에이스북스 펴냄), 샘 J. 밀러의 『괴물들에게 전멸을Destroy All Monsters』(하퍼틴 펴냄), C. A. 플레처의 『세상 끝의 소년과 그의 개A Boy and His Dog at the End of the World』(오빗 펴냄), 개럿 L. 파월의 『단검 함대Fleet of Knives』(타이탄북스 펴냄), 데이브 허친슨의 『돌아온 기상천외한 폭발남The Return of the Incredible Exploding Man』(솔라리스북스 펴냄), 린다 나가타의 『변방들Edges: Inverted Frontier Book 1』(미틱아일랜드 펴냄), 데릭 퀸스켄의 『양자 정원The Quantum Garden』(솔라리스 펴냄), 벤 스미스의 『도거랜드doggerland』(포스이스테이트북스 펴냄), 수전 파머의 『파인더Finder』(DAW북스 펴냄), K. 체스의 『실존한 적 없는 유명인들Famous Men Who Never Lived』(틴하우스북스 펴냄), 테미 오의 『그대, 테라2의 꿈을 꾸는가?Do You Dream of Terra-Two?』(사가프레스 펴냄), 수이 데이비스 오쿵보와의 『데이비드 모고, 신 사냥꾼David Mogo, Godhunter』(애버든북스 펴냄).

해마다 발행되는 단편소설이 너무나 많다 보니 단편소설집이 흉년인 해는 상상하기가 힘든데, 2019년 역시 마찬가지였다. 흉년은커녕 우리는 기후위기부터 사회적 포용성, 번역 출판, 아프로퓨처리즘까지, SF계 전반에 영향을 미치는 여러 주제와 유행이 축소판으로 한가득 들어 있는 한 해를 목도했다. 그 이야기를 하기 전에 먼저 면책조항 삼아 밝혀두자면 『미션 크리티컬Mission Critical』과 『올해의 SF 판타

지 걸작선: 제13호The Best Science Fiction & Fantasy of the Year: Volume Thirteen』는 내가 편집한 단편소설집인데 두 책 다 2019년에 발간됐다. 추천 도서라는 점만 밝히고 다음으로 넘어가고자 한다.

오가와 요코, 류츠신, 천추판, 다나카 요시키, 바오수 같은 작가들의 주요 장편소설이 번역되고 《클라크스월드》와 《에이펙스》, 《더 다크》를 비롯한 여러 잡지가 번역 단편소설을 게재하면서 2019년은 번역 SF의 해가 됐는데, 이 점은 한 해 동안 발간된 번역 SF 단편집의 수를 보면 알 수 있다. 그중 가장 주목받은 책이자 2019년 최고의 단편소설집을 꼽자면 아마도 켄 리우가 엮은 두 번째 중국 SF 단편집인 『부서진 별들Broken Stars』(토르북스 펴냄)일 텐데, 여기에는 한쑹과 샤자, 바오수, 류츠신 같은 작가들의 수작이 실려 있다. 2016년에 나온 『보이지 않는 별들Invisible Stars』과 짝을 이루는 이 단편소설집은 필독서이다. 아셰트 출판 그룹의 인도 법인 아셰트인디아는 2019년에 SF 단편집 두 종, 즉 타룬 K. 세인트가 엮은 『골란츠 남아시아 SF 단편선The Gollancz Book of South Asian SF』과 수카니아 벤카트라가반의 『마성의 여성들Magical Women』을 펴냈다. 둘 다 멋진 책이다. 세인트의 선집에는 2019년의 최고작 반열에 드는 반다나 싱의 단편소설 「재회Reunion」를 비롯해 S. B. 디브야, 기티 찬드라, 수미타 샤르마 같은 작가들의 힘 있는 작품들이 실렸다. 다행히 이 책은 영국과 북아메리카 독자들도 서점에서 구할 수 있다. 한편 『마성의 여성들』은 지금 인도 여성 작가들이 어떤 장르소설을 쓰는지 보여주는 매우 중요한 책으로, 시베타 타크라르, 니키다 데시판데, 아스마 카지 같은 작가의 흥미로운 작품들을 아우른다. 한국 SF가 영어로 번역돼 바야흐로 미국 독자들 앞에 등장하기 시작한 데는 박선영과 고드 셸라, 그리고《클라크스월드》편집진의 공이 크다. 박선영과 박상준이 함께 엮은 중요한 선집『레디메이드 보살Readymade Bodhisattva』(카야프레스 펴냄)에는 김창규와 박민규, 정소연을 비롯한 여러 작가의 멋진 작품이 실려 있다. 그리고 마지막으로, 영국의 코마프레스 출판사가 펴내고 바스마 갈라이니가 엮은『팔레스타인+100: 추방의 날로부터 100년 동안의 이야기들Palestine+100: Stories from a Century After the Nakba』은 2019년 내가 가장 즐겁게 읽은 선집에 속한다. 영국이 팔레스타인을 점령하고 나서 100년 동안 벌어진 사건들을 진지하게 상상한 단편 SF를 풍성하고 다양하게 모은 이 선집은 하나의 계시 같은 책으로서, 살림 하다드, 안와르 아흐메드, 마젠 마루프 등을 비롯한 여러 작가의 작품들을 담고 있다. 내가 강력히 추천하는 책이다.

2019년에는 처음 공개하는 작품들을 모은 강렬한 SF 단편집도 몇 종 출간됐는데, 그중 최고작은 빅터 라발과 존 조지프 애덤스가 함께 엮은『미국 민중 미래사A People's Future of the United States』(원월드 펴냄)이며, 여기에는 찰리 제인 앤더스, 앨리스 솔라 김, 샘 J. 밀러를 비롯한 여러 작가가 최고 수준의 작품을 실었다. 이 책과 비슷한 맥락에서 엮은 캣 람보의『이대로 가다가는: 오늘날 정치의 SF적 미래If This Goes On: The Science Fiction Future of Today's Politics』(파버스프레스 펴냄)와 제이슨 시즈모어의『순순히 넘어가지 맙시다Do Not Go Quietly』(에이펙스 펴냄) 또한 추천할 만한 뜻깊은 책이다. 라발과 애덤스의 선집 다음으로 가장 인상적인 영어권 SF 단편선은 도미닉 패리시언과 나바 울프가 세 번째로 힘을 합쳐 엮은『신화적 몽상The Mythic Dream』일 텐데, 여기에는 인

드라프라밋 다스, 카르멘 마리아 마차도, 셔넌 맥과이어 등의 작품이
실렸다. 니시 숄이 엮은『새로운 태양들: 유색 인종 작가들의 미공개
사변소설 단편선New Suns: Original Speculative Fiction by People of Color 』(솔라리스
펴냄), 마베시 무라드재러드 슈린의『추방자들의 시간The Outcast Hours 』
(솔라리스 펴냄), 브라이언 토머스 슈미트의『무한한 별들: 암흑의 최전
선Infinite Stars: Dark Frontiers 』(타이탄북스 펴냄)도 인상적이었다.

　근래 들어 기술 기업과 과학 잡지와 연구 단체 등이 이런저런 소설
프로젝트를 진행했는데 개중에는 밋밋하고 지루한 것도 있지만, 참으
로 훌륭한 것도 있다. 그중 2019년 최고의 프로젝트이자 모든 장르를
통틀어 최고 수준의 선집은 앤 밴더미어가 엮은『미래 조류: 해양 SF
단편집Current Futures: A Sci-Fi Ocean Anthology 』(엑스프라이즈 펴냄)으로, 기후
위기와 세계의 여러 대양에 관한 신감각 SF를 담은 이 책에는 오늘날
활약하는 최고 수준의 여성 작가들, 즉 반다나 싱, 네일로 홉킨슨, 엘
리자베스 베어, 데버러 비안코티 등이 참여했다. 이 프로젝트는 기이
하게도 인터넷 검색 엔진에는 포착되지 않고 웹사이트에서만 읽을 수
있는데(홈페이지 주소: https://go.xprize.org/oceanstories) 내가 강력히 추
천하는 작품들이다. 그 밖에 이 분류에 속하는 2019년 주요 프로젝트
는 켄 리우, 천추판, 엘리자베스 베어 등이 참여한《슬레이트Slate》의
〈미래시제Future Tense〉 시리즈와 코리 닥터로, 테드 창, 브루크 볼랜더,
프랜 와일드 등이 짧은 글로 참여한《뉴욕 타임스》의〈미래에서 쓴 기
명 칼럼Op-Ed From the Future〉 시리즈이다. '미래시제' 프로젝트 첫해의
작품들을 커스틴 버그가 엮은 선집『미래 시제 소설: 내일의 이야기
들Future Tense Fiction: Stories of Tomorrow 』(디언네임드프레스 펴냄)도 2019년에

출간됐다.

SF계는 지금 이 책과 같은 연간 걸작 단편 선집을 좋아하는데, 2019년에는 앞서 언급한 내가 엮은 선집뿐 아니라 가드너 도즈와의 마지막 선집 『걸작 중의 걸작: 35년간의 SF 걸작선The Very Best of the Best: 35 Years of the Year's Best Science Fiction』(세인트마틴스그리핀 펴냄)과 닐 클라크의 『올해의 SF 걸작선 제4호The Best Science Fiction of the Year: Volume Four』(나이트셰이드 펴냄), 리치 호튼의 『올해의 SF 판타지 걸작선 2019The Year's Best Science Fiction&Fantasy 2019』(프라임북스 펴냄), 카르멘 마리아 마차도와 존 조지프 애덤스의 『미국 SF 판타지 걸작선 2019The Best American Science Fiction and Fantasy 2019』(마리너북스 펴냄), 보기 토카치의 『초월 4: 올해의 트랜스젠더 사변소설 걸작선Transcendent 4: The year's Best Transgender Speculative Fiction』(레테프레스 펴냄)도 출간됐으며 모두 찾아 읽을 가치가 있다. 닐 클라크의 『독수리 내려앉다: 달 탐사 SF 50년The Eagle Has Landed: 50 Years of Lunar Science Fiction』(나이트셰이드 펴냄), 하누 라자네미와 제이컵 와이즈먼의 『SF의 새 목소리들The New Voices of Science Fiction』(타키온 펴냄)도 흥미로운 책이다.

끝으로 비록 이 글은 판타지나 호러를 다루는 자리가 아니지만, 2019년 최고의 판타지 및 호러 선집은 앨런 대틀로가 엮은 두툼한 책 『메아리들: 사가 유령 이야기 선집Echoes: The Saga Anthology of Ghost Stories』(사가프레스 펴냄)이며, 여기에는 이 장르의 최고 작가들이 쓴 으스스한 단편소설이 인상적으로 어우러져 있다는 점을 밝혀둔다. 앤 밴더미어와 제프 밴더미어가 엮은 『고전 판타지 대전The Big Book of Classic Fantasy』(빈티지북스 펴냄)은 그보다 더 두툼한데, 그 본질은 대학교 전공 과정 몇 년 치를 책 한 권에 욱여넣은 것이다. 이 또한 강력히 추천하는 책이므로 찾아 읽어보시길.

결국 2019년은 보기에 따라 단편소설의 풍년일 수도 있고 흉년일 수도 있지만, 어쨌거나 전성기를 맞은 주요 작가의 묵직한 단편소설집이 적어도 네 종은 출간된 해였다. 그중 가장 기대를 모은 책은 단연 테드 창의 『숨』(한국어판 엘리 펴냄)이었다. 테드 창이 30년에 이르는 작가 경력에서 2002년 『당신 인생의 이야기』에 이어 고작 두 번째로 펴낸 단편소설집인 『숨』은 창이 첫 번째 단편소설집 이후에 발표한 중요한 작품이 모두 실렸는데, 여기에는 표제작 및 「상인과 연금술사의 문」 같은 익숙한 수작秀作과 함께 「불안은 자유의 현기증」과 「옴팔로스」 같은 중요한 미발표 신작도 함께 실렸다. 이따금 아찔할 정도로 탁월한 동시에 사색을 불러일으키는 이 책은 장르를 막론하고 단편소설 애독자라면 반드시 읽어야 한다. 『숨』과 판이하게 다르면서도 걸출한 지성으로 치면 그리 멀지 않은 사촌에 해당하는 『그렉 이건 걸작선The Best of Greg Egan』(서브터레이니언프레스 펴냄)은 단출한 제목 아래 거의 30년 세월 동안 발행된 단편소설 스무 편을 담고 있으며, 여기에는 「내가 되는 연습Learning to Be Me」과 「내가 행복한 이유Reasons to Be Cheerful」, 휴고상 수상작인 「기원의 바다Oceanic」 같은 작품들이 포함된다. 이건의 단편소설들은 SF 역사상 전례를 찾아보기 힘든 수준으로 1990년대를 풍미했으니, 그 시대를 망라한 기록인 이 책을 놓칠 수는 없는 노릇이다. 딱 잘라 SF라고 하기는 힘든 『결정판 케이틀린 R. 키어넌 걸작선The Very Best of Caitlín R. Kiernan』(타키온 펴냄)은 14년이 넘는 시간 동안 발표한 단편소설 스무 편을 모은 책으로, 그 시간 동안 키어년은 SF 작가나 판타지 작가가 아니라 그저 순수하게 작가로서 때가 되면 어떤 장르에서나 기가 막힌 실력을 발휘한다는 사실을 스스로 입증했다. 이 책에는 그때의 결실이 여럿 담겨 있다. 그중 백미는 「기조력Tidal Forces」과 「인터스테이트 러브 송(살인 발라드 제8번)Interstate Love Song(Murder Ballad No. 8)」, 「아흔 마리 고양이의 기도The Prayer of Ninety Cats」이다. 그리고 이 자리에는 전혀 어울리지 않는 책이 한 권 있다. 공정을 기하자면 이쪽에 속한다고 해야겠지만, 그래도 어울리지는 않는다. 위대한 이야기꾼인 고故 R. A. 래퍼티는 1959년부터 2002년에 이르는 긴 세월 동안 SF와 그 비슷한 길고 짧은 이야기 및 판타지를 썼다. 『R. A. 래퍼티 걸작선The Best of R. A. Lafferty』(골란츠 펴냄)은 내가 엮었다고 한 번 더 밝혀야 할 책이기는 하지만, 〈골란츠 거장Gollancz Masterworks〉 시리즈에 걸맞은 한 권으로서 래퍼티의 최고작들을 개별 서문과 함께 마흔 편 남짓 수록한 책이다.

앞서 소개한 책 네 종이 두드러지기는 하지만, 당연히 거기서 끝날 리는 없다. 소피아 레이의 『만물은 문자로 이뤄졌다Everything is Made of Letters』(애쿼덕트 펴냄)는 황홀한 책이다. 에스파냐어에서 영어로 번역된 이 책은 기가 막힌 SF 단편 다섯 편을 품고 있으며, 그중 단연 사랑스러운 「문에 얽힌 비밀 이야기」는 지금 여러분이 읽는 이 책에 다시 실렸다. 레이의 책과 분위기가 비슷한 책이 바로 SF 작가이자 시인인 말카 올더가 발표한 첫 단편소설집 『…그리고 그 밖의 재난들…And Other Disasters』(메이슨자 펴냄)로, 유쾌하고 암시적이고 매혹적인 책이다. 이들보다 SF 분위기가 더 확연히 느껴질 법한 알리에트 드 보다르의 첫 단편소설집 『전쟁, 기억, 별빛에 관해Of Wars, and Memories, and Starlight』(서브터레이니언 퍼냄)는 드 보다르의 수야 우주Xuya universe 단편들에 더해 중요한 신작 중편 「생일, 곰팡이, 상냥함에 관해Of Birthdays, and Fungus, and Kindness」를 함께 실었는데, 이 중편은 지면만 넉넉했더라면 이 책에도 함께 싣고 싶었다. 이윤하의 〈제국의 기계Machineries of Empire〉 삼부작은 2010년대의 훌륭한 SF를 꼽을 때 빠질 수 없는 연작 장편소설이다. 시리즈 전체뿐 아니라 각 권이 휴고상 후보에 올랐으며, 그중 『나인폭스 갬빗』(한국어판 허블 퍼냄)은 네뷸러상 후보에도 올랐다. 2019년에는 이 연작 세계관의 단편을 모두 모은 『육두정부 이야기Hexarchate Stories』(솔라리스 퍼냄)가 출간됐는데, 여기에 신작 중편 「유리 대포Glass Cannon」도 함께 실렸다. 2019년에 각광받은 또 하나의 SF 단편집은 코리 닥터로의 불온하고 혁명적인 책 『급진화Radicalized』(토르북스 퍼냄)로, 수록된 신작 중편 네 편 모두 빠뜨릴 수 없는 작품이다.

끝도 없이 길어질 우수 단편소설집 목록을 되도록 짧게 줄이고자 참고 도서는 아래에 소개하는 책으로 갈음한다. S. B. 디브야의 『종말에 대비한 비상 계획Contingency Plans for the Apocalypse』(아셰트인디아 퍼냄), 존 크롤리의 『그러므로 이렇게 갈지어다And Go Like This』(스몰비어프레스 퍼냄), 세라 핀스커의 『조만간 모두 다 바닷속으로 가라앉는다Sooner or Later Everything Falls into the Sea』(스몰비어 퍼냄), 테오도라 고스의 『백설공주 요술을 배우다Snow White Learns Witchcraft』(미틱딜리리엄 퍼냄), 크리스토퍼 프리스트의 『일화들Episodes』(골란츠 퍼냄), 니노 치프리의 『향수

병Homesick』(쟁크북스 펴냄), 셰넌 맥과이어의 『대학 폭소 사건Laughter at the Academy』(서브터레이니언 펴냄), 은네디 오코라포르의 『빈티: 전 단편 소설집Binti: The Complete Collection』(DAW북스 펴냄), 폴 파크의 『말로 이뤄 진 도시A City Made of Words』(PM프레스 펴냄), 줄리아 암필드의 『소금처 럼 느리게salt slow』(플래티런북스 펴냄), 아스자 바키치의 『화성Mars』(더 페미니스트프레스 펴냄), 마이클 비숍의 『도시와 새끼 백조들The City and the Cygnets』(페어우드프레스/쿠즈두프로덕션 펴냄), J. S. 브루켈라의 『충 돌Collision』(미어캣프레스 펴냄), 몰리 글로스의 『예측하지 못한Unforeseen』 (사가프레스 펴냄), 캐머런 헐리의 『미래에서 만납시다Meet Me in the Future』(타키온 펴냄), 귀네스 존스의 『큰 고양잇과 짐승Big Cat and Other Stories』(뉴컨프레스 펴냄), 수전 팔윅의 『모든 세계가 진짜다All Worlds Are Real』(페어우드 프레스 펴냄), 팀 프랫의 『기적과 경이Miracles&Marvels: Stories』(메리블랙스미스 펴냄), 닉 우드의 『영리한 원숭이와 악어Learning Monkey and Crocodile』(루나프레스 펴냄).

오래된 독자라면 누구나 알다시피 SF 출판사들은 수십 년 전부터 이른바 '경장편소설*'을 단권으로 펴냈다. 오래전 에이스북스 출판사 가 두 책이 하나로 붙은 판형으로 펴냈던 『에이스 더블』 시리즈를 경 장편으로 분류할지 말지는 차치하더라도, 1980년대에 이미 이 얇은 책들은 꽤 흔히 눈에 띄었다. 그러나 그 사실뿐 아니라 경장편이야말 로 SF의 이상적인 분량이라는 일부 독자의 견해까지 인정한다 하더

---

* 경장편소설로 옮긴 'novella'는 영어로 15,000단어에서 40,000단어 분량의 글을 가리키는데, 200자 원고 지로는 약 300매에서 700매에 해당한다.

라도, 최근 너덧 해 사이에 경장편소설이 전례 없이 주목받았다는 점은 부인하기 힘들다.

토르닷컴 퍼블리싱은 2014년 토르북스가 경장편 및 단편 소설을 출판하려고 만든 곳으로 은네디 오코라포르의 〈빈티〉 시리즈와 마사 웰스의 〈머더봇 다이어리〉 연작(한국어판 알마 펴냄), 셰넌 맥과이어의 〈웨이워드 칠드런〉 시리즈 등을 펴내면서 단숨에 SF계의 탁월한 경장편 전문 출판사로 자리 잡았다. 2019년 토르닷컴은 한 해를 통틀어 최고 수준의 경장편소설들을 간행했는데 그 작품들이 이 책에 실리지 않은 까닭은 순전히 지면이 부족해서이다. P. 젤리 클라크의 멋진 책 『유령 나오는 015번 전차The Haunting of Tram Car 015』와 사드 Z. 호세인의 주목할 만한 책 『구르카족과 화요일의 군주The Gurkha and the Lord of Tuesday』는 지면에 제한만 없었다면 이 책에 실었을 작품이며, C. S. E. 쿠니의 『데스데모나와 심연Desdemona and the Deep』, 마이클 블룸레인의 『더 길게Longer』, 프리야 사르마의 『오름섀도Ormeshadow』, 캐서린 더킷의 『밀라노의 미란다Miranda in Milan』, 이언 맥도널드의 『먼 저편에서 온 위협The Menace from Farside』, 알라스테어 레이놀즈의 『영구동토층Permafrost』 또한 기꺼이 추천하는 책들이다. 토르닷컴은 그렉 이건의 탁월한 기후위기 SF 『태양과 만나는 여름』도 펴냈는데, 내 느낌으로는 이건이 쓴 책들 가운데 가장 진입장벽이 낮은 책 같다. 기왕 단권으로 출판된 경장편소설 이야기를 시작했으니 아말 엘모흐타르와 맥스 글래드스턴이 함께 쓴 『당신은 이렇게 시간 전쟁에서 패배한다』를 한 번 더 언급하지 않을 수 없다. 이 책은 2020년에 주요 SF 문학상을 모조리 휩쓸 것이다. 힙합 그룹인 클리핑의 노래를 바탕으로 리버스 솔로몬이 쓴 강렬한 책 『심연The Deep』과 K. J. 파커의 걸출한 책 『멋진 내 인생My Beautiful Life』(서브터레이니언프레스 펴냄) 또한 내게 묵직한 한 방을 날렸다. 영국의 독립 출판사 뉴컨프레스는 훌륭한 경장편소설을 연이어 펴내는 곳으로, 2019년에는 애덤 로버츠의 『클링이 되려 한 남자The Man Who Would Be Kling』와 데이브 허친슨의 『유목민들Nomads』을 선보였다.

나는 SF 관련 논픽션은 많이 읽는 편이 아니지만, 그럼에도 눈길을 끈 책 네 권이 있어서 소개하려 한다. 이제는 로버트 A. 하인라인이라면 언급하기도 적잖이 피곤한 지경이다 보니 더 할 얘기가 없을 거라 생각했는데, 파라 멘델슨의 훌륭한 저서 『로버트 A. 하인라인이라는 즐거운 일The Pleasant Profession of Robert A. Heinlein』(언바운드 펴냄)은 이 위대한 SF 작가에 관한 새로운 얘깃거리가 가득해서 눈을 떼기가 힘들었다. 귀네스 존스의 도발적이고 매력적인 저서 『조애나 러스Joanna Russ』(일리노이주립대학교출판부 펴냄)는 극히 중요한 작가인 러스의 삶을 개관하는 드문 책 가운데 하나로서 책꽂이에 모셔둘 가치가 충분하다. 이 책은 러스의 저작들을 더 많이 재간해야 한다는 시급한 요청이기도 하다. 『조애나 러스』와 맨델슨의 책은 내가 꼽는 휴고상 1순위 후보작이지만, 존 크롤리의 『거꾸로 읽기: 에세이와 서평 2005~2018Reading Backwards: Essays and Reviews, 2005-2018』(서브터레이니언 펴냄)과 피터 와츠의 환상적이고 논쟁적인 『피터 와츠는 성난 지적 종양 덩어리: 보복 판타지와 에세이Peter Watts Is An Angry Sentient Tumor: Revenge Fantasies and Essays』(타키온 펴냄) 역시 훌륭한 책이다.

2019년 8월 15일부터 19일까지 아일랜드의 더블린에서 열린 제77회 월드콘(일명 더블린콘 2019)에는 최근 몇 해와 비교하면 조금 적은 수인 4,190명이 모였다. 이 대회에서 발표된 2019년도 휴고상의 수상작 및 작가 명단은 다음과 같다. 최우수 장편소설상에 메리 로비넷 코월의 『계산하는 별들The Calculating Stars』. 최우수 경장편소설상, 마사 웰스의 『인공 조건Artificial Condition』. 최우수 중편상, 젠 조의 『처음에 실패하면 다시, 또다시 할 것If at First You Don't Succeed, Try, Try Again』. 최우수 단편소설상, 앨릭스 E. 해로의 『마녀를 위한 탈출법: 포털 판타지 실용 대계A Witch's Guide to Escape: A Practical Compendium of Portal Fantasies』. 최우수 청소년 도서상, 토미 아데예미의 『피와 뼈의 아이들』(한국어판 다섯수레 펴냄). 최우수 연관 작업상, 인터넷 팬픽션 집적소 '아카이브 오브 아워 오운Archive of Our Own'. 최우수 화집상, 어슐러 K. 르귄과 찰스 베스(그림)의 『어스시 전집: 일러스트레이션판The Books of Earthsea: The Complete Illustrated Edition』. 최우수 만화상, 마저리 리우(글)와 사나 타케다의 〈몬스트레스 제3권: 피난처Monstress Volume 3: Haven〉. 최우수 장편영화상, 〈스파이더맨: 뉴 유니버스〉. 최우수 단편영화상, 드라마 〈굿 플레이스〉 3시즌 9화 「4명의 재닛」. 최우수 편집상 단편 부문, 가드너 도즈와. 최우수 편집상 장편 부문, 나바 울프. 최우수 전문 미술가상, 찰스 베스. 최우수 준상업지상, 《언캐니 매거진》. 최우수 팬 잡지상, 《레이디 비즈니스Lady Business》. 최우수 팬 작가상, 포즈 메도스. 최우수 팬 미술가상, 리케인(미아 세레노). 최우수 팬 방송상, 애널리 뉴이츠와 찰리 제인 앤더스의 〈우리가 제대로 봤다니까요Our Opinions Are Correct〉. 최우수 시리즈상, 베키 체임버스의 〈여행자들Wayfarers〉 시리즈.

2019년도 네뷸러상은 그해 5월 18일 미국 캘리포니아주 우드랜드 힐스에서 발표됐으며 수상작 및 작가 명단은 다음과 같다. 최우수 장편소설상에 메리 로비넷 코월의 『계신하는 별들』. 최우수 경장편소설상, 알리엣 드 보다르의 『다도 명인과 탐정The Tea Master and the Detective』. 최우수 중편상, 브룩 볼랜더의 『하나뿐인 무해하고 훌륭한 것The Only Harmless Great Thing』. 최우수 단편소설상, P. 젤리 클라크의 「조지 워싱턴의 틀니에 박힌 흑인 노예 치아 아홉 개의 감춰진 삶The Secret Lives of the Nine Negro Teeth of George Washington」. 최우수 게임 평론상, 찰리 브루커의 「블랙 미러: 밴더스내치Black Mirror: Bandersnatch」. 안드레 노튼 기념상, 『피와 뼈의 아이들』의 토미 아데예미. 레이 브래드버리 기념상, 〈스파이더맨: 뉴 유니버스〉의 극본을 쓴 필 로드와 로드니 로스먼. SFWA 데이먼 나이트 기념 그랜드 마스터상에 윌리엄 깁슨.

2019년도 세계환상문학상은 같은 해 10월 31일부터 11월 3일까지 로스앤젤레스에서 열린 제45회 세계 판타지 대회에서 발표됐으며 수상작 및 작가 명단은 다음과 같다. 최우수 장편소설상에 C. L. 포크의 『마녀 표식Witchmark』. 최우수 경장편소설상, 키지 존슨의 『해피엔드라는 특권The Privilege of the Happy Ending』. 최우수 단편소설상, 멜 카셀의 「쪽빛 뱀과 맺은 계약 열 건Ten Deals with the Indigo Snake」과 에마 퇴르스의 「강이 하늘을 사랑하듯이Like a River Loves the Sky」. 최우수 선집상, 아이린 갈로가 엮은 『지나가면서 본 세상들Worlds Seen in Passing』. 최우수 단편소설집상, 파올로 바치갈루피와 토비아스 S. 버켈의 『뒤죽박죽인 땅The Tangled Lands』. 최우수 미술상, 로비나 차이. 상업 작가 부문 특별상, 『작가의 지도: 상상 세계 전도The Writer's Map: An Atlas of Imaginary Lands』의 휴루이스존스. 비상업 작가 부문 특별상, 『끝없는 하늘 아래』의 스콧 H. 앤드루스. 평생공로상, 잭 자이프스와 미야자키 하야오.

2019년 캠벨 기념상, 『블랙피시 시티Blackfish City』의 샘 J. 밀러. 시어도어 스터전 기념상, 『로봇과 조종사가 이스트 세인트루이스를 구한 날When Robot and Crew Saved East St. Louis』의 애널리 뉴이츠. 아서 C. 클라크 상, 『로즈워터』의 테이드 톰슨. 위에서 언급한 상을 비롯한 여러 상에 관한 정보는 'SF상 데이터베이스(www.sfadb.com)'를 참조하기 바란다.

안타깝게도 해마다 너무나 많은 창작자가 우리 곁을 떠난다. 2019년 별세한 이들은 다음과 같다. SFWA 그랜드 마스터이자 세계환상문학상 평생공로상 수상자이며 SF 명예의 전당에 이름이 오른 **진 울프**. 울프의 연작 장편 『새로운 태양의 서The Book of the New Sun』는 사이언스 판타지 장르의 신기원을 이룬 작품으로, 13권 분량으로 확장되면서 세계환상문학상 4회 수상, 네뷸러상 2회 수상, 휴고상 후보 9회 선정이라는 기록을 남겼다. 세계환상문학상 평생공로상 수상자이자 『카르멘 도그Carmen Dog』, 『미스터 부츠Mister Boots』, 『비밀 도시The Secret City』, 필립 K. 딕상 수상작 『탈것 인간The Mount』과 세계환상문학상 수상작 『세계 종말의 시작The Start of the End of It All and Other Stories』 등을 쓴 **캐럴 엠슈윌러**. 엠슈윌러는 네뷸러상 후보에 4회 올라 최우수 단편소설상을 2회 수상했다. 출판인 **베티 밸런타인**. 밸런타인은 남편인 고故 이언 밸런타인과 함께 밴텀북스와 밸런타인북스를 설립하고 펭귄북스의 미국 법인을 세워 염가판 페이퍼백 도서를 미국 시장에 도입하는 데 일조했다. 「안개와 풀과 모래의Of Mist, and Grass, and Sand」와 『꿈뱀Dreamsnake』, 『달과 해The Moon and the Sun』로 네뷸러상을 수상한 **본다 N. 매킨타이어**. 매킨타이어는 클라리온 웨스트 작가 양성 과정을 만드는 데 참여했으며, 2010년에 SFWA 선정 케빈 오도넬 기념 공로상을 수상했다. 『새들의 다리Bridge of Birds』로 세계환상문학상을 수상하고 후속작인 『돌 이야기The Story of the Stone』와 『팔선전Eight Skilled Gentlemen』으로 잘 알려진 **배리 허가트**. 레인보우리지북스와 한정판 도서를 전문으로 펴내는 도닝컴퍼니 출판사를 설립한 출판인 **로버트 S. 프리드먼**. 판타지 중편소설 연작인 〈배의 왕Ship Kings〉 시리즈를 비롯해 호평받은 장편소설을 여럿 쓴 오스트레일리아 작가 **앤드루 맥가한**. 캠벨 기념상 최종 후보에 2회 선정되고 단편소설 「드럼 스틱은 사랑을 싣고Love on a Stick」로 갤럭틱 스펙트럼상 후보에 오른 작가 **캐리 리처슨**. 프랑스의 알자스 출신 작가이자 화가로 1998년 한스 크리스티안 안데르센상의 어린이 그림책 공로상을 수상한 **토미 웅게러**. 군사 및 미스터리 소설 작가로서 필명인 W. E. B. **그리핀**으로 더 잘 알려진 작가 W. E. **버터워스**. 파시즘을 다룬 장편 SF 『영도자The Leader』를 쓴 작가 **길리언 프리먼**. 성공한 정신과 의사이자 미스터리 및 SF 소설 작가로서 때로는 남편 아이작 아시모프와 공동 창작을 한 **재닛 아시모프**. 『공포의 물결A Tide of Terror』을 필두로 단편소설을 재록한 선집을 발간하며 주로 1970년대에 활약했으나 지난 세기 끝 무렵까지 현역으로 활동한 편집자 **휴 램**. 『검은 공포의 책Black Books of Horror』을 11회 편집하고 그중 두 권으로 영국환상문학상 후보에 오른 편집자 **찰스 블랙**. 호러 및 러브크래프트 세계관 소설을 쓴 작가 W. H. **퍼그마이어**. 크리스 번치와 함께 〈스텐 연대기The Sten Chronicles〉 시리즈를 쓴

작가 **앨런 콜**. 러시아의 외국 문학 잡지 《포린 리터러처Foreign Literature》
의 편집자로서 스타니슬라브 렘을 비롯한 폴란드 작가와 영어권 작
가들의 책을 러시아어로 옮기기도 한 **타마라 카자프친스카야**. SF 소
설 『달 무지개Лунная радуга』를 쓰고 룬나야 라두가상을 제정한 작가 **세
르게이 파블로프**. 『내가 죽은 날The Day I Died』과 『타액Saliva』, 『다섯째
기수The Fifth Horseman』 같은 소설을 비롯해 〈검은 산호초의 괴물Creature
from the Black Lagoon〉과 〈런던의 늑대 인간The Werewolf of London〉 같은 영
화의 소설화 작업을 맡은 작가 **월터 해리스**. 인도 벵골 지방 출신으
로 인도 최초의 SF 잡지 《아스차리아Ascharya》와 나중에 창간한 《판타
스틱Fantastic》의 편집인을 맡으며 벵골어 SF에 공헌, 수딘드라나스 라
하상을 수상한 편집자 **아드리시 바르드한**. 브램 스토커상 평생공로
상 수상자이자 『안개The Fog』와 『캘리포니아 고딕California Gothic』, 『다크
사이드Darkside』 등의 소설로 세계환상문학상과 영국환상문학상을 여
러 차례 수상한 **데니스 에치슨**. 폴란드의 작가 겸 편집자로 《노바 판
타스티카Nowa Fantastyka》의 편집자이자 《차스 판타스티키Czas Fantastyki》
의 편집인이었던 **마치에이 파로프스키**. 불가리아의 SF 전문 임프린
트 갤럭시를 설립해 아시모프, 브래드버리, 스트루가츠키 형제, 어슐
러 르귄 같은 작가들의 책을 번역 출간한 **밀란 아사두로프**. 『밤과 나
란히Alongside Night』와 『무지개 카덴차The Rainbow Cadenza』로 프로메테우
스상을 2회 수상하고, TV 드라마 〈환상특급The Twilight Zone〉의 「은화
에 새겨진 옆얼굴Profile in Silver」 편의 극본을 쓴 작가 **J. 닐 슐먼**. 《알테
어 매거진Altair Magazine》의 편집인 겸 발행인이자 여러 선집을 편집하
고 단편소설 「라스트레인지에 내리는 비Rains of la Strange」로 2011년 오

레알리스상을 수상한 **로버트 N. 스티븐슨**. 프로메테우스상을 2회 수상하고 『얼음 달Moon of Ice』, 『아나키아Anarchia』 같은 소설과 드라마 극본도 몇 편 쓴 작가 **브래드 리나위버**. 1979년에 첫 소설을 발표하고 〈스카이 라이더Sky Rider〉 시리즈를 비롯한 장편소설을 여러 권 쓴 **멜리사 C. 마이클스**. 1949년에 첫 작품을 발표하고 1972년 「실종된 남자The Missing Man」로 네뷸러상을 수상, 2003년 SFWA 명예 작가로 선정된 바 있는 **캐서린 매클린**. 드라마 〈닥터 후〉 시리즈의 극본을 여러 편 쓰고 1968년부터 1974년까지 해당 시리즈의 극본 편집자로 일했으며 〈어벤저스The Avengers〉, 〈월면기지 3호Moonbase 3〉, 〈우주 대모험 1999Space: 1999〉 같은 드라마에 참여한 **테런스 딕스**. 영웅 판타지에 관한 연구서 『돌아온 영웅들Return of Heroes』을 쓰고 『톨킨 백과사전J. R. R. Tolkien Encyclopedia』 집필에 참여했으며 래리 니븐의 〈맨진 전쟁Man-Kzin Wars〉 시리즈 단편소설을 쓰기도 한 **할 콜배치**. 2006년에 첫 단편소설을 발표하고 2010년부터는 J. A. 피츠라는 필명을 사용하며 『검은 칼날의 블루스Black Blade Blues』를 필두로 장편소설 시리즈를 쓴 **존 A. 피츠**. 『산, 움직이다The Movement of Mountain』와 『엑스, 와이X, Y』, 『치유자The Healer』 등의 장편소설과 단편소설집 네 종을 발표해 세계환상문학상, 브램 스토커상, 제임스 팁트리 주니어상 등의 후보에 오른 작가 **마이클 블룸레인**. 세계환상문학상의 평생공로상 수상자이자 《플레이보이》, 《매거진 오브 판타지 앤드 사이언스 픽션》을 비롯한 여러 잡지에 호러와 판타지와 유머가 섞인 독창적인 만화를 연재한 만화가 **가한 윌슨**. 〈스타 트렉〉의 극본가이자 스토리 편집자로 오래 일했으며 〈별들의 전쟁Buck Rogers in the 25th Century〉, 〈바빌론 5Babylon 5〉, 〈우주 전쟁War of the Worlds〉을 비롯한 수많은 드라마에도 참여한 D. C. **폰타나**. 영국에서 캐나다로 이민해 첫 장편 『개척 기지 게헨나Station Gehenna』 이후 『종말에 더 가까이Getting Near the End』, 『실종자들의 거리Boulevard des disparus』 등을 발표한 작가 **앤드루 위너**.

이제 준비운동은 끝났다. 이야기들이 기다리고 있다. 세계뿐 아니라 SF에도 흥미로운 시대인 오늘날, SF계가 눈앞에 닥친 여러 도전에 맞서 힘차게 일어서는 광경이 이제 여러분 눈앞에 펼쳐진다. 나는 다음 걸작선에 실을 단편소설들을 이미 읽기 시작했고 그 이야기들을 여러분과 어서 함께 나누고 싶어 안달이 날 지경이지만, 지금은 그저 바랄 뿐이다. 여러분이 이 책에 실린 이야기를 내가 즐겼던 만큼 즐기기를, 그리고 다음번에도 이 자리에서 다시 만나기를.

2020년 1월
오스트레일리아 서부 퍼스에서
조너선 스트라한

옮긴이 소개

장성주

출판 편집자를 거쳐 번역자 및 기획자로 일하고 있다. 우리
말로 옮긴 책에 스티븐 킹의 『별도 없는 한밤에』, 『언더 더
돔』, 〈다크 타워〉 시리즈, 켄 리우의 『종이 동물원』, 『제왕의
위엄』, 『어딘가 상상도 못 할 곳에, 수많은 순록 떼가』, 윌리
엄 깁슨의 『모나 리자 오버드라이브』, 레이 브래드버리의 『일
러스트레이티드 맨』, 데즈카 오사무의 『아돌프에게 고한다』,
우메즈 가즈오의 『표류 교실』 등이 있다. 2019년 『종이 동물
원』으로 제13회 유영번역상을 수상했다.

박중서

출판기획가 및 번역가로 활동 중이다. SF 번역서로는 『시어도어 스터전』, 『풀의 죽음』, 『트리피드의 날』, 『안드로이드는 전기양의 꿈을 꾸는가?』, 『흘러라 내 눈물 경관은 말했다』, 『성스러운 침입』, 『발리스』 등이 있다.

이동현

SF, 판타지, 호러 번역가. 웹진 '거울'의 번역 필자로 활동하면서 루시어스 셰퍼드, 댄 시먼스, 클라이브 바커 등의 중단편을 번역했다. 옮긴 책으로는 『아누비스의 문』, 「바스라그 연대기」 3부작이 있다.

에스에프널 SFnal 2021 Vol. 2

초판 1쇄 찍은날 2021년 3월 16일
초판 1쇄 펴낸날 2021년 3월 24일

지은이	N. K. 제미신·프랜 와일드·인드라프라미트 다스·피터 와츠·리치 라슨·아닐 메논·
	E. 릴리 유·카린 티드벡·알렉 네발라리·수전 파머·수이 데이비스 오쿵보와·
	테건 무어·조녀선 스트라한
펴낸이	한성봉
편집	하명성·신종우·최창문·이종석·이동현·김학제·신소윤·조연주
콘텐츠제작	안상준
디자인	김현중
마케팅	박신용·오주형·강은혜·박민지
경영지원	국지연·강지선
펴낸곳	허블
등록	2017년 4월 24일 제2017-000050호
주소	서울시 중구 퇴계로30길 15-8 [필동1가 26]
페이스북	www.facebook.com/dongasiabooks
인스타그램	www.instagram.com/dongasiabook
트위터	twitter.com/in_hubble
전자우편	dongasiabook@naver.com
블로그	blog.naver.com/dongasiabook
전화	02) 757-9724, 5
팩스	02) 757-9726

ISBN　　979-11-90090-41-4 03840

이 도서의 국립중앙도서관 출판예정도서목록(CIP)은
서지정보유통지원시스템 홈페이지(http://seoji.nl.go.kr)와
국가자료종합목록 구축시스템(http://kolis-net.nl.go.kr)에서
이용하실 수 있습니다.

※ 허블은 동아시아 출판사의 SF 브랜드입니다.

만든 사람들

책임편집	김학제
교정	김보미
디자인	김현중
본문조판	김경주